पेंगुइन स्वदे

जा के बैरी सन्मुख जाव

सुरेन्द्र मोहन पाठक का जन्म 19 फरवरी, 1940 को पंजाब के खेमकरण में हुआ था। विज्ञान में स्नातकोत्तर उपाधि हासिल करने के बाद उन्होंने *भारतीय दूरभाष उद्योग* में नौकरी कर ली। युवावस्था तक कई राष्ट्रीय और अंतरराष्ट्रीय लेखकों को पढ़ने के साथ उन्होंने मारियो पूजो और जेम्स हेडली चेइज़ के उपन्यासों का अनुवाद शुरू किया और इसके बाद आप मौलिक लेखन करने लगे।

सुरेन्द्र मोहन पाठक के सबसे प्रसिद्ध उपन्यास प्रस्तुत सीरीज के *असफल अभियान* और *खाली वार* थे, जिन्होंने पाठक जी को प्रसिद्धि के सबसे ऊँचे शिखर पर पहुँचा दिया। इसके पश्चात उन्होंने अभी तक पीछे मुड़ कर नहीं देखा। उनका *पैंसठ लाख की डकैती* नामक उपन्यास अंग्रेजी में भी छपा और उसकी लाखों प्रतियाँ बिकने की ख़बर चर्चा में रही। अब तक विमल सीरीज के 43 उपन्यास प्रकाशित हो चुके हैं और प्रस्तुत उपन्यास *जा के बैरी सन्मुख जीवै* इस सीरीज का 44वां उपन्यास है।

जा के बैरी सन्मुख जीवै

(विमल सीरीज़ का 44वाँ तोहफा)

सुरेन्द्र मोहन पाठक

पेंगुइन स्वदेश
पेंगुइन रैंडम हाउस इंप्रिंट

पेंगुइन स्वदेश

पेंगुइन स्वदेश, पेंगुइन रैंडम हाउस ग्रुप ऑफ़ कम्पनीज़ का हिस्सा है,
जिसका पता global.penguinrandomhouse.com पर मिलेगा

पेंगुइन रैंडम हाउस इंडिया प्रा. लि.,
चौथी मंजिल, कैपिटल टावर 1, एमजी रोड,
गुरुग्राम 122002, हरियाणा, भारत

पेंगुइन
रैंडम हाउस
इंडिया

प्रथम हिन्दी संस्करण हिन्द पॉकेट बुक्स में पेंगुइन रैंडम हाउस द्वारा 2019 में प्रकाशित
यह हिन्दी संस्करण पेंगुइन स्वदेश में पेंगुइन रैंडम हाउस द्वारा 2025 में प्रकाशित

10 9 8 7 6 5 4 3 2

इस पुस्तक में व्यक्त विचार लेखक के अपने हैं, जिनका यथासंभव तथ्यात्मक सत्यापन किया गया है, और इस संबंध में प्रकाशक एवं सहयोगी प्रकाशक किसी भी रूप में उत्तरदायी नहीं हैं।

ISBN 9789353491499

टाइपसेटिंग : डीजीअल्ट्राबुक्स प्रा.लि., नई दिल्ली
मुद्रक: गोपसंस पेपर्स प्राईवेट लिमिटेड, नोएडा

www.penguin.co.in

FSC
www.fsc.org
MIX
Paper | Supporting responsible forestry
FSC® C191020

लेखकीय

मेरा नवीनतम उपन्यास उपन्यास 'जा के बैरी सन्मुख जीवै' आप के हाथों में है जो कि 'क़हर' की दूसरी और आखिरी कड़ी है। क्रॉनोलॉजिकल रिकार्ड के लिये उद्धृत है कि ये मेरी लिखी कुल प्रकाशित पुस्तकों में 302वां है और विमल सीरीज के उपन्यासों की अविकल श्रृंखला में 44वां है। इस दुकड़ी से पहले विमल का जो कारनामा प्रकाशित हुआ था वो सन् 2014 में प्रकाशित 'जो लरै दीन के हेत' था जो कि मेरे मेहरबान पाठकों को कतई मुतमुईन नहीं कर सका था। कथानक में बजातेखुद कोई खामी नहीं थी लेकिन विमल के शैदाई पाठकों को – जो हमेशा विमल की तिकड़ी पढ़ने के आदी थे और चौकड़ी या पंचकड़ी की उम्मीद करते थे – एक ही जिल्द में सम्पूर्ण विमल का कारनामा हज़म नहीं हुआ था और मुझे मेरे सुबुद्ध पाठकों की शिकायतें ही नहीं, इन फैंसी अलफाज़ में कोसने की झेलने पड़े थे –

"We were short-changed."

मुझे खुशी है कि विमल सीरीज की प्रस्तुत दुकड़ी ने मेरे सारे पिछले गुनाह माफ करवा दिये, 'क़हर' मेरे तमाम के तमाम पाठकों को बेताहाशा पसन्द आया। केवल एक शिकायती मेल मुझे हासिल हुई जिसका जिक्र में आगे, 'क़हर' के लिये प्रशस्तिगान से पहले करूंगा। बहरहाल प्रस्तुत उपन्यास के प्रति और पूरे कथानक के प्रति अपने कद्रदान पाठकों की अमूल्य, निष्पक्ष, बेबाक राय की हमेशा की तरह आतुरता से प्रतीक्षा करूंगा। आपकी राय कैसी भी हो, उससे निसंकोच मुझे अवगत कराये, अहसान होगा।

यहां में सबसे पहले 'क़हर' की उन विसंगतियों का ज़िक्र करूंगा जो, अफसोस है कि आपके खादिम की निगाह से न गुजरी लेकिन मेरे सुबुद्ध पाठकों को खटकीं और उन्होंने मुझे उस बाबत अवगत कराने की अनुकम्पा की, या यूं कहिये कि बाकायदा शर्मिंदा किया। मेरी सबसे बड़ी, अक्षभ्य चूक की ओर मेरा ध्यान मेरे पुराने मेहरबान पाठक विशी सिन्हा ने आकर्षित किया। विशी सिन्हा कहते हैं :

> विमल शाम सात बजे घर पहुंचता है। मेड बताती है कि नीलम आधा घंटा पहले, यानी साढ़े छः बजे, करीबी मार्केट से शापिंग के लिये घर से निकली थी। उसका अपहरण मार्किट से लौटते वक्त, यानी घर से निकलने के आधे-पौने घन्टे के बाद हुआ। अपहत्ताओं ने कार में उसके साथ ज़बरदस्ती

> की, बद्सलूकी की लेकिन जीप वाले सिख नौजवानों के पीछा करने और सायरन की आवाज सुनाई देने की वजह से अपहर्त्ता उसे चलती कार से बाहर धकेल कर भाग निकले। जीप वालों ने खड्ड में घायल पड़ी नीलम को सम्भाला, उसे हस्पताल पहुंचाने की पेशकश की लेकिन नीलम ने उस बाबत पुरज़ोर इंकार किया तो जीप वाले उसे माडल टाउन उसके घर के सामने उतार कर गये। इस पूरे घटनाक्रम में ढाई-तीन घन्टे से ज्यादा वक्त नहीं गुजर सकता था लेकिन साढ़े छह बजे की घर से निकली नीलम तो आधी रात को – रिपीट, आधी रात को – घर वापिस लौटी!

साहबान, कन्टीन्यूटी की ये एक गम्भीर ग़लती है जो मेरी लापरवाही की, ग़ायबखयाली की वजह से मेरे से हुई वर्ना इसे सहज ही सुधारा जा सकता था। मैं लिख सकता था कि जीप वालों को तत्काल नहीं मालूम पड़ा था कि अपहर्ताओं की कार के मोड़ काटने के बाद नीलम कार में नहीं थी, नहीं थी तो उन्हें नहीं मालूम पड़ सका था कि कार वालों ने नीलम को कहां कार से बाहर धकेला था। तदोपरान्त बहुत वक्त गुज़र जाने के बाद किसी और को ही घायलावस्था में खड्ड में पड़ी नीलम की ख़बर लगी थी और उसने उसे घर पहुंचाया था।

मेरे सुबुद्ध पाठकों से मेरा निवेदन है कि वो – ख़ासतौर से लखनऊ के गौरव निगम – मुझे सूचित करें कि उनमें से कितनों ने टाइमफैक्टर की इस विसंगति को नोट किया था।

विशी सिन्हा पेशे से वकील हैं इसलिये दूसरी विसंगति उन के काबू में फौरन आयी क्योंकि वो एक कानूनी नुक्ते से ताल्लुक रखती है। लिखते हैं :

> भगवान दास रोड पर हुए अगवा के केस में पहली पेशी में चश्मदीद गवाह को गवाही देने के लिये कोर्ट में पेश किये जाने की जल्दबाज़ी – ख़ासतौर से जज की तरफ से की गयी जल्दबाज़ी – अपराध संहिता प्रक्रिया से उलट दिखाई गयी है। वस्तुतः पहली पेशी में ज़मानत की अर्ज़ी पर ही सुनवाई होती है, गवाह की क्रॉसक्वेश्चनिंग नहीं होती। चार्जशीट दाखिल करने के बाद ट्रायल स्टेज पर ही गवाह के परीक्षण की नौबत आती है, और पुलिस चार्जशीट दाखिल करने में ही कई बार महीने लगा देती है।

उपरोक्त के संदर्भ में मेरा कहना है कि इस कानूनी प्रोसीजर की मुझे खबर है लेकिन बतौर लेखक पहली ही पेशी में गवाह से जिरह भी हो जाने की लिबर्टी मुझे लेनी पड़ती है। पहली पेशी में मुलज़िम की ज़मानत न हो तो

साठ दिन में, ज़मानत हो जाये तो नब्बे दिन में चार्जशीट पेश की जानी होती है जबकि मेरी कहानी ही कुल जमा चार से पन्द्रह दिन की होती है – अलबत्ता प्रस्तुत दुकड़ी अपवाद है, वो 21 अक्टूबर से 25 दिसम्बर तक की है – अब अगर मैं कानूनी प्रक्रिया पर अमल करूं तो ये कहानी की रफ्तार को शंट लगाना होगा – जो कि वांछनीय नहीं।

जमा, मैं नहीं समझता कि किसी गवाह के पास अगर पुलिस के हक में कोई विस्फोटक रहस्योद्घाटन हो तो पुलिस उसे कोर्ट में पेश करने में साठ से नब्बे दिन तक लगाने के लिये मजबूर होगी। इतने में तो गवाह दस बार मुकर जायेगा!

विशी सिन्हा की 'कहर' से तीसरी शिकायत है :

> महरौली के खंडहरों में विमल अरमान त्रिपाठी के मोबाइल से अपने मोबाइल पर तसवीरें एमएमएस के जरिये ट्रांसफर करता है। उसके ऐसा करने पर अरमान त्रिपाठी आसानी से उन एमएमएस के जरिये विमल का मोबाइल नम्बर और उस का पता जान सकता था। अलबत्ता अगर तसवीरें एमएमएस के बजाय 'ब्लूटुथ' से, या 'शेयर इट' जैसे किसी ऐप से ट्रांसफर की जातीं या नयी ई-मेल आइडेन्टिटी बना कर ट्रांसफर की जातीं तो अरमान के लिये विमल के बारे में जानकारी हासिल कर पाना मुमकिन न होता।

इस सन्दर्भ में निवेदन है कि उपरोक्त गलती मॉडर्न टैक्नॉलोजी और ऐप्स के मेरे अल्पज्ञान की वजह से हुई। एक तो इन हाई फाई बातों की बाबत मुझे कुछ आता नहीं; दूसरे, इस उम्र में अब मैं सीखना भी नहीं चाहता।

वैसे कॉमन सैंस के लिहाज़ से मेरा ज़ाती ख़याल ये है कि विमल की मोबाइल सम्बन्धी चूक की वजह के अरमान उसका मोबाइल नम्बर तो जान सकता था, नाम, पता नहीं जान सकता था। मेरे कुछ सुबुद्ध पाठक कहते हैं कि ऐसा सॉफ्टवेयर बाजार में उपलब्ध था जिससे मोबाइल सबस्क्राइबर का नाम जाना जा सकता था। कुबूल, लेकिन पता फिर भी नहीं जाना जा सकता था। ये जानकारी सर्विस प्रोवाइडर से हासिल की जा सकती थी जिसे वो किसी आम शहरी से शेयर करना हरगिज़ कुबूल न करना।

दूसरे, पता नहीं अरमान को 'दि घोस्ट हू वाक्स' की चूक का अहसास होता या नहीं, होता तो उसका कोई कारआमद इस्तेमाल सूझता या नहीं!

मेरे एक जागरूक पाठक द्वारा मेरा ध्यान इस बात की ओर भी आकर्षित

किया गया कि मोबाइल द्वारा खींची गयी चाबी की फोटोज के जरिये बनाई गयी चाबी ऐन चाक–चौबन्द और दुरुस्त नहीं हो सकती क्योंकि कभी भी कैमरे की फोटोज़ से चाबी की वास्तविक डाइमेंशंज़ का पता नहीं चल सकता।

मैं उपरोक्त से सर्वदा सहमत हूं, जरूरी नहीं कि यूं बनाई गयी चाबी कारआमद साबित होती।

'क़हर' में एक लापरवाही मेरे से ये भी हुई कि मैंने पहाड़गंज थाने के एसएचओ नसीबसिंह को रिटायर हो गया और हमेशा के लिये गढ़वाल कूच कर गया बताया जहां का कि वो मूलरूप से था जब कि मेरे कई ख़बरदार पाठकों ने मुझे ख़बरदार किया कि नसीब सिंह 'आग का दरिया' में मारा जा चुका था।

मैं उपरोक्त सब ग़लतियों के लिये खुद को ज़िम्मेदार मानता हूं और अपने उन जागरूक, सुबद्ध पाठकों का शुक्रगुज़ार हूं जिन्होंने इस बाबत मुझे सूचित किया। 'क़हर' के अगले संस्करण में इन विसंगतियों को सुधारने की मेरी पूरी कोशिश होगी।

'क़हर' को जो बेतहाशा वाहवाही हासिल हुई उसके लिये आप का लेखक गद्‌गद् है और अपने तमाम कृपालु पाठकों का धन्यवादी है। मेरे लिये ये अतिरिक्त संतोष की बात है कि एक अरसे के बाद मेरे रचे एक किरदार ने इतनी मकबूलियत हासिल की, पाठकों को इतना सम्मोहित किया कि 'क़हर' से ज्यादा तारीफ उस किरदार के – जी हां, अल्तमश के – हिस्से आयी। समस्त पाठकों ने एकमत होकर मुक्तकण्ठ से उसकी प्रशंसा की और उसकी आइन्दा सलामती की दुआयें मांगी। निवेदन है कि अल्तमश मुझे मेरी अच्छी तकदीर ने सुझाया, वर्ना ऐसा ग़ैरमामूली किरदार कहां किसी को – वो भी बिना किसी अपवाद के – पसन्द आता है! ज्ञातव्य है कि, किन्नरों के बारे में जो कुछ मैंने लिखा है, उसमें लेखकीय छूट के तहत कुछ भी काल्पनिक नहीं है। इस बाबत कुछ नौजवानी में पढ़ा काम आया और कुछ के लिये मैंने गूगल का आसरा लिया। जमा, ऐसा हसीनतरीन किन्नर दिल्ली गेट के चौराहे पर बायें हाथ की उंगलियों में नोट फंसाये मैं अक्सर देखा करता था।

अल्तमश के प्रवेशी प्रसंग से कई पाठकों को शिकायत हुई कि वो प्रसंग और उसमें शामिल कथोपकथन बहुत लम्बा था लेकिन ज्यों-ज्यों वो अल्तमश से वाकिफ हुए, उनको बड़ी शिद्दत से अहसास हुआ कि वो लम्बा प्रसंग अल्तमश के किरदार को, उसके मजबूर, काबिलेरहम वजूद को समझने के लिये और किरदार को मजबूती देने के लिये ज़रूरी था।

जस्से को अल्तमश से बस उन्नीस की वाहवाही हासिल हुई। मेरे पाठकों ने अभिलाषा जाहिर की है, बल्कि मांग की है, कि ये दोनों किरदार लम्बा चलें।(!)

मेरे तकरीबन पाठकों ने बलात्कारियों को अनूठी सज़ा को जायज़ करार दिया। उन्होंने ये तक कहा कि सज़ा के अनूठे तरीके से असहमति या वितृष्णा न होकर मन में 'ठीक हुआ उनके साथ' जैसे भाव आये।

जमा, पाठकगण ये न भूलें कि वक्त बड़े-बड़े ग़म भुला देता है – नौजवान औलाद की मौत का ग़म भी – लेकिन जो सज़ा बाजरिया विमल औलाद को मिली थी, वो क्या औलाद को क्या अभिभावकों को, ताज़िन्दगी नहीं भूलने वाली थी। लिहाज़ा वो सज़ा हाहाकारी थी, आम सज़ा से कहीं ज़्यादा गम्भीर थी।

नीलम के शुरूआती व्यवहार ने अधिकतर पाठकों को आन्दोलित किया, उसे अस्वाभाविक और नीलम के स्थापित मिज़ाज़ के खिलाफ बताया, उसे खुदगर्ज़ तक बताया कि दूसरों पर आई विपत्ति से तो उसने निर्लिप्त रह कर दिखाया लेकिन जब ख़ुद पर विपत्ति का पहाड़ टूटा तो विमल को 'भड़काऊ' चिट्ठी लिख दी और बाजरिया विमल बलात्कारियों पर क़हर नाज़िल हुआ।

मैं उपरोक्त से बिल्कुल सहमत नहीं। नीलम ने वही किया था जिस पर पति-पत्नी दिल्ली शिफ्ट करने से पहले पूर्णतया सहमत हो चुके थे। नीलम ने विमल पर अंकुश लगाया तो उसकी दिल्ली में आम, शान्त जीवन जीने की अभिलाषा के तहत और विमल को उस अंकुश से मुक्त किया तो भी इसलिये कि साफ ज़ाहिर हो रहा था कि तो उस मुक्ति के लिये तड़प रहा था क्योंकि ज़ुल्म सहने से भी जालिम की मदद होती है। मैं फिर कहता हूं कि जब ये पूर्वस्थापित था कि विमल ने मुम्बई की खूंरेज ज़िन्दगी को हमेशा के लिये भुला कर भद्रपुरुष बन कर, आम गृहस्थ बन कर दिल्ली में रहना था तो नीलम से शिकायत कैसी! वो विमल को अपने इस मंसूबे पर कायम रहने के लिये मोटीवेट ही तो कर रही थी! विमल कहीं किसे के साथ हुई हर ज़्यादती पर उबलता, दखलअन्दाज़ी करता फिरता तो फिर उसकी मौजूदा ज़िन्दगी में और उसकी मुम्बई की गुजश्ता ज़िन्दगी में फर्क ही क्या रह जाता!

आप उपरोक्त पर ग़ौर करें तो आपको कुबूल करना होगा, उसके पूर्वस्थापित चरित्र के तहत कुबूल करना होगा, कि नीलम को खुदगर्ज़ करार देना ग़लत है, नजायज़ है। आपको तो उसकी सैल्फसैक्रीफाइसिंग नेचर की

तरफ तवज्जो देनी चाहिये थी कि वो विमल के पांव की बेड़ी बनने की जगह घर छोड़ने से पहले उसे हर बन्दिश से आज़ाद करके गयी थी। ये न भूले कि वक्त रहते उस रात विमल नीलम को न तलाश कर पाया होता तो वो तो चली ही गयी थी हमेशा के लिये।

कुछ पाठकों को उपन्यास के नाम से शिकायत हुई। उनकी राय में पहले खण्ड का नाम 'जाके बैरी सन्मुख जीवै' और दूसरे का 'क़हर' होना चाहिये था।

निवेदन है कि मूलरूप से ख़ुद मेरा यही इरादा था लेकिन प्रकाशक पहले नाम के प्रति सन्दिग्ध था कि तकरीबन पाठकों को लम्बे नाम का मतलब समझ में नहीं आयेगा। उसके सन्देह निवारण के लिये मैंने पहले भाग का नाम 'क़हर' रखा और जब तक उपन्यास प्रकाशन की प्रक्रिया से गुज़रा, सम्पादकगण को 'जाके बैरी सन्मुख जीवै' भी पसन्द आने लगा। तब तक उपन्यास प्रकाशन की राह पर था इसलिये नामों से उलटफेर सम्भव नहीं रहा था और पहले भाग का नाम '.क़हर' ही बना रहा था।

अब 'पाठकों की राय' के अन्तर्गत '.क़हर' के बखिये उधेड़ती चिट्ठी :

शाहदरा, दिल्ली के निवासी नारायण सिंह मेरे प्रशंसक और नियमित पाठक हैं। उन को '.क़हर' से जो प्रमुख शिकायत हुई, वो हैं :

- विमल का मिज़ाज़ हाहाकारी, प्रलयकारी नहीं था। उसने कोई बड़ा कारनामा न किया, कोई बड़ी योजना न खड़ी की, बस बच्चों से भिड़ता रहा, उसका स्थापित जुझारूपन कहीं दिखाई न दिया। गैलेक्सी का मुलाज़िम विमल बिल्कुल कबूल नहीं।
- नीलम को अपनी शतरंज का मोहरा बना दिया और सोच लिया कि वो तो यातनायें भोगने के लिये बनी थी।
- मुबारक अली और विमल के मिलन में जोशोखरोश पूरी तरह नदारद पाया, दोनों के मिलन से जज़्बात उकेरेने वाले किसी प्रसंग से कोरा पाया।
- अशरफ नाम के भांजे को नाहक कहानी में ठूंस दिया, उसे इतना काबिल बताया जैसे वो अकेला ही उपन्यास को क्लाईमैक्स पर ले जा दिखायेगा, विमल या किसी अन्य किरदार की जरूरत ही महसूस नहीं होने देगा – जैसे वो अमिताभ बच्चन था जो अकेला ही फिल्म को हिट करा सकता था।
- वग़ैरह

नारायण सिंह ने गाहे बगाहे उपन्यास की तारीफ भी की लेकिन खीर में मक्खी डालने के अन्दाज़ से और किसी भी आलोचना/प्रशंसा को सीरीज़ के पुराने उपन्यासों के हवाले के बिना कायम न रख सके। पांच पेज का पत्र लिखा और हर बार अपनी ही बात को काटा। कभी नुक्ताचीनी की तो कभी मुबारकवाद दी, कभी कथानक से नाउम्मीदी, नाइत्तफाकी जताई तो कभी आंसू बहाने की हद तक जज़्बाती हुए। हैरानी है कि एक ही कथानक इतनी परस्पर विरोधी करवटें कैसे बदल सकता है! कोई कचौड़ी खाता है तो क्या बीच में जलेबी का भी स्वाद आने लगता है!

मैं लिखने पर मजबूर हूं कि नारायण सिंह की राय से नापसन्दगी से ज़्यादा नादानी झलकती थी क्योंकि उन्होंने विमल की मौजूदा दुकड़ी की बुनियाद को ही न समझा। जब वो मुम्बई में अपने मोहसिनों, मेहरबानों, कद्रदानों के बीच पहले ही पूरी मजबूती से अपनी मुम्बई की हाहाकारी जिन्दगी से हमेशा के लिये किनारा कर लेने की पुरज़ोर अलफाज़ में ख़्वाहिश ज़ाहिर कर चुका था और वो और नीलम दिल से उस ख़्वाहिश पर अमल करने के, शान्त, घरेलू जिन्दगी जीने के तमन्नाई थे, तो विमल से ये अपेक्षा करना सरासर नादानी होता कि वो फिर खून ख़राबों में शिरकत करता, नाहक किसी नेता – उद्योगपति – लोकल माफिया को जान से मार गिराता। जब उसका दिल्ली आने का मकसद ही ऐसे वाकयात से दूर रहना था तो कैसे वो उनमें शिरकत करता चित्रित किया जा सकता था! वैसे वो, बकौल नारायण सिंह, 'कालों का काल (!) बन कर दिखा सकता था!

नारायण सिंह कहते हैं कि मौजूदा कथानक में विमल ने 'बड़ा' कुछ न किया। अर्ज़ है कि अव्वल तो बड़ा कुछ करने की नीयत से वो दिल्ली आया ही नहीं था; दूसरे, चार ब्लातकारियों को उनके माकूल अंजाम, अनसुने, अनोखो अंजाम तक पहुंचाना, उसके लिये चार बार चार पेचीदा योजनायें बनाना क्या 'बड़ा' कुछ करने की गिनती में नहीं आता!

फिर विमल से तवक्को ही क्यों है कि वो दिल्ली में बड़ा कुछ करे, जबकि वो नीलम की सूरत में अपने ऐसे इरादों को, मंसूबों को लगाम लगी पाता था!

कौन से किरदार को कथानक में कितनी अहमियत दी जाती है, ये लेखक निर्धारित करता है, कोई पाठक नहीं। इस बाबत अगर पाठकों की राय पर अमल करना है तो मुझे उन में से हर एक से मशवरा करना होगा, उन्हें

स्क्रिप्ट पढ़वानी होगी।

कैसे होगा?

जमा, नारायण सिंह सरीखे जो पाठक कहते हैं कि '.क़हर' में मुबारक अली ने कुछ नहीं किया, चौदह भांजों ने कुछ नहीं किया, लूथरा ने कुछ नहीं किया वो अगर उन सबको '.क़हर' में ढेर कुछ करता पाते तो वही इलज़ाम लगा रहे होते कि विमल तो अब दूसरों के आसरे ज़िन्दा है, खुद तो कुछ करता ही नहीं।

यानी चित्त भी मेरी पट भी मेरी।

ये बात भी बेमानी है कि पाठकों को सीरीज़ का कोई उपन्यास कितने लम्बे अरसे के बाद पढ़ने को मिला। मैं विमल सीरीज पाठकों की फरमायश पर लिख सकता होता तो अब तक सीरीज़ का स्कोर सौ से ऊपर होता।

तिकड़ी के सन्दर्भ में एक और बात है जिसको समझना ज़रूरी है। जो तिकड़ी पीछे छप चुकीं, उनमें औसतन साढ़े सात सौ पेज थे जब कि प्रस्तुत दुकड़ी में तकरीबन 700 पेज हैं। फिर रीडिंग मैटर के लिहाज़ से प्रस्तुत दुकड़ी पीछे की किसी तिकड़ी से किस कदर कम हुई! ये बात भी ग़ौरतलब है कि अब मेरा उपन्यास ट्रेडीशनल पॉकेट बुक से बड़े साइज में छपता है और उसके एक पेज में कदरन ज्यादा मैटर होता है।

अन्त में नारायण सिंह से – और उन सरीखे अन्य पाठकों से भी – निवेदन है कि विमल का तसव्वुर अखाड़े में उतरे पहलवान के तौर पर न करें जिसने हर अखाड़े में लंगोट घुमा कर हिन्दोस्तान फतह करना है।

अब उपरोक्त से जुदा मिज़ाज़ की कुछ राय मुलाहजा फरमाइये :

□ पराग डिमरी कहते हैं कि मैं '.क़हर' को अपना 300वां प्रकाशित उपन्यास बता कर लोगों की उम्मीदों को कुछ ज्यादा ही हवा दे रहा हूं और ज़रूर मैंने विमल की इस दुकड़ी को अतिरिक्त मेहनत से लिखा है। निवेदन है कि ऐसा कुछ नहीं है, सिवाय इसके कि क्रॉनोलॉनिकल लिस्ट के अनुसार पुस्तककार में प्रकाशित ये मेरी 300वां रचना है। एक पुस्तक अन्यत्र प्रकाशन प्रक्रिया में है। अगर वो पहले आ जाती तो वो 300वीं होती। कहने का तात्पर्य है कि '.क़हर' में अतिरिक्त विशेष कुछ नहीं है, सिवाय इसके कि '.क़हर' के माध्यम से ख़ाकसार की प्रकाशित पुस्तकों का स्कोर 300 हो गया है।

पराग डिमरी कहते हैं कि एक साहब को '.क़हर' के कवर पर '300' लिखा नजर आया तो उन्होंने उसको उपन्यास की कीमत समझा और बुक

स्टाल वाले को 300 रूपये अदा भी कर दिये और चल निकले। कहते हैं बुकस्टाल वाले ने उन्हें पीछे से आवाज़ देकर वापिस बुलाया और उन्हें सवा सौ रूपये लौटाये।

जब कि पीछे से आवाज़ लगाये जाने का लोग बाग बुरा मानते हैं।

पराग डिमरी को उपन्यास इतना पसन्द आया कि अपनी पसन्दगी के इज़हार में उन्होंने तीन पेज की चिट्‌ठी लिखी। दूसरे, '.क़हर' पढ़ने के बाद से उन्हें इस बात का सख़्त गिला है कि मां बाप अपनी नौजवान औलाद को संस्कार नहीं दे पा रहे और ऐसा महानगरों की अतिव्यस्तता भरी जिन्दगी में आम है। मर्ज़ पैदा ही न हो, इसके लिये कोई सोच नहीं लेकिन मर्ज़ होने के बाद क्या करना है, इसके लिये पूरी –नापाक, बेग़ैरत, बद्‌अख़लाक – तैयारी चाक चौबन्द रखी जाती है ताकि आड़े वक्त – जो कि आके रहना है – बगलें न झांकनी पड़ें।

मेरा कहना है कि ये बात चिन्ताजनक नहीं कि मां बाप औलाद को श्रेष्ठ संस्कार नहीं दे पा रहे हैं, चिन्ताजनक बात ये है कि संस्कार देना ही नहीं चाहते, 'साडा पप्पू शेर पुत्तर' जैसी गर्वोक्तियों से किनारा करना ही नहीं चाहते। मेरे तुच्छ राय में आजकल सारी पारिवारिक, सामाजिक मुसीबतों की जड़ बच्चों का नामाकूल लालन पालन है। बच्चा अच्छा, बुरा जो कुछ सीखता है, शुरूआती दौर में घर से ही सीखता है। मां-बाप शह देते हैं, उसकी ख़ामियों पर पर्दा डालते हैं, और उनका यही रवैया आगे चल कर बच्चों के बिगड़े मिज़ाज़ की बुनियाद बना जाता है। इसी वजह से पुराने जमाने में हमारे अग्रज कहते थे कि बच्चे को सोने का निवाला दो लेकिन शेर की निगाह से देखो। आजकल कहां ऐसी सोच है किन्हीं मां बाप की! लिहाज़ा जैसा बोते हैं, वैसा काटते हैं।

□ रांची के परमजीत सिंह पेशे से अध्यापक हैं, कहते हैं उन्हें '.क़हर' पढ़ने के लिये एक दिन के वेतन की – 500 रूपये की – कटौती करवाई और हमेशा की तरह उपन्यास एक सिटिंग में खत्म किया। लिहाज़ा नॉवल उन्हें 675 रूपये का पड़ा।

□ धुले के अमित वाघवानी को '.क़हर' का कथानक काफी चुस्त और तेज रफ़्तार लगा पर कहते हैं कि प्लॉट, जो कथानक के शुरूआत में काफी गहरा और विस्तृत जान पड़ता था, अन्त तक आते-आते अपनी गहराई खो देता है। कथानक के शुरूआत में विमल के कार्यकलापों से आभास होता है

कि वो क्राइम रेट के बिगड़े स्टेटिस्टिक्स को बैलेंस करने के लिये और मेजर क्राइम्स की रोकथाम के लिये देशव्यापी या कम से कम दिल्ली के हालात सुधारने के लिये (!) कोई बड़ा कारनामा अंजाम देने वाला था पर, कहते हैं कि, नॉवल के अन्त तक आते-आते पाठकों को ये अहसास होने लगता है हम तो मात्र एक रिवेंज स्टोरी के रूबरू थे।

अर्ज़ है, वाधवानी साहब, कि नॉवल का अन्त तो अभी आया ही नहीं है! ये तो सुनवाई मुकम्मल होने से पहले सज़ा सुना देने जैसा काम हुआ! दूसरे, मैं आपको याद दिलाना चाहता हूं कि अकेला चना भाड़ नहीं फोड़ सकता। आपको विमल से जो उम्मीद है, वो नाजायज़ है। दुनिया में ऐसी कोई मिसाल नहीं कि कोई एक जना आवाम से या निजाम से भिड़ गया हो।

□ गोंदिया के शरद कुमार दुबे के अपने शब्दों में :

> '.क़हर' में विमल के हाहाकारी संसार ने फिर मन मोह लिया। '.क़हर' पर 'जहाज़ का पंछी' की स्पष्ट छाया होते हुए भी '.क़हर' ने नये कथानक की मिसाल कायम की। नवीन घटनाक्रम और आपकी बेमिसाल लेखन शैली ने लफ्ज़-दर-लफ्ज़ बांधे रखा और बोरियत महसूस न होने दी। विमल के पिछले कारनामे ने इस सीरीज़ पर जो हल्के फुल्के दाग़ लगाये थे, उन्हें अब '.क़हर' ने धो कर रख दिया, सीरीज को लेकर सारे गिले शिकवे दूर हो गये।

□ पंचकुला के मुश्ताक अली पेशे से अध्यापक हैं लेकिन जमींदार भी हैं। कहते हैं कि पहले तो '.क़हर' मिल कर ही न दिया, अमेज़न ने भी प्री आर्डर कैंसल कर दिया, फिर चण्डीगढ़ बहुत लेट पहुंचा। लिहाज़ा कुल जहान ने पढ़ लिया तो आखिर तब इन्हें नसीब हुआ। फिर इधर उपन्यास मिला और उधर खराब मौसम ने खेत में गेहूं की पककर तैयार खड़ी फसल पर तलवार लटका दी। अब वो दुविधा में थे कि पहले उपन्यास पढ़ें या फसल पर ध्यान दें। आखिर खेत में ही उपन्यास उठा कर ले गये, वहां ट्रैक्टर पर थ्रैशर लगाकर कर टार्च जला कर '.क़हर' पढ़ा और साथ-साथ फसल इकट्ठा करने का काम भी जारी रखा।

साहबान, शायद ही किसी ने ऐसे उपन्यास पढ़ा होगा जैसे मोहतरम मुश्ताक अली ने पढ़ा। देर तक तसव्वुर में रहा कि कैसे कर पाये होंगे! बहरहाल जहां चाह, वहां राह।

□ हसन जहीर कहते हैं कि जिन्होंने पतंगबाज़ी की होगी, वो इस बात से वाकिफ होंगे कि एक बड़ी पतंग जब कामयाबी के साथ आसमान की बुलन्दियों की तरफ बढ़ती जाती है तो बाजरिया डोर उड़ाने वाले की मशक्कत भी बढ़ती जाती है और एक वक्त आता है जब अज़ीम ऊंचाइयों पर पहुंच चुकी पतंग को सम्भाले रखना और उसके मेयार को बनाये रखना बेहद दुश्वार हो जाता है। ऐसे में उड़ाने वाले के सामने दो ही रास्ते बचते हैं कि या तो वो पतंग को ऊंचा, और ऊंचा उड़ाने की तब तक कोशिश करता रहे जब तक कि इस कोशिश में पतंग अनसुनी, लासानी बुलंदियों को न छू ले, भले ही डोर टूट जाये, या फिर पतंग को होशियारी से वापिस उतार लिया जाये और थोड़े वक्के के बाद फिर उन्हीं बुलन्दियों की तरफ परवाज़ कर सकने के लिये पतंग को जीरो से शुरू कर के फिर उड़ाया जाये।

'क़हर' वो दूसरा रास्ता है जिस पर पतंग की उठान तो फिर उसी रास्ते पर जान पड़ती है जिस पर कि वो पहली मर्तबा थी। विमल ने दिल्ली आकर फिर ज़िन्दगी वाइट कालर, नौकरीपेशा शख्स की माफिक शुरू की लेकिन इस बार वो जुर्म की आंधियों के हवाले होता दिखा तो नीलम पर जुल्म ढाने वाले ज़ालिमों को करारा जवाब देने के मकसद से। कहानी की बानगी और वजुहात पहले से बेहतर और कसी हुई हैं। दिल्ली की लंका के बावन गज़ के अमीरों को मानसिकता का चित्रण सटीक है। बहरहाल पतंग ने उठान तो बढ़िया ली है और उम्मीद है कि अगले हिस्से में वो तेज़ी से उन बुलन्दियों की तरफ परवाज़ करेगी जिनका ज़िक्र जहीर साहब ने किया।

□ लल्लन टॉप के एंकर दिल्ली के मुबारक अली के अपने अलफाज़ में :

> 'क़हर' की ख़ासुलख़ास बात ये है कि इसमें शहर-ए-दिल्ली की बद्‌दिमागी, बद्‌किरदारी को बिना किसी शूगर कोटिंग के बयान किया गया है। हालांकि शहर के तमाम बाशिन्दों को यूं जनरलाइज करना ठीक नहीं लेकिन मोटे तौर पर ऐसा ही है ये नामुराद शहर – किसी नामालूम दंभ में अकड़ा हुआ, सम्वेदनशीलता से कंगाल, नुमायशपसन्द, सिविक सेंस से कोरा, और भी न जाने क्या क्या! 'क़हर' में इस शहर की फितरत सटीकता से नुमायां होती है और ऐसा कुछ वही शख्स लिख सकता है जिस को इस शहर की गहरी वाकफियत हो।

कहना न होगा कि मुबारक अली को उपन्यास बेतहाशा पसन्द आया और वो पढ़ते

ही बेसब्री से दूसरे भाग का इन्तजार करने लगे। जमा, दिल्ली शहर के चित्रण से इस कदर मुतासिर हुए कि खुद को 'नानरेजीडेंट तिराहा बैरम खान' कहने लगे।

□ डाक्टर कंवल शर्मा पेशे से शिक्षाविद् हैं, हरियाणा के एक प्रतिष्ठित कॉलेज के प्रिंसिपल हैं। उन्होंने उपन्यास के हर प्रसंग की भूरि-भूरि प्रशंसा की – और प्रशंसा को समाहित करने के लिये चार फूलस्केप पेज की चिट्ठी लिखी – कहा कि पढ़ते वक्त पता ही न लगा कि एक साधारण रिवेंज स्टोरी से आगे बढ़ कर 'क़हर' कब एक कल्ट क्लासिक बन गया जिसमें अल्तमश और जस्सा ने तो जैसे सीक्रेट इंग्रडियेंट का काम किया। कहते हैं दिल्ली में राक्षसी प्रवृति में जो उबाल पिछले दशक में आया दिखता है, 'क़हर' बेशक उसे सटीकता से प्रस्तुत करता है और ख़ास इस वजह से सीधा दिल में उतरता है।

'इंश्योरेंस' शब्द पहली बार मैंने तब सुना था जब मेरी ताज़ी-ताज़ी नौकरी लगी थी। मेरे पिता के एक दोस्त ने, जो कि एक एलआईसी का इंश्रोरेंस एजेंट था, मुझे लाइफ इंश्योरेंस पालिसी लेने के लिये उकसाया था और पांच हजार रूपये की लाइफ इंश्योरेंस, प्रीमियम सतरह रूपये इक्यासी पैसे, करके ही माना था। तब मुझे पहली बार पता चला था कि हिन्दोस्तानी लाइफ की भी कोई कीमत थी और उसकी इंश्योरेंस होती थी – यानी आप बीमा कम्पनी में शर्त बदते थे कि आप मर जायेंगे जब कि कम्पनी का दावा होता था कि पालिसी की मैच्योरिटी तक आप ज़िन्दा रहेंगे। ये एक ऐसी शर्त थी जिसे हारने में जीत थी, जीतने में हार थी। आप एक ख़ास रकम का पच्चीस साल का बीमा करवायें और एक दो साल में ही – यानी कि बीमें की एक दो किस्तें चुकता करने के बाद ही – मर जायें तो जीत आप की, पच्चीस साल मुकम्मल होने पर मरे तो क्या फायदा, आपको अपना ही पैसा बमय ब्याज वापिस मिला तो क्या मिला! लिहाज़ा बीमा कराइये और मर जाइये – जीत आपकी। इंश्योरेंस करवा चुकने के बाद भी ज़िन्दा रहना, रहते ही रहना बेशर्मी है, उन वारिसों के साथ धोखा है जो ज़िन्दा ही इस उम्मीद के सहारे हैं कि आप मर जायेंगे। अब ऐसा भी जुल्म तो नहीं होना चाहिये न कि इन्तज़ार करते-करते वारिस मर जाये और बीमांकित व्यक्ति फिर भी ज़िन्दा रहे।

हमारे मुल्क में लाइफ इंश्योरेंस में सालम अदद का बीमा होता है जो कि आप हैं लेकिन बाहर के मुल्कों में अब सालम अदद के जुदा-जुदा हिस्सों

का भी बीमा होता है। भारत में ऐसे बीमे की तरफ किसी ने तवज्जो दी हो तो शायद वो अमिताभ बच्चन ही हैं जिन्होंने अपनी आवाज़ को इंश्योर कराने का विचार किया था – कराई थी या नहीं इसकी मुझे ख़बर नहीं – क्योंकि वो समझते थे कि यूं वो उनकी आवाज़ की नकल कर के अपनी रोज़ी-रोटी चलाने वाले बेशुमार नक्कालों पर अंकुश लगा सकते थे।

विदेशों में सैलीब्रीटीज में ऐसी इंश्योरेंस की बानगी पर ग़ौर फरमाइये :

- सिंगर जेनीफर लोपेज के नितम्बों का बीमा – तीस करोड़ डॉलर (2100 करोड़ रुपये)
- सिंगर मारिया केरी की टांगों का बीमा – सौ करोड़ डॉलर (7000 करोड़ रुपये)
- ब्रिटिश फुटबाल खिलाड़ी डेविड बैक्हम की टांगों का बीमा – सात करोड़ डॉलर (490 करोड़ रुपये)
- सिंगर ब्रूस स्प्रिंगस्टीन की आवाज़ का बीमा – तीन करोड़ बारह लाख डॉलर (220 करोड़ रुपये)
- सिंगर रॉड स्टीवार्ट की आवाज़ का बीमा – एक करोड़ पचपन लाख डॉलर (108 करोड़ रुपये)
- अभिनेत्री अमेरिका फरेरा की मुस्कराहट का बीमा – एक करोड़ डॉलर (70 करोड़ रुपये)
- सिंगर डॉली पार्टन के स्तनों का बीमा – अड़तीस लाख डॉलर (26.5 करोड़ रुपये)
- गिटार वादक कीथ रिचर्ड्स के हाथों का बीमा – सोलह लाख डॉलर (11 करोड़ रुपये)
- सिंगर रिहाना की टांगों का बीमा – दस लाख डॉलर (7 करोड़ रुपये)
- फैशन माडल हाइडी क्लूम की टांगों का बीमा – बाइस लाख डॉलर (15.5 करोड़ रुपये)

उपरोक्त बीमें से सम्बन्धित एक रोचक तथ्य और भी है। हाइडी क्लूम की दोनों टांगों का बीमा समान राशि का नहीं है, एक टांग का बीमा दूसरी टांग के बीमें से राशि में बीस लाख डॉलर कम है क्योंकि टांग पर घुटने के

करीब कभी लगी चोट का निशान बाकी है। इस वजह से हसीना की दायीं टांग के हुस्न का बीमा बारह लाख डॉलर में हुआ था और बायीं टांग का बीमा दस लाख डॉलर में हुआ था।

- आस्ट्रेलियन क्रिकेटर मर्व हयूग्स की मूंछ का बीमा – तीन लाख सत्तर हजार डॉलर (26 लाख रुपये)
- अमेरिकन सिंगर जीन सीमोंस की जुबान का बीमा – सत्तर लाख डॉलर (49 करोड़ रुपये)
- वैल्श सिंगर टॉम जोंस की छाती के बालों का बीमा – दस लाख डॉलर (7 करोड़ रुपये)
- अमेरिकन रॉक सिंगर डेविडली रोथ के वीर्य का बीमा – दस लाख डॉलर (7 करोड़ रुपये)
- अमेरिकन कमेडियन जिमी ड्यूरांते की नाक का बीमा – पचास हजार डॉलर (साढ़े तीन लाख रुपये)
- अभिनेत्री शर्ले मैक्लेन का दूसरे ग्रह के प्राणियों द्वारा अगवा कर लिये जाने का बीमा – ढाई करोड़ डॉलर (175 करोड़ रुपये)
- वाइन एक्सपर्ट एंजला माउन्ट की स्वाद ग्रन्थि का बीमा – एक करोड़ साठ लाख डॉलर (11 करोड़ रुपये)
- फूड क्रिटिक इगॉन रोने की स्वाद ग्रन्थि का बीमा – चार लाख डॉलर (पौने दो करोड़ रुपये)

□ अब कुछ अनोखी नीलामियों और कुछ 'तौबा' फेशिल्स पर मुलाहज़ा फरमाइये :

□ नीलामियां :

ली हार्वे ओसवाल्ड की शादी की अंगूठी :

ओसवाल्ड वो शख्स था जिसने सन् 1963 में अमेरिका के तद्कालीन, अत्यन्त लोकप्रिय राष्ट्रपति जान फिट्जेराल्ड कैनेडी का कत्ल किया था। अक्टूबर सन् 1913 में हुई एक नीलामी में उसकी सोने की शादी की अंगूठी टैक्सास के एक गुमनाम खरीदार ने 1,18,00 डॉलर (82 लाख रुपये) में खरीदी।

मोनिका लेविंस्की की नेग्लिजी :

जगविदित है कि मोनिका वाइट हाउस, वाशिंगटन की कर्मचारी वो सुन्दरी

बाला थी जिसके साथ सैक्स स्कैण्डल की वजह से तद्‌कालीन राष्ट्रपति बिल क्लिंटन की राष्ट्रपति पद से छुट्‌टी होते–होते बची थी। मोनिका की एक काली नेग्लिजी (सोते वक्त पहनी जाने वाली न होने जैसी झीनी पोशाक) को सन् 2013 में एक नीलामी में पेश किया गया था। प्रस्तावित नीलामी के लिये आइटम का मुआयना खुद स्पैशल प्रासीक्यूटर केनिथ स्टार ने किया था जो कि क्लिंटन और मोनिका के अफेयर का इनवैस्टिगेटर था। नीलामी 50 हजार डॉलर (साढ़े तीन लाख रुपये) पर छूटने की उम्मीद की गयी थी लेकिन वस्तुतः बहुत कम रकम पर छूटी थी।

अब्राहम लिंकन के बाल :

अमेरिकन राष्ट्रपति लिंकन की हत्या 14 अप्रैल सन् 1865 को हुई थी जबकि वो एक थियेटर में हाजिरी भर रहे थे। पोस्टमार्टम की किसी जरूरत के तहत उनके बाल हत्या के तुरन्त बाद खुद तद्‌कालीन सर्जन जनरल जोसेफ बार्न्स ने उतारे थे। उन बालों की डेलास में नीलामी के लिये बोली लगी थी और यूं 80,000 डॉलर (साढ़े पांच लाख रुपये) की प्राप्ति हुई थी।

ब्रैड पिट और एंजलीना जोली की सांस :

हॉलीवुड सिनेमा की इस जगतप्रसिद्ध – अब भूतपूर्व – जोड़ी की सांस को एक शीशे के जार में महफ़ूज़ किया गया था और सन् 2010 में नीलामी के लिये पेश किया गया था लेकिन अफसोस, नीलामी 340 डॉलर (तेइस हजार आठ सौ रुपये) से ऊपर नहीं उठ सकी थी।

शाही शादी के केक की एक स्लाइस :

ब्रिटिश क्वीन एलीजाबेथ सैकंड – जो आज भी ब्रिटिश सिंहासन पर काबिज हैं – और प्रिंस फिलिप की शादी भारत की आज़ादी के साल सन् 1947 में हुई थी। तब से उनकी शादी के केक की एक स्लाइस – 65 साल पुरानी – सन् 2013 तक सम्भाल कर रखी गयी थी जो कि नीलामी में 560 पाउन्ड (51,000 रुपये) की बिकी थी। उस स्लाइस के साथ क्वीन एलीजाबेथ और प्रिंस फिलिप की सद्‌भावनायें प्रेषित करती एक कम्पलीमेंट्री स्लिप भी ख़रीदार को मिली थी।

सवाल है : क्या पैंसठ साल का बासी केक का टुकड़ा ख़रीदार ने खाने के लिये ख़रीदा?

एलविस प्रिसले का दाग़दार अन्डरवियर :

एलविस प्रिसले अमेरिका का प्रसिद्धतम पॉप सिंगर और अभिनेता था

जिसका निधन 16 अगस्त सन् 1977 में हुआ था। संगीत का कार्यक्रम पेश करते समय वो हमेशा एक सफेद जम्प सूट पहनता था। और स्वयं गिटार बजाता गाता था। ऐसा एक अन्डरवियर जो कि वो अपने सन् 1977 के एक प्रोग्राम के दौरान अपने फेमस वाइट जम्प सूट के नीचे पहने था, सन् 2012 में नीलामी के लिये पेश किया गया था लेकिन किसी भी ख़रीदार ने उसके लिये बोली नहीं लगाई थी और नतीजतन वो नहीं बिक सका था।

जस्टिन बीबर का स्पेस सूट :

युवा अमेरिकन गायक जस्टिन बीबर का दस्तखतशुदा सफेद सूट जो कि उसने सिंगर औज़ी ओसबार्न के साथ किये एक विज्ञापन में पहना था, सन् 2011 में इन्टरनेट पर हुई एक नीलामी में 5800 डॉलर (लगभग चार लाख रुपये) में बिका था।

टाइटनिक के डूबने की अन्तिम घड़ियों में बजती वायलन :

जब टाइटनिक डूब रहा था तो मुसाफिरों को तसल्ली देने के लिये, उनका हौसला बढ़ाने के लिये शिप का बैंड बज रहा था जिसका बैड लीडर वालेस हार्टले बैंड के साथ वायलन बजा रहा था। शिप के साथ डूबे मुसाफिरों के साथ हार्टले भी डूब गया था लेकिन उसकी वायलन महफूज रही थी जो जब सन् 2013 में नीलामी के लिये पेश की गयी थी तो नीलामी सिर्फ दस मिनट में नौ लाख पाउन्ड (आठ करोड़ रुपये) की बोली पर पहुंच गयी थी।

टक्सेडो पहने कंकाल :

टक्सेडो फैंसी डिनर जैकेट को कहते हैं जो कि फैंसी पार्टियों में मेहमान लोग पहन कर जाते हैं। पैनसिलवानिया, अमेरिका में आयोजित एक मानव कंकाल पेश किया गया था जो कि टक्सेडो पहने था और जोड़ी बनाने के लिये जिसके साथ एक ज़नाना कंकाल भी था जो कि बाइबल थामे था। इस अनोखी आइटम की बोली 950 डॉलर (66,500 रुपये) पर छूटी थी। ख़रीदार एक एंटीक डीलर था जो कहता था कि कंकालों का वैसा एक जोड़ा उसके शोरूम में पहले से मौजूद था और दोनों जोड़ों को अगर वो इकट्ठे बेचता तो बहुत बढ़िया कीमत हासिल होती।

□ फेशियल्स :

1. सीमन फेशियल

कराने वाली : अभिनेत्री वैसेना टैडग्रेव

कीमत : 400 डॉलर (28000 रुपये)

स्पर्म में स्पर्माइन नामक कैमीकल पाया जाता है जो कि तासीर में एंटीऑक्सीडेंट होता है और जो बुढ़ियाने की प्रक्रिया की गति को कन्ट्रोल करता है और चेहरे की चमड़ी को मुंहासों वगैरह के हल्ले से बचाता है।

2. वैम्पायर फेशियल :

कराने वाली : अभिनेत्री किम कार्दाशियान

कीमत : 1500 डॉलर (एक लाख पचास रुपये)

कराने वाली के अपने ही शरीर से खून निकाला जाता है और माइक्रोनीडल्स की सहायता से चेहरे पर इंजेक्ट किया जाता है।

3. पंछियों की बीट का फेशियल :

कराने वाली : अभिनेत्री मर्सिया क्रॉस

कीमत : 675 डॉलर (47,000 रुपये)

एक ख़ास पंछी, जिसे सांग बर्ड (SONG-BIRD) कहते हैं, की बीट को पीस कर पाउडर बनाया जाता है और चेहरे पर मला जाता है। ये फैशियल सब से ज़्यादा जापान में प्रचलित बताया जाता है जहां ये 18वीं सदी से गेईशा बालाओं के प्रयोग में आ रहा है।

4. लीच फेशियल :

कराने वाली : अभिनेत्री डेमी मूर

कीमत : 1000 डॉलर (70,000 रुपये)

इस फेशियल के लिये पहले तारपीन का तेल मिले पानी से स्नान करना होता है फिर चेहरे और बदन पर जोंकें छोड़ दी जाती हैं जो कि 'पुराना खून' चूस लेती हैं। जोंकें तब तक खून चूसती रहती हैं जब तक बेहोश होकर खुद ही जिस्म पर से गिर नहीं जातीं।

5. हयूमन प्लासेंटा फेशियल :

कराने वाली : गायिका अभिनेत्री जेनीफर लोपेज़

कीमत : 1000 डॉलर (70 हज़ार रुपये)

प्लासेंटा गर्भस्थ शिशु की नाल को कहते हैं जिसके ज़रिये गर्भ में शिशु को मां के पेट से पौष्टिक आहार प्राप्त होता है। बच्चा पैदा होने के बाद ये नाल काट कर फेंक दी जाती है लेकिन मैडम लोपेज से पूछें तो ज़ाया नहीं जाती, फेशियल के काम आती है क्योंकि इसमें बायोलाजिकल प्रोटीन होते हैं। नाल को पीस कर उसकी घनी क्रीम बनाई जाती है और उसका लेप चेहरे पर और गर्दन पर किया जाता है।

सत्तर हजार रुपये का ये खर्चा मैडम लोपेज़ को कितना अरसा सुख देता है, इस बाबत कोई जानकारी उपलब्ध नहीं।

6. फोरस्किन (FORESKIN) फेशियल :

कराने वाली	:	केट बेकिंसेल
		केट ब्लांचेट
		सान्ड्रा बुल्लाक
कीमत	:	नामालूम

केट बेकिसेल ने पब्लिक में ख़ुद अपनी जुबानी कुबूल किया है कि बहन जी फोरस्किन फेशियल पर टोटल फिदा हैं। बच्चों के खतने के वक्त जो खाल काटी जाती है – ख़ास तौर से साउथ कोरिया में – उसका सीरम तैयार किया जाता है और उसको बहन जी के जिस्म में एक ऐसी सीरिंज से इंजेक्ट किया जाता है जिसमें एक नहीं। सैंकड़ों महीन, सूक्षम सूईयां होती हैं। यूं जिस्म में कोलाजन (COLLAGEN) और इलास्टीन (ELASTIN) जैसे द्रव्य प्रवेश करते हैं और सुन्दरी बाला का चेहरा चौहदवीं के चांद की तरह चमकता है। मुमकिन है इस फेशियल में आपको अतिश्योक्ति दिखाई दे लेकिन बच्चों की फोरस्किन में पाये जाने वाले स्टैम सैल्ज़ का तेज़ाब या आग से जले भुक्तभोगियों की स्किन ग्राफ्टिंग डाक्टर साहबान एक अरसे से करते चले आ रहे हैं।

उपरोक्त के विपरीत हमारी देसी, देहाती सनमारियां खट्टी लस्सी से बाल धोती हैं तो शैम्पू हो जाता है। बेसन या मुलतानी मिट्टी का लेप मुंह पर करती हैं तो फेशियल हो जाता है। सरसों का दिया जलाकर उसकी लपट के ऊपर कोई बर्तन उल्टा रखकर यूं धूएं से बनी कालख इकट्ठी कर के, उसे सरसों के तेल में मिला कर काजल बना कर आंखों में लगाती हैं तो नयन सहज कारे कजरारे लगने लगते हैं। दंदासा दांतों पर रगड़ती हैं तो दंदासे की ही लाली होंठों पर चढ़ जाती है और शायर लोग उस 'लबों की लाली' पर 'लहू जिगर का' दिया होने पर क्लेम लगाने लगते हैं।

यानी हींग लगे न फिटकरी रंग चोखा।

□

'जा के बैरी सन्मुख जीवै' के प्रति हमेशा की तरह आपकी अमूल्य, निष्पक्ष राय की आतुरता से प्रतीक्षा में

दिल्ली – 110051 — विनीत

13.06.2019 — सुरेन्द्र मोहन पाठक

पूर्वाभास

अपनी हाहाकारी, खूंरोजी से पिरोई ज़िन्दगी को हमेशा के लिये अलविदा कह कर, अपनी पत्नी नीलम और पुत्र सूरज के साथ एक नयी, स्लेट की तरह साफ ज़िन्दगी जीने का तमन्नाई बन कर विमल दिल्ली आकर मॉडल टाउन में मुकाम पाता है और अपनी पुरानी गैलेक्सी ट्रेडिंग कारपोरेशन में एकाउन्ट्स ऑफिसर की नौकरी फिर पकड़ लेता है। लेकिन तकदीर के खंजर ने वक्त की दीवार पर उसकी जो जिन्दगी उकेरी थी, उससे पीछा छुड़ा पाना उसे भारी जान पड़ता है। हर आये दिन कोई ऐसा वाकया हो जाता था जो उसका खून खौलाता था लेकिन नीलम उसे उसमें दख़लअन्दाज़ नहीं होने देती थी क्योंकि उसने नीलम से वादा किया था कि वो अपनी गुज़श्ता ज़िन्दगी को पूरी तरह से भुला देगा। उस वादे के तहत वो किसी दीन के हित में तो कुछ कर ही न सका, कई बार खुद को भी अपमान सहना पड़ा।

फिर एक रोज़ एक ऐसा वाकया हुआ जिस की वजह से एकाएक उठे अंधड़ में वो तिनके की तरह उड़ता चला गया और प्रारब्ध ने उसे फिर वहाँ पहुंचा दिया जहां न होने का उस का संकल्प था।

नीलम को चार नौजवान लड़के उठा कर ले गये, उन्होंने उस के साथ भरपूर बद्फेली की और फिर मरने के लिये चलती कार में से बाहर फेंक दिया। इत्तफ़ाक से नीलम मरी नहीं और कुछ भले लोगों की मदद से आधी रात को वो घर पहुंची। विमल ने उस की क्षत-विक्षत हालत देखी तो उसका दिल हाहाकार कर उठा। उसने उस बावत पुरइसरार सवाल किये लेकिन नीलम ने कुछ बताने से इंकार कर दिया।

अगले रोज़ सुबह मुम्बई से कोमल नाम की युवती उन के घर पहुंच गयी, विमल के मुम्बई प्रवास के दौरान सूरज अकेला जिस के संरक्षण में था। एक लम्बा अरसा सूरज उसके साथ रहा था इसलिये, उसने दावा किया कि, वो सूरज बिना उदास थी और वो सूरज को लेने आयी थी। विमल के विरोध के बावजूद नीलम ने सूरज को कोमल के साथ भेज दिया।

उस रात संयोग से आधी रात के बाद विमल की नींद खुली तो उसने नीलम को घर से गायब पाया। वो पीछे विमल के नाम एक चिट्ठी छोड़ के गयी थी जिके मुताबिक वो हमेशा के लिये विमल को छोड़ के जा रही थी, क्योंकि वो विमल के पाँव की बेड़ी बन गयी थी जो कि बदले हालात में टूटनी चाहिये थी इसलिये वो उसे हर उस कसम से मुक्त करती थी जो

उसने उसे दी थी। चिट्ठी से ही विमल को मालूम हुआ कि कोमल मुम्बई से खुद ही नहीं चली आयी थी, नीलम ने उसे फोन कर के सूरज को लिवा ले जाने के लिये बुलाया था।

नीलम विमल को नयी दिल्ली रेलवे स्टेशन के लेडीज़ वेटिंग रूम में अकेली बैठी मिलती है क्योंकि सुबह सवा चार बजे से पहले वहां से निकलने वाली कोई गाड़ी नही थी। तब नीलम आखिर विमल को बताती है कि उसके साथ क्या बीती थी और ये कि उसको लगा था कि उसके साथ बद्फेली करने वाले चार लड़कों में से एक उनके पड़ोस में रहते ठेकेदार चिन्तामणि त्रिपाठी का बिगड़ैल, अय्याश, आवारागर्द बेटा अरमान त्रिपाठी था। बहुत मिन्नत-मनुहार के बाद नीलम विमल के साथ घर लौटना कबूल कर लेती है।

विमल अरमान त्रिपाठी की टोह लेने का अपना अभियान शुरू करता है तो उसे मालूम होता है कि हौज़ खास में एक गारमेंट फैक्ट्री थी जिसमें सिर्फ जींस और शर्ट्स दो शिफ्टों में बनती थीं और जहां त्रिपाठी पिता पुत्र अक्सर हाज़िरी भरते थे। मुम्बई से आकर दिल्ली में बसे अपने वाकिफ और मेहरबान मुबारक अली के चौदह फर्माबरदार भांजों में से अशरफ नाम के एक भांजे के साथ वो गार्मेंट फैक्ट्री की गहन पड़ताल के लिये पहुंचता है तो मालूम पड़ता है कि फैक्ट्री असल में पिता के छोटे भाई की थी - जो कि मॉडल टाउन इलाके से दिल्ली विधान सभा का विधायक था - और पिता पुत्र का काम फैक्ट्री का प्रबंधन देखना था। साथ ही ये हिंट भी मिलता है कि फैक्ट्री का कोई और पार्टनर भी था जो कि कभी-कभार कहीं बाहर से जाता था और जब आता था तो त्रिपाठी बन्धु उसका हुक्का भरते जान पड़ते थे। फैक्ट्री के बाजू में 'गोल्डन गेट' नाम का थ्री-इन-वन - रेस्टोबार, डिस्को, नाइट क्लब - ठिकाना था जहां, न कि फैक्ट्री में - परदेसी पार्टनर मुकाम पाता था, जो कि हैरानी की बात थी।

उस दौरान अशरफ कीमत राय सुखनानी नाम के एक बड़े सेठ को, जो कि सिविल लाइन्स की एक आलीशान कोठी में रहता था, मर्सिडीज़ में चलता था, एक 'इन्डिका' में 'गोल्डन गेट' पर पहुंचते देखता है। ये विसंगति अशरफ विमल की जानकारी में लाता है लेकिन विमल को उसमें कुछ ग़ौरतलब नहीं दिखाई पड़ता।

एक रोज़ विमल महरौली तक अरमान त्रिपाठी के पीछे लगा 'लोटस पौंड' नाम के एक फैंसी रेस्टोरेंट में पहुंचता है जहां विमल उसे एक सुन्दर युवती को

सोहबत में पाता है। अरमान और उसकी संगिनी जम के वोदका का आनन्द लेते हैं, फिर दूसरी तरह की तफरीह की जुस्तजू में एक करीबी, उजाड़ पड़े खंडहर में पहुंच जाते हैं। वहां विमल लड़की को खामोश रहने के लिये धमका कर चलता कर देता है और अरमान से जबरन कुबलवाता है कि ग्यारह तारीख को हुई अगवा और बद्फेली की वारदात में अमित गोयल, अशोक जोगी और अकील सैफी नाम के अपने तीन दोस्तों के साथ वो भी शामिल था। विमल तसदीक करता है कि अमित गोयल वही लड़का था जो वैसी एक वारदात में पहले भी शामिल था लेकिन पकड़े जाने के बावजूद सरकारी गवाह के मुकर जाने की वजह से सज़ा पाने से बच गया था। आखिर विमल अरमान को उसके और उसके साथियों के खतरनाक अंजाम का स्पष्ट संकेत देता है, जो कि अरमान नहीं समझ पाता, और उसे ये आश्वासन भी देता है कि उस 'ख़ास' सज़ा के मामले में उसकी बारी आखिर में आयेगी।

एक बार तो विमल ने अपनी आंखों के सामने दिन-दहाड़े एक युवती का अगवा होते देखा लेकिन नीलम ने फिर उसे ये कह कर दखलअन्दाज़ न होने दिया कि और लोग भी वो वाकया देख रहे थे, अकेले उस के आगे आने की कोई ज़रूरत नहीं थी।

अगवा का शिकार वो लड़की हस्पताल में दम तोड़ देती है। फिर ख़बर आती है कि पुलिस को अगवा की उस वारदात का एक चश्मदीद गवाह मिल गया था जिस की गवाही के तहत पुलिस अमित गोयल, विकास जिन्दल और केतन साहनी नामक बलात्कार के तीन आरोपी युवकों को गिरफ्तार करती है, जोकि पूरी तरह से बेगुनाह होने का दावा करते हैं। कोर्ट में उन पर केस चलता है तो देवन नायर नाम का चश्मदीद गवाह अपनी गवाही से ये कह कर मुकर जाता है कि वो मलियाली था, उसे हिन्दी नहीं आती थी जब कि पुलिस ने उसका बयान हिन्दी में दर्ज किया था और अपनी मनमर्ज़ी के बयान पर ज़बरदस्ती साइन कराये थे। यानी आरोपी युवकों का अपराध साबित करने वाले जिस बयान पर पुलिस का ज़ोर था, वो उसने दिया ही नहीं था। नतीजतन आरोपी युवकों को ज़मानत मिल जाती है और उन का रिहा हो जाना महज़ वक्त की बात रह जाती है।

बाद में विमल पत्रकार होने का बहाना करके देवन नायर से मिलता है तो पाता है कि हिन्दी उसे बाखूबी आती थी। यानी उसने मोटी रिश्वत खा कर अपना बयान बदला था।

अगली पेशी पर तीनों युवक बरी हो जाते हैं तो महज़ इसलिये कि उन के ख़िलाफ चश्मदीद गवाह ने परजुरी का अपराध किया जिसकी वजह से उस पर कोई एक्शन न हुआ क्यों कि रिश्वत उस सब-इंस्पेक्टर ने भी खायी थी जो कि केस का विवेचन अधिकारी था।

विमल मुबारक अली से मिलता है और उससे सवाल करता है कि क्या वो हिजड़ों की बाबत कुछ जानता था मसलन वो कहां से आते हैं, उनकी तादाद में बढ़त कैसे होती, जब वो खुद औलाद पैदा करने से अक्षम होते हैं तो वो मल्टीप्लाई कैसे होते हैं, वग़ैरह। मुबारक अली खुद तो उस विषय में अनभिज्ञता ज़ाहिर करता है लेकिन दो दिन बाद उसे अल्तमश नाम के एक किन्नर से मिलवाता है जो जनाना रूप अख़्तियार करता था तो ऐसी हसीन, दिलफरेब हुस्न की मलिका में तब्दील हो जाता था जिसे देखकर कोई सपने में नहीं सोच सकता था कि वो किन्नर था। उसी से विमल को हिजड़ों की बाबत विस्तृत जानकारी प्राप्त होती है और वो उस प्रक्रिया से भी अवगत होता है जो किसी अच्छे भले किशोर का जड़ से खतना करके उसे हिजड़ा बनाती थी, 'निर्वाण' बनाती थी। उस जानकारी की फीस के तौर पर अल्तमश हज़ार रुपये पाता है और विमल से उस की कार पर मंडी हाउस तक – मर्दाना लिबास में – लिफ्ट पाता है।

मंडी हाउस के रास्ते में तीन युवक निहायत बद्तमीजी से, गाली-गलौज की जुबान से महज़ इसलिये विमल के गले पड़ते हैं कि आईटीओ के क्रॉसिंग पर लाल बत्ती पर खड़ा होकर उसने उनका रास्ता रोक दिया था और लाल बत्ती जम्प करके उन्हें आगे नहीं निकल जाने दिया था। सब से जबर, जो कि कार का ड्राइवर था और बाद में उजागर होता है कि दिल्ली पुलिस के एक एसीपी का बेटा था, उस पर गन तान देता है। विमल, जो कि अब नीलम की कसम से मुक्त था, उससे गन छीन लेता है और अकेला ही तीनों को धूल चटा देता है। सब बाकायदा माफियां मांगने लगते हैं तो विमल गोलियां निकाल कर उनकी गन भी लौटा देता है और उन्हें चला भी जाने देता है। अल्तमश विमल के उस करतब से इतना मुतासिर होता है कि पीछे बतौर सहयोग की फीस मिले हज़ार रुपये लौटा देता है और आइन्दा बिना किसी उजरत के विमल की हर खिदमत करने का वादा करता है।

अपनी निगाहबीनी का अगला निशाना विमल अमित गोयल को बनाता है। तीन दिन बाद अमित जब एक हसीन संगिनी के साथ वसन्त कुंज में स्थित

'हाईड पार्क' नामक, नाइट क्लब में हाजिरी भर रहा होता है तो विमल को मालूम होता है कि रात के नौ बजे के बाद वहां अकेले मर्द का दाखिला मना था। फिर उसे मालूम होता है कि फीस भरने पर कम्पैनियन बाहर उपलब्ध हो जाता था। वो तीन हज़ार रुपये फीस भर के प्रियंका नाम की एक सुन्दरी की कम्पनी हासिल करता है और 'हाइड पार्क' में दाखिला पाता है। प्रियंका से ही उसे मालूम होता है कि जो लड़की अमित के साथ थी, उसका नाम स्वाति था और बतौर बारफ्लाई वो वहां की रेगुलर थी। उसके अनुरोध पर प्रियंका विमल की स्वाति से एक संक्षिप्त, प्राइवेट मुलाकात का इन्तज़ाम करती है जिसमें विमल स्वाति से उस्तरे से चेहरा काट देने की धमकी दे कर तैयार कर लेता है कि अगली शाम को अमित के साथ वहां जो उसकी मीटिंग तय थी, वो उसको मिस कर देगी। स्वाति अंदेशा जताती है कि उसने ऐसा किया तो अमित उसका बुरा हाल करेगा तो विमल उसे आश्वासन देता है कि वो नौबत आने तक का उसका – या किसी का भी – बुरा हाल करने के काबिल ही नहीं बचने वाला था।

अगले रोज़ रात नौ बजे, जैसा कि उसका अमित से वादा था, अदिति 'हाइड पार्क' में नहीं पहुंचती। अमित अकेला बार पर बैठा ड्रिंक करता, जलता भुनता, उसको कोसता उसका इन्तज़ार करता है। विमल नीलम और जनाना लिबास में परी–चेहरा हसीना बने अल्तमश के साथ वहां पहुंचता है, फिर कुछ समय बाद उसके आदेश पर अल्तमश अमित को शीशे में उतारने के लिये बार पर पहुंच जाता है और जानबूझ कर खुद को अमित को परोसता है। स्टुड–अप का सताया अमित तत्काल 'मीशा' – अल्तमश का जनाना नाम – पर लार टपकाने लगता है और 'मीशा' के अनुरोध पर बतौर फोरसम विमल नीलम और 'मीशा' के साथ शामिल हो जाता है। कई ड्रिंक्स के दौर चल चुकने बाद 'मीशा' हिन्ट ड्राप करने लगती है कि इतनी बढ़िया चलती पार्टी को ऑल नाइट अफेयर बनाने के लिये कहीं तनहाई हासिल होती तो कितना मज़ा आता। नशे के हवाले अमित जब बताता है कि ईस्ट आफ कैलाश में उनकी एक खाली पड़ी फर्निश्ड कोठी थी, जिसकी चाबी उसके पास थी और पार्टी को ऑल नाइट अफेयर बनाने के लिये जो उन सब को वहां ले जा सकता था।

सब ईस्ट ऑफ कैलाश वाली अमित की खाली पड़ी कोठी में शिफ्ट हो जाते हैं। वहां 'मीशा' अमित को काबू में कर लेती है और विमल की मौजूदगी में उसके आदेश पर उस्तरे के एक ही वार से अमित के गुप्तांग उड़ा देती है।

यूं नीलम के साथ बद्फेली करने वाले चार नौजवानों में से पहला – अमित गोयल – विमल के कहर का शिकार होता है।

अगली सुबह पिता रघुनाथ गोयल को पुत्र के हौलनाक अंजाम की ख़बर लगती है तो वो उसे ग्रीन पार्क के एक प्राइवेट नर्सिंग होम में शिफ्ट किये जाने का इन्तज़ाम करता है।

अरमान त्रिपाठी को उस वारदात की खबर लगती है तो उसे फैंटम की नकाब वाला वो शख़्स याद आने लगता है जिसने वहां उसकी दुरगत की थी, चारों के गम्भीर अंजाम की धमकी दी थी और बोला था कि उसका नम्बर आखिर में आयेगा। अब उसे मालूम था कि वो गम्भीर अंजाम क्या था और उसके प्राण कांप रहे थे।

शाम को त्रिपाठी पिता पुत्र ग्रीन पार्क नर्सिंग होम पहुंचते हैं और रघुनाथ गोयल के ट्रबलशूटर जस्से की मौजूदगी में उससे मिलते हैं। वो अमित से तो नहीं मिल पाते लेकिन बाजरिया पिता उन्हें मालूम होता है कि मोटे तौर पर क्या हुआ था! तब अरमान और भी हैरान होता है कि उसके दोस्त का अंग भंग करने वाला 'फैंटम' नहीं था, बल्कि एक खूबसूरत लड़की थी। वो पिता को नर्सिंग होम से घर लौट जाने देता है और खुद एक नज़दीकी रेस्टोरेंट में अकेले में जस्से से मिलता है और गोपनीयता की कसम दिला कर उसे अपनी 'फैंटम' के साथ बीती कह सुनाता है। जस्सा अमित को प्राब्लम चाइल्ड बताता है जो पिता की पैंतालीस लाख रुपये की रिश्वत के सदके एक वारदात से बरी हुआ था तो कोई सबक लेने का जगह वैसी ही दूसरी वारदात कर बैठा था जिसने उसे उसके उस हौलनाक अंजाम तक पहुंचाया था। बहरहाल, अरमान जस्से पर अपना शक ज़ाहिर करता है कि कांड करने वाली लड़की के साथ जो औरत और आदमी थे, उन में वो आदमी ही 'फैंटम' था और ये दूर की कौड़ी थी लेकिन फिर भी लगता था कि औरत वही थी जिसे उन चार जनों ने उठाया था, जिसके साथ चलती कार में बद्फेली की थी, और फिर जिसे कार से बाहर फेंक दिया गया था। वो औरत पांव-पांव चल रही थी और नज़दीकी म्यूनीसिपल मार्केट से खरीदारी कर के लौट रही थी। इस लिहाज़ से उसकी रिहायश मॉडल टाउन में मार्केट के करीब ही कहीं होना लाजमी था और जस्सा चाहता तो उसे तलाश कर सकता था।

जस्सा अपनी अतिव्यस्तता की वजह से उस काम को हाथ में लेने में असमर्थता जताता है और अरमान को राय देता है कि उस बाबत वो खुद

कोशिश करे। अलबत्ता वो महरौली वाले रेस्टोरेंट के सीसीटीवी कैमराज की रिकार्डिंग से पोशाक के सदके सीसीटीवी फुटेज खंगाल सकता था। 'हाइड पार्क' की फुटेज से उन तीनों जनों के साथ मौजूद औरत की सूरत पहचानी जा सकती थी और तदोपरान्त ये जानना आसान होता कि वो मॉडल टाउन में म्यूनीसिपल मार्केट के करीब कहीं रहती थी या नहीं।

विमल मुबारक अली से मिलता है और उसे अपने लिये गन का इन्तज़ाम करने को बोलता है। तब मुबारक अली एक नया रहस्योद्घाटन करता है कि अल्तमश के बतौर मीशा 'बड़े काम' की फीस नौ–दस हज़ार रुपये मुकर्रर हुई थी, वो उसने ये कह कर लेने से इंकार कर दिया था कि उसके लिये यही बहुत बड़ी फीस थी कि उसे विमल के किसी काम आने का मौका मिल रहा था। यानी एक मुफ़लिस किन्नर भी विमल की शख्सियत के जादू से मुक्त नहीं था। मुबारक अली विमल के इस ऐलान से भी नाइत्तफाकी ज़ाहिर करता है कि अरमान त्रिपाठी की ख़बर वो आखिर में लेगा।

आखिर 'गोल्डन गेट' को जांचने–परखने का फैसला होता है, क्योंकि विमल को लगता था कि इसमें भी कोई भेद था जो फैक्ट्री का परदेसी पाटर्नर जब दिल्ली आता था तो फैक्ट्री में जाकर बैठने की जगह 'गोल्डन गेट' में डेरा जमाता था। तब मुबारक अली ये सम्भावना जताता है कि जिन की फैक्ट्री थी, ज़रूर 'गोल्डन गेट' के भी वही मालिकान थे।

जस्सा महरौली वाले रेस्टोरेंट 'लोटस पौंड' से तो अपनी दरकार सीसीटीवी फुटिंग हासिल करने में कामयाब हो जाता है लेकिन जब वो वही कोशिश जाकर 'हाइड पार्क' में दोहराता है तो उसे डांट कर, बेइज़्ज़त करके, दोबारा कभी 'हाइड पार्क' के करीब भी न फटकने की धमकी देकर भगा दिया जाता है।

'लोटस पौंड' वाली सीसीटीवी फुटेज जस्सा अरमान को दिखाता है। अरमान उस में से पोशाक के सदके एक शख़्स को सिंगल आउट करता है जो उसके ख़याल में 'फैंटम' हो सकता था लेकिन यकीनी तौर पर तभी कुछ रहा जा सकता था जब कि 'हाइड पार्क' वाली सीसीटीवी फुटेज हाथ आती। जस्से ने नयी कोशिश करने का वादा किया।

रात को विमल नीलम अशरफ और अल्तमश – मीशा – फोरसम की सूरत में 'गोल्डन गेट' पहुंचते हैं। वहां पहले तो उन्हें सब कुछ नार्मल लगता है फिर उनकी तवज्जो में पिछवाड़े की दो रिज़र्व्ड टेबल आती हैं जिन पर कोई आकर बैठता था तो उस से बिना आर्डर लिये फौरन उसे ड्रिंक सर्व

किया जाता था, स्टीवार्ड उसके पास पहुंचता था तो वो जेब से मोबाइल निकाल लेता था, फिर थोड़ी देर बाद ड्रिंक को बिना किसी ख़ास ख़ातिर में लाये उठता था और स्क्रीन के पीछे कहीं गायब हो जाता था। ऐसा दो तीन बार और हुआ तो उन्होंने यही फैसला किया कि स्क्रीन के पीछे कोई प्राइवेट डायनिंग एरिया था जहां किन्हीं विशिष्ट अतिथियों को ही, पहले रिज़र्व्ड टेबल पर शिनाख़्त के बाद, जाने दिया जाता था।

पीछे नीलम के पास एक लाल गाऊन वाली युवती पहुंचती है जो उसे एक रुक्का थमा कर वहां से चली जाती है। विमल लौट कर वो रुक्का देखता है तो पाता है उसपर एक तरफ मोटे अक्षरों में लिखा था :

फेरा का फेरा फिर। आगे बोलने का

और दूसरी तरफ कुछ नामों की लिस्ट, बमय प्रोफेशन और मोबाइल नम्बर, टाइप्ड थे जिस पर हैडिंग था – 'टु बी स्क्रींड बिफोर फेरा फेरा'। किसी की समझ में नहीं आता कि वो लिस्ट क्या थी, उस मैसेज का क्या मतलब था। अलबत्ता ये ज़रूर पता लगता है कि लाल गाउन वाली का नाम मीनू ईरानी था, वो वहां होस्टेस थी और वहां के सिक्योरिटी चीफ गजानन चौहान को रिपोर्ट करती थी। लाल गाउन वाली एकाएक उन की टेबल पर पहुंचती है, गुस्से में मैसेज वाला रुक्का विमल के हाथ से झपटती है, उसकी धज्जियां उड़ाती है और पांव पटकती वहां से चली जाती है।

अशरफ लौट कर बताता है कि सिन्धी सेठ सुखनानी की मर्सिडीज़ बाहर पार्किंग में नहीं थी, लेकिन वहां दो 'इन्डिका' आती जाती रहती थीं जो कि कहीं करीब से कोई ख़ास पैसेंजर्स ढ़ोकर वहां लाती थीं। वो करीब जगह ग्रीन पार्क मैट्रो स्टेशन की पार्किंग थी और वहां पार्किंग में सुखनानी की मर्सिडीज़ खड़ी थी। लिहाज़ा वो दो 'इन्डिका' ग्रीन पार्क मैट्रो स्टेशन की पार्किंग और 'गोल्टन गेट' के बीच शटल सर्विस का काम करती थीं जो कि उन ख़ासुमख़ास मेहमानों को ही उपलब्ध थीं जो रेस्टोरेंट में आकर रिज़र्व्ड टेबल्स पर बैठते थे। ख़ास मेहमान जैसे कि कीमतराय सुखनानी जो कि वहां के उस ख़ास सैटअप के बारे में उन्हें ब्रीफ कर सकता था।

क्यों? कैसे? ये बाद में ग़ौर करने लायक मसले थे।

डिनर के दौरान उन्हें लाल गाउन वाली मीनू ईरानी फिर दिखाई देती है। वो रेस्टोरेंट के प्रवेशद्वार के करीब के एक बन्द दरवाजे पर पहुंचती है और उसे खोलकर उसके पीछे गायब हो जाती है। विमल जाकर भीतर झांकता है तो

भीतर मौजूद अटेंडेंट उसे बताती है कि वो स्टाफ का रैस्टरुम था, गैस्ट्स के लिये नहीं था। वो मीनू ईरानी के बारे में सवाल करता है तो मालूम होता है कि वो पिछवाड़े के रास्ते से वहां से चली गयी थी लेकिन जल्दबाज़ी में अपना हैण्डबैग पीछे छोड़ गयी थी। विमल खुद को चौहान का – मीनू ईरानी का भी – दोस्त बताता है और ये कहके हैण्डबैग झपट लेता है कि मीनू को वो लौटा देगा। बाहर मीनू उसे कहीं दिखाई नहीं देती। वो हैण्डबैग टटोलता है तो पता लगता है कि वो 14/1, ईस्ट पटेल नगर के एक फ्लैट में रहती थी। बैग में एक चाबियों का गुच्छा था जिस में तीन चाबियां थी। विमल तीनों चाबियों की आउटलाइन कागज पर उकेर लेता है, कई कोणों से उनकी अलग-अलग तसवीरें खींच लेता है और चाबियों को बैग के हवाले करके बैग रैस्टरूम की अटेंडेंट को ये कहता लौटा देता है कि बाहर मीनू उसे नहीं मिली थी।

अगली सुबह अखबार में मीनू ईरानी के क़त्ल की ख़बर छपती है।

फिर सुबह सवेरे अशरफ और अल्तमश विमल के पास पहुंचते हैं। सब में यही फैसला होता है कि युवती को पिछली रात गलत जगह मैसेज पहुंचाने की सज़ा – मौत की सज़ा – मिली थी, इस लिहाज़ से उस बेमानी लगने वाले मैसेज की कोई ख़ास अहमियत होनी चाहिये थी जो कि किसी को नहीं सूझती। वो दोनों विमल को बताते हैं कि वो पिछली रात घर गये ही नहीं थे, सारी साल 'गोल्डन गेट' की निगाहबीनी करते रहे थे जिसका ये नतीजा सामने आया था कि सुबह सवेरे, मुंह अन्धेरे बारास्ता फैक्ट्री दो-दो तीन-तीन कर के कोई तीस मेहमान वहां से बाहर निकले और 'इन्डिका' कारों पर सवार हो कर खामोशी से वहां से रूखसत हो गये। यूं ही सिन्धी सेठ सुखनानी भी रूखसत हुआ। और रूखसत हुईं आठ निहायत हसीन, जवान, आवर-ग्लास फिगर वाली लड़कियाँ। तब अल्तमश ने अपना शक ज़ाहिर किया कि 'गोल्डन गेट' की ओट में वहां ज़रूर कोई खुफिया वेश्यालय चलता था, लेकिन विमल उम्रदराज़ सिन्धी सेठ सुखनानी की कल्पना रण्डीबाज़ के तौर पर नहीं कर पाता। लिहाज़ा विमल अशरफ से दरख़्वास्त करता है कि वो किसी प्रकार सुखनानी से उसकी मुलाकात का प्रबन्ध करे। साथ ही वो अशरफ को मीनू ईरानी के बैग से निकाली चाबियों का खाका वग़ैरह सौंपता है और आननफानन डुप्लीकेट चाबियां बनवाई जाने का इन्तज़ाम करने की वो दरख़्वास्त करता है।

चाबियां उसे आननफानन ही हासिल होती हैं जिनकी मदद से विमल

मीनू ईरानी के ईस्ट पटेल नगर वाले फ्लैट में दाखिला पाने में कामयाब हो जाता है। वहां की तलाशी में, वो दो लिस्टें बरामद करता है जिनमें से एक पर इकतीस कोड दर्ज थे और दूसरी पर नब्बे नाम और मोबाइल नम्बर दर्ज थे। वो अभी इतना ही देख पाता है कि उन नामों में सुखनानी का नाम भी था कि उसपर पीछे से हमला होता है और वो लिस्टें उसके हाथ से निकल जाती हैं। बेहोश होने से पहले वो इतना फिर भी देख पाता है कि उसकी हमलावर पिछली रात के मेकअप वाली नीलम जान पड़ती थी यानी वो, वो औरत थी जिसके मुगालते में मीनू ईरानी ने 'सन्देशा' नीलम को सौंपा था।

अरमान जस्से से मिलता है तो जस्सा अपना ख़याल ज़ाहिर करता है कि उनकी बद्फेली का शिकार हुई औरत मॉडल टाउन में म्यूनीसिपल मार्केट के आसपास रहती कोई हाउसवाइफ़ थी, बदले की भावना से प्रेरित जिसका पति सब फसाद खड़ा कर रहा था। जिस औरत की ऐसी फज़ीहत हुई थी, वो हफ़्ता-दस दिन घर से बाहर नहीं निकल सकती थी और पूछताछ से, पड़ताल से ऐसी किसी औरत का पता निकाला जा सकता था और इस काम को खुद करने का जस्से ने अरमान को आश्वासन दिया।

शाम को मुबारक अली और अशरफ विमल के पास पहुंचते हैं, गुज़श्ता वाकयात पर फिर तबसरा होता है तो मुबारक अली भी इस बात से इत्तफाक जाहिर करता है कि 'गोल्डन गेट' की ओट में ज़रूर कोई रण्डीखाना ही चलाता था और जो बड़ी लिस्ट विमल के हाथ से निकल गयी थी, वो ज़रूर स्थायी ग्राहकों की थी और छोटी लिस्ट में रोज़ बदलने वाले कोड उनके लिये दाखिले के परमिट का काम करते थे, और विमल की हमलावर औरत पर अब उन लिस्टों को महफूज़ रखने की ज़िम्मेदारी थी।

फिर मुबारक अली विमल को दो गन सौंपता है, जिन में से एक नन्हीं सी थी जो कि ऐंकल होल्स्टर में रखने के काम आती थी।

जस्सा हाइड पार्क के मैनेजर नमित मेहरोत्रा से उसे घर जाकर फिर मिलता है, लेकिन मैनेजर उसे सीसीटीवी फुटेज मुहैया करवाने की उसकी दरख़्वास्त को फिर ठुकरा देता है। मैनेजर के घर ठहरने के दौरान जस्से को उनके हयातो नाम के जपानी नस्ल के लाखों रुपये की कीमत के कुत्ते की ख़बर लगती है जिसकी बाबत मैनेजर बड़े गर्व से कहता है कि वो उनके परिवार का अंग था।

रात को जस्सा कुत्ते को ज़हर देकर मार देता है और वार्निंग जारी करता है कि अगला शिकार मैनेजर की जुड़वां बेटियों में से एक हो सकती थी।

मैनेजर के कसबल ढीले पड़ जाते हैं, वो जस्से को वांछित सीसीटीवी फुटेज मुहैया करा देता है। वो अरमान को वो फुटेज दिखाता है तो अरमान के नोटिस में पहले 'मीशा' आती है, जो फुटेज में साफ जाहिर होता था कि जानबूझ कर अमित से जा चिपकी थी, फिर नीलम और विमल आते हैं। नीलम को विमल कद-काठ में 'फैंटम' जैसा लगता है और ये भी फैसला होता है कि अपनी असली सूरत छुपाने के लिये 'हाइड आउट' में वो मेकअप में था। लेकिन क्योंकि 'मीशा' - उर्फ़ अल्तमश - उन के साथ थी इसलिये ईस्ट ऑफ कैलाश वाली वारदात निश्चय ही उन्हीं लोगों का - 'मीशा' का - काम था और वो लोग पहले से अमित की ताक में थे। इस लिहाज़ से वारदात वाली रात से पहले के कुछ दिनों की 'हाइड पार्क' की सीसीटीवी फुटेज में वो लोग हो सकते थे। जस्से को वो बात जंचती है, वो, वो फुटेज भी निकलवाने का अरमान को आश्वासन देता है।

मुबारक अली के भांजों के जरिये विमल को मालूम होता है कि 29 तारीख को 'ब्लैक पर्ल' नाम के एक लग्ज़री होटल में एक भव्य शादी थी जिसमें अशोक जोगी की सपरिवार शिरकत थी। विमल अशरफ और 'मीशा' के साथ उस शादी में घुसपैठ करता है, खुद को बाजरिया अमित गोयल, अशोक से पहले मिला बताता है, और उसकी नशे की हालत का फायदा उठा कर उसे इस बाबत यकीन दिलाने में भी कामयाब हो जाता है। दोनों ड्रिंक्स शेयर करने लगते हैं और विमल के प्रोत्साहन पर अशोक वहां अकेली घूमती फिरती, ड्रिंक एनजॉय करती लखनवी बेगम 'मीशा' पर लार टपकाता है। 'मीशा' उस को शह देती है, खुद को बारात के साथ आयी बताती है जिसके लिये कि होटल में अलग कमरा बुक था। वो थोड़ा रैस्ट करने के बहाने अपने कमरे में जाती है तो पीछे अशोक के लिये हिन्ट छोड़ के जाती है कि अगर वो भी रैस्ट का तालिब था तो उसके कमरे में आ सकता था।

लार टपकाता, नशे के हवाले अशोक उसके कमरे में पहुंच जाता है।

और अमित गोयल वाले अंजाम को पहुंचता है; विमल के कहर का दूसरा शिकार बनता है।

(यहां तक की कहानी आपने पेंगुइन से पूर्वप्रकाशित उपन्यास 'क़हर' में पढ़ी, अब आगे पढ़िये . . .)

4 दिसम्बर : बुधवार

अगले रोज़ के अखबारों में वो ख़बर मौजूद थी।

एक अख़बार में साफ हिंट था कि ख़बर होटल से या पुलिस से लीक नहीं हुई थी, उस नर्सिंग होम से लीक हुई थी जिसमें पुलिस ने अशोक जोगी को पहुंचाया था।

ग़नीमत थी कि ख़बर में उस हृदयविदारक घटना का ही ज़िक्र था, भुक्तभोगी का उसके नाम से ज़िक्र नहीं था।

फिर भी न अकील सैफी को और न अरमान त्रिपाठी को समझते देर लगी कि वो भुक्तभोगी कौन था और कौन वो लोग थे जिन्होंने उसे अपना शिकार बनाया था।

अमित गोयल की बुरी गत बनाने वालों का दूसरा वार चल गया था।

अब दोनों ही पहले से ज्यादा फिक्रमंद थे।

ख़ास तौर से अकील।

अरमान का नम्बर आखिर में आना था तो फिर अगला नम्बर उसी का था।

अल्लाह! रहम!

दोपहरबाद जस्सा मॉडल टाउन पहुंचा।

अट्ठाइस नवम्बर गुरुवार रात की हाइडपार्क की वीडियो क्लिप के साथ।

कोठी के ड्राईंगरूम में कदम रखते ही उसका सामना पिता से हुआ।

"आ, जस्से।" – चिन्तामणि बोला – "कैसे आया?"

"अरमान से मिलने आया।" – जस्सा बोला।

"अच्छा हुआ अरमान से मिलने आया, क्योंकि मैं तो रुक नहीं सकता! मेरी बड़ी इम्पॉर्टेंट मीटिंग है। मैं बस, निकल ही रहा था।"

"ओह!"

"बैठ।"

"शुक्रिया।"

"अरमान बाथरूम में है। अभी आता है। तब तक कोई ठण्डा गर्म ले ले।"

"नहीं, जरूरत नहीं।"

"अरे, ले ले न! इतना काम करता है! इतनी भागदौड़ करता है! शक्ल से ही थका हुआ लग रहा है।"

“आप इसरार करते हैं तो . . . बीयर ले लूंगा।”

“अरे, ले न! फ्रिज भरे पड़े हैं। मैं अभी इन्तज़ाम करता हूँ।”

एक सर्वेंट ने उसे बीयर सर्व की।

“ये अरमान को तेरी आमद की ख़बर कर आया है। तू इत्मीनान से बीयर एनजॉय कर। वो आता ही होगा। मैं चलता हूँ।”

जस्से ने सहमति से सिर हिलाया।

चिन्तामणि रूख़सत हो गया।

अरमान बीयर खत्म हो जाने के बाद ही ड्रॉईंगरूम में पहुंचा।

“नहा रहा था।” – वो बोला – “आज बहुत लेट उठा सो कर।”

“होता है।”

“कैसे आया?”

जस्से ने बताया।

“फिर तो ऊपर चलते हैं।”

दोनों ऊपर अरमान के बैडरूम में पहुंचे।

अरमान ने पूरी तल्लीनता से वीडियो क्लिप देखी।

“वो” – आखिर वो बोला – “भूरे बालों वाला, लम्बी कलमों वाला, बायीं आंख के नीचे मस्से वाला तो इसमें नहीं दिखाई दे रहा!”

“हां।” – जस्सा बोला, उसने क्लिप को रिवर्स कर के एक जगह फ्रीज़ किया और बोला – “इसको देख, जिसके साथ एक खूबसूरत लड़की ड्रिंक्स शेयर कर रही है – जो उस टेबल से अगली टेबल पर ही बैठे हुए हैं जिस पर अमित गोयल अपनी कम्पैनियन के साथ है।”

“देखा।”

“मैं क्लिप को वहां तक बैक करता हूँ जहां दूसरा लड़का और लड़की एन्ट्री लेते हैं और आकर टेबल पर बैठते हैं। देख।”

जस्से ने कन्ट्रोल्स आपरेट किये।

स्क्रीन पर वो दोनों टेबल पर आ कर बैठ गये, उन्हें ड्रिंक्स सर्व हुए।

“क्या देखा?” – जस्सा बोला।

“कुछ नहीं।”

“अरे, वो ब्लू सूट वाला लड़का नहीं देखा जो ऐन्ट्रेंस से लड़की के साथ स्टीवार्ड के पीछे चलता उस टेबल पर पहुंचा जो अमित की टेबल के बाजू में है!”

“देखा। लेकिन ख़ास क्या है उसमें?”

"है तो सही ख़ास कुछ!"

"क्या? पहेलियां न बुझा, जस्से।"

"इसका कद-काठ, चाल-ढाल सब उस भूरे बाल, लम्बी कलमें और आंख के नीचे मस्से वाले लड़के से मिलता है।"

"लेकिन सूरत नहीं मिलती। ये क्लीनशेव्ड है, वो लम्बी मूंछें और सोल पैच वाला था। उसकी भवें घनी थीं, इसकी बारीक हैं, उसके बाल घने और भूरे थे, इसके शार्ट कट हैं, उसकी कलमें घनी और इतनी लम्बी थीं कि कान की लौ से नीचे तक पहुंचती थीं, उसकी आंखें साफ नीली थीं, इसकी काली हैं। जहां, उसकी बायीं आंख के नीचे काला मस्सा था।"

"सब मेकअप का कमाल हो सकता है।"

"मैं नहीं मानता। जस्से, ये फिल्मी बातें हैं, फिल्मों में ही चलती हैं।"

"ऐसा?"

"हां"

"काके, मैं तो बड़े अरमान से तुझे ये क्लिप दिखाने लाया था।"

"तेरा दिल क्या कहता है, ये दोनों जने एक हैं?"

"दिल क्या, मेरा तो दिमाग भी यही कहता है। इसलिये भी कहता है कि ये अमित की तरह हाइड पार्क का रेगुलर नहीं।"

"ये कैसे जाना?"

"तूने पिछली और शामों की वहां की क्लिप निकलवाने के लिये भी तो कहा था!"

"तो?"

"मैंने निकलवाई न और पीछे तीन शामों की क्लिप। काके, इस गुरुवार वाली क्लिप के अलावा ये छोटे बाल, काली आंखों वाला लड़का और किसी क्लिप में नहीं है।"

"हम्म!"

"अगर तू इसे शुक्रवार वाला बन्दा माने जो एक औरत और उस छम्मकछल्लो लड़की के साथ था जिसने अमित को शीशे में उतारा था तो हम कह सकते हैं कि हम वारदात के लिये ज़िम्मेदार हरामी के पिल्ले की असली सूरत पहचानते हैं।"

"कहां, यार, ये क्लिप नाकाफी रौशनी में बनी है। 'हाइड पार्क' में कोज़ी, रोमांटिक एटमासफियर बनाने के लिये रात को वहां रोशनियां मद्धिम रखी जाती हैं। फिर सब कुछ लांग शॉट में है, कहां चेहरा साफ दिखाई दे

रहा है! क्लोज अप होता तो कोई बात भी थी!''

''कुछ तो दिखाई दे रहा है!''

''कुछ काफी नहीं। जस्से, हम अन्दाज़न किसी के गले नहीं पड़ सकते।''

''अभी तो साफ गले पड़ने को कुछ सामने है भी नहीं!''

''वो बात भी है।''

''काके, मैंने तो तेरी डिमांड पर अमल किया था। लगता है तमाम ड्रिल बेकार गयी।''

''बिल्कुल बेकार नहीं गयी।''

''अच्छा! वो कैसे?''

''इस क्लीनशेव्ड लड़के के साथ जो लड़की है, मैं उसे पहचानता हूँ।''

''पहचानता है! कैसे?''

''रोज़ रात नौ बजे 'हाइड पार्क' के आसपास मंडरा रही होती है, ऐसे।''

''मंडरा रही होती है, क्यों?''

अरमान ने वजह बतायी।

''ओह!'' – जस्सा बोला, ''तेरा मतलब है ये क्लीनशेव्ड लड़के की वाकिफ नहीं, रेगुलर कम्पैनियन नहीं, 'हाइड पार्क' में रात को ऐन्ट्री पाने के लिये फीस भर के बतौर कम्पैनियन हासिल की?''

''हां।''

''फिर तो ये इसके बारे में काफी कुछ बता सकती है!''

''उम्मीद तो है!''

''बढ़िया! फिर तो . . .''

''और जस्से, गोयल के साथ जो लड़की दिखाई दे रही है, मैं उसे भी जानता हूँ।''

''काके, लड़कियों की तेरी जानकारी बड़ी वसीह है!''

''इसका नाम स्वाति है। गोयल से हाल ही में सैट हुई थी।''

''ओये, काके, ये वारदात की रात गोयल के साथ थी, तू इसे जानता है तो ये तो शुक्रवार रात के वाकयात के बारे में जानकारी की खान साबित हो सकती है! मैं थामता हूं इसे। कोई अता पता बोल इसका।''

''नहीं मालूम।''

''फिर क्या फायदा हुआ!''

''लेकिन रेगुलर बार फ्लाई है।''

''क्या मतलब हुआ इसका? 'हाइड पार्क' में अक्सर होती है?''

“हमेशा होती है तू आज रात मेरे साथ ‘हाइड पार्क’ चल। मुझे उम्मीद है दोनों लड़कियां वहीं होंगी।”

“दूसरी का क्या नाम है?”

“नाम नहीं मालूम, लेकिन सूरत से अच्छी तरह वाकिफ हूं। रात नौ बजे ये ‘हाइड पार्क’ के बाहर ज़रूर होगी।”

“और दूसरी – स्वाति बोला – अन्दर?”

“हां। मैनेजर तेरे काबू में है, इन लड़कियों ने मिज़ाज़ दिखाया तो हम उस से भी मदद हासिल कर सकते हैं।”

जस्से की भवें उठीं।

“अरे, ये रेगुलर रैकेट है जिसमें इन लड़कियों की शिरकत है और जो मैनेजमेंट की गुड बुक्स में आये बिना नहीं चल सकता।”

“ओह! ठीक है, चलेंगे।”

शाम को अकील सैफी उस नर्सिंग होम में पहुंचा जिसमें, उसको ख़बर लगी थी कि, अशोक जोगी भरती था।

मुलाकात की इजाज़त तो उसे न मिली लेकिन अरमान उसे वहां मिल गया।

“तू मिला?” – अकील ने पूछा।

“नहीं।” – अरमान बोला – “किसी को मिलने की इजाज़त नहीं है।”

“कब होगी?”

“कल शायद घर चला जायेगा।”

“तब इजाज़ होगी?”

“उम्मीद तो है!”

“ठीक है, कल उसके घर का चक्कर लगाऊंगा।”

“मैं भी।”

“सो, फैंटम स्ट्राइक्स अगेन!”

“हां, यार। और अब . . .”

अरमान जानबूझ कर खामोश हो गया।

“क्या अब?”

“ख़ुद सोच।”

“तू सुचवा।”

"अब तेरी बारी।"

अकील हकबकाया।

"फिर मेरी।"

"ओह!"

"क्या करेगा?"

"तू क्या करेगा?"

"मैं क्या कर सकता हूँ? मेरा डैड ही कुछ करेगा तो होगा।"

"वो क्या करेगा?"

"कर रहा है।"

"क्या?"

"काफी कुछ। कोई नतीजा निकलेगा तो बताऊंगा।"

"हूँ। लेकिन यार . . ."

"बोल।"

"क्या पता फैंटम का तीसरा वार होने से पहले वो पकड़ा ही जाये!"

"ऐसा हो जाये तो कंटक कटे।"

"हो सकता है। इस बार ये गम्भीर पुलिस केस है। होटल में बड़ी शादी में वारदात हुई है तो हमलावर मेहमानों में ही था। पुलिस उसको सिंगल आउट करने की जी जान से कोशिश कर रही होगी। शिवनाथ गुप्ता जी बड़े रसूख वाले हैं, पुलिस पर उनका भी प्रैशर होगा। मेरे को तो लगता है कि वो करतूत करने वाले की – या करने वालों की–शिनाख़्त हो जायेगी। फिर पुलिस का डंडा घूमेगा तो गिरफ्तारी भी होके रहेगी।"

"यार, ऐसा हो जाये तो जान सांसत से निकले।"

"मेरा दिल कहता है कि होगा। मेरा दिल ये भी कहता है कि अब अमित के साथ बीती भी छुपी नहीं रहेगी। कोई बड़ी बात नहीं अशोक ही इस बाबत सब बक दे। ऐसा हुआ तो फिर ये सीरियल किलर जैस केस होगा और पुलिस पर उसको सॉल्व करने का डबल प्रैशर होगा।"

"अबे, ऐसे तो अशोक हमारे बारे में भी बक सकता है!"

"हां, यार, बात तो तेरी ठीक है! ऐसा होगा तो कुछ हाथ आने से पहले ढेर हाथ से निकल जायेगा। वही मसल होगी कि नमाज़ बख़्शवाने गये, रोज़े गले पड़े।"

"मैं बोलूं तो तू ख़्वाब देख रहा है। पुलिस की पकड़ में असलियत नहीं

आने वाली। अशोक पर जो मुसीबत टूटी है, वो जिस्मानी है। उससे उसकी अक्ल नहीं मारी गयी। देख लेना, वो असलियत के बारे में कुछ नहीं बकेगा। बकेगा तो मरेगा!''

''भई, बड़ी वारदात है, उसका बयान होगा, कुछ तो उसे कहना पड़ेगा!''

''ही विल प्लीड इग्नोरेंस। मैं अमित को बाखूबी जानता हूँ, मुझे यकीन है कि एक ही जवाब होगा उसका जो कि होना चाहिये।''

''क्या?''

''मुझे नहीं पता क्या हुआ? क्यों हुआ?''

''लेकिन कैसे हुआ, होने की नौबत क्यों कर आयी के बारे में तो वो इग्नोरेंस प्लीड नहीं कर सकता?''

''वो मामूली बात है। नशे में उसने शादी के एक हसीन मेहमान पर लार टपकाई जो उसे होटल के एक कमरे में ले गयी। आगे उसे नहीं पता क्या हुआ, कैसे हुआ, किसने किया!''

''वो हसीना की सोहबत में था, लम्बी सोहबत में था, वो खुद ऐसा कुबूल करेगा तो उसे उसकी शिनाख़्त के लिये बोला जायेगा।''

''वो पुलिस प्रोसीजर की बात है। लम्बी रूटीन है जो उसके पूरी तरह से तन्दुरुस्त होने से पहले वजूद में नहीं आ सकती। और ऐसा हफ्ता दस दिन से पहले नहीं होने वाला। बाद में बाजरिया शादी की वीडियो और स्टिल फोटोग्राफी ऐसी शिनाख़्त वो न कर सका तो किस्सा ख़त्म, कर सका तो बॉल पुलिस के कोर्ट में होगी। फिर देखेंगे पुलिस क्या कर पाती है, कुछ कर पाती भी है या नहीं।''

''तब तक हम क्या करें?''

''उस बुरी घड़ी को कोसें जब लालच ने हमें सताया और हमने वो . . . वो हरकत की जो अब जी का जंजाल बनी हुई है।''

''मैंने तो कुछ किया भी नहीं था!''

''स्साले! ये बात तुझे अब याद आयी है!''

''छोड़ वो किस्सा। कोई राय दे मैं क्या करू?''

''वही जो कर सकता है। एहतियात बरत।''

अकील ने संजीदगी से सहमति में सिर हिलाया।

नौ बजे से पहले जस्सा और अरमान 'हाइड पार्क' के सामने मौजूद थे। जैसा

कि अपेक्षित था, मेन डोर से थोड़ा परे हट कर तीन चार नौजवान, माडर्न, सजी–धजी लड़कियाँ आपस में बतिया रही थीं।

''है?'' – जस्सा धीरे से बोला।

''हां।'' – अरमान ने भी वैसे ही जवाब दिया।

''कौन सी?''

''वो जो लाल स्कर्ट और सफेद कार्डीगन पहने है। लाल हाई हील्स।''

''ठीक! तू इसको काबू में कर, मैं जाकर मैनेजर से बात करता हूँ।''

''मुझे मिलेगा कहां?''

''अभी मुझे खुद नहीं मालूम। मोबाइल बजाऊंगा।''

''ठीक है।''

जस्सा चला गया।

अरमान लड़कियों के करीब पहुंचा।

तत्काल उन्होंने बतियाना बन्द कर दिया और उसकी तरफ देखा।

अरमान ने लाल स्कर्ट की ओर इशारा किया।

वो ग्रुप छोड़ कर आगे बढ़ी और उसके करीब पहुंची।

अपेक्षित डायलॉग हुआ। आखिर अरमान ने उसे तीन हज़ार रुपये थमाये।

''थैंक्यू।''

''नाम?''

''प्रियंका।''

''मैं अरमान।''

''हल्लो, अरमान! चलें?''

''अभी नहीं। एक कॉल अपने वाली है, वो सुन लूं, फिर चलेंगे।''

''ओके।''

दो मिनट बाद अपेक्षित कॉल आयी।

अरमान ने जस्से की कॉल सुनी। फिर उसने मोबाइल को जेब के हवाले किया और लड़की को इशारा किया। तत्काल उसने उसकी बांह में बांह पिरो दी। दोनों गेट की तरफ बढ़े।

वो भीतर दाखिल हुए तो एक स्टीवार्ड उनकी तरफ बढ़ा। अरमान ने हाथ के इशारे से उसे रोका। वो सकपकाया और ठिठक गया।

मेन डोर के परले सिरे पर ऊपर को जाती सीढ़ियां थीं। लड़की का हाथ थामे अरमान सीढ़ियों की तरफ बढ़ा।

''इधर किधर?'' – वो सशंक लेकिन निडर भाव से बोली।

''आ न!'' – अरमान बोला।

''लकिन . . .''

''अरे, यही हैं। कोई स्वर्ग की सीढ़ी तो नहीं चढ़ने लगे!''

वो ख़ामोश हो गयी।

सीढ़ियों के ऊपर वाले सिरे पर एक बन्द दरवाज़ा था जिस पर लगी नेम प्लेट पर लिखा था:

नमित मेहरोत्रा
मैनेजर

अरमान दरवाज़ा धकेल कर लड़की के साथ भीतर दाखिल हुआ।

वो सुसज्जित एग्जीक्यूटिव ऑफिस था जिसकी विशाल ऑफिस टेबल के सामने तीन विज़िटर्स चेयर्स थीं और पीछे चमड़ा मढ़ी एग्जीक्यूटिव चेयर थी। जस्सा एग्जीक्यूटिव चेयर पर मौजूद था। और कोई वहां नहीं था।

''बैठ।'' – अरमान बोला।

''क्या है यहां?'' – वो संदिग्ध भाव से बोली – ''क्यों यहां . . .''

''अरे, बैठ तो सही! यहां वहां क्या करती है। 'हाइड पार्क' में ही है न! बैठ!''

झिझकती हुई वो एक विज़िटर्स चेयर पर बैठी।

अरमान उसकी बगल में बैठ गया।

''अब'' – जस्से को सशंक भाव से देखती वो बोली – ''मेहरोत्रा साहब 'हाइड पार्क' के मैनेजर नहीं हैं?''

''वहीं हैं। ये जसबीर सिंह हैं। मेरे फ्रेंड हैं।''

''वहां क्यों बैठे हैं?''

''कहीं तो बैठना था! तुझे ऐतराज़ है तो उठ जाते हैं।''

''नहीं, मुझे कोई ऐतराज़ नहीं। लेकिन है क्या यहां? क्यों आये हैं हम यहां?''

''अभी मालूम होता है।'' – अरमान ने गुरुवार की क्लिप से निकाली एक तसवीर उसके सामने रखी – ''ये तसवीर देख।''

''ये'' – वो सकपकाई – ''ये तो मैं हूँ।''

''हां। थर्सडे, अट्ठाइस नवम्बर रात की यहीं की तसवीर है। साथ में जो लड़का है, उसकी तरफ ध्यान दे।''

''क्या ध्यान दूं?''

''कौन है? कैसे जानती हैं? कैसे तेरे साथ है?''

''पता नहीं। नहीं जानती। वैसे ही साथ है जैसे तुम साथ हो।''

''तुम बतौर कम्पैनियन? उसको ऐन्ट्री दिलाने के लिये?''

''हां।''

''नाम बोला?''

''हां।''

''याद है?''

''हां। विमल।''

''बस, विमल? और कुछ नहीं?''

''हां।''

''उसके साथ जो बीती, सब ब्यान कर।''

''ख़ामख़ाह।''

''ज़रूरी है।''

''तुम्हारे लिये होगा। मैं'' – वो उठ खड़ी हुई – ''जाती हूँ।''

''अभी नहीं।''

''क्यों नहीं? यू वान्टिड एन इन। यू आर इन। माई जॉब इज़ डन। ओवर एण्ड आल।''

''बैठ जा!'' – जस्सा सांप की तरह फुंफकारा।

उसके शरीर में कंपकपी दौड़ गयी।

''कहना नहीं मानेगी'' – जस्सा पूर्ववत् फुंफकारता बोला – ''तो यहां से कभी ऑपरेट नहीं कर सकेगी! मेहरोत्रा साहब की तरफ से ये मैं गारन्टी करता हूँ।''

'''हाइड पार्क' – वो दिलेरी से बोली – ''इज़ नॉट दि ओनली प्लेस . . .''

''कहीं से भी ऑपरेट नहीं कर सकेगी। लेकिन हमदर्दी बहुत मिलेगी तेरे को।''

''कि-किस की?''

''पब्लिक की। मीडिया की। लीडरान की।''

''क-क्यों?''

''भई, एसिड अटैक सर्वाइवर को मिलती ही है!''

लड़की का चेहरा पीला पड़ गया। जस्से की सूरत पर उसे शैतान का वास लगा।

"क-क्या चाहते हो?" – वो बोली।

"बैठ जा।"

डरती झिझकती वो वापिस कुर्सी पर बैठी।

"इस . . . विमल के साथ अट्ठाइस नवम्बर, गुरुवार को यहां जो बीती, उसे तफसील से बयान कर।"

उसने आदेश का पालन किया।

वो खामोश हुई तो जस्से ने अरमान की तरफ देखा।

"जिस लड़की का नाम तूने स्वाति बताया" – अरमान संजीदगी से बोला – "उसके साथ मेरा जिगरी दोस्त था। नाम अमित गोयल। उससे अगली रात उसके साथ ऐसा हादसा हुआ था जो मौत से बद्तर था . . ."

"क्या हुआ था?"

"हुआ था कुछ। तेरे को बताने लायक नहीं लेकिन हमारा अन्दाज़ा है कि जो हुआ था, उसकी बुनियाद एक दिन पहले बनी थी और इसे . . . इस विमल का उसमें हाथ था। तूने उसकी दरख़्वास्त पर स्वाति से उसकी खुफिया मीटिंग का इन्तज़ाम किया था। तुझे मालूम है, उस खुफिया मीटिंग में उन दोनों में क्या बात हुई थी?"

"नहीं।"

"विमल ने कुछ न बताया?"

"मैंने पूछा ही नहीं।"

"उसने खुद कुछ न बताया?"

"न!"

"स्वाति ने?"

"वो तो फिर मेरे से मिली ही नहीं।"

"बाद में मिली हो!"

"मिली थी लेकिन उस मुलाकात का कोई ज़िक्र नहीं उठा था।"

"स्वाति इस वक्त कहां होगी?"

"वहीं, जहां हमेशा होती है।"

"कहां?"

"बार पर।"

''किसी से सैटिंग की फिराक में?''

''हां।''

''हो चुकी होगी?''

''इतनी जल्दी नहीं।''

''उसे यहां बुला कर ला।''

वो हिचकिचाई।

''बुला कर लाने वो बोला, काकी'' – जस्सा क़हर भरे स्वर में बोला – लौटने की जगह खिसक गयी और उसे भी खिसका दिया तो अंजाम बुरा होगा। इस बाबत कोई शक हो तो कोशिश कर देखना। खुल्ली छूट है तुझे।''

बड़ी मुश्किल से वो इंकार में सिर हिला पायी।

''जा।''

वो चली गयी।

पांच मिनट बाद वो स्वाति के साथ लौटी।

अरमान ने उसे अपना और जस्से का परिचय दिया और तसवीर की ओर उसका ध्यान आकर्षित किया।

''थर्सडे, अट्ठाइस नवम्बर को इसने'' – उसने प्रियंका की तरफ इशारा किया – ''तसवीर वाले इस शख़्स से नीचे असिस्टेंट मैनेजर के केबिन में तुम्हारी एक प्राइवेट मीटिंग फिक्स की थी। ठीक?''

''हां।'' – स्वाति निःसंकोच बोली।

ज़रूर प्रियंका उसे समझा कर लायी थी कि असहयोग की सूरत से उसका क्या अंजाम हो सकता था।

''क्या चाहता था?''

''चाहता था मैं अगले रोज़ यहां न आऊं।''

''अगले रोज़, यानी शुक्रवार उनत्तीस नवम्बर को, तुम्हारा यहां आना फिक्स था?''

''हां। मेरी अपने ब्वाय फ्रेंड से अप्वायमेंट थी।''

''अमित गोयल से?''

उसके चेहरे पर हैरानी के भाव आये।

''और ये बात उस शख़्स को मालूम थी?''

''मालूम थी। उसने साफ अमित का नाम लिया था। उसने साफ हिंट दिया था कि उसे कल नौ बजे की मेरी उसके साथ यहां की अप्वायमेंट की ख़बर

थी। साफ कहा था – आई रिपीट हिज़ ऐग्ज़ैक्ट वर्ड्स – 'अमित गोयल को उसके कहे मुताबिक कल यहां बार पर नहीं मिलना है।' मैंने उसकी बात मानने से इंकार किया तो उसने जेब से नाइयों वाला उस्तरा निकाला और उसे मेरे –" उसने झुरझुरी लेते हुए अपने कपोल को छुआ – "यहां पर रख दिया। बोला, दोनों गाल कानों तक काट देगा। मेरे प्राण कांप गये। मेरे को हां बोलना पड़ा, कहना पड़ा कि अगले रोज़ रात नौ बजे मैं यहां नहीं आऊंगी, भले ही अमित उस धोखे की वजह से मेरा कितना ही बुरा हाल करे। सर, जवाब में उसने गारन्टी से कहा कि . . . कि . . ."

"क्या? क्या कहा?"

"कि कल के बाद वो मेरे पास भी नहीं फटकेगा, ताज़िन्दगी मुझे कभी अपनी शक्ल नहीं दिखायेगा।"

"ऐसा कहा उसने?"

"पूरे विश्वास के साथ। गारन्टी के साथ।"

अरमान और जस्से की निगाहें मिलीं।

"ये तो" – जस्सा धीरे से बोला – "जो हुआ उसकी तरफ साफ इशारा हुआ!"

अरमान ने संजीदगी में सहमति में सिर हिलाया।

"उसे" – वो फिर स्वाति की तरफ मुखातिब हुआ – "दोबारा देखोगी तो पहचान लोगी?"

"हां।" – वो बोली – "जो मेरा मुंह उस्तरे से काटने पर आमादा था, उसे कैसे भूल जाऊंगी!"

अरमान ने प्रियंका की तरफ देखा।

उसने भी पूरे विश्वास के साथ सहमति से सिर हिलाया।

"और?" – अरमान वापिस स्वाति की तरफ घूमा।

"और उसने मुझे वार्निंग दी कि उस बाबत मैंने जा कर अमित को कुछ नहीं बोलना था।"

"और?"

"और आखिर में एक बात हुई जो . . . जो मुझे बड़ी . . . अजीब लगी।"

"क्या? क्या बात?"

"मैंने उससे पूछा कि वो कौन था तो . . . उसने बड़ा अजीब जवाब दिया।"

''क्या?''

''बोला, फैंटम! घोस्ट हू वाक्स!''

तत्काल अरमान के चेहरे पर उत्तेजना के भाव आये।

''सहयोग का शुक्रिया।'' – वो जल्दी से बोला – जा सकती हो।''

साफ–साफ छुटकारे की सांस लेती दोनों वहां से रुख़सत हुईं।

''वही था!'' – पीछे अरमान भड़कता-सा बोला – ''वही था मादर . . . जो मुझे महरौली के खंडहर में मिला था। साला मुंह पर फैंटम का मास्क चढ़ाये था लेकिन अब हम इसकी सूरत से वाकिफ हैं। ये है'' – अरमान ने एक उंगली से मेज पर पड़ी तसवीर खटखटाई – ''उस की सूरत।''

''पर, काके, तू खूद मानता है कि ये कम रौशनी में खिंची हुई लांग शॉट की तसवीर है . . .''

''ज़ूम कर के क्लोज अप में लायी जा सकती है सूरत।''

''पहले न सूझा!''

''नहीं ही सूझा। अब घर जा कर पहला काम यही करूंगा।''

''ठीक है, करना।'' – जस्सा एक क्षण ठिठका फिर बोला – ''बहरहाल ये अब तयशुदा बात है कि इस बात का बाकायदा इन्तज़ाम किया गया कि अगले रोज़, वारदात के रोज़, अमित यहां अकेला हो, उसके साथ कोई – जैसे वो लड़की – कम्पैनियन न हो।''

''वो तो जो हुआ उसकी रू में जरूरी था।''

''ज़रूरत पूरी की गयी!''

''ज़ाहिर है।''

''फौजदारी के तरीके से!''

''अरे, जिस शख़्स ने इतना बड़ा कांड कर डाला, उसे छोटी फौजदारी से, एक लड़की को धमकाने जैसी छोटी फौजदारी से क्या गुरेज होगा!''

''काके, मेरा इशारा किसी और तरफ है।''

''किस तरफ?''

''हम ये मान के चल रहे हैं कि जिस औरत के साथ तुम लोगों ने बद्फेली की, वो शख़्स उसका कोई सगे वाला है।''

''हां।''

''जैसे कि खाविन्द!''

''खाविन्द इतने दिल गुर्दे वाले होते हैं?''

''कहना क्या चाहता है?''

''ये कि जो हो रहा है वो किसी आम बन्दे की नहीं, किसी आम गृहस्थ बन्दे की नहीं, किसी तजुर्बेदार मुजरिम की कारगुजरियां हैं।''

''उस औरत का खाविन्द कोई छंटा हुआ मुजरिम?''

''हां।''

''लेकिन जो हुआ, उसने तो न किया! वो तो उस बला की हसीना ने किया जिसपर दोनों यारों ने लार टपकाई!''

''वारदात को ऑर्गेनाइज़ किसने किया? खुद उस हसीना ने?''

''ये तो नहीं हो सकता!''

''यानी हर मूव ऑर्गेनाइज़ मर्द ने की और क्लाइमैक्स को उस औरत ने टेकओवर किया! दोनों बार!''

''हमें अमित का पता है कि उसका अंग भंग एक हसीना ने किया, अशोक की इस बाबत हमें कोई ख़बर नहीं।''

''देख लेना, जब कहेगा यही कहेगा जो किया उस औरत ने किया जिस पर उसने लार टपकाई, जिस के जाल में वो फंसा।''

''ठीक है, कहेगा। तो? कहना क्या चाहता है?''

''मेरे यकीन में नहीं आता कि कोई औरतज़ात इतने सिद्धहस्त ढंग से किसी मर्द का अंग भग कर सकती है।''

''हद है तेरे वाली भी! अरे, खुद कहता है जो किया उस परीचेहरा हसीना ने किया, फिर खुद शक ज़ाहिर करता है कि ये किसी औरत के बूते का काम नहीं! एक बात पर रह, जस्से!''

''कैसे रहूं! मैं कनफ्यूज़्ड हूँ। कहीं कोई भेद है जो मेरी पकड़ में नहीं आ रहा।''

''अशोक ठीक हो ले, बोलने के काबिल हो ले, फिर उस से बात करेंगे। शायद तब तेरा कनफ्यूज़न दूर हो!''

''हां, शायद।''

''तो चलें अब?''

''हां। तू नीचे चल। मैं मैनेजर का शुक्रिया अदा कर के आता हूं।''

''ओके।''

नौ बजे नख शिख तक सजे-धजे विमल और अल्तमश 'गोल्डन गेट' में थे।

अल्तमश उस दिन सोने के तार के काम वाला महरून गरारा सूट पहने था, भारी ज़ेवर पहने था, फुल मेकअप में था और हमेशा की तरह जगमग जगमग कर रहा था।

विमल शेरवानी और सलवार में था, उसने चेहरे पर फुल दाढ़ी-मूंछ थीं, आंखों पर स्टाइलिश ब्राउन फोटोक्रोमेटिक लैंसिज़ वाला चश्मा था और सिर पर कश्मीरी टोपी थी।

अशरफ उन्हें बाहर उतार कर चला गया था और एक घन्टे में आने को बोल गया था। खुद विमल का वहां एक-सवा घन्टे से ज़्यादा रुकने का इरादा नहीं था इसलिये तय हुआ था अशरफ लौट कर पार्किंग में ही इन्तज़ार करेगा।

उस रोज़ उन्हें जो टेबल मिली वो हाल के काफी अन्तर थी और रिज़र्व्ड टेबल्स से कदरन करीब थी।

चौहान के उन्हें हाल में उस रोज़ भी दर्शन हुए लेकिन वो जब भी दिखा, अकेला दिखा, पिछली बार की तरह किसी पार्टनर के साथ डांस फ्लोर पर कभी न दिखा।

दोनों ने ड्रिंक्स का आर्डर दिया।

रिज़र्व्ड टेबल्स के क्लेमेंट्स की आवाजाही वहां उस रोज़ भी थी लेकिन पिछली बार की कोई पहचानी सूरत उन्हें न दिखाई दी।

सिन्धी सेठ कीमतराय सुखनानी भी नहीं।

एक घन्टा यूं ही गुज़रा, नया कुछ पेश न आया।

फिर एकाएक विमल सचेत हुआ, उसके नेत्र फैले, वो तन कर, सीधा होकर बैठा।

अलत्मश से वो प्रतिक्रिया छुपी न रही।

"क्या हुआ?" – वो सकपकाया सा बोला।

"उधर देख।" – विमल उसकी ओर झुकता धीरे से बोला – "दरवाज़े की ओर। चार मेज़ परे।"

अल्तमश ने निर्देशित दिशा में निगाह दौड़ाई।

"भाभी जान!" – उसके मुंह से निकला।

"नीलम के इतवार रात के मेकअप से मिलती शक्ल वाली। जिसके धोखे में मकतूला मीनू ईरानी ने नीलम को रुक्का थमाया था। जिसने अगली सुबह उसके ईस्ट पटेल नगर वाले फ्लैट में मेरे पर हमला किया था और

लिस्टें कब्ज़ा कर हवा हो गयी थी!''

''वो यहां!''

''क्या बड़ी बात है! उसका यहां होना एक्सपेक्टिड होता है, तभी तो मीनू ईरानी ने नीलम के धोखे में इसको यहां मौजूद समझा।''

''ठीक।''

''मैं इससे बात करता हूं।''

''ये करेगी?''

''एक तरकीब है जो कहती है कि करेगी। तू यहीं टिक के बैठ, मैं जाता हूं।''

अल्तमश ने संजीदगी से सहमति में सिर हिलाया।

विमल उठा।

तभी मोबाइल बजा।

अशरफ की काल थी, उसने रिसीव की।

''मैं लौट आया हूं।'' – वो बोला।

''अच्छे मौके पर लौटा।'' – विमल बोला – कहां है?''

''पार्किंग में। गेट के पास। दायीं तरफ।''

''वहीं रहना।''

विमल ने मोबाइल वापिस जेब के हवाले किया और लम्बे डग भरता दोहरे बदन वाली, विग की तरह सैट बालों वाली उस औरत की टेबल पर पहुंचा जो वहां अकेली बैठी कोई ड्रिंक चुसक रही थी। बेतकल्लुफी से वो उसके सामने जा बैठा।

''हल्लो!'' – वह मधुर स्वर में बोला।

उसने अपने ड्रिंक पर से सिर उठाया और माथे पर बल डाल के विमल को देखा।

विमल ने मुस्कुराते हुए निर्दोष भाव से उससे निगाह मिलाई।

''हू आर यू?'' – वो शुष्क स्वर में बोली।

''फ्रेंड!'' – विमल बोला।

''ओ, कम ऑन। आई हैव नो फ्रेंड हू लुक्स लाइक यू। यू आर इनट्रयूडिंग।''

विमल उसकी तरफ झुका और दबे स्वर में बोला – ''मैं फेरा का आदमी हूं।''

उस नाम ने उस पर जादुई असर किया। तत्काल उसका मिज़ाज़ बदला।

"मीनू ईरानी की जगह।"

"ओह! इट इज़ अबाउट टाइम। नाम?"

"गिरीश। गिरीश माथुर। तुम्हारा?"

"तुम्हें नहीं मालूम?"

"चौहान ने बताया तो था लेकिन . . . सॉरी! भूल गया।"

"जसमिन। जसमिन माने।"

"हल्लो, जसमिन।"

"कहीं नोट कर लो। वर्ना फिर भूल जाओगे।"

"अब नहीं भूलूंगा।"

"मैसेज इधर करो।"

"यहां नहीं। इस जगह से मुझे वहम हो गया है। एक छोटी सी गलती की मीनू को कितनी बड़ी सज़ा मिली!"

"गलती की न! जो तुम तो नहीं करोगे न!"

"क्या पता लगता है!"

"वॉट नानसेंस! मुझे पहचान के मेरे पास आये हो न!"

"हां।"

"नाम भूल गये लेकिन मालूम तो था न!"

"हां।"

"तो फिर?"

"मैसेज लिखत में नहीं है।"

"क्या बोला?"

"मुंह ज़ुबानी है। लम्बा मैसेज है इसलिये लिखत में नहीं है। लम्बा मैसेज, ख़ुद फैसला करो, क्या यहां डिलीवर करना ठीक होगा?"

"गलत भी क्या होगा!"

"दीवारों के भी कान होते हैं।"

"होते होंगे। दीवारें बहुत दूर हैं।"

"मुहावरा इस्तेमाल किया था। मतलब समझो।"

"तुम तो मेरे को भी वहम में डाल रहे हो!"

विमल ख़ामोश रहा।

"क्या चाहते हो?"

''यहां से चलो।''

''कहां?''

''दूर नहीं। बस, बाहर। पार्किंग में।''

''वहां कहां?''

''वहां मेरी कार खड़ी है। मैं पहले जा के कार में बैठता हूं। फिर तुम आना।''

''अरे, पार्किंग तो रात की इस घड़ी कारों से भरी पड़ी होती है!''

''सफेद 'असैंट'। गेट के पास। दायीं तरफ!''

''ओके। मेरे पर निगाह रखना। भटकती लगूं तो हार्न देना।''

''ओके। जाता हूं।''

विमल उठा और बाहर की ओर बढ़ा।

बाहर पार्किंग में वो 'असैंट' के पास पहुंचा।

अशरद स्टियरिंग के पीछे बैठा था।

विमल पिछली सीट पर बैठा।

''अल्तमश!'' – अरशद ने पूछा।

''अभी भीतर है। अभी नया कुछ हुआ है जिसकी वजह से मैं यहां हूं।''

''क्या? क्या हुआ है?''

विमल ने बताया।

''ओह! इरादा क्या है?''

''वो यहां आ रही है। इरादा माहौल के मुताबिक बनेगा। पता नहीं मैं उसे ठीक से हैंडल कर भी पाऊंगा या नहीं!''

''ओह!''

''कार में तुम्हें देख कर उसे गलत सिग्नल पहुंच सकता है। रियरव्यू मिरर पर निगाह रखना। इधर आती दिखाई दे तो निकल लेना।''

''लौटूं कब?''

''फोन करूंगा।''

''ठीक। मेरे ख़याल से आ रही है। चलता हूं।''

उसने हौले से कार का दरवाज़ा खोला और चुपचाप बाहर निकल गया।

विमल सम्भल कर बैठा।

वो करीब पहुंची तो उसने परली तरफ का कार का दरवाज़ा खोल दिया।

वो दरवाज़े पर पहुंच कर ठिठकी।

''भीतर आ जाओ।'' – विमल बोला।

''अभी यहां कोई था।'' – वो सन्दिग्ध भाव से बोली।

''कहां कोई था?''

''इस कार में।''

''वहम हुआ तुम्हें। इसमें मैं हूं, बस।''

''मुझे आगे से कोई निकलकर जाता लगा था।''

''बोल न, वहम हुआ तुम्हें। ये मेरी कार है और मैंने ही आकर खोला इसे, कैसे कोई भीतर होता?''

''तुम पीछे क्यों बैठे हुए हो?''

''अरे, पीछे सहूलियत से बैठा जाता है। आगे ज़रा करवट बदलो तो स्टियरिंग छाती से टकराता है।''

''लेकिन . . .''

''भीतर आके बैठो। टाइम ज़ाया न करो।''

''म-मैं . . . जाती हूं।''

फुर्ती से विमल ने ऐंकल होल्स्टर से गन खींची और उसकी तरफ तान दी।

''भीतर आ।'' – वो फुंकारता-सा बोला – ''वर्ना गोली मार दूंगा।''

''इस खिलौने से?''

''बाइस कैलीबर की रीयल गन है। शार्ट डिस्टेंस से हाई कैलीबर गन जैसी ही फैटल साबित होती है। 'जाती हूं' पर अमल कर के देखो, अभी हकीकत सामने आ जायेगी।''

वो अनिश्चित सी ठिठकी खड़ी रही।

''गैट इन, डैम यू!'' – विमल हिंसक भाव से बोला।

वो भीतर आ बैठी। उसने दरवाजा खींच कर बन्द किया।

विमल ने गन वाला हाथ अपनी खिड़की की ओर वाली जांघ की ओट में कर लिया।

जसमिन गहरी सांस लेती बोली – ''शक की घन्टी तो बजी मेरे ज़ेहन में लेकिन देर से बजी।''

''अफसोस! अफसोस!''

''कौन हो तुम? तुम्हारी ये गन वाली हरकत ही बताती है कि फेरा के आदमी तो तुम हो नहीं सकते। लेकिन नेम ड्रॉपिंग अच्छी की; फेरा का ही नहीं, चौहान का नाम भी लिया, मीनू का नाम लिया। काफी पहुंचे हुए

आदमी हो! कौन हो?''

''पहचाना नहीं?''

''नहीं।''

विमल ने सिर पर से टोपी उतारी।

''हाथ आगे करो।'' – फिर बोला।

हिचकते हुए उसने किया।

विमल ने उसका हाथ थाम कर सिर पर वहां रखा जहां गूमड़ अभी भी मौजूद था।

''ईस्ट पटेल नगर में मीनू ईरानी के फ्लैट में ये ताज तुमने मुझे पहनाया था पीछे से वार कर के। क्या मारा था?''

''तु-तुम . . . तुम वो आदमी हो!''

''गूमड़ क्या कहता है?''

''दाढ़ी मूंछ नकली है।''

''हां।''

''देवा! मेरे पीछे क्यों पड़े हो?''

''तुम क्यों पड़ी थीं मेरे पीछे?''

''नहीं पड़ी थी। मैंने तो सपने में नहीं सोचा था कि फ्लैट के भीतर कोई होगा। तुम . . . भीतर क्योंकर थे? फ्लैट की चाबी कहां से आयी तुम्हारे पास?''

''कहीं से न आयी। ताले के छेद में फूंक मारी, वो खुल गया।''

''नॉनसेंस! देखो, मेरी तुम्हारे से कोई ज़ाती अदावत नहीं। तुम भीतर मौजूद थे, ये मेरे लिये भारी शॉक की बात थी। फिर तुम्हारे हाथ में लिस्टें देख कर तो मेरे छक्के ही छूट गये थे। वो लिस्टें राइटिंग डैस्क के दराज़ में इतने खुफिया तरीके से मुकाम पाती थीं, फिर भी तुम्हारे हाथ में थीं। उन्हें हासिल करना मेरे लिये निहायत ज़रूरी था। मैं वहां पहुंची ही इस काम के लिये थी। मैं मांगती तो वो लिस्टें तुम मुझे दे देते? मैं कहती 'भाई साहब, ये लिस्टें तुम्हारे काम की नहीं, मेरे काम की हैं, प्लीज़, मुझे दो'। दे देते?''

विमल ने इंकार में सिर हिलाया।

''उन्हें मैं जबरन ही हासिल कर सकती थी, इसलिये तुम्हारे पर वार करना ज़रूरी था। इसलिये उस घड़ी जो हाथ आया मैंने . . . दे मारा।''

''क्या हाथ आया?''

''फूलदान। पीतल का।''

''दाता! मेरी खोपड़ी क्रैक हो सकती थी। भेजा बाहर निकल पड़ सकता था। शुक्र है ऐसा हुआ नहीं।''

''हां, शुक्र है। वर्ना मेरे पर क़त्ल का इलज़ाम आता।''

''इरादायेकत्ल भी कोई कम गम्भीर अपराध नहीं होता।''

''बोला न, मेरा ऐसा कोई इरादा नहीं था। तुम्हें भीतर नहीं होना चाहिये था।''

''मेरे ख़याल से तुम इस अरेंजमेंट के तहत वहां थीं कि अगर मीनू ईरानी को कुछ हो जाये तो वो लिस्टें तुम टेकओवर कर लो। इसीलिये उसके फ्लैट की चाबी तुम्हारे पास थी और इसीलिये फ्लैट में लिस्टों को महफूज़ रखने की पोशीदा जगह से तुम वाकिफ थीं। से यस!''

''यस।''

''थैंक्स! अभी तुमने कहा कि तुम्हारी मेरे से कोई ज़ाती अदावत नहीं। मैं भी यहीं कहना चाहता हूं कि मेरी तुम्हारे से कोई ज़ाती अदावत नहीं।''

''जिससे अदावत न हो, उस पर गन तानते हैं?''

''नाहक न तानी। तुम चल देने पर आमादा थीं, तुम्हें रोकने के लिये तानी।''

''न रुकती तो क्या करते?''

''न रुकना मुझे गोली चलाने पर मजबूर करना होता। खुद अपनी हालत आ बैल मुझे मार जैसी करना होता।''

''अब चाहते क्या हो?''

''तुम से चन्द सवाल करना चाहता हूं। और उम्मीद करता हूं कि उन के दुरुस्त और मुनासिब जवाब देने में तुम कोई हील-हुज्जत नहीं करोगी।''

''मैं तुम्हारे फोकस में आ कैसे गयी?''

''मीनू ईरानी ने तुम्हें समझ कर जिस औरत को फेरा का मैसेज थमा दिया था, वो मेरी बीवी थी।''

''ओह!''

''लेकिन एक छोटी सी भूल की इतनी बड़ी सज़ा!''

''मैं ख़ुद हैरान हूं। मीनू के अंजाम का ख़याल करके मेरे प्राण कांपते हैं। लेकिन तुम कौन हो? तुम्हारा इन बातों से क्या लेना देना है? गलती से

एक मैसेज तुम्हारे पास पहुंच भी गया तो वो तुम्हारे किस काम का था! तुम्हारी, या किसी दूसरे की, तो वो समझ में ही नहीं आने वाला था? तुम सारे सिलसिले में कहां फिट होते हो?''

''तुम बात को यूं समझो कि किसी ने मेरे लिये कांटा बोया, तो उसके लिये फूल बोने वाली किस्म का भलामानस ऊपर वाले ने मुझे नहीं बनाया। मैं उसके लिये त्रिशूल बोना चाहता हूं। क्यों ऐसा चाहता हूं ये एक लम्बी कहानी है, और ऐसी कहानी है जो मैं अपनी ज़ुबान पर नहीं ला पाऊंगा। इस वजह से मेरा लिहाज़ करो, मेरे पर रहम खाओ और चन्द बातों का मुझे जवाब दो। बदले में मैं वादा करता हूं कि उन जवाबों की वजह से तुम्हारे पर कोई आंच नहीं आयेगी।''

''क्या पूछना चाहते हो?''

''सब से पहले तो यही बताओ कि फेरा कौन है?''

'' 'भाई' है। मुम्बई का बड़ा गैंगस्टर है। अन्डरवर्ल्ड डॉन है। पूरा नाम स्टीवन फेरा है।''

''मुम्बई का डॉन है तो दिल्ली में उसका क्या दखल है?''

''वो 'गोल्डन गेट' का मालिक है।''

''वो! वो मालिक है तो त्रिपाठी ब्रदर्स क्या हैं?''

''फेरा उन्हें ट्रीट तो मुलाज़िमों की तरह ही करता है लेकिन उन की नाक नीची न हो, उनकी इज़्ज़त रह जाये, इसलिये उन को जूनियर पार्टनर बोलता है।''

''पर 'गोल्डन गेट' इतना बड़ा बिजनेस तो नहीं कि एक बड़े अन्डरवर्ल्ड डॉन को – वो भी जो आठ सौ मील दूर मुम्बई में मुकाम पाता है – अपने लिये मुफीद लगे!''

''मुझे पता नहीं कि अन्डरवर्ल्ड के 'भाई' लोगों की तुम्हें क्या जानकारी है लेकिन इनकी ज़िन्दगी डे-टू-डे होती है। एक मूव उलटी पड़ जाये तो इन का एम्पायर उजड़ते वक्त नहीं लगता। तुम्हारी बात का एक जवाब तो ये है कि फेरा ने 'गोल्डन गेट' को अपने बुरे वक्त का आसरा बना के रखा हुआ है।''

''ओह!''

''दूसरे, तुम्हारी यही ख़ामख़्याली हो सकती है कि वो बड़ा बिजनेस नहीं।''

''प्लीज़ एक्सप्लेन।''

''ये राज़ की बात है लेकिन पता नहीं तुम्हारे में क्या ख़ूबी है कि तुम्हारे सामने मेरी वाणी अपने आप मुखर हो रही है।''

''क्या कहने!''

''क्योंकि तुम्हारे भीतर जो अच्छाई की देवी बैठी है, वो तुम्हें प्रेरित कर रही है कि मेरा सिर फोड़ने का कोई ख़ामियाज़ा तुम्हें चुकाना चाहिये।''

वो हंसी, तत्काल संजीदा हुई।

''देखो'' – उसका स्वर धीमा पड़ा – ''मैं यकीनी तौर पर नहीं कुछ जानती लेकिन मेरा ख़याल है कि 'गोल्डन गेट' की ओट से और इसके बाजू की उस गारमेंट फैक्ट्री की ओट से यहां कोई दो नम्बर का धन्धा भी चलता है।''

विमल सावधान हुआ।

''इस बाबत कोई अन्दाज़ा?''

''स्मगलिंग। मेरे ख़याल से यहां स्मगलिंग के माल के बड़े सौदे होते हैं और गारमेंट फैक्ट्री की ओट से माल इधर से उधर होता है। रात को यहां स्मगलिंग के माल के होलसेल डीलर आते हैं और 'गोल्डन गेट' के भीतर किसी खुफिया जगह बैठ कर बड़े-बड़े सौदे कर के जाते हैं, यहीं जिन की पेमेंट कलैक्ट की जाती है।''

''ऐसे लोग आते तो हैं यहां लेकिन वो तो कई घन्टे ठहर के सुबह सवेरे मुंह अन्धेरे जाते हैं। समगलिंग के कथित सौदों में इतना टाइम थोड़े ही लगता है!''

''अय्याश भी तो हैं सब के सब! यहां उन के लिये हर सर्विस फ्री है। नौजवान लड़कियों की खुल्ली सोहबत समेत, बढ़िया स्काच समेत जिन की हर खिदमत जी भर के यहां होती हो, उन्हें यहां से जाने की क्या जल्दी होगी भला!''

''ठीक! इस सैटअप में मीनू ईरानी का क्या रोल था?''

''मीनू ईरानी फेरा की भरोसे की लड़की थी, यहां के लिये जो भी हिदायत उसने जारी करनी होती थी, वो मार्फत मीनू ईरानी करता था।''

''और तुम?''

''जो काम मीनू ईरानी फेरा के लिये करती थी, वो मैं लोकल बॉसिज़ के लिये करती हूं। मीनू को जो हिदायत मुम्बई से मिलती थी, उसे वो मेरे को ट्रांसफर करती थी और मैं उसे आगे लोकन बॉसिज़ तक पहुंचाती थी।''

“जब ये उसका रेगुलर काम था तो इतवार को धोखा कैसे खा गयी? क्यों उसने किसी और को तुम समझ कर फेरा का मैसेज किसी और को थमा दिया?”

“अब क्या बोलूं?”

“कुछ तो बोलो।”

“अपनी शामत उसने खुद बुलाई।”

“क्या किया?”

“नशा करने लगी। आजकल के माडर्न नशों की गिरफ्त में आ गयी। कभी हेरोइन का इंजेक्शन, कभी एस्टेसी की गोली, कभी एलएसडी की एक ड्रॉप। कोई ऐसे नशों के हवाले होकर ज़िम्मेदारी के काम को अंजाम देगा तो कोताही तो हो के रहेगी!”

“ओह!”

“इसी की उसे सज़ा मिली।”

“आज तुम रेस्टोरेंट में क्यों थीं? क्या मीनू की जगह कोई ले चुका है?”

“नहीं, अभी नहीं। दरअसल मैं यही पता करने आयी थी कि मीनू की जगह किसी ने ली या नहीं। इसी वजह से तुम्हारे से धोखा खा गयी। तुमने कहा तुम फेरा के आदमी थे और मैंने झट यकीन कर लिया। आखिर किसी ने तो मीनू की जगह लेनी ही थी, मैंने सोचा तुमने ली थी।”

“वो लिस्टें क्या थीं? एक तीन पेज की लिस्ट में नब्बे नाम थे। किनके थे?”

“स्मगलिंग के माल के व्यापारियों के। जब नया माल आता है तो सब को ख़बर की जाती है और ‘गोल्डन गेट’ में वाकया किसी खुफिया जगह पर नयी आइटमों को कीमतों के साथ डिस्प्ले पर लगाया जाता है। मीनू का काम था नये माल की आमद की व्यापारियों को ख़बर करना।”

“और दूसरी, एक पेज की लिस्ट? इस में इकत्तीस कोड दर्ज थे?”

“वो ‘गोल्डन गेट’ की खुफिया जगह में एन्ट्री के परमिट का काम करते हैं।”

“मीनू का खून किसने किया?”

“मुझे नहीं मालूम। ऑनेस्ट। लेकिन इतना अन्दाजा मुझे फिर भी है कि इन्तज़ाम चौहान ने ही किया होगा।”

“हम्म।”

"और कुछ?"
"नहीं, काफी है।"
"आई कैन गो नाओ?"
"यस, प्लीज़। एण्ड थैंक्स फार दि कोऑपरेशन।"
"वैलकम।"
वो चली गयी।
अशरफ प्रेत की तरह प्रकट हुआ।
"क्या हुआ?" – वो बोला।
"कथा कर गयी। अब पता नहीं कितना सच बोल कर गयी और कितनी झूठ की चासनी घोल कर गयी।"
"क्या बोली?"
विमल ने बताया।
"स्मगलिंग!" – अशरफ बोला – "हो तो सकता है! ख़ाली एक बात ऐतबार में नहीं आती।"
"कौन सी?"
"सिन्धी सेठ सुखनानी भी स्मगलर! साथ में छोकरीबाज!"
"हूं।"
"जमा, तीस छोकरीबाज़ों के लिये सिर्फ सात-आठ छोकरियां!"
"घट बढ़ होती रहती होगी! जिस दिन तुमने देखीं, उस दिन इतनियों का ही इन्तज़ाम हो सका होगा!"
"लिहाज़ा, ग़ुस्ताखी माफ, एक-एक पर चार-चार सवार!"
"सब छोकरीबाज़ नहीं होंगे!"
"तो सुबह तक रुके क्यों?"
"बाटलीबाज़ होंगे। टुन्न हो गये होंगे। ये सूझने लायक होश ही सवेरे आया होगा कि घर भी जाना था।"
"आप तो हर बात को जायज़ ठहराये दे रहे हैं!"
"नहीं, भई। ख़ाली लाउड थिंकिंग कर रहा हूं। तू सिन्धी सेठ से मेरी बात मुलाकात होने दे, फिर काफी बातों का खुलासा होगा।"
"ठीक।"
"मुझे भीतर का एक चक्कर लगाना पड़ेगा क्यों कि बिल अदा करना है। पांच मिनट में लौटता हूं अल्तमश के साथ। ओके?"

अशरफ ने सहमति में सिर हिलाया।

विमल ने वापिस हाल में कदम रखा तो फासले से ही उसे दिखाई दिया कि उन की टेबल पर अल्तमश एक सूटबूटधारी व्यक्ति के साथ सिर जोड़े बैठा बतिया रहा था। विमल अभी आधे रास्ते में था कि अल्तमश की उस पर निगाह पड़ी। उसने जल्दी से उस व्यक्ति के कान में कुछ कहा। उस व्यक्ति ने एक बार विमल की दिशा में निगाह उठाई, फिर एकाएक उठा और वहां से विदा हो गया।

विमल टेबल पर पहुंचा।

उसने देखा अल्तमश के सामने नया ड्रिंक था।

"कौन था?" – वो उत्सुक भाव से बोला।

"क्या पता!" – अल्तमश लापरवाही से बोला।

"क्या बकता है! सिर से सिर जोड़े इतनी मसरूफ़ियत से जिस के साथ फाख़्ताओं के जोड़े की तरह गुटरगू कर रहा था, नहीं जानता कौन था!"

"भंवरा था, फूल पर मंडरा रहा था। परवाना था, शमा पर निसार होने को मरा जा रहा था। आप के जाते ही कच्चे धागे से बन्धे सरकार खुद ही चले आये और लगे बहेलिये की तरह जाल फैलाने। मैंने शह दी तो खुशफहमी में आ गये कि चिड़िया फंस रही थी। जब कि नहीं जानते थे कि बहेलिया फंस रहा था, चिड़िया फंसा रही थी।"

"वो कैसे?"

"मेरे लिये दो लार्ज आर्डर किये और सारा बिल चुकता किया।"

"सारा?"

"यस, सर।"

"बेचारा! उसके हाथ क्या आया?"

"थोड़ा सा टटोल गया, बाकी कल हाथ आयेगा।"

"क्या बोला?"

"मैंने वादा दिया न कल शाम फिर आऊंगी। अकेली। खाविन्द के बिना।"

"खाविन्द मैं?"

"हां। तभी तो जब बोला आप आ रहे थे तो वो खिसक गया! अब कलेजा थामे कल शाम होने का इन्तज़ार करेगा ताकि आज जो सैम्पल मिला, कल समूचा हज़्म कर सके।"

"कमाल है! कैसे कर लेता है?"

"मैं क्या करता हूं?" – वो धूर्त भाव से हंसा – "मैं तो बस तरह देता . . . देती हूं, बाकी सब करने वाले ख़ुद करते हैं।"

"बिल वाकई पेड है?"

"हां।"

"तो उठ। चल।"

अल्तमश लहराता, बल खाता उसके साथ हो लिया।

जसमिन भारी पशोपेश में थी।

अनायास ही उसके हाथ में एक विस्फोटक जानकारी लग गयी थी और उसका दिल गवाही देता था कि उसकी उसको कोई बड़ी शाबाशी मिलनी चाहिये थी। स्वाभाविक तौर पर उससे अपेक्षित था कि वो जानकारी गजानन चौहान से शेयर करती या बड़ी हद चिन्तामणि त्रिपाठी से बात करती लेकिन वो जानती थी कि शाबाशी के मद में उसे उन दोनों से ही झुनझुना ही हासिल नहीं होने वाला था।

वो मुम्बई से थी, अपनी बालिग ज़िन्दगी का एक बड़ा हिस्सा उसने मुम्बई में गुज़ारा था इसलिये जाने अनजाने वो 'कम्पनी' के कारनामों से वाकिफ थी और सोहल के 'कम्पनी' से चले – राजबहादुर बखिया से व्यास शंकर गजरे तक चले – लम्बे टकराव से भी वाकिफ थी। बखिया के बाद 'कम्पनी' की गद्दी पर काबिज़ होने वाले इकबाल सिंह ने मुम्बई के सारे अन्डरवर्ल्ड में सोहल की बाबत इश्तिहार इस ऐलान के साथ बंटवाये गये थे कि जो कोई भी सोहल का कोई अता पता 'कम्पनी' में पहुंचायेगा, उसे पचास पेटी नकद ईनाम के अलावा 'कम्पनी' में ओहदेदारी से भी नवाज़ा जायेगा। उन इश्तिहारों में सोहल की चेहरे की प्लास्टिक सर्जरी से पहले की और बाद की दोनों सूरतें दर्ज थीं और एक इश्तिहार में तबकी सूरत भी दर्ज थी जब कि वो इलाहाबाद एरिक जॉनसन कम्पनी की नौकरी करता था और सिख था।

पार्किंग में 'असैंट' में बैठे जिस शख़्स ने उस पर गन तानी थी, उसने उसको बतौर सोहल साफ पहचाना था और उसके साफ कहे बिना ही समझा था कि – वजह कोई भी थी – वो फेरा का दिल्ली का सैटअप तबाह करने पर आमादा था। गन की धमकी में आकर उसने 'गोल्डन गेट' से चलने वाले खुफिया कारोबार की जो कहानी उसे परोसी थी वो बेबुनियाद थी और वो उसने हाथ के हाथ गढ़ी थी। उस शख़्स को – जो सोहल था पर अपना

नाम गिरीश बताता था – लगता था कि उसकी कहानी पर मुकम्मल नहीं तो औना-पौना यकीन आ भी गया था। उसने जान जोखम में डाल कर इतना बड़ा काम किया था तो उसकी शाबाशी तो उसे बनती थी न!

और बड़ी शाबाशी उसे कोई दे सकता था तो वो न चौहान था, न चिन्तामणि था; वो सिर्फ और सिर्फ बिग बॉस, 'भाई', स्टीवन फेरा था।

संयोगवश उसे वो नम्बर मालूम था जिस पर बिग बॉस फेरा से सीधे सम्पर्क किया जा सकता था। उसने वो नम्बर खड़काने की हिम्मत करने का फैसला किया।

डरते-डरते उसने वो काम किया।

नम्बर तो लगा लेकिन जवाब फेरा के ख़ास लेफ्टीनेंट जेकब परेरा ने दिया।

"मैं जसमिन बोलती दिल्ली से।" – वो बोली।

"बोल, जसमिन।"

"बिग बॉस से बात करने का।"

"मेरे से कर।"

"बहुत इम्पॉर्टेंट कर के बात है, परेरा, बिग बॉस से ही करने का।"

"अरे, मेरे से कर न इम्पॉर्टेंट कर के बात! मैं भी तो साला इम्पॉर्टेंट कर के भीडू है!"

"बिग बॉस तो नहीं है न! फिर बात ही ऐसा है कि बिग बॉस ही नहीं चाहेगा कि मैं वो तेरे से करे।"

"ऐसा?"

"हां।"

"फिर तो तेरे को बाद में काल लगाने का।"

"कितना बाद में।"

"सैवरल डेज़ बाद में।"

"क्या बात करता है!"

"बॉस मुम्बई में नहीं है।"

"अच्छा! किधर गया?"

"काठमाण्डू गया। उधर एशिया के बिग डॉन लोगों की खुफिया कर के कान्फ्रेंस है। बॉस उधर कम्यूनीकेशन नहीं मांगता। मेरे को भी बोल के गया कि काल नहीं लगाने का। बोले तो अभी बॉस मुम्बई बैक मारेगा तो तेरा बात होयेंगा।"

"तू बोला सैवरल डेज़ में?"

"अर्ली भी बैक मार सकता है। अर्ली आ गया तो मैं तेरे को ख़बर करेगा न!"

"बढ़िया। ज़रूर करना। मैं एडवांस में थैंक्यू बोलती है।"

"पण तू मेरे को बोल तो सही कि बात क्या है?"

"क्या फायदा! जब तू बोलता है कि खुद तू भी बिग बॉस से काठमाण्डू कम्यूनीकेट नहीं कर सकता तो क्या फायदा!"

"अरे कोई हिन्ट तो दे!"

"बॉस को देगा न। हिंट भी और डिटेल भी।"

उसने लाइन काट दी।

जिस तबाही का अन्देशा था, वो ओवरनाइट नहीं आ जाने वाली थी। अभी तो 'गोल्डन गेट' के बारे में उसी ने सोहल को भटका दिया था। जब तक वो सही राह लगेगा तब तक बिग बॉस काठमाण्डू से मुम्बई लौट आया होगा।

आई विल वेट!

5 दिसम्बर : गुरुवार

दोपहर के करीब अरमान अपने पिता के रूबरू हुआ।

"आप से एक जरूरी बात करनी है।" – वो संजीदगी से बोला।

"कर।" – चिन्तामणि सहज भाव से बोला।

"लम्बी बात है।"

"तो शाम को करना। अभी मैंने ज़रूरी कहीं जाना है। किसी से ज़रूरी मिलना है।"

"मुलाकात मुल्तवी कर दीजिये।"

चिन्तामणि सकपकाया, उसने अपने पुत्र की तरफ देखा।

पुत्र विचलित न हुआ।

"ऐसी क्या जरूरी बात है?" – चिन्तामणि तनिक उत्सुक भाव से बोला।

"बोलूंगा न!"

"अरे, कोई हिन्ट तो दे!"

"जो अमित गोयल के साथ बीती, बात उससे ताल्लुक रखती है।"

"अच्छा! आज अखबार में ऐसी एक ताजा वारदात की बाबत छपा था,

अलबत्ता जो नौजवान उस दरिन्दगी का शिकार हुआ, उसका नाम नहीं छपा था।''

''उसका नाम अशोक जोगी है।''

''तुझे कैसे मालूम?''

''मेरा दोस्त है। अमित का भी दोस्त है। हम म्यूचुअल फ्रेंड्स हैं।''

''बड़ी हैरान करने वाली बातें कर रहा है!''

''पापा, गम्भीर मसला है। वो अंजाम मेरा भी हो सकता है।''

''क्या! क्या अंजाम तेरा भी हो सकता है?''

''जो मेरे दो दोस्तों का हो चुका है, जिसके लिये एक तीसरे की अब बारी है और आखिरी नम्बर मेरा है।''

''अरे, ये क्या बहकी-बहकी बातें कर रहा है तू?''

''बोलूंगा न! बोलने के लिये ही तो कह रहा हूं कि अपनी मुलाकात मुल्तवी कीजिये।''

''की। बोल।''

''मेरे कमरे में चलिये।''

''चल।''

सीढ़ियाँ तय करके दोनों पहली मंज़िल पर और आगे अरमान के बैडरूम में पहुंचे। वहां अरमान ने अपने राइटिंग डैस्क के बाजू की एक कुर्सी पर पिता को बिठाया और स्वयं डैस्क के सामने की कुर्सी पर बैठा।

''अब जल्दी बोल।'' – चिन्तामणि उतावले स्वर में बोला – ''सस्पेंस से मेरा बुरा हाल है।''

''बोलता हूं।'' – अरमान का सिर झुक गया, उसका स्वर और संजीदा हो गया – ''पापा मैं कुछ कनफैस करने जा रहा हूं।''

चिन्तामणि की भवें उठीं।

''क्या कनफैस करने जा रहा है?'' – फिर सख्ती से बोला – ''क्या किया है तूने?''

''ऐसा कुछ किया है, पापा, जो मुझे नहीं करना चाहिये था। हरगिज़ नहीं करना चाहिये था।''

''अरे, किसी का ख़ून तो नहीं कर दिया, अभागे!''

''नहीं।''

''शुक्र है। तो क्या किया?''

''कहते नहीं बनता लेकिन मजबूरी है, कहना पड़ रहा है। आम हालात में मैं आपको भनक न लगने देता अपनी . . . अपनी करतूत की . . .''

''करतूत!''

''नाकाबिलेमाफी करतूत। लेकिन हालात का तकाज़ा है कि उसका ज़िक्र मैं आप से करूं।''

''अरे, तो कर न! सस्पेंस क्यों फैला रहा है?''

''सुनिये।''

सिर झुकाये अरमान सोमवार, ग्यारह नवम्बर का वाकया बयान करने लगा। ज्यों-ज्यों वो बोलता गया, चिन्तामणि के नेत्र फैलते गये। वो खामोश हुआ तो चिन्तामणि भौंचक्का-सा उसका मुंह देखने लगा।

''मैं शर्मिंदा हूं'' – पूर्ववत् सिर झुकाये अरमान बोला – ''लेकिन . . .''

''मुझे दिख रहा है तू शर्मिंदा है।'' – चिन्तामणि कर्कश स्वर में बोला – ''अब बोल अपनी और अपने यारों की इस नापाक, ज़लील, बेग़ैरत हरकत का अपने बाप से ज़िक्र करना क्यों जरूरी हो गया? शाबाशी चाहता है जवांमर्दी की?''

''पापा!'' – अरमान आहत भाव से बोला।

''ठीक है। ठीक है। बोल, मेरे से ज़िक्र क्यों जरूरी जाना?''

अरमान ने गुरुवार इक्कीस नवम्बर का वाकया बयान किया।

पिता और हैरान हुआ।

''तुम चार दोस्तों में से उसने तुझे अपना निशाना बनाया, ख़ास तुझे थामा तो इसका मतलब है वो जानता था कि ग्यारह तारीख के वाकये में तू शामिल था। उसने तेरे से वाकये में शामिल तेरे तीन दोस्तों के नाम निकलवाये तो इसका आगे मतलब है कि किसी तरीके से वो सिर्फ तेरी शिनाख़्त कर पाया था, बाकी तीन से बेख़बर था!''

''हं-हां।''

''तेरी कैसे शिनाख़्त कर पाया?''

''मुझे नहीं मालूम।''

''अरे, जब तुम चार जने उस नापाक वारदात में शामिल थे तो एक तेरे पर ही फोकस क्यों बना?''

''नहीं मालूम।''

''इतने दिन हो गये हैं, सोचा होता इस बाबत!''

"बहुत सोचा लेकिन . . ."

"कुछ न सूझा?"

"हां।"

"अरे, पढ़ा लिखा, इंटेलीजेंट, दुनियादार लड़का है, कोई अन्दाज़ा ही लगाया होता!"

"अन्दाज़ा तो लगाया!"

"क्या?"

"कार में पर्दों की वजह से अन्धेरा था फिर भी किसी तरीके से वो औरत . . ."

"जबरजिना का शिकार औरत बोल।"

". . . वो औरत" – उसने न बोला – "मेरी, सिर्फ मेरी सूरत देखने में कामयाब हो गयी थी।"

"उससे क्या होता है! दो करोड़ की आबादी है दिल्ली की! उसमें से एक सूरत सिंगल आउट कर लेना कोई हंसी खेल है!"

"आप सुनिये तो!"

"लड़के, मैं सुन ही रहा हूं। और क्या कर रहा हूं मैं यहां बैठा?"

"वो औरत मॉडल टाउन की थी।"

"कैसे मालूम?"

"पाँव-पाँव शापिंग के लिये निकली हुई थी तो और कहां की हो सकती थी! वो अपनी ख़रीदारी के साथ लौट रही थी और ख़रीदारी की ऐसी जगह पीछे म्यूनीसिपल मार्केट ही थी। जस्से का ख़याल था कि वो म्यूनीसिपल मार्केट से आधा किलोमीटर के दायरे में ही कहीं रहती थी।"

"जस्से का ख़याल था! तू जस्से से सब डिसकस कर चुका है?"

"हं-हां।"

"यानी लाला रघुनाथ गोयल के मुलाज़िम को मालूम है मेरी औलाद कैसी है!"

अरमान ने जवाब न दिया।

"अच्छी इज़्ज़त लुटवाई, बेटा!"

"अब" – अरमान ने सिर उठाया और तमक कर बोला – "या तो आप अपनी इज़्ज़त का फ़ातिहा पढ़ लीजिये या मेरी बात सुन लीजिये।"

"तेरी ही सुनने को बैठा हूं, बेटा।" – चिन्तामणि ने गहरी सांस ली – "तो जस्से का सुपीरियर जजमेंट ये कहता है कि तुम चार यारों की हवस

का शिकार बनी औरत न सिर्फ मॉडल टाउन की रहने वाली थी, मॉडल टाउन की म्यूनीसिपल मार्केट के आधा-पौना किलोमीटर के दायरे में रहने वाली थी!''

''हां।''

''और इस दायरे में हम भी आते हैं इसलिये वो तेरी सूरत से वाकिफ थी।''

''हां।''

''वो आदमी – फैंटम, जो महरौली के खंडहर में तेरे पीछे पड़ा – वो उसका क्या लगता होगा?''

''कुछ भी लगता हो सकता था लेकिन जस्से की राय थी कि हसबैंड था।''

''तुम लोगों ने एक शादीशुदा औरत पर हाथ डाला?''

''उस वक्त हमें मालूम था कि वो शादीशुदा औरत थी?''

''हूं। आगे बढ़।''

''जस्से का ख़याल था कि इतने दायरे में एक्सटेंसिव फुटवर्क से ऐसी किसी औरत को लोकेट किया जा सकता था जो कि हफ्ता दस दिन से घर से बाहर दिखाई नहीं दी थी।''

''करता कौन? तू?''

''उसने मुझे ही करने को बोला था लेकिन मैंने हाथ खड़े कर दिये थे। फिर उसने वो काम ख़ुद करवाना कुबूल किया था।''

''कोई नतीजा निकला?''

''निकला। आज सुबह ही नतीजे की ख़बर उसने मेरे तक पहुंचायी।''

''गुड! क्या नतीजा निकला?''

''पापा, ऐसी एक औरत, जो पिछले महीने की बारह तारीख के बाद से अपने घर से बाहर नहीं देखी गयी थी, वो'' – अरमान के स्वर में रहस्य का पुट आया – ''हमारे पड़ोस में रहती है।''

''क्या!'' – चिन्तामणि चौंका – ''कहां?''

''डी-नाइन में?''

''वहां! वहां तो एक सफेदपोश बाबू रहता है जो कनॉट प्लेस में कहीं एकाउन्टेंट की नौकरी करता है। कश्मीरी। नाम अरविन्द कौल! जो पिछले महीने एक सुबह हमारी 'वरना' की उसके गेट पर खड़ी होने की शिकायत करने यहां आया था।''

''वही।''

“वो औरत तो बच्चे वाली है! उसका तो दो–ढ़ाई साल का एक बेटा है।”

“जो भी है, वही पिछले महीने हफ्ता भर घर से बाहर नहीं निकली थी।”

“अरे, लड़के, इतने से ही थे कैसे स्थापित हो गया कि तुम दोस्तों की बद्फेली का शिकार वो औरत हुई थी? जो आधा–पौना किलोमीटर का पैरीमीटर तूने या जस्से ने या दोनों ने मुकर्रर किया है, उसमें तो दो–ढ़ाई सौ फैमिलीज़ रहती हैं। कई इमारतें चारमंजिला हैं और एक फ्लोर पर किराये पर चढ़े दो–दो फ्लैट हैं। उन में रहती कोई औरत – एक से ज़्यादा भी मुमकिन हैं – हफ्ता दस दिन के लिये कहीं, मान लो मायके, चली गयी हो तो कैसे वो घर से बाहर दिखाई देगी?”

“ये बात मेरे और जस्से के बीच उठी थी।”

“हैरानी है तूने जस्से को कंफीडेंस में लिया जो कि गोयल साहब का ख़ास है। क्या वो सब कुछ गोयल साहब को सुनाने से बाज़ आया होगा?”

“उसने मुझे जुबान दी थी . . .”

“मुझे जस्से जैसे लोगों की जुबान पर ऐतबार नहीं। कल का कार चोर आज . . .”

“पापा, गड़े मुर्दे न उखाड़ो।”

चिन्तामणि ठिठका।

“और मुझे अपनी बात कह लेने दो।”

“अभी बात बाकी है?”

“बहुत बाकी है।”

“फिर तो सॉरी। बोल।”

“कुछ और भी है जो पड़ोस की उस औरत पर फोकस बनाता है। ऐसा कुछ जिसे इंगलिश में कोरोबोरेटिंग ईवीडेंस कहते हैं।”

“आगे!”

“आगे मैं आप को एक वीडियो क्लिप दिखाता हूं।”

अरमान ने लैपटॉप की स्क्रीन पर ‘लोटस पौंड’ वाली क्लिप चलाई।

“इस शख़्स की ओर ध्यान दीजिये” – वो अंगली से स्क्रीन पर इशारा करता बोला – “जिसकी आंखों पर गॉगल्स हैं, जो कार्डुराय की डार्क ब्राउन पैंट, लाइट ब्राउन कोट, मैचिंग शर्ट, और मैचिंग जूते पहने है। तब तक स्क्रीन पर निगाह रखिये जब तक कि ये रेस्टोरेंट से रुख़सत पा कर कैमरे के रेंज से निकल न जाये।”

चिन्तामणि ने निर्देश का पालन किया।

जब क्लिप का समापन हुआ तो अरमान बोला – "गॉगल्स वाले की शक्ल देखी?"

"हां। लेकिन फीचर्स तो न देखे न, गॉगल्स और नीमअन्धेरे की वजह से। क्लिप को बैक कर, फिर उसके फेस को ज़ूम कर।"

"कोई फायदा नहीं होगा। मैंने कई बार किया। थोड़ा सा ही ज़ूम करने पर ग्रेंस फटने लगते हैं और सूरत उतनी भी नहीं पहचानी जाती जितनी कि नार्मल कंडीशन में पहचानी जाती है।"

"फिर क्या फायदा हुआ?"

"फायदा आगे आयेगा। आप इस शख़्स के कदकाठ, हाव-भाव, चाल-ढाल को और जैसी शक्ल दिखाई दी, उस को ज़ेहन में रखना। मैं एक और क्लिप चलाता हूं।"

चिन्तामणि ने सहमति से सिर हिलाया।

अरमान ने स्क्रीन पर अट्ठाइस नवम्बर, गुरुवार को 'हाइड पार्क' वाली क्लिप चलाई और पिता का ध्यान प्रियंका के साथ मौजूद युवक की तरफ आकर्षित किया। उसने पिता को वो क्लिप भी आखिर तक दिखाई।

"क्या कहते हैं?" – फिर आशापूर्ण स्वर में बोला।

"किस बाबत?" – चिन्तामणि ने पूछा।

"इसकी शक्ल पहली क्लिप के गॉगल्स वाले से मिलती है?"

"भई, कुछ कुछ मिलती तो है लेकिन क्या बड़ी बात है! आजकल के सारे मॉडर्न, फैशनेबल नौजवान लड़के एक ही जैसे लगते हैं . . ."

"ये लड़का नहीं, आदमी है।"

"एक ख़ास उम्र तक वो भी!"

"कद-काठ?"

"वो तो मिलता है लेकिन वो भी कॉमन है।"

"चाल-ढाल?"

"मिलती है।"

"हाव भाव।"

"उस सिलसिले में ख़ास कुछ नोटिस में न आया।"

"ओके। अब एक क्लिप और देखिये।"

अरमान ने 'हाइड पार्क' की उससे अगले रोज की क्लिप स्क्रीन पर ली

जिसमें विमल, नीलम और अल्तमश चित्रित थे और पिता से विमल की बाबत पहले वाला सवाल किया।

"शक्ल नहीं मिलती।" – चिन्तामणि बोला।

"मेकअप की वजह से। जस्सा कहता है ये पिछली क्लिप वाला ही शख़्स है लेकिन मेकअप में है।"

"मेकअप में है!"

"हां। मूंछ, सोल-पैच, भवें, कलमें, विग, सब नकली है। आंखें रंगीन कान्टैक्स लैंसिज की वजह से नीली हैं।"

"तू कहना क्या चाहता है?"

"ये कि शक्ल में थोड़े बहुत ऊपरी हेर-फेर के साथ तीनों क्लिप्स में एक ही शख़्स है।"

"है तो क्या?"

"और इसी शख़्स ने फैंटम का मास्क पहन कर महरौली के खंडहर में मुझे काबू किया था और जबरन मेरे से मेरे दोस्तों के नाम पते कबुलवाये थे।"

"तो भी क्या?"

"ये डी-नाइन वाला बाबू है जिसका नाम कौल है।"

"नानसेंस!"

"और इसके साथ रंग बिरंगी स्कर्ट, खुले गले की कमीज़ और ब्रीफ़ जैकेट वाली जो औरत है, वो इसकी बीवी है।"

"होगी।"

"आप तवज्जो नहीं दे रहे हैं। ये कौल है तो वो पड़ोस वाली वो औरत हुई या नहीं हुई जो पिछले महीने ग्यारह तारीख के बाद से हफ्ता घर से बाहर दिखाई नहीं दी थी?"

"नानसेंस! अरे, वो सिम्पल हाउसवाइफ़ है, मदर है, ये तो अपने फैशन से, रख-रखाव से, हेयर स्टाइल से, हर बात से कोई हाई-फाई सोसायटी वूमन लगती है!"

"शक्ल मिलती है।"

"मामूली। लेकिन वो भी इत्तफ़ाक हो सकता है।"

"अगर मर्द कौल हो तो मानेंगे कि ये उसकी बीवी है, हमारी पड़ोसन है?"

"अगर हो तो?"

"इसी आदमी ने ऐसा एडवांस इन्तज़ाम किया था कि शुक्रवार उनतीस

नवम्बर की रात को अमित 'हाइड पार्क' में अकेला हो।''

''क्या इन्तज़ाम किया था! और तुझे कैसे मालूम?''

जवाब में अरमान के पिछले रोज की जस्से के साथ अपनी 'हाइड पार्क' में विज़िट का तफसील से वर्णन किया। उसने 'फैंटम, घोस्ट हू वॉक्स' कहने की तरफ पिता की ख़ास तवज्जो दिलाई।''

''कमाल है! इस आदमी ने दो लड़कों के गुप्तांग काटे!''

''इसने नहीं।'' – अरमान बोला – ''ये ऑर्गेनाइज़र है, एग्ज़ीक्यूशनर वो तौबाशिकन हुस्न की मलिका लड़की है जिसे आपने इस क्लिप में उस मर्द, औरत के साथ देखा, जो बिना दुपट्टे सलवार सूट और मैचिंग कार्डीगन पहने थी और जिसने बार पर अकेले जाकर वहां अकेले बैठे अमित से जबरन यारी गांठी थी।''

''कमाल है! लड़के, यही बात साबित करती है कि ये आदमी हमारा पड़ोसी कौल नहीं हो सकता।''

''एक कोरौबोरेटिंग इवीडेंस मुझे और पेश करने दीजिये, उसके बाद जो कहना हो, कहिये।''

''कर।''

अरमान ने स्क्रीन पर पहली क्लिप वापिस चलाई।

स्क्रीन पर जब गॉगल्स वाला व्यक्ति प्रकट हुआ तो उसने शाट को फ्रीज़ किया और उसे उसके मेज़ पर टिके बायें हाथ पर जूम किया।

''हाथ को देखिये।'' – वो बोला।

''देख रहा हूं।'' – चिन्तामणि अनमने भाव से बोला – ''क्या दिखाना चाहता है?''

''अंगूठी। जो इसके हाथ की दूसरी उंगली में है। उस पर तवज्जो दीजिये। ग़ौर से देखिये उसे।''

''देख रहा हूं। सिम्पल मर्दाना अंगूठी है जिसके टॉप की फ्लैट सर्फेस पर 'ओम' लिखा है।''

'' 'ओम' को ग़ौर से देख लीजिये, क्योंकि ये अभी आप को दो बार फिर दिखाई देगा।''

''अच्छा! दिखा!''

अरमान ने बारी-बारी 'हाइड पार्क' वाली दोनों क्लिप चलाईं और पूववर्त् 'विमल' के हाथ को जूम में ले कर अंगूठी पिता को दिखाई।''

"क्या देखा?" – अरमान बोला।

"वैसा ही 'ओम' देखा जो तूने पहली क्लिप में दिखाया।"

"क्या मतलब हुआ इसका?"

"क्या मतलब हुआ? तू बता!"

"ये मतलब हुआ कि तीनों क्लिप्स में एक ही शख़्स है।"

"नॉनसेंस! मूर्खों जैसी बातें कर रहा है! अरे, क्या ख़ासियत है 'ओम' लिखी अंगूठी में जो कोई दूसरा, तीसरा, तीसवां, पचासवां, सौवा जना नहीं पहन सकता?"

"एक ख़ासियत है जो आपके नोटिस में नहीं आयी।"

"क्या?"

"ये हिन्दुओं वाला 'ओम' नहीं है। हिन्दुओं वाला ओम" – अरमान ने एक कागज़ पर लिख कर दिखाया – " यूं – ॐ – लिखा जाता है। ये सिखों वाला ओम है जो यूं – ੴ – लिखा हुआ है। जिसे सिख ओंकार कहते हैं।"

अमरमणि ने ग़ौर से स्क्रीन को देखा।

"बात तो तेरी सही है लेकिन इस से चलो, किसी दूर की कौड़ी के तौर पर ये तो स्थापित हो गया कि ये तीनों बहुरूप एक ही शख़्स के हैं लेकिन ये कैसे साबित हो गया कि वो शख़्स हमारा पड़ोसी कौल है?"

"क्योंकि मैंने उसके बायें हाथ की दूसरी उंगली पर सिखों के 'ओम' वाली अंगूठी देखी थी।"

चिन्तामणि सकपकाया, वो सीधा हो के बैठ गया। उसने अपलक पुत्र की ओर देखा।

"यस!" – अरमान पूरे आत्मविश्वास के साथ बोला।

"कब? कब देखी थी?"

"जब वो हमारे यहां मेरी कार की पार्किंग की कम्पलेंट करने आया था।"

"ओह!"

"अब आप मुझे ये बताइये, अगर हमारा पड़ोसी कश्मीरी है, कौल है तो सिखों के 'ओम' वाली अंगूठी का उसकी उंगली पर क्या मतलब?"

"यार, मतलब तो कोई नहीं लेकिन एक धर्म का आदमी दूसरे धर्म को मानता है तो इसमें ऐतराज़ की क्या बात है! मैंने आम नॉनसिख्स को सिखों वाला कड़ा पहने देखा है, हिन्दुओं को अजमेर शरीफ़ का ताबीज़ बान्धे देखा है, यहां तक कि नॉनक्रिश्चियंस को क्रॉस पहने देखा है।"

"पापा, कोई एक बात ऐसी हो सकती है जिसकी कोई एक्सप्लेनेशन हो, लेकिन यहां तो कई बातें हैं जिनके बारे में अलग-अलग सोचने पर किसी मुकाम पर पहुंचना मुमकिन नहीं लगता लेकिन आप उन पर सामूहिक रूप से विचार करें तो हमारे पड़ोसी पर फोकस बनता है। पड़ोस की औरत पिछली ग्यारह तारीख की बद्फेली का शिकार हुई हो सकती है और उसके खाविन्द पर प्रतिशोध का जुनून सवार हुआ हो सकता है।"

"एक अकेला आदमी . . ."

"वो अकेला नहीं है।"

"एक गऊ-गणोष आदमी . . ."

"लगता है ऐसा। उसके ढोल में ज़रूर कोई पोल है।"

"तू . . . तू चाहता क्या है?"

"ये भी कोई पूछने की बात है! मैं अपना अमित और अशोक जैसा अंजाम नहीं चाहता। अपने अंजाम से मैं सिर्फ एक पायदान दूर हूँ – बीच में सिर्फ अकील है – मैंने कुछ न किया तो, जो अंजाम मैं अपना नहीं चाहता, वो मेरा होके रहेगा। मेरे लिये आत्म रक्षा ज़रूरी है और आत्म रक्षा की एक ही रणनीति है।

"क्या?"

"हमला!"

"क्या करेगा?"

"फूंक दूंगा। उसके घर को आग लगवा दूंगा।"

"मति भ्रष्ट है? दो घर दूर हम रहते हैं, आग फैल गयी तो हम भी भस्म होंगे!" वो हड़बड़ाया।

"घर को ढेर करवा दूंगा।" – फिर बोला – "आजकल घर ढेर करने के ऐसे तरीके मुमकिन हैं कि इमारत अपनी बुनियाद पर गिरती है।"

"ये सब हड़बड़ी की सोच है। अभी पड़ोसी को बाबत कोई गारन्टी तो हो जाये!"

"न हो।"

"भले ही कोई बेगुनाह मर जाये?"

"हां। मेरे लिये मेरी खुद की सलामती अहम है, कोई मरता है तो मरे!"

"मूर्खों जैसी बातें मत कर। तेरी शिनाख़्त जिन वीडियो क्लिप्स पर बेस्ड है, वो शार्प नहीं हैं, उनकी रिकार्डिंग नाकाफ़ी रोशनी में हुई है इसलिये उसने

जो भी नतीजा निकाला जायेगा, वो नाकाबिलेएतबार होगा। जब तक कुछ एतबार के काबिल हाथ में नहीं आया . . ."

"आयेगा। वो भी आयेगा। बहुत जल्द आयेगा।"

"क्या? कैसे?"

"परसों जो हुआ, एक भव्य शादी में हुआ जिसको कई स्टिल फोटोग्राफर और कई वीडियोग्राफर कवर कर रहे थे। उनका काम, कहने की ज़रूरत नहीं कि, पर्फेक्ट होगा। अशोक के हमलावर पार्टी में शामिल थे। उनकी कितनी ही स्टिल और मूवी तसवीरें वहां खिंची होंगी।"

"ठीक! लेकिन हमारी उन तक पहुंच कैसे बनेगी?"

"जस्सा बनायेगा, ऐसे बनेगी।"

"वो क्या करेगा?"

"पापा, जरा माईंड अप्लाई कीजिये। जिन लोगों ने वो करतब किया, वो शादी के मेहमान नहीं हो सकते, वो न लड़की वालों के इनवाइटी हो सकते हैं, न लड़के वालों ने।"

"गैट क्रैशर थे?"

"कामयाब गैट क्रैशर थे। मालूम पड़ा है कि पुलिस आज सुबह से ही उनको सिंगल आउट करने की ड्रिल में मशगूल है।"

"क्या कर रहे हैं वो लोग?"

"जस्से ने मालूम किया है कि उन्होंने एक ऐसा आदमी लड़की वालों का और एक लड़के वालों का पकड़ा है जो दोनों तरफ से इनवाइटिड तमाम मेहमानों को पहचानता है। स्टिल फोटोग्राफरों को हुक्म हुआ है कि वो अपनी खींची तमाम तसवीरें पुलिस वालों के हवाले करें। फिर जिस-जिस आने वाले की बतौर इनवाइटिड गैस्ट शिनाख़्त होती जायेगी, उसकी तसवीर को खारिज करते जाया जायेगा। अब बोलिये आखिर में कौन बचेंगे जिनके बारे में दोनों ही पक्ष कहेंगे कि वो उनके मेहमान नहीं?"

"गैट क्रैशर्स।"

"एग्ज़ैक्टली! ये एक लम्बी ड्रिल है जिसके मुकम्मल होने में शाम हो जायेगी। जस्से ने ऐसा जुगाड़ किया है कि गैट क्रैशर की तसवीरों की एक-एक कॉपी उसके भी हाथ लगे। ऐसा होते ही वो सीधा यहां आयेगा। प्रोफेशनल्स द्वारा खींची गयी उन तसवीरों में वो कमियां हरगिज नहीं होंगी, जो कि वीडियो क्लिप्स में हैं। उनसे भी पड़ोसी की शिनाख़्त न हुई तो मैं

पड़ोसी का ख़याल छोड़ दूंगा। लेकिन अगर हुई तो . . .''

''तो तू कुछ नहीं करेगा। तो जो करना होगा मैं करूंगा।''

अरमान ने विस्मय से पिता की तरफ देखा।

''मैं करूंगा।'' – चिन्तामणि के स्वर में दृढ़ता का पुट आया – ''वो शख़्स सफेदपोश बाबू होने के अलावा कुछ और है तो हमें मालूम होना चाहिये कि क्या कुछ और है ताकि हमें उसकी ताकत का अन्दाज़ा हो सके।''

''ठीक! पर फर्ज़ करो, वो बहुत ताकतवर निकलता है!''

''ताकतवर की भी कोई-न-कोई कमज़ोरी होती है जिस पर हुआ वार वो नहीं झेल सकता, कोई दुखती रग होती है जिसको छुआ जाये तो वो तड़पता है।''

''उसकी क्या कमज़ोरी होगी?''

''एक तो उजागर है!''

''क्या?''

''उसकी औरत। तूने अभी रणनीति का हवाला दिया, अब मैं भी रणनीति का हवाला देता हूं। औरत मर्द की कमज़ोरी होती है और कमज़ोर अंग पर वार करना युद्ध की रणनीति होती है।''

''यूं तो वो और भड़केगा!''

''भड़केगा नहीं, तड़पेगा। जो मेरे बेटे को तड़पाना चाहता है, वो ख़ुद तड़पेगा। तड़पेगा क्या, जीते जी मर जायेगा।''

''अगर ऐसा हो सका तो मुझे खुशी होगी।''

''यकीनन होगा, लेकिन एक शर्त पर होगा। और वो शर्त ये है कि जस्से की लायी तसवीरें किसी काम आयेंगी, कोई पॉज़िटिव नतीजा निकलेगा, वर्ना रेत में मछली पकड़ने वाला काम न मैं खुद करूंगा, न तेरे को करने दूंगा।''

''शादी के मेहमानों की पुलिस स्क्रीनिंग की बहुत लम्बी प्रक्रिया है। हो सकता है उसके मुकम्मल होने में शाम की जगह रात हो जाये।''

''भले ही सवेरा हो जाये। भले ही जस्सा तसवीरों के साथ कल आये। हमें कौन सी जल्दी है! तेरे सिर पर जो धमकी की तलवार लटक रही है उसका वार होते-होते होगा क्योंकि पहले तेरे दोस्त अकील सैफी का नम्बर है। नहीं?''

''हां।''

''तो फिर हमें क्या जल्दी है?''

"कोई नहीं पापा" – अरमान का लहजा जज़्बाती हुआ – "मुझे खुशी है कि मेरी करतूत के बारे में सुन कर मेरे लिये आपके मन में नफ़रत न जागी।"

"पागल हुआ है! औलाद से कहीं नफ़रत की जाती है! बच्चे ग़लतियां करते ही हैं। बल्कि नौजवानी के वक्ती जुनून में हो जाती हैं गलतियां। जो बीता वो बिसार, आइन्दा के लिये सबक ले। बस, इतनी सी तो बात है!"

"थैंक्यू, पापा। आई एम प्राउड ऑफ यू।"

6 दिसम्बर : शुक्रवार

अगले रोज शादी के गैस्ट्स की स्क्रीनिंग की बाबत अख़बार में कोई ख़बर नहीं थी।

त्रिपाठी पिता पुत्र ने उससे यही नतीजा निकाला कि वो विस्तृत स्क्रीनिंग पुलिस की उम्मीद से कहीं ज़्यादा वक्तखाऊ काम साबित हुआ था जो कि पिछले रोज़ मुकम्मल नहीं हो सका था और ज़रूर इसी वजह से जस्से की कोई खोजख़बर नहीं थी।

बहरहाल इन्तज़ार के अलावा कोई चारा नहीं था।

दोपहरबाद चिन्तामणि के ज़ेहन में एक ख़याल आया जिसने उसे कनॉट प्लेस पहुंचा दिया जहाँ कि गैलेक्सी ट्रेडिंग कॉर्पोरेशन का आफिस था।

लॉबी में लगे इन्डेक्स से उसे मालूम हुआ कि वो पांचवीं मंज़िल पर था।

विमल आफिस में होता तो वो कह सकता था कि उधर से गुजर रहा था, सोचा, देखूं हमारे पड़ोसी की वर्क प्लेस कैसी है।

आफिस की औकात से उसे पड़ोसी की नौकरी की औकात भी मालूम हो सकती थी।

लिफ्ट पर सवार हो कर वो पांचवीं मंज़िल पर पहुंचा।

गैलेक्सी के आफिस में दाखिल होते ही रिसैप्शन था जिस पर वो ठिठका तो रिसैप्शनिस्ट युवती ने सिर उठा कर उसकी तरफ देखा।

"अरविन्द कौल से मिलना है।" – वो बोला।

"क्या काम है, सर?"

"उन्हीं को बोलूंगा न!"

"सर, मैंने इसलिये पूछा था कि अगर एकाउन्ट्स रिलेटिड कोई काम है तो आप चीफ एकाउन्टेंट से मिल सकते हैं क्योंकि कौल साहब आफिस में नहीं हैं।"

"आफिस में नहीं हैं! छुट्टी पर हैं?"
"टूअर पर हैं।"
"बाहर?"
"टूअर पर बाहर ही जाया जाता है, सर।"
"मेरा मतलब हैं, कहां गये हैं?"
"हैदराबाद।"
"आज ही गये?"
"जी नहीं, काफी दिन हो गये हैं। बीच में आये थे, सोमवार फिर चले गये।"
"हैदराबाद ही?"
"जी हां। वहां भी गैलेक्सी का आफिस है।"
"आई सी। कब तक लौटेंगे?"
"कोई पक्का नहीं है।"
"कोई अन्दाज़ा?"
"कोई अन्दाज़ा नहीं, सर। आफिस का काम है, हो सकता है कल फ्री हो जायें, हो सकता है हफ्ता न हों।"
"आई सी, ओके, थैंक्यू।"
"अगर आप चीफ एकाउन्टेंट से मिलना चाहें तो . . ."
"नहीं। कौल साहब से ही काम था। फिर पता करूंगा।"
"वैलकम, सर।"

चिन्तामणि घर लौटा तो जस्से को इन्तजार करते पाया।

ड्राईंगरूम में बैठा वो अरमान से बतिया रहा था। उसने उठ कर चिन्तामणि का अभिवादन किया।

"बैठ, बैठ।" – चिन्तामणि उसके सामने बैठता बोला – "बैठ।"

जस्सा वापिस अरमान के पहलू में बैठ गया।

"शादी के मेहमानों की पुलिस स्क्रीनिंग किसी सिरे लगी या नहीं?" – चिन्तामणि ने पूछा।

"स्क्रीनिंग तो सिरे लगी, त्रिपाठी जी" – गहरी सांस लेता जस्सा बोला – "लेकिन नतीजा वो न निकला जिसकी उम्मीद थी, जिसका इन्तज़ार था।"

"क्या हुआ?"

"कम-से-कम दो हज़ार लोगों की शादी में हाजिरी थी। ऐसी शादियों में कोई अकेला तो आता नहीं! एक परिवार को एक इकाई माना जाये तो भी छः सात सौ परिवार वहां थे जिन की हज़ारों की तादाद में तसवीरें खिंची थीं जिनमें से पहले तो डुप्लीकेट छांटना और अलग करना विकट काम था . . ."

"सिरे पर पहुंच, जस्से" – चिन्तामणि उतावले स्वर में बोला – "सिरे पर पहुंच। आखिर, बोल, क्या हुआ?"

"जैसी की उम्मीद थी, कोई एक जना सिंगल आउट न हुआ। कम-से-कम पन्द्रह जने ऐसे निकले जिनको न लड़की वालों के आदमी ने पहचाना और न लड़के वालों के आदमी ने पहचाना।"

"यानी एक वो ही गैट क्रैशर नहीं था जिसने अशोक को . . . का बुरा हाल किया, या करवाया?"

"कई थे ऐसे। बड़ी शादियों में ये कोई बड़ी बात नहीं।"

"उन की तसवीरें मुहैया कीं?"

"कीं किसी तरह से।"

"पुलिस से?"

"तौबा!"

"तो कैसे कीं?"

"एक फोटोग्राफर को पटाया। भारी फीस भरी उसकी . . ."

"तू फीस की परवाह न कर। उसकी जैसी चाहेगा भरपाई हो जायेगी। साले खाते भरे पड़े हैं। लॉकर भरे पड़े हैं।"

"दो वीडियो वालों में से कोई न पटा। दोनों बोले पुलिस ने सब कुछ कब्ज़ा लिया, पता नहीं कब वापिस मिलेगा। स्टिल फोटोग्राफर छः थे, एक को आखिरी पन्द्रह बारातियों के दस, बारह के प्रिंट बनाने को बोला गया था। मैंने उसको काबू किया और भारी फीस भर कर एक सैट मैंने भी हासिल किया।"

"साथ लाया है?"

"लो! तो और आया किस लिये हूं!"

"दिखा।"

जस्से ने एक ख़ाली लिफाफे में से पन्द्रह प्रिंट निकालकर चिन्तामणि को सौंपे।

"तूने देखे?" – प्रिंट थामते चिन्तामणि ने बेटे से पूछा।
"हां।" – अरमान बोला।
"क्या देखा?"
"पहले आप देख लीजिये, फिर बोलता हूं।"
"हूं।"
चिन्तामणि ने काफी देर पन्द्रह प्रिंट्स को उलटा पलटा।
"मेरे को तो" – आखिर वो बड़बड़ाया – "इन में से अपने पड़ोसी जैसा कोई नहीं लगता!" – वो अरमान की तरफ घूमा – "तेरे को लगता है?"
"लगता तो नहीं" – अरमान बोला। – "लेकिन . . ."
"क्या लेकिन?"
"एक . . . भेद की बात है।"
"अरे, क्या?"
अरमान ने पिता के हाथ से तसवीरें लीं और उसमें से एक तसवीर छांटी।
"इस तसवीर को देखिये।" – वो बोला – "इसमें मेज़बान के रूबरू तीन मेम्बरान की एक फैमिली दिखाई दे रही है।"
"देखी मैंने। गंजा, तोंदियल, हैंडलबार मूछों वाला बूढ़ा हमारा पड़ोसी नहीं हो सकता। साथ का नौजवान तो बिल्कुल भी नहीं हो सकता।"
"ठीक, ठीक। मुझे आप की हर बात से इत्तफ़ाक है लेकिन मैं आपकी तवज्जो तीसरे नग की ओर दिलाना चाहता हूं। ये लड़की बहुत खूबसूरत है, बल्कि बहुत से ज़्यादा खूबसूरत है।"
"अरे, बला की खूबसूरत है। माना। तो?"
"दूसरी वारदात के बाद हम सेफली कह सकते हैं कि उसी शख़्स ने उसको ऑर्गेनाइज़ किया था जिसने पहले – हफ्ता पहले, पिछले शुक्रवार को – अमित गोयल को अपना शिकार बनाया था। अमित गोयल ने खुद बोला था कि वो एक बला की हसीना के रूप जाल में फंसकर उल्लू बना था।"
"तो?"
"ये बला की हसीना है।"
"हँह! खोदा पहाड़ और निकला चूहा। अरे लड़के, इतनी हाई स्टेटस की शादी में, जिसमें बकौल जस्सा, दो हज़ार मेहमानों की शिरकत थी, ये एक ही बला की हसीना शामिल होगी?"

"ऐसी एक ही होगी जिसका अशोक से वास्ता पड़ा, जिसे अशोक पहचान सकता है।"

चिन्तामणि एकाएक ख़ामोश हो गया। कई क्षण अचरज से वो पुत्र को देखता रहा, आखिर अर्थपूर्ण भाव से उसने जस्से की तरफ देखा।

"कल शाम तक तो वो हस्पताल में ही था" – जस्सा बोला – "और किसी को उससे मिलने की इजाज़त नहीं थी। आज शायद ऐसा न हो।"

"या छुट्टी मिल गयी हो" – अरमान बोला – "घर चला गया हो! अमित को तो अगले रोज घर भेज दिया गया था।"

"कहीं भी हो, मालूम कर लूंगा। ये एक तसवीर मेरे को दे, बाकी रख ले।"

"रख के मैं क्या करूंगा?"

"बार-बार देखना। शायद कुछ सूझे! कोई क्लू हाथ लगे।"

"ओके। छोड़ जा।"

"चलता हूं।" – जस्सा उठने को हुआ।

"नहीं, अभी बैठ।" – चिन्तामणि जल्दी से बोला – "एक बात और सुन के जा।"

वो वापिस बैठ गया।

"मैंने शक जाहिर किया था" – चिन्तामणि बोला – "कि हमारे सफेदपोश, गऊ-गणोष लगने वाले पड़ोसी का कोई और खुफिया किरदार हो सकता है। आज मेरा वो शक मजबूत हुआ है।"

"कैसे?" – जस्सा उत्सुक भाव से बोला।

"उसने एक बार मुझे खुद बताया था कि वो कहां, क्या नौकरी करता था। आज मैं केजी मार्ग पर स्थित उसके आफिस में गया था जिसका नाम गैलेक्सी ट्रेडिंग कार्पोरेशन था . . ."

अरमान ने हैरानी से अपने पिता की ओर देखा।

"बड़ी कम्पनी थी कोई। बड़ा आफिस था। मैंने अरविन्द कौल के बारे में पूछा तो पता लगा कि टूअर पर सोमवार से हैदराबाद गया हुआ था। कब से गया हुआ था?"

"सोमवार से।"

"पर वो तो रोज़ गली में दिखाई देता है!"

"अच्छा!"

"हां।"

"किसी वजह से नहीं जा सका होगा!"

"तो उसके आफिस में इस बात की ख़बर क्यों नहीं है?"

"होगी! जिसको होनी चाहिये, उसको की होगी। जिस से आपने बात की . . ."

"रिसैप्शनिस्ट से की।"

"उसको नहीं होगी!"

"कौल कम्पनी में अधिकारी है।" – अरमान बोला – "एकाउन्ट्स आफिसर है। ज़रूरी तो नहीं कि उसके बारे में रिसैप्शनिस्ट को हर ख़बर हो!"

"अरे, लड़के, रिसैप्शनिस्ट है, आफिस की ऐन्ट्रैंस पर बैठती है, ये तो ख़बर होगी कि नहीं कि वो आफिस में है या नहीं?"

अरमान हड़बड़ाया, फिर स्वयमेव उसका सिर सहमति में हिला।

"वो तो पूरे विश्वास के साथ कह रही थी कि कौल साहब सोमवार से टूअर पर हैं, हैदराबाद गये हुए हैं!"

अरमान खामोश रहा।

"और कौल साहब इलाके में विचरते दिखाई देते हैं।"

"एक वजह हो सकती है।" – जस्सा बोला।

"क्या?"

"डंडी मार रहा है। एम्पलायर को धोखा दे रहा है। ज़ाहिर कर रहा है हैदाबाद में है, पर घर बैठा है।"

"ऐसा सरकारी नौकरियों में चलता है, प्राइवेट में नहीं। फिर एकाध दिन भांजी कोई मार ले तो कोई बात है, वो तो सोमवार से हैदराबाद गया बताया जा रहा है पर घर बैठा है!"

"ठीक! सब ठीक!" – अरमान उतावले स्वर में बोला – "आप ये बताइये कि आप कहना क्या चाहते हैं?"

"ये कि उसके ढोल में यकीनी कोई बड़ी पोल है।"

"अच्छा, है। तो?"

"तो ये कि ऐसे शख़्स का कोई क्रिमिनल रिकार्ड हो सकता है। आजकल नोन क्रिमिनल्स का पुलिस के पास कम्प्यूट्राइज़्ड रिकार्ड है और

हर स्टेट में पुलिस के अन्डर रिजनल क्राइम रिकार्ड ब्यूरो काम करता है। दिल्ली राजधानी है इसलिये यहां वो महकमा सैन्ट्रल क्राइम रिकार्ड ब्यूरो – सीसीआरबी – कहलाता है। हमारा जस्सा वहां पहुंच बनाने की कोई जुगत कर सके तो हमें मालूम पड़ सकता है कि हमारा पड़ोसी वाइट कालर बाबू असल में क्या बला है। और नहीं तो ये कनफर्म हो सकता है कि उसका कोई पुलिस रिकार्ड नहीं है, वो जो वो ख़ुद को बताता है, वो ही है। अब बोल, जस्से, क्या कहता है?''

''मैं इस महकमे से वाकिफ तो हूं।'' – जस्सा संजीदगी से बोला – ''मेरे को ये भी मालूम है कि वहां आम आदमी भी किसी बात की पड़ताल के लिये अर्ज़ी लगा सकता है।''

''ठीक है, लगा।''

''लेकिन अर्ज़ी के साथ नत्थी करने के लिये कुछ चाहिये भी तो होता है जिसकी बिना पर ब्यूरो पड़ताल करेगा? हमारे पास क्या है?''

ख़ामोशी छा गयी।

''फिंगरप्रिंट्स झूठ नहीं बोलते। वो तब्दील भी नहीं किये जा सकते। हम उसके फिंगरप्रिंट्स हासिल कर सकते हैं।''

''हम?''

''जस्सा।''

''आप कहते हैं तो कर तो मैं लूंगा ही कुछ-न-कुछ, लेकिन अभी एक और भी तो फच्चर हैं!''

''और क्या?''

''अर्ज़ी के जवाब की मिनीमम मियाद तीस दिन है, ज़्यादा भी लग सकते हैं।''

''सत्यानाश!''

''लेकिन पुलिस को ऐसा जवाब चुटकियों में हासिल होता है क्यों कि महकमा ही उनका है। आप का भाई एमएलए है, उसके ज़रिये कुछ ऐसा जुगाड़ कीजिये कि बाजरिया पुलिस आप का सोचा ये काम हो सके।''

''मैं जोग से बात करूंगा लेकिन तू फिंगरप्रिंट्स हासिल कर लेगा?''

''उम्मीद तो है! ये काम हो जाये'' – उसने हाथ में थमी तसवीर की ओर इशारा किया – ''उसने बाद देखूंगा क्या कर सकता हूं!''

"उसके बाद ही। पहला काम ये।"

"ठीक है।"

अकील सैफी ऑन रोड था।

वो उम्दा सूट-बूट में सज़ा-धजा था और अपनी 'फिगो' खुद चला रहा था। उसकी मंजिल अशोक विहार था जहां उसने अपने एक करीबी दोस्त की बहन की सगाई में शामिल होना था। अगले हफ्ते शादी थी और उसने उस में भी हाजिरी भरनी थी।

वो इस बात से बेख़बर था कि उसके आवास, जो कि निजामुद्दीन ईस्ट में था, से ही एक काली पीली टैक्सी, जिसमें दो हमशक्ल नौजवान सवार थे, उसके पीछे लगी हुई थी जिनको ख़बर थी कि उसकी मंज़िल अशोक विहार थी और वो वहां पहुंचने के लिये कौन-सा रूट अख़्तियार करता था, इसकी ख़बर उन्होंने आगे करनी थी।

तीस नवम्बर से ही – जबकि उसे अमित के साथ बीती की ख़बर लगी थी – उसने अपनी आउटडोर मूवमेंट्स को बहुत रिस्ट्रिक्ट किया हुआ था, तब से एक बार भी ऐसा नहीं हुआ था कि लम्बे मौजमेले के बाद वो आधी रात को घर लौटा हो। फिर अमित वाला अंजाम अशोक का भी हो गया तो उसने नाइट आउटिंग का ख़याल ही छोड़ दिया था। दोस्त की बहन की सगाई में हाजिरी भरना जरूरी था इसलिये वो अशोक विहार जा रहा था लेकिन वो जल्दी घर से निकला था और उसका जल्दी ही लौट आने का इरादा था।

अशोक न्यू राजेन्द्र नगर अपने घर पहुंच चुका था लेकिन उसकी उससे मुलाकात अभी भी नहीं हो पायी थी। उसका मोबाइल उसका पिता सुनता था और रूखाई से कहता था कि अशोक की हालत मुलाकात के लायक सुधरेगी तो वो खुद ख़बर करेगा।

आगे आईटीओ का फ्लाईओवर का जिस पर उसने कार डाली।

पैसेंजर सीट पर बैठे जुड़वें ने मोबाइल पर आगे काल लगायी – "वो लूप रोड पर नहीं गया है जो कि सीधे आईएसबीटी पहुंचती है, सीधा राजघाट की तरफ गया है।"

'फिगो' राजघाट का अतिव्यस्त चौराहा पार करके आगे बढ़ी, फिर शान्तिवन का अगला चौराहा पार किया और लाल किले की दीवार के साथ-साथ बनी सड़क पर दौड़ने लगी।

वो सलीमगढ़ फोर्ट के करीब पहुंचा तो उसे आगे सड़क किनारे एक औरत–मर्द खड़े दिखाई दिये; मर्द लिफ्ट मांगने के ट्रेडिशनल ढंग से हाथ हिला रहा था।

'हसीन है साली' – अकील ने मन–ही–मन बोला – लेकिन क्या फायदा! खसम साथ था।

वो और करीब पहुंचा तो उसे औरत का ढोल जैसा पेट दिखाई दिया।

'तौबा! हामला थी साली! वो भी फुल ब्लोन! पता नहीं शादी के बाद औरतों को बच्चा पैदा करने की क्या जल्दी होती है! अल्लाह! मुल्क में क्या कोई ऐसा कानून नहीं है कि खूबसूरत औरत के शादी करने पर पाबन्दी हो!'

उसने कार उन दोनों के करीब रोकी और पैसेंजर सीट की विंडो का शीशा आधा गिराया।

''हमारी टैक्सी बिगड़ गयी है।'' – मर्द विंडो के खुले हिस्से तक झुककर याचनापूर्ण स्वर में बोला – अगर आप . . .''

अकील ने देखा उनके पीछे थोड़ा परे हटके एक 'असैंट' खड़ी थी जिसका हुड उठा हुआ था और एक शख़्स – शायद ड्राइवर – हुड के नीचे सिर डाले भीतर हाथ चला रहा था।

'नयी कार! फिर भी बिगड़ गयी!'

''. . . हमें कहीं आगे तक लिफ्ट दे दें तो मेहरबानी होगी। बेगम उम्मीद से हैं, आखिरी महीना है, ज़्यादा देर खड़ी नहीं रह सकतीं। अगर आप हमें आईएसबीटी भी उतार देंगे तो वहां से हमें सवारी मिल जायेगी।''

''वैसे कहां जाना है?'' – अकील ने पूछा।

''शक्तिनगर। आपने?''

''अशोक विहार।''

''फिर तो आप हमें आगे उतार सकते हैं। शक्तिनगर अशोक विहार के रास्ते में ही तो है!''

अकील ने औरत के फूले पेट पर निगाह डाली।

'तौबा! फुल तैयार है! जुड़वां ढो रही हो, तो भी कोई बड़ी बात नहीं।'

''जनाब, थोड़ी–सी ज़हमत कीजिये हमारी ख़ातिर। हमारी दुश्वारी को समझिये। नवाज़िश होंगी। आखिर आप अल्लाह वाले फर्द हैं . . .''

''कैसे जाना?'' – अकील सकपकाया।

''आपकी बायीं कलाई पर मौजूद पीर बाबा के काले ताबीज़ से जाना।''

"ओह!"

"एक मुसलमान दूसरे मुसलमान के काम नहीं आयेगा तो और कौन काम आयेगा?"

अकील हिचकिचाया।

"प्लीज़ सर।"

"काल ए कैब।" – फिर निरापिर भाव से बोला।

"जी, क्या फ़रमाया?"

"मैं जल्दी में हूं। ओला बुलाइये। उबर बलाइये।"

"हमें तो बुलाना आता नहीं!"

" 'असैंट' के ड्राइवर से बोलिये।"

अकील ने शीशा चढ़ाया और कार आगे दौड़ा दी।

'अच्छा किया' – उसने खुद को समझाया – 'साली कार में ही बच्चा जन देती।'

ऐसी ही अक्ल थी उस लड़के की, दुश्वारी की घड़ी में भी जिसकी अक्ल पर ऐय्याशी का पर्दा आन पड़ता था। अच्छा इसलिये नहीं किया था क्योंकि मौजूदा हालात में उसे ऐसी इन्वाल्वमेंट्स से दूर रहना चाहिये था, अच्छा इसलिये किया था क्योंकि हसीना एडवांस्ड स्टेज ऑफ प्रेग्नेंसी में थी, इस्तेमाल में आने लायक नहीं थी।

"साला हरामी!" – मर्द जो कि अशरफ था, बड़बड़ाया।

अल्तमश जो अब तक गर्भ में भार से दोहरा हुआ जान पड़ता था, तन कर खड़ा हुआ।

पीछे ड्राइवर ने, जो कि विमल था, कार का हुड गिराया और उनके पास पहुंचा।

"नहीं फंसा।" – वो बोला।

"नहीं फंसा।" – अशरफ बोला – "जी तो चाहता था कि बाहर घसीट लूं लेकिन सड़क पर ट्रैफिक बहुत था।"

"नहीं, नहीं। ये फौजदारी आजमाने वाला काम नहीं। हमारा उसकी राजी से उसके साथ होना ज़रूरी है वर्ना सारा खेल बिगड़ सकता है।"

"तभी तो!"

काली पीली टैक्सी उनके करीब आकर रुकी।

ड्राइविंग सीट पर वली था और पैसेंजर सीट पर हाथ में मोबाइल थामे अली बैठा था। दोनों जुडवां मुबारक अली के भांजे थे।

दोनों टैक्सी से बाहर निकले। उनकी सवालिया निगाह अशरफ पर पड़ी।

''नहीं फंसा।'' – जवाब विमल ने दिया – ''फिर ट्राई करेंगे। कोई नयी, ज्यादा पुख़्ता स्ट्रेटेजी लगायेंगे।''

सबके सिर सहमति में हिले।

7 दिसम्बर : शनिवार

दोपहरबाद विमल मेडंस होटल पहुंचा जो कि सिविल लाइन्स के इलाके में शामनाथ मार्ग पर था। होटल की विशाल इमारत ब्रिटिश राज के वक्त की थी और एक सौ पन्द्रह साल पहले स्थापित हुआ वो होटल अब ओबराय चेन आफ होटल्स द्वारा संचालित था और 'ओबराय मेडंस' कहलाता था।

होटल के सामने एक विशाल कम्पाउन्ड था जिसके बायें कोने में कुछ केबिंस थे जिनमें से एक पर उस ट्रैवल एजेंसी का बोर्ड लगा हुआ था जिसके साथ अशरफ का टाईअप था। केबिंस के करीब पार्किंग थी जिसमें कई कारों के बीच अशरफ की प्राइवेट टैक्सी भी खड़ी थी लेकिन अशरफ वहां नहीं था।

ट्रैवल एजेंसी से उसने अशरफ के बारे में दरयाफ़्त किया तो जवाब मिला कि सड़क के पास एक टी-स्टाल था वो, अशरफ का वहां पता करे।

अशरफ वहां मौजूद था।

टी-स्टाल एक बड़े छप्पर के नीचे था जिसके एक तिहाई हिस्से में स्टाल था और बाकी दो तिहाई में फोल्डिंग कुर्सियां, मेज़ें थीं। अशरफ उस हिस्से में स्टाल से पहले सिरे पर बैठा अख़बार पढ़ रहा था। विमल की आहट पाकर उसने मुंह पर से अख़बार हटाया, विमल को देखा तो अख़बार मेज़ पर डालता उछल कर खड़ा हुआ।

''बैठ, बैठ।'' – विमल बोला – ''मैं भी बैठता हूं।''

दोनों एक झोलझाल मेज पर आमने-सामने बैठे।

''चाय पियेंगे!'' – अशरफ ने पूछा।

''तुम पियोगे तो पी लूंगा।'' – विमल बोला।

''अबे, लमडे!'' – अशरफ टी स्टाल की तरफ मुंह करके उच्च स्वर में बोला – ''दो चाय ले के आ इस्पेशल! दूध ज़्यादा, पत्ती तेज़, चीनी कम! फटाफट!''

चाय पहुंचने तक दोनों ख़ामोश बैठे।

विमल ने चाय की एक चुसकी ली।

"कैसी है?" – अशरफ आशापूर्ण स्वर में बोला।

"बढ़िया।" – विमल बोला – "उम्मीद से ज़्यादा बढ़िया।"

"इस्पेशल जो ठहरी!"

"वो दूध, पत्ती, चीनी की हिदायात सुनी थी मैंने। उसके अलावा स्पैशल कुछ है?"

"हां।"

"क्या?"

"राज़ की बात है।"

"तो रहने दे।"

"अरे, आप से राज़ थोड़े ही है!"

"तो बोल?"

"चाय में अफ़ीम का चूरा मिलाता है।"

"क्या बोला?"

"टी-स्टाल का मालिक, जो कि खुद चाय बनाता है, चाय में अफ़ीम का चूरा मिलाता है। जो कोई भी इसकी चाय एक बार पी लेता है, रास्ते में भले ही दस टी-स्टाल हों, यहीं पीने आता है।"

"कमाल है!"

"टी-स्टाल वाला कहता है कि बनारस से ये गुण सीख के आया।"

"तो इस वक्त मैं अफीम मिली चाय पी रहा हूं?"

"जनाब, बरायनाम अफीम का चूरा।"

"तो कमाल चाय का नहीं है, चौथे इंग्रीडियेंट का है!"

"जनाब, कुछ भी कहिये। मज़ा आ जाता है!"

"यानी मुझे भी अब दस टी-स्टाल छोड़के यहां आना पड़ा करेगा!"

अशरफ हंसा।

"अब मतलब की बात हो जाये?" – विमल बदले स्वर में बोला।

"जी हां। ज़रूर!" – अशरफ एक क्षण चुप रहा – जैसे जो कहना हो उसे तरतीब दे रहा हो – फिर बोला – "मालूम पड़ा है कि सिन्धी सेठ की लड़की का कोई लफड़ा था।"

"था?"

''हां। लड़की अब इस दुनिया में नहीं है।''

''ओह!''

''उन्नीस साल की थी, कॉलेज में फर्स्ट इयर में थी जब एक नौजवान म्यूज़ीशियन के चक्कर में पड़ गयी थी।''

''कैसा म्यूज़ीशियन।''

''इलैक्ट्रिक गिटार तोड़ म्यूज़ीशियन। पलाश सेन समझता था अपने आपको। इश्किआई हुई सिन्धी सेठ की लड़की कहती थी कि पलाश सेन तो कुछ भी नहीं था, वो तो उससे कहीं आगे जायेगा।''

''लड़के का नाम?''

''विकी। विकी जैगर।''

''मिकी जेरथ?''

''नहीं, जनाब। विकी जैगर। अपने आप को इंगलिश सिंगर–सौंग राइटर–म्यूज़ीशियन–कम्पोजर–एक्टर मिक जैगर का ग़ैरऐलानिया शागिर्द बताता था।''

''वो भी ये सब?''

''पता नहीं। अपने गाने तो लोग कहते हैं खुद लिखता था, बाकी तो बस गिटार ही बजाता था।''

''मिक जैगर जैसा नाम रखा तो विकी जैगर असली नाम तो न होगा उसका!''

''ज़ाहिर है।''

''असली नाम क्या था?''

''वो तो मालूम नहीं!''

''लड़की का?''

''उसका तो असली नकली एक ही नाम था, सुजाता सुखनानी।''

''लड़के की माली हैसियत कैसी थी?''

''कमज़ोर। लड़की की हैसियत के मुकाबले में तो बहुत कमज़ोर। बाप किसी सरकारी महकमें में छोटा–मोटा अफ़सर था।''

''बढ़िया इलैक्ट्रिक गिटार सत्तर–पिचहत्तर हज़ार रुपये की आती है, अफोर्ड कर सकता था?''

''बढ़िया नहीं अफोर्ड कर सकता होगा तो कामचलाऊ से काम चलाता होगा।''

"बहरहाल माली हैसियत मामूली थी!"

"हां। ऊपर से मां बाप के साथ नहीं रहता था, दिल्ली यूनीवर्सिटी में कॉलेज में पढ़ता था इसलिये नज़दीकी मुखर्जीनगर में एक कमरा किराये पर लेकर अकेला रहता था।"

"कॉलेज में पढ़ता था?"

"हां। वहीं तो सुजाता से सैटिंग हुई थी।"

"उसी की उम्र का था?"

"उससे बड़ा था। एम.ए. प्रिवियस में था तब जब की कहानी मैं आप से कर रहा हूं।"

"पैसा बाप भेजता होगा!"

"वो तो भेजता ही होगा लेकिन कुछ ख़ुद भी कमाता था।"

"वो कैसे?"

"शादी-ब्याहों में आर्केस्ट्रा में गिटार बजाता था।"

"ओह!"

"फिर कहते हैं, सुजाता से दोस्ती हो जाने के बाद उसे कोई माली दुश्वारी तो रही ही नहीं थी। बड़े सेठ की बेटी अपने चाहने वाले पर जब खुल्ला खर्चा करती थी तो गाहेबगाहे माली इमदाद से क्या इंकार कर देती होगी!"

"यानी परजीवी था, पैरासाइट था?"

"उससे भी ख़राब। लोगबाग कहते थे कि जिगोलो था, फी-मेल था।"

"क्या बोला?"

"फीस चार्ज करने वाला मर्द।"

"ओह! फी . . . फी-मेल।"

"और बेहूदगी से कहूं तो मेल प्रास्टीच्यूट।"

"क्या कहने! और मैं समझता था तुम सब में सिर्फ हाशमी ही पढ़ा लिखा था।"

"सब पढ़े लिखे हैं। अनपढ़ कोई नहीं। लेकिन तालीम का अर्क निकालना सिर्फ हाशमी ने सीखा। ऊपर से अल्लाह मियां ने उसे सदा संजीदा सूरत दी है। और ऊपर से हम सबमें से निगाह का चश्मा सिर्फ वो लगाता है। लिहाज़ा कोई फासले से भी देखेगा तो बेहिचक कहेगा कि ज़हीन है, आलम फाज़िल है।"

"हूं। अब मेन मुद्दे पर ही लौट। बाप को अफेयर की ख़बर थी?"

"जब हर किसी को थी तो बाप को क्यों न होती! ऊपर से लड़की मां-बाप की लाडली थी, इकलौती थी, उसे घर से कुछ ज़्यादा ही आज़ादी थी।"

"ठीक!"

"जनाब, ऐसे मां-बाप जो हो रहा होता है, पहले ये सोच के उससे आंखें मूंद लेते हैं कि मॉडर्न सोसायटी की आजकल की रवायत थी, जब पानी सिर से ऊंचा हो जाता है तो हालात इतने बिगड़े जाते हैं कि उन को अपने काबू में कुछ आता दिखाई नहीं देता। तब ये सोच के अपने आपको तसल्ली देते हैं कि बच्ची है, नादान है, बड़ी होगी तो भले बुरे की खुद ही अक्ल आ जायेगी और जब अक्ल आ जायेगी तो खुद ही सुधर जायेगी, अभी जवान लड़की की टोकाटाकी का कोई फायदा नहीं था।"

"अक्ल आ गयी?"

"रही सही भी चली गयी। दोनों ने इकट्ठे रहना शुरू कर दिया।"

"लिव-इन रिलेशनशिप?"

"मेरे ख़याल से यही कहते हैं।"

"बाप ने तब भी नकेल न कसी?"

"कोशिश की तो पेश न चली। लड़की उलटा धमकाने लगी कि अगर उसकी आज़ादी में, उसके लाइफ़-स्टाइल में दखल दिया गया, उस सिलसिले में उस पर कोई पाबन्दियां लागू की गयीं, तो खुदकुशी कर लेगी।"

"इमोशनल ब्लैकमेल! यानी इमोशनल ब्लैकमेल की, इकलौती औलाद होने की ताकत को समझती थी!"

"ऐसा ही था लेकिन अभी तो आगे सुनिये लड़की ने क्या गुल खिलाया!"

"क्या किया?"

"फाइनल में पहुंची तो उसे एक और लड़के से प्यार हो गया जिसका नाम मनु रायज़ादा था और जो किसी इन्डस्ट्रियलिस्ट की औलाद था लेकिन कोढ़ में खाज ये कि पहले से, विकी जैगर से, रिश्ता न तोड़ा।"

"पहले को ख़बर न लगी?"

"लगी। बराबर लगी। कैसे न लगती? लगे बिना रह ही नहीं सकती थी।"

"तो? दूसरे लड़के के साथ फौजदारी की?"

"न, जी। जात दिखाई।"

"क्या किया?"

"लड़की को धुन दिया।"

"दाता!"

"फिर ऐसी तकरारें उन में होने लगीं तो आखिर लिव-इन रिलेशन खत्म हो गया।"

"वो तो होना ही था! लड़की मार ही तो खाती नहीं रह सकती थी! लेकिन अगर दूसरा आशिक वफादार था . . ."

"वो तो पहले से भी ख़राब निकला।"

"क्या मतलब?"

"बिल्कुल ही रस का लोभी भंवरा निकला। रस भोगा, मन भर गया तो सिरे से ही गायब हो गया, ढूंढे न मिला।"

"यानी लड़की न इधर की रही, न उधर की।"

"कहां! पहले से फिर प्यार की पींगें बढ़ाने लगी, आम उसके साथ सोने लगी। लड़के ने फिर उस पर कोई ऐसा जादू किया कि लड़की ने उसका म्यूज़िक का पहला स्टेज शो सौ फीसदी फाइनांस किया। शो बुरी तरह फ्लॉप हुआ। तीन घन्टे का शो एनाउन्स हुआ था, लोग आधे घन्टे में ही उठकर जाने लगे। नतीजतन मिक जैगर-इन-मेकिंग, पलाश सेन-इन-मेकिंग डिप्रेशन में पहुंच गया।"

"लड़की?"

"कंसोलेशन मोड में पहुंच गयी। देवदास के लिये चन्द्रमुखी बन गयी। नतीजा फिर भी हाहाकारी निकला।"

"क्या हुआ?"

"एक सुबह लड़के ने लड़की को चाकू घोंप दिया। लड़की ठौर मारी गयी। तब लड़के के जुनून को झटका लगा। उसने अपने पेट में भी चाकू घोंपा और पुलिस को फोन कर दिया। पुलिस आयी, लड़के को फौरन हस्पताल पहुंचाया गया, नतीजतन लड़की की तरह जान से न गया, बच गया।"

"जान से जाने से ही बचा न! कानून से तो न बचा होगा!"

"कत्ल का केस उसके ख़िलाफ बाकायदा कोर्ट में लगा। उसके बाप ने बड़ी फीस लेने वाला एक शातिर वकील उसके डिफेंस में खड़ा किया।"

"जबकि कहते हो कि वो एक सरकारी अफसर था, मिडल क्लास फैमिली से था।"

"बराबर था। लेकिन, जनाब सलाहियात से कोरा इतना मिडल क्लास में

भी कोई नहीं होता कि औलाद की जान पर बनी हो और वो उसकी जान बचाने के लिये जो बेहतरीन हो सकता हो, वो वो न करे।''

''ठीक! शातिर वकील ने कोर्ट में क्या डिफेंस पेश किया?''

''उसने केस को दूसरे सिरे से पकड़ा। लड़के को उजला साबित करने पर ज़ोर देने की जगह लड़की को काला, स्याह काला रंग दिया। उसने साबित कर दिखाया कि लड़की कैरेक्टरलेस थी, आधी दर्जन से ज़्यादा तो उसके नोन लवर थे, अननोन की तो कोई गिनती ही नहीं थी। कहा कि लड़की का किरदार लिमिटिड क्लायंटेल वाली बाई वाला था जिसमें और प्रोफेशनल में इतना ही फर्क था कि प्रोफेशनल की तरह वो अपनी सर्विसिज़ के लिये चार्ज नहीं करती थी। उस बेग़ैरत लड़की ने ये कह के लड़के की ग़ैरत को ललकारा, उसका मुंह चिड़ाया, कि वो उसकी प्राइवेट लिमिटिड कम्पनी नहीं, पब्लिक एन्टरप्राइस थी, हवा थी जिसको वो मुट्ठी में जकड़ना चाहता था, बहती धारा थी जिसे वो ऐसा पोखर बना देने के ख़्वाब देखता था जिसका पानी सिर्फ और सिर्फ उसके लिये हो। ऐसी बद्अख़लाक, बड़े घर की बिगड़ी हुई बेख़ौफ लड़की अपने सच्चे प्रेमी को दग़ा देने के अलावा और कर ही क्या सकती थी! लड़की ने लड़के को प्यार में धोखा दिया जिसकी वजह से वो भावुक, कविहृदय, संगीत पुजारी लड़का अपना दिमागी तवाजन खो बैठा और वो सब कर बैठा जो उससे एक जुनून की, दीवानगी की हालत में हो गया। तुरन्त बाद उसकी खुदकुशी की कोशिश ही उसकी उस वक्त की काबिलेरहम दिमागी हालत का सबूत थी। उसकी खुद को भी मार डालने की कोशिश ही ज़ाहिर करती थी कि अपने किये पर उसे कितना पश्चाताप था। पश्चाताप की आग में झुलसते अब वो ऐसा खुदा का बन्दा बन गया था जो इस फानी दुनिया से अपने तमाम रिश्ते तोड़ कर, अपना सर्वस्व त्याग कर, अपनी हस्ती मिटा कर साधु बन जाना चाहता था।''

''आख़िर हुआ क्या?''

''लड़का टैम्परेरी इनसेनिटी की प्ली पर रिहा हो गया।''

''बस?''

''इस शर्त के साथ कि पुलिस की देखरेख में उसे सैनेटोरियम में भरती किया जाये और तब तक वहां रखा जाये जब तक कि वहां के डॉक्टर उसकी दिमागी तन्दुरुस्ती की बाबत क्लीन चिट न जारी कर दें। दो महीने बाद सैनेटोरियम के डॉक्टर्स के एक पैनल का जारी किया मैडिकल सर्टिफिकेट

कोर्ट में जमा हुआ और कत्ल का आरोपी नौजवान हवा की तरह आज़ाद हो गया।''

''सैशन कोर्ट के फैसले के खिलाफ अपील न हुई?''

''मालूम नहीं। इस बारे में कोई जानकारी हासिल नहीं हो सकी। लेकिन ये जानकारी ज़रूरी है तो हम और कोशिश कर सकते हैं।''

''नहीं ज़रूरी। इतनी जानकारी काफी है कि सिन्धी सेठ की नौजवान लड़की बुरे अंजाम को पहुंची और उसे उस अंजाम तक पहुंचाने वाला लड़का आज़ाद है। अब ये बताओ, अशरफ मियां, कि इसमें मेरे काम का क्या है?''

''है तो सही कुछ?''

''क्या?''

''उस वाकये को दो साल होने को आ रहे हैं लेकिन बाप – सिन्धी सेठ कीमतराय सुखनानी कोर्ट के फैसले को लेकर आज भी पशेमान है, आज भी कहता है कि कोई उस लड़के की मौत की ख़बर उसे लाकर दे तो जो चाहे मांग ले।''

''ये तो कत्ल का दावतनामा है!''

''पशेमान बाप के जज़्बात हैं। औलाद औलाद पहले होती है और भली बुरी बाद में होती है। कोई उसके जिगर का टुकड़ा नोच कर ले गया और उसका बाल भी बांका न हुआ, ये बाप को बेतहाशा तड़पाने वाली बात है।''

''वो हैसियत वाला, औकात वाला आदमी है, चाहे तो लड़के का नामोनिशान मिटवा सकता है।''

''आपका इशारा कत्ल की सुपारी लगाने की तरफ है?''

''है तो सही!''

''नहीं जानता होगा कि इस काम को कैसे अंजाम दिया जाता है।''

''जनवाने वाले मिल जाते हैं।''

''पब्लिसिटी की दहशत होगी! फैसले पर उसका गुस्सा, उसकी नाउम्मीदी जगज़ाहिर है। लड़का जहन्नुमरसीद हो जाता – कर दिया जाता – तो उसकी तरफ अंगली उठना लाज़मी होता।''

''वो तो लड़के को अब कुछ हो जाये तो अब भी लाज़मी होगा!''

''उसके किये या कराये न हो तो उसे क्या परवाह होगी!''

''हूं। यानी दो साल गुज़र जाने के बाद भी उसका गुस्सा ठण्डा नहीं हुआ!''

''ऐसा ही जान पड़ता है।''

"लड़के का अंजाम बद् हो तो ऐसा करने वाला उससे जो चाहे मांग ले, सिन्धी सेठ अपने इस ऐलान पर खरा उतरेगा?"

"जनाब, लोकल अन्डरवर्ल्ड से हाथ आयी ख़बर है, किसी ने सिन्धी सेठ के ऐलान पर शुबह तो ज़ाहिर नहीं किया!"

"दो साल में किसी ने, किसी ने भी, सेठ से जो चाहे मांगना न चाहा?"

"लड़का सलामत है तो नहीं ही चाहा होगा!"

"तेरे को क्या पता, सलामत है?"

"ऐलान सलामत है न! लड़के को सेठ के मनमाफिक कुछ हो चुका होता तो उसके कलेजे को ठण्ड पड़ गयी होती, वो अभी भी तड़प न रहा होता।"

"ठीक! मुलाकात की कोई सूरत?"

"उसमें क्या दिक्कत आयेगी! जो कोई उसकी मर्ज़ी के मुताबिक कुछ कर सकता हो, उससे मुलाकात से उसे क्या गुरेज होगा?"

"उससे मेरी मुलाकात फिक्स कर।"

"मैं करूं?"

"तेरी उस तक पहुंच है। तेरी मार्फत ये काम कदरन आसानी से हो सकता है।"

"कब की?"

"कभी की भी। भले ही आज की।"

"आज की तो मुमकिन नहीं। बुलावे पर ही मैं उसकी कोठी में जा सकता हूं।"

"करना इन्तज़ार बुलावे का।"

"ठीक है।"

"क्या पता बुलावा आज ही आ जाये!"

"मुमकिन है। ऐसा हुआ तो मैं आज ही की मुलाकात फिक्स करूं?"

"कर।"

"आप कहां होंगे? मॉडल टाउन?"

"नहीं। मैं यहां से किसी अख़बार के दफ्तर में जाऊंगा और दो साल पुराने वो अख़बार स्टडी करने की जुगत करूंगा जिनमें सुजाता सुखनानी के कत्ल के केस का ब्योरा छपा था। लम्बा, वक्तखाऊ काम है, हो सकता है शाम वहीं हो जाये।"

"आप पुराने अख़बार देखेंगे?"

"आजकल सब कुछ डिजिटाइज़्ड है, कम्प्यूटर स्कैन देखूंगा।"
"वो देखने देंगे?"
"न देखने देने की कोई वजह तो नहीं दिखाई देती!"
"ओह!"
"चलता हूं।" – विमल उठ खड़ा हुआ – "वैसे . . ."
अशरफ की भवें उठीं।
"चाय वाकई बढ़िया थी। लेकिन अच्छा होता तू अफीम के चूरे वाली बात न बताता।"
अशरफ हंसा।
"मैं चाय के पैसे . . ."
"अरे, क्या गज़ब करते हैं, जनाब! . . . अबे, लमडे!" – अशरफ उच्च स्वर में बोला – "तीन चाय मेरे नाम लिख।"
"तीन!" – विमल बोला।
"मैंने दो पी न!"
"ओह!"

इत्तफ़ाक ऐसा हुआ कि कीमत राय सुखनानी से विमल की मुलाकात उसी रोज हुई।
शाम को वो अभी *हिन्दुस्तान टाइम्स* की मोर्ग में ही था कि उस बाबत अशरफ का फोन उसे आया।
शाम सात बजे वो सुखनानी की विशाल कोठी के एक आफिसनुमा कमरे में उसके सामने मौजूद था।
उसने सिर से पांव तक विमल का बारीक मुआयना किया।
विमल ने ख़ामोशी से उसकी खुर्दबीनी निगाह को झेला।
"बैठो।" – आख़िर सुखनानी बोला।
उसका शुक्रिया अदा करता विमल उसके सामने एक कुर्सी पर बैठा।
"कौन हो, भाई!" – सुखनानी तनिक विरक्त स्वर में बोला।
"मैं वो शख़्स हूं" – विमल शान्ति से बोला – "जो आपका वो काम कर सकता है, अपने तमाम रुतबे, रसूख, सलाहियात के बावजूद जिसके होने का इन्तज़ाम आप खुद न कर सके।"
सुखनानी हड़बड़ाया।

"मैं वही समझ रहा हूं न" – फिर बोला – "जो तुम कह रहे हो?"

"जी हां।"

"यानी सुजाता के, मेरी बेटी के, मर्डर के केस से वाकिफ हो!"

"अब हूं।"

"क्या मतलब?"

"यहां मैं सीधा एक नेशनल डेली के आफिस से उठ कर आ रहा हूं।"

"ख़ास इसी वास्ते वहां गये? केस से वाकिफ होने के वास्ते?"

"जी हां।"

"क्यों?"

"ताकि उस सिलसिले में मैं आपके किसी काम आ सकूं। मैं आपके काम आऊंगा तो आप मेरे काम आयेंगे न!"

सुखनानी फिर हड़बड़ाया।

"तुम" – उसने विमल को घूरा – "मेरे से अपना कोई काम निकलवाना चाहते हो?"

"जी हां।"

"कैसे मालूम कि निकलवा पाओगे?"

"आपके ऐलान की वजह से मालूम। कोई सुजाता के कातिल के बुरे अंजाम की ख़बर आप को लाकर दे तो जो चाहे आप से मांग ले, आपके इस ऐलान की वजह से मालूम।"

"क्या चाहते हो?"

"बोलूंगा। आपके मनमाफिक कुछ कर दिखाऊंगा तो बोलूंगा।"

"वो टैक्सी ड्राइवर, जिसने ये अपौयन्टमेंट फ़िक्स की, उसे कैसे जानते हो?"

"लम्बी कहानी है। बोर करेगी।"

"नहीं, मुझे बोर नहीं करेगी। कैसे ..."

"मैं अपनी बात कर रहा था।"

सुखनानी ने अपलक उसे देखा।

विमल ने खामोशी से, निडरता से उससे आंख मिलाई।

"हूं।" – आखिर सुखनानी ने लम्बी हुंकार भरी – "नाम बोलो।"

"वैसे तो भगवान श्रीकृष्ण की तरह मेरे कई नाम हैं लेकिन आप मुझे विमल के नाम से याद रख सकते हैं।"

‘‘विमल!’’

‘‘जी हां।’’

‘‘पूरा नाम?’’

‘‘विमल।’’

‘‘बताना नहीं चाहते। ख़ैर! क्या करते हो?’’

‘‘ऐसा कुछ नहीं करता जिस पर मुझे फ़ख्र हो।’’

‘‘जरायमपेशा आदमी हो?’’

‘‘आदमी हूं।’’

‘‘जवाब दो।’’

‘‘लोग ऐसा समझते हैं।’’

‘‘तुम क्या समझते हो?’’

‘‘हालात का सताया आदमी हूं। तकदीर का मारा आदमी हूं, एक सुबह जिसकी आंख खुली तो जिसने खुद को किसी और ही दुनिया में पाया। एक बवंडर यकायक उठा जो मुझे जुर्म की दुनिया में धकेल गया। अब मैं तो कम्बल को छोड़ता हूं लेकिन कम्बल मुझे नहीं छोड़ता।’’

‘‘इसी वजह से यहां हो?’’

‘‘जी हां।’’

‘‘ताकि जो करो – जो कर सको – उसका ईनाम हासिल हो सके?’’

‘‘जी हां।’’

‘‘मैं तुम्हारी साफ़गोई की दाद देता हूं।’’

‘‘शुक्रिया।’’

‘‘यानी कत्ल से कोई गुरेज़ नहीं?’’

‘‘डिपेंड करता है।’’

‘‘ये गोलमोल जवाब है। अभी करोगे। तभी तो यहां हो!’’

‘‘बेगुनाह के कत्ल से गुरेज़ है। गुनहगार के कत्ल से नहीं।’’

‘‘कुबूल! लेकिन जो शख़्स इस वक्त सब्जेक्ट ऑफ डिसकशन है, वो तुम्हारा गुनहगार तो नहीं!’’

‘‘हो सकता है कत्ल की नौबत न आये . . .’’

‘‘नामंजूर।’’

‘‘. . . और जो नौबत आये, वो आप को कुबूल हो!’’

‘‘ऐसा हो सकता है?’’

''अभी क्या कहा जा सकता है? आप कुछ कहेंगे, मैं कुछ सुनूंगा, तभी इस बात का फैसला होगा।''

''न हुआ तो?''

''तो आप अपने घर, मैं अपने घर।''

''हूं। तुम्हारी बातें मुझे पसन्द आयीं, इसलिये तुम मुझे पसन्द आये।''

''शुक्रिया।''

''तुम्हारी पर्सनैलिटी में, तुम्हारे मुकम्मल वजूद में ऐसा कुछ है जो आम नहीं है, ख़ास है, बहुत ख़ास है इसलिये तुम्हें भी आम नहीं, ख़ास बनाता है। तुम्हारी सादगी, संजीदगी जिसके भी रूबरू होवो – जैसे कि अब मेरे रूबरू हो – उस पर असर डाले बिना नहीं रह पाती।''

विमल खामोश रहा।

''ज़हीन आदमी जान पड़ते हो, शायद अलग से कुछ कर सको – ऐसा कुछ कर सको जो मेरे कयास में भी नहीं है लेकिन जो आज तक मेरे कलेजे में लगी आग तो ठण्डा कर सके।''

''वाहे गुरु ने चाहा तो ऐसा ही होगा।''

''सिख हो?''

''लगता हूं?''

''नहीं।''

''मैंने वाहे गुरु को याद किया तो वाहे गुरु ने कोई ऐतराज़ दर्ज कराया?''

''ऐनफ ऑफ दैट।''

''राइट, सर।''

''तो मेरी बेटी के अंजाम से तुम वाकिफ हो?''

''जो अख़बार में छपा, उससे वाकिफ हूं लेकिन उनकी रिपोर्टिंग से साफ़ ज़ाहिर हो रहा था कि वो लड़के से हमदर्दी के जेरेसाया की गयी थी। उसमें लड़के का पक्ष ज्यादा उजागर था, आप की बेटी का कम। इसलिये तमाम वाकया मैं आप की जुबानी तफसील से सुनना चाहता हूं।''

''ठीक है। सुनो।''

पांच मिनट वो बोला।

ज्यो–ज्यों वो बोलता गया, उसका मिज़ाज़ संजीदा, और संजीदा होता गया।

मोटे तौर पर उसने वही बोला जो वो अशरफ की ज़ुबानी सुन चुका था।

"कोर्ट के फैसले से" – वो आद्र स्वर में बोला – "मेरा, एक बाप का, दिल बहुत टूटा। मेरी फूल जैसी, इकलौती, नौजवान, लेकिन नादान, बेटी एक दरिन्दे की दरिन्दगी का शिकार हो गयी। वो कदरन आज़ादखयाल थी तो क्या इसी गुनाह की वजह से मार डालने के काबिल थी? एक तो इंसाफ न हुआ दूसरे, मीडिया ने मेरे जले पर नमक छिड़का।"

विमल की भवें उठीं।

"उन्होंने शैतान के जने लड़के को तो ऐसा उजला रंगा, हालात के हवाले जिसके दामन पर एक बद्नुमा स्याह दाग लग गया था और मेरी बेटी को काजल की कोठरी साबित करने में कसर न छोड़ी। वो चाण्डाल जज़्बाती, शायरमिज़ाज़, कोमल मानवीय भावनाओं से ओतप्रोत। और मेरी बेटी! मेरी बेटी सैक्स स्टावर्ड वूमन! ए बिच आलवेज़ इन हीट! निम्फोमैनियैक!"

उसका गला भर आया।

कुछ क्षण ख़ामोशी रही।

"ऐंड हाउ कनिंग दैट सन आफ ए बिच वॉज़!" – वो फिर बोला – कत्ल के बाद ख़ुद को चाकू मार लिया। लेकिन पूरी एहतियात के साथ कि उसका कुछ न बिगड़े, कोई वाइटल ऑर्गन डैमेज न हो। बस, ये लगे कि मरने वाली के साथ मर जाना चाहता था लेकिन कमबख़्त पुलिस ने ऐन वक्त पर पहुंचकर उसका मंसूबा फेल कर दिया। उसको माशूक के साथ शहादत का सुख पाने से रोक लिया वर्ना इस लोक का साथ परलोक तक बना रहता। ऐसा शातिर ड्रामेबाज़ था कमीना! उस तमाशबीन हरकत से सबकी – मीडिया की, पुलिस की, यहां तक कि जज की – हमदर्दी बटोर ले गया। वारदात को इनएडवरटेंट क्राइम आफ पैशन करार दिया गया और वो साफ छूट गया। थोड़ी ज़हमत हुई तो ये कि दो महीने सैनेटोरियम में रहना पड़ा।"

"आपने सैशन के फैसले के ख़िलाफ अपील न की?"

"करना चाहता था लेकिन पुलिस ने साथ न दिया। मेरा वकील कहता था कि पुलिस के साथ के बिना अपील में कोई दम नहीं था।"

"अपील तो ख़ुद पुलिस को करनी चाहिये थी!"

"पुलिस कैसे करती! वो तो उसकी हमदर्द बनी हुई थी। जो हुआ उसे डेलीब्रेट, कोल्ड-ब्लडिड मर्डर का केस मानती तो कुछ करती न! वो कमीना तो क्या पुलिस, क्या मीडिया, सबका लाडला बना हुआ था।"

"ओह!"

''मुझे बेटी की मौत का उतना ग़म नहीं'' – उसका कण्ठ फिर भर्रा गया – ''जितना इस बात का ग़म है कि इंसाफ़ न हुआ। कुछ हुआ तो बस, इंसाफ़ का तमाशा हुआ, मखौल हुआ। इंसाफ़ मेरी अभागी बेटी को न मिला जो आज भी जहां होगी तड़प रही होगी, इंसाफ़ उस बद्‌बख़्त लड़के को मिला जो इस घड़ी, सुजाता जैसी किसी और मासूम, भटकी हुई लड़की की एडवांटेज ले रहा होगा, उसके साथ गुलछर्रे उड़ा रहा होगा। उस लड़के का अक्स मेरे ज़ेहन पर उबरता है तो मेरा खून खौलता है। बेटी के अंजाम ने मुझे तोड़ कर रख दिया है, ऊपर से मैं उम्रदराज़ हूं, नौजवान होता तो अपने अंजाम की परवाह किये बिना जाकर कहीं से भी कमीने को काबू में करता और ख़ुद अपने हाथों से उसकी बोटी-बोटी नोच कर चील कौवों को खिला देता।''

''खून से हाथ रंगते!''

''परवाह न होती मुझे। मैं उसको जहन्नुम की आग में झुलसता देखना चाहता हूं। मैं उसे ऐसी मार मारना चाहता हूं कि मरे नहीं, तड़पे, और तड़पे; और, और तड़पे और जब सम्भलने लगे तो मैं उसको फिर मारूं, फिर तड़पाऊं, लूला लंगड़ा करके छोड़ूं, उसकी जिन्दगी ऐसी नर्क बना दूं कि वो मौत की भीख मांगे और वो भी न मिले। मेरा बस चले तो मैं उस जज का भी वही हाल करूं जिसने उसे बरी कर दिया, उस इन्स्पेक्टर का भी वही हाल करूं जिसने जानबूझ कर उसके खिलाफ केस कमज़ोर बनाया, जिसने जानबूझ कर सैशन के फैसले के ख़िलाफ हाईकोर्ट में अपील लगाने में दिलचस्पी न ली।''

वो हांफने लगा।

मेज पर मिनरल वाटर की एक बोतल पड़ी थी जिसे उठाकर उसने गटागट पानी के तीन चार घूंट यूं पिये कि पानी पिया कम ठोडी पर, शर्ट फ्रंट पर बिखराया ज्यादा।

विमल धीरज से उसके फिर बोलने की प्रतीक्षा करता रहा।

नहीं – उसके दिल से आवाज उठी – ये शख़्स न समगलर हो सकता था, न छोकरीबाज़ हो सकता था। इस बाबत उससे कोई सवाल करना नादानी ही न होता, उसकी हत्तक करना होता। उस बाबत जो उसने और अशरफ ने सोचा था, वो जनरल टर्म्स पर सोचा था, वो टर्म्स, ज़ाहिर था कि, इस एक इनडिविजुअल पर लागू नहीं थीं, लागू नहीं हो सकती थीं।

“वो लड़का” – आखिर उसने बोतल वापिस मेज़ पर रखी – “मुझे एक आंख नहीं सुहाता था लेकिन औलाद का दिल रखने की ख़ातिर मैंने फिर भी उसे आदर-मान दिया। औलाद की ख़ातिर उस मोरी के कीड़े को अपने दस्तरख़्वान पर जगह दी। वीकैण्ड पर हमारे यहां डिनर पर इनवाइटिड होता था, रात को लेट हो जाता था तो औलाद की ख़ातिर मैं उसे ओवरनाइट स्टे के लिये बोलता था और उसके लिये गैस्ट बैडरूम खुलवाता था। सिविल लाइन्स से मुखर्जी नगर कितनी दूर है जहां कि वो रहता था? लेकिन वो जानबूझ कर अपनी रुख़सती को लटकाता रहता था। क्यों? क्योंकि उसने मेरी छाती पर मूंग दलना होता था। मेरे ही घर में, मेरी ही छत्रछाया में मेरी बेटी के साथ सोना होता था। झूले लाल!” – उसके मुंह से कराह-सी निकली – “ये कैसा इंसाफ़ है तेरी दुनिया का कि मेरी बेटी मर गयी – उस राक्षस ने मार दी – और वो ज़िन्दा है!”

उसकी आंखों से आंसुओं की दो बून्दें ढुलक पड़ीं।

“वक्त बड़े बड़े ग़म भुला देता है।” – विमल धीरे से बोला।

“ये ग़म नहीं भुला सकता। उस लड़के ने मुझे ऐसा जख़्म दिया है जो मैं ही नहीं चाहता कि भरे। यूं समझो कि वो सूखने को आता है तो मैं उसे खुद खुरच देता हूं, खुद जख़्म को फिर हरा कर लेता हूं।”

“आपको खुद को सम्भालना होगा।”

“नहीं सम्भाल सकता। मैं पूरी तरह से टूट चुका हूं, बुज़दिली को अपनी पनाह बना चुका हूं। ऐसा न होता तो मैं एक गन मुहैया करता और उसके घर में घुस कर उसे मारता, फिर भले ही मेरा कुछ भी अंजाम होता। लेकिन नहीं, मैं ऐसा नहीं कर सकता। मैं हिम्मत खो चुका हूं। लेकिन हिम्मत ही खो चुका हूं, उसके सर्वनाश की ख़्वाहिश नहीं खो चुका। तू क्यों यहां मेरे सामने बैठा है?”

सवाल यूं एकाएक हुआ कि विमल हड़बड़ा गया।

“जी!” – उसने मुंह से निकला।

“क्योंकि तू समझता है कि इस सिलसिले में तू कोई करतब करके दिखा सकता है। नहीं?”

“हां।”

“कुछ कर सकता है तो दिखा कर के। बदले में तू जो मांगेगा मैं तुझे दूंगा।”

“जो मांगूंगा? जो भी मांगूंगा?”

“हां! हां।”

“मुकर तो नहीं जायेंगे?”

“कीमतराय अपनी जुबान से कभी नहीं फिरा। कसम झूले लाल साईं की, नहीं मुकरूंगा।”

“भले ही मांग कितनी भी बेढ़ब हो, कितनी ही विकट हो?”

“हो। तू मेरी चमड़ी की जूती पहनने की मांग करेगा तो तेरी मांग पूरी होगी।”

“मुझे आप की बात पर यकीन है। अब ये बताइये कि आज की तारीख में वो कहां पाया जाता है? वारदात को दो साल हो गये, यूनीवर्सिटी, मुखर्जी नगर का अपना किराये का कमरा तो वो छोड़ चुका होगा?”

“हां। वो अपने मां बाप के पास गुडगांव चला गया था लेकिन बीच में सुना था कि सारा परिवार ही दिल्ली आकर बस गया था। लेकिन उन के दिल्ली के पते की मुझे कोई खोज ख़बर नहीं।”

“खोज ख़बर हासिल करने का कोई तरीका?”

उसने उस बात पर विचार किया।

“सुजाता के फोन में उसका मोबाइल नम्बर है। अगर नम्बर उसने बदल न लिया हो तो उस नम्बर के ज़रिये उसका मौजूदा पता जाना जा सकता है। वो नम्बर बजा कर भी और मोबाइल लोकेशन ट्रैकिंग सिस्टम से भी।”

“यानी सुजाता का फोन आपके पास है!”

“हां, भई, है।”

“हो सकता है उसमें उस लड़के की तसवीर भी हो!”

“हो क्या सकता है! है।”

“दैट्स गुड न्यूज़। कहां है फोन?”

“यहीं है लेकिन चार्ज करना पड़ेगा?”

“कीजिये। इतना चार्ज कीजिये कि ऑन हो जाये। काफ़ी होगा।”

उसने सहमति में सिर हिलाया, वहीं मेज़ के एक दराज़ में से एक मोबाइल बरामद किया और उसे चार्ज पर लगाया।

“लड़का अपना नाम विकी जैगर बताता था क्योंकि ख़ुद को इंगलिश सिंगर मिक़ जैगर का ग़ैरएलानिया शागिर्द मानता था। लेकिन ये उसका असली नाम तो न होगा!”

“नहीं। असली नाम तो कुछ और ही था। लेकिन, सॉरी, वो मुझे भूल गया।”

"फोन में होगा।" – उसने चार्ज होते सुजाता के फोन की तरफ इशारा किया।

"इसमें उसका मोबाइल नम्बर सिर्फ मिक नाम से दर्ज है। मुझे तो सूझता ही नहीं कि उसका नम्बर कौन–सा था अगरचे कि 'मिक' के साथ उसकी मटर के दाने जितनी आइकॉनिक तसवीर भी न होती।"

"अब फोन ऑन कीजिये। चार्जर ऑन रहेगा तो अभी ऑन हो जायेगा।"

उसने सब किया। फोन की 'फेवरेट्स' पर लिया और स्क्रीन विमल को दिखाई।

विमल ने मिक की ऐन्ट्री देखी और उसके आगे लिखा मोबाइल नम्बर नोट कर लिया।

साथ की तसवीर इतनी सूक्ष्म थी कि तसवीर वाले को पहले से न देखा हुआ हो तो उसकी शिनाख़्त मुश्किल थी।

लेकिन उस तसवीर का 'फोटोज़' में होना लाज़मी था और जितनी शिनाख़्त उस आइकॉनिक इमेज में हो सकती थी, वो पोज़–पोशाक की वजह से भी 'फोटोज़' में पहचानी जा सकती थी।

वो तसवीर तलाश करके उसे पूरी स्क्रीन पर लेने में उसे पांच मिनट लगे।

तसवीर को उसने फौरन पहचाना।

"ये है वो लड़का?" – उसने स्क्रीन सुखनानी को दिखाई।

"हां।" – सुखनानी बेहिचक बोला।

वो तसवीर भगवानदास दोड के अगवा और जबरजिना के केस – जो कि सत्ताइस अक्टूबर को विमल की आंखों के सामने हुआ था – के तीन आरोपियों में से एक की थी जो कि चश्मदीद गवाह के अपनी रिकार्डिड गवाही से मुकर जाने की वजह से बरी हो गये थे।

म्यूज़ीशियन विकी जैगर का असली नाम विकास जिन्दल था।

कोई फ़र्क था तो ये कि पहले वो कलाकारों वाली दाढ़ी रखता था, अब क्लीनशेव्ड था।

अब उसका पता पटियाला कोर्ट के रिकार्ड से भी जाना जा सकता था।

विमल घर लौटा।

उस वक्त साढ़े आठ बजने को थे।

हमेशा की तरह उसने कार का यूं ऐंगल बनाया कि वो सीधी गेट से भीतर दाखिल हो पाती और हॉर्न बजाया।

हॉर्न की आवाज़ सुनकर भीतर से कोई – नीलम या मेड, अमूमन नीलम – गेट खोलने आता था और विमल कार को सीधे गैराज में ले जाकर खड़ी करता था।

उस रोज़ ऐसा न हुआ।

उसने फिर हॉर्न बजाया।

जवाब सन्नाटे से मिला।

फिर उसकी तवज्जो इस बात की तरफ भी गयी कि बरामदे की बत्ती नहीं जल रही थी जैसा कि कभी नहीं होता था।

क्या माजरा था!

कार से निकल कर उसने ख़ुद गेट खोला और कार में वापिस आकर उसे भीतर गैराज में ले जा कर खड़ा कर दिया।

बरामदे में पहुंच कर उसने वहां की ट्यूब लाइट जलायी।

शायद घर में कोई नहीं था, नीलम मेड को लेकर शायद कहीं गयी थी वर्ना हॉर्न क्या, कार के गेट पर आकर रुकने की आवाज़ ही उसे गेट पर ले आती थी।

ज़रूर यही बात थी।

प्रवेशद्वार की चाबी उसके पास भी थी जो कि उसने जेब से निकाली और उस पर पहुंचा। उसने चाबी वाला हाथ आगे बढ़ाया तो पाया दरवाज़ा चौखट के साथ नहीं लगा हुआ था। दरवाज़े में ऑटोमैटिक लॉक था जो दरवाज़ा खींचने पर ख़ुद लग जाता था। ज़रूर नीलम ने पीछे दरवाज़ा ठीक से नहीं भिड़काया था, जिसकी वजह से वो चौखट से जाकर नहीं लगा था और लॉक सैट नहीं हुआ था।

ज़रूर यही बात थी। ऐसी कोताही किसी से भी हो सकती थी।

फिर भीतर अन्धेरा होने का आभास भी तो मिल रहा था!

ज़रूर यही बात थी।

घर में कोई होता तो सारी नहीं तो कुछ तो बत्तियां जल रही होतीं!

उसने भीतर कदम डाला।

आगे ड्राईंगरूम था।

घुप्प अन्धेरा।

उसने स्विच बोर्ड टटोलकर उस पर के कुछ स्विच ऑन किये। तत्काल ड्राईंगरूम में तीखी रौशनी फैली।

उसने आगे कदम बढ़ाया तो थमक कर खड़ा हो गया।

आगे सेंटर टेबल के करीब कार्पेट पर औंधे मुंह मेड पड़ी थी। उसकी टांगें फिरी हुई थीं और बाहें फैली हुई थीं। वो पूर्णतया निश्चेष्ट थी।

''फ्रान!''

जवाब नदारद।

वो झपट कर उसके करीब पहुंचा। उसके पहलू में झुककर, उकड़ू होकर उसने उसको हिलाया डुलाया लेकिन मेड के जिस्म में कोई हरकत पैदा न हुई।

उसने नब्ज़ टटोली।

चल रही थी।

शाह रग टटोली।

फड़क रही थी।

शुकर!

शायद वो अन्धेरे में ठोकर खाकर गिरी थी, सिर सेंटर टेबल से जा टकरायी थी और वो बेहोश हो गयी थी।

अन्धेरे में!

क्या बड़ी बात थी?

कभी–कभार तो रात के वक्त सर्दियों में भी इलाके की बत्ती चली ही जाती थी।

लेकिन नीलम कहां थी? उसको मेड की उस दशा की ख़बर क्यों नहीं थी? बत्ती जाकर आ गयी थी तो भी वहां अन्धेरा क्यों था? वहां के बिजली के स्विच ऑफ क्यों थे? बाकी कोठी में अन्धेरा क्यों था?

किसी अज्ञात आशंका से उसका दिल लरजा।

वो मास्टर बैडरूम के दरवाज़े की तरफ लपका। उसने धकेल कर उसका दरवाज़ा खोला और वहां के स्विच ऑन किये।

आगे जो नज़ारा उसे दिखाई दिया, उसने उसके प्राण कंपा दिये।

दाता! दाता!

खून से लथपथ नीलम बैड पर चित्त पड़ी थी। उसके आसपास भी खून ही खून दिखाई दे रहा था।

बैड के करीब ही ड्रैसिंग टेबल थी। उसके शीशे पर – प्रत्यक्षतः नीलम के ही खून से – बड़े-बड़े अक्षरों में लिखा था :

पिल्ला अभी बाकी है।

ढूंढ़ लेंगे।

फिर तेरी बारी।

वो सन्न रह गया।

अब तक वो समझ रहा था कि घर में लुटेरे घुस आये थे जिन्होंने वो उत्पात मचाया था, लेकिन शीशे पर दर्ज तहरीर तो कुछ और ही कह रही थी।

दाता! ये कैसा इम्तहान था?

उसके लिये इम्तहान था लेकिन दुश्मन के लिये पलटवार था।

पलटवार!

जो उस पर करने के लिये नीलम को ज़रिया बनाया गया।

और साफ ये हिन्ट छोड़ा गया कि वो लोग जब चाहते उसकी भी वैसी ही गत बना सकते थे।

उसकी तवज्जो फिर नीलम की तरफ गयी।

इतना खून बह चुका हो तो कोई कैसे ज़िन्दा हो सकता था!

वो लपक कर बैड के करीब पहुंचा।

"नीलम! नीलम!"

नीलम ने सप्रयास आंखें खोली।

धन्न करतार! ज़िन्दा थी!

वो उसके करीब बैड पर बैठ गया और व्याकुल भाव से बोला – "नीलम!"

उसके कागज की तरह सफेद हो चुके होंठ फड़फड़ाये, आंखों की पुतलियां उसकी तरफ घूमीं।

"क्या हुआ?"

"शु . . . शुक्र . . . ह-है . . . तु-तुम . . . आ . . . आ . . . आ . . . गये।"

"क्या हुआ?"

"प-प्राण . . . तु . . . तुम्हारे ही . . . आ-आ . . . आखिरी दरस . . . क-के लिये . . . अ-अ-अटके . . . अटके हुए थे।"

"पर हुआ क्या? किसने . . .?"

"म-मुझे अपनी . . . बा-बांहों में ले ले।"

विमल ने हाथ पसारे और उसे अपनी बाहों भर लिया।

"म-मेरा . . . स-स-सपना . . . प-पूरा हुआ। म-मैं . . . तु-तुम्हारी . . . बांहों में . . . मर रही हूं। . . . सु-सुहागन . . . सुहागन मर . . . मर रही हूं।"

"लेकिन क्यों? क्यों? क्या हुआ तुझे? किसने किया?"

"अ-अ-अलविदा . . . अल-विदा . . . म-मेरे साईं . . . मेरे सर-सरदार जी। . . . सू-सू-सूरज का . . . ख-ख-खयाल . . ."

उसकी आंखें उलट गयीं।

उसका चिश्चेष्ट शरीर विमल की बांहों में झूल गया।

> *"मैं दस बार मर के फिर जन्म लूं तो तुम्हारे जैसा पति नहीं पा सकती; पाना तो दूर, तुम्हारे जैसा पति पाने की कल्पना नहीं कर सकती। तुम्हें पा लिया, समझो कायनात पा ली। अब तो एक ही ख़्वाहिश है – जब मैं मरूं, मेरी मांग में सिन्दूर हो।"*

विमल सकते की हालत में था, उसे ख़बर ही न लगी कि कब उसकी आंखों से झर-झर आंसू बहने लगे थे।

> *"मेरी किस्मत में अभी सुहाग का बहुत सुख पाना लिखा है। जब तक मैं अपनी आंखों से अपने बूटे को बाप सरीखा पेड़ बनता नहीं देख लूंगी, इस जहान से नहीं हिलूंगी।"*

आंसुओं का सैलाब दोबाला हो गया, उस का गला रुंधने लगा, उसे अपनी सांस फंसती महसूस होने लगी।

> *"मेरी माता भगवती से प्रार्थना है कि हर जन्म में मेरा इस जन्म का साईं ही मेरा पति हो।"*
>
> *"लो! अगले जन्मों की फिक्र पड़ गयी। पहले इस जन्म की शिफ्ट तो पूरी कर ले!"*
>
> *"वो तो तभी पूरी होगी जब मैं सूरज सिंह सोहल का पोता खिला रही होऊंगी।"*

वाहे गुरु सच्चे पातशाह! ये वैसा इम्तहान है? अभी और कितने इम्तहान बाकी हैं इस गुनहगार बन्दे के!

> *"आधी रात को चौंक कर सोते से जागती हूं कि चन्न मेरा कुंडा खड़का रहा है और मैं अभागी, कर्मांमारी सोई पड़ी हूं। रात को*

चांद बादलों में जा छुपता है तो ये उम्मीद भी ख़त्म हो जाती है कि सूरज का बापू भी उस घड़ी चांद को देख रहा होगा।"

दशमेश पिता! पहले जो सज़ायें मिलीं, उनमें क्या कोई कसर रह गयी थी जो अब इतनी बड़ी सज़ा दी! यही सज़ा कम थी कि कभी कोई सुख न दिया अपनी भार्या को . . .

"क्यों न दिया?" – उसे साफ यूं लगा जैसे नीलम बोली हो – "इससे बड़ा सुख और क्या हो सकता है कि मैं तुम्हारी बांहों में हूं!"

पागलों की तरह उसने नीलम के जिस्म को झिंझोड़ा।

क्या फायदा!

पिंजरा तो खाली था!

पंछी तो उड़ चुका था!

उसने अजीत लूथरा को फोन लगाया।

फिर उसने मेड की सुध ली।

उसने उसके मुंह पर ठण्डे पानी के छींटे मारे तो वो कुनमुनाई।

विमल ने उसे बांह पकड़कर हिलाया, गाल थपथपाया।

उसने आंखें खोलीं, बन्द की, फिर खोलीं। ऐसा उसने तीन चार बार किया। फिर बड़े यत्न से उसने अपनी निगाह को विमल पर फोकस किया।

"सा'ब!" – उसके मुंह से क्षीण-सा स्वर निकला।

"कैसी तबीयत है!" – विमल सहानुभूतिपूर्ण स्वर में बोला।

"सिर चकरा रहा है। खोपड़ी में सांय-सांय हो रही है।"

"उठ के बैठ सकती है?"

उसने कोशिश की। विमल के सहारे बिना वो न बैठ पायी। फिर विमल की ज़िद पर वो सोफे पर बैठी।

"ले, पानी पी।"

उसने विमल के हाथ से पानी का गिलास लिया और आधा पिया, आधा बिखेरा।

कई क्षण खामोशी में गुज़रे।

"अब ठीक है कुछ?"

मेड का सिर सहमति में हिला।

"क्या हुआ था?"

"वो . . . वो . . . मैडम . . ."

"मैडम ठीक है। हर दुख तकलीफ से परे है अब। तू बोल, क्या हुआ था?"

"वो . . . वो . . . आठ बजने को ये जब कोई कॉल बैल बजाया। मैं बरामदे में जाकर देखा तो गेट पर एक . . . एक आदमी खड़ा था। . . . बोला, मीटर रीडर था, इलैक्ट्रिक मीटर रीड करने का वास्ते आया।"

"ऐसे लोग दिन में आते हैं।"

"माईंड में आया मेरे। मैं बोला ऐसा। बोला, वो कम्पनी का रेगुलर एम्पलॉई नहीं था, कान्ट्रैक्ट पर मीटर रीड करता था और एक दिन में प्रीफ़िक्स्ड नम्बर ऑफ मीटर्स रीड करना ज़रूरी वर्ना उस का कान्ट्रैक्ट कैंसल हो सकता था। बोला, डे टाइम में प्रेग्नेंट वाइफ को हस्पताल ले के गया जिधर सारा दिन लग गया। इसलिये मीटर रीडिंग का अपना कोरम कॉल ये टाइम करता था।"

"ओह!"

"मैं जाकर उसको गेट खोला तो . . . तो . . . ही जम्प्ड मी। मेरे को दबोच लिया, मुंह बन्द कर दिया और अन्दर की तरफ घसीटने लगा। तभी तीन जने और भीतर घुस आये। मेरे को घसीटते सब ड्राईंगरूम में आये। उधर कोई पीछू से मेरा हैड को किसी भारी . . . बहुत भारी आइटम से हिट किया। फिर टोटल ब्लैक आउट।"

"ओह!"

"अभी . . . अभी होश आया जब आप . . . आप . . . अभी क्या टाइम?"

"पौने नौ बजने को हैं।"

"तो . . . मैं फॉर्टी फाइव मिनट्स से उधर बेहोश . . ."

"हां।"

"वो . . . मैडम . . ."

"क्या मैडम?"

"किधर है?"

"क्यों पूछती है?"

"चार मवाली लोग इधर घुस आया। मेरे पर अटैक किया। इज़ शी ऑल राइट?"

विमल खामोश रहा।

"सा'ब! कुछ गड़बड़ . . ."

"बैडरूम में है। वहां तक चल पायेगी?"

उसने हिचकिचाते हुए सहमति में सिर हिलाया।

"जा के देख।"

उसने उठने की कोशिश की लेकिन भरभरा कर वापिस सोफे पर ढेर हो गयी।

"जाने दे। अभी जाने दे।"

"बट . . ."

"सिर देख। फटा तो नहीं?"

कांपती उंगलियों से उसने सिर को टटोला। सिर के पृष्ठभाग में बालों के बीच बहुत बड़ा गूमड़ था जो विमल ने भी देखा। ये भी देखा कि खोपड़ी खुल नहीं गयी थी, सिर्फ चमड़ी छिली थी जिसमें से हल्का-हल्का ख़ून तब भी रिस रहा था। शायद बोलने की कोशिश में ऐसा हुआ था।

"अभी मैं तुझे तेरे रूम में छोड़ के आता हूं। उधर तब तक रैस्ट करना जब तक चलने फिरने की हिम्मत न आ जाये। ओके?"

उसने सहमति में सिर हिलाया।

"कोई और भी पूछेगा कि क्या हुआ था . . ."

"क-कौन?"

"देखना। उसको आनेस्टली वो सब बोलना, जो मेरे को बोला। ओके?"

"वो तो मैं बोलेगा बट . . . मैडम . . ."

"अभी तू मैडम के पास नहीं जा सकती। जायेगी तो फिर बेहोश हो जायेगी।"

"मैडम . . . सा'ब, इज़ शी ओके?"

"यस। मोर ओके दैन यू कैन इमेजिन . . . दैन ऐनीबाडी कैन इमेजिन। चल अब।"

मेड को सहारा देकर विमल ने उसे उसके रूम में पहुंचाया।

वो वापिस लौटा तो उसने लूथरा को ड्राईंगरूम में कदम रखता पाया।

विमल उसके करीब पहुंचा।

"आपके हुक्म के मुताबिक अकेला आया।" – वो संजीदगी से बोला – "अकेला आया, बेवर्दी आया, अपनी प्राइवेट मोटरसाइकल पर आया।"

''थैंक्यू।'' – विमल धीरे से बोला।

''लगता है कोई गम्भीर मसला है!''

''ठीक लगता है।''

''कुछ . . . ऐसा हो गया जो . . . नहीं होना चाहिये था?''

''हं-हां।''

''क्या?''

विमल ने बोलने की कोशिश की लेकिन मुंह से बोल न फूटा, ख़ामोशी से उसने मास्टर बैडरूम की तरफ इशारा किया।

सस्पेंस के हवाले लूथरा उधर बढ़ा।

विमल वहीं खड़ा रहा।

लूथरा बैडरूम में गया।

वापिस लौटा।

''कैसे हुआ?'' – उसने पूछा।

''मालूम नहीं।'' – विमल दबे स्वर में बोला – ''घर लौटा तो ये सब हुआ पड़ा था।''

''मेड!''

''यहां बेहोश पड़ी थी।''

''अब कहां है?''

''अपने रूम में।''

''क्या कहती है?''

विमल ने बताया।

''हूं।'' – लूथरा बोला – ''चार आदमी?''

''मेड के लिये अजनबी।''

''कत्ल के इरादे से आये! मैडम को मार डालने के लिये आये। शीशे पर जो लिख के गये, उस से यही ज़ाहिर होता है।''

''हां।''

''आप से दुश्मनी थी तो आपको ही क्यों न मार डाला! खुद की परवाह न हो तो . . . तो कत्ल करना क्या मुश्किल काम होता है!''

''मेरे लिये चैलेंज उछाल के गये। ये ज़ाहिर कर के गये कि वो जब चाहते बड़ी सहूलियत से मेरा भी वही हाल कर सकते थे जो उन्होंने . . . उन्होंने . . .''

विमल का गला रूंध गया।

"यानी ये ख़ून–ख़राबा अभी आगे भी चलेगा?"

"हां। वो नहीं चलायेंगे तो मेरे चलाये चलेगा।"

"कौन?"

"अन्दाज़ा है मुझे। लेकिन मैं तुम्हें भी नहीं बताना चाहता।"

"मैं सुनना भी नहीं चाहता। इस घड़ी नहीं सुनना चाहता।"

"ठीक करोगे।"

"लेकिन आप अपने आप को सम्भालिये तो सही! आप तो मेरी आंखों के आगे टूट के बिखरे जा रहे हैं!"

विमल खामोश रहा।

"मैं आपकी केस हिस्ट्री से वाकिफ हूं। आप ऐसे टूटने वाले नहीं हैं। अभी आपने कहा कि ख़ून–ख़राबा ये . . . ये वारदात करने वाले नहीं चलायेंगे तो वो आपके चलाये चलेगा। कैसे कर पायेंगे? जिस हालत में हैं, उसमें कैसे कर पायेंगे?"

"ये . . . ये हालत हमेशा . . . हमेशा नहीं रहने वाली।"

"अभी भी क्यों है? हौसला रखिये। मज़बूत बनिये। आप उस बहादुर, जांबाज़, सूरमा कौम से हैं जूझना ही जिसका धर्म है, जिसका खालिस सिपाही . . . खालसा किसी से नहीं डरता। जो शत्रु से जूझता है तो निश्चय कर के अपनी जीत करता है। जिसका पूर्ज़ा–पूर्ज़ा कट जाये, जो मैदान नहीं छोड़ता। आप ऐसे पिलपिला जायेंगे जैसे पिलपिलाये मुझे दिखाई दे रहे हैं तो ये सब कैसे करेंगे! सम्भालिये अपने आप को।"

विमल ख़ामोश रहा।

"आप को अपने वाहे गुरु की कसम!"

उसने तमक कर सिर उठाया।

"सम्भाल सकेंगे अपने आपको?"

"हां।"

"सम्भालेंगे?"

"हां।"

"शुकर। अब बताइये, मुझे बेवर्दी अकेले आने को क्यों कहा?"

"जो हुआ, वो बड़ा वाकया है। जो शीशे पर लिखा है, वो मेरे लिये आइन्दा ख़ूनख़राबे की बड़ी वार्निंग है। केस पुलिस और आगे मीडिया तक

इसी रंग में पहुंचा तो ये अन्डरवर्ल्ड किलिंग जैसा रुख़ अख़्तियार कर लेगा। ऐसा हुआ तो मेरे पर गम्भीर फोकस बनेगा। बड़ा सवाल उठ खड़ा होगा कि क्योंकर एक मामूली, सफेदपोश बाबू का अन्डरवर्ल्ड किलिंग में दख़ल था! मेरे पर ऐसे सवालों की बौछार होगी जिनके जवाब या मेरे पास होंगे नहीं या मैं देना नहीं चाहूंगा। मीडिया तूल देगा। फिर हो सकता है किसी को सोहल याद आ जाये। फिर गड़े मुर्दे उखाड़े जायेंगे और यूं जो कब्र खुदेगी, उसी में मेरा मुकाम होगा।''

''बात तो आपकी ठीक है! इस केस को गैंग किलिंग माना गया, क्राइम आफ रेवेंज माना गया तो आपकी गुजश्ता जिन्दगी पर फोकस बन सकता है, जो कि ठीक न होगा।''

''यही तो मैं कह रहा हूं!''

''कोई हल सोचा?''

''हां। तभी तो तुम्हें पहले अकेले आने को बोला।''

''क्या सोचा?''

''इसे चोरी की वारदात का रंग देना होगा जिसमें ग़ैरइरादतन कत्ल की नौबत आ गयी।''

''चोरी की वारदात!''

''घर में दो औरतों को अकेली जानकर चोर घर में घुसे; एक को काबू कर पाये, दूसरी काबू में न आयी तो उसको स्टैब कर दिया। स्टैबिंग जानलेवा साबित हुई। तब उनहोंने भाग निकलना ही कारगर जाना।''

''लेकिन जो शीशे पर दर्ज है . . .''

''कुछ दर्ज नहीं है। वो सिर्फ तुम्हें दिखाने के लिये अभी तक वहां है। अभी उस लिखे का वजूद मिटा दिया जायेगा।''

''मैडम के जिस्म पर ज़ेवर हैं – ख़ास तौर से दोनों कलाईयों में भारी कड़े और गले में कीमती नैकलेस।''

''नहीं होंगे। मैं बयान दूंगा कि थे ताकि आतताईयों का चोरी का मंसूबा अन्डरलाइन हो सके। बैडरूम में छोटी मोटी बेतरतीबी भी फैला दूंगा।''

''ठीक।''

''वॉर्डरोब में एक नम्बर्ड लॉकर है जिसके बारे में बोल दूंगा कि चोरों से खुला नहीं।''

''ठीक।''

“इसे चोरी और ग़ैरइरादतन कत्ल की वारदात करार दिया जायेगा तो असल में जिनकी ये करतूत है, वो भी कनफ्यूज़ होंगे। समझेंगे मैं डर गया। डर के सच छुपाया ताकि वो लोग मेरा पीछा छोड़ दें।”

“आप ऐसा चाहते हैं?”

“हां। ऐसा होगा तो वो गाफिल होंगे। जो गाफिल हो, उससे निपटना आसान होता है।”

“मुझे अभी से आईन्दा के किसी बड़े ख़ूनख़राबे की बू आ रही है।”

अनायास विमल की तवज्जो नीलम की तरफ गयी, अनायास ओजपूर्ण ढंग से उसके मुंह से निकला – “जाके बैरी सन्मुख जीवै, ताके जीवन को धिक्कार।”

“हां” – लूथरा संतोषपूर्ण भाव से बोला – “ये मूड, ये मिज़ाज़ ठीक है। मुझे तो आप से नाउम्मीदी हो चली थी!”

विमल ख़ामोश रहा।

“मेड को मेरी आमद की ख़बर है?”

“नहीं। मैं जब उसको उसके रूम में छोड़ के आया था, तो ताज़ा-ताज़ा सिर पर आयी चोट की वजह से वो तभी ऊंघ रही थी, अब तक नींद के हवाले होगी।”

“गुड! मैं थाने वापिस जाता हूं। आप पहले बैडरूम में वो स्टेज सैट कीजिये जिसका अभी ज़िक्र आया, फिर ‘100’ नम्बर पर वारदात की ख़बर कीजिये – उस फोन काल को भूल जाइये जो आप ने मेरे मोबाइल पर की – फिर मैं अपने मातहतों के साथ बावर्दी यहां पहुंचूंगा और तफतीश अपने हाथ में लूंगा।”

विमल ने सहमति में सिर हिलाया।

“आपने दावा करना है कि ‘100’ नम्बर खड़काने से पांच मिनट पहले ही आप यहां पहुंचे थे। मेड को उस टाइम की बावत कोच कर के रखियेगा।”

विमल ने फिर सहमति में सिर हिलाया।

“आपको शायद ख़बर नहीं है कि आप की ड्रैस के सारे फ्रंट पर खून लगा है जो चुगली करता है कि मैडम आपकी बांहों में मरीं। फौरन ड्रैस तब्दील कीजिये। मैं जाता हूं।”

लूथरा चला गया।

8 दिसम्बर : रविवार

सुबह के पांच बजने को थे।

विमल बैडरूम में था, लेटा हुआ था, पर जाग रहा था। बत्ती जल रही थी।

पुलिस दो बजे गयी थी।

कोई पांच घन्टे उनकी कार्यवाही चली थी जिसमें वहां पुलिस के टैक्नीकल एक्सपर्ट्स – फिंगरप्रिंट्स टैक्नीशियंस, फोटोग्राफ़र, वग़ैरह – व्यस्त रहे थे और लाश को उठवा कर पोस्टमार्टम के लिये भिजवाया गया था।

लाश की सुपुर्दगी शाम तक होने की उम्मीद थी।

इन्स्पेक्टर अजीत लूथरा ने सब कुछ उसके मनमाफ़िक सम्भाला था। उसे चोरी की वारदात करार दिया था जिसमें ख़ामख़ाह कत्ल की सूरत में फच्चर पड़ गया था।

उसके ज़ेहन पर चण्डीगढ़ में हुई नीलम से अपनी पहली मुलाकात का अक्स उबरा जबकि वो मायाराम बाबा का कोई अता पता जानने के लिए 'सोना चान्दी' में लंच पर उससे मिला था :

"यानी तुम्हें उसका अता पता नहीं मालूम! अगर तुम इतनी खूबसूरत न होतीं तो मैं तुम्हारी गर्दन मरोड़ देता।"

"मरोड़ दो।"

"मेरे से लंच हथियाने के लिये तुमने मुझे इतना लटकाया!"

"जितनी कमीनी बात कह रहे हो, उसने कमीने सूरत से तो नहीं मालूम होते हो! बिल मैं अदा करूंगी। मैं कोई भिखारिन नहीं हूं, हातिमताई की कब्र पर लात मार कर जिसकी झोली में तुमने एक रोटी डाल दी हो। देखो!"

सौ सौ के नोटों से भरा हैण्डबैग उसने विमल को दिखाया था।

"सा'ब!"

विमल ने चौंक कर सिर उठाया।

चौखट पर मेड खड़ी थी।

"यस, फ्रान?"

"सा'ब, पांच बज गया। अभी भी जागता है। आपको रैस्ट की ज़रूरत है। आपको सोना चाहिये। मैं लाइट ऑफ करता है।"

"नहीं। नहीं।"

"बट . . ."

"अन्धेरे में मुझ को डर लगता है। लगता है नीलम मेरे पहलू में है।"

"सा'ब, आप दूसरा बैडरूम में . . ."

"नहीं। इधर ठीक है। लाइट ऑन ठीक है। और थोड़ी देर में सवेरा हो जायेगा, फिर लाइट ऑफ कर दूंगा मैं।"

"मैं चाय बनाये?"

"चाय!"

"कल रात से आपने कुछ नहीं खाया . . ."

"जरूरत नहीं।"

"सा'ब प्लीज़!" – मेड आद्र स्वर में बोली।

"ओके।"

"विद ऑमलेट!"

"नहीं।"

"मेबी सम बटर टोस्ट!"

"नो। जस्ट टी।"

"ओके!"

पांच मिनट में वो चाय बना लायी। साथ में एक प्लेट में रखे चार बिस्कुट लायी।

विमल की भवें उठीं।

"सा'ब, प्लीज़!"

"ओके! रख दे।"

वो चाय और बिस्कुट उसके करीब साइड टेबल पर रख कर चली गयी।

चाय की तरफ तवज्जो देने की जगह नींद से रीती विमल की आंखें छत पर कहीं टिक गयीं।

फ्लैशबैक उसे वैष्णोदेवी ले गया जहाँ उसने नीलम से शादी की थी और अग्नि को साक्षी मान कर, सात फेरे लेकर विधिवत् उसे अपनी धर्मपत्नी बनाया था। जहां तुकाराम ने कन्यादान किया था और वागले इकलौता बाराती था :

"आये नी मांयें तेरे बाल, खोल बुए मन्दरां दे।"

"जयकारा शेरांवाली दा!"

"बोल सांचे दरबार की जय!"

वो प्रांगण में चौथी लाइन में बैठी गुफा में जा के माता के दर्शन पाने के लिए अपनी बारी आने का इन्तज़ार कर रही थी।

"कहां गायब हो गये थे? क्यों इतनी देर की लौटने में? हफ्ते में आने को कहा, चार महीने लगा दिये। एक-एक रात मैंने आंखों में काटी तुम्हारे इन्तज़ार में। हर घड़ी तुम्हारे अनिष्ट की आशंका सताती थी। जी चाहता था उड़ कर तुम्हारे पास पहुंच जाऊं। क्यों सताया इतना? क्यों लगाई इतनी देर?"
नीलम! नीलम!

उसके आंसू बहने लगे। उसने अपने पहलू में बैड को उस जगह छुआ जहां नीलम होती थी लेकिन नहीं थी, नहीं हो सकती थी, कभी नहीं हो सकती थी!

"अब मैं तुम्हें कहीं नहीं जाने दूंगी। एक क्षण के लिये भी मैं तुम्हें अपनी निगाह से ओझल नहीं होने दूंगी। तुम्हें कजरा बना के आंखों में लगा लूंगी, गजरा बना के जूड़े में गूंथ लूंगी, नगीना बना कर अंगूठी में जड़ लूंगी, महंदी बना के हाथों में रचा लूंगी, लेकिन जाने नहीं दूंगी। कहीं जाने नहीं दूंगी।" . . . मैं यहां ये मन्नत मांगने आयी थी कि हे माता भगवती भवानी, मुझे विमल की सूरत दिखा। हे दाती, मेरा बिछुड़ा यार मिला। देखो! दाती के अभी दर्शन नहीं हुए और मुराद पूरी हो भी गयी।"

जिसने रोकना था, कहीं जाने नहीं देना था, वो खुद चली गयी। हमेशा के लिये!

नीलम! तूने मुराद मांगी, पूरी हो गयी। मेरी मुराद तो पूरी होने लायक ही नहीं। मैं क्या करूं? मैं कहा जाऊं?

वाहे गुरु सच्चे पातशाह! मैं मतिमन्द चरण सरणागति, कर गह लेहु उबारी।

बाहर पौ फट रही थी जबकि मेड फिर चौखट पर प्रकट हुई।

चाय और बिस्कुट अनछुये पड़े थे।

सा'ब की आंखें बन्द थीं लेकिन वो जानती थी कि सा'ब सोया नहीं पड़ा था।

उसने असहाय भाव से गर्दन हिलायी, आगे बढ़ी और बर्फ-सी ठण्डी हो चुकी चाय और बिस्कुट उठा कर ले गयी।

आठ बजे मुबारक अली आया।

अशरफ, हाशमी और अल्तमश के साथ।

"ये क्या गज़ब हुआ, बाप?" – मुबारक अली भर्राये कण्ठ से बोला – "हाशमी ने, वो क्या कहते हैं अंग्रेज़ी में, छापे में पढ़ा तो मालूम हुआ। दौड़ा आया।"

विमल ने हाशमी की तरफ देखा।

"पेपर में" – पढ़ा-लिखा संजीदासूरत हाशमी दबे स्वर में बोला – "ख़बर के साथ कोई नाम नहीं छपा था लेकिन मॉडल टाउन छपा था, डी ब्लॉक छपा था। मामू ने आपका मोबाइल बजाया तो वो न बजा . . ."

"सुबह बैटरी जीरो हो गयी थी।"

". . . फिर मैंने लैंडलाइन बजाई तो मेड ने जवाब दिया, तो पता लगा कि जो बीती थी, यहां . . . यहां . . ."

"जिस हाल में थे, दौड़े चले आये।" – मुबारक अली बोला – "एक सैकंड न रुका गया।"

"शुक्रिया!" – विमल होंठों में बुदबुदाया।

"कैसा शुक्रिया! अरे, तेरे पर अल्लाह का इतना बड़ा कहर टूटा और मेरे को ख़बर ही नहीं।"

"होती तो क्या कर लेता?"

मुबारक अली हड़बड़ाया।

"ये भी ठीक है।" – फिर बोला – "जो हुआ, उसकी बाबत अशरफ कुछ कहता है . . ."

"ठीक कहता है।"

"अरे, सुन तो ले क्या कहता है!"

"मालूम है। ठीक कहता है।"

"पलटवार हुआ?"

"हां।"

"तेरे से खुन्नस निकालने के लिये तेरी बेगम को ज़रिया बनाया?"

"मुझे तड़पता देखने के लिये।"

"क्या करेगा?"

"मालूम नहीं।"

"मुमकिन है। लेकिन एक बात सुन ले। जो करेगा अकेला नहीं करेगा। मुबारक अली को हमेशा अपने साथ पायेगा। वैसे तो तू अकेला ही सवा लाख है लेकिन जो हुआ, उसमें मुबारक अली, वो क्या कहते हैं अंग्रेज़ी में,

तमाशाई बना नहीं रह सकता। मैं तेरे साथ, बिरादर।''

''शुक्रिया।''

''मेरे चौदह भांजे तेरे साथ।''

''शुक्रिया।''

''मिट्टी ठिकाने कब?''

''लाश को सुपुर्दगी पर मुनहसर है। शायद शाम को।''

''हम रुकते हैं।''

''नहीं।''

''लेकिन . . .''

''कोई ज़रूरत नहीं, मियां। मैं ख़बर करूंगा न! तब श्मशान घाट पहुंचना। हो सकता है अन्तिम संस्कार कल हो।''

''क्यों? जब तू कहता है आज शाम को . . .''

''उम्मीद करता हूं। आज इतवार है। शायद इतवार को पोस्टमार्टम वाला डाक्टर छुट्टी पर रहता हो। शायद पोस्टमार्टम कल हो।''

''ओह! लेकिन तू अकेला . . .''

''ख़ामख़ाह! अभी खुद बोला न, मैं अकेला ही सवा लाख!''

''अच्छा! मन तो नहीं मानता लेकिन तू कहता है तो . . .''

''मैं कहता हूं।''

''ठीक है। तेरा हुक्म सिर माथे। लेकिन एक बात, बल्कि ज़िद, मेरी भी कुबूल कर।''

''बोलो।''

''अशरफ को यहां रुकने दे।''

''ठीक है।''

''दो जहां के मालिक ने तेरा बड़ा इम्तहान लिया है, बिरादर। दिल रोता है तेरी बेगम के अंजाम पर।'' – मुबारक अली की आवाज भर्रा गयी – ''लेकिन खुदावन्द करीम इंसाफ करेगा। जिनकी ये करतूत है, वो सब कुत्ते की मौत मरेंगे। ये मुबारक अली का वादा है उन बद्बख़्तों से।''

''पर मैं पापी . . .''

''तू अपने करमों की तरफ न देख, ऊपर वाले की रहमतों की तरफ देख। जिसके इशारे पर ये जहान चलता है, वो जानता है कि कौन गुनहगार माफ किये जाने के काबिल है और कौन नाहंजार सख़्त सज़ा का मुश्तहक

है। गुनाह का अहसास होना भी, गुनाह का पछतावा होना भी गुनाह की तलाफ़ी होता है।''

''ये . . . मुबारक अली बोल रहा है?''

''चलता हूं, बिरादर, तेरा हुक्म है इसलिये चलता हूं।''

अशरफ को पीछे छोड़ कर बाकी तीन जने चले गये।

तभी भीतर कहीं मोबाइल की घन्टी बजी।

मेड बजते मोबाइल के साथ लपकती उसके करीब पहुंची।

उसने स्क्रीन पर निगाह डाली तो पाया गैलेक्सी के मैनेजर चान्दवानी का फोन था।

उसने कॉल रिसीव की।

''कौल!'' – आवाज़ आयी – 'जस्ट रैड ए हारीबल न्यूज इन पेपर' सम पैदी थीव्स मर्डर्ड ए हाउसवाइफ इन मॉडल टाउन। डी–ब्लॉक भी लिखा था। नम्बर मेंशंड नहीं था। सस्पेंस हुआ। ऑल वैल एट युअर एण्ड बाई दि ग्रेस आफ गॉड?''

''नहीं, चान्दवानी साहब।''

''तो . . . तो . . . वो वारदात . . .''

''यहां हुई। डी–नाइन में।''

''विक्टिम . . . विक्टिम . . .''

''मेरी बीवी।''

''गुड गॉड, मैन, ख़बर तो करना था!''

विमल ख़ामोश रहा।

''आता हूं।''

''नहीं।'' – विमल जल्दी से बोला – ''औरों को भी आने को रोकना – ख़ास तौर से बॉस मैडम को।''

''बट, कौल . . .''

''मैं बोलूंगा कब आना ठीक होगा। मेरा सारा दिन मोर्ग में लग सकता है। पता नहीं कब पोस्टमार्टम होगा, कब लाश की सुपुर्दगी होगी। जब मैं ही यहां नहीं होऊंगा तो क्या करेंगे आप यहां आके?''

''ओह! ओके, कौल, कीप मी इंफॉर्म्ड।''

''यस, सर।''

''एण्ड असैप्ट माई हार्टफैल्ट कन्डोलेंसिज़। वुई आर ऑल विद यू एट

दि टाइम ऑफ दि ट्रेजेडी दैट यू आर फेसिंग।''

''आई एम ग्रेटफुल, सर।''

सम्बन्ध विच्छेद हो गया।

दो डी ब्लॉक निवासी पहुंचे जिन्हें विमल सिर्फ सूरत से पहचानता था, नाम तक नहीं जानता था। दोनों की सूरतों पर सम्वेदना के फर्ज़ी भाव थे। लगता था सम्वेदना प्रकट करने नहीं आये थे, तमाशा देखने आये थे कि मरने वाली का खाविंद कितना ग़मग़ीन था – ग़मग़ीन था भी या नहीं था – आख़िर बीवी ही तो मरी थी, चार दिन कलप कर दिखायेगा फिर नयी ले आयेगा।

''मिस्टर कौल'' – एक अपने लहजे को ग़मग़ीन बनाने की कोशिश करता बोला – ''आप की मिसेज के साथ जो बीती, उसका बहुत अफसोस हुआ।''

''क्या बीती?'' – विमल सहज भाव से बोला – ''किसका अफसोस हुआ?''

''वो . . . वो गुज़र गयीं न!''

''किधर से गुज़र गयीं?''

दोनों ने एक दूसरे का मुंह देखा।

''उनके दिन पूरे हो गये न!'' – दूसरा बोला – ''स्वर्गवासी हो गयीं न!''

''नहीं, जनाब। मेरी बीवी तो मायके गयी है!''

''जी!''

''लौट आयेगी।''

''लौट आयेगी?''

''जी हां। ख़बर करूंगा आप लोगों को।''

''ख़बर करेंगे! कमाल है!''

''रात इधर पुलिस आयी थी।''

''आपको मुग़ालता लगा। आसपास कहीं आयी होगी।''

''अच्छा! फिर तो चलते हैं!''

''ओके! थैंक्स फॉर कमिंग।''

वो लौट पड़े।

विमल ने एक को साफ कहते सुना – "सदमे में पागल हो गया बेचारा! बहकी-बहकी बातें करता है!"

विमल यही चाहता था। यूं दुश्मनों को ग़लत सिग्नल पहुंचता कि उस हादसे ने उसे इतना तोड़ दिया था कि वो किसी प्रतिशोध के काबिल नहीं रहा था।

फिर वही पहुंच गया जिसको सिग्नल पहुंचना था।

चिन्तामणि त्रिपाठी अपने पुत्र अरमान के साथ आया।

दोनों के चेहरों पर से धूर्तता छुपाये नहीं छुपती थी।

"बहुत अफसोस हुआ।" – चिन्तामणि हमदर्दीभरे लहजे से बोला।

"बड़ी विपत्ति टूटी आप पर।" – अरमान ने तरह दी।

"इस इलाके में ऐसा वाकया पहले कभी नहीं हुआ।"

"मर्डर तो दूर की बात है, चोरी चकारी का भी नहीं हुआ।"

"मेरा भाई इस इलाके का काउन्सलर है। वो पुलिस की अच्छी ख़बर लेगा।"

"मुजरिम ज़रूर पकड़े जायेंगे।"

विमल धीरज से सब सुनता रहा।

"सारे ब्लॉक को" – चिन्तामणि बोला – "आप अपने ग़म में शरीक समझिये।"

"ग़म!" – विमल सहज भाव से बोला – "मुझे तो कोई ग़म नहीं।"

"आप को कोई ग़म नहीं?"

"हां।"

"वो . . . आप की पत्नी . . ."

"मायके गयी है।"

"ओह! फिर तो . . . चलते हैं।"

विमल ने सहमति से सिर हिलाया।

"पागल हो गया, साला।" – चिन्तामणि बोला – "भेजा हिल गया।"

"कहता था" – अरमान हंसा – "बीवी मायके गयी! देखो तो!"

"अच्छा है, अच्छा है हमारे लिये। इसी हाल में चल-चल हो जायेगी हरामज़ादे की।"

''ऐसा ही होता जान पड़ता है। मैं नहीं कहता था कि आत्मरक्षा की एक ही रणनीति होती है।''

''हमला!''

''जो कि हमने किया।''

''अरे, लड़के कहां हमला करना सब से ज़्यादा कारगर होगा, ये तेरे को कहां मालूम था! ये तेरे को कहां मालूम था – मालूम था तो कहां याद आया था – कि ताकतवर की भी कोई कमज़ोरी होती थी जिस पर हुआ वार वो नहीं झेल सकता था, कोई दुखती रग होती थी जिस को छुआ जाये तो वो तड़पता था!''

''ये बात तो ठीक है, पापा। ये बात आपको सूझी क्योंकि ज़िन्दगी के आपके तजुर्बात मेरे से कहीं ज्यादा हैं।''

''हां। तभी तो तेरी रणनीति के खिलाफ मैंने अपनी रणनीति तेरे को बतायी।''

''कि औरत मर्द की कमज़ोरी होती!''

''हां। और दुश्मन के कमज़ोर अंग पर वार करना युद्ध की रणनीति होता है। अब देख, उसका क्या हाल है!''

''हां! पागल हो भी गया है साला। कहता है बीवी मायके गयी है। लेकिन ऐसा रह तो नहीं सकता?''

''क्या मतलब?''

''पोस्टमार्टम के बाद जब भी की जायेगी, लाश तो उसी के सुपुर्द की जायेगी! तब क्या वो लाश को लेने से इंकार कर देगा? बोलेगा उसकी बीवी तो मायके गयी हुई है?''

''ऐसा तो नहीं हो सकता! अव्वल तो पुलिस नहीं होने देगी – जब लाश उसके घर से उठाई गयी तो कैसे होने देगी – फिर भी उसको रट के तहत कि उसकी बीवी मायके गयी हुई है, लाश को लावारिस करार दिया जायेगा और फिर उसको फूंकने का इन्तज़ाम पुलिस करेगी। लाश की ऐसी दुरगत उसे क्योंकर कबूल होगी! ऐसा पत्थर का कलेजा कैसे बनायेगा वो अपना कि अपनी ब्याहता बीवी को, अपने बच्चे की मां की वो मुखाग्नि भी न दे। नहीं, नहीं, उसे 'बीवी मायके गयी है' वाली अपनी रट छोड़नी पड़ेगी।''

''फिर पागल तो न हुआ वो! दिमाग तो न हिला हुआ हुआ उसका!''

चिन्तामणि ने उस बात पर विचार किया।

"इन्तज़ार।" – फिर बोला – "इन्तज़ार कर, लड़के। आज नहीं तो कल सामने आ ही जायेगा कि वो क्या करता है!"

"ठीक!"

उस रोज़ पोस्टमार्टम न हो सका।

वजह इतवार की छुट्टी के दिन पोस्टमार्टम वाले डाक्टर की अनुपलब्धता ही बनी।

रात फिर विमल पर भारी थी।

सारी रात उसने आंखों में काटी।

सारी रात कभी ज़ेहन पर नीलम का अक्स उबरा, कभी कानों में नीलम की आवाज़ गूंजी।

> *"लड़का हुआ तो मैं उस का नाम सूरज रखूंगी। तुम कहते हो इस हालत भी मेरा चेहरा सूरज की तरह चमकता है तो लड़का ही होगा और नाम उसका सूरज ही होगा, सिर्फ सूरज। फिर जब वो बड़ा हो जायेगा, जब सोहल की खूनी दास्तान पुरानी पड़ चुकी होगी। तो मैं उसका नाम सूरज सिंह सोहल रखूंगी। सरदार सूरज सिंह सोहल, सन ऑफ सरदार सुरेन्द्र सिंह सोहल।"*

सच्चे पातशाह! जिस्म से रूह अलग कर दी तो जिस्म क्यों ज़िन्दा है? अभी कौन सी सज़ा बाकी है? किसका इन्तकाम बाकी है?

"पिल्ला अभी बाकी है। ढूंढ़ लेंगे।"

वो यूं चिहुंक कर उठ बैठा जैसे बैड में कांटे निकल आये हों। दिसम्बर की ठण्ड में भी उसने महसूस किया कि उसका जिस्म पसीने से नहाया हुआ था।

पता नहीं कितना अरसा वो बैठा रहा फिर थक कर वापिस लेट गया।

क्यों? क्यों सारे दारुण दुखों का पहाड़ नीलम पर ही टूटता था? सारे खूंखार भेड़ियों का शिकार नीलम ही क्यों? क्या इस गुनाह की सज़ा के तौर पर कि वो सोहल की बीवी थी? कभी मुहम्मद सुलेमान, कभी राजबहादुर बखिया, कभी इनायत दफेदार!

और अब?

अब कौन?

कौन?

जवाब इतना मुश्किल तो न था!

"खालसा अकेला भी सवा लाख होता है।"

"ये तुम नहीं, तुम्हारा अहंकार बोल रहा है। मुम्बई में बखिया के खिलाफ जो कामयाबियां तुम्हें हासिल हुईं, उन्होंने तुम्हारा सिर घुमा दिया है। तुम पता नहीं क्या समझने लगे हो अपने आप को! तुम कोई पीर पैगम्बर हो, देवता या अवतार हो, जिसकी भृकुटि तनेगी तो पापियों का सर्वनाश हो जायेगा? तुम सवा लाख ही सही लेकिन क्या सवा लाख जने भी सृष्टि से मुकम्मल ज़ुल्मों का और तमाम ज़ालिमों का सफाया कर सकते हैं?"

हे देशमेश पिता, क्या हूं मैं? एक रास्ता भटके, अन्धेरे में ठोकरे खाते फिरते प्राणी के अलावा क्या हूं मैं! क्या हूं मैं?

"सूरा सो पहचानिये जो लरे दीन के हेत।"

"बहुत ज़रूरी था अपने आप को सूरमा साबित करना! किया तो ऐसा करते वक्त एक दीन जो तुम्हारे अपने घर में मौजूद था, उसकी तो सुध आयी नहीं होगी! ये तो नहीं सोचा होगा कि सूरमाई की तरफ उठता तुम्हारा कदम तुम्हारी बीवी को विधवा बना सकता था?"

हे, मेरे पालनहार, मेरी बांह पकड़। मेरे साथ चल। मेरे पर घोर विपत्ति का पहाड़ टूटा है, मेरे आगे निपट अन्धियारा है जिसमें मैं अकेला नहीं चल सकता। मुझे ठोकरें खाने को न छोड़। मेरी बांह पकड़, मेरे साथ चल . . .

एकाएक उसके जेहन पर पंडित भोजराम शास्त्री का अक्स उबरा, उसे लगा वो अपनी धीर गम्भीर आवाज में उससे मुखातिब थे :

"दुख की घड़ी का भी उतनी ही बहादुरी से मुकाबला करना चाहिये जितनी उमंग से सुख की घड़ी का भोग करते हो। जैसे कोई सुख स्थायी नहीं होता, वैसे ही कोई दुख भी स्थायी नहीं होता। . . . दि डार्क टुडे लीड्स इन टु लाइट टुमारो, देअर इज़ नो एंडलैस जॉय, नो ऐंडलैस सॉरो। . . . दुख पाया तो क्या सिर्फ तुमने पाया? प्रियजनों का बिछोह क्या सिर्फ तुम्हें झेलना पड़ा? . . . वेदना, वियोग, निराशा सब जीवन का अंग हैं इसलिये स्वीकार्य होने चाहियें . . . समता, विषमता प्रारब्ध की सगी बहनें हैं, एक जगह इनसे बच निकलोगे तो दूसरी जगह सामने खड़ी मिलेंगीं। सो डोंट ट्राई टु ब्रोबीट युअर फेट, विच इज़ युअर लाइफ बाई अनवर नेम।' फेस इट। फेस इट विद करेज ऐंड कनविक्शन।"

"फेस इट विद करेज एण्ड कनफिक्शन।" – विमल होंठों में बुदबुदाया।

फिर वैसे ही तुकाराम की गर्जना उसके ज़ेहन पर गूंजी :

> *"इंसान की पहचान इस बात से होती है कि केवल वही विपरीत परिस्थितियों को अपने अनुकूल बना सकता है। पशु ही परिस्थितियों के अनुकूल होते हैं, बेटा, इंसान नहीं। वक्त की मार के आगे हथियार डाल कर परिस्थितियों के अनुकूल बनते चले जाने की कोशिश न कर बल्कि परिस्थितियों को अपने अनुकूल बना। हालात से जूझने की कूवत पैदा कर अपने आप में। हिम्मत न हार। दुश्वारियों के आंधी तूफानों के सामने पहाड़ की तरह तन जा। सम्भल जा, बेटा। खड़ा होजा। खड़े का खालसा बन जा। खड़े का खालसा बन जा। खड़े का खालसा बन जा . . ."*

विमल के जबड़े भिंच गये, मुट्ठियां जकड़ गयीं, सांस यूं चलने लगी जैसे लम्बी दौड़ लगा के आया हो। एकाएक वो उठ कर बैठ गया, फिर बैड से उतर कर फर्श पर खड़ा हो गया। उसके दोनों हाथ सिर से ऊपर उठे, वो घनगर्जन करती आवाज में बोला – "मैं वाहे गुरु का खालसा हूं। मैं गुरां दा सिंह हूं। मैं बादलों की तरह गरजूंगा और उतनी ही बुलन्द आवाज़ में अपना कहर दुश्मनों पर नाज़िल करूंगा। मेरी ललकार बैरियों का वजूद थरथरा देगी। मेरी चीत्कार शोला बन कर उन्हें जला कर ख़ाक कर देगी। साधन हेति इति जिनी कारी, सीस दिया पर सी न उचारी। धर्म हेत साका जिनि किया, सीस दिया पर सिरड़ न दिया।"

मेड दौड़ती हुई वहां पहुंची।

"सा'ब! सा'ब!" – वो आतंकित भाव से बोली – "क्या हुआ?"

"कुछ नहीं।" – विमल शान्ति से बोला।

"आप शाउट करता था!"

"अरे, नहीं, भई।"

"खड़े क्यों है?"

"खड़ा हूँ? ओह!" – वो एक कुर्सी पर ढ़ेर हुआ – "क्या टाइम हुआ है?"

"छः बज गया।"

"ओह! इतना टाइम हो गया!"

"सा'ब, मैं कुछ बोले?"

"हां, हां! क्यों नहीं? बोलो, क्या कहना चाहती हो?"

"सा'ब दो दिन से आपने खाना नहीं खाया। दो दिन से सोया नहीं। कैसे होगा? बॉडी का इंजन ईंधन बिना, रैस्ट बिना कैसे चलेगा? ईंधन होना। रैस्ट

होना। तभी चलेगा। प्लीज़, प्लीज़, कुछ खा लीजिये।''

''खा लूं?''

''आप का वास्ते चिकन सूप बनाया। आप टच भी नहीं किया।''

''अभी है।''

''हां। माइक्रोवेव में गर्म करने में टू मिनट्स लगेगा।''

''ले के आ।''

''आप सूप पियेगा?''

''हां, भई।''

''फाइन!'' – वो उत्साह से बोली – ''जस्ट यू वेट।''

वो यूं वहां से रुख़सत हुई जैसे पैरों में पंख लग गये हों।

9 दिसम्बर : सोमवार

नौ बजे से पहले विमल इर्विन अस्पताल की मोर्ग में पहुंच गया जहां कि मुबारक अली, अपने भांजों अशरफ और हाशमी के साथ पहले से मौजूद था।

पोस्टमार्टम की प्रक्रिया शुरू होने का टाइम नौ बजे का था।

दस बजे मोर्ग के एक कर्मचारी ने उन्हें आकर बताया कि पोस्टमार्टम वाला सर्जन अपनी दस्तख़तशुदा रिपोर्ट वहां तैनात उस सब-इंस्पेक्टर को सौंप चुका था जिसने सुपुर्दगी की कार्यवाही करनी थी।

''वो कितना टाइम लगाता है?'' – विमल ने पूछा।

''मुनहसर है।'' – कर्मचारी के लहजे में रहस्य की पुट आया।

''किस बात पर?''

''वो बोलेगा न!''

''कहां है?''

''आता ही होगा।''

''नाम क्या है!''

''सब-इन्स्पेक्टर मीना। . . . लो, आ ही गया।''

कर्मचारी परे सरक गया।

एक मोटी तोंद वाला, बावर्दी सब-इन्स्पेक्टर उन के करीब पहुंचा।

''नीलम कौल।'' – वो रूखाई से बोला – ''आप लोगों का केस है?''

''हां! – विमल बोला – ''मैं हसबैंड हूं। अरविन्द कौल।''

"हूं।"

"हम डैड बॉडी ले जा सकते हैं?"

"ऐसे कैसे ले जा सकते हैं?" कागज़ी कार्यवाही होगी। रिलीज़ के पेपर तैयार किये जाने होंगे। सुपुर्दगी के साइन करने होंगे।"

"कितना टाइम लगेगा?"

"अब एक दिन में एक ही पोस्टमार्टम तो यहां होता नहीं! टाइम तो लगेगा!"

"कितना?"

"जितना आप चाहोगे।"

"हम चाहेंगे?"

"हां। नहीं चाहोगे तो शाम भी हो सकती है। अगला दिन भी हो सकता है। उससे अगला दिन भी हो सकता है।"

"मैं वही समझ रहा हूं न, जो तुम कह रहे हो?"

"मेरे को नहीं पता आप क्या समझ रहे हैं। वो . . . मोर्ग का मुलाज़िम . . . जिससे आप अभी बात कर रहे थे, दयालसिंह नाम है उसका . . ."

"तो?"

"वो आता है और समझाता है कुछ।"

सब-इन्स्पेक्टर घूमा और लम्बे डग भरता वहां से रुख़सत हो गया।

"नामाकूल! इबलीस की औलाद!" – मुबारक अली गुस्से से गुर्राया – मुंडी थामने लगा था मैं उसकी।"

"मामू" – हाशमी बोला – "वो ऑन ड्यूटी पुलिस वाला था। बावर्दी था!"

"मालूम! इसी वजह से तो ज़ब्त किया!"

तभी दयाल सिंह लौटा।

"आपका काम हो जायेगा।" – वो इतमीनान से बोला।

"हो तो जायेगा।" – विमल बोला – "कब हो जायेगा?"

"उसकी कोई खातिर करोगे तो अभी हो जायेगा।"

"क्या खातिर?"

"समझो।"

"कितना?"

दोनों हाथ फैला कर उसने विमल को दस उंगलियां दिखाईं।

"ठहर जा, साले!" – मुबारक अली भड़का।

''मेरे पर क्यों ख़फा होते हो? मैंने तो बस एसआई मीना की बात पहुंचाई है आप तक।''

विमल ने मुबारक अली को बांह पकड़ कर पीछे खींचा और बोला – ''मंजूर है।''

''तो लाओ।'' – दयाल सिंह बोला।

''तू लेगा?''

''हां।''

विमल ने उसे दस हज़ार रुपये सौंपे।

''आता हूं।''

''साले, कफ़नफरोश!'' – पीछे मुबारक अली नफ़रतभरे लहजे से बोला – ''लाशों के सौदागर!''

''हमारी गरज है।'' – विमल धीरे से बोला – ''उसके हाथ में ताकत है जिसका बेजा इस्तेमाल करने से हम उसे नहीं रोक सकते। रोकेंगे तो अपना ही नुकसान करेंगे।''

''भाईजान ठीक कह रहे हैं, मामू।'' – हाशमी बोला।

''पर तुफ है कमीन की जात पर!'' – मुबारक अली बोला – ''मैयत की भी उगाही करता है।''

''अल्लाह सब देख रहा है।'' – अशरफ बोला – ''जब उसका कहर नाज़िल होगा तो सोचता ही रह जायेगा कि क्या हुआ।''

''आमीन!''

दयाल सिंह वापिस लौटा।

''दस मिनट में आपका काम हो जायेगा।'' – वो बोला।

''तेरा यही काम है?'' – विमल ने पूछा।

''नहीं। ये काम तो मैं वर्दी की धौंस में करता हूं। मेरा काम तो'' – उसके स्वर में गर्व का पुट आया – ''चीर फाड़ करना है।''

''क्या!''

''सब कुछ मैं ही तो करता हूं! मुर्दा खोलता हूं, बन्द करता हूं। डाक्टर तो लाश को हाथ भी नहीं लगाता।''

''वो क्या करता है?''

''जी मैं बोलता हूं, वो नोट करता है। फिर सर्टिफिकेट साइन करता है।''

''जैसे पोस्टमार्टम खुद किया हो!''

"हां।"

"तेरे को सब आता है?"

"हां। डाक्टर से ज्यादा नहीं तो डाक्टर जितना तो आता ही है। बीस साल से मुर्दे खोल रहा हूं। अन्दर की एक-एक बात जानता समझता हूं।"

"डाक्टर बस, करीब ठहरता है?"

"कई बार तो करीब भी नहीं ठहरता। अपने आफिस में बैठता है। मैं वहीं जा के सब बताता हूं, वो छपे हुए सर्टिफिकेट पर लिखता है और साइन कर देता है।"

"वो एसआई . . . जिसके लिये तू बिचौलिया बनता है . . . तेरे को क्या देता है?"

"झुनझुना! उस बाबत इशारा भी करूं तो पिछवाड़े में लात जमाता है।"

"हूं।"

विमल ने उसे एक पांच सौ का नोट दिया।

उसका चेहरा हज़ार वाट के बल्ब की तरह चमका।

"मैं सुपुर्दगी के कागज़ लाता हूं, आप यहीं साइन कर देना।"

"शुक्रिया।"

दोपहरबाद स्थानीय श्मशान घाट पर नीलम के अन्तिम संस्कार के समय गैलेक्सी के तकरीबन सारे मुलाज़िम बमय प्रोपराइटर शोभा शुक्ला वहां मौजूद थे।

और मौजूद थेः

मुबारक अली और उसके चौदह भांजे।

और सीबीआई के एन्टीटैररिस्ट स्क्वाड का डिप्टी डायरेक्टर योगेश पाण्डेय, जो उसी सुबह बैंगलौर से लौटा था तो उसे नीलम के अंजाम की ख़बर लगी थी।

डी ब्लॉक के सात-आठ लोग जिसमें त्रिपाठी पिता पुत्र भी थे।

और सादे लिबास में इन्स्पेक्टर अजीत लूथरा।

चिता प्रवज्जवलित हुई।

विमल दोनों हाथ अपने सामने बांधे सिर झुकाये उसके करीब खड़ा था। उसके दायें बायें पहलू में योगेश पाण्डेय और अजीत लूथरा खड़े थे।

उनसे थोड़ा परे चेहरे पर नकली हमदर्दी और संजीदगी के भाव चिपकाये चिन्तामणि त्रिपाठी और अरमान त्रिपाठी खड़े थे।

तब खामोशी से चिता की लपटें तेज़ होती देख रहे थे।

विमल को नीलम उसके कान में कहती लग रही थी :

"तुम हमेशा कहते थे मवाली की बीवी विधवा मरती है। मैंने तुम्हें झूठा साबित कर दिखाया। देख लो, मैं सुहागन मरी हूं। देख लो, मैं सुहागन मरी हूं। देख लो . . ."

"अरे, अरे! ये क्या कर रहे हैं?"

लूथरा ने बांह पकड़ कर जबरन उसे पीछे खींचा और फिर भी बांह न छोड़ी।

"क्या कर रहा हूं?" – विमल यूं बोला जैसे ख़्वाब में बड़बड़ाया हो।

"आपको नहीं मालूम?"

"नहीं।"

"आप . . . चिता में कूदने लगे थे।"

"मैं?"

"हां, आप! एकाएक मेरी निगाह न पड़ गयी होती तो कूद ही गये होते।"

"मुझे इस बाबत कुछ नहीं पता।"

पीछे खड़े त्रिपाठी पिता पुत्र सब नज़ारा कर रहे थे।

"ये तो गया काम से!" – अपनी मुस्कराहट छुपाने की भरसक कोशिश करता चिन्तामणि दबे स्वर में बोला।

"कहता था बीवी मायके गयी है।" – अरमान भी उसी मिज़ाज़ से बोला।

"अब गयी है। जहन्नुम है उसका मायका।"

"और इसका ससुराल।"

"लड़के, मरे हुए को क्या मारना!"

"ज़रूरी है, पापा। मेरे सिर पर इसकी धमकी की तलवार लटक रही है। वो ख़तरा इसकी चल-चल के बिना नहीं टलने वाला।"

"देखेंगे। अभी चुप कर। कोई सुन लेगा।"

"एक बात और कह के करता हूं।"

"कह।"

"इलाके के थाने का एएसएचओ यहां है। बेवर्दी। जनाज़े में शामिल। क्यों भला?"

चिन्तामणि ने जवाब न दिया।

"क्यों भला?" – अरमान ने ज़िद की।

"मालूम करेंगे।" – चिन्तामणि निर्णायक भाव से बोला।

10 दिसम्बर : मंगलवार

विमल का मंगलवार का सारा दिन एक वकील की सोहबत में गुज़रा जिस के साथ उसे रजिस्ट्रार के कोर्ट का भी चक्कर लगाना पड़ा।

शनि के बाद सिर्फ उस रात उसने ढंग से खाना खाया।

रात को मेड जब घर के तमाम काम काज से फारिग हो गयी तो उसने उसे बुलाया।

"बैठ!" – वो संजीदगी से बोला।

"बैठे?" – वो सकपकाई।

"हां। कहना मान। तेरे से एक ज़रूरी बात करनी है।"

वो झिझकती हुई उसके सामने एक कुर्सी पर बैठी।

"फ्रान, मुझे कहते हुए दुख हो रहा है लेकिन . . . तुझे जाना होगा।"

"नो!" – उसने तत्काल विरोध किया – "मेरे को आपको छोड़ के नहीं जाने का। मेरा इधर रहना ज़रूरी। जैसा आप का कंडीशन . . ."

"जाना ज़रूरी है।"

"क्यों? क्यों ज़रूरी है?"

"क्यों कि मैं ही यहां से जा रहा हूं।"

"ऐसा?"

"हां।"

"काहे?"

"वजह तू नहीं समझेगी।"

"हूं। जब लौट के आयेगा, तब . . ."

"मैं लौट के नहीं आऊंगा।"

"क्या बोला?"

"मैं हमेशा के लिये ये घर छोड़ के जा रहा हूं। कल सुबह नीलम के फूल चुनने की रसम अदा करनी है। फौरन मैं बाई रोड हरिद्वार चला जाऊंगा जहां से रात को लौटूंगा। वो रात इस घर में गुजरी मेरी आखिरी रात होगी। गुरुवार सुबह मैं यहां से चला जाऊंगा।"

''पीछू घर में कौन रहेगा?''

''रहेगा कोई। लेकिन उसके साथ तू नहीं रह सकेगी। तुझे ऐतराज़ हो न हो, तेरा यहां रहना उसी को मंजूर नहीं होगा।''

''काहे?''

''एक तो उसे ही तेरी ज़रूरत नहीं होगी। दूसरे, तू नौजवान लड़की है, ऐसे घर में तेरा रहना ठीक नहीं जहां कोई औरत न हो।''

''सा'ब, जब मेरे को आप का साथ रहने से कोई परेशानी नहीं . . .''

''मेरी बात और है। दूसरे, मैंने ये भी तो कहा कि उसे तेरी – मेड की – ज़रूरत नहीं होगी।''

''ओह!''

''अब ये पकड़।''

''ये क्या?''

''चालीस हज़ार रुपये। दो महीने की सैलरी।''

''दो महीना की! सा'ब मैं तो ये महीना भी खाली . . . थर्टीन डेज़ काम किया!''

''कोई बात नहीं। नैक्स्ट जॉब मिलने में टाइम लग सकता है। समझ, उसकी कम्पोंसेशन है।''

''सा'ब इतना टाइम नहीं लगेगा।''

''तो समझ रिवार्ड है। बोनस है।''

वो फिर भी हिचकिचाई।

''नीलम को तू बहुत ज़्यादा पसन्द थी। उसकी आत्मा प्रसन्न होगी कि तूने मेरा कहना माना।''

वो रोने लगी।

विमल ने आगे झुक कर खुद उसके आंसू पोंछे और नोट उसे थमाये।

''सा'ब'' – वो भरे कण्ठ से बोली – ''यू आर टू काइन्ड। मैं आपको मिस करेगा। आई आलरेडी मिस मैडम।''

''मेरा मोबाइल नम्बर तेरे पास है। कभी किसी, किसी भी, मदद की ज़रूरत हो, मुझे फोन करना।''

''सा'ब, जब आप इधर होयेगा ही नहीं . . .''

''किधर तो होऊंगा न! तेरे को नाउम्मीद नहीं होना पड़ेगा।''

''थैं . . . थैंक्यू बोलता है, सा'ब।''

''जा अब। सो जा के।''

आंखों पर एक हाथ की पुश्त फेरती वो चली गयी।

रात के दस बजे थे जब कि जस्सा मॉडल टाउन पहुंचा।

''ये टाइम है आने का?'' – चिन्तामणि भुनभुनाया।

''मैं और लेट हो सकता था।'' – जस्सा शुष्क स्वर में बोला – ''फिर कल आता। ठीक होता?''

''नहीं, नहीं। ठीक किया तूने। नाराज़ मत हो, यार।''

''एक बात ध्यान में रखना, ठेकेदार साहब। हमेशा। मैं गोयल साहब के मुलाहज़े में यहां आता हूं वर्ना मेरा तुम्हारे से कोई मतलब नहीं।''

''बहुत कड़क बोल रहा है, जस्से।'' – अरमान भड़कने को हुआ।

''तेरे से भी।'' – जस्सा पूर्ववत् शुष्क स्वर में बोला।

अरमान मुंह बाये उसे देखने लगा।

''मैं जो फांसी लगा हुआ हूं, इसलिये लगा हुआ हूं कि गोयल साहब की और तेरे पिता की एक प्राब्लम है। कि अमित की और तेरी एक प्राब्लम है – इस फर्क के साथ कि अमित की दुरगत हो चुकी, तू उस अंजाम से अभी दूर है। मैं सिर्फ गोयल साहब का हुक्मबरदार हूं, कोई और – कोई भी और – मेरे से यूं पेश आये जैसे कि मैं उसका मुलाज़िम हूं, ये मुझे हरगिज़ मंज़ूर नहीं। मैं सिर्फ गोयल साहब का मुलाज़िम हूं और फिर, फिर और फिर कहता हूं, सिर्फ गोयल साहब का हुक्मबरदार हूं।''

''तू तो नाराज़ हो रहा है, जस्से।'' – चिन्तामणि अपने स्वर में मिश्री घोलता बोला।

''हां।''

''क्या हां।''

''नाराज़ हो रहा हूं।''

''अरे, थूक भी दे गुस्सा।''

''थूक दिया।''

''अब बोल, विस्की पियेगा?''

''पिऊंगा।''

चिन्तामणि ने चैन की सांस ली, जस्से की हामी इस बात का सबूत थी कि अब वो नार्मल था।

''अरे, पी न!'' – वो चहकता सा बोला – ''जितनी मर्ज़ी पी। इधर कोई घाटा है विस्कियों का! साली कैबिनेटें भरी पड़ी हैं।''

उसने पुत्र को संकेत किया।

अरमान ने ड्रिंक्स का इन्तज़ाम किया। उसने बाप का लिहाज़ किया; दो ही गिलास लाया।

चिन्तामणि ने नकली उत्साह के साथ जस्से से जाम टकरा कर चियर्स बोला।

"अब बोल" – फिर बोला – "कहता था पता कर लेगा कि एएसएचओ लूथरा क्यों था श्मशान घाट पर?"

"उस वजह से नहीं था" – जस्सा बोला – "जो आपके ज़ेहन में आयी थी।"

"यानी हमारे पड़ोसी से उसका कोई मुलाहजा नहीं था?"

"नहीं था। आपका ख़याल था कि आपकी 'वरना' उसके दरवाज़े पर से गायब होने पर जब आप थाने गये थे तो आपकी कम्पलेंट पर उसे भी थाने तलब किया गया था तो एएसएचओ ने उसका लिहाज किया था, उसकी तरफ़दारी की थी।"

"मुझे साफ ऐसा लगा था।"

"लगा होगा लेकिन उस बात में कोई दम नहीं निकला। आप समझते हैं कि वो इन्सपेक्टर पड़ोसी का यार है तो ग़लत समझते हैं।"

"तो वो क्यों शामिल था उस औरत के अन्तिम संस्कार में?"

"ड्यूटी कर रहा था।"

"क्या बोला?"

"पड़ोसी की बीवी का मर्डर हुआ था। हसबैंड पर भी मर्डर अटैम्प्ट हो सकती थी इसलिये वो इन्स्पेक्टर बेवर्दी वहां था।"

"अकेला रोक लेता मर्डर अटैम्प्ट?"

"सादे कपड़ों में चार सिपाही भी वहां थे।"

"ओह! लेकिन हसबैंड के कत्ल की कोशिश का क्या मतलब! जो सीनेरियो पीछे छोड़ा गया था, वो तो सामने आया ही नहीं! उसकी तो कोई और ही लीपापोती सामने आयी। जो शीशे पर लिखा छोड़ा गया था वो तो सामने ही न आया?"

"वो एक ब्रूटल मर्डर का केस था।" – अरमान बोला – "जिसमें औलाद के लिये वार्निंग थी, खुद उसके लिये वार्निंग थी। वो सब पुलिस और मीडिया की जानकारी में आया होता तो कहा जा सकता था कि श्मशान घाट पर हसबैंड पर कातिलाना हमला हो सकता था। तो प्रोटेक्शन के लिये

पुलिस की वहां मौजूदगी को जस्टीफाई किया जा सकता था। लेकिन पुलिस तो उसे चोरी की वारदात बताती है जिसमें फच्चर पड़ गया और फच्चर की वजह से वो औरत जान से गयी। अगर पुलिस वारदात को ऐसा समझती थी तो श्मशान घाट पर हसबैंड को क्या खतरा था जिसके लिये उसे पुलिस प्रोटेक्शन की जरूरत थी?''

''ऐग्जैक्टली।'' – चिन्तामणि बोला – ''फिर वो प्रोटेक्शन खुफिया क्यों? वर्दी देख कर आतताईयों के हौसले वैसे ही पस्त हो जाते हैं।''

''खुफिया प्रोटेक्शन उन को उकसाने के लिये।'' – जस्सा बोला – ''ताकि वो अपने आपको सेफ समझें, वारदात करने की कोशिश करें और पकड़े जाये।''

''नॉनसेंस! जब हम जानते हैं कि सीन आफ क्राइम की लीपापोती की गयी है, तो कौन सी वारदात का वहां अन्देशा था!''

''लीपापोती किसने की?''

''पुलिस ने तो न की! एक ही शख़्स वो काम कर सकता था, पुलिस को वारदात की ख़बर करने से पहले कर सकता था।''

''खाविंद!''

''हां। अब तुम कहोगे कि उसने क्यों किया ऐसा!''

''मैं कहने ही लगा था।''

''मैं पहले भी कहता था, फिर कहता हूं कि इस शख़्स में कोई भेद है। उसकी कोई और शिनाख़्त भी है जिसे वो उजागर नहीं होते देना चाहता। इसीलिये उसने क्राइम और रिवेंज को एक मामूली 'थैफ्ट गॉन सोर' की वारदात बना दिया ताकि उस पर कोई स्पैशल फोकस न बने, वो एक साधारण गृहस्थ ही लगे जिसपर एकाएक वो विपत्ति टूटी थी। जस्से, तू मेरी बात पर ऐतवार लाये तो श्मशान घाट पर पुलिस की मौजूदगी का कोई मतलब नहीं था। बल्कि मेरे को तो यकीन ही नहीं है कि इलाके के थाने के एएसएचओ के अलावा वहां और पुलसिये भी मौजूद थे।''

''पापा, ठीक कहते हैं।'' – अरमान बोला – ''अगर और पुलिसिये वहां नहीं थे तो ज़रूर वो इन्स्पेक्टर अपनी निजी हैसियत में वहां था और इसीलिये वर्दी में नहीं था।''

''क्या निजी हैसियत?'' – जस्सा बोला – ''खाविन्द का दोस्त था? जिगरी था?''

"हो सकता है।"

"मैं कहता हूं, है। तुम्हारे पापा की तरफ की बात कहता हूं, है। तो क्या कहर टूट पड़ा? क्या पुलिसवाला, सामाजिक प्राणी नहीं होता? उसकी कोई सिविल लाइफ नहीं होती? ऐसा क्या उसके ड्यूटी रोस्टर में दर्ज है कि पुलिस वाले के सिवाय वो किसी को दोस्त नहीं बना सकता?"

बाप बेटा एक दूसरे का मुंह देखने लगे।

"मेरा भी तो पुलिस वाला दोस्त है जिसके ज़रिये मैं सैन्ट्रल क्राइम रिकार्ड ब्यूरो से जल्दी जानकारी निकलवाने की जुगत कर रहा हूं!"

"अच्छा याद दिलाया।" – चिन्तामणि बोला – "कुछ हुआ उस सिलसिले में?"

"अभी नहीं। जो होगा, पड़ोसी के फिंगरप्रिंट्स का सैम्पल हासिल जो जाने के बाद ही होगा। इस काम को कामयाबी से अंजाम देने के सिलसिले में मेरा निशाना पड़ोसी की मेड है।"

"अरे, तो बता न निशाना! कर न कुछ!"

"अभी कुछ नहीं हो सकता। आपको मालूम होना चाहिये अभी कुछ नहीं हो सकता। आप पड़ोस में रहते हैं, आपको बेहतर दिखाई देना चाहिये कि परसों सुबह से वहां कितनी आवाजाही है! वहां जब सब कुछ शान्त होगा, सब कुछ सैटल होगा तो तभी कुछ होगा।"

"लेकिन होगा?"

"हां। और मेड ही इसके लिये बेहतरीन ज़रिया है। करना क्या होगा उसने? अपने एम्पलॉयर की हैंडल की कोई आइटम – कोई गिलास, कोई कप, कोई शेविंग ब्रश, कोई ऐसी ही और चीज़ – चुपचाप वो मेरे हवाले करेगी और करारा ईनाम पायेगी। उसे तो ये भी नहीं सूझेगा कि वो आइटम मुझे क्यों चाहिये थी?"

"बात हो गयी?"

"नहीं, अभी नहीं। बोला न, अभी वैसा माहौल वहां नहीं है। लेकिन होगी और कामयाबी से होगी।"

"वो फूल विसर्जित करने हरिद्वार भी तो जायेगा!" – अरमान बोला – "तब मेड को साथ तो नहीं ले जायेगा!"

"ये बात मेरे ज़ेहन में है। मेरे को भी उसी घड़ी का इन्तज़ार है।"

"ओके।"

"अब तू मेरी सुन, जस्से।" – चिन्तामणि फिर वार्तालाप का सूत्र अपने हाथ में लेता बोला – "नहीं, पहले गिलास ख़ाली कर।"

जस्से ने आदेश का पालन किया।

चिन्तामणि ने नये ड्रिंक्स तैयार किये।

"जस्से!" – फिर बोला – "हमने पड़ोसी के होश उड़ाने के लिये 'पिल्ला अभी बाकी है' जैसी बड़ी धमकी तो जारी कर दी, दावा भी ठोक दिया कि ढूंढ़ लेंगे। लेकिन कैसे ढूंढ़ लेंगे?"

"आप बोलिये।"

"मैंने सोचा इस बारे में।"

"क्या?"

"देखो, वो लोग तीन-एक महीने से पड़ोस में हैं और ख़ुद को कश्मीरी बताते हैं। दूसरी बात ये कि बारह या तेरह तारीख के बाद से वो औरत – जो जहन्नुमरसीद हुई – घर से नहीं निकली थी। तभी से उसका पिल्ला नहीं दिखाई दिया।"

"आपको क्या मालूम?"

"भई, कुछ पड़ोस की वजह से मालूम है, कुछ मामूली पूछताछ से लग गया। पिल्ला उनकी कोठी के बरामदे में दिखाई देता था, कभी-कभार मेड उसे नज़दीकी पार्क में ले के जाया करती थी। ग्यारह नवम्बर वाली वारदात के बाद से वो बच्चा कोई नहीं कहता कि किसी ने देखा। क्या मतलब हुआ इसका? कहां गया?"

"किसी लोकल रिश्तेदार के पास गया।"

"महीना होने के आ रहा है। इतना छोटा बच्चा महीने से लोकल रिश्तेदार के पास है?"

"मां को तो ये कुबूल नहीं हो सकता। महीना आता-जाता रहे, हो सकता है, लेकिन महीना आये ही नहीं, नहीं हो सकता।"

"एक्ज़ैक्टली। इसका मतलब है कि वो कहीं दूर भेजा गया है जहां से आनन-फानन उसका लौट आना मुमकिन नहीं।"

"दूर में तो सारा हिन्दोस्तान आता है!"

"लेकिन एक कश्मीरी के सारे हिन्दोस्तान में करीबी हों – इतने करीबी हों कि कितने ही अरसे तक इतना छोटा बच्चा सम्भाले रहने के लिये तैयार हों, ये मुमकिन नहीं।"

"तो?"

"जगह कोई ऐसी ही मुमकिन है जहां पड़ोसी का आना जाना पूर्वस्थापित हो।"

"कहां?"

"मैंने मालूम किया है कि जिस कम्पनी में – गैलेक्सी ट्रेडिंग कारपोरेशन में – वो नौकरी करता है, हैदराबाद के अलावा – जहां कि वो पिछले दिनों गया बताया जाता था – उसके आफिस मुम्बई और बैंगलौर में भी हैं। मेरे ख़याल से वो बच्चा उन तीन जगहों में से किसी एक जगह पर ही भेजा गया होगा।"

"कश्मीर क्यों नहीं? जहां का वो अपने आप को बताता है?"

"वहां से तो वो विस्थापित हो के यहां आया बताया जाता है। अपने पास्ट से अभी उसका लिंक बना होता तो सभी न वहां चले जाते!"

"ओके। सॉरी।"

"फर्ज़ करो बच्चा मुम्बई, हैदराबाद या बैंगलोर कहीं गया।"

"कोई ज़रूरी नहीं।"

"यार, मैंने फर्ज़ करो भी तो बोला!"

"ओके, किया।"

"प्लेन में दो साल से ज्यादा के बच्चे का टिकट लगता है। वो ढ़ाई के आसपास का है इसलिये उसका टिकट बना होगा और टिकट में उसका नाम पता दर्ज हुआ होगा। जस्से, आजकल के कम्प्यूटर युग में क्या ऐसी बुकिंग ट्रेस नहीं की जा सकती?"

"त्रिपाठी जी, मुझे कहते दुख होता है लेकिन आपकी सोच में नुक्स ही नुक्स हैं। गिनिये। एक, इस बात की कोई गारन्टी नहीं कि बच्चा इन तीन शहरों में से किसी में गया। दो, इस बात की कोई गारन्टी नहीं कि प्लेन से गया। तीन, एक महीने के वक्के में सारी डोमेस्टिक एयरलाइन्स की हज़ारों फ्लाइट्स होंगी जिन्होंने इन तीन शहरों में लैंड किया होगा। चौथे, उनमें ढ़ाई साल का कोई एक ही बच्चा नहीं होगा, ऐसे बच्चे सैंकड़ों में हो सकते हैं, कैसे सिंगल आउट करेंगे?"

"पते से। बोला तो।"

"बच्चा जिसके साथ गया, रिकार्ड में उसका पता दर्ज होगा। उसका दर्जा बच्चे के अभिभावक का होगा इसलिये जो पता अभिभावक का, वो बच्चे का। हमें क्या पता अभिभावक कौन है? हमें क्या पता बच्चे का नाम क्या

है? अभी कोई नाम है भी या नहीं?''

चिन्तामणि को जवाब न सूझा।

''और सौ बातों की एक बात। चलिये, आपकी सारी बातें ठीक हैं। माना कि रिकार्ड कहता है कि बच्चा मुम्बई गया। आगे इतनी बड़ी मुम्बई में – जिसमें न्यू मुम्बई, ग्रेटर मुम्बई, ठाणे, कल्याण वग़ैरह भी शामिल हैं – वो कहां गया, ये जानने का हमारे पास कौन सा ज़रिया है?''

''तो क्या करें?'' – चिन्तामणि झुंझलाया।

''मैं बताऊं?''

''भई, तेरे से ही सवाल है।''

''तो जवाब है कि 'पिल्ला अभी बाकी है' जैसी जो ड्रामेबाज़ी हो चुकी सो हो चुकी। बीवी के अंजाम से वो तड़पेगा, अंगारों पर लोटेगा, ख़ुद ही मर जायेगा, वो ड्रामाई, फिल्मी बातें ख़त्म करो और हक़ीक़ी ज़मीन पर पांव जमा कर एक्ट करो।''

''क्या? क्या एक्ट करें?''

''अरे, जैसे औरत को ठोका, वैसे मर्द को भी ठोक दो। न रहे बांस, न रहे बांसुरी। न रहे वो सफेदपोश बाबू, न रहे हमारे लड़के के सिर पर'' – उसने अरमान की तरफ इशारा किया – ''लटकी उसकी धमकी की तलवार। फिर पिल्ला रहे या न रहे, हमें क्या फर्क पड़ता है!''

बाप बेटे ने एक दूसरे की तरफ देखा।

''यानी'' – चिन्तामणि सशंक भाव से बोला – ''फिर घर में घुस कर . . .''

''क्यों नहीं? जो काम एक बार हो सकता है, वो दोबारा भी हो सकता है।''

''फिर पुलिस को'' – अरमान बोला – ''अपनी ये ओपीनियन रिवाइज़ करनी पड़ेगी कि पहली वारदात चोरी की थी जिसमें कि फच्चर पड़ गया था। फिर ये साफ-साफ रिवेंज किलिंग होगी। पहली भी।''

''हो। इस बात की दुहाई देने वाला कौन होगा? पुलिस पड़ी ढूंढ़ती रहे रिवेंज किलिंग की वजह! नहीं हाथ आयेगी। तुम्हारी ग्यारह नवम्बर की करतूत की . . .''

''जस्से!''

''हरकत की पुलिस के महकमें में कहीं कोई हाजिरी नहीं है।''

''हाजिरी हो भी'' – चिन्तामणि बोला – ''तो बदला लेने की ख़्वाहिश तो विक्टिम की होगी न! उस मर्द की होगी न, जिसकी बीवी

के साथ बद्फेली हुई! यहां तो मारने की ख़्वाहिश रखने वाला ही मारा गया है।''

''ये भी एक प्वायंट है।''

''लेकिन, जस्से'', – अरमान बोला – ''रिवेंज का मतलब मर्डर ही तो नहीं होता! वो भी तो खतरनाक रिवेंज है जो अमित के साथ बीती, अशोक के साथ बीती।''

''काके, जो अमित के साथ बीती उसकी ख़बर सात जन्म पुलिस को नहीं लगने वाली। वो ख़बर पुलिस को तभी लग सकती है जब मैं बकूं . . .''

''नामुमकिन।''

''या तुम बाप बेटे में से कोई बके।''

''बिल्कुल ही नामुमकिन।'' – चिन्तामणि पुरज़ोर लहजे से बोला।

अरमान सोचने लगा कि बताये या न बताये कि उसकी नादानी की वजह से अमित के साथ जो बीता, उसकी अकील और अशोक दोनों को ही ख़बर थी।

उसने चुप रहना ही मुनासिब समझा।

''लेकिन'' – वो बोला – ''जो अशोक के साथ बीती, उसकी पुलिस को ख़बर है!''

''क्योंकि वाकया एक पब्लिक प्लेस में हुआ इसलिये छुपाया न जा सका। लेकिन उसके किसी उद्देश्य की तलाश में पुलिस अभी भटक ही रही है और भटकती ही रहेगी। किसी मुकाम पर पहुंच भी गयी तो किसी चेन रियेक्शन का नतीजा वो कभी साबित नहीं कर पायेगी।''

''अगर अशोक ने ही अपने पर बीती की वजह बयान कर दी?''

''क्या वजह बयान कर दी? ये कि अपने तीन दोस्तों के साथ वो एक औरत के अगवा में और फिर उसके साथ सामूहिक बलात्कार में शामिल था जिसकी वजह से किसी ने यूं उससे बदला उतारा?''

अरमान को जवाब न सूझा।

''वो पढ़ा लिखा समझदार लड़का है, जानता है हकीकत बयान करना अफोर्ड नहीं कर सकता। ऐसी बेवकूफी करेगा तो उसके साथ जो इंसाफ होता है, वो तो बालायताक रख दिया जायेगा और पहले वो अपनी करतूत के लिए दस साल के लिये नपेगा और'' – जस्सा जानबूझ कर ठिठका – ''यारों को भी नपवायेगा।''

अरमान के शरीर में स्पष्ट झुरझुरी दौड़ी।

"अकेले अशोक के साथ हुई वारदात को पुलिस रिवेंज का चेन रियेक्शन नहीं करार दे पायेगी। ख़ास तौर से तब जबकि अपनी ही भलाई के लिये अशोक की यही रट होगी कि ये ठीक है कि उसने बारात में मिली एक खूबसूरत लड़की पर लार टपकाई और उसके उकसाने पर वो होटल के एक कमरे में उसके साथ गया। लेकिन आगे क्या हुआ, क्यों हुआ, उसकी उसे कोई ख़बर नहीं।"

"लेकिन अगर अकील शिकार बना गया. . ."

"अरे, तभी तो कहता हूं कि ये सयापा जितनी जल्दी हो सके ख़त्म करो। और इसको जल्दी ख़त्म करने का यही तरीका है कि वो बाबू भी ख़त्म हो। वो कैसे ख़त्म होगा, ये मेरे पर छोड़ दो लेकिन फैसला ख़ुद करो कि ऐसा करना मंजूर है या नहीं!"

पिता पुत्र ने फिर एक दूसरे की तरफ देखा।

"ड्रामेबाज़ी में कुछ नहीं रखा, ठेकेदार साहब! जीते जी कोई नहीं मरता। जो फैसला करना है, ये सोच कर करो कि जो पहले मारे वो मीर।"

"जो पहले मारे वो मीर" – चिन्तामणि होंठों में बुदबुदाया।

"हां। इस घड़ी वो मातम में है। बीवी की मौत के ग़म में पगलाया हुआ है। अभी तो उसने बीवी के फूल भी नहीं चुने हैं। वो हिन्दू है, ब्राह्मण है, अभी तो बीवी की गति कराने में उसे बहुत टाइम लगेगा। उसके बाद कहीं वो जाकर सम्भलेगा और मुख़ालफत में कदम उठायेगा। मेरी मानें तो यही मौका है उस पर वार करने का, फिर न सैन्ट्रल क्राइम रिकार्ड ब्यूरो के धक्के खाने की ज़रूरत होगी और न इस लम्बी और निहायत मुश्किल ड्रिल की ज़रूरत होगी कि पिल्ला कहां गया। नहीं?"

"हं-हां।"

"शीशे पर लिख के छोड़ी वार्निंग आखिर में क्या कहती है? कहती है 'फिर तेरी बारी'। काहे को 'फिर' उसकी बारी? पहले उसकी बारी। ताकि टंटा की ख़त्म हो। हम उस वार्निंग पर हरूफ़-ब-हरूफ़ खरा नहीं उतरेंगे तो क्या हमारा कोई चालान कर देगा? बात पर खरा उतर कर दिखाने की जो ट्रॉफी हमें मिलनी होगी, वो छिन जायेगी? 'प्राण जायें पर वचन न जाई' जैसे संकल्प वाले हम कब से हो गये?"

"तेरी बात ठीक है।"

"तो फिर क्या जवाब है आप का?"

"हम तेरी राय पर अमल करेंगे। जो कर सकता है, कर।"

"बढ़िया।"

"और इसी बात पर एक जाम और ले।"

"आप के इस माकूल फैसले पर मैं कई जाम और लूंगा। लेकिन और मैं यहां रुक नहीं सकता। सुबह से धक्के खा रहा हूं। थक कर चूर हूं।"

"तो?"

"ये बोतल साथ ले जाने की इजाज़त दीजिये। घर तक का लम्बा सफर है रास्तें में पियूंगा।"

"अरे, तेरे पर ऐसी दस बोतलें कुर्बान!"

"शुक्रिया।"

"लेकिन ध्यान से पीना। एक्सीडेंट न कर बैठना।"

"त्रिपाठी जी, मेरा रिकार्ड है मैंने आजतक नशे में एक्सीडेंट नहीं किया। जब किया, होश में किया।"

"फिर क्या बात है!"

"एक बात और।"

"वो भी बोल।"

"मेरी वैगन–आर कुछ तंग कर रही है। मयूर विहार तक का लम्बा सफर है मेरा। रास्ते में धोखा दे गयी तो रात की इस घड़ी में भारी दिक्कत होगी।"

"क्या चाहता है?"

"सोच रहा था वैगन–आर यहां छोड़ जाऊं और आपकी गाड़ी ले जाऊं। सुबह आ कर . . ."

"अरे, ले जा न! यहां गाड़ियों का घाटा है! कोठी भरी पड़ी है।"

"शुक्रिया।"

"लड़के, स्विफ्ट की चाबी दे इसे।"

"आओ।" – अरमान उठता हुआ बोला।

जस्से ने बोतल सम्भाली और अरमान के साथ हो लिया।

11 दिसम्बर : बुधवार

नौ बजे विमल श्मशान घाट से फारिग हुआ और अरशद के साथ इसकी टैक्सी पर वहीं से हरिद्वार के लिये रवाना हो गया।

जस्से ने छुपकर तमाम नज़ारा किया।

वो सफेदपोश बाबू को, मातम के हवाले खाविंद को, वहीं ठोक देने के इन्तज़ाम के साथ वहां आया था लेकिन पहुंच कर ही मालूम हुआ कि ऐसा हो पाना मुमकिन नहीं था। वहां उसके साथ लोगों का तकरीबन उतना ही बड़ा हुजूम था जितना दो दिन पहले अन्तिम संस्कार के वक्त था और उस हुजूम में इलाके के थाने का बेवर्दी एएसएचओ फिर मौजूद था।

एक घन्टा उसने इन्तज़ार किया, फिर डी ब्लॉक लौटा।

उसका जो जमूरा वहां वक्ती निगरानी पर तैनात था, उसने तसदीक की कि मेड घर में अकेली थी।

उसने जमूरे को डिसमिस कर दिया और कॉल बैल बजाई।

मेड बरामदे में प्रकट हुई।

"सा'ब घर में नहीं है।" – वो बोली – "कोई घर में नहीं है।"

"कोई बात नहीं।" – जस्सा मीठे स्वर में बोला – "इधर आ के तू मेरी बात सुन।"

वो गेट की दूसरी तरफ पहुंची।

"तू मेड है न?"

"हां।"

"नाम क्या है?"

"फ्रान।"

"हां, फ्रान। फ्रान, मैंने तेरे साहब से नहीं, तेरे से बात करनी है।"

फ्रान के चेहरे पर हैरानी के भाव आये।

"तेरे फायदे की बात।"

फ्रान की भवें उठीं।

"हां, तेरे फायदे की बात। सिर्फ दो मिनट।"

"कीजिये।"

"गली में खड़े हो के नहीं। बहुत आवाजाही है। हर कोई नोट करेगा।"

"सा'ब की एबसेंस में मैं आप से भीतर नहीं ले जा सकती।"

"तो कम-से-कम बरामदे में तो चल। कुछ तो ओट होगी!"

फ्रान ने गेट खोला।

दोनों बरामदे में पहुंचे।

"अब बोलिये।"

"यहां मेरे को एक काम है जो कि तू कर सकती है।" – जस्सा धीरे से बोला – "मैं इसकी बाकायदा फीस भरूंगा।"

"क्या काम! क्या फीस?"

"पहले फीस।"

जस्से ने उसे दो हज़ार का एक नोट थमाया।

"ये . . . ये क्या?"

"काम की फीस। काम मामूली। दो मिनट में हो जाने वाला। फीस ढ़ेर। दो मिनट की जहमत की उजरत दो हज़ार रुपये। तेरे को गोली की तरह मंज़ूर होनी चाहिये।"

"काम पर डिपेंड करता है।"

"बोला न, काम मामूली है . . ."

"मैं सुना। काम . . . काम बोलने का।"

"मेरे को इस घर की कोई ऐसी आइटम चाहिये जिसे सिर्फ तेरे साहब ने हैंडल किया हो।"

"काहे?"

"वजह तू छोड़। ऐसी कोई आइटम ला के दे ताकि दो हज़ार रुपये फीस का हक अदा हो।"

"आप को सा'ब का फिंगरप्रिंट्स मांगता है?"

जस्से के चेहरे पर सख़्त हैरानी के भाव आये।

"तू तो . . . तू तो . . . बहुत चा . . . सयानी है।"

फ्रान ख़ामोश रही।

"हां, यही बात है।"

"ये मामूली काम?"

"और क्या? घर की कोई छोटी-मोटी आइटम ही तो मेरे हवाले करनी है! सोने की तो न होगी!"

"सा'ब मेरे भरोसे घर छोड़ के गया। मेरे को उसका भरोसा ब्रेक करना होगा। ये मामूली काम?"

"अच्छा, बाबा। नहीं मामूली काम। ख़ास काम। उसी वास्ते ये ले एक और।"

जस्से ने दो हज़ार का एक और नोट उसे थमाया।

''दस।'' – फ्रान भावहीन स्वर में बोली।

''क्या दस? – जस्सा अचकचाया।

''थाउ। ऐसा फाइव।''

''पागल हुई है!''

''फोर मोर, प्लीज़।''

''साली, जानती नहीं किसे हूल दे रही है?''

''नहीं जानती। इसी वास्ते . . . प्लीज़ गो।''

''साली, मैं ज़बरदस्ती . . .''

''वाट ज़बरदस्ती? आपको मालूम इधर कौन सा आइटम ख़ाली सा'ब हैंडल किया?''

''तू बोलेगी न! मैं तेरा टेंटवा दबा के . . .''

''आई विल यैल।''

''क्या?''

''शोर मचाता है अभी।''

उसकी गर्दन की नसें तनी, उसने मुंह खोला।

''अरे, नहीं। सुन। सुन।''

वो ठिठकी।

''इधर मेरे को मैनहैंडल करेगा'' – वो बोली – तो बाहर से आता जाता कोई न कोई जरूर देखेगा।''

''मैं घसीट के अन्दर ले जाऊंगा तो कौन देखेगा?''

''ले के जाना। जीसस सेवज़। जीसस विल सेव मी।'' – उसने अपनी छाती के आगे क्रास बनाया।

''क्रिस्तान है?''

''हां।''

''हूं।'' – जस्से ने कुछ क्षण उसे घूरा, उसे विचलित न होती पाया तो असहाय भाव से बोला। – ओके।''

''वॉट ओके?'' – फ्रान बोली।

''जो तूने बोला। दस।''

''यस, दैट ऑफ कोर्स इज़ ओके।''

जस्से ने उसे एक की जगह दो हज़ार के चार नोट सौंपे।

''वेट हेयर।'' – फ्रान बोली – पीछू आया तो . . .''

“नहीं, नहीं। मैं यहीं हूं। तू जा।”

फ्रान भीतर गयी।

दो मिनट बाद अख़बार में लिपटी आइटम के साथ वो वापिस लौटी। उसने वे आइटम जस्से को सौंपी।

“क्या है?” – जस्सा उत्सुक भाव से बोला।

“शीशे का गिलास।” – फ्रान बोला – “सा'ब मार्निंग में इसमें चाय पिया।”

“ओह! तूने तो नहीं छुआ इसे?”

“सर, आई एम नॉट ए फूल।”

“तो कैसे गिलास को अख़बार में लपेटा।”

“अख़बार को गिलास पर लपेटा।”

“ओह! सयानी है। साली, ज़्यादा ही सयानी है।”

“आप जितना चाहे मेरे को कर्स कर सकता है। – टैन थाउ पे करने वाले को इतना तो प्रिविलेज होना।”

“लेकिन ये गारन्टी है इस पर तेरे साहब के, सिर्फ साहब के फिंगरप्रिंट्स हैं?”

“यस। फुल। राइट हैण्ड की फाइव फिंगर्स के।”

“न निकले तो?”

“अपना पैसा वापिस ले के जाना। मैं इधर ही है।”

“साली, चुटकियों में दस हज़ार रुपये कमा लिये। क्या करेगी इनका?”

“ड्रैसिज़ बाई करूंगी।”

“अपने लिये?”

“बच्चों के लिये।”

जस्से ने हैरानी से उसकी पतली कमर, सपाट पेट, उन्नत वक्ष को देखा।

“बच्चे!” – फिर बोला।

“पांच हैं।”

“पांच! किधर हैं?”

“रांची में। इन–लॉज़ के पास।”

“इधर अकेली?”

“हां।”

“साहब के साथ सोती है?”

“शट अप।”

जस्सा बेशर्मी से दान्त निकाल कर हंसा।

“मेरे साथ सोयेगी?”

“ऐसे रैड नोट्स और हैं?”

“हैं।”

“कब?”

“अभी। घर में तो कोई है नहीं! बोल, कितने?”

“दस!”

“पागल हुई है! साली, पांच बच्चों की मां! कहती है एक राइड के बीस हज़ार रुपये! जैसे अनछिदी, कुमारी कन्या हो! साली ख़्वाब देखती है, देखती रह।”

वो एकाएक घूमा और वहां से विदा हो गया।

“दि लाउज़ी सन ऑफ ए बिच!” – पीछे फ्रान नफ़रत से होंठों से बुदबुदाई।

जस्सा आईटीओ पहुंचा जहां कि पुलिस हैडक्वार्टर था।

उसका वाकिफ सब-इन्स्पेक्टर हेमन्त तंवर वहां ड्यूटी करता था।

हैडक्वार्टर में दाखिला पाने के सिलसिले में बहुत पाबन्दियां थीं, बहुत फॉरमलिटीज़ थीं, इसलिये उसने उसे फोन कर के बाहर बुलाया।

वो आया तो उसने उसे अख़बार में लिपटा गिलास सौंपा। वो क्या चाहता था, इस बाबत वो उससे पहले ही बात कर चुका था।

“ठीक है।” – तंवर बोला – “कल आना।”

“कल आना!” – जस्सा हैरानी से बोला – अरे, आजकल तो सब कुछ कम्प्यूट्राईज़्ड है!”

“ये गिलास ही कम्प्यूटर में घुसड़ जायेगा?”

जस्सा सकपकाया।

“पहले इस पर से फिंगरप्रिंट्स उठवाने होंगे और ये काम फिंगरप्रिंट्स एक्सपर्ट ही कर सकता है जो कि मैं नहीं हूं। पहले फिंगरप्रिंट्स एक्सपर्ट को राज़ी करना होगा कि वो ये काम करके दे। आगे क्राइम रिकार्ड ब्यूरो वालों की चिकौरी करनी होगी। ये पुलिस हैडक्वार्टर है, यहां बहुत काम होता है, यहां मेरे लिये ख़ाली कोई नहीं बैठा। जो करेगा अपना काम छोड़ के मेरा काम करेगा और नहीं मालूम कि ऐसा करना उसे कब कुबूल होगा। समझा कुछ?”

"हां, समझा।"

"तू मेरा दोस्त है। मैं तेरा मुलाहजा मानता हूं इसलिये कल आने को बोला वर्ना अगले हफ्ते आने को बोलता।"

"ख़फा मत हो, यार" – जस्सा खुशामदी लहजे से बोला – "मैं कल आता हूं।"

"आना। काम जल्दी हो गया, आज ही हो गया तो फोन करूंगा।"

"ठीक है। शुक्रिया।"

संयोगवश जस्से का फिंगरप्रिंट्स सम्बन्धी काम उसी रोज़ हुआ।

सब-इन्स्पेक्टर तंवर का शाम पांच बजे उसे फोन आया कि वो पुलिस हैडक्वार्टर पहुंचे। जस्सा पहुंचा तो तोमर आउटर गेट पर आकर खुद उसे भीतर लेकर गया और भीतर जाकर दोनों एक छोटे से केबिन में आमने सामने बैठे।

"क्या नतीजा निकला?" – जस्सा आशापूर्ण स्वर में बोला।

"नहीं मिलते।" – तंवर बोला।

"क्या?"

"तेरे लाये फिंगरप्रिंट्स रिकार्ड में उपलब्ध किसी भी नोन क्रिमिनल के फिंगरप्रिंट्स से नहीं मिलते।"

"नहीं मिलते?" – जस्से के स्वर में निराशा का पुट आया।

"बिल्कुल नहीं मिलते।"

"पक्की बात?"

"हां। पक्की और गारन्टीशुदा बात। रिकार्ड झूठ नहीं बोलता। दूसरे, ये पुलिस हैडक्वार्टर है, यहां काम में कोताही नहीं होती, लापरवाही नहीं होती।"

"यार, अगर इतनी ही बात थी तो फोन पर ही कह देनी थी! क्यों मुझे इतना दूर दौड़ाया?"

"और भी बात है।"

"अच्छा, और भी बात है!"

"हां।"

"क्या?"

"तेरे को एक कहानी सुनानी है जो तेरी दिलचस्पी का बायस बन सकती है।"

"कहानी! मेरी दिलचस्पी का बायस बन सकती है?"
"हां।"
"लेकिन कहानी!"
"हां।"
"सुना।"
"सुन। काफी अरसा पहले की बात है झण्डेवालान के इलाके में एक मर्डर हुआ था जिसमें मर्डर सस्पैक्ट टांगों से लाचार एक उम्रदराज़ शख़्स था जो कि बैसाखियों के सहारे चलता था। उसका नाम मायाराम बावा था और मकतूल उसका वाकिफ और जोड़ीदार हरिदत्त पंत नाम का एक उससे कदरन कमउम्र आदमी था। पहाड़गंज थाने के जनक राज नाम के एक सब-इन्स्पेक्टर ने उस केस की तफ्तीश की थी मायाराम बावा के खिलाफ काफी सबूत मुहैया किये थे और उसे गिरफ्तार कर लिया था..."
"अरे, भाई मेरे, ये दिल्ली शहर है, यहां आये दिन कत्ल होते हैं। इस कत्ल में, ऐसे एक कत्ल में, मेरी क्या दिलचस्पी है?"
"सुन नहीं सकता चैन से?"
"यार, में खपा हुआ हूं। सारा दिन धक्के खाता फिरता हूं। कोई मतलब की बात है तो बोल।"
"किसके मतलब की बात?"
"मेरे मतलब की बात, और किसके मतलब की बात?"
"तो? सुने बिना पता चल जायेगा तेरे को कि बात तेरे मतलब की है या नहीं?"
जस्सा सकपकाया।
"फिर बोल, मैं तेरा मुलाज़िम हूं कि सरकार का मुलाज़िम हूँ?"
"स-सॉरी, यार।"
"यारी के मुलाहजे में साला सारा दिन ख़राब कर दिया एक नाशुक्रे काम के लिये और यार कहता है सॉरी यार।"
"सॉरी, यार! दिल से बोला। कान पकड़वा ले। उठक बैठक लगवा ले। ग़लती हुई न मेरे से जो मैं नाहक उतावला हुआ। माफ कर अब।"
"चाय पियेगा?"
जस्से ने चैन की सांस ली। उसका चाय पूछना ही सबूत था कि उसने गुस्सा थूक दिया था।

"नहीं। शुक्रिया के साथ नहीं। तेरी बात सुनूंगा। बिना तुझे टोके सिर्फ तेरी बात सुनूंगा। तो ये बावा – मायाराम – कत्ल के इलज़ाम में पहाड़गंज थाने वालों के किये गिरफ्तार हुआ था!"

"हां! क्यों कि मौकायवारदात उन के थाने की ज्यूरिस्डिक्शन में आता था। उसकी गिरफ्तारी के वक्फे में उसका एक मुलाकाती थाने पहुंचा था जो कि आम बात थी लेकिन जो बात आम नहीं थी, बहुत ख़ास थी, वो ये थी कि मुलाकात ख़त्म कर के वो आदमी, वापसी के लिये मायाराम बावा के पास से उठा ही था कि मायाराम चिल्ला-चिल्ला के दुहाई देने लगा था कि उस आदमी को रोका जाये, जाने न दिया जाये क्योंकि वो मशहूर इश्तिहारी मुजरिम सोहल था।"

"सरदार सुरेन्द्रसिंह सोहल!" – जस्सा भौंचक्का सा बोला – "जो मशहूर इश्तिहारी मुजरिम है, जिसकी गिरफ्तारी पर तीन लाख का ईनाम है और मुल्क के सात राज्यों को जिस की तलाश है?"

"दिल्ली समेत। यहां भी वारदात कर चुका है। वारदात से भी बड़ा काम कर चुका है?"

"क्या?"

"तिहाड़ जेल से फरार हो गया था।"

"हे भगवान!"

"तू आगे सुन। थाने वालों ने यहीं समझा कि हवालात में बन्द रहते कैदी का दिमाग हिल गया था और अनाप शनाप बक रहा था लेकिन उसने दुहाई बन्द न की कि जो मुलाकाती तभी उसके पास से उठ के गया था, वो सोहल था, उसे रोका जाना चाहिये था, फौरन गिरफ्तार किया जाना चाहिये था।"

"किया गया?"

"नहीं।"

"क्यों?"

"क्योंकि वो शख़्स थाने एक बड़े सरकारी ओहदेदार योगेश पाण्डेय के साथ आया था जो कि सीबीआई के ऐंटीटैररिस्ट स्क्वाड में डिप्टी डायरेक्टर के पद पर थे। थाने में एसएचओ समेत किसी को इस वजह से भी मायाराम की दुहाई पर ऐतबार नहीं आया। फिर भी मायाराम की मुतवातर दुहाई पर एसएचओ ने ये कार्यवाही की कि यहां पुलिस हैडक्वार्टर में उपलब्ध सोहल के फिंगरप्रिंट्स का नमूना अपने थाने मंगवाया और उनका मिलान उस

मुलाकाती के–जो कि योगेश पाण्डेय, डिप्टी डायरेक्टर ऐंटीटैररिस्ट स्क्वाड, के साथ आया था – फिंगरप्रिंट्स के साथ ख़ुद किया तो . . .''

जस्से ने सस्पेंस में उसकी तरफ देखा।

''. . . वो प्रिंट्स मिलते न पाये गये।''

''ओह!''

''उस मुलाकाती की सूरत भी सोहल के रिकार्ड में मौजूद सूरत से मिलती न पायी गयी। लेकिन उसका भी मायाराम के पास जवाब था कि वो तसवीर रिकार्ड में आने के बाद से सोहल ने चेहरे की प्लास्टिक सर्जरी करा ली थी जिसकी वजह से उसकी सूरत बदल गयी थी और इसी वजह से उसके मुलाकाती की सूरत सोहल से नहीं मिलती थी। किसी को उसकी बात पर यकीन न आया। जस्से, कहानी लम्बी है और तू बेसब्रा है . . .''

''नहीं, यार।''

''इसलिये में कहानी के सिरे पर पहुंचता है। सिरा ये है कि मायाराम की मुलाकाती के ख़िलाफ तमाम हालदुहाई के बावजूद उसकी कोई सुनवाई न हुई और मुलाकाती को सादर वहां से रुख़सत किया गया। बाद में मायाराम को पंजाब पुलिस ले गयी थी क्योंकि वहां उसके ख़िलाफ बैंक डकैती और डबल मर्डर का मुकद्दमा था – उसने डकैती के अपने ही दो साथियों को मार डाला था – लेकिन ट्रांजिट रिमांड पर जब उसे बाई रोड अमृतसर ले जाया जा रहा था तो पुलिस वैन पर हमला हो गया था और मायाराम को छुड़ा लिया गया था। बाद में एक सूखे कुंये में से उसकी कत्ल हुई लाश बरामद हुर्ह थी लेकिन कत्ल की वजह कभी उजागर नहीं हुई थी।''

''यानी उसकी हायतौबा का कोई भी प्रैक्टीकल असर सामने नहीं आया था?''

''हां। लेकिन बाद में वो तमाम वाकया डिस्ट्रिक्ट के डीसीपी की जानकारी में आया था तो उसने राय जाहिर की थी कि कैदी की हालदुहाई बिल्कुल ही बेबुनियाद नहीं हो सकती थी . . .''

''लेकिन जब फिंगरप्रिंट्स ही नहीं मिलते थे . . .''

''जस्से, तू पुलिस प्रोसीजरल को नहीं समझता। बड़े अफसर की बड़ी सोच होती है। वो वही नहीं सोचता जो नाक के सामने दिखाई देता है – जैसा कि उस केस में पहाड़गंज थाने के एसएचओ ने किया – वो दायें बायें की सम्भावनाओं पर भी विचार करता है। डीसीपी की सोच ये थी कि अगर कैदी की दुहाई में कोई दम था तो रिकार्ड में उपलब्ध सोहल के फिंगरप्रिंट्स

में कोई भेद होना चाहिये था। लिहाज़ा पंजाब और राजस्थान से – जो कि उन सात राज्यों में से दो राज्य थे जिनका सोहल इश्तिहारी था – सोहल के उन के पास उपलब्ध फिंगरप्रिंट्स का रिकार्ड तलब किया गया तो वो प्रिंट्स दिल्ली पुलिस के रिकार्ड के प्रिंट्स से तो न मिलते पाये गये लेकिन – ग़ौर से सुन, जस्से – आपस में मिलते पाये गये।''

''कमाल है!''

''इस बात से क्यू लेकर बाकी चार स्टेट्स के रिकार्ड में उपलब्ध सोहल के फिंगरप्रिंट्स दिल्ली तलब किये गये। किसी टैक्नीकलिटी वजह से मुम्बई से प्रिंट्स का नमूना दिल्ली न पहुंच पाया लेकिन तामिलनाड, गोवा और यू.पी से आये प्रिंट्स आपस में भी मिलते पाये गये और पंजाब और राजस्थान से आये प्रिंट्स से भी मिलते पाये गये लेकिन पांचों नमूनों में से कोई भी नमूना दिल्ली में पुलिस के पास उपलब्ध सोहन के फिंगरप्रिंट्स से न मिलता पाया गया।''

''मतलब क्या हुआ इसका?''

''मतलब साफ है। पुलिस के हाई ब्रास ने फैसला किया कि उस मामले में दिल्ली पुलिस के रिकार्ड को टैम्पर किया गया था।''

''यानी मायाराम बावा की दुहाई सही थी कि उसका मुलाकाती सोहल था?''

''हां।''

''तो फिर मुलाकाती के फिंगरप्रिंट्स दिल्ली के अलावा बाकी राज्यों के प्रिंट्स से मिलते पाये जाने चाहिये थे! पहाड़गंज थाने के एसएचओ ने ऐसा मिलान करने के लिये, ज़ाहिर है कि मुलाकाती के फिंगरप्रिंट्स लिये होंगे। क्यों न मुलाकाती के फिंगरप्रिंट्स . . .''

जस्सा खामोश हो गया, उसे अहसास हुआ कि तोमर बड़े अप्रसन्न भाव से उसे घूर रहा था।

''पुलिस को कब, कैसे, क्या करना है, ये उसे पब्लिक से सीखना होगा, ठीक?''

''सॉरी!'' – जस्सा होंठों में बुदबुदाया।

''पहाडगंज थाने के एसएचओ को क्योंकि अपने कैदी की दुहाई पर रत्ती भर विश्वास नहीं आया था इसलिये मुलाकाती के थाने से रुख़सत पाते ही उसके फिंगरप्रिंट्स का नमूना फाड़ के फेंक दिया था। वो नमूना मिलान के लिये उपलब्ध नहीं था।''

"लेकिन–गुस्ताख़ी की माफी के साथ अर्ज़ है, यार – जब ज़रूरत आन पड़ी थी तो मुलाकाती के फिंगरप्रिंट्स फिर हासिल किये जा सकते थे।"

"वो जरूरत आन पड़ने के वक्त मुलाकाती दिल्ली में उपलब्ध नहीं था। दरयाफ्त किये जाने पर मालूम पड़ा था कि वो सपरिवार दिल्ली छोड़ गया था और छोड़ जाने के अन्दाज से ज़ाहिर होता था कि हमेशा के लिये छोड़ गया था।"

"क्या किया?"

"नौकरी छोड़ दी। घर-बार बेच दिया।"

"ओह!"

"फिंगरप्रिंट्स की टैम्परिंग को महकमें ने सीरियसली लिया गया। जांच के लिये इंक्वायरी बिठाई गयी जिसकी सघन, मुस्तैद जांच के दायरे में यहां का कोई भी कर्मचारी न आ पाया जिस पर कि टैम्परिंग का शक किया जाता। तब यही फैसला हुआ कि जब सारे मैनुअल रिकार्ड को ऑटोमैटिक किया गया था, कम्प्यूटर पर डाला गया था तो किसी क्लैरिकल ओवरसाइट की वजह से तब वो गड़बड़ हो गयी थी, सोहल के रिकार्ड में उसके फिंगरप्रिंट्स की जगह किसी और के फिंगरप्रिंट्स पोस्ट हो गये थे।"

"हो तो सकता ऐसा!"

"भई, बड़ा इंक्वायरी कमीशन था। उसने एनडोर्स किया था ऐसा हुआ हो सकता था। तभी तो इंक्वायरी क्लोज़ की गयी थी।"

"ठीक। बहरहाल अब पुलिस के रिकार्ड में सोहल ने जेनुइन फिंगरप्रिंट्स मौजूद हैं?"

"हां।"

"लेकिन वो मेरे लाये गिलास पर से उठाये गये फिंगरप्रिंट्स से नहीं मिलते?"

"नहीं मिलते।"

"तो फिर इस लम्बी कहानी में मेरे काम का क्या हुआ?"

"तूने एक बात नोट की, कि जिस मुलाकाती के खिलाफ मायाराम बावा की हालदुहाई थी, मैंने उसका नाम नहीं लिया!"

"अच्छा! – जस्से ने उस बात पर कुछ क्षण विचार किया, फिर बोला – "हां, यार नहीं लिया।"

"अब लेता हूं। उस मुलाकाती का नाम – अरविन्द कौल था . . ."

जस्सा चौंका।

''अरविन्द कामन नाम है'' – फिर सम्भल कर बोला – ''कौल कश्मीरियों की कामन कास्ट है।''

''. . .और वो गैलेक्सी ट्रेडिंग कारपोरेशन में, जो कि के.जी. मार्ग पर है, एकाउन्ट्स आफिसर की नौकरी करता था . . .''

जस्से ने मुंह बाये उसकी तरफ देखा।

''. . . और जो घर बेच कर उसने दिल्ली छोड़ी थी वो मॉडल टाउन में था और उसका नम्बर डी-9 था।''

''गॉड! इतने इत्तफाक एक साथ! कैसे मुमकिन हैं? अरविन्द कौल दो जनों का नाम हो सकता है लेकिन ये कैसे हो सकता है कि दोनों अरविंद कौल एक ही प्राइवेट कम्पनी में मुलाज़िम हों और दोनों की ही वहां मुलाज़मत एकाउन्ट्स आफिसर की ही हो! कैसे मुमकिन है कि एक अरविन्द कौल ने इमारत बेची और जिस ने खरीदी, उसका भी नाम अरविन्द कौल था?''

''तू सोच! तेरा लफड़ा है, तू सोच। पुलिस के पास तो कोई केस है नहीं!''

''क्यों नहीं है? अगर वो शख़्स ईनामी इश्तिहारी मुजरिम सोहल है . . .''

''अभी साबित तो हुआ नहीं है! मैंने बोला तो, कि तेरे लाये फिंगरप्रिंट्स सोहल के फिंगरप्रिंट्स से नहीं मिलते!''

''फिर कोई रिकार्ड टैम्परिंग!''

''पागल हुआ है! कम्प्यूट्राइज़्ड रिकार्ड में अब ऐसी टैम्परिंग मुमकिन नहीं।''

''इतनी हैकिंग होती है . . .''

''यहां ऐंटीहैकिंग के पुख़्ता इन्तज़ाम हैं। फिर तू ये नहीं सोचता कि ये खड़े पैर होने वाला काम नहीं। सुबह तूने किसी के फिंगरप्रिंट्स हासिल किये और शाम होने से भी पहले उनके साथ छेड़छाड़ हो गयी, वो भी ऐसे शख़्स ने की जो बीवी की अस्थियां विसर्जित करने के लिये हरिद्वार गया हुआ है!''

''हे भगवान! ये क्या गोरखधन्धा है!''

तंवर हंसा, फिर संजीदा हुआ।

''पहाड़गंज थाने का तब का एसएचओ उसकी शिनाख़्त कर सकता है!''

''वो एसएचओ – नाम नसीब सिंह – अब अवेलेबल नहीं है।''

''क्यों? कहां गया?''

तंवर ने छत की ओर एक उंगली उठाई।

''मतलब?'' – जस्सा उलझनपूर्ण भाव से बोला – ''मर गया?''

''मार डाला गया।''
''कैसे?''
''कैसे मार डाला जाता है?''
''कत्ल?''
''हां।''
''एक पुलिस इंस्पेक्टर का? एसएचओ का?''
''हां।''
''कैसे हुआ? किसने किया?''
''मालूम नहीं।''
''हूं ऐसा कोई और भी तो होगा जिससे उस मुलाकाती का वास्ता पड़ा होगा।''
''ऐसा एक शख़्स सब-इन्स्पेक्टर जनक राज था जो किन्हीं गैंगस्टर्स से हुए पुलिस एनकाउन्टर में मारा गया था।''
''कोई और?''
''एक हवलदार था लेकिन किसी को नहीं याद आने वाला कि वो कौन था! एक थाने में डेढ़ सौ पुलिसियों का स्टाफ होता है, उसमें कितने ही हवलदार होते हैं, जो हवलदार तब कैदी के ताल्लुक में था, इतने अरसे बाद खुद उसे ही कुछ याद नहीं आने वाला।''
''हूं। बाई दि वे, जो कहानी तूने मुझे सुनायी, उसकी इतनी डिटेल्स में तुझे कैसे वाकफियत है?''
''सोच?''
''मेरा सिर खपा हुआ है . . .''
''लगता है आजकल हमेशा ही खपा होता है।''
''. . . तू बता।''
''जो वाकया मैंने बयान किया, उसके दौरान मेरी तैनाती पहाड़गंज थाने में थी।''
''अरे, मेरे भाई, तब तो मुलाकाती को तूने भी देखा होगा!''
''नहीं देखा था। देखा था तो सूरत की तरफ तवज्जो नहीं दी थी। मेरा उससे कोई मतलब ही नहीं था . . .''
''तो कथा कैसे पता लगी?''
''सारे थाने में चर्चा थी कि कैसे एक कैदी ने अपने किसी मुलाकाती के ईनामी इश्तिहारी मुजरिम होने की दुहाई दी थी।''

"कुल जमा मतलब ये हुआ कि तू मेरी कोई मदद नहीं कर सकता?"

वो सोचने लगा, विचारने लगा।

"एक काम करता हूं।" – फिर बोला – "मॉडल टाउन थाने का एएसएचओ अजीत लूथरा मेरा दोस्त है, तब से दोस्त है जब वो सब-इन्स्पेक्टर होता था और मंदिर मार्ग थाने में पोस्टिड था। मैं उसको बोलूंगा कि वो डी-9 मॉडल टाउन के आकूपेंट की कोई खुफिया तफ्तीश करे और अगर उसमें किसी भी किस्म का कोई भी भेद दिखाई दे तो मेरे को ख़बर करे।"

"करेगा?"

"क्यों नहीं करेगा? दोस्त है। मैं तेरा दोस्त हूं; जो तूने कहा, मैंने किया न!"

"ठीक है फिर।" – जस्सा उठ खड़ा हुआ – "तकलीफ की माफी।"

"अरे, वो चाय . . ."

"अब मूड नहीं रहा। चलता हूं।"

तंवर ने सहमति में सिर हिलाया।

रात ग्यारह बजे के करीब विमल अशरफ के साथ घर लौटा।

"डिनर?" – फ्रान ने पूछा।

"नहीं।" – विमल बोला – "रास्ते में खा लिया।"

"तो चाय?"

"मेरे लिये नहीं।" अशरफ बोला – "मेरे को नींद आ रही है।"

"मेरे लिये बना दे।"

फ्रान चली गयी।

अशरफ भी दूसरे बैडरूम में चला गया।

विमल ने मास्टर बैडरूम में जाकर कपड़े बदले और ड्राईंगरूम में आकर वहां के टीवी के सामने बैठ गया।

फ्रान चाय लेकर आयी।

"थैंक्यू, फ्रान।"

"सा'ब, एक बात बोलने का।"

विमल की भवें उठी।

"आप चाय फिनिश करो, फिर बोलता है।"

"अभी बोल। मैं चाय पीता है और सुनता है।"

"सा'ब मार्निंग में, बिफोर नून, एक आदमी इधर आया जो मेरे को ये बोल के सरपराइज दिया कि सा'ब से नहीं, मेरे से मिलना मांगता था।"

"अच्छा! कौन था?"

"नाम न बोला। वो बोला नहीं, मैं पूछा नहीं।"

"क्या मांगता था?"

"आपका फिंगरप्रिंट्स।"

"क्या!" – विमल तत्काल सम्भल कर बैठा, चाय की तरफ से उसकी तवज्जो हट गयी।

"इधर का कोई ऐसा आइटम मांगता था जिसको आपने रीसेंटली हैंडल किया हो, जिस पर विद गारन्टी आपके फिंगरप्रिंट्स हों।"

"क्यों मांगता था? कोई वजह बतायी?"

"नो। बट ही हैंडिड मी ए टू-थाउजेंड-रूपी नोट।"

"दो हज़ार रुपये में तुझे पटा कर अपना काम निकलवाना चाहता था!"

"यस।"

"तूने क्या किया?"

"मैं टैन थाउ मांगा।"

"दे दिया उसने?"

"नहीं देता था। धमकाता था। मैनहैंडल करना मांगता था। बट . . . दिया ऐट लास्ट। हेयर।"

फ्रान ने उसे दो हज़ार के पांच नोट दिखाये।

"कमाल है! तो तूने क्या क्या? इस बड़ी रकम के लालच . . . के बदले में कर दिया उस का काम? मेरे फिंगरप्रिंट दिये उसको?"

"*फिंगरप्रिंट्स* दिये!"

"फ्रान, एक्सप्लेन!"

"आप मार्निंग में क्रीमेशन ग्राउन्ड्स जाने से पहले गैस्ट के साथ चाय पिया, फिर गया। रिमेम्बर?"

"रिमेम्बर।"

"आप का फिंगरप्रिंट्स वाला बोलकर मैं उसको जो गिलास दिया, वो गैस्ट का फिंगरप्रिंट वाला था।"

"जिस गिलास में अशरफ ने चाय पी थी, तूने वो उसको सौंपा?"

"यस। एनश्योर कर के कि वो वो आइटम था जो वो मांगता था। विद

सपोज़िडली युअर क्लियर, रीसेंट फिंगरप्रिंट्स।''

''तूने ऐसा क्यों किया, फ्रान?''

''क्योंकि ऐसा किये बिना वो टलने वाला नहीं था। सा'ब, ही कुड हार्म मी। मेरे को ठोक कर के इंजर कर के फोर्स कर सकता था कि जो वो मांगता था, मैं उसको दे। इसी वास्ते मैंने ज्यास्ती पैसा मांगा, टैन थाउ मांगा, जो कि वो दिया, ताकि उसको लगता कि मैं जो किया रोकड़ा का लालच में किया, जैसा कि उसकी निगाह में मेरा करना नेचुरल था।''

''तूने ठीक किया। फ्रान, यू एक्टिड वैरी वाइज़ली।''

''फिर एक रीज़न और भी था।''

''वो क्या?''

''सा'ब, मैं उस को देखा तो मेरे को फीलिंग आया कि वो उन चार भीड़ू लोगों में से एक था जो लास्ट सैटरडे नाइट में इधर धोखे से घुस आया और मेरे पर अटैक किया, मैडम को . . . खल्लास किया।''

''ठीक से पहचाना?''

''पहचाना ही नहीं, सा'ब। बट उसका फिज़ीक की वजह से फीलिंग आया जो मेरे को प्रॉम्पट किया कि मेरे को उससे कोआपरेट करना नहीं मांगता था।''

''इस वास्ते भी तेरे को टैन थाउ की डिमांड सूझी होगी?''

''यस।''

''ऐनी वे, जो किया ठीक किया।''

''अभी मैं ये रोकड़ा का क्या करे?''

''अपने पास रखे। ये तेरी वफादारी का ईनाम है।''

''बट, सर . . .''

''नो बट। नो, सर। यू अर्न्ड इट। बल्कि जैसे तूने सब हैंडल किया, उसका तुझ को मेरे को भी रिवार्ड देना चाहिये।''

''नो, सर। आप कल पहले ही मेरे को बड़ा रिवार्ड दिया।''

''ओके। अब उस आदमी का हुलिया बयान कर।''

उसने किया।

''थैंक्यू, फ्रान।''

''सा'ब, अब मेरा एक सवाल!''

''बोल।''

''जब उस आदमी को आखिर पता लगेगा कि मैं उस को चीट किया तो . . .''

"तो कुछ नहीं होगा। कल सुबह तू यहां से चली जायेगी। दोपहर तक मैं चला जाऊंगा। कहां से ढूढ़ेगा तेरे को?"

"ओह! – उसने स्पष्ट चैन की सांस ली।

"मैं पहले पूछा नहीं, वैसे कहां जायेगी?"

"अभी तो उस प्लेसमेंट एजेंसी में ही जाने का जिसने मेरे को इधर भेजा। बाद में एजेंसी वाला लोग जिधर भेजेगा, जायेगा।"

"गुड। कोशिश करना कि नैक्स्ट प्लेसमेंट मॉडल टाउन से ज़्यादा से ज़्यादा दूर हो।"

"करेगा।"

"गुडनाइट।"

"गुडनाइट, सर। सा'ब, आप बहुत याद आयेगा मेरा को, मैडम" – वो फफक पड़ी – "बहुत याद आयेगा मेरे को।"

विमल ने उठ कर उसको ढांढ़स बंधाया।

फिर उसके रूम के दरवाज़े तक उसको छोड़ के आया।

दाता! जो तिसु भावे सोई करसी, हुक्म न करना जाई।

12 दिसम्बर : गुरुवार

सुबह हाशमी के साथ मुबारक अली मॉडल टाउन पहुंचा।

उस घड़ी नौ बजे थे।

मेड आठ बजे ही वहां से चली गयी थी। विमल ने जबरन उसे प्रीपेड टैक्सी पर लाजपत नगर भेजा था जहां कि उसकी प्लेसमेंट एजेंसी थी।

"तेरा फोन सुनते ही आया।" – मुबारक अली बोला।

"शुक्रिया।"

"रात एक बजे घर लौटा था इसलिये हाशमी को टैक्सी चलाने के लिए साथ लाया। मैं सारा रास्ता आंखें बन्द करके ऊंघता बैठा।

"अभी भी ऊंघ में है?"

"नहीं, अब चौकस है।"

"चाय पियेगा?"

मुबारक अली ने फ्लैट में निगाह दौड़ाई।

"वो बाई तो किधर दिखाई नहीं देता। चाय कौन बनायेगा?"

"मैं।"

"क्या बोला?"

"मेड चली गयी।"

"चली गयी? कहां चली गयी?"

"जहां से आई थी। अपनी एजेंसी में। मैंने उसे डिसमिस कर दिया।"

"अरे! क्यों?"

"अभी समझ जाओगे, बड़े मियां।"

"अरे, तेरा काम कैसे चलेगा?"

"वो भी अभी समझ जाओगे।"

"बहुत, वो क्या कहते हैं अंग्रेज़ी में, खुफिया करके बातें करता है!"

विमल ने जवाब न दिया, उसने हाथ में थमे ए-4 साइज के लिफाफे में से कुछ कागज़ात निकाले।

"ये कुछ कागज़ात हैं तुम्हारे लिये जिन्हें मुकम्मल तौर पर समझने में अशरफ तुम्हारी मदद करता लेकिन अच्छा हुआ कि हाशमी साथ आया, ये इस काम को बेहतर अंजाम दे सकेगा।"

"हैं क्या ये कागज़ात?"

"ये" – विमल ने उसे एक कागज थमाया – "मेरी वसीयत है जिसके मुताबिक मेरी मौत के बाद इस कोठी के तुम मालिक हो।"

"क्या!" – मुबारक अली अचकचा कर बोला – "पागल हुआ है?"

"नहीं। वसीयत की ये भी एक शर्त होती है जो कि बाकायदा तहरीरी तौर पर दर्ज की जानी होती है कि वसीयत करने वाले ने अपने पूरे होशोहवास में वसीयत की।"

"इस पर मेरी तसवीर है। कहां से आयी?"

"आजकल वसीयत पर एग्ज़ीक्यूटर के साथ-साथ बैनीफिशियेरी की तसवीर लगाना भी जरूरी हो गया है, इसलिये फौरी ज़रूरत पूरी करने के लिये तेरी मेरी एक सैल्फी जो मेरे मोबाइल में भी, उसमें से निकाली।"

"ओह!"

"वसीयत पर दो गवाहों की एनडोर्समेंट की ज़रूरत होती है जो कि बेहतर होता है कि बैनीफिशियेरी के रिश्तेदार न हो। एक गवाही मैंने फ्रान की करा ली है, दूसरी तुम लोग किसी वाकिफ की करा लेना।"

"अरे, चश्मा भांजे, समझ रहा है सब?"

"हां, मामू।" – हाशमी बोला।

''पर'' – मुबारक अली विमल से सम्बोधित हुआ – ''वो क्या कहते हैं अंग्रेज़ी में, मतलब क्या हुआ इसका? किया क्यों तूने ये सब?''

''ये किरायेनामा है'' – विमल ने दो प्रिंटिड शीट उसके सामने रखीं – ''जो ये ज़ाहिर करता है कि ये कोठी मैंने तुम्हें किराये पर दी है। इस पर मैंने साइन कर दिये है, तुम अपने कर लेना। कर लेते हो न?''

''उर्दू में कर लेता हूं।''

''चलेगा।''

''मेरे ख़याल से'' – हाशमी बोला – ''इस पर भी, लीज़ एग्रीमेंट पर भी, तसवीर जरूरी होती है! दोनों पार्टीज़ की।''

''अगर रजिस्टर करानी हो तो। जो मकान मालिक अपनी सिक्योरिटी के लिये कराता है ताकि किरायेदार तंग न कर सके, न्यूसेंस न बन सके। यहां ऐसी कोई बात नहीं है, क्योंकि ये मॉनिटेरी डील है ही नहीं, बेऐतबारी है ही नहीं, इसलिये रजिस्ट्री ज़रूरी नहीं।''

''ठीक।''

''खानापूरी के लिये इस में महाना किराये की एक रकम भी दर्ज है लेकिन वो बेमानी है क्योंकि अदा नहीं की जानी। ये एक रसमी कार्यवाही है ताकि तुम लोगों की यहां मौजूदगी पर कोई उंगली न उठे।''

''ठीक।''

''मास्टर बैडरूम की वॉर्डरोब में एक सेफ है जिस पर कोड नम्बर्ड लॉक है। ये'' – विमल ने मुबारक अली की जगह हाशिमी को एक चिट थमाई – ''उसका फोर-डिजिट कोड है।''

''सेफ में क्या है?'' – मुबारक अली उत्सुक भाव से बोला।

''बहुत रोकड़ा है। सब तुम्हारे हवाले है।''

''वो भी?''– मुबारक अली के नेत्र फैले।

''हां।''

''लेकिन क्यों?''

''क्योंकि मुझे ज़रूरत नहीं।''

''लेकिन. . .''

''ज़रूरत पड़ेगी तो वापिस मांग लूंगा। अब हुज्जत नहीं।''

मुबारक अली चेहरे पर अनिच्छापूर्ण भाव लिये ख़ामोश हुआ।

कुछ क्षण ख़ामोशी रही।

"तू चाहता है" – फिर मुबारक अली बोला – "हम यहां रहें?"

"मैं चाहता हू कि कुछ अरसा ये कोठी आबाद दिखे। ऐसा होने के कुछ फायदे मेरी निगाह में हैं जो आइन्दा सामने आयेंगे।"

"लेकिन माजरा क्या है?"

"माजरा ये है कि मैं रहूं या न रहूं, ये कोठी, इसका सब तामझाम तुम्हारा है। आगे के लिये जो राह मैंने चुनी है उस पर सर पर कफन बान्धे बिना नहीं चला जा सकता। मैं खेत रहूं तो वसीयत काम में लाना, वाहे गुरु की मेहर की छतरी मेरे सिर पर बनी रहे तो उस सूरत में किरायेनामा काम आयेगा।"

"तू क्या करेगा?"

"अभी पता नहीं।"

"कहां जायेगा?"

"पता नहीं।"

"इस बात की तो, वो क्या कहते हैं अंग्रेजी में, तसदीक कर कि मैदान छोड़कर नहीं भाग रहा।"

विमल के चेहरे पर आक्रोश के भाव आये।

"सुनते नहीं हो, बड़े मियां।" – वो ज़ब्त करता बोला – "सुनते हो तो समझते नहीं हो, क्योंकि रात की थकावट की वजह से मगज भटक जाता है। अभी मैंने सर पर कफन बान्धने की बात कहीं जो नहीं लगता कि तुम्हारे मिज़ाज़ में आयी। कोई सर पर कफन बांध के मैदान छोड़ के भागता है?"

मुबारक अली ने जोर से थूक निगली।

"पुर्ज़ा पुर्ज़ा कट्ट मरे, कभी न छाड़े खेत सूरा सोही।"

"यानी कोई . . . कोई . . . अबे, तालीमयाफ्ता भांजे, बोलता क्यों नहीं क्या कहते हैं अंग्रेज़ी में!"

"स्ट्रेटेजी, मामू" – हाशमी बोला – "स्ट्रेटेजी।"

"हां। कोई सटरे . . . स्टरे . . . वो लगा रहा है जो हाशमी बोला?"

"हां।" – विमल बोला।

"अशरफ को तो साथ रखेगा न!"

"नहीं, लेकिन मैं हमेशा इसके और अल्तमश के कान्टैक्ट में रहूंगा।"

"अच्छा!"

"हां।"

"इस बाबत थोड़ा और सोच लेता तो . . ."

''बहुत सोच लिया।''

''ठीक है, तू यही चाहता है तो . . . तो जा। तेरा अल्लाह वाली। लेकिन एक बात याद रखना। तू एक आवाज़ देगा, शाना-ब-शाना कोई भी लड़ाई लड़ने को तैयार मुबारक अली को अपने बाजू में खड़ा पायेगा। मैं और मेरे भांजे खुशी-खुशी शहीद हो जायेंगे तेरी ख़ातिर लेकिन, सरदार, तेरी आन, बान, शान पर आंच नहीं आने देंगे। ये एक सच्चे मुसलमान का तेरे से वादा है।''

''मैं मशकूर हूं। मैं जानता हूं, बाख़ूबी जानता हूं कि अपने मेहरबान साथियों के बिना मेरी कोई औकात न कभी थी, न कभी होगी। मैं अकेला सवा लाख हूं, ये कहने की बातें हैं, सज़ावटी बातें हैं, हौसलाअफज़ाह बातें हैं। हकीकत ये है कि अकेला चना कितना भी उछल ले, भाड़ नहीं फोड़ सकता।''

''तेरे पर ये बात लागू नहीं। है भी तो . . . देखेंगे।''

''जाता हूं।''

जाने से पहले विमल मुबारक अली से गले लग के मिला।

ग्यारह बजे जस्सा मॉडल टाउन और आगे कोठी नम्बर डी-9 पर पहुंचा।

वो पिलर में लगी कॉल बैल बजाने लगा तो भीतर उसे अजीब नज़ारा दिखाई दिया।

दो नौजवान लड़के बरामदे में बैंत की कुर्सियों पर बैठे अख़बार बांच रहे थे।

वैसे ही चार फ्रंट यार्ड में फोल्डिंग चेयर्स पर बैठे धूप का आनन्द लेते जान पड़ते थे।

कोठी का मेन डोर खुला था और भीतर से हलचल की आवाज़ें आ रही थीं।

क्या माजरा था!

उसने पीछे हट कर गेट के बायें पिलर पर लगी काल बैल के बटन के नीचे लैटर बाक्स के शीशे पर लिखा नम्बर पढ़ा।

डी-9, मॉडल टाउन।

नहीं, किसी गलत जगह तो वो नहीं पहुंचा था!

''कुछ चाहिये?''

जस्से ने सिर उठाया।

एक नौजवान लड़का – अनीस, मुबारक अली के भांजों में से एक – आयरन गेट के पार खड़ा उससे सवाल कर रहा था।

''नहीं।'' – जस्सा हड़बड़ाया – ''हां। ज़रा फ्रान से मिलना था।''

''वो कौन है?''

''यहां मेड है।''

''अच्छा वो! वो तो चली गयी!''

''चली गयी! कहां चली गयी?''

''क्या पता कहां चली गयी! आज सुबह काम छोड़के चली गयी।''

''वजह?''

''बोलती थी जिस घर में लेडीज़ न हों, सिर्फ मर्द हों, वो वहां काम नहीं कर सकती थी।''

''ओह! आप लोग कौन हैं?''

''हम किरायेदार हैं।''

''किरायेदार!''

''हां।''

''कोठी का मालिक कहां गया?''

''कौल साहब की हैदराबाद ट्रांसफर हो गयी है। वहीं होंगे। दिल्ली शायद ही कभी लौटें।''

''यूं एकाएक चले गये?''

''हां।''

''क्यों भला?''

''मर्ज़ी उन की। हम कौन होते थे पूछने वाले!''

''कल तो अभी हरिद्वार गये थे . . .''

''अच्छा, मालूम है आपको! वाकिफ़ हैं आप कौल साहब के?''

''उन का साज़ोसामान?''

''जो साथ ले जा सकते थे ले गये, बाकी सब हमारे हवाले कर गये।''

''कमाल है! यूं आननफानन तो कोई नहीं जाता नयी पोस्टिंग पर!''

''कौल साहब गये न!''

''हूं। ठीक है, शुक्रिया।''

जस्सा वहां से हटा।

बड़ी चोट हुई थी। अब न कौल को उसकी बीवी की तरह घर में घुसकर मारा जा सकता था और न मेड से कबूलवाया जा सकता था कि फिंगरप्रिंट्स के मामले में उसने क्या करतब किया था, क्यों करतब किया था।

वो डी-6 पर पहुंचा।

पिता पुत्र दोनों घर पर थे।

उसने पिछले रोज़ की अपनी भागदौड़ की रिपोर्ट पेश की।

"हमारा पड़ोसी मशहूर इश्तिहारी मुजरिम सोहल!" – चिन्तामणि अविश्वासपूर्ण स्वर में बोला – "नामुमकिन!"

"क्यों नामुमकिन" – जस्सा बोला – "आप ही तो कहते थे कि पड़ोसी के ढोल में कोई बड़ी पोल थी!"

"हां, कहता था। लेकिन इतनी बड़ी पोल! कैसे हो सकता है! हम इतने ख़तरनाक गैंगस्टर की बीवी को इतनी आसानी से ख़त्म कर पाये, यही बात ज़ाहिर करती है कि जो तुम कहते हो हो सकता है, वो नहीं हो सकता।"

"ठीक है" – जस्सा भुनभुनाया – "नहीं हो सकता तो नहीं हो सकता। नहीं हो सकता तो फिर तो यही हो सकता है कि एक नाम के दो शख़्स हैं, दोनों दो जुदा वक्तों पर गैलेक्सी के मुलाज़िम थे और दोनों दो जुदा वक्तों पर आपके पड़ोस में – डी-9 में – रहते थे।"

"ये भी नहीं हो सकता।"

"आप तो मेरा दिमाग घुमाये दे रहे हैं, त्रिपाठी जी!"

"पड़ोसी सोहल था भी तो क्या?" – अरमान बोला – "हाथ से तो निकल गया न!"

"डर के भाग गया?"

"हो सकता है।"

"तो फिर वो सोहल कैसे हो सकता है? जिसकी रिप्यूट है कि शेर के जबड़े में हाथ डाल सकता है, वो डर के क्योंकर भाग गया?"

किसी ने जवाब न दिया।

"हमने इतने बड़े गैंगस्टर को धमकी जारी की!"

"नहीं की।" – चिन्तामणि झल्लाया – "वो सोहल नहीं हो सकता। वो सोहल होता तो उसका पलटवार फौरन होता और वो हम से झेला न जाता।"

"आप पिता-पुत्र एक फैसला कर लो" – जस्सा झल्लाया – "वो सोहल है या नहीं है।"

"जब तू कहता है कि पड़ोसी के फिंगरप्रिंट्स सोहल के फिंगरप्रिंट्स से नहीं मिलते . . ."

"नहीं मिलते। लेकिन साथ में ये भी तो कहता है कि मेड ने फिंगरप्रिंट्स

के साथ कोई कलाकारी दिखाई हो सकती है जो वो मिल जाती जो मैं उससे कबुलवाता . . . कबुलवा के रहता। लेकिन . . . हाथ से निकल गयी साली।''

''और तेरे दस हज़ार रुपये भी गये।'' – चिन्तामणि हंसा।

''मेरे नहीं।''

''क्या बोला?''

''आप के गये। मैंने जो किया आप के लिये किया। वो रुपये आप मुझे लौटायेंगे।''

''गोयल साहब से मांगना।'' – अरमान बोला – ''ये उनका भी काम है। वो न दें तो पापा दे देंगे।''

''ठीक है। अब बोलो, आगे क्या करना है?''

''क्या करना है?'' – चिन्तामणि बोला – आगे करने का जो रास्ता सोचा था, वो तो ब्लॉक हो गया। लेकिन'' – वो एक क्षण ठिठका, फिर बोला – ''एक काम मैं फिर भी करूंगा।''

''क्या?''

''गैलेक्सी के हैदराबाद आफिस से पता निकलवाऊंगा कि क्या एकान्टेंट अरविन्द कौल ने – हमारे पड़ोसी ने – वहां जायन किया है! गैलेक्सी का हैदराबाद में आफिस कहां है, ये नैट पर गैलेक्सी के वैब साइट से ही पता चल जायेगा।''

''वो वहां हुआ तो?''

''तो समझेंगे हमारी धमकी का ख़ौफ खा के दिल्ली से भाग गया।''

''न हुआ तो?''

''तो समझेंगे वो दिल्ली में ही कहीं है और पलटवार की कोई स्ट्रेटेजी सोच रहा है।''

''यानी पड़ोस छोड़ा, दिल्ली न छोड़ी!''

''हां।''

''गुड। अब ये भी फैसला कर ही डालिये कि वो सोहल है या नहीं है!''

''मेरी अक्ल यही कहती है कि नहीं है। वो मेड फिंगरप्रिंट्स के साथ कोई करतब तब कर सकती थी जबकि उसे ऐसी कोई हिदायत होती . . .''

''कैसे होती? नहीं हो सकती थी।''

''या उसे ही अपने एम्पलायर की हकीकत के बारे में कोई शक होता . . .''

"कैसे होता? जब किसी को कभी शक नहीं हुआ तो मेड को कैसे होता?"

"या उसे तेरे पर कोई शक हुआ होता।"

"ऐसा होता तो वो मेरी मदद से ही इंकार कर देती। मेरे को गेट ही न खोलती।"

"फिर तेरे से दस हज़ार रुपये कैसे ऐंठती?"

जस्सा चुप हो गया।

"एक बात को तू नज़रअन्दाज़ कर रहा है, जस्से। अगर हैडक्वॉर्टर में फिंगरप्रिंट्स मिलते पाये गये होते तो तेरे यार एसआई ने तेरे को उस बाबत ख़बर करने से पहले अपने आला अफसरों को खड़काया होता जिन्होंने पड़ोसी को गिरफ्तार करने के लिये एक बड़े पैमाने पर रेड आर्गेनाइज़ की होती। यानी जब पुलिस ही मानने को तैयार नहीं कि हमारा पड़ोसी सोहल है तो हम कैसे मान लें! अलबत्ता ये मैं अभी भी कहता हूं कि पड़ोसी के ढोल में कोई पोल है, जो वो खुद को बताता है, वो उसके अलावा कुछ है।"

"क्या?"

"अब क्या बोलूं क्या! वो टिका होता तो बोलता क्या! तो कोई तरकीब सोचता उसके ढोल की पोल भांपने की।"

"लिहाज़ा आगे करने को कुछ नहीं है?"

"ऐसा ही जान पड़ता है।"

"हमारा लड़का सेफ है? इसका दोस्त अकील सैफी सेफ़ है?"

चिन्तामणि सकपकाया।

"एक बात की तरफ, पापा, मैं भी आपकी तवज्जो दिलाना चाहता हूं।" – अरमान बोला – "शायद मौजूदा डिसकशन में आपको उसकी कोई रैलेवैंस लगे।"

चिन्तामणि की सवालिया निगाह अपने पुत्र की तरफ उठी।

"मैंने आपकी तवज्जो 'फैंटम' की उंगली की अंगूठी की तरफ दिलाई थी जिस पर सिखों वाला ओम गुदा था। वैसी ही अंगूठी मैंने पड़ोसी के बायें हाथ की दूसरी उंगली में देखी थी। अब यहां मुद्दा उठ रहा है कि वो सोहल हो सकता है या नहीं! सोहल सिख है, सिख का वैसी ख़ास ओम वाली अंगूठी पहनना स्वाभाविक है, इसलिये पड़ोसी सोहल हो सकता है।"

"ये ग़लत लॉजिक है। ये दो में दो जोड़ कर बाइस जवाब निकाले जैसा काम है। ये ऐसी लॉजिक है जैसे कोई रमेश नहीं है, सुरेश नहीं है, गिरीश

नहीं है, हरीश नहीं है, कैलाश नहीं है तो प्रकाश है।''

''आप सुनो तो!''

''सुन रहा हूं।''

''देखिये, पहली वारदात, जिसका शिकार अमित बना, उनत्तीस नवम्बर को हुई। दूसरी जिसका शिकार अशोक बना, चार दिन बाद तीन दिसम्बर को हुई। आज बारह दिसम्बर है। नौ दिन से शान्ति क्यों है?''

''क्योंकि'' – जवाब जस्से ने दिया – ''दो वारदातों के बाद अकील ख़बरदार है . . . जैसे कि तू ख़बरदार है।''

''यानी फैंटम का दांव नहीं लग रहा?''

''और क्या वजह हो सकती है?''

''है तो सही एक और वजह'' – चिन्तामणि बोला – ''जो हो सकती है!''

''क्या?''

''अरमान को शक है कि 'फैंटम', जिसने कि अमित और अशोक की दुरगत की, हमारा पड़ोसी है। एक मिनट के लिये फर्ज़ करो कि अरमान का शक सही है। सात दिसम्बर को पड़ोसी की बीवी ऊपर गयी। तब से वो बीवी की गति कराने में ही भागा फिर रहा है। ऐसे में तीसरी वारदात की तरफ तवज्जो देने का टाइम उसे कब को मिलता, भई?''

''यानी कि बीवी के साथ जो बीती, वो न बीती होती तो अब तक कुछ हो चुका होता! तीसरा कांड हो चुका होता!''

''मुमकिन है।''

''तो फिर फैसला इस बात पर छोड़िये कि आइन्दा चन्द दिनों में अगर तीसरा कांड होता है तो पड़ोसी दिल्ली में ही है वर्ना अपने बच्चे और अपने अंजाम से ख़ौफ खाकर भाग गया।''

''भई, है तो ये खुदगर्ज़ी की सोच कि हम अकील के साथ हादसा होने, या न होने, का इन्तज़ार करें लेकिन . . . ठीक है, यही करते हैं।''

अकील सैफी दोस्त की बहन की शादी अटैंड कर के अशोक विहार से लौट रहा था और हमेशा की तरह अपनी 'फिगो' खुद ड्राईव कर रहा था।

उस वक्त दस बजने को थे।

बारात लेट पहुंची थी वर्ना वो और एक घन्टा पहले घर लौट रहा होता।

लड़की की शादी थी इसलिये वहां घूंट का कोई प्रबन्ध नहीं था लेकिन

फिर भी उसने घूंट लगया था। उस जैसे तीन मेहमान वहां और भी थे जो उस जैसे घूंट के रसिया थे, आपस में वाकिफ थे और एक के पास ब्लैक डॉग की बोतल थी। चारों ने कार में बैठ कर बोतल ख़ाली की थी।

दोस्त की मनुहार पर भी वो डिनर के लिये नहीं रुका था क्योंकि तब और देर हो जाती जो कि उन दिनों के हालात की रू में उसे मंजूर नहीं था।

तभी आगे सड़क पर उसे ख़ाकी वर्दी दिखाई दी।

उसने बाहर झांका तो पाया कि उस घड़ी वो रिंग रोड़ पर था। उसने वापिस आगे देखा तो पाया कि डंडा हिलाती, रुकने का इशारा करती पुलिसकर्मी महिला थी। उसके करीब तीन और लेडीज़ पुलिस और दो मर्द पुलिस वाले थे जो कोई आधी दर्जन लड़कियों को घेरे थे।

कार रोकते-रोकते उसे अहसास हुआ कि डंडे वाली, पीक कैप वाली, दो सितारों वाली सब-इन्स्पेक्टर थी, तीन औरतों में एक असिस्टेंट सब-इन्स्पेक्टर थी, दो हवलदार थीं और दोनों मर्द भी उनकी तरह तीन फीती वाले हवलदार थे। लड़कियां पांच थीं, नौजवान थीं माडर्न थीं और पांचों ने पल्लुओं से या किसी और तरीके से नाक और आंखों के संगम तक अपने मुंह ढ़ंके हुए थे। करीब एक पुलिस जीप खड़ी थी जो आधी बायीं ओर के ऊंचे फुटपाथ पर चढ़ी हुई थी।

डंडे वाली सब-इन्स्पेक्टर के इशारे पर उसने उसकी ओर का शीशा नीचे गिराया।

''आई एम ऐस.आई. कमला रावत'' – वो तनिक नीचे झुक कर कार में झांकती बोली – ''पुलिस जीप का एक्सीडेंट हो गया है। आप को हमारी मदद करनी होगी।''

''क्या हुआ?''

''कुत्ता सड़क पर आ गया। उस को बचाने के चक्कर में जीप आउट ऑफ कन्ट्रोल हो गयी, ऊंचे फुटपाथ पर चढ़ गयी, अब वहां से हिलती नहीं।''

''क्या मदद चाहती हैं?''

''आप को हमें लिफ्ट देनी होगी।''

''मैडम, ये छोटी-सी गाड़ी है, इतने जने कहां समायेंगे इसमें?''

''सब को नहीं। सिर्फ मुझे और इस एक लड़की को।'' – उसने सलवार सूट पहने एक लम्बी लड़की की ओर इशारा किया जिसने अपने दुपट्टे से मुंह ही नहीं सिर भी ढंका हुआ था, सिर्फ उसकी बड़ी-बड़ी, कजरारी आंखें बितर बितर बाहर झांकर रही थीं।

''माजरा क्या है?''

"करीब एक रोस्टोरेंट है, इनफार्मर की टिप पर जहां रेड पड़ी तो ये सारी लड़कियां सॉलीसिटिंग में पकड़ी गयीं।"

"किस में?"

"सॉलीसिटिंग में।"

"आई डोंट अन्डरस्टैण्ड।"

"धन्धा कर रही थीं। ग्राहक पटा रही थीं।"

"ओह! ओह!"

"बड़े आर्गेनाइज़्ड तरीके से ये कारोबार वहां चल रहा था। ये रिंग लीडर है, इसे फौरन आफिस पहुंचाये जाने का हुक्म हुआ है।"

"आफिस कहां है?"

"मथुरा रोड पर। आप किधर जा रहे हैं?"

"जा तो मैं उधर ही रहा हूं लेकिन सॉरी, मैं आपको लिफ़्ट नहीं दे सकता।"

"क्यों भला?"

"मेरे को जल्दी है। मेरी और भी प्राब्लम है . . ."

"कैसे आदमी हैं आप! जब हर, सिविलियन को हम कॉप विदाउट यूनीफार्म बोलते हैं तो आप हमारे साथ ऐसे पेश आयेंगे!"

"लेकिन . . ."

"जबकि आप खुद कह रहे हैं कि आप भी उधर ही जा रहे हैं।"

"आप बैकअप कॉल कीजिये न!"

"किया है। इतनी समझ है मेरे में। बैकअप ने दूर से आना है। इस रिंग लीडर को फौरन भैरो रोड आफिस पहुंचाये जाने का हुक्म है।"

"अच्छा!"

"जी हां। नाओ, प्लीज़।"

"ओके।"

"थैंक्यू।"

सब-इन्स्पेक्टर ने दुपट्टा लपेटे लड़की को पिछली सीट पर धकेला और खुद आगे अकील के साथ पैसेंजर सीट पर बैठ गयी।

"शान्ता!" – वो अधिकारपूर्ण स्वर में बोली – पीछे सब सम्भालना।"

"यस, मैम।" – एऐसआई बोली, उसने तन कर सैल्यूट मारा।

"प्लीज़, मूव।" – ऐसआई अकील से बोली – "एण्ड स्टेप ऑन इट।"

"मैडम" – अकील कार को गियर में डालता बोला – "स्पीडिंग का चालान हो जायेगा।"

"नॉनसेंस! दिस इज़ ऐन इमरजेंसी। एण्ड आई एम ए पार्ट ऑफ दि सिस्टम दैट चालांस। मेरे होते चालान कैसे हो जायेगा?"

"फिर क्या बात है!" – अकील ने एक्सीलेटर पर दबाव बढ़ाया।

"क्या नाम है?"

"अकील। अकील सैफी।"

"कहां से आ रहे थे?"

"अशोक विहार से। एक मैरिज अटेंड कर के।"

"ओह! मिस्टर सैफी, यू विल फाइन्ड ए मैंशन आफ युअर हैल्प इन टुमारोज न्यूजपेपर्स।"

"ग्रेट।"

"ए मैंशन ऐनीवे।"

"हम्म।"

बाकी का रास्ता ख़ामोशी से कटा।

"मथुरा रोड पर कहां?" – एकाएक अकील ने पूछा।

"सुन्दरनगर आने दो, बोलती हूं।"

"आ ही गया समझो। . . . लो, आ गया।"

"पहली सड़क पर अन्दर।"

"पर मैंने तो सीधा जाना है!"

"मामूली डाइवर्ज़न है। जब इतनी हैल्प की है तो थोड़ी और में क्यों हुज्जत करते हो!"

"ओके।"

"दायें पार्क है। उसका परला सिरा आते ही रोकना।"

अकील ने आदेश का पालन किया।

ऐसआई ने जिस इमारत के सामने कार रुकवाई, वो एकमंज़िला थी, उसके सामने एक बड़ा-सा यार्ड था जिसमें अन्धेरा था और इमारत के भीतर भी मुश्किल से ही रोशनी का आभास मिल रहा था।

"ये कैसा आफिस है?" – अकील तनिक सकपकाया-सा बोला – "अन्धेरा . . ."

"टाइम देखो। पौने ग्यारह बजने को हैं। इस वक्त क्या यहां जगमग होनी चाहिये?"

"ओह!" – वो आश्वस्त हुआ – "नाम क्या है आफिस का?"

"एन्टी-प्रास्टीच्यूशन ब्यूरो।"

"मैंने तो ऐसे किसी ब्यूरो का नाम कभी नहीं सुना!"

"बाकी तमाम ब्यूरोज़ का नाम सुना है?"

"ओह! कोई बोर्ड भी नहीं दिखाई दे रहा!"

"खुफिया आफिस है। बोला न!"

"हां, बोला तो सही!"

"इसीलिये तो रिहायशी इलाके में है!"

"ओह!"

"हार्न बजाओ।"

"हार्न बजाऊं? क्यों?"

"अरे, बजाओ तो!"

उसने एक बार हार्न बजाया।

एक दरवाज़ा खुला, एक वर्दीधारी सिपाही बाहर निकला।

ऐसआई कार से बाहर निकल कर खड़ी हुई।

सिपाही की उसपर निगाह पड़ी तो उसने दौड़ कर गेट खोला।

ऐसआई ने दुपट्टे वाली को इशारा किया तो ख़ामोशी से वो भी कार से बाहर निकली।

"मैडम को अन्दर ले के जा।" – उसने सिपाही को आदेश दिया।

तत्काल सिपाही दुपट्टे वाली के करीब आकर खड़ा हुआ। वो बिना हुज्जत उसके साथ हो ली।

"आप भी आओ ज़रा।" – ऐसआई अकील से बोली।

"मैं!" – अकील सकपकाया – "मैं किसलिये?"

"कल के पेपर्स में तुम्हारे मैंशन के साथ तुम्हारी तसवीर भी तो होनी चाहिए!"

"ओह! लेकिन तसवीर यहीं खींचो न! अपने मोबाइल से।"

"मोबाइल से ही खींचेंगे – रेगुलर कैमरा इस वक्त यहां कहां से आयेगा – लेकिन भीतर आफिस में, जहां मैं तुम्हारे साथ हाथ मिला रही होऊंगी और हमारी कैदी भी हम दोनों बीच फ्रेम में होगी। सिपाही फोटो खींच देगा।"

वो हिचकिचाया।

"बस, एक मिनट की ज़हमत है, फिर विद थैंक्स ऑफ दिल्ली पुलिस, अपनी राह लगना।"

"ओके।"

दोनों भीतर पहुंचे।

वहां सिपाही और कैदी मौजूद थे और यूं अगल बगल खड़े थे जैसे दोस्त हों।

"ये तो" – अकील बोला – "आफिस नहीं है!"

"आफिस इस कमरे के पीछे है" – ऐसआई बोली – "लेकिन हमारा काम यहीं हो जायेगा।"

"वॉट द हैल। आई एम लीविंग।"

वो घूमने को हुआ तो जैसे फ्रीज़ हो गया। उसका निचला जबड़ा छाती तक लटक गया।

सिपाही के हाथ में गन थी जिसको वो मजबूती से उसकी तरफ ताने था।

कैदी लड़की ने अपने मुंह माथे से दुपट्टा खोल कर अपने गले में डाल लिया। अकील को देख कर वो बड़े चित्ताकर्षक भाव से मुस्करायी।

अकील के ज़ेहन में बिजली-सी कौंधी। तमाम माजरा फौरन उसकी समझ में आ गया।

अल्लाह! कितनी आसानी से वो उस जाल में फंस गया था!

सिपाही विमल था, कैदी लड़की अपने ज़नाना मेकअप में अल्तमश थी और सब-इन्स्पेक्टर प्रियंका एकेए दिव्या थी जो अट्ठाइस नवम्बर गुरुवार को हाइड पार्क में ऐन्ट्री के लिये विमल ने ऐंगेज की थी, जो विमल से इतनी मुतासिर हुई थी कि सहज स्वाभाविक ढंग से उसकी फ्रेंड बन गयी थी। पीछे रिंग रोड पर की तमाम लड़कियां – दो हवलदार और एक एऐसआई और चार गिरफ्तार लड़कियां प्रियंका के रसूख से उस ड्रामें के लिये विमल को हासिल हुई थीं और दो हवलदार अशरफ और अनीस थे। जीप किराये की थी जिसपर 'दिल्ली पुलिस' के टैम्परेरी स्टिकर लगे हुए थे जोकि ड्रामा ख़त्म होते ही हटा दिये जाने वाले थे और पुलिस की वर्दियां भी किराये की थीं जो कि किनारी बाजार से हासिल की गयी थीं जहां कि ऐसी आइटम्स बड़ी सहूलियत से हमेशा उपलब्ध होती थीं।

वो कोठी हाशमी के एक दोस्त के पिता की थी जो कि पिछले दो साल से सपरिवार दुबई में था। हाशमी के पास कोठी की चाबी इसलिये थी

क्योंकि वहां का बिजली, पानी, लैंडलाइन का बिल भरा जाना होता था, सालाना हाउसटैक्स भरा जाना होता था, कभी-कभार कोई चिट्ठी-पत्री आ जाती थी तो उसकी बाबत दुबई ख़बर करना होता था; कई बार तो ऐसी चिट्ठी को खोल के, स्कैन कर के बाई मेल दुबई भेजना होता था।

अल्तमश ने अपने फैशनेबल, स्टाइलिश हैण्डबैग में से अपना ख़ास सामान बरामद किया और ख़ामोशी से, तल्लीनता से उस्तरे की धार परखने लगा।''

''मैं जाती हूं।'' – प्रियंका जल्दी से बोली।

''हां।'' – विमल बोला – ''शुक्रिया अदा करने आऊंगा।''

''वो तुम कर चुके।''

''फिर भी आऊंगा।''

''आना। मुझे खुशी होगी।''

''जो हुआ, जो तुमने किया, जो तुमने देखा, वो सब अभी भूल जाना है।''

''क्या हुआ? मुझे कुछ नहीं मालूम।''

''गुड। सखियों को भी समझा देना।''

''ओके। ऑल द बैस्ट।''

वो चली गयी।

विमल अकील की तरफ वापिस घूमा।

तब तक अकील का चेहरा फ़क्क पड़ चुका था, वो बार-बार अपने एकाएक सूख जाये होंठों पर जुबान फेर रहा था और बेचैनी से बार-बार पहलू बदल रहा था।

''हल्लो, मिस्टर रेपिस्ट!'' – विमल बोला।

''नहीं, नहीं।'' – वो व्याकुल भाव से बोला – ''मैं नहीं . . .''

''आखिरी बार उस परमसुख को याद कर लो जिसके आगे तुम्हें दुनिया हेच लगती थी।''

''मैंने कुछ नहीं किया था, मैं पाक परवरदिगार की कसम खाकर कहता हूं मैंने कुछ नहीं किया था। मैं तो स्टियरिंग पर था, गाड़ी चला रहा था।''

''कार चलाते भी हाथ चला रहा था, कमीने! इसी वजह से दो बार एक्सीडेंट करने लगा था . . .''

''तु . . . तु . . . तुम्हें कैसे मालूम?''

''. . . और तब बाज़ आया था जब साथियों ने तसल्ली दी थी कि माल में तेरा हिस्सा कहीं भागा नहीं जा रहा था।''

"क-कैसे मालूम?"

"तो तेरी बारी आखिर में आयी? जब किसी और ने स्टियरिंग सम्भाला और तुझे बद्फेली के लिये आज़ाद किया?"

"वो . . . वो नौबत ही न आयी। कसमिया कहता हूं वो नौबत ही न आयी। पहले ही सिख लड़के हमारे पैरेलल अपनी जीप चलाने लगे और . . . और . . ."

"अगवा और सामूहिक बलात्कार की शिकार औरत को रफ्तार से दौड़ती कार से बाहर धकेल दिया गया।"

"हं-हां। लेकिन मेरी किसी काम में कोई शिरकत नहीं थी। मैं तो सिर्फ और सिर्फ गाड़ी चला रहा था।"

"एक हाथ से। दूसरा, जो हाथ आ जाये, उसे नोचने के लिये इस्तेमाल कर रहा था। इसी वजह से गाड़ी दो बार डिवाइडर से टकराई और उलटते बची।"

"क . . . कैसे मालूम? कहीं . . . कहीं . . ."

तभी अशरफ और अनीस वहां पहुंचे। तब तक वो पुलिस के हवलदार की खाकी वर्दी त्याग चुके थे। उन्होंने निगाह दौड़ा कर हालात का जायज़ा लिया और फिर ख़ामोशी से एक तरफ खड़े हो गये।

"इस बात का तुझे अफसोस है" – विमल बोला – "कि हाथ ही चला पाने का मौका तुझे मिला, आखिर में जो तेरी प्रॉमिस्ड बारी आनी थी, वो न आई। ठीक?"

"नहीं, नहीं ठीक।" – अकील ने अर्तनाद किया – "नहीं ठीक। नहीं ठीक। मैं फिर कहता हूं मैंने कुछ नहीं किया था।"

"तो दहशत में क्यों है? कांप क्यों रहा है? बार-बार पहलू क्यों बदल रहा है? बार-बार थूक क्यों निगल रहा है? जुबान क्यों लड़खड़ा रही है तेरी?"

"वो . . . वो . . ."

"क्योंकि सज़ा से डरता है। गुनाह से नहीं डरता, दिलेर पट्ठा, सज़ा से डरता है।"

"म-मेरे को कोई सज़ा . . . सज़ा देना ज़ुल्म होगा।"

"तूने कुछ इसलिये न किया, हराम के तुख्म, क्योंकि मौका न लगा। मौका लगता तो क्या कुछ न करता!"

"जनाब" – अकील गिड़गिड़ाया – "जो काम हुआ नहीं, उसका ज़िक्र किसलिये?"

''सवाल करता है, कमीने!''

उसके गले की घन्टी ज़ोर से उछली लेकिन मुंह से बोल न फूटा।

''ठीक है, तो उसका ज़िक्र करते हैं जो हुआ। उस रोज़ जो हुआ, तेरी आंखों के सामने हुआ तो क्या कहने की जरूरत है कि उसके होने में बराबर . . . बराबर तेरी हामी थी? तू बलात्कारियों में बलात्कारी था, सिर्फ इस फर्क के साथ कि तेरी बारी आखिर में आनी थी। अगवा में तेरी बराबर की शिरकत थी। अब इंकार कर इस बात से।''

उसके मुंह से बोल न फूटा, उसने ज़ोर से थूक निगली।

''जुर्म करने में या जुर्म को अपनी शिरकत के तहत अपनी आंखों के सामने होने देने में न कानूनन कोई फर्क है, न अखलाकन कोई फर्क है। जुर्म करने के लिये उकसाना भी जुर्म करने जैसा ही गम्भीर अपराध है और इस वजह से यकीनन तू सज़ा का मुस्तहक है . . .''

''ल-लेकिन'' – उसने डरते-डरते अल्तमश हाथ में थमे खुले उस्तरे पर निगाह डाली – ''इतनी बड़ी सज़ा . . .''

''गम्भीर अपराध की गम्भीर सज़ा होती है। तू उसी सज़ा कर मुस्तहक है जो तेरे दो क्राइम पार्टनर्स को मिल चुकी है और अब तुझे मिलेगी। सूली पर टांग दिये जाने के काबिल हो तुम सब। लाइन में खड़ा कर के गोली से उड़ा दिये जाने के काबिल हो तुम सब। शुक्र मना शैतान के जने, कि तुझे ऐसी सज़ा से कहीं कम सज़ा मिलने जा रही है।''

''नहीं, नहीं।'' – वो बिलखने लगा – ''ये जुल्म न करना। जिस ख़ुदा को भी मानते हो मैं तुम्हें उसका सदका देता हूं, ये जुल्म न करना। ख़ुदा के वास्ते मुझे बख़्श दो। मुझे बर्बाद न करो। बस, एक बार . . . सिर्फ एक बार मेरी ख़ता माफ कर दो। मैं हाथ जोड़ता हूं, तुम्हारे पांव पड़ता हूं . . .''

''वो औरत भी हाथ जोड़ती होगी! पांव पड़ती होगी! ऐसे ही रोती गिड़गिड़ाती होगी। फरियाद करती होगी जुल्म न करो, बर्बाद न करो, बख़्श दो! तेरे पर उस मजलूम की दाद फरियाद का कोई असर हुआ था? उसकी रहम की इल्तिजा से तुम में से कौन पसीजा था? जवाब दे। जवाब दे, हरामज़ादे!''

जवाब देने की जगह वो अपने एकाएक सूख आये होंठों पर सप्रयास जुबान फैरने लगा।

''पसीजने की जगह'' – विमल गर्जा – ''मरने के लिये उसे चलती कार में से बाहर धकेल दिया। इत्तफाक से वो जिन्दा बच गयी, तकदीर से

वो जिन्दा बच गयी, वर्ना तुम लोगों ने तो उसे मार डालने में कोई कसर नहीं छोड़ी थी! आखिर मार भी डाला।"

आखिरी फिकरा कहने विमल की आवाज भर्रा गयी।

अकील के नेत्र फैले।

"देखो! कमीना, ऐसे बबुआ बनके दिखा रहा है जैसे कुछ ख़बर न हो! कहता है इसने कुछ नहीं किया, इसे बेवजह सज़ा मिलने जा रही है। ठीक कहता है ये?"

"नहीं!" – अल्तमश, अशरफ, अनीस तीनों सम्वेत् स्वरे में बोले।

"जब इस पर मज़लूम औरत की दाद फरियाद का असर न हुआ तो इसकी दाद फरियाद का कोई असर मेरे पर होना चाहिये?"

"नहीं।"

"तो फिर इन्तज़ार किस बात का है?"

पलक झपकते अशरफ और अनीस ने अकील को दायें बायें से जकड़ लिया। उसने चिल्लाने के लिये मुंह खोला तो विमल ने उसके मुंह में हलक तक नाल घुसेड़ दी।

अल्तमश ने उसके करीब पहुंच कर उसकी पतलून नीचे खींची तो वो उसके टखनों के गिर्द जा गिरी।

उसने बांस का स्प्रिंग एक्शन वाला चिमटा सम्भाला . . .

रात के एक बजे अकील की 'फिगो' किसी गश्त करती पुलिस को नीला गुम्बद के टर्नअबाउट लावारिस खड़ी मिली। उन्होंने भीतर झांका तो अकील को ड्राइविंग सीट पर स्टियरिंग के पीछे बेहोश पड़ा पाया। जब बेहोशी की वजह सामने आयी तो पुलिसियों को होश उड़ गये। तत्काल उसे एम्स के ट्रामा सेंटर में पहुंचाया गया।

13 दिसम्बर : शुक्रवार

सुबह नौ बजे अरमान अपने पिता के रूबरू हुआ।

चिन्तामणि ड्राईंगरूम में बैठा उस रोज़ का अख़बार पढ़ रहा था जो कि *टाइम्स आफ इन्डिया* था जो उनके यहां नियमित रूप से आता था।

उसने अख़बार पर से सिर उठा कर पुत्र की तरफ देखा तो उसे बहुत आन्दोलित पाया।

"क्या हुआ?" – चिन्तामणि सशंक भाव से बोला।

"अभी मालूम होता है।" – अरमान व्यग्र भाव से बोला – "आप उस अख़बार को दफा कीजिये और" – "उसने अपना, हाथ जिसमें अख़बार थमा था, पिता के सामने किया – "इसे पढ़िये।"

"ये" – चिन्तामणि सकपकाया – "कोई जुदा अख़बार है?"

"हां। एक्सप्रेस है, उसका लेट, लेट सिटी एडीशन है।"

"अच्छा! इसमें कोई ख़ास ख़बर है?"

"हां। ख़ास तो है ही, ऊपर से एक्सप्रैस के अलावा और किसी अख़बार में नहीं छपी। मुझे अमित ने फोन पर ख़बर की तो पता लगा। फौरन मार्केट से एक्सप्रैस मंगवाया।"

"ख़बर क्या है?"

"खुद देखिये। फ्रंट पेज पर ही है।"

चिन्तामणि ने पुत्र के हाथ से अख़बार लिया। मुखपृष्ठ पर निगाह पड़ते ही वो सीधा होकर बैठा। उसने जल्दी-जल्दी ख़बर पढ़ी।

"तौबा!" – अख़बार एक ओर डालता चिन्तामणि बड़बड़ाया – "ये आदमी है कि प्रेत है?"

"प्रेत है।" – अरमान बोला – "खुद कहता है। दि घोस्ट हू वाक्स।"

"वो मजाक की बात है।"

"थी। अब नहीं रही। अब क्या कहते हैं पड़ोसी के बारे में?"

चिन्तामणि ने तुरन्त उत्तर न दिया।

"आप हैदराबाद से कुछ पता करने वाले थे!"

"हां। लेकिन अभी उसमें टाइम है।"

"क्यों भला?"

"भई, ट्रांसफर पर जाने वाले को नयी जगह जॉयन करने के लिये एक हफ्ते का टाइम मिलता है। वो मियाद ख़त्म होने का इन्तज़ार करना जरूरी है।"

"कोई मियाद ख़त्म होने से पहले भी तो जॉयन कर सकता है?"

"कर सकता है। मैं इस बात का ध्यान रखूंगा।"

"पापा, कल जस्से ने आप से एक सवाल पूछा था जिसका आपने जवाब नहीं दिया था!"

चिन्तामणि की भवें उठीं।

"उसने पूछा था – 'हमारा लड़का सेफ है? इसका दोस्त अकील सेफ है?' जो ख़बर आपने अख़बार में पढ़ी, उसकी रू में अब क्या जवाब है आपका?"

चिन्तामणि ने जवाब न दिया। उसकी पेशानी पर चिन्ता की लकीरें और गहन हुईं।

''जस्से से पिछली मीटिंग में फैसला इस बात पर छोड़ा गया था कि आइन्दा चन्द दिनों में अगर तीसरा कांड हुआ तो पड़ोसी दिल्ली में वर्ना अपने बच्चे और अपने अंजाम से ख़ौफ खा के भाग गया। देखिये, इन्तज़ार भी न करना पड़ा। बात मुंह से निकली नहीं कि तीसरा कांड हो गया। अब क्या कहते हैं? शुरू कर दूं मैं अपने अंजाम का इन्तज़ार?''

''नहीं, नहीं। ख़बरदार जो ऐसी बात मुंह से निकाली।''

''जब से अख़बार पढ़ा है मेरे प्राण कांप रहे हैं।''

''मेरे अब कंपा दिये। लड़के, वो हरकत करते वक्त प्राण कांपे होते तो क्यों ये नौबत आती?''

''आप मुझे शर्मिंदा कर रहे हैं; शर्मिंदा क्या, ज़लील कर रहे हैं। जब मैं आपके सामने सब कनफैस कर चुका, ख़ता माफ करवा चुका तो ये सब कहने की क्या ज़रूरत थी? 'ये न होता तो वो भी न होता' जैसी फैंसी बातें करने की क्या ज़रूरत थी? आप साफ कहिये आपके बस का कुछ नहीं है। आप अपने बेटे के आइन्दा होने वाले अंजाम को नहीं रोक सकते।''

''बस कर।''

''और अंजाम, अब ज़ाहिर है कि, हो के रहेगा।''

''चुप कर। कुछ नहीं होगा।''

''आपके कह देने भर से?''

''नहीं।''

''तो?''

''मेरे ख़याल से अब ऊपर बात करने का वक्त आ गया है। मैं आज ही बिग बॉस से सम्पर्क साधता हूं।''

''क्या फायदा होगा? वो आठ सौ मील दूर है।''

''उसकी विज़िट ड्यू है, आजकल में आता ही होगा। मैं उसका इधर आने का प्रोग्राम भी कनफर्म करूंगा।''

''तब तक मेरा काम हो गया तो?''

''अरे, शुभ शुभ बोल। क्या जादू के ज़ोर से हो जायेगा कुछ?''

''अकील के साथ जो हुआ, जादू के ज़ोर से हुआ?''

''नहीं, उसकी नालायकी से हुआ। उसने एहतियात न बरती। गाफिल हो

गया। ये सोच के गाफिल हो गया कि कुछ हुआ नहीं था तो कुछ होने वाला भी नहीं था। तू होशियार रहेगा, ख़बरदार रहेगा तो . . .''

तभी बाहर शोर सा उठा। एक के बाद एकाएक ज़ोर-ज़ोर से हार्न बजने लगे।

''गली से आवाजें आ रही हैं। देख, क्या हो रहा है?''

सहमति से सिर हिलाता अरमान बाहर को बढ़ा।

''मामू'' – अशरफ बोला – ''बाहर हमारे गेट पर कोई कार खड़ी कर गया।''

मुबारक अली ने चाय के गिलास पर से सिर उठाया।

''क्या बोला?'' – वो भांजे को घूरता बोला।

''बाहर किसी की कार खड़ी है?''

''किसकी?''

''मालूम किया है। छः नम्बर वालों की।''

''जा के बोलें कि हटायें'' – अनीस बोला – ''या खड़ी रहने दें, खुद हटा लेंगे।''

''नालायक! नामाकूल!

अनीस हड़बड़ाया।

''अबे, नसीबमारो! घर के आगे कोई कचरा फेंक जाये तो मामू बतायेगा कि कचरे का क्या करना है?''

''समझ गये, मामू।'' – अनीस बोला।

''अब तो कम्बख़्तमारों, चौदह के चौदह यहां हो!''

''हां, मामू।'' – अशरफ बोला – ''अभी।''

चौदह को लगना भी न पड़ा। दस भांजों ने बाहर खड़ी 'वरना' को सहज ही उठा लिया और ले जाकर छः नम्बर के सामने कोठी के समानान्तर खड़ी करने की जगह यूं लम्बवत् खड़ी किया कि सारी रास्ता ब्लॉक हो गया। 'वरना' के दोनों ओर सिर्फ इतनी जगह बची कि या वहां से पैदल गुज़रा जा सकता था या कोई दोपहिया वाहन गुज़र सकता था। थोड़ी ही देर में दोनों तरफ से आकर वहां कारें रुकने लगी थीं और हार्न पर हार्न बजने लगे थे।

अरमान गली में पहुंचा।

ये देख कर उसके छक्के छूट गये कि उसकी कार की वजह से वहां कोहराम मचा हुआ था।

वो लपक कर कार के करीब पहुंचा तो उसने पाया कि कार मज़बूती से बन्द थी।

कमाल है! कैसे हुआ?

''अरे, आपकी है?'' – कोई अपनी कार से सिर निकाल कर बोला।

''हां।'' – अरमान भुनभुनाया।

''तो हटाओ न! सारा रास्ता रुका पड़ा है।''

''कार ऐसे खड़ी करते हैं?'' – कोई दूसरा बोला।

''करके छोड़ जाते हैं?''

''सिविक सेंस तो है ही नहीं!''

''बाप की गली है न!''

अरमान का पारा चढ़ने लगा।

''मैंने नहीं की।'' – वो चिल्लाया।

''नौ नम्बर वालों ने की।'' – गली का एक किशोर उसके पास आ के धीरे से बोला।

''क-कैसे?''

''जहां खड़ी थी वहां से उठाई और ला के यहां रख दी।''

''उ-उठाई?''

''हां।''

''बा-बारह सौ किलो की कार! उ-उठाई?''

''हां।''

''अरे, अब हटाओ तो सही!'' – कोई कार में से चिल्लाया – ''गप्पें बाद में मार लेना।''

''कैसे हटाऊं?'' – अरमान भी चिल्लाया – ''सालो, जगह छोड़ोगे तो हटाऊँगा न! बैक करोगे तो हटाऊंगा न!''

''गाली देता है!''

''हां, देता है। जो उखाड़ना हो, उखाड़ लो।''

कोई कुछ न बोला।

फिर कारें बैक होने लगीं।

तब तक चिन्तामणि भी बाहर निकल आया था।

"क्या हुआ?" – उसने पूछा।

अरमान ने बताया।

चिन्तामणि ने सर्वेंट को आवाज़ दे कर भीतर से चाबी मंगाई और आगे अरमान को सौंपी। अरमान कार में आ बैठा।

चिन्तामणि ने नौ नम्बर की तरफ निगाह दौड़ाई तो वहां गेट पर कई जनों को खड़ा पाया।

दृढ़ता से वो उनके करीब पहुंचा।

ये देख कर वो हकबकाया कि जितने फासले से दिखाई दिये थे, वो तो उससे कहीं ज़्यादा थे।

अरमान ने कार को सीधा किया और पूरी ढ़िठाई से ले जाकर नौ नम्बर के सामने ही खड़ा किया।

भांजे विरोध करने लगे तो मुबारक अली ने आंखें तरेर कर उन्हें चुप कर दिया।

"ये" – चिन्तामणि सख़्ती से बोला – "आप लोगों ने किया?"

तब तक अरमान भी कार से बाहर निकल आया था और पिता के पहलू में आ खड़ा हुआ था।

गली के तमाशाई पड़ोसी जो पहले कार के गिर्द जमा थे अब धीरे-धीरे वहां जमा होने लगे।

"हां!" – मुबारक अली शान्ति से बोला।

"क्यों?"

"घर के आगे कचरा पड़ा हो तो हटाना पड़ता है न!"

"ये . . . बारह लाख रुपये की कार . . . कचरा है?"

"हमारे लिये तो . . . है!"

"हो कौन तुम लोग?"

"किरायेदार हैं।"

"इतने जने?"

"ये हमारी, वो क्या कहते हैं अंग्रेज़ी में, पिराब्लम है।"

"मकान मालिक कहाँ है?"

"हैदराबाद गया।"

"तो किराया किसे दोगे?"

"साल का एडवांस ले के गया। साल के बाद . . . देखेंगे।"
"ये शरीफों की कॉलोनी है, यहां शरीफ लोग बसते हैं . . ."
"मालूम। तभी तो इधर आये!"
"यहां धांधली नहीं चलेगी।"
"धांधली! किसने की?"
"तुम लोगों ने की। कार को उठा के बीच सड़क रख दिया . . ."
"वजह बताई न!"
"ये गुंडागर्दी है . . ."
"तो हम गुंडे हैं?
"मालूम पड़ जायेगा। हम पुलिस रिपोर्ट दर्ज करायेंगे।"
"ज़रूर। लेकिन वहां वजह पूछी जाती है। वजह कहां है? नहीं है। लेकिन हम आपकी ख़ातिर, पड़ोस के मुलाहजे की ख़ातिर वजह, वो क्या कहते हैं, अंग्रेज़ी में, सप्लाई करने के लिये तैयार हैं।"
"क्या!"
"अभी मालूम होता है क्या।" – मुबारक अली अपने भांजों की तरफ घूमा – "तमाम शीशे तोड़ दो। कार को सिर से ऊपर उठाओ और छोड़ दो। सब काम अपने आप हो जायेगा। कोई कसर रह जाये तो फिर उठाना, फिर पटकना।"
भांजों ने यूं हर्षनाद किया जैसे बिन मांगे मुराद मिल गयी हो।
"ख़बरदार!" – चिन्तामणि चिल्लाया।
"जब पुलिस आयेगी" – मुबारक अली बोला – "तो इनमें से दो-तीन का मुंह माथा फूटा होगा और ये बयान देंगे कि पहले तुम बाप-बेटे ने इन पर हमला किया और फिर जो कार पर बीती, उसकी नौबत आयी।"
चिन्तामणि हकबकाया।
"कुछ कायदा कानून हम भी जानते हैं।" – हाशमी आदतन अपनी संजीदा, धीर गम्भीर आवाज में बोला – "थाने फौजदारी का केस दर्ज होता है तो दोनों पार्टियों को अन्दर किया जाता है।"
"हमारा तो आना जाना लगा ही रहता है।" – अशरफ बोला – "तुम्हारा जुलूस निकल जायेगा।"
"बतौर मुजरिम" – हाशमी बोला – "कोर्ट में पेशी भी होगी। बेल भी लगेगी।"
"तू . . . तुम कौन हो?"

"हाशमी।"

चिन्तामणि ने बाकियों की तरफ देखा।

"अशरफ।"

"अली।"

"वली।"

"अनीस।"

"इकबाल।"

"रहमान।"

"इमरोज।"

"अहसान।"

"समद।"

"जाहिद।"

"मुश्ताक।"

"महमूद।"

"फारुख।"

"और मैं मुबारक अली। इन सब का मामू।"

"तो तुम्हीं सुनो। यहां तुम लोगों को कोई भी गुं . . . धांधली चलने नहीं दी जायेगी। मेरा सगा भाई इस इलाके का एमएलए है . . ."

"हमारा जातभाई –" हाशमी बोला – "शाहआज़म खान इस कांस्टीच्यूएंसी में एमपी है जिसमें कि एमएलए की ये सीट आती है।"

चिन्तामणि हड़बड़ाया।

"और माइनारिटी कमीशन का मौजूदा चेयरमैन भी हमारा ज़ातभाई है।"

चिन्तामणि और हड़बड़ाया।

"और बात बढ़ी तो शाही इमाम भी यहां होगा।"

"वो! वो क्यों?"

"अपनी जामा मस्जिद से पिछले जुम्मे की तकरीर ने उसने कहा था कि अगर किसी हिन्दू मेजॉरिटी वाले इलाके में मुसलमानों को तंग किया जाता था, नाजायज तरीकों से उन्हें दबाने की कोशिश की जाती थी? तो फौरन उसे ख़बर की जाये, वो सब काम छोड़ कर एक आवाज़ में वहां पहुंचेगा और कहरबरपा लोगों की ऐसी ख़बर लेगा कि वो पनाह मांग जायेंगे।"

पिता पुत्र अवाक् एक दूसरे का मुंह देखने लगे।

''आप अपने भाई को बुलाइये, हम अपने जातभाईयों को बुलाते हैं।''

''जरूरत नहीं।'' – चिन्तामणि पस्त लहजे से बोला – ''हम बात बढ़ाना नहीं चाहते।''

''हम खुद बात नहीं बढ़ाना चाहते लेकिन . . .''

मुबारक अली ने हाथ उठा कर उसे आगे बोलने से रोका।

''जनाब'' – फिर विनयशील लहजे से बोला – ''हम अमनपसन्द लोग हैं, हम अमन से यहां रहना चाहते हैं लेकिन हमें कमज़ोर जान कर हमें कोई दबाने की कोशिश करेगा, हम पर हावी होने की कोशिश करेगा तो . . . तो हम चुप नहीं बैठेंगे। बस, इससे ज़्यादा फिलहाल हम कुछ नहीं कहना चाहते।''

''आप कुछ कहना चाहते हों'' – हाशमी भी मामू के लहजे से मैच करते लहजे में बोला – ''तो कहिये।''

''मैं सिर्फ ये कहना चाहता हूं।'' – चिन्तामणि बोला – ''कि हमारी थोड़ी देर की पार्किंग प्राब्लम है, अगर थोड़ी देर 'वरना' यहां खड़ी रहे . . .''

''बेशक खड़ी रहे।'' – मुबारक अली बोला – ''जब तक मर्ज़ी खड़ी रहे . . .''

''शुक्रिया।''

'' . . . लेकिन आइन्दा कभी ऐसे गाड़ी खड़ी करें तो घन्टी बजा के ख़बर कर के जायें।''

''ओके। थैंक्यू।''

''आईये, एक प्याली चाय पीजिये।''

''नहीं, शुक्रिया। फिर कभी।''

''यू आर ऑलवेज़ वैलकम, सर।'' – हाशमी बोला।

''थैंक्यू।''

पिता पुत्र वापिस लौटे।

''मामू!'' – पीछे अली बोला।

''हां, बोल।'' – मुबारक अली आदतन रुखाई से बोला।

''मज़ा नहीं आया।''

मुबारक अली बरबस मुस्कुराया, सप्रयास उसने अपनी मुस्कुराहट छुपाई।

''तेरे को भी यही शिकायत होगी?'' – वो वली से बोला।

''हां, मामू।'' – वली बोला – ''है तो सही!''

"देखो तो अल्लाहमारों को! साला छाज तो बोले, छलनी भी बोले! अरे, दफान होवो, कम्बख्तों!"

दोनों जानते थे वो नकली झिड़की थी, मीठी झिड़की थी।

"बहुत किरकिरी हुई, पापा।" – रास्ते में अरमान दबे स्वर में बोला।

"हां।" – पिता चिन्तित भाव से बोला – "पहली बार ऐसा हुआ है कि लोग तेरे बाप पर भारी पड़े हैं। और लोग भी कौन! साले दो टके के फटीचर लोग! लेबर क्लास!"

"थे भी तो कितने ही! पता नहीं उस छोटी-सी कोठी में इतने लोग कैसे समाते होंगे!"

"वो उन की प्राब्लम है लेकिन उनका एकाएक यहां आ बसना हमारी प्राब्लम है।"

"क्या ये भी पड़ोसी की कोई स्ट्रेटेजी हो सकती है?"

"कुछ भी हो सकता है। अगर वो सोहल था तो कुछ भी हो सकता है।"

"अब क्या होगा?"

"कुछ नहीं होगा। ऊपर वाला सब सम्भालेगा न! आखिर सब मेला तो उसी का है। हम तो महज़ रखवाले हैं। मैं आज ही नहीं, अभी उससे बात करूंगा।"

"मेरा क्या होगा?"

"कुछ नहीं होगा, लड़के, कुछ नहीं होगा। तू बस एहतियात बरत और फालतू की भटकन को काबू में रख।"

"वो तो तीस नवम्बर से ही काबू में है जबकि अमित की ट्रेजेडी की ख़बर लगी थी!"

"अच्छा है। और एहतियात बरत। और ख़बरदार रह। मेरी ऊपर बात हो हो जाने दे, सब ठीक हो जायेगा।"

अरमान फिर न बोला।

लेकिन उसके चेहरे पर आश्वासन के भाव न आये।

सात बजे से काफी पहले विमल जनपथ पर फैब इन्डिया के सामने मौजूद था।

उसके साथ अशरफ और मुबारक अली थे और वो अशरफ की 'असेंट' पर वहां पहुंचे थे।

आते ही विमल अशरफ के साथ भीतर गया था तो उसने देवन नायर को भीतर मौजूद पाया था। उसने उसकी अशरफ को शिनाख़्त कराई थी और उसे पीछे छोड़कर खुद शोरूम से बाहर निकल आया था।

अब वो मुबारक अली के साथ 'असेंट' में बैठा प्रतीक्षा कर रहा था।

सात बजने में पांच मिनट पर अशरफ वापिस लौटा।

"एक नयी बात पता लगी है।" – वो कार में आगे बैठता पीछे घूम कर बोला – "अब वो कार पर ड्यूटी पर आता है।"

"क्या कहने!" – विमल बोला – "डेढ़ महीने से भी कम में इतनी तरक्की कर ली! कौन–सी कार?"

" 'होंडा अमेज'।"

"वो तो तकरीबन छः लाख की आती है!"

"शुरू पौने छः के करीब से होती है, साढ़े सात तक है।"

"इस ख़बर से तो मेरा शक यकीन में बदल गया कि उसने रिश्वत खाकर अपना बयान बदला था। अब मेरा काम कदरन आसान हो गया समझो। नयी है?"

"लगती तो है!"

"लगती तो है। यानी देखी तूने?"

"हां। इसी लाइन में पांचवी है। लाल रंग की है। ये भी पहचान है कि इस पार्किंग में कोई दूसरी 'अमेज' इत्तफाक से है ही नहीं।"

"कैसे जाना कौन–सी कार उसकी थी?"

"जिसको कार की बाबत जानने के लिये पटाया, उसी से जाना।"

"ओह!"

वो ख़ामोशी से प्रतीक्षा करने लगे।

सात दस पर देवन नायर ने शोरूम से बाहर कदम रखा।

"वो आ रहा है।" – अपनी ओर का दरवाज़ा खोलता विमल बोला – "मैं जाता हूं। मेरे पर निगाह रखना। खुफिया तरीके से। मैं इशारा करूंगा तो आना।"

"क्या इशारा?" – मुबारक अली बोला।

"दरवाज़ा खोल के जोर से बन्द करूंगा।"

"ठीक है, जा।"

विमल कार में निकला और टहलता, ठिठकता, लाल 'अमेज' की दिशा में बढ़ा।

नायर कार पर पहुंचा और ड्राइविंग सीट पर स्टियरिंग के पीछे जा बैठा। विमल ने पैसेंजर साइड का दरवाजा खोला और उसके पहलू में जा बैठा।

"वॉट द हैल!"

"हल्लो!" – विमल मीठे स्वर में बोला।

"कौन हो तुम? और क्यों कार में घुस आये?"

"कमाल है! इतनी जल्दी भूल गये। देवन नायर ही हो न?"

इसने भीतर की बत्ती जलाई।

"ओह! इट्स यू!"

"शुक्र है, पहचाना।"

"नकली प्रैस रिपोर्टर!"

"वो भी।"

"अब क्या है?"

"तुम्हारे से दो मिनट बात करनी है।"

"मैंने कोई बात नहीं करनी।"

"अरे, नयी कार की बधाई तो ले लो!"

"नयी नहीं है।"

"लगती तो नयी है!"

"नहीं, नयी नहीं है। नाओ, प्लीज़ गैट आउट।"

"ये तो सुन लो कि नयी लगने जैसी क्यों ली, नयी क्यों न ली!"

वो सकपकाया।

"क्या मतलब है तुम्हारा?" – फिर भुनभुनाया।

"शक्ल पहचानने के लिये भीतर की बत्ती जलाई थी, अब बन्द कर दें!"

उसके जवाब दे पाने से पहले ही विमल ने हाथ बढ़ा कर भीतर की लाइट का स्विच ऑफ कर दिया।

"नयी कार खरीदने पर" – वो भावहीन स्वर में बोला – पेमेंट चैक या ड्राफ्ट से अदा करनी पड़ती है, पैन देना पड़ता है। प्रूफ ऑफ रेजीडेंस और प्रूफ ऑफ आइडेन्टिटी तो देना पड़ता ही है। दो नम्बर के पैसे से ऐसी ख़रीद का तमलाई ये सब नहीं कर सकता। लेकिन सैकंडहैण्ड कार की ख़रीद में कैश पेमेंट भी चलती है और पैन वगैरह भी कोई नहीं मांगता। कार ट्रांसफर न करानी हो तो प्रूफ आफ रेजीडेंस और प्रूफ आफ आइडेन्टिटी का भी रोल नहीं होता।"

"पता नहीं क्या बक रहे हो!" – वो मुंह बिगाड़ कर बोला – "और दो नम्बर के पैसे से क्या मतलब है तुम्हारा।"

"साले! कमीने! कोर्ट में गवाही से फिरने के लिये रिश्वत क्या चैक से खायी थी?"

वो बौखलाया, फिर गुस्से से बोला – "आइल कॉल दि पोलीस!"

"एण्ड आइल कॉल दि गॉड आफ डैथ। यमराज!"

विमल ने रिवाल्वर की नाल उसकी पसलियों में खुभोई।

"गॉड!" – वो भयभीत भाव से मुस्कराया – "पहले फेक रिपोर्टर! अब कारजैकर!"

"शट अप!"

"टेक इट। टेक इट। आई वोंट रिज़िस्ट। बट लैट मी गैट डाउन।"

विमल ने रिवाल्वर की नाल उसके मुंह में घुसेड़ दी।

उसकी घिग्घी बन्ध गयी।

"तेरे और तेरी मौत के बीच एक सांस की दूरी है।" – विमल हिंसक भाव से गुर्राया – "तू चाहता है मैं वो दूरी दूर करूं?"

उसकी आंखें आतंक से उबल पड़ीं, वो जोर-जोर से दायें-बायें गर्दन हिलाने लगा।

"मैं गन हटाता हूं। लेकिन एक बात याद रखना। आगे तेरी जान ही बचेगी, सिर से मुसीबत नहीं टलेगी।"

उसने गन की नाल वापिस खींच ली।

वो जोर-जोर से हांफने लगा।

"मु-मुसीबत!" – फिर बोला।

"हां। बड़ी मुसीबत।"

"म-मैं स-समझा नहीं।"

"क्यों कि अभी मैंने समझाया नहीं।"

"क्या कहना चाहते हो? क-कौन-सी मुसीबत की बात कर रहे हो?"

"जो तुम पर टूटने वाली है।"

"गॉड! क्यों मेरे पीछे पड़े हो? मैंने तुम्हारा क्या बिगाड़ा है?"

"इंसाफ का बिगाड़ा – जो होने न दिया – मुल्क के कायदे कानून की खिल्ली उड़ाई। मुजरिमों का संवारा जो तुम्हारे गवाही से पलटने की वजह से, परजुरी की वजह से सज़ा पाने से बच गये। एक मासूम लड़की को

सामूहिक बलात्कार का शिकार बनाने वाले, उसकी मौत की वजह बनने वाले खुल्ले छूट गये।"

"तु-तुम्हें . . . तुम्हें क्या?"

"है मुझे कुछ। कुबूल कर कि कोर्ट में अपनी रिकार्डिड गवाही से मुकरने के लिये मोटी रिश्वत खायी वर्ना यहीं मरा पड़ा होगा।"

विमल ने फिर बेरहमी से उसकी पसलियों को गन की नाल से टहोका।

"हं-हां।"

"क्या हां?"

"मु-मुझे मजबूर किया गया था।"

"कितनी!"

"तीस।"

"कार कितने की ली?"

"प-पांच।"

"रसीद कितने की?"

"त-तीन।"

"नयी है। दलाल ने डील करवायी? किसी और ने नयी ख़रीदी, तेरे को सैकण्डहैण्ड बता के बेची?"

"हं-हां।"

"और क्या एय्याशी की हराम के पैसे से?"

"न-नहीं की।"

"अभी करता?"

"तु-तुम . . . क-क्या चाहते हो?"

"तेरे को नया बयान देना होगा।"

"क-क्या . . . क्या नया बयान?"

"कुबूल करना होगा कि तूने तीस लाख रुपये रिश्वत खा के अपनी गवाही बदली थी।"

"हरगिज़ नहीं। दैट वुड बी ए सुइसिडल एक्ट। लेकिन . . ."

"क्या लेकिन?"

"जो पैसा बचा है, जानबख्शी के लिये वो मैं तुम्हारे साथ शेयर करने को तैयार हूं।"

"यानी जान से जाने को तैयार हो!"

"ऐसे कोई किसी को जान से नहीं मारता . . ."

"अच्छा! दिलेरी आ गयी?"

". . . कोई यूं खून से हाथ नहीं रंगता। खून करना हंसी खेल नहीं। वो भी नाहक! बेवजह!"

विमल ने गहरी सांस ली, असहाय भाव से गर्दन हिलायी, फिर कार का अपनी ओर का दरवाजा खोल कर ज़ोर से बन्द किया।

मुबारक अली और अशरफ जैसे जादू के ज़ोर से कार के करीब पहुंचे।

"नहीं सुनता।" – विमल बोला – "प्लान टू आज़माना पड़ेगा।"

दोनों ने सहमति में सिर हिलाया।

"इसको होशियारी आ रही है। ये रास्ते में उछल कूद सकता है। इसके हाथ पीठ पीछे बांधने होंगे।"

"सामने बरामदे में कैमिस्ट शाप है।" – अशरफ बोला – "वहां से सर्जीकल टेप आराम से मिल जायेगा। वही लपेट देंगे।"

"गुड। ले के आ।"

अशरफ चला गया।

"इसे अपनी गाड़ी में ले के जायेंगे।" – पीछे विमल बोला – "बाद में हमें सहूलियत होगी।"

"ठीक है।" – मुबारक अली बोला – "मैं गाड़ी यहीं लाता हूं।"

विमल ने सहमति में सिर हिलाया।

अशरफ सर्जीकल टेप के साथ लौटा। उसने नायर की दोनों कलाईयां जबरन पीठ पीछे कीं और उन पर टेप लपेट दिया।

"मुंह पर भी चेप दूं?" – वो बोला।

विमल ने नायर की तरफ देखा।

"नहीं।" – तत्काल वो बोला – "प्लीज़। मैं चुप रहूंगा।"

"ओके।" – विमल बोला – "आज़माते हैं तेरी चुप।"

"ल-लेकिन प्लान बी क-क्या है?"

"मालूम पड़ेगा न? जहां पहुंचेंगे, वहां मालूम पड़ेगा न!"

"कहां पहुंचेंगे?"

"ये भी मालूम पड़ेगा।"

मुबारक अली ने 'असैंट' ला कर 'अमेज' के सामने खड़ी की और बाहर निकला। विमल के इशारे पर उन दोनों ने नायर को 'असैंट' की पैसेंजर सीट पर बिठाया, अशरफ ने स्टियरिंग सम्भाला, विमल और मुबारक अली पीछे बैठे।

कार पार्किंग से निकल कर रोड पर आयी और क्नॉट प्लेस से विपरीत दिशा में आगे बढ़ी। आगे मैरीडियन होटल के चौराहे से वो बायें अशोक रोड पर इन्डिया गेट की तरफ घूमी, उस की हैक्सागन से होती शेरशाह रोड पर दाखिल हुई तो एकाएक अशरफ बोला – "रोड ब्लॉक! अब वापिस भी नहीं घूम सकते।"

विमल ने चिन्तित भाव से गर्दन हिलायी।

"देखा जायेगा।" – मुबारक अली जोश से बोला।

"ऐसे रोड ब्लॉक्स पर गम्भीर चैकिंग लेट नाइट में होती है। अभी तो आठ भी नहीं बजे! देख लेना गाड़ी सिर्फ स्लो करनी पड़ेगी ताकि पुलिसियों को तरीके से उसको ताड़ने का मौका मिल सके।"

लेकिन ऐसा न हुआ। उन्हें रोका गया।

एक हवलदार के इशारे पर अशरफ गाड़ी साइड में लगाने लगा।

विमल ने धीरे से गन नायर के कोट की दायीं जेब में सरका दी।

"डिकी खोलो।" – हवलदार ने आदेश दिया।

अरशद ने वो लिवर खींचा जिससे डिकी खुलती थी।

एक सिपाही ने पीछे जाकर डिकी के भीतर झांका, फिर ढक्कन नीचे गिरा दिया।

"किधर से आ रहे हो" – हवलदार अशरफ से मुखातिब हुआ – "किधर जा रहे हो?"

"जनपथ से आ रहे हैं।" – अशरफ बोला – "सुन्दर नगर जा रहे हैं।"

हवलदार ने विमल की तरफ देखा।

विमल ने सहमति में सिर हिला कर अशरफ के जवाब की तसदीक की।

"कागज़ात सब चौकस हैं?" – हवलदार फिर अशरफ से बोला – "आर.सी., इंश्योरेंस, पीयूसी, ड्राइविंग लाइसेंस?"

"जी हां।" – अशरफ बोला – "अभी दिखाता हूं।"

"हवलदार साहब!" – एकाएक नायर चिल्लाया – "ये लोग ज़बरदस्ती मुझे कहीं ले जा रहे हैं। मुझे छुड़ाइये।"

हवलदार के नेत्र फैले।
"प्लीज़, मुझे छुड़ाइये।"
"ले जा रहे है न!" – विमल सहज भाव से बोला – "इसे पागलपन का दौरा पड़ता है, एकाएक वायलेंट हो उठता है। अभी आप पर भी झपट सकता है। इसीलिये हाथ पीठ पीछे बान्धने पड़े हैं। आप हुक्म कीजिये, मैं खोल देता हूं। फिर देखियेगा, काबू में करना मुहाल हो जायेगा।"
हवलदार के चेहरे पर अनिश्चय के भाव आये।
"हाथ देखिये इसके! रस्सी से नहीं बंधे हैं, सर्जिकल टेप से बन्धे हैं, डाक्टर की हिदायत पर हम हमेशा साथ रखते हैं। रस्सी खाल में गड़ती है, तकलीफ करती है, टेप से ऐसा नहीं होता।"
"ओह!" – हवलदार तनिक आश्वस्त हुआ – "ले जा कहां रहे हैं?"
"सुन्दर नगर में डाक्टर सेनगुप्ता का नर्सिंग होम है, जो ऐसी ही दिमागी बीमारियों के विशेषज्ञ हैं। ये पहले से उनके ट्रीटमेंट में है। वो लोग ओवरनाइट इसे वहां रखेंगे, इंजेक्शन वग़ैरह देंगे, सुबह तक ठीक हो जायेगा, जैसे हमेशा होता है।"
"हूं। पहले भी ऐसे वहां रख गया?"
"हां, जी। कई बार।"
"ये झूठ बोल रहे हैं।" – नायर फिर चिल्लाया – "मैं पागल नहीं हूं।"
"ये हथियारबन्द है . . ."
हवलदार के नेत्र फैले।
". . . इससे पूछिये क्यों है?"
"झूठ!" – नायर के स्वर में प्रबल विरोध का पुट आया – "मेरे पास गन नहीं है।"
"क्यों है?" – हवलदार ने पूछा।
"क्योंकि ज़ेहनी तौर पर बीमार है। समझता है इसकी जान को ख़तरा है। कोई अंजान लोग इसे मार डालना चाहते हैं। इसी वहम से मुब्तला इसके पास लाइसेंसशुदा गन है जो अमूमन ये अपने साथ रखता है।"
"झूठ! झूठ! मेरे पास गन का क्या काम! मैं एक मामूली आदमी . . ."
"देखा! मामूली आदमी बता रहा है अपने आप को! पौने दो लाख की गन आती है। मामूली आदमी रख सकता है?"

हवलदार का सिर इंकार में हिला।

''तलाशी ले।'' – वो सिपाही को बोला।

सिपाही ने तलाशी ली, गन बरामद की।

हवलदार के नेत्र फैले।

''ये . . . ये'' – नायर हैरान होता हकलाया – ''मेरी गन नहीं है।''

''तुम्हारी जेब से बरामद हुई है।''

''इन्हीं में से किसी ने रखी।''

''बड़ की मत हांको। सब हमारी निगाह में हैं। हमने किसी को ऐसा करते नहीं देखा।''

''हवलदार साहब, आप मेरा यकीन कीजिये, ये गन . . .''

''तुम कहते थे'' – नायर को अनसुना करता हवलदार विमल ने बोला – ''गन लाइसेंसशुदा है!''

''हां।'' – विमल बोला – ''लाइसेंस इसकी किसी जेब में ही कहीं होगा। मैं अभी बरामद करता हूं।''

हवलदार ने पीछे जमा होते ट्रैफिक पर निगाह दौड़ाई।

''ज़रूरत नहीं।'' – वो बोला – ''पहले ही बहुत वक्त ख़र्च हो गया। गन इसके पास होना ठीक नहीं। अभी आप रखिये, बाद में जो करना हो, कीजियेगा।''

''जी हां। जरूर।''

''गोलियां निकाल के।''

''जी हां। अभी।''

विमल ने हवलदार के सामने चैम्बर ख़ाली किया।

''जाइये।''

अशरफ ने तत्काल कार आगे बढ़ाई।

''हीरोपंती से बाज़ नहीं आया न!'' – विमल पीछे से नायर की खोपड़ी पर धौल जमाता बोला।

''ये जुल्म है!'' – नायर कराहता-सा बोला।

''अभी नहीं है। अभी नहीं देखा जुल्म तूने। आगे देखेगा।''

''लेकिन . . .''

''ख़ामोश बैठ! दोबारा आवाज़ निकाली तो जुबान खींच लूंगा।''

नायर के जबड़े भिंच गये।

विमल गन के चैम्बर में गोलियां वापिस भरने लगा।

"सर्जीकल टेप वाला इत्तफाक अच्छा हुआ।" – अशरफ हंसता हुआ बोला – हवलदार को उसकी वजह ने बहुत मुतमुईन किया था। खूब सूझी आप को! रस्सी बन्धी होती तो . . . उलटी पड़ जाती।"

"ऊपर वाले की मेहर हुई।" – विमल संजीदगी से बोला – "जो हमारी उस वक्त की मजबूरी हमारी एडवांटेज बन गयी।"

कार मथुरा रोड होती सुन्दर नगर और आगे उस सुनसान कोठी पर पहुंची जो हाशमी ने दुबई शिफ्ट कर गये दोस्त के पिता की मिल्कियत थी।

कोठी पिछले रोज़ की तरह ही अन्धेरे में डूबी हुई थी।

अशरफ ने हौले से हार्न बजाया।

तत्काल दरवाज़ा खुला, रोशनी की एक आयत फ्रंट यार्ड में पड़ी जिसमें अनीस ने कदम रखा और गेट पर आकर उसे खोला।

सब भीतर दाखिल हुए।

"ये" – नायर भयभीत भाव से बोला – "क्या है?"

"प्लान टू का वेन्यू है।" – विमल बोला।

"ल-लेकिन . . ."

"भीतर चल के बोलना लेकिन। चल, आगे बढ़।"

सब भीतर पहुंचे।

अनीस ने दरवाज़ा पूर्ववत् बन्द कर दिया।

"बैठ।" – विमल बोला।

नायर झिझकता-सा एक सोफाचेयर पर बैठा।

विमल उसके सामने बैठ गया। अनीस पिछवाड़े में कहीं चला गया। मुबारक अली और अशरफ ने बैठने में कोई रुचि न दिखाई।

विमल ने गन निकाल कर हाथ में ली।

नायर ने जोर से थूक निगली, बेचैनी से पहलू बदला।

विमल ने गन सोफे पर अपने पहलू में रख ली।

नायर की जान में जान आयी।

विमल ने अपलक उसे देखा।

नायर तत्काल विचलित हुआ, उसकी निगाह दायें बायें भटकी।

"झूठ के पांव नहीं होते।" – विमल शान्ति से बोला – "मैं तेरे से बार में पहली मुलाकात में भी समझ गया था कि तूने कोर्ट में अपनी गवाही से फिरने के लिये रिश्वत खायी थी।"

''क–कैसे?''

''जब तूने मेरा पेश किया हिन्दी में छपा विजिटिंग कार्ड पढ़ कर फौरन ऐतराज़ दर्ज कराया था कि वो मेरा कार्ड नहीं था; वो जनसत्ता के रिपोर्टर अरविन्द कौल का कार्ड नहीं था, वो तो किसी योगेश पाण्डेय का कार्ड था जो कि कहीं डिप्टी डायरेक्टर था। तूने कोर्ट में गवाही दी थी कि तुझे हिन्दी नहीं आती थी इसलिये तुझे नहीं मालूम था कि थाने में हिन्दी में लिखा जो बयान तूने साइन किया था, उसमें क्या दर्ज था! लेकिन हिन्दी तो तुझे बाखूबी आती थी। इकत्तीस अक्टूबर, गुरुवार शाम को जनपथ के बार में हिन्दी में छपा विजिटिंग कार्ड बांच के तूने खुद साबित किया था कि हिन्दी तुझे आती थी। नहीं?''

नायर ने जवाब देते न बना।

''बहरहाल अब तो तू कुबूल कर ही चुका है कि तूने रिश्वत खाके बयान बदला और तेरी होंडा 'अमेज' इस बात की गवाह है कि हराम की कमाई से ऐश करना तू शुरू कर भी चुका है। केस का विवेचन अधिकारी सब–इन्स्पेक्टर जो थाने में तेरे से इतना कड़क पेश आ रहा था, वो भी रिश्वत खा कर ही तेरी तरफ से नर्म पड़ा था। उसने कितनी खायी थी?''

''बीस।''

''तुझे कैसे मालूम है?''

''आरोपी लड़कों में से एक अमित गोयल का पिता रघुनाथ गोयल बोला।''

''वो क्यों बोला?''

''क–क्योंकि . . . क्योंकि मैंने पचास मांगे थे . . .''

''शाबाश!''

''. . . बोला उसके उतने ही लगने थे क्योंकि एसआई भी बड़ा मुंह फाड़ेगा, बीसेक उसको भी देने होंगे।''

''तो एसआई ने बीस लिये होंगे?''

''हां।''

''अब आखिरी बार बोल रहा हूं, दरख़्वास्त कर के बोल रहा हूं, तेरे को कुबूल करना होगा कि तूने तीस लाख रुपये रिश्वत खा के अपनी गवाही बदली थी।''

''लेकिन क्यों? क्यों?''

''ताकि इंसाफ हो सके।''

"तुम्हें इंसाफ से क्या मतलब? तुम इंसाफ के ठेकेदार हो! हो भी तो आज इंसाफ सूझा जब कि उस वारदात को हुए डेढ़ महीना होने को आ रहा है?"

"ज़रूरत आज महसूस की।"

"किसकी ज़रूरत?"

"मेरी ज़रूरत।"

"तो यूं कहो न, तुम्हें इंसाफ से कोई लेना देना नहीं है, अपनी किसी ज़ाती ज़रूरत के तहत इंसाफ की आड़ लेकर मेरे पर ज़ुल्म ढ़ाना चाहते हो!"

"काफी सयानी बात कही!"

"जवाब दो।"

"मेरा जवाब है कि एक पंथ दो काज हों तो कोई हर्ज है?"

"है न हर्ज! तुम अपने काज के लिये मेरे को शहीद नहीं कर सकते।"

"तेरी वजह से मुल्क के कायदे कानून की नाक नीची हुई, तेरी वजह से इंसाफ के मंदिर में इंसाफ न हुआ। तेरी वजह से कातिल और बलात्कारी छुट्टे घूम रहे हैं। तू ज़िम्मेदार है कोर्ट से बिना गम्भीर सज़ा पाये उनकी रिहाई के लिये, अब तू ही उन के सज़ा पाने में निमित्त बनेगा जबकि कबूल करेगा कि तूने रिश्वत खाकर झूठी गवाही दी।"

"मैं ऐसा नहीं कर सकता। ऐसा करना ख़ुदकुशी करना होगा।"

"पहले भी बोला तू।"

"फिर बोलता हूं। आंखों देखी मक्खी कोई नहीं निगलता।"

"तू निगलेगा। अभी तू ख़ुद . . ."

नायर आगे को यूं झुका जैसे फर्श पर से कुछ उठाने जा रहा हो, एकाएक जुस्त की सूरत में उसका जिस्म यूं उछला जैसे कोई स्प्रिंग खुला हो और उसने विमल के पहलू में पड़ी रिवाल्वर झपट ली।

"ख़बरदार!" – वो फुर्ती से सीधा होता बोला – "हिले तो शूट कर दूंगा।"

विमल ने असहाय भाव से गर्दन हिलाई।

"अबे, खटमल!" – मुबारक अली गुर्राया – "तेरी ये मजाल! ठहर जा, साले . . ."

नायर ने गन का घोड़ा खींचा।

गोली मुबारक अली के कान को हवा देती गुज़री और पीछे दीवार में धंस गयी।

आगे बढ़ने को तत्पर मुबारक अली थमक कर खड़ा हो गया। उसका मुंह खुले का खुला रह गया।

"किडनैपिंग इज ए सीरियस क्राइम।" – नायर बोला – "मैं तुम सब को गिरफ्तार कराऊंगा।"

कोई कुछ न बोला।

"कार की चाबी" – वो अशरफ से बोला – "मेज़ पर रखो और पीछे हट जाओ।"

अशरफ ने आदेश का पालन किया।

नायर ने सावधानी से आगे बढ़ कर चाबी उठा ली और बोला – "मैं जा रहा हूं। कोई मेरे पीछे आया तो गोली। किसी ने अपनी जगह से हिलने की कोशिश भी की तो . . ."

हवा में सनसनाती कोई चीज़ आयी और नायर के गन वाले हाथ से टकराई। उसके मुंह से एक दर्दभरी सिसकारी निकली, गन उसके हाथ से निकल कर हवा में उछली जिसे अरशद ने हवा में ही लपक लिया।

पिछवाड़े के दरवाजे से अनीस ने भीतर कदम रखा।

"मैं ऐन मौके पर आया।" – वो बोला।

"हां।" – विमल बोला – "शुक्रिया।"

"सामने का नज़ारा देखा तो छक्के छूट गये। जो हाथ में आया, फेंक के मारा।"

"क्या? क्या हाथ में आया?"

"फूलदान। बिना फूलों का।"

"बढ़िया।"

"मैं ये बोलने आया था कि बाहर सब कुछ तैयार है। लकड़ियां सुलगाऊं या अभी ठहरूं?"

"अभी ठहर। एक बार और बात कर लें इस से।"

"ठीक है। मैं बाहर ही जाता हूं। जैसा करना हो, बोलना।"

"मैं भी चलता हूं।" – मुबारक अली बोला – "सब इन्तज़ाम दिखा मुझे।"

दोनों वहां से रुख़सत हो गये।

पीछे अशरफ ने सबसे पहले नायर से कार की चाबी वापिस छीनी फिर उसे वापिस सोफे पर धकेल दिया।

"मालिक ने साथ न दिया।" – विमल उदासीन भाव से बोला – "मालिक साथ न दे तो बड़ी से बड़ी होशियारी धरी रह जाती है।"

नायर ने जवाब न दिया, उसके गले की घन्टी ज़ोर से उछली।

"बकर-मुसल्लम समझता है?" – विमल बदले स्वर में बोला।

उसने सप्रयास इंकार में सिर हिलाया।

"मुर्ग-मुसल्लम! चिकन को लोहे की सीख में पिरो कर तन्दूर में तपाया जाता है, भुन जाता है तो खाया जाता है। समझता है?"

उसका सिर सहमति में हिलाया।

"ऐसे ही साबुत बकरा भूना जाता है। इस फर्क के साथ कि उसको तन्दूर में भूनना मुमकिन नहीं होता इसलिये उसके लिये खुले में अलाव जलाया जाता है। साबुत बकरे को मसाले लगा कर एक लम्बी, मजबूत सलाख पर पिरोया जाता है जिसके एक सिरे पर हैंडल होता है। उस सलाख को अलाव के आजूबाजू बने स्टैण्ड पर टांगा जाता है और सलाख को हैंडल से आग पर धीरे-धीरे तब तक घुमाया जाता है जब तक कि वो ऐन हमवार नहीं भून जाता। बीच-बीच में उस पर चिकनाई लगाई जाती है ताकि वो जले नहीं, भुने। यूं पकाये गये बकरे को बकर-मुसल्लम बोलते हैं। अब समझा?"

"हं-हां। लेकिन मुझे क्यों बता रहे हो?"

"उसी अंदाज़ से आज यहां मर्द-मुसल्लम पकाने का इन्तज़ाम किया गया है।"

"क-क्या?"

विमल अशरफ की तरफ घूमा।

"बता, भई।" – फिर बोला।

"पहले तो ये सुन" – अशरफ तत्पर स्वर में बोला – "कि इस कोठी का बैकयार्ड फ्रंटयार्ड से भी बड़ा है और उसकी बाउन्ड्री वाल्स भी फ्रंट के मुकाबले में बहुत ऊंची हैं। बैकयार्ड में लकड़ियों का अलाव जलाने का इन्तज़ाम किया गया है। अलबत्ता मर्द-मुसल्लम के लिये दरकार हैंडल वाली लम्बी, मजबूत सलाख का इन्तज़ाम यहां नहीं हो सका है। उसकी जगह अलाव में ऊपर एक जाल बांधा जायेगा . . ."

"हैमौक से मिलता-जुलता।" – विमल बोला।

". . . जो जूट का होने की जगह लोहे की तारों से बुना गया होगा। उस जाल पर कपड़े उतरवा कर तुझे लिटाया जायेगा . . ."

नायर के चेहरे का रंग उड़ गया।

"... जाल में ऐसा इन्तज़ाम होगा कि वो ऊंचा नीचा किया जा सकता होगा ताकि आग की तपिश तेरी पसन्द के मुताबिक कन्ट्रोल की जा सके। आगे खुद सोच।"

उसका पहले से बदरंग चेहरा और बदरंग हुआ।

विमल ने संजीदगी से बोला – "रोस्ट करने से मिला-जुला नज़ारा होगा।"

"सालम बकरा" – विमल ने संजीदगी से बोला – "टोस्ट करने से मिला-जुला नजारा ही होगा।"

"तु ... तु ... तुम" – नायर बड़ी मुश्किल से बोल पाया – "ऐसा नहीं कर सकते।"

"अच्छा!"

"किसी को ज़िन्दा जलाना ..."

"भूनना। बिना मेरिनेशन के।"

"गॉड! दिस वुड बी मर्डर!"

"अभी तू क्या करने जा रहा था? तेरी चलाई गोली जो पीछे दीवार में जाके लगी, उसके बड़े मियां की खोपड़ी में धंसने में कोई कसर रह गयी थी?"

"म-मेरा इरादा सिर्फ धमकाने का था।"

"तो गोली क्यों चलाई? गोली तेरा इरादा समझती थी? तेरे को गन हैंडल करने का कोई तजुर्बा नहीं था इसलिये गोली निशाने पर न लगी वर्ना तूने तो कोई कसर नहीं छोड़ी यहां लाश गिराने में!"

नायर के मुंह से बोल न फूटा।

"तो शुरू करें?"

"तु ... तुम चाहते क-क्या हो?"

"देखो तो कंजर को! अभी इसकी समझ में ये ही नहीं पड़ा कि मैं चाहता क्या हूं!"

"ये रिहायशी इलाका है। मैं ... मैं गला फाड़ के चिल्लाऊंगा।"

"मुंह खोल पायेगा तो चिल्लायेगा न! मर्द-मुसल्लम के मुंह में डेकोरेशन के लिये एक सेव भी तो होगा!"

उसने बेचैनी से पहलू बदला।

"हाथ पांव तार से बन्धे होंगे। खोलने के लिये जितना ज़ोर लगायेगा, तार उतना ही चमड़ी में धंसेगी।"

मुबारक अली लौटा।

"सब तैयार है।" – वो बोला – "सिवाय जमूरे के। कपड़े ये खुद उतारेगा या उधेड़ के उतारने पड़ेंगे?"

"ये कुछ नहीं करने वाला।" – विमल बोला – "सब कुछ हमें ही करना पड़ेगा। ये कुछ करने वाला बनता तो प्लान टू पर अमल करने के लिये हमें इसे यहां लाना ही न पड़ता।"

"ठीक! ये भी पूछ ले इससे कि जिस्म पर क्या पसन्द करेगा? घी! मक्खन! क्रीम! ऑलिव आयल! या कुछ और?"

"बोल, भई।"

"जलने की मुश्क" – नायर खोखले स्वर में बोला – "दूर-दूर तक जाती है।"

"अच्छा है न! दूर-दूर तक पता लगेगा कि कहां दावत है! इतना बार-बी-क्यू हम अकेले थोड़े ही खा सकेंगे! चार मेहमान और आ जायोंगे तो क्या बुरा होगा!"

"ये . . . ये कत्ल होगा!"

"कम्माल है!" – मुबारक अली बोला – "कुर्बानी का बकरा कत्ल की दुहाई दे रहा है!"

"इसे अपनी तैयारी का नज़ारा कराओ" – विमल बोला – "तब शायद इसका मिज़ाज़ बदले।"

"ठीक! चल, भई।"

नायर का एकाएक मुंह खुला। तजुर्बेकार मुबारक अली फौरन समझ गया कि वो चिल्लाने लगा था। उसने झपट कर उसका टेंटुआ दबाया।

निकलने को तैयार चीख गले में ही घुटके रह गयी।

विमल ने उसकी तरफ अपना रूमाल बढ़ाया।

मुबारक अली ने रूमाल का गोला बना कर उसे उसके मुंह में ठूंस दिया और ऊपर से ताज़ा ख़रीद सर्जीकल टेप चेप दिया। टेप से ही उसने पीठ पीछे उसकी कलाईयां बान्धीं और उसे बाहर को धकेला।

बैकयार्ड में एक जगह विवाह मंडप की तरह लोहे के चार पाइप गाड़े गये थे जिनके बीच बन्धा तारों का जाल तना हुआ था। जाल से कोई पांच फुट नीचे तीन गुणा छः की बैड पर लकड़ियां जल रही थीं और उनमें से

निकलती लपटें ही बैकयार्ड में औनी पौनी रोशनी फैला रही थीं। जाल यूं बान्धा गया था कि उसे बिना खोले इंच-इंच कर के ऊपर या नीचे सरकाया जा सकता था।

"साजन की शय्या!" – विमल व्यंग्यात्मक स्वर में बोला।

नायर का शरीर बुरी तरह से कांपा, उसके गले से घौं-घौं की घुटी हुई आवाज निकली।

मुबारक अली ने उसे आगे धकेला।

"तुमने पूछा था" – विमल बोला – "ये जिस्म पर क्या पसन्द करेगा! मुझे जवाब सूझ गया है।"

"क्या?" – मुबारक अली सकपकाया-सा बोला।

"घूंट का रसिया है। रोज़ जिस्म की विस्की से मालिश करता है। अन्दर की तरफ से। आज बाहर की तरफ से होगी।"

नायर फिर तड़पता सा गले से घौं-घौं की आवाजें निकालने लगा।

"लगता है कुछ कहना चाहता है।"

"ऐसा क्या?" – मुबारक अली ने पूछा।

नायर ने ज़ोर-ज़ोर से सहमति में सिर हिलाया।

"क्या कहना चाहता है?" – विमल बोला – "ये कि हम ये नहीं कर सकते! ये कत्ल होगा! दिस वुड बी मर्डर!"

उसने पुरज़ोर इंकार में सिर हिलाया।

"पर ये तो तू कह चुका! दो-दो जुबानों में रह चुका! कुछ और कहना चाहता है?"

उसका सिर ऊपर नीचे हिला।

"हमारे को माफिक आने वाला कुछ कहना चाहता है?"

उसका सिर फिर ऊपर नीचे हिला।

"ऐतबार कर लें तेरा?"

फिर हामी!

"मत करो" – अनीस बोला – "पन्द्रह किलो लकड़ियां बेकार चली जायेंगी।"

नायर की आंखें याचना से लबरेज हो उठीं।

"एक बार आज़माते हैं।" – विमल निर्णायक भाव से बोला।

"ठीक है। लेकिन ये फिर भी औंधी खोपड़ी से ही बोला तो मैं पन्द्रह

किलो लकड़ियां और ले आऊंगा और उन पर मिट्टी का तेल भी छिड़कूंगा।''

''सुना!''

नायर ने जल्दी-जल्दी ऊपर नीचे सिर हिलाया।

''अक्ल आ गयी?''

फिर हामी।

''थोड़ा-सा नमूना तो दिखा दें!'' – अनीस आशापूर्ण स्वर में बोला।

नायर की गर्दन मशीन की तरह दायें बायें फिरी।

''ज़रूरत नहीं।'' – विमल बोला – ''मेरा दिल कहता है अब ये कोआपरेट करेगा। वापिस भीतर चलो।''

सब – इस बार अनीस भी – भीतर पहुंचे।

नायर के मुंह पर चिपका टेप हटा के रूमाल निकाल दिया गया और कलाईयां भी खोल दी गयीं।

विमल के इशारे पर अनीस नें उसे पानी का एक गिलास थमाया जो वो बड़ी व्याग्रता से गटागट पी गया और हांफता-सा होंठों पर जुबान फेरने लगा।

''और?'' – विमल बोला।

''न-नहीं।''

''इस केस का रीओपन होना ज़रूरी है। ऐसा तभी हो सकता है जब तू कबूल करे कि भारी दबाव में आ कर तू अपने ओरीजिनल बयान से मुकरा था।''

''ऐसा कुबूल करते ही मैं परजुरी के इलज़ाम में धर लिया जाऊंगा।''

''बराबर होगा ऐसा। लेकिन परजूरी की कोई बड़ी सज़ा नहीं होती। जान जाने से बड़ी कोई सज़ा नहीं होती। शुक्र मना कि तू मर्द-मुसल्लम बनने से बच गया।''

वो ख़ामोश रहा।

''फिर जरूरी भी नहीं कि तुझे सज़ा हो।''

उसकी आंखों में आशा की चमक जागी।

''ये बात तेरे क्रेडिट में जायेगी कि तूने खुद अधिकारियों के सामने पेश हो के ये बात कबूली।''

''क-क्यों? क्यों कबूली? जब डेढ़ महीना खामोश रहा तो अब क्यों कबूली।''

''क्यों कि तेरी अन्तरात्मा ने तुझे अब धिक्कारा, क्योंकि झूठी गवाही देने के बाद से एक रात भी तू चैन की नींद न सो पाया। आखिर अन्तर्प्रेरणा के

हवाले अपने अंजाम की परवाह छोड़ कर तू कानून के हवाले हो गया।''

''मैंने रिश्वत खायी।''

''तूने न खायी। रिश्वत तेरे पर थोपी गयी। तेरे उन लोगों की लाइन टो करने की गारन्टी के तौर पर जो तू न करता तो तुझे जान से मार दिये जाने की धमकी थी। तेरे बीवी बच्चों का बुरा हाल किये जाने की धमकी थी। ''हैं न?''

''क-क्या?''

''सुन नहीं रहा कुछ। बीवी बच्चे। हैं न?''

''हां। बीवी है। दो बेटियां हैं। सात और दस साल की।''

''तुझे उन को उठवा दिये जान की धमकी मिली। मजबूरन तुझे अपनी गवाही से फिरना पड़ा।''

''प-पैसे का क्या होगा?''

''मालखाने में जमा कराना पड़ेगा।''

''प-पांच लाख मैंने कार खरीदने में ख़र्च किया!''

''बोलना पच्चीस ही मिले थे। कार का नाम न लेना। उसको कुछ दिनों के लिये कहीं – जैसी कनॉट प्लेस में पालिका पार्किंग में – खड़ी कर के भूल जाना और तब तक भूले रहना जब तक मामला ठण्डा न पड़ जाये।''

''अच्छा!''

''तू ज़रा होशियारी से काम लेगा – जो मैं जानता हूं कि तू मेरे कहे बिना भी लेगा – तो कोई बड़ी बात नहीं है कि केस को मजबूत बनाने के लिये पुलिस तेरे को वादामाफ गवाह बना ले।''

''ऐसा हो सकता है?''

''सरासर हो सकता है। वो तीन छोकरे जो तेरी वजह से बरी हो गये . . . उनके ख़िलाफ जब केस रीओपन होगा तो सरकारी पक्ष का दारोमदार फिर तेरी गवाही पर ही होगा जो इस बार तू सच्चाई और ईमानदारी से देगा तो उन लोगों को सज़ा हो के रहेगी।''

''आप चाहते हैं कि उन लोगों की सज़ा हो?''

''हां।''

''क्यों?''

''ये बात मैं तेरे को नहीं समझा सकता। तू बस इतना समझ ले कि एक

बहुत बड़ा पर्सनल प्रोजेक्ट मेरे सामने है जिसमें कामयाबी तभी मुमकिन है जब कि उन तीनों मे से एक को लम्बी सज़ा हो।''

''एक को?''

''एक को होगी तो यकीनन तीनों को होगी। जो जुर्म करता है उसे सज़ा होनी ही चाहिये। जो सज़ा से नहीं डरेगा, वो जुर्म से क्योंकर डरेगा! सज़ायें इसीलिये तजबीज की जाती हैं ताकि मुजरिमाना हरकतें करने वाले लोगों को अंजाम का डर सताये। किसी को कानून को साइडट्रैक करने की, उसकी खिल्ली उड़ाने की इजाज़त नहीं दी जा सकती।''

''कानून इतना कमज़ोर क्यों है?''

''ये बहस का मुद्दा है। इस बाबत कुछ कहने का मेरा मुंह नहीं बनता लेकिन . . . कहता हूं। कानून कमज़ोर नहीं, मजबूर है। वो वही देखता है जो उसे दिखाया जाता है। कानून तफ्तीश करने नहीं जाता, तफ्तीश का नतीजा उसके सामने पेश किया जाता है। कानून मुजरिम को पकड़ने नहीं जाता, वो उसी को इंसाफ के तराज़ू में तोलता है जो उसके सामने पकड़ कर लाया जाता है। कानून का काम अपने जाती नतीजे निकालना भी नहीं होता। वो ये नहीं कह सकता कि उसका दिया गवाही देता है कि उसके सामने खड़ा शख़्स मुज़रिम है इसलिये उसको सज़ा सुनाने के लिये उसके हक में या उसके खिलाफ किसी गवाह की, किसी गवाही की जरूरत नहीं थी। कितनी ही बार न्यायाधीश को पता होता है कि मुजरिम उसके सामने खड़ा है, लेकिन वो उसे सज़ा नहीं सुना सकता क्योंकि बियांड ऑल रीजनेबल डाउट्स उसको मुजरिम साबित न किया जा सका। इसलिये मुजरिम को सन्देह–लाभ देकर छोड़ना पड़ता है। कानून कहता है कि सौ गुनहगार भले ही सज़ा से बच जायें, एक बेगुनाह को सज़ा नहीं होनी चाहिये। इसीलिये कानून में मुजरिम के बैनीफिट आफ डाउट पाने का प्रावधान है। हमारा अदालती ढांचा ऐसा है कि कानून का कारोबार गवाहों से चलता है, इंसाफ का दारोमदार गवाहियों पर होता है। और गवाह, गवाहियां अक्सर कानून की आंखों में धूल झोंकने में कामयाब हो जाती हैं, ये तुम से बेहतर कौन जानता है!''

नायर का सिर झुक गया।

''फिर सारे गवाह रिश्वत खाकर ही तो परजुरी के लिये तैयार नहीं होते! और भी कितनी ही सामाजी वजुहात बन जाती हैं जो उनको अदालत में सच बोलने की शपथ ग्रहण की होने के बावजूद झूठ बोलने पर मजबूर करती

हैं। इंसान बहुत से जज़्बाती रिश्तों से बंधा होता है जिनकी वजह से झूठ बोलने पर मजबूर हो जाता है। मिसाल के तौर पर फर्ज़ करो एक पच्चीस साल के कड़क नौजवान पर, जिसके आगे कि अभी सारी ज़िन्दगी पड़ी है, डेलीब्रेट, कोल्डब्लडिड मर्डर का केस है और उसका अस्सी साल का दादा, जिसके कब्र में पांव है, कोर्ट में शपथ ग्रहण करके अपना इकबालिया बयान देता है कि कत्ल नौजवान ने नहीं, उसने किया था। क्यों देता है? क्योंकि वो जज़्बाती रिश्तों में जकड़ा हुआ है, वो जज़्बाती रिश्तों की वजह से झूठी गवाही देने पर मजबूर है। बहरहाल कोई जज़्बात से मजबूर है, कोई लालच से मजबूर है – जैसे कि तुम।''

कुछ क्षण ख़ामोशी रही।

''मैंने आप की बात कुबूल की'' – फिर नायर दबे स्वर में बोला – ''थाने जाकर नया बयान दर्ज कराने की कोशिश की और मुझे डांट के भगा दिया गया तो?''

''ऐसा हो सकता है। पुलिस के पास बहुत काम होता है। आये दिन नये केस आते हैं इसलिये किसी पुराने केस का, जो सैटल भी हो चुका है, मुर्दा उखाड़ने से उन्हें परहेज़ को सकता है। फिर हो सकता है कि थाने में तुम्हारा वास्ता उसी सब-इन्स्पेक्टर से पड़े जिसने तुम्हारे साथ रिश्वत खायी। क्या नाम था उसका?''

''संजय सिंह ऐवाना।''

''वो तो कभी नहीं चाहेगा कि केस रीओपन हो। उसकी कोशिश तुम्हें डांट के भगा देने की हो सकती है। अपने बयान तुम्हें उस शख़्स का नाम – एक आरोपी के पिता का नाम – तो तुम्हें लेना पड़ेगा। तब उसको भी क्वेश्चनिंग के लिये तलब किया जायेगा। तब उसने अगर कुबूल किया कि उसने तुम्हें रिश्वत परोसी थी तो तभी तुमने अपना बयान बदला था, तो वो ये भी कह सकता है कि केस के विवेचन अधिकारी ने भी रिश्वत खाकर ही उस केस की फाइल क्लोज़ करके ठण्डे बस्ते में डाल दी थी।''

''तो?''

''तुम उस डिस्ट्रिक्ट के – जिसके अंडर तिलक नगर थाना आता है, डीसीपी को अपना बयान दोगे।''

''कोई मुझे उसके पास भी नहीं फटकने देगा।''

''एक बड़ा वकील तुम्हें उसके पास ले के जायेगा।''

''मैं किसी बड़ी वकील से वाकिफ नहीं।''

''उसका इन्तज़ाम मैं करूंगा। कल वो ही डीसीपी से तुम्हारे लिये अप्वायन्टमेंट लेगा और तुम्हें अपने साथ ले के जायेगा। तुम्हारे शोरूम में तुम्हें उसकी कॉल आयेगी। कॉल पर निगाह रखना और जहां वो बुलाये, वहां पहुंचना। ओके?''

नायर ने सहमति में सिर हिलाया।

''थैंक्यू।''

''और'' – मुबारक अली कर्कश स्वर में बोला – ''जो यहां बीती, उसको अभी, इसी मिनट भूल जाने का। क्या?''

नायर के शरीर में सिर से पांव तक स्पष्ट झुरझुरी दौड़ी।

''कोई भी श्यानपंती की तो इसने बख़्श दिया, मैं नहीं बख़्शूंगा। ये भी न समझना कि रातोंरात तू बीवी बच्चों समेत गायब हो जायेगा।''

''कैसे हो जाऊंगा!'' – वो दयनीय भाव से बोला – ''लगी लगाई नौकरी छोड़ के भाग जाऊंगा तो क्या भूख मरूंगा?''

''जब तक रिश्वत का शीराजा नहीं चुक जायेगा, तब तक नहीं भूखा मरेगा। वो नौबत आने तक तो कहीं और जा के कोई नयी नौकरी ढूंढ़ ही लेगा!''

''मेरा ऐसा कोई इरादा नहीं।''

''न ही हो तो अच्छा है। तेरे लिये।''

''कल जो हुक्म होगा, जैसे हुक्म होगा, मैं उसको फॉलो करूंगा।''

''अपना ड्राइविंग लाइसेंस दिखा।''

''क्या?''

''अबे, कार चलाता है। क्या बिना ड्राइविंग लाइसेंस के चलाता है? लाइसेंस है या नहीं है तेरे पास?''

''है।''

''दिखा।''

''अगर मेरे घर का पता जानने के लिये देखना चाहते हो तो पता मैं वैसे ही बोल देता हूं।''

''बोल।''

उसने मयूर विहार फेज़ वन का एक पता बोला।

जो मामू के बिना कहे अशरफ ने अपने मोबाइल पर नोट कर लिया।

''अब'' – नायर ने डरते-डरते विमल से पूछा – ''मेरे लिये क्या हुक्म है?''

''जा सकते हो।'' – विमल बोला।

नायर के चेहरे पर ऐसे भाव आये जैसे उसे अपने कानों पर विश्वास न हुआ हो। वो उछलकर अपने पैरों पर खड़ा हुआ, फिर यूं दरवाजे की तरफ बढ़ा जैसे किसी भी क्षण वापिस घसीट लिये जाने की आशंका हो।

"एक बात बता।" – पीछे मुबारक अली संजीदगी से बोला।

विमल ने सवालिया निगाह उस पर डाली।

"उसकी ज़िद न टूटती तो भुन जाने देता?"

विमल ने इंकार में सिर हिलाया।

"मेरा भी यही ख़याल था।" – मुबारक अली ने – जो कि ख़ुद दुर्दान्त हत्यारा था – स्पष्टतया चैन की सांस ली। – "तो क्या करता?"

"पता नहीं। बहरहाल अच्छा हुआ हमार ब्लफ चल गया, वक्त रहते उसकी हिम्मद दगा दे गयी।"

"ये जो ब्लफ कर के तू बोला वो दोनों तरफ से भी तो खेला जा सकता है!"

"मियां, वही कह रहे हो न, जो मैं समझ रहा हूं?"

"मुझे नहीं पता तू क्या समझ रहा है। जवाब दे। कल होगा वो अपने शोरूम में?"

"जवाब तुमने खुद दे दिया। कल शोरूम में होगा तो ठीक वर्ना समझेंगे हमसे बड़ा ब्लफ का खिलाड़ी था।"

"बड़ा वकील कहां से आयेगा?"

"है एक बड़ा वकील गैलेक्सी के ऐनुअल रिटेनर पर . . ."

"किस पर?"

"सालाना फीस पर।"

"केस हो न हो, फीस चौकस?"

"हां।"

"ऐसा भी होता है?"

"कार्पोरेट वर्ल्ड में होता है।"

"उस को तू भी, वो क्या बोला तू अंग्रेजी में, री कर के टेन करेगा?"

"ज़रूरत नहीं पड़ेगी। गैलेक्सी की मालकिन शोभा शुक्ला सब सैट कर देंगी।"

"तेरे कहने पर?"

"हां। शोभा जी को मालूम है शुक्ला साहब को मेरी कितनी कद्र थी!"

"फिर क्या बात है!"

"मैं चलता हूं।" – विमल उठ खड़ा हुआ – "अब यहां कोई काम नहीं और मेरा तुम्हारा कोई साथ नहीं।"

"कहां जायेगा?"

"बोलूंगा। चलता हूं।"

"मैं छोड़ के आता हूं न?" – अशरफ बोला।

"ताकि मेरे ठिकाने की बाबत मामू का सस्पेंस ख़त्म हो?"

अशरफ खिसियाया-सा हंसा।

"मामू ने इशारा कर दिया कोई!"

वो परे देखने लगा।

"तूने मामू और अनीस को ले के जाना है। यहां सब समेटने में हो सकता है अभी टाइम लगे। मेरे को सुन्दर नगर मार्केट से आराम से कैब मिल जायेगी। शब-ब-खैर।"

"शब-ब-खैर, सरदार।" – मुबारक अली भावपूर्ण स्वर में बोला – अल्लाह वाली।"

देवन नायर ने ब्लफ न खेला, दग़ाबाजी न की। सुबह अपने निर्धारित ड्यूटी टाइम पर वो शोरूम में मौजूद था, उसने आते ही मैनेजर को बोल दिया था कि उसे एकाएक, खड़े पैर कहीं जाना पड़ सकता था।

दोपहर के करीब उसकी नयी दिल्ली डिस्ट्रिक्ट के, जिसमें कि तिलक मार्ग थाना आता था, डीसीपी के सामने पेशी हुई। नायर ने पूरी ईमानदारी के साथ अपना बयान दिया जिसका डीसीपी ने गम्भीर संज्ञान लिया। तत्काल पुलिस तन्त्रजाल हरकत में आया।

शाम तक बरी हुए तीनों आरोपियों को – अमित गोयल को विकास जिन्दल, केतन साहनी को – फिर गिरफ्तार कर लिया गया और रघुनाथ गोयल को क्वेश्चनिंग के लिये तिलक मार्ग थाने तलब किया गया।

वो अगली सुबह अपने वकील के साथ थाने पहुंचा तो एसएचओ के आफिस में पहले तो इसी बात पर भड़कने-कलपने लगा कि एक पागल के प्रलाप पर ख़ामख़ाह उसके बेटे को फिर गिरफ्तार कर लिया गया था। इसको उस बाबत सख्ती से चुप कराया गया और उससे दो टूक सवाल किया गया कि अपना बयान बदलने के लिये देवन नायर को उसने रिश्वत दी थी या नहीं।

रघुनाथ गोयल ने इस बात का पुरजोर विरोध किया जिसमें उसके वकील ने उसका पूरा-पूरा साथ दिया। रघुनाथ गोयल ने दावा किया कि वो देवन नायर से कभी नहीं मिला था, वो उसे जानता तक नहीं था, उसने तो बस एक बार उसकी शक्ल देखी थी जब कि वो अदालत में अपना बयान दे रहा था और खुद वो अदालत में मौजूद था।

अपनी किसी स्ट्रेटेजी के तहत पुलिस ने रघुनाथ गोयल को ज़्यादा न कुरेदा। उसे वार्न किया गया कि वो पुलिस को उपलब्ध रहे और चला जाने दिया गया।

उसी रोज़ विमल सिविल लाइंस जाकर कीमतराय सुखनानी से मिला, उसे गुड न्यूज़ दी कि उसकी मुराद पुरी होने का वक्त आ गया था, और प्रार्थना की कि वो अगले रोज सुबह दस बजे कोर्ट परिसर में कोर्ट नम्बर सात में जरूर हाजिरी भरे जहां कि विमल की लायी गुड न्यूज़ की पुष्टि होने की पूरी सम्भावना थी।

फिर वहीं उपलब्ध प्रिंटर की मदद से उसने विकी जेगर की मकतूला सुजाता सुखनानी को फोन में उपलब्ध तसवीर के ए-4 साइज के दो प्रिंट बनाये।

उन तसबीरों से लैस गैलेक्सी के वकील के साथ वो उस सरकारी वकील से मिला जिसने पुलिस की तरफ से रीओपंड केस में पेश होना था। विमल ने तसवीरें सरकारी वकील को सौंपीं और बताया कि वो क्योंकर इस्तेमाल में आ सकती थीं।

सरकारी वकील ने विमल का परिचय जाना चाहा तो विमल ने खुद को कीमतराय सुखनानी का मुलाज़िम बताया।

उन तसवीरों ने सरकारी वकील को बहुत खुश किया, उसने पुरज़ोर ऐलान किया कि अब उसके पास आरोपियों के ख़िलाफ बहुत मजबूत केस था।

16 दिसम्बर : सोमवार

सोमवार सुबह तीनों फिर गिरफ्तार किये गये आरोपियों को पटियाला हाउस कोर्ट परिसर में उसी मैजिस्ट्रेट के कोर्ट में पेश किया गया जिसने कोई डेढ़ महीना पहले उन्हें बरी कर दिया था।

उस रोज़ धूप नहीं निकली थी। सुबह से ही आसमान पर बादल छाये हुए

थे जो किसी भी क्षण बरस पड़ने का संकेत दे रहे थे।

विमल अदालत में मौजूद था।

अशरफ उसके साथ था लेकिन भीतर अदालत में विमल के साथ होने की जगह बाहर गलियारे में खड़ा था।

कीमत राय सुखनानी भी अदालत में मौजूद था। वो कोर्ट में आखिरी बैंच पर कोने में चुपचाप बैठा हुआ था, किसी की उसकी तरफ कोई ख़ास तवज्जो नहीं थी।

वैसे ही विमल ख़ामोश दर्शक था।

वहां एक शख़्स और था जिससे विमल और अशरफ वाकिफ़ नहीं थे और सुखनानी का उससे वाकिफ़ होने का सवाल ही नहीं पैदा होता था।

वो शख़्स जस्से का ख़ास शागिर्द कुलदीप सिंह था जस्से ने जिसको वहां अमित गोयल की वजह से भेजा था ताकि उसे मालूम हो पाता कि कोर्ट में अमित गोयल की उनत्तीस नवम्बर शुक्रवार को हुई बॉबिटाइजेशन की बात उठी थी या नहीं। लेकिन कुलदीप ने वहां और ही नज़ारा देखा जिसके आगे वो बात गौण हो गयी।

फौरन उसने अदालत से बाहर गलियारे के एक तनहा कोने में जा कर उस्ताद को फोन लगाया।

जस्सा उस वक्त मॉडल टाउन में त्रिपाठी पिता-पुत्र के साथ था और उनके बीच में वही मसला खड़ा था क्या अमित गोयल के अंग भंग की बात उजागर होती!

चिन्तामणि का ख़याल था कि अगर तीनों आरोपियों का पुलिस को मनमर्ज़ी का रिमांड मिल गया तो वो बात उजागर हुए बिना नहीं रहनी थी क्योंकि ऐसा रिमांड मिलने पर बुकिंग से पहले प्रोसीजर के तौर पर आरोपियों का मैडीकल होता था। मैडीकल से ये भी पता लग के रहता कि जो हुआ था, हाल ही में हुआ था। फिर उस पर उसकी इस दशा की हकीकत बयान करने का दबाव बन सकता था। दबाव में आकर वो हकीकत बयान करता तो उस प्रक्रिया में सारी कहानी खुल जाती, पुलिस को ख़बर लग के रहती कि वैसा ही अंजाम उस जैसे, उसके दोस्त दो और युवकों का भी हो चुका था और अभी एक और का होना बाकी था।

यूं अरमान पर फोकस बनना लाज़मी हो जाता, और यही उस घड़ी पिता पुत्र को चिन्ता का विषय था।

वो इसी बात का कोई तोड़ सोचने के लिये मन्त्रणा कर रहे थे जबकि जस्से के मोबाइल की घन्टी बजी!

जस्से ने मोबाइल निकाल कर स्क्रीन पर निगाह डाली।

कुलदीप।

"हां, कुलदीपे!" – काल रिसीव करता वो बोला – "बोल।"

जवाब में जो कहा गया, उसको सुनका उसके नेत्र फैले, कुर्सी पर ढ़ेर हुआ वो तन कर बैठा।

पिता पुत्र से जस्से में एकाएक आयी वो तबदीली छुपी न रही।

"क्या हुआ?" – चिन्तामणि व्यग्र भाव से बोला।

जस्से से हाथ उठा कर उसे चुप रहने का इशारा किया और फोन में बोला – "जो अभी बोला था, वो फिर बोल।"

तत्काल उसने मोबाइल को लाउड स्पीकर पर लगा कर तीनों के बीच मेज पर रख दिया।

"मैं कया, भ्राजी" – कमरे में आवाज़ गूंजी – "वो पड़ोसी यहां कोर्ट में मौजूद है।"

"कौन पड़ोसी?" – जस्सा पिता पुत्र को सुनाने के लिये कदरन उच्च स्वर में बोला।

"मॉडल टाउन के डी–नाइन वाला पड़ोसी। जिसे आप हैदराबाद चला गया बताते थे।"

"कौल? अरविन्द कौल?"

"यही नाम होगा।"

"वो वहां उस कोर्ट में मौजूद है जिसमें उन तीन लड़कों के केस की सुनवाई है?"

"और मैं क्या कह रहा हूं!"

"क्या कर रहा है?"

"बैठा है चुपचाप।"

"फिर तो केस की वजह से ही वहां होगा!"

"यही जान पड़ता है।"

"तूने उसे ठीक से पहचाना?"

"भ्राजी, आप ही ने पहचनवाया था एक बार। आपने ठीक से पहचनवाया था तो ठीक से पहचाना।"

''शक की कोई गुंजायश नहीं?''

''न।''

''ओये, तो ठोक उसे।''

''अदालत में?''

''बाहर भी तो निकलेगा। बाहर कहीं। ये मौका हाथ से नहीं निकलना चाहिये।''

''मेरे पास गन कहां है!''

''नहीं है?''

''भ्राजी, कोर्ट में गन साथ ला के मैंने मरना है?''

''कोर्ट की कार्यवाही शुरू हो गयी है?''

''टाइम हो गया है। होने ही वाली है।''

''गन तेरे पास पहुंचती है। बाहर कहीं, कहीं भी, जहां भी दांव लगे, ठोक दे उसको। फिर कहता हूं, कुलदीपे, ये मौका हाथ से नहीं जाना चाहिये।''

''वो तो ठीक है, भ्राजी, लेकिन गन जल्दी पहुंचेगी तो कुछ होगा न!''

''जल्दी ही पहुंचेगी।''

''आप कहां हैं?''

''मॉडल टाउन।''

''लो! जब तक मॉडल टाउन से गन यहां पहुंचेगी, तब तक तो कोर्ट की कार्यवाही कब की ख़त्म हो चुकी होगी।''

''कमला, माईंयवा। जैसे मुझे मालूम नहीं! करीब से पहुंचेगी। बन्द कर अब।''

सम्बन्धविच्छेद हो गया।

जस्से ने फोन उठा कर जेब में रखा और पिता पुत्र की तरफ देखा।

''वो यही है।'' – पिता वितृष्णापूर्ण भाव से बोला – ''शुरू से यही है।''

''हैदराबाद गया ही नहीं!'' – पुत्र बोला।

''ख़ाली कथा की हैदराबाद जाने की हमें गुमराह करने के लिये।''

''अन्त भला से सो भला, त्रिपाठी जी।'' – जस्सा बोला – ''वो दिल्ली में था तो हमें ढूंढ़े नहीं मिलने वाला था। समझो तकदीर ने हमारा साथ दिया जो हमें मालूम है इस घड़ी वो कहां है। अब हम इस सुनहरे मौके को कैश करने से चूके तो हम से बड़ा ईडियट कोई नहीं होगा। ठेकेदार साहब, अगर इस मौके से चूके तो मैं कहूंगा कि आप का साहबजादा उसी

अंजाम के काबिल है जिसकी धमकी की तलवार इसके सिर पर लटक रही है।"

"शट अप, जस्से! और मतलब की बात कर।"

"मतलब की बात अभी करनी है? अरे, मतलब की बात एक ही है। गन पहुंचानी है आंधी तूफान की तरह पटियाला हाउस।"

"ह-हमने?"

"और किसने?"

"लेकिन अभी बात हुई न कि जब तक मॉडल टाउन से गन पहुंचेगी . . ."

"अरे, ठेकेदार साहब, अक्ल से काम लो। टाइम ज़ाया न करो। चौहान को फोन करो। उसके आदमी सारी दिल्ली में हैं, वो इन्तज़ाम करेगा।"

"ओह! ओह!"

तत्काल चिन्तामणि ने 'गोल्डन गेट' के सिक्योरिटी चीफ गजानन चौहान का मोबाइल खड़काया। तत्काल उत्तर मिला। उसने जल्दी-जल्दी उससे बात की, फिर फोन बन्द कर दिया।

"हरीश नेगी।" – वो बोला – "चौहान का आदमी। दरियागंज में है। दस मिनट में पटियाला हाउस पहुंच जायेगा।"

"गन के साथ?" – जस्सा बोला।

"और क्या गुलेल के साथ? खाली हाथ?"

"कनफर्म किया न, त्रिपाठी जी! ठण्ड रखो।"

कोर्ट की कार्यवाही शुरू होने तक राघुनाथ गोयल की वहां पहुंच गया। वो सबसे अगले बैंच पर अपनी उम्र के, अपने जैसे ही चिन्तित दो व्यक्तियों के साथ बैठा जिनके बारे में विमल को बाद में मालूम हुआ कि वो विकास जिन्दल और केतन साहनी के पिता थे।

मैजिस्ट्रेट ने आकर अपना आसन ग्रहण किया तो कोर्ट की कार्यवाही शुरू हुई।

सबसे पहले देवन नायर को तलब किया गया।

मैजिस्ट्रेट के सामने नायर का बयान हुआ जो उसने संजीदगी से दिया। कोर्ट में तिलक मार्ग थाने का एसएचओ खुद मौजूद था, उसने तसदीक की कि गवाह थाने में पच्चीस लाख की वो रकम पेश कर चुका था जो बकौल उसके बतौर रिश्वत उसे हासिल हुई थी और वो रकम चौकस तहरीरी कार्यवाही के बाद तिलक मार्ग थाने के मालाखाने में जमा थी।

फिर सरकारी वकील ने अपना केस पेश किया।

"योर ऑनर" – वो बोला – "अब ये बात दिन की तरह साफ है कि गवाह का वही बयान दुरुस्त था जो उसने पुलिस को दिया था और जिस को उसने एनडोर्स किया था। लेकिन दूसरे पक्ष के द्वारा इस पर ऐसा भारी और ग़ैरकानूनी दबाव बनाया गया था, उसे उसके और उसके बीवी बच्चों के अंजाम से इतना त्रस्त किया गया था कि विपक्ष की बाकायदा कोच की गयी तब्दीलियों के तहत ये अपने पुलिस को दिये बयान से मुकरने पर मजबूर हो गया था।"

"मेरी अपने फाजिल दोस्त से दरख्वास्त है" – आरोपियों का वकील पुरज़ोर लहजे से बोला – "कि ये पहले ये फैसला कर लें कि गवाह ने अंजाम की दहशत के तहत अपना बयान बदला था या पच्चीस लाख रुपया रिश्वत खा कर अपना बयान बदला था!"

"वो रकम इसकी किसी मांग के तहत इसकी नज़र नहीं की गयी थीं" – सरकारी वकील शान्ति से बोला – "इस पर थोपी गयी थी ताकि इसके अपने बयान से फिर जाने की डबल गारन्टी हो पाती। योर ऑनर, इस बात का पुख़्ता सबूत ये है कि उस गवाही के तकरीबन डेढ़ महीने बाद भी वो रकम गवाह के पास सुरक्षित थी, उसने उसमें से एक काला पैसा भी ख़र्च नहीं किया गया था जबकि जिसके हाथ हराम का पैसा लगा हो, उसका उसे ऐशपरस्ती पर फौरन उड़ाने लगा जाना स्वाभाविक होता है।"

मैजिस्ट्रेट का सिर सहमति में हिला।

"अगर" – विपक्ष का वकील गर्जा – "गवाह पर कोई गैरकानूनी दबाव बनाया गया था, उस को – जैसा कि सरकारी वकील साहब ने दावा किया – उसके बीवी-बच्चों के किसी बुरे अंजाम से डरा कर गवाही से फिरने पर मजबूर किया गया था तो वो डर, वो दहशत, वो ख़ौफ अब कहां गया! धमकाने वालों के तौर पर ये अब जिनका नाम लेता है वो इस दौरान विलायत तो नहीं माइग्रेट कर गये! वो पहले भी यहीं थे, आज भी यहीं हैं। तो गवाह ने अपने सिर से खौफ की तलवार हट गयी क्यों कर पायी कि वो एक नयी कथा करने के लिये पुलिस के पास चला आया?"

"योर ऑनर" – सरकारी वकील बोला – "गवाह एक शरीफ, नेक, ऐतबारी शख़्स है, धर्मपरायण शख़्स है, ये एक बार ग़लत लोगों की नाजायज़ धमकियों के आगे घुटने टेक बैठा, इसका गवाह को शुरू से दुख था। इसकी

अन्तरात्मा हर पल, हर घड़ी इसको कचोटती थी, धिक्कारती थी कि ये एक नाजायज़, मुजरिमाना दबाव में आकर कोर्ट में परजुरी के लिये मजबूर हुआ। बकौल गवाह, उस नामुराद दिन के बाद से कोई ऐसी रात न आयी जब कि ये चैन की नींद सो पाया हो। आखिर इसकी गैरत जागी, इसके दिल ने, इसके बैटर जजमेंट ने इसे प्रेरित किया कि जो इसकी वजह से बिगड़ा था, ये उसे संवारने के लिये बिना अपने अपनी बीवी बच्चों के अंजाम की परवाह किये कोई मजबूत, कारआमद कदम उठाये जो कि इसने उठाया। पुलिस को गवाह के इस एक्शन की कद्र हुई, नतीजतन अब इसकी फैमिली को पुलिस प्रोटेक्शन हासिल है, खुद इसे पुलिस प्रोटेक्शन हासिल है। योन ऑनर, ये भी एक वजह है, बड़ी वजह है, जिसके तहत ये अपने अंजाम की परवाह किये बिना गवाह के कठघरे में खड़ा है और पूरी मज़बूती से, पूरी निष्ठा से सच के दामन को थामे है और इस कहावत को चरितार्थ कर रहा है कि सुबह का भूला शाम को घर आ जाये तो भूला नहीं कहलाता।''

''योर ऑनर'' – विपक्ष का वकील पुरज़ोर लहजे से बोला – सरकारी वकील साहब की ये लफ्फाज़ी, ये हमदर्दी गवाह को परजुरी के अंजाम से नहीं बचा सकती।''

''गवाह की ऐसी कोई ख़्वाहिश भी नहीं। होती तो गवाह अपनी मर्ज़ी से पुलिस के पास न पहुंचा होता, होती तो बिना किसी दबाव के यहां गवाह के कठघरे में न खड़ा होता। जो ग़लती इससे हुई है, उसका ये कोई भी खामियाज़ा भुगतने को तैयार है। ये झूठी गवाही देने का गुनहगार है तो . . .''

''गुनहगार है। बराबर है। जो बात प्रत्यक्ष है इसको रेखांकित करने की ज़रूरत नहीं है। ये झूठी गवाही का गुनहगार है लेकिन झूठी गवाही इसने पहले न दी, अब दी। झूठी गवाही ये अब दे रहा है ताकि तीन निर्दोष नौजवानों पर विपत्ति का पहाड़ टूटे। इसकी इसी कोर्ट में पिछली गवाही को विश्वसनीय माना गया था, तभी तो इन नौजवानों को इस कोर्ट ने बाइज़्ज़त बरी किया था . . .''

''बाइज़्ज़त नहीं। सन्देह-लाभ दे कर।''

''. . . अब डेढ़ महीने बाद वही गवाह फिर कोई नहीं कहानी कर रहा है तो इसकी कोई वजह होनी चाहिये। और मुझे इसके सिवाय कोई वजह मुमकिन नहीं दिखाई देती कि इस पर ऐसा करने के लिये कोई दबाव बनाया गया है।''

"क्या दबाव बनाया गया? कौन है बनाने वाला?"

"ये पता लगाना पुलिस का काम है।"

"आप दबाव को डिफाइन को कीजिये! उसकी कोई शक्ल तो उकेरिये। कहिये कि रिश्वत खायी।"

"हो सकता है।"

"अब रिश्वत खायी?"

"हो सकता है।"

"यानी गवाह हराम के पैसे पर निगाह रखने वाला एक लालची शख़्स है!"

"हो सकता है।"

"जो पैसे की खातिर कुछ भी कर सकता है?"

"हो सकता है।"

"अगर ऐसी इसकी फितरत है तो इसने पहले रिश्वत में हासिल हुआ पच्चीस लाख रुपया सरकारी मालखाने में वापिस क्यों जमा करवाया?"

विपक्ष के वकील को तुरन्त जवाब न सूझा।

"ये ही तो कहता है!" – फिर बोला।

"नहीं, ये ही नहीं कहता। पुलिस भी कहती है। तिलक मार्ग थाने के एसएचओ साहब कोर्ट में मौजूद हैं। आप के कहने पर वो फिर इस बात की तसदीक कर सकते हैं।"

"ये भी गवाह की कोई शातिर चाल है जो उसने परजुरी की सज़ा से बचने के लिये चली है।"

"आपकी ये बात तब कोई वज़न रखती मानी जाती जबकि पुलिस ने अपनी कर्मठता दिखाते इसे पकड़कर वापिस कोर्ट में ला खड़ा किया होता। आप बड़े आराम से इस अहमतरीन हकीकत को नज़रअन्दाज़ कर रहे हैं कि इसे यहां पुलिस पकड़ कर नहीं लायी, ये अपनी मर्ज़ी से यहां आया, न आया होता तो पुलिस को कभी इसका ख़याल तक न आया होता।"

"क्यों आया? इसके यूं यहां आने में भी कोई भेद है।।"

"कोई भेद नहीं है। जो वजह इसे यहां लाई है, वो एक्सप्लेन की जा चुकी है। इसकी कांशस इसे यहां लाई है। अब आप किसी के कंसैंशस होने को ग़ैरकानूनी करार देना चाहते हैं तो . . ."

"आर्डर!" – एकाएक मैजिस्ट्रेट अप्रसन्न भाव से बोला – 'आर्डर!'

"मेरी समझ में ये नहीं आता, योर ऑनर" – विपक्ष का वकील बोला – "कि मिस्टर पब्लिक प्रासीक्यूटर यूं गड़े मुर्दे उखाड़ कर साबित क्या करना चाहते हैं!"

"नहीं समझ में आता?" – सरकारी वकील हैरानी से बोला।

"नहीं, नहीं समझ में आता।"

"मैं ये साबित करना चाहता हूं, कर चुका हूं, कि दिस मैन हैज ए क्रिमिनल माइन्ड। ही हैज एक बैकग्राउन्ड, ए हिस्ट्री आफ क्राइम! ये पहले अदालत से बरी हुआ था या इसने सज़ा पायी थी, ये एक जुदा मसला है लेकिन जो शाश्वत सत्य है, वो ये है कि ये शख़्स पहले भी एक कत्ल कर चुका है। यानी जघन्य अपराधों का अपराधी होना इसके लिये आम बात है।"

"ये चरित्र हनन है।"

"अरे, चरित्र होगा तो हनन होगा न!"

"आई स्ट्रांगली ऑब्जेक्ट, योर ऑनर!"

"सस्टेंड।" – मैजिस्ट्रेट बोला – "मिस्टर पब्लिक प्रासीक्यूटर मस्ट कर्ब हिज़ एन्थूज़ियाज़्म . . ."

"आई एम सॉरी, यो ऑनर।"

". . . एण्ड कनक्ल्यूड हिज़ क्वेश्चनिंग ऑफ दि विटनेस।"

"मैंने और कुछ नहीं पूछता, योर ऑनर। मैं ये स्थापित करना चाहता था कि इस नौजवान की क्रिमिनल हिस्ट्री है, कत्ल जैसा जुर्म भी इसके लिये कोई बड़ा वाकया नहीं। ये एक बार गुनाह के गन्दे तालाब में डुबकी लगा सकता है तो दोबारा भी लगा सकता है, तिबारा भी लगा सकता है। एण्ड ए मैन इज़ नोन बाई दि कम्पनी ही कीप्स। इसलिये अगर ये क्रिमिनल माइन्डिड शख़्स है तो सहज ही अन्दाजा लगाया जा सकता है कि इसके जोड़ीदार कैसे होंगे। इन तमाम बातों के मद्देनजर मैं कोर्ट से दरख़्वास्त करता हूं कि पुलिस की इन आरोपियों के दो हफ्ते के रिमांड की अर्ज़ी मंजूर की जाये।"

"अर्ज़ी मंजूर की जाती है।" – मैजिस्ट्रेट बेहिचक बोला – "तीनों आरोपियों को चौदह दिन के रिमांड पर पुलिस के हवाले किया जाता है। तीस दिसम्बर सोमवार को तीनों आरोपियों को वैकेशन जज के कोर्ट में पेश किया जाये। ये अदालत पुलिस को हिदायत देती है कि वो गवाह देवन नायर के रिश्वत सम्बन्धी आरोप का संज्ञान ले और अगर एक आरोपी के पिता रघुनाथ गोयल को इस अपराध का अपराधी पाती है तो अन्डर अप्रौप्रियेट

पीनल कोड इसके ख़िलाफ केस दर्ज करे और कानूनी कार्यवाही को आगे बढ़ाये। दि कोर्ट नाओ विल हियर दि नैक्स्ट केस।''

विमल अपने स्थान से उठा, उसने उस कोने की तरफ निगाह उठाई जहां कीमत राय सुखनानी बैठा हुआ था तो पाया वो वहां नहीं था। वो लपक कर कोर्ट से बाहर निकला तो सुखनानी उसे गलियारे के दूसरे सिर पर चला जाता दिखाई दिया। लगभग दौड़ता हुआ वो उसके करीब पहुंचा।

''सर! सर!'' – वो बोला – ''प्लीज़! प्लीज़ रुकिये ज़रा। मैंने आप से बात करनी है।''

''मालूम है क्या बात करनी है।'' – सुखनानी बिना रुके बोला – ''यहां बात नहीं हो सकती। शाम को घर आना।''

''शाम को कब?''

''पांच बजे।''

''आप घर पर होंगे?''

''झूले लाल!''

''सॉरी! ठीक है, पांच बजे हाज़िर होता हूं। लेकिन यहां बात न कर पाने की वजह तो बताइये!''

सुखनानी बिना जवाब दिये आगे बढ़ गया।

विमल वापिस लौटा।

सरकारी वकील अभी गलियारे में ही था।

''नायर की क्या पोजीशन है?'' – विमल ने पूछा – ''गिरफ्तार है?''

''अभी नहीं।'' – वकील बोला – ''लेकिन हो सकता है।''

''उसकी गवाही के बिना आरोपियों को सज़ा नहीं होने वाली।''

''अच्छा! तुम भी वकील हो?''

''नहीं। लेकिन . . .''

''तो मुझे कानून क्यों पढ़ा रहे हो?''

''अरे, जनाब, मैं कहां आपको कुछ पढ़ा सकता हूं! मैं तो सिर्फ ये अर्ज़ करना चाहता था कि उसने खुद को कानून के रहमोकरम के हवाले करके बहुत हिम्मत का काम किया है। पुलिस उसके साथ अच्छा अच्छा पेश न आयी तो उसकी हिम्मत दगा दे सकती है। उसकी हिम्मत बंधाये रखने के लिये ज़रूरी है कि उसे भविष्य में कोई आशा दिखाई दे। और ऐसा बेहतरीन तरीके से तभी होगा जब उसे वादामाफ गवाह बनाये जाने का आश्वासन होगा।''

"वो बात अन्डर एक्टिव कनसिडरेशन है। दोपहरबाद मेरी डीसीपी साहब के पास पेशी है। मेरे ख़याल से हो जायेगा ये काम।"

"पुलिस प्रोटेक्शन उसको और उसकी फैमिली को वाकेई हासिल है?"

"हां, भई। और क्या उस बाबत कोई कोर्ट में झूठ बोला मैंने?"

"सॉरी?"

"मयूर विहार में वो किराये के फ्लैट में रहता है और उसका फ्लैट गेटिड सोसायटी में है। वहां के सिक्योरिटी स्टाफ को पुलिस की ख़ास हिदायत है कि आने वालों की ऐंट्री को बहुत सख़्ती में स्क्रीन किया जाये। एक पुलिस वाला भी हर घड़ी गेट पर होगा। जमा, उसको राय दी गयी है कि कुछ दिनों के लिये वो बीवी बच्चों को दिल्ली से बाहर कहीं भेज दे। और हो सके तो कुछ दिन के लिये खुद भी अपने शोरूम से छुट्टी ले ले। इससे बेहतर उसके लिये कुछ नहीं किया जा सकता।"

"काफी है इतना। बाकी वो खुद सयाना है। शुक्रिया, जनाब।"

वकील ने सहमति में सिर हिला के शुक्रिया कबूल किया।

अशरफ उसके करीब पहुंचा।

"सुबह नाश्ता न कर सका।" – विमल बोला – "यहां आसपास तो कोई इन्तज़ाम होगा नहीं!"

"यहीं है।" – अशरफ बोला – "कोर्ट की कैन्टीन है। मेन बिल्डिंग से अलग उधर एक टैम्परेरी हाल में है। आप वहां चल के बैठिये, मैं बड़े मियां को लेकर आता हूं।"

"बड़े मियां।" – विमल सकपकाया – "मुबारक अली भी यहां है?"

"है न मामू! मेरी टैक्सी में बैठे हैं।"

"वहां क्यों बैठे हैं?"

"गन की रखवाली करनी थी न! कोर्ट में तो ले जा नहीं सकते थे!"

"ओह! ठीक है, जा।"

दोनों विपरीत दिशा में आगे बढ़े; अशरफ गेट की तरफ, विमल उधर जिधर कैन्टीन बतायी गयी थी।

हरीश नेगी एक क्रूर सूरत वाला कोई पैंतालीस साल का शख़्स था। उसने मिजाज ही ऐसा पाया था कि त्योरी हर वक्त चढ़ी रहती थी और वो लड़ने

झगड़ने को सदा आमादा दिखाई देता था। वो कुलदीप को सूरत से नहीं पहचानता था लेकिन नेगी की सूरत के ख़ास शिनाख़्ती निशान कुलदीप को फोन पर बताये गये थे इसलिये कुलदीप उसके पास पहुंचा और दोनों एक दूसरे से परिचित हुए।

"गन लाया है?" – कुलदीप ने पूछा।

"और आया किस लिये हूं?" – नेगी आदतन भुनभुनाया।

"मालूम, क्या करना है?"

"मालूम। ये भी मालूम कि जो करना है, तूने करना है।"

"अबे, गन तो देगा करने के लिये कि नहीं देगा?"

"दूंगा न! और आया किसलिये हूं! पहले भी बोला।"

"सुना मैंने।"

"मैंने भी सुना कुछ।"

"क्या?"

"कि तू बहुत दिलेर है! गन तेरे पास अन्दर होती तो . . . तो जो करना है, कोर्ट में ही कर डालने से गुरेज न करता।"

"ठीक सुना है।"

"वैसे . . . निशाना कौन है?"

"वो गोरा चिट्ठा क्लीनशेव्ड आदमी जो अभी काले कोट से बात करके हटा है . . . बड़ी-बड़ी आंखें, सुतक नाक, कुछ ज्यादा ही सुडौल दान्त।"

"आया पकड़ में। अकेला है?"

"मैंने तो अकेला ही देखा था। कोई साथ होगा तो अभी दिखाई दे जायेगा।"

" है। अभी एक नौजवान लड़का उसके करीब पहुंचा। बाहर जा रहे हैं दोनों।"

दोनों फ़ासला रख के विमल और अशरफ के पीछे चलने लगे।

"दो हैं।" – नेगी बोला – "कैसे होगा?"

"प्राब्लम तो होगी! लेकिन काम तो करना है ज़रूर! लगता है दोनों को ख़त्म करना पड़ेगा . . ."

"वो अलग हो रहे हैं।"

"अच्छा!"

"खुद देख। वो लड़का लोहे के फाटक की तरफ जा रहा है, तेरा निशाना, आगे कैन्टीन है, उधर जाता लग रहा है।"

"बढ़िया। अब काम आसान होगा। कैन्टीन में कई खिड़कियां हैं और सब खुली हैं। बाहर से ही शूट कर दूंगा साले को। गन दे।"

"गन दूं?" वो मेरा पास थोड़े ही है?"

"पास नहीं है! कहां है?

"बाहर। कार में।"

"कार में! तू कार में आया है?"

"लो। तो और खड़े पैर कैसे पहुंचता? चौहान साहब ने चुटकियों में दिलवाई न एक आल्टो!"

"गन ले के आ। मैं कैन्टीन पर पहुंचता हूं।"

"ठीक।"

कैन्टीन काफी बड़ी थी और काफी व्यस्त थी।

काफी बड़ी थी इसीलिये एक टेबल उन्हें आसानी से मुहैया हो गयी।

विमल ने तीनों के लिये चाय, आमलेट, टोस्ट का आर्डर दिया।

"वो सिन्धी सेठ!" – मुबारक अली ने पूछा – "आया तेरी दरख़्वास्त के मुताबिक?"

"आया तो सही!" – विमल संजीदगी से बोला – "लेकिन हैरानी है कि बात करने को न रुका। पूछने पर कोई वजह भी न बतायी। शाम को कोठी पर आने को बोला और ये जा, वो जा।"

"ओह!"

"शाम को कोठी पर बुलाया है।"

तभी वेटर उनका आर्डर ले आया।

"जायेगा?" – वो लौट गया तो मुबारक अली बोला।

"लो! तो क्या नहीं जाऊंगा? आइन्दा होने करने की जो मैं उम्मीद कर रहा हूं, उसका सारा दारोमदार तो सिन्धी सेठ पर है। शाम पांच बजे बुलाया है . . ."

विमल के हाथ से कांटा छिटका और मेज़ पर से नीचे फर्श पर जा कर गिरा।

वो कांटा उठाने को आगे को झुका . . .

तभी गोली चली।

और लोहे की चौथी ख़ाली कुर्सी की पीठ से जाकर टकराई।

तत्काल 'गोली चली, गोली चली' का शोर उठा।

विमल तकदीर से ही बचा था।

"उधर खिड़की से चली।" – अशरफ उठ कर खड़ा हुआ और खिड़की की तरफ भागा।

विमल ने मेज़ पर एक दो सौ का नोट फेंका और अशरफ के – मुबारक अली उसके – पीछे लपका।

तब तक और लोगों को भी अहसास हो गया था कि क्या हुआ था। 'गोली चली, गोली चली' की आवाज़ों के बीच खलबली मची।

"बाहर! बाहर।" – अशरफ जो, उनसे आगे था, चिल्लाया।

"अबे, सब्र कर।" – मुबारक अली उसी की तरह चिल्लाया – "वर्ना लोग समझ लेंगे कि तूने चलाई।"

"परवाह नहीं, मामू पर वो साला हरामी बच के न जाने पाये।"

सब बाहर पहुंचे। गेट से थोड़ा परे फुटपाथ से लगी एक 'आल्टो' खड़ी थी जिस का इंजन चालू था लेकिन जो हरकत में नहीं थी।

उसका निशाना शख़्स – जो कि कुलदीप था – झपट कर 'आल्टो' में सवार हुआ, तत्काल 'आल्टो' वहां से यूं भागी जैसी तोप से गोला छूटा हो।

वो तीनों 'असैंट' में सवार हुए। स्टियरिंग मुबारक अली ने सम्भाला, विमल ने उसके पहलू में पैसेंजर सीट कब्ज़ाई और अशरफ पीछे सवार हुआ। मुबारक अली ने कार सड़क पर दौड़ाई।

"दिखाई तो नहीं दे रही 'आल्टो'!" – विमल चिन्तित भाव से बोला।

"मेरे को दिखाई दे रही है।" – मुबारक अली – "आगे मथुरा रोड की लाल बत्ती पर खड़ी है। दायें मुड़ेगी। . . . अरे! लाल बत्ती पर ही निकल ली!"

जब तक 'असैंट' सिग्नल पर पहुंची, लाल बत्ती हरी हो गयी। लेकिन तब तक 'आल्टो' इतनी आगे निकल गयी थी कि दिखाई देनी बन्द हो गयी थी।

मुबारक अली ने रफ्तार बढ़ाई।

"खिड़की से बाहर" – अशरफ भुनभुनाता सा बोला – "एक ड्रम पर चढ़ा हुआ था ताकि आप को ठीक से निशाने पर ले पाता।"

"ले ही लिया था।" – विमल बोला – "ऐन मौके पर कांटा हाथ से न छूटा होता, मैं उसे उठाने के लिये आगे न झुका होता तो उसका निशाना हरगिज़ न चूका होता।"

"अल्लाह ने करम किया।" – मुबारक अली बोला – "साला हरामी

काबू में आ गया तो कच्चा चबा जाऊंगा।''

''आयेगा?''

''ट्रैफिक में बहुत आगे है। कभी–कभार झलक मिलती है। साले किसी लाल बत्ती की भी तो परवाह नहीं कर रहे वर्ना किसी न किसी बत्ती पर हम उनके सिर पर होते।''

''शायद कोई है ट्रैफिक पुलिस वाला चालान के लिये रोके!''

''अभी तक तो रोका नहीं! ये साले ज़रूरत के वक्त कभी काम नहीं आते। चौराहे की तरफ पीठ फेर कर खड़े होते हैं कि कहीं काम न करना पड़ जाये।''

यू ही बकते–झकते मुबारक अली ने कई सिग्नल, कई सड़कें पार कीं।

फिर कार खेल गांव रोड पर पहुंची और आगे सीरी फोर्ट मार्ग पर मुड़ी।

तब तक आसमान पर के बादल घने, काले हो गये थे और किसी भी क्षण बरस पड़ने का संकेत दे रहे थे।

''दिख रही है 'आल्टो'?'' विमल ने पूछा।

''हां।'' – मुबारक अली बोला – ''बीच में थोड़ी देर नहीं दिखी थी लेकिन अब फिर दिख रही है।''

''यहां ट्रैफिक बहुत कम है। उन से छुपा तो नहीं होगा कि हम पीछे लगे हैं!''

''अरे, इतनी देर से लगे हैं, कहां छुपा होगा!''

''गन कहां है?''

''तेरे सामने के बक्से में।''

विमल ने ग्लव कम्पार्टमेंट को खोल कर गन अपने कब्ज़े में की।

''किसी तरह इतना करीब पहुंच'' – वो बोला – ''कि मैं टायर को निशाना बना सकूं।''

''अभी। अभी।''

तब 'आल्टो' काफी आगे खेल गांव के जंगल के समानान्तर दौड़ रही थी। एकाएक ब्रेकों की भीषण चरचराहट के साथ वो गतिशून्य होने लगी। फिर उसके पूरी तरह से रुक जाने से पहले ही कुलदीप उसमें से बाहर कूद गया और 'आल्टो' ने फिर रफ्तार पकड़ ली।

मुबारक अली भी जैसे ब्रेक के पैडल पर खड़ा हो गया।

'असैंट' के जंगल की ओर के दोनों दरवाजे एक साथ खुले, विमल और अशरफ बाहर कूदे और जंगल में भीतर वो भागे।

"गन है उसके पास।" – अशरफ बोला।

"वो तो होगी ही! गोली चलाई न मेरे पर!"

"हाथ में है। मेरे को उसकी अभी एक झलक मिली थी। गोली चला सकता है वो।"

तभी जैसे उसके अन्देशे पर अमल हुआ।

एक गोली सनसनाती हुई उनके सिरों के ऊपर से गुजरी।

विमल ने फायर किया।

आगे कहीं से एक घुटी हुई चीख की, फिर धप्प से कुछ गिरने की आवाज़ आयी, फिर ख़ामोशी छा गयी।

"लगता है गोली लगी है उसे।" – विमल बोला।

"शायद।"

तभी आगे राहदारी पर उन्हें गन पड़ी दिखाई दी।

अशरफ ने झुक कर गन उठा ली।

"यकीनन लगी है।" – विमल उसके करीब ठिठकता बोला – "वर्ना गन न गिराई होती।"

"अब?"

"इधर पहले ही बारिश हो कर हटी जान पड़ती है जिसकी वजह से ज़मीन गीली है और ज़मीन पर बने, आगे बढ़ते उसके पैरों के निशान साफ दिखाई दे रहे हैं। अब दौड़ने की ज़रूरत नहीं। हम इत्मीनान से इन निशानों को फॉलो कर सकते हैं। जहां ये ख़त्म होंगे, वो वहीं होगा।"

"जख़्मी? बेहोश?"

"मुमकिन है।"

"या मरा पड़ा?"

"ये भी हो सकता है। क्या पता गोली कहां लगी!"

"ठीक।"

"आगे बढ़ो।"

पैरों के निशान एक घने पेड़ के नीचे जा कर ख़त्म हुए।

वो पेड़ के नीचे ठिठके।

"कहां गया?" – अशरफ बोला।

विमल ने अनभिज्ञता से कन्धे उचकाये।

तभी एक बून्द टप्प से विमल के गन वाले हाथ पर टपकी।

"बारिश आयी कि आयी।" – वो बोला।

उसने दायां हाथ पोंछने के लिये बायां हाथ आगे बढ़ाया तो हाथ ठिठक गया।

जो बून्द उसके हाथ पर टपकी थी, वो पानी की नहीं, खून की थी।

"खून!" – वो फुसफुसाया – "ऊपर घने पेड़ में कहीं छुपा बैठा है।"

"पेड़ चढ़ सका" – अशरफ भी वैसे ही फुसफुसाया – "तो ज़्यादा जख़्मी तो न होगा!"

"बिलकुल!"

"मैं पेड़ पर चढ़ूं?"

"काहे को! वो नीचे आयेगा।" – विमल ने ऊपर की तरफ सिर उठाया और उच्च स्वर में बोला – "नीचे आ जा।"

सन्नाटा।

"नहीं तो मैं गोली चलाता हूं। फल की तरह टपकेगा पेड़ पर से।"

कोई प्रतिक्रिया सामने न आयी।

"आसमान में काले बादलों की वजह से यहां अन्धेरा है।" – अशरफ बोला – "ऊपर तो कुछ दिखाई नहीं दे रहा! कैसे गोली चलायेंगे उस पर?"

विमल सोचने लगा।

"ऊपर से नीचे देखना आसान होगा। उसने पहले चला दी तो?"

"नॉनसेंस! उसकी गन हमारे कब्ज़े में है।"

"और हुई तो?"

"नामुमकिन तो नहीं लेकिन मुश्किल है कि एक शख़्स एक ही वक्त में दो गन लिये फिरता हो। वैसे भी अगर उसके पास और गन होती तो ऊपर पेड़ पर न जा छुपा होता। तो वो ऊपर से हम पर कब का गोली चला चुका होता। तूने खुद बोला कि ऊपर से नीचे देखना आसान होगा।"

"ठीक। तो?"

"टार्च! अपने मोबाइल की टार्च आन कर। मैं भी करता हूं।"

ऊपर पेड़ों पर दो टार्चों की रौशनी पड़ी और दायें बायें पैन हुई।

उन्हें पत्तियों की ओट में एक शाख पर बैठा वो दिखाई दिया।

"तू दिखाई दे रहा है मेरे को।" – विमल सख़्ती से बोला – "नीचे आ जा वर्ना मैं गोली चलाता हूं। इतनी हाइट से गिरेगा तो गोली से ज़्यादा डैमेज गिरने से होगा बॉडी को! रीढ़ की हड्डी टूट गयी तो हमेशा के लिये अपाहिज हो जायेगा। मैं चलाऊं गोली?"

"न-नहीं।" – ऊपर से कुलदीप फंसे कण्ठ से बोला।

"नीचे आता है ख़ुद?"

"हं-हां।"

"आ। फौरन।"

वो धीरे-धीरे पेड़ से नीचे उतरा।

विमल और अशरफ उससे दो कदम पीछे हट गये। अशरफ ने टार्च बन्द कर दी, विमल ने अच्छी तरह से उसका – ख़ास तौर से उसकी सूरत का – मुआयना किया और फिर टार्च बन्द की।

"हाथ ऊपर।" – विमल ने आदेश दिया।

कुलदीप ने आदेश का पालन किया।

"गोली कहां लगी?"

उसने अपना दायां हाथ दिखाया जिससे अंगूठे के करीब हथेली से तब भी खून रिस रहा था।

"हड्डी टूटी?"

उसने इंकार में सिर हिलाया।

"फिर तो खुशकिस्मत है! है कौन तू?"

उसने जवाब न दिया।

"पहली बार बच गया तो इसका मतलब ये नहीं है कि हर बार बच जायेगा। मैं अभी तेरा घुटना फोड़ता हूं, फिर दूसरा। फिर बस। फिर लुंज पुंज यहां उजाड़ जंगल में पड़ा तू खुद ही मर जायेगा। चाहता है कि तुझे ऐसी मौत आये?"

उसने ज़ोर से इंकार में सिर हिलाया।

"तो जवाब दे। कौन है तू? किसका हुक्मबरदार है? किसके कहने पर तूने कोर्ट में मुझे मार डालने में कसर न छोड़ी?"

उसने बेचैनी से पहलू बदला।

"तेरी मेरे से कोई ज़ाती दुश्मनी तो हो नहीं सकती! तूने किसी का हुक्म बजाया जो दिनदहाड़े कोर्ट परिसर में मेरे पर गोली चलाने की जुर्रत

की। नाम ले अपने मालिक का! किसके अन्डर में चलता है? ठेकेदार के या . . .''

''ख़बरदार!'' – एकाएक पीछे से कर्कश, अधिकारपूर्ण आवाज़ आयी – ''हिलना नहीं। तुम दोनों नाइन एमएम पिस्टल के निशाने पर हो।''

विमल सन्नाटे में आ गया।

वो शख़्स पीछे से इनके इतने करीब पहुंच गया था और उन्होंने उसकी कोई आहट नहीं सुनी थी।

''बायें वाले! तेरे को बोल रहा हूं मैं। गन को नाल से पकड़। वर्ना मैं ट्रीगर खींचता हूं।''

ज़ाहिर था कि उसे इमकान नहीं था कि अशरफ भी – कुलदीप की गन से – हथियारबन्द था।

अशरफ का हाथ धीरे-धीरे जैकेट की दायीं जेब की ओर सरकने लगा जिसमें कि कुलदीप की गन थी।

तीव्र अनिच्छा के हवाले विमल ने आदेश का पालन किया।

''कुलदीपे, गन कब्ज़ा ले।''

कुलदीप दृढ़ता से आगे बढ़ा।

वो करीब पहुंचा तो विमल ने एकाएक गन हवा में उछाल दी।

कुलदीप और नाइन एमएम वाले दोनों की निगाहें स्वयमेव ही गन के पीछे ऊपर को उठीं।

विमल ने बिजली की फुर्ती से घूम कर पीछे छलांग लगाई और पिछले हमलावर को लिये-दिये जमीन पर लोट गया।

अशरफ आगे बढ़ते कुलदीप पर झपटा।

पिछला हमलावर विमल की अपेक्षा से ज़्यादा फुर्तीला था, उसने चुटकियों में विमल को परे धकेल दिया और उछल कर अपने पैरों पर खड़ा हुआ।

कुलदीप ने करीब आते अशरफ पर दोलत्ती चलाई। अशरफ परे जा कर गिरा। उठने की कोशिश की जगह उसने गन के लिये जैकेट की जेब की तरफ हाथ बढ़ाया तो हाथ जैकेट में कहीं उलझ कर रह गया।

''नेगी, भाग!'' – कुलदीप चिल्लाया।

नेगी फौरन पेड़ों के करीब झुरमुट की तरफ भागा।

कुलदीप ने पांव की एक ठोकर तब भी फर्श पर लुढ़के पड़े अशरफ

की पसलियों में जमाई। अशरफ का हाथ जैकेट से अलग हो गया, पीड़ा से बिलबिलाते उसने दोनों हाथों से अपनी छाती थाम ली।

कुलदीप ने बड़ी सहूलियत से उसकी जैकेट की जेब से अपनी गन खींच ली और गोली की रफ़्तार से नेगी के पीछे भागा।

विमल ने झपट कर ज़मीन पर गिरी अपनी गन उठाई और झुके-झुके ही उसके पीछे दो फायर झोंके।

कोई प्रतिक्रिया सामने न आयी।

प्रत्यक्षतः कोई गोली निशाने पर नहीं लगी थी।

फिर भागते कदमों की आवाज़ आनी भी बन्द हो गयी।

''निकल गये साले!'' – हांफता हुआ विमल हताश भाव से बोला।

''पीछे चलें?'' – अशरफ उठ कर खड़ा होता बोला।

''कोई फायदा नहीं। पहले की गन वापिस उसके पास पहुंच गयी है। वो अब हथियारबन्द है, पीछे आते कदमों की आहट सुनते ही गोली चला देगा।''

''दूसरा भी।''

''नहीं, दूसरा नहीं। कमीना ब्लफ खेल गया हमारे साथ। उसके पास गन थी ही नहीं।''

''ऐसा!''

''हां। मेरे को पक्का है उसके पास गन नहीं थी। जितनी सहूलियत से उसने मेरे को अपने पर से परे धकेल दिया था, गन होती तो उतनी ही सहूलियत से वो मुझे शूट भी कर सकता था। ऐसा करने की जगह वो भाग खड़ा हुआ। साला श्याना यूं ही नाइन एमएम पिस्टल की हूल दे गया।''

''भाईजान, इतनी मेहनत की, जान जोखम में डाली, हाथ फिर भी कुछ न आया।''

''आया न! ये आया कि जिसने कैंटीन में गोली चलाई थी, उसका नाम कुलदीप था और जो ग़ैरहाजिर पिस्टल के साथ बाद में आया था, उसका नाम नेगी था।''

''नामों से क्या होता है?''

''भई, भागते भूत की लंगोटी होता है।''

तभी दूसरे की, नेगी की गर्दन थामे उसे लगभग अपने साथ घसीटता मुबारक अली वहां पहुंचा।

"बल्ले!" – विमल बोला – हम तो लंगोटी की ही ख़ैर मना रहे थे, बड़े मिया तो लंगोट ले आये बड़ा वाला।"

"साला दूसरा पकड़ में न आया।" – मुबारक अली हांफता-सा बोला – "निकल गया।"

"शक्ल देखी?"

"नहीं। ख़ाली भागता देखा। पीठ देखी, बस।"

"ओह!"

"इधर ही से तो भागा था! तुम लोगों ने तो देखी होगी?"

"देखी, पर ठीक से न दिखी। मोबाइल की टार्च की चमक में औनी पौनी दिखी।"

"आसमान में काले बादल थे।" – अशरफ बोला – "यहां घने पेड़ थे। साला दिन में ही रात का माहौल था, मामू।"

"था कौन कम्बख़्तमारा? क्यों तेरे पर दिन दहाड़े गोली चलाई। वो भी कोरट में?"

"कुछ पता न चल पाया।" – विमल बोला – "अभी काबू में आया ही था, पूछना शुरू किया ही था कि ये आ गया।" – विमल ने घूम कर उसे देखा – "नाइन एमएम पिस्टल वाला। कहां है बे, पिस्टल? निगल गया? या पिछवाड़े में ले ली?"

उसने जवाब न दिया। उसके गले की घन्टी जोर से उछली।

"नेगी नाम है तेरा। सबसे पहले पूरा नाम बोल। फिर बोल कि . . ."

एक गोली सनसनाती हुई आयी और नेगी की कनपटी में धंस गयी।

मुबारक अली ने नेगी का निश्चेष्ट होता शरीर हाथ से निकल जाने दिया और एक तरफ छलांग लगाई।

विमल और अशरफ दोनों ने एक पेड़ की ओट पाने के लिये दूसरी तरफ डाई लगाई।

और गोली न चली।

विमल ओट से निकला और नेगी के करीब पहुंचा।

"ये तो गया!" – वो बोला – "यहां और रुकना ठीक नहीं। निकल लो।"

शाम को निर्धारित समय पर विमल सिविल लाइंस में सिन्धी सेठ कीमत राय सुखनानी की कोठी पर मौजूद था।

अशरफ उसके साथ था।

सुखनानी उन्हें उसी आफिसनुमा कमरे में मिला, शनिवार सात दिसम्बर को जिसमें वो विमल से मिला था।

अभिवादनों का आदान प्रदान हुआ।

सुखनानी ने अपलक अशरफ की तरफ देखा।

अशरफ विचलित हुए बिना न रह सका।

"लगता है – अशरफ पर से निगाह हटाता सुखनानी विमल से सम्बोधित हुआ – "जैसे तुम्हारी कोई ख़ास, खुफिया आइडेन्टिटी है, वैसे इसकी भी कोई ख़ास, खुफिया आइडेन्टिटी है; जैसे तुम्हारे किरदार पर पर्दे हैं, वैसे ही टैक्सी ड्राइवर होने के अलावा ये भी कुछ और हैं!"

"जी हां, है।" – विमल सहज भाव से बोला – "ये मेरा अज़ीज़ दोस्त है।"

"टैक्सी ड्राइवर!"

"मुझे इसके कारोबार से कुछ लेना देना नहीं। दोस्त दोस्त पहले होता है, बाकी सब कुछ बाद में होता है।"

"हूं।"

"आपको इसकी यहां मौजूदगी से कोई परेशानी है तो मैं इसे यहां से रुख़सत कर देता हूं।"

"अगर ये तुम्हारे भरोसे का है . . ."

"पूरे भरोसे का है।"

". . . तो मुझे कोई परेशानी नहीं।"

"शुक्रिया।"

"अब बोलो, क्या कहना चाहते हो?"

"पहले तो ये जानना चाहता हूं कि सुबह कोर्ट में मेरी बात सुनने में आपको क्या प्राब्लम थी!"

"वहां 'गोल्डन गेट' का एक मुलाज़िम मौजूद था। वहां का सिक्योरिटी स्टाफ। जो वहां के सिक्योरिटी चीफ गजानन चौहान के अन्डर काम करता है। नाम हरीश नेगी।"

"नेगी!"

"हां। वाकिफ हो उससे?"

"नहीं।"

"नेगी सरनेम पर चौंके, इसलिए पूछा।"

"आप कुछ कह रहे थे!"

"हां। वो – हरीश नेगी – मुझे पहचानता था मैं नहीं चाहता था कि वो मुझे तुम्हारे से गुफ्तगू में मसरूफ देखता।"

"इसमें न चाहने वाली क्या बात थी?"

"बात तुम्हारे मिस्टीरियस किरदार में है। मैं नहीं जानता तुम कौन हो! नहीं जानता क्योंकि तुम बताना नहीं चाहते। मेरे अन्दर से उठती आवाज़ मुझे कहती है कि तुम कोई ऐसे शख़्स हो सकते हो जिसके इन्टरेस्ट्स उन लोगों के बरखिलाफ हैं।"

"किन लोगों के?"

"बोलूंगा। उस वक्त बस, मुझे यही सूझा था कि कोई मुझे तुम्हारे साथ न देखे। मेरे को तो वहां जाना ही नहीं चाहिये था। तुम्हारे कहने पर मैं वहां गया . . ."

"जोकि बहुत अच्छा किया। आपकी वजह से मैजिस्ट्रेट को यकीन आया कि दस साल पहले जो दड़ियल विकी जैगर आपकी बेटी के कत्ल के इलजाम में गिरफ्तार था, वो ही अब एक दूसरे जघन्य अपराध का अपराधी बन कर बतौर क्लीनशेव्ड विकास जिन्दल उसके सामने खड़ा था। उस लड़के को अपने दो क्राइम के साथियों समेत लम्बी सज़ा सुनायी जाना अब महज़ वक्त की बात है। कानून ने उनकी नौजवानी पर रहम भी खाया तो कम-से-कम दस साल की सज़ा होना लाज़मी है, ऐसा न हुआ तो उम्र कैद भी हो सकती है, फांसी भी हो सकती है। जब से निर्भया कांड हुआ है, कानून ऐसे मामलों में बहुत सख़्ती बरत रहा है।"

"उस सारे केस का दारोमदार एक, महज़ एक गवाह पर है।"

"वो गवाह अपनी गवाही से नहीं हिलने वाला।"

"एक बार हिल चुका है।"

"अब नहीं हिलने वाला। मैं गारन्टी करता हूं। अब मुजरिमों को बड़ी सज़ा हो के रहेगी।"

"न हुई तो?"

"तो मैं खुद अपने हाथों से आपके गुनहगार को गोली मार दूंगा।"

वो हड़बड़ाया, फिर बोला – "पहले ही क्यों न मार दी?"

"क्योंकि मैं ख़ामख़ाह का खूनख़राबा पसन्द नहीं करता। क्योंकि जब सीधी उंगलियों से घी निकलता दिखाई देता हो तो उंगलियां टेढ़ी करना

ज़रूरी नहीं होता।''

''तुम कौन हो?''

''दाता!''

कुछ क्षण खामोशी रही।

''आप अपनी बेटी के कातिल का बुरा अंजाम चाहते हैं।'' – फिर विमल ने खामोशी भंग की – ''वो लड़का दस साल की जेल की सज़ा पाता है तो ये उसका कोई कम बुरा अंजाम न होगा। मैंने पहले ही अर्ज़ किया कि सज़ा उम्र कैद भी हो सकती है, फांसी भी हो सकती है। मैंने ये भी कहा कि अगर ऐसा कुछ भी न हुआ तो मैं खुद अपने हाथों से उसे गोली मार दूंगा। और आपको क्या चाहिये? आपकी मुराद पूरी हो तो रही है! वो लड़का जेल में है और एक लम्बे अरसे तक जेल में ही रहेगा, इसका मैं आपको आश्वासन देता हूं। जब खुद आपकी कतई कोई पेश न चली, दो साल बाद भी आप प्रतिशोध की ज्वाला में जल ही रहे हैं तो ये कोई बुरा सौदा नहीं। उसको दस साल की सज़ा तो होके रहनी है इसलिये इसे आप को आप की बेटी के साथ आखिर हुआ इंसाफ तसलीम करना चाहिये। और अब आपको अपने इस ऐलान पर खरा उतर कर दिखाना चाहिये कि जो कोई भी आपको सुजाता के कातिल के बुरे अंजाम की ख़बर ला के देगा, उसे जो चाहे आप से मांग लेने की छूट होगी। अब आप अपनी बात से मुकरेंगे तो . . .''

''चड़या हुआ है!''

''. . . मैं समझूंगा कि आपने अपना मतलब हल करना था – जो कि आपने कर लिया – बाकी सब जुबानी जमा ख़र्च था, आपका प्रोफेशनल गैम्बिट था जिसे आपने कामयाबी से अंजाम दिया।''

''अरे, पुटड़े, क्यों मेरे पर बेजा इलजाम लगा रहा है . . .''

''कहां तो आप कह रहे थे कि मैं आपकी चमड़ी की जूती पहनने की मांग करूंगा तो मेरी मांग पूरी होगी . . .''

''होगी। होगी। होगी। लेकिन मुझे मालूम तो हो कि मैंने किस की मांग पूरी करनी है। तू पर्देदारी बन्द कर, मैं तेरी मांग पूरी करता हूं। तू मुझे यकीन दिला कि तू इतने दम ख़म, हौसले वाला मानस है कि उस कम्बख़्त लड़के को सज़ा न हुई तो तू सच में उसको खुद गोली मार देगा, मैं तेरी मांग पूरी करता हूं। मुझे यकीन दिला कि अपना कोई मतलब हल करने के लिये तू भी मेरे साथ कोई गेम नहीं खेल रहा, यकीन दिला कि वो जो प्रोफेशनल गैम्बिट

करके तू बोला, तू मेरे पर आज़मा नहीं रहा है, मैं तेरी मांग पूरी करता हूं।''

विमल ने गहरी सांस ली, असहाय भाव से गर्द हिलाई, फिर अशरफ से बोला – ''बता, भई।''

''सेठ जी।'' – अशरफ बोला – ''ये सोहल है।''

''क्या!'' – सुखनानी चिहुंक कर बोला।

''सोहल! सोहल है ये!''

''वो . . . वो इश्तिहारी मुजरिम जिसकी गिरफ्तारी पर तीन लाख का ईनाम है . . .''

''इसके तमाम कारनामे उजागर होते तो ईनाम तीस लाख का होता।''

''. . . सात राज्यों की पुलिस को जिसकी तलाश है!''

''जिनमें एक राज्य दिल्ली है।''

''झूले लाल! वो इश्तिहारी मुजरिम सोहल मेरे सामने बैठा है!''

''हां। गिरफ्तार करायें तो तीन लाख का ईनाम आपको मिलेगा।''

''लक्ख दी लानत हई! तू क्या समझता है मेरे को? धोखेबाज़! पीठ पीछे वार करने वाला! अहसानफरामोश!''

अशरफ चुप रहा।

''यानी मैंने ठीक पहचाना था'' – सुखनानी मन्त्रमुग्ध भाव से विमल को देखता बोला – कि तुम्हारी पर्सनैलिटी में, तुम्हारे मुकम्मल वजूद में ऐसा कुछ था, जो आम नहीं, ख़ास था। इसलिये तू . . . तुम कोई आम आदमी नहीं, ख़ास आदमी थे। मेरी ये सोच तब पुख़्ता हुई थी जब आनन-फानन उन बलात्कारी छोकरों पर का केस रीओपन हुआ था और आनन-फानन ही वो गिरफ्तार हो गये थे।''

''फिर भी मुझे परख रहे थे! मेरी कैफियत पर, मेरी कूवत पर शक कर रहे थे?''

''झूले लाल! अरे, पुटड़े, ख़ास आदमी समझा न, तू इतना ख़ास निकलेगा, सोहल निकलेगा, ये तो मैंने सपने में भी नहीं सोचा था।''

विमल हंसा।

''जो जाना, उसे राज रखेंगे?'' – फिर बोला।

''कलेजे से लगा कर! मैं नाशुक्रा नहीं, सोहल साईं।''

''विमल।''

''मैं नाशुक्रा नहीं। तू बोल, बेख़ौफ बोल, क्या चाहता है!''

''बोलता हूं। सुनिये। आप 'गोल्डन गेट' के रेगुलर पैट्रन हैं . . .''

''तेरे को कैसे मालूम?''

''सवाल न करें। बात सुनें मेरी। तवज्जो के साथ।''

''सॉरी!''

''आपके वहां पहुंचने का अन्दाज़ अनोखा भी है और खुफिया भी है। आप लेट नाइट अपनी मर्सिडीज़ खुद ड्राइव करते सीधे हौज़ख़ास और आगे 'गोल्डन गेट' नहीं पहुंचते, आप ग्रीन पार्क मैट्रो स्टेशन पर पहुंचते हैं जहां आप अपनी मर्सिडीज़ पार्क करते हैं और जहां से आपको एक 'इंडिका' 'गोल्डन गेट' ले जाने के लिये पिक करती है।''

सुखनानी के नेत्र फैले, उसने कुछ करने के लिये मुंह खोला लेकिन फिर मज़बूती से बन्द कर लिया।

''रेस्टोरेंट में दाखिल होते ही आप सीधे हाल के रियर में पहुंचते हैं जहां रिज़र्व्ड की तख़्ती लगी एक टेबल पर बिराजते हैं। फौरन आपको एक वैलकम ड्रिंक सर्व होता है जो कि वहां का रिवाज़ है, जिसमें कि आप कोई दिलचस्पी नहीं लेते। फिर स्टीवार्ड आपके पास पहुंचता है तो आप उसे अपने मोबाइल की स्क्रीन दिखाते हैं जिस पर एक कोड नम्बर दर्ज होता है . . .''

''ये . . . ये भी मालूम है!''

''वो कोड नम्बर आपकी ख़ास शिनाख़्त को पुख़्ता करता है, आपकी प्रिव्लेज्ड पैट्रन होने की आईडेन्टिटी कनफर्म करता है और आपको – एक्सक्लूसिव कस्टमर को–किसी एक्सक्लूसिव एरिया में जाने का हकदार बनाता है। आप उठ कर स्क्रीन के पीछे जाते हैं जहां कि कबाड़ से भरा एक कमरा है और ग़ायब हो जाते हैं। ऐसे ही दो और जने वहां पहुंचते, आप सरीखा ट्रीटमेंट पाते हैं और गायब होते देखे जाते हैं। उन दो में एक विग जैसे घने सफेद बालों वाला आपकी उम्र का शख़्स था . . .''

''अमृतलाल भसीन। साउथ एक्स में ज्वेलरी का शोरूम है।

''. . . दूसरा एक लम्बा ऊंचा, रौबदार, उम्रदराज़ सिख था।''

''वरयाम सिंह बेदी। ट्रांसपोर्ट का बिज़नेस है। दर्जन भर छोटी बड़ी 'वोल्वो' बसें हैं। कनॉट प्लेस में आफिस है।''

''अब हमारा सवाल ये है सेठ जी, कि 'गोल्डन गेट' में ऐसा खुफिया ठिकाना कहां है, और वहां क्या है, जिसकी इतनी बड़ी, रखूस वाली, एक्सक्लूसिव क्लायन्टेल है और जहां की सर्विस क्लायन्ट्स को इतनी

एहतियात से, इतने खुफिया तरीके से, इतनी स्क्रीनिंग के बाद हासिल होती है? जहां के ख़ास मेहमान घन्टे दो घन्टे के लिये नहीं आते, सारी रात ठहरते हैं और मुंह अन्धेरे चोरों की तरह निकल कर वहां से जाते हैं। हमारा पहला कयास ये था कि रिजर्व्ड टेबल्स के आगे जो स्क्रीन थी, उसके पीछे कोई एक्सक्लूसिव डायनिंग एरिया था जहां वीआईपी कस्टमर्स को ही जाने की इजाजत थी। वो कयास तब गलत साबित हो गया जबकि मैंने स्क्रीन के पीछे के कमरे में फर्नीचर और किचन एक्विमेंट्स का कबाड़ भरा पाया। जमा, डायनिंग एरिया में किसी के रात भर ठहरने का कोई मतलब नहीं होता। तब उस सैट अप से ताल्लुक रखता दूसरा जवाब हमें ये सूझा कि वहां हाई क्लास, वैस्टर्न स्टाइल का कैट हाउस चलता था . . .''

सुखनानी की भवें उठीं।

''बारडेलो! व्होर हाउस! ब्राथल! रण्डीखाना!''

''ओह!''

''सुबह-सेवेरे, मुंह अन्धेरे वहां से सात-आठ खूबसूरत कड़क नौजवान लड़कियां भी निकलती देखी गयी थीं।''

''ये सारी निगाहबीनी तूने . . . तुमने की?''

विमल ने अशरफ की तरफ देखा।

अशरफ ने हौले से सहमति से सिर हिलाया।

''यानी मेरा ख़याल सही था'' – सुखनानी बोला – ''कि टैक्सी ड्राइवर होने के अलावा तू कुछ और था, बहुत कुछ और था!''

''आपके ख़याल की क्या बात है, जनाब।'' – अशरफ अदब से बोला।

सुखनानी ने वापिस विमल की ओर देखा।

''फिर हमें ये भी सुझाया गया कि वो कोई समगलिंग का सैट अप था। लेकिन हम आपका तसव्वुर समगलर के तौर पर न कर सके।''

सुखनानी ने कृतज्ञ भाव से सहमति से सिर हिलाया।

''फिर वहां नौजवान लड़कियों की मौजूदगी उजागर थी जिनके बारे में हमें बताया गया कि वहां जो समगलिंग के माल के ख़रीदार खुफिया तौर पर जमा होते थे, वो उनकी दिलजोई के लिये होती थीं। हम आप का तसव्वुर एक स्त्री सुख के अभिलाषी शख़्स के तौर पर भी न कर सके। इसलिये अब हमारा सवाल ये है सेठ जी, कि असल में वहां खुफिया क्या है?''

''क्यों जानना चाहते हो?''

"जनाब, आपकी पेशकश है कि मैं बदले में जो चाहूं, आप से मांग लूं। मैं कोई ज़मीन जायदाद, धन दौलत, सोना चांदी नहीं मांग रहा, मैं सिर्फ एक जानकारी शेयर करने की दरख़्वास्त कर रहा हूं जो कि आपको है और मुझे जिसकी ज़रूरत है।"

"लेकिन ये नहीं बताओगे कि क्यों ज़रूरत है?"

"बताने की ज़रूरत ही नहीं पड़ेगी। बात सिरे पर पहुंचेगी तो ख़ुद ही समझ जायेंगे।"

"ऐसा?"

"जी हां।"

"तो सुनो। वहां खुफिया जुआघर है।"

"जी!"

"कैसीनो। लास वेगास स्टाइल। ब्लैकजैक, बाकराट् (BACCARAT), पोकर, रूले (ROULETTE), दि वर्क्स। वहां एक बेसमेंट है जहां हर तरह के जुए का इन्तज़ाम है और मिनीमम बैट हज़ार रुपये है। बड़े, आधुनिक कैसीनोज़ की तरह कलई चिप्स से गेम होता है जिनकी वैल्यू हज़ार, दो हज़ार, पांच हज़ार और दस हज़ार रुपये हैं। लाल हज़ार, सफेद दो हज़ार, नीली पांच हज़ार, हरी दस हज़ार। वैसा जुआ भारत में गैरकानूनी है इसलिये वहां चोरी छुपे होता है, उसका सीक्रेट स्टेटस बना रहे, इसके लिये बहुत एहतियात बरती जाती है। बहुत लिमिटिड प्रीरजिस्टर्ड लोगों को वहां एंट्री अलाउड है। ऐसे मेम्बरान गिनती में नब्बे हैं जिनको रोज मोबाइल पर एसएमएस के ज़रिये एक कोड इशु होता है जो रोज बदलता है। ऐसे किसी मेम्बर को रात को एक निर्धारित समय के बाद 'गोल्डन गेट' पहुंच कर पहले तो वो कोड दिखाना पड़ता है। उसके बाद उसे पिछवाड़े के उस कमरे में जाने की इजाज़त मिलती है, प्रत्यक्षतः जो कबाड़ का स्टोर है लेकिन उसके पिछवाड़े में एक खुफिया लिफ्ट है जो मेम्बर को नीचे बेसमेंट में स्थापित कैसीनो में लेकर जाती है।"

"खुफिया लिफ्ट बोला?"

"क्योंकि दिखाई देती कहां है! पिछवाड़े में बस एक आम कमरे की एक सपाट दीवार दिखाई देती है। उस दीवार में एक कोने में एक पैनल है, बहुत ग़ौर से देखने पर ही जिस पर निगाह पड़ती है। वो एक कम्प्यूटर सिस्टम की कन्ट्रोल पैनल है जिसमें नब्बे मेम्बरान के थम्ब प्रिंट, बायें

हाथ के अंगूठे के निशान, स्कैंड हैं। वो लिफ्ट थम्ब इम्प्रिंट के स्कैन से ही एक्टीवेट होती है। कम्प्यूटर थम्ब इम्प्रिंट को चौकस पाता है तो पैनल की स्क्रीन हरी हो जाती है, नहीं तो उस पर कोई रियेक्शन रिकार्ड नहीं होता। स्क्रीन हरी हो जाये तो दीवार में एक पैनल बेअवाज़ अपनी जगह से सरकती है और वो लिफ्ट नुमायां हो जाती है जिस पर सवार होकर नीचे बेसमेंट में जाया जा सकता है।''

''बेसमेंट में भी कोई सिक्योरिटी चैक है?''

''नहीं। मेम्बर को लिफ्ट उपलब्ध होना उसके सिक्योरिटी स्टेट्स को सबसे बड़ी ओके है जिसके बाद कोई चैकिंग ज़रूरी नहीं समझी जाती।''

''आई सी। बेसमेंट इतनी बड़ी है कि तमाम के तमाम मेम्बर उसमें समा जायें?''

''नहीं। चालीस से ज्यादा मेम्बरान के लिये वहां जगह नहीं है लेकिन इतनी जगह काफी समझी जाती है क्योंकि एक दिन में तीस–पैंतीस से ज़्यादा मेम्बरान वहां नहीं पहुंचते।

''पहुंच तो सकते हैं! जब न्योता नब्बे को जारी किया जाता है तो पहुंच तो सकते हैं!''

''ऐसा अमूमन नहीं होता लेकिन हो जाता है तो फर्स्ट कम, फस्ट सर्व्ड वाला रूल लागू किया जाता है। चालीस मेम्बर बेसमेंट में पहुंच जाते हैं तो उनके बाद जाने वालों को सॉरी बोल कर वापिस भेज दिया जाता है।''

''जुआ सारी रात चलता है?''

''सारी रात ही समझो। लास्ट बैट का टाइम साढ़े चार बजे का है। उसके बाद क्लोज़िंग की ड्रिल शुरू हो जाती है।''

''मतलब?''

''भई, मेहमानों ने टोकन कैश कराने होते हैं। यूं बड़ी ट्रांजेक्शंस होनी होती है, टाइम तो लगता है न!''

''आई सी।''

''फिर भी वो सब निपटाया जाने में आधे घन्टे से ज्यादा टाइम कभी नहीं लगता। लिहाज़ा हद से हद पांच बजे तक मेहमान रुख़सत होने शुरू हो जाते हैं?''

''सब आखिरकार ही, क्लोजिंग टाइम पर ही रुख़सत होते हैं?''

''ऐसी कोई बात नहीं। कोई मेहमान जल्दी रुख़सत पाना चाहता है चला जाता है। सारे ही मेहमान ऐसे निकल आयें तो जाहिर है कि कैसीनो जल्दी बन्द हो जाता है लेकिन मेरी जानकारी में ऐसा कभी हुआ नहीं कि कैसीनो

बिफोर क्लोजिंग टाइम बन्द हो गया हो।''

''आप रोज़ जाते हैं?''

''रोज़ तो नहीं जाता लेकिन अक्सर तो जाता ही हूं! बेटी के साथ जो बीती थी, वो मेरे पर बहुत भारी गुज़री थी। उसकी ट्रेजेडी की तरफ से ध्यान बंटाने के लिये, अपनी ज़ेहनी पशेमानी की तरफ से वक्ती तवज्जो हटाने के लिए मेरे को कोई शगल दरकार था और जो शगल सामने दिखाई देता था, वो कैसीनो था। मैं सारी रात कैसीनों में गुजारता था, अगली सुबह टुन्न होके घर लौटता था और सारा दिन सोया रहता था। शाम को फिर चल देता था।''

''कमाल है! तो अपने कारोबार की तरफ कब तवज्जो देते थे?''

''नहीं देता था। कारोबार मेरे उसे निगलैक्ट करने के बावजूद कुछ अरसा तो चला क्योंकि लुढ़कती बाल को धक्का न भी दिया जाये तो रुक जाने से पहले कुछ अरसा तो लुढ़कती ही रहती है न!''

विमल ने सहमति में सिर हिलाया।

''वो नौबत आने से पहले मैं थोड़ा चेता तो सही लेकिन इतना न चेता कि डिज़ास्टर की तरफ बढ़ते कारोबार को पूरी तरह से काबू में कर पाता। अब पिछले चार पांच महीनों से मैं कैसीनो रोज़ तो नहीं जाता, जाता हूं तो बिल्कुल ही टुन्न होकर नहीं लौटता हूँ, लेकिन कारोबार फिर भी चौपट है।''

''दो साल . . . दो साल हो गये आपकी बेटी की ट्रेजेडी को। कहते हैं वक्त बड़े-बड़े गम भुला देता है! आपके साथ ऐसा न हुआ?''

उसने हताशा की गहरी सांस ली।

''नहीं ही हुआ, पुटड़े!'' – फिर बोला – ''क्यों न हुआ, इसकी वजह मैंने पिछली मीटिंग में बयान की थी। मैंने ही न होने दिया। मैंने ही वक्त की पेश न चलने दी। मैंने पहले ही बोला था कि उस बद्बख़्त छोकरे ने मुझे ऐसा जख़्म दिया था जो मैं ही नहीं चाहता था कि भरता।''

''सूखने पर आता है तो आप उसे खुरच के खुद हरा कर देते हैं!''

''हां। लेकिन अब मेरा मन चैन पायेगा। अब ऐसा नहीं करूंगा।''

''आप कहते हैं कारोबार चौपट है। कितना चौपट है?''

''बहुत चौपट है। बुरा हाल है।''

''अब आपके मन की मुराद पुरी होने के हालात पैदा हुए हैं तो काबू में कर पायेंगे बुरे हाल को?''

उसने उस बात पर गम्भीर विचार किया।

फिर इंकार में सिर हिलाया।

"मेरे पर बाज़ार का कर्ज़ा है।" – वो ग़मग़ीन लहजे से बोला – "बाज़ार से ज़्यादा मेरे पर कैसीनो का कर्ज़ा है।"

"जी!"

"अपनी बुरी तरह से हिली हुई ज़ेहनी हालत की वजह से मैं जुआ भी तो तवज्जो से नहीं खेल पाता था।"

"ओह!"

"इसलिये अक्सर हारता था। इसलिये कैसीनो का क्रेडिट बिल्ड अप होता चला जाता था।"

"उन्हें ये मंजूर था?"

"था भी और फिलहाल है भी। उनकी निगाह में मैं बड़ा व्यापारी हूं, मेरा एक्सपोर्ट का बड़ा बिज़नेस है जिसकी मौजूदा ख़स्ता हालत की फिलहाल उन्हें कोई ख़बर नहीं है लेकिन आखिर तो ख़बर लगेगी!"

"तब क्या होगा?"

"सोचो।"

"आप बताइये।"

"उनका कर्ज़ा लौटाने की कोशिश में मैं सड़क पर आ जाऊंगा। क्या ये कोठी, क्या मर्सिडीज़ सब बिक जायेगा। नहीं लौटाऊंगा तो जान से जाऊंगा।"

"ऐसा?"

"जुए के क्रेडिट की वापिसी ऐसे ही होती है, जान से या माल से।"

"आप मेरा साथ दें तो आइन्दा ऐसे हालात पैदा हुए पायेंगे कि वो नौबत आयेगी ही नहीं। आप न जान से जायेंगे, न माल से।"

"मज़ाक कर रहा है! मुझे बहला रहा है! सब्ज़ बाग दिखा रहा है!"

"हकीकत बयान कर रहा हूं।"

"बड़ी उम्मीद जगा रहा है, पर ऐसा क्योंकर होगा?"

"अब न कैसीनो बचेगा, न कैसीनो चलाने वाले बचेंगे तो कर्ज़ा कौन वसूलेगा?"

सुखनानी मुंह बाये उसे देखने लगा।

"पुटड़े!" – फिर धीरे से बोला – "वही कह रहा है जो मैं समझ रहा हूं?"

विमल ने अशरफ की तरफ देखा।

"ये सोहल है, सेठ जी।" – अशरफ बोला – "जो कभी ग़लत बात नहीं कहता, जो कभी ऐसी बात नहीं कहता जिस पर खरा उतर कर न दिखा सकता हो। आपकी जानकारी के लिये अर्ज़ है कि अन्डरवर्ल्ड में इसकी जुबान टकसाली सिक्के का दर्जा रखती है।"

"शक्ल से तो . . . मामूली आदमी लगता है!"

"शक्ल से ही तो! वर्ना सारे हिन्दोस्तान के अन्डरवर्ल्ड में जो दबदबा और जलाल सोहल के नाम का है, वो किसी दूसरे के नाम की नहीं है।"

"मैं हूं ही मामूली आदमी" – अशरफ को हाथ उठा कर चुप कराता विमल बोला – "जो कभी डाकखाने के सामने बैठकर चार-चार आने में लोगों के मनीऑर्डर फार्म भरता था, जो चार-आठ आने की बख्शीश की ख़ातिर बरसात में दौड़-दौड कर लोगों के लिये टैक्सियां पकड़ के लाता था। जो दो रुपये की उजरत के बदले में दूसरे मुसाफिर की टिकट के लिये आधी रात को एडवांस बुकिंग की लाइन में खड़ा होने को तैयार होता था, जबकि बुकिंग विंडो अभी सुबह नौ बजे खुलनी होती थी, ताकि मुंह तक रोटी का निवाला पहुंच पाता, पेट की भूख की ज्वाला शान्त हो पाती। जो फुटपाथ पर सोता था, पुलिस से मार खाता था, भूखा मरता था। जो मेहनत खुद करता था, उसकी मेहनत का फल दूसरे हज़्म करते थे। लेकिन घूरे के भी दिन फिरते हैं, सोहल के भी फिरे और न चाहते हुए भी सोहल अन्डरवर्ल्ड की बड़ी ताकत बन गया। सेठ जी, मैंने भीख मांगी है, मैंने राज दान किये हैं। आज भी भीख ही मांग रहा हूं।"

"क-क्या?"

"आपके सहयोग की भीख।"

"तू . . . तू कैसीनो उजाड़ना चाहता है?"

"मैं जुर्म की हकूमत चलाने वालों की दुनिया उजाड़ना चाहता हूं।"

"तू कर सकता है ऐसा। तू यकीनन कर सकता है ऐसा। इस वक्त तेरी आंखों में मुझे ऐसी ज्वाला धधकती दिखाई दे रही है जो मुझे कहती है कि तू अकेला ही, निहत्था, सारी दुनिया को तबाह कर के रख सकता है।"

विमल ख़ामोश रहा।

"पुटड़े, तू जो कहेगा मैं करूंगा।"

"आपको ख़ास कुछ नहीं करना होगा। फिलहाल ऐसा कुछ करना होगा कि मैं कैसीनों में दाखिला पा सकूं।"

“अरे, साईं, मैं तो अब कुछ भी करने को तैयार हूं लेकिन ये नहीं हो सकता।”

“हो सकता है। होगा। कवन सो काम कठिन जग माहीं!”

“तेरे अंगूठे के निशान को स्कैनर कैसे पकड़ेगा?”

“आप साथ होंगे तो मेरे थम्ब इम्प्रिंट के स्कैन की जरूरत ही नहीं पड़ेगी।”

“वो कैसे?”

“आप उस खुफिया कैसीनो के नब्बे रजिस्टर्ड, थम्ब इम्प्रिंट स्कैंड मेम्बर बताये जाते हैं। वहां क्या कोई शख़्स तमाम के तमाम मेम्बरान को पहचानता होगा!”

“नहीं। लेकिन इसीलिये तो डेली कोड जारी किया जाता है, इसीलिये तो हर किसी का थम्ब इम्प्रिंट स्कैन में है जिसके बिना लिफ्ट नुमायां नहीं हो सकती।”

“लिफ्ट एक मेम्बर के स्कैन से सामने आ कर खुलती है, उसमें दो मेम्बर सवार हो जायें तो लिफ्ट एतराज़ पेश करेगी, ‘फाउल फाउल’ चिल्लाने लगेगी!”

“तेरी बात कुछ कुछ समझ तो रहा हूं मैं लेकिन फिर भी तू तरीके से समझा।”

“कल आपको एसएमएस के ज़रिये मंगलवार, सत्तरह दिसम्बर पर लागू नया कोर्ड हासिल होगा। वो कोर्ड आप मेरे मोबाइल पर मुझे फॉरवर्ड कर देंगे। ऐनी प्राब्लम?”

“नो, नो प्राब्लम। लेकिन मोबाइल पर एसएमएस आता है तो टॉप पर भेजने वाले का नाम आता है, तेरे पर पहुंचे मैसेज के टॉप पर – कल के कोर्ड पर – मेरा नाम होगा, न कि कैसीनो के भेजने वाले का।”

“ ‘गोल्डन गेट’ में जो स्टीवार्ड कोड चैक करता है, मुझे उम्मीद नहीं कि स्क्रीन पर कोड ने अलावा कुछ और देखता होगा, कहीं और तवज्जो देता होगा।”

“देता होगा तो?”

“तो खेल ख़त्म। तो मेरा मंसूबा फेल।”

“फिर तेरा क्या होगा?”

“जो होगा देखा जायेगा।”

“मेरा क्या होगा?”

"आप को क्यों कुछ होगा? आप मेरे एस्कार्ट नहीं होंगे। आप मुझे वहां नहीं लाये होंगे। हम तो बाई चांस ग्रीन पार्क मैट्रो स्टेशन की पार्किंग से शटल सर्विस वाली एक ही 'इन्डिका' के मुसाफिर बन गये थे इसलिये हमारे में फार्मल 'हल्लो' हो गयी थी। हमारी मंज़िल एक थी इसलिये हम रेस्टोरेंट में एक रिज़र्व्ड टेबल पर जा बैठे थे। बस, इतनी सी तो बात है! इतने से आप मेरे स्पांसर तो न बन गये!"

"तेरे फोन पर आये कोड के मैसेज पर मेरा नाम आयेगा जो साबित करेगा कि कोड तुझे मैंने मुहैया कराया था!"

"आप कोड मुझे फारवर्ड न कीजियेगा, अशरफ को कीजियेगा। अशरफ मुझे फारवर्ड करेगा तो कोर्ड के टॉप पर इसका नाम आयेगा जिसे कि कोई नहीं जानता होगा।"

"ये ठीक है। समझ ले तू कैसीनो में पहुंच गया। फिर करेगा क्या? जुआ खेलने तो तू वहां पहुंचा नहीं होगा!"

"वो भी खेल लूंगा वर्ना किसी को शक हो जायेगा। लेकिन मेरा असल काम उस जगह का जायज़ा लेना होगा।"

"किस लिये?"

"अब सब कुछ तो न पुछिये न! कुछ को अपने आप सामने आने का भी तो मौका दीजिये!"

"ठीक है।"

"तो कल की बाबत मैं निश्चिन्त हो जाऊं?"

"हां।"

"कल रात ग्रीन पार्क मैट्रो स्टेशन की पार्किंग में मैं कब पहुंचूं?"

"दस बजे। ठीक। वहां मेरी शिनाख़्त मेरी मर्सिडीज़। तभी बाहर निकलूंगा तब तू मुझे दिखाई दे जायेगा।"

"बढ़िया। तो अब . . ."

"एक सवाल मेरा भी।" – अशरफ जल्दी से बोला।

सुखनानी ने उसकी तरफ देखा।

"सोमवार, दो दिसम्बर की सुबह मुंह अन्धेरे जब मैंने मेम्बरान को जुए की शिफ्ट ख़त्म करके रुख़सत होते देखा था जो सात-आठ ख़ूबसूरत, नौजवान लड़कियों को भी वैसे ही जाते देखा था। वो लड़कियां किस लिये?"

''हां।'' – विमल बोला – ''अब जब कनफर्म्ड है कि वो जगह अय्याशी का अड्डा नहीं, कैसीनो है, तो लड़कियां किस लिये?''

''मेम्बरान की ख़िदमत के लिये।'' – सुखनानी बोला – ''मेहमानों को स्नैक्स, ड्रिंक्स सर्व करने के लिये। लेट, लेट-लेट डिनर सर्व करने के लिये।''

''ओह!'' – अशरफ बोला – ''मुलाज़िम हैं कैसीनो की?''

''नहीं। वो लड़कियां इवेंट आर्गेनाइज़र प्रोवाइड करता है।''

''जी!''

''आजकल ये नया धन्धा चला है। जैसे पार्टी के लिये वेटर्स, बारमैन, गार्ड्स वगैरह इवेन्ट आर्गेनाइजर सप्लाई करता है, वैसे ही वो पार्टी गर्ल्स सप्लाई करता है।''

''ओह!''

''उन को'' – विमल बोला – ''सीक्रेसी रिस्क नहीं माना जाता?''

''इवेन्ट आर्गेनाइज़र कोई अंजान नहीं, नब्बे रजिस्टर्ड मेम्बरान में से एक है। हम मामले में अपनी सप्लाई की लड़कियों की वो पूरी ज़िम्मेदारी लेता है।''

''आई सी। इस पर एक बात मुझे भी सूझी है। कैसीनो का कोई रेगुलर स्टाफ भी तो होता होगा! जैसे जुआ खिलाने वाले, वेटर्स, सिक्योरिटी स्टाफ वग़ैरह!''

''ऐसे दर्जन भर लोग वहां होते हैं लेकिन उनको हिदायत है कि वो वहां से तभी बाहर कदम रखें जब तमाम मेहमान, तमाम होस्टेस लड़कियां जा चुकी हों।''

''ओह! यानी आखिर में वो इमारत बिल्कुल खाली हो होती है?''

''हां।''

''दैट्स गुड न्यूज़।''

''कैसे?''

''इजाज़त चाहते हैं।''

सुखनानी ने उठ कर, टेबल का घेरा काट कर, विमल के करीब जा कर बड़ी गर्मजोशी से उससे हाथ मिलाया।

अशरफ से भी।

रात को विमल मॉडल टाउन थाने पहुंचा।

उसने पहले ही मालूम कर लिया था कि उस रोज़ अजीत लूथरा की नाइट ड्यूटी थी।

उसने लूथरा के आफिस में कदम रखा तो लूथरा ने उठ कर उसका स्वागत किया और सादर कुर्सी पेश की। दोनों आमने सामने बैठे।

''इतना लेट!'' – लूथरा की भवें उठीं।

''हां।'' – विमल बोला – ''लेट ही ठीक था। मेरा मॉडल टाउन में देखा जाना ठीक न होता।''

''ओह!''

''मैंने एक बहुत इम्पॉर्टेंट बात तुम से करनी है, यहां कोई विघ्न तो नहीं आयेगा?''

लूथरा ने घन्टी बजा कर एक सिपाही को तलब किया और उसे आदेश दिया – ''जब तक साहब यहां हैं, कोई मुझे डिस्टर्ब न करे।''

''जी, जनाब।''

सिपाही रुख़सत हो गया।

''अब फरमाइये!'' – पीछे लूथरा बोला।

विमल ने उसे 'गोल्डन गेट', हौज़ख़ास में चलने वाले कैसीनो के बारे में सविस्तार बताया। ज्यों-ज्यों वो बोलता गया, लूथरा के नेत्र फैलते गये।

आखिर विमल ख़ामोश हुआ।

''दिल्ली में ये धन्धा है तो सही!'' – लूथरा संजीदगी से बोला – ''लेकिन अभी तक जब कभी भी ऐसा जुआघर पकड़ा गया था, वो किसी फार्महाउस में ही निकला था। अलबत्ता ऑन-लाइन कैसीनो कभी-कभार रिहायशी इमारतों में भी चलता पकड़ा गया है। अभी हाल ही में ईस्ट दिल्ली के न्यू अशोक नगर में ऐसा इललीगल कैसीनो पकड़ा गया था। अब ऐसा कोई ठीया रेस्टोरेंट की ओट में चल रहा है, ये मेरे लिये नयी बात है।''

''मेरा सवाल ये है'' – विमल बोला – ''कि क्या ऐसा ठीया पुलिस प्रोटेक्शन के बिना चल सकता है? क्या 'गोल्डन गेट' में चलते कैसीनो को पुलिस प्रोटेक्शन हासिल हो सकती है?''

''नहीं।'' – लूथरा बेहिचक बोला।

''वजह?''

''अगर वहां कैसीनो पुलिस प्रोटेक्शन में चल रहा होता तो एन्ट्री का जैसा आडम्बर आप वहां फॉलो किया जा रहा बताते हैं, उसकी क़तई ज़रूरत न होती। तो वहां डेली चेंज होने वाले कोड की, आने वालों के थम्ब इम्प्रैशन के स्कैन जैसी एहतियात बरती जाना ज़रूरी न होता।''

"अच्छा!"

"बिल्कुल! जब सैंया ही कोतवाल हों तो डर कैसा! इतनी एहतियात तो वहां स्थापित ही इसलिये हैं कि वहां कोई पुलिस वाला या पुलिस का भेदिया न घुस आये और यूं उनके ग़ैरकानूनी ठीये के वजूद का पर्दाफाश न हो जाये।"

"आई सी।"

"इरादा क्या है, जनाब?"

"इरादा!" – विमल फीके स्वर में बोला – "इरादा फिलहाल इस फानी दुनिया में अपना मुकाम बनाये रखने का है।"

"और कैसीनो का?"

"कैसीनो का वजूद एक मियान में दो तलवारों जैसा हो गया है।"

"दो तलवारें!"

"मैं और कैसीनो।"

"ओह! जनाब, अपना ख़याल रखियेगा।"

"मेरा ख़याल वो" – विमल ने छत की तरफ उंगली उठाई – "रखेगा जिसने आज तक रखा। नहीं रखेगा तो भी ये उसका अहसान होगा मेरे पर।"

"जी!"

"नीलम के पास जल्दी पहुंच जाऊंगा न!"

लूथरा ने गहरी सांस ली।

"मैं किसी काम आ सकता हूं?" – फिर बोला।

"आ ही रहे हो। शुक्रिया। चलता हूं।"

आंखों में गहन चिन्ता का भाव लिये लूथरा विमल को जाता देखता रहा।

17 दिसम्बर : मंगलवार

एक चमचम 'ऑडी' पर रात दस बजे विमल ग्रीन पार्क मैट्रो स्टेशन की पर्किंग में पहुंचा

सुखनानी की मर्सिडीज़ वहां मौजूद थी।

इत्तफाक से तभी उसके करीब खड़ी एक 'बालेनो' वहां से हटी। विमल ने उसकी जगह 'ऑडी' खड़ी की और बाहर निकला।

विमल उस घड़ी झक सफेद कमीज़, काली पैंट, सफेद कोट पहने था और बो टाई लगाये था। उसके नथुनों में प्लास्टिक की गोलियों के अलावा गालों में लेटैक्स रबड़ के पैड थे जिनकी वजह से चेहरा गोल और भरा-भरा लग रहा था। ऊपरी होंठ पर होंठों की कोरों से बाहर निकलती लम्बी मूंछ थी और सिर पर घने सफेद बालों वाला विग था जिसमें कहीं-कहीं कोई काली लट थी। नाक पर सींग के फ्रेम वाला निगाह का मोटा चश्मा था। जो जूते वो पहने था उसमें दायें का सोल बायें के बराबर हाइट का नहीं था इसलिये चलता था तो चाल में स्वाभाविक तौर पर लंगड़ाहट आ जाती थी।

वो मर्सिडीज़ की ड्राइविंग साइड में पहुंचा, उसने हौले से बन्द शीशे पर दस्तक दी।

सुखनानी ने स्टियरिंग पर से सिर उठाया और उसकी तरफ देखा।

विमल ने उसका अभिवादन किया।

सुखनानी के चेहरे पर उलझन के भाव आये, हिचकिचाते हुए उसने खिड़की का शीशा नीचे गिराया।

"प्रणाम, सर" – विमल बोला – "ठीक दस बजे बन्दा हाज़िर है।"

सुखनानी के नेत्र फैले। तत्काल उसने शीशा वापिस उठाया और कार से बाहर निकला।

"तुम" – वो मन्त्रमुग्ध सा बोला – "वो ही हो?"

"जी हां। विमल। कल आपके जाने पहचाने टैक्सी ड्राइवर अशरफ अली के साथ सिविल लाइन्स आपको दौलतखाने पर आप से मिला था न!"

"कमाल है! थोड़ा बहुत आवाज़ से पहचाना वर्ना तुम तो किधर से भी कल वाले विमल जैसे नहीं लग रहे हो!"

विमल शिष्ट भाव से हंसा।

सुखनानी की निगाह 'ऑडी' की तरफ उठी।

"किराये की है।" – विमल सहज भाव से बोला।

"ओह! आओ।"

विमल उसके साथ हो लिया।

दोनों पार्किंग के निकास द्वार पर पहुंचे। वहां एक सफेद 'इन्डिका' खड़ी थी जिसकी तरफ वो बढ़े।

'इन्डिका' के ड्राइवर ने बाहर निकल कर पिछला दरवाज़ा खोला। दोनों सवार हो गये तो तत्काल 'इन्डिका' वहां से दौड़ चली।

पांच मिनट बाद वो 'गोल्डन गेट' के सामने के कम्पाउन्ड में दाखिल हो रही थी।

दोनों प्रवेशद्वार तक जाती सीढ़ियों के सामने 'इन्डिका' से उतरे और सीढ़ियां चढ़ने लगे।

"नाम पूछा जायेगा?" – एकाएक विमल ने पूछा।

"नहीं।" – जवाब मिला – "मोबाइल में आज का कोड इकलौती शिनाख़्त है जो चैक की जाती है।"

"ओह!"

"फिर भी सवाल हो तो नाम दीपक राजदान बताना।"

"दीपक राजदान!"

"लिस्ट में दर्ज नब्बे नामों में से एक है। मेरा वाकिफ है।"

"वो भी भीतर हुआ तो?"

"नहीं होगा। गोवा गया हुआ है।"

"ओह!

वो रौनकभरे हाल में दाखिल हुए और दो रिज़र्व्ड टेबल्स में से एक पर जा कर बैठे।

तत्काल उन्हें ड्रिंक्स सर्व हुए।

विमल ने हॉल में निगाह दौड़ाई।

डांस फ्लोर के परले सिरे पर गजानन चौहान मौजूद था और करीब खड़ी जसमिन माने से बतिया रहा था।

स्टीवार्ड उनके करीब पहुंचा।

"वैलकम, सर।" – एक 'सर' में दोनों को लपेटता वो बोला।

सुखनानी ने ख़ामोशी से मोबाइल निकाला, उसे आपरेट किया और स्क्रीन स्टीवार्ड के सामने रख दी।

स्टीवार्ड का सिर सहमति में हिला, उसने विमल की तरफ देखा।

विमल का फोन उसके हाथ में तैयार था, उसने यूं उसे स्टीवार्ड के सामने किया कि मोबाइल वाले हाथ का अंगूठा फोन के टॉप पर वहां था जहां मैसेज सेंडर का नाम होता था। उसने फोन वाला हाथ आगे किया और स्टीवार्ड का सिर सहमति में हिलता पाते ही हाथ वापिस खींच लिया।

स्टीवार्ड पीछे हटा।

दोनों उठ खड़े हुए और आगे बढ़े।

"सर! सर!" – तत्काल स्टीवार्ड बोला – "प्लीज़! प्लीज़, वन ऐट ए टाइम!"

"वाट!" – सुखनानी अप्रसन्न भाव से बोला – "पहले तो ऐसा नहीं था!"

"अब है, सर।"

"बट दैट्स शियर नॉनसेंस!"

"सर, दि मैनेजमेंट नाओ वांट्स इट दैट वे।"

"ओके।" – विमल बीच में बोला – "ओके। आइल गो फर्स्ट।"

"वैलकम, सर।"

सुखनानी की विमल से निगाह मिली, विमल ने आंखों आंखों में उसे आश्वासन दिया और लम्बे डग भरता स्क्रीन की दिशा में आगे बढ़ा।

स्टीवार्ड अपनी जगह से हटा और आधे रास्ते विमल के पीछे आया।

विमल ने स्क्रीन के पीछे का दरवाज़ा खोला और भीतर दाखिल हो गया। आटोमैटिक डोर क्लोज़र की वजह से उसके पीछे दरवाज़ा अपने आप बन्द हुआ। विशाल कमरे में वो बाईं तरफ आगे बढ़ा, सिरे पर पहुंचा तो उस दीवार और फर्नीचर के अम्बार के बीच एक संकरा गलियारा अगले सिरे तक जाता दिखाई दिया। वो उस सिरे पर पहुंचा तो वहां दाईं तरफ कदरन चौड़ा गलियारा पाया। वो उसके सिरे पर भी पहुंचा, वहां वो फर्नीचर की ओर में खड़ा हो गया और प्रतीक्षा करने लगा।

पांच मिनट बाद सुखनानी उस गलियारे में पहुंचा।

उसने दीवार पर कहीं अपना अंगूठा लगाया।

ख़ामोशी से दीवार जान पड़ने वाली बोर्ड की एक पैनल सरकी और लिफ्ट नुमायां हुई।

विमल लपक कर सुखनानी के पास पहुंचा।

निशब्द लिफ्ट का दरवाजा खुला। दोनों ने भीतर कदम रखा। भीतर कन्ट्रोल पैनल पर 'अप' और 'डाउन' के दो ही बटन थे। सुखनानी ने डाउन बटन दबाया। दरवाजा बन्द हुआ और लिफ्ट नीचे सरकने लगी।

कुछ क्षण बाद लिफ्ट रुकी, स्वचलित दरवाज़ा खुला, दोनों ने बाहर कदम रखा तो विमल ने पाया कि वो एक ड्योढ़ी-सी में थे जिसकी दायीं तरफ विशाल बन्द दरवाज़ा था। सुखनानी ने धक्का देकर वो दरवाज़ा खोला तो विमल को कैसीनो के दर्शन हुए।

वो एक विशाल हाल था जो किसी बड़े बजट की फिल्म के सैट की तरह सजा़ हुआ था। हाल में लास वेगास स्टाइल जुए की टेबलें बड़े करीने

से लगी हुई थीं और कोई बीस के करीब सूरतों से ही सम्पन्न लगने वाले आदमी वहां जुआ खेलने में मशगूल थे जिनके बीच दो होस्टसें ड्रिंक की ट्रे लिये घूम रही थीं। दायी ओर कैशियर का पिंजरा था और उसमें भी एक सुन्दर युवती बैठी दिखाई दे रही थी। पार्टी गाउन्स में सजी-धजी तीन चार सुन्दर युवतियां वहां और थीं जिनका काम मेहमानों को दांव लगाने के लिये प्रोत्साहित करना जान पड़ता था।

"आप क्या खेलते हैं?" – विमल बोला।

"ब्लैक जैक।" – सुखनानी बोला – "कभी-कभार रूले!"

"टोकन लेने पड़ते होंगे?"

"हां। वो उधर कैशियर का पिंजरा है न!"

दोनों वहां पहुंचे।

विमल ने दो हज़ार के नोटों की एक गड्डी विंडों से भीतर सरकाई और बोला – "ब्लू एण्ड ग्रीन ओनली, प्लीज़।"

सुखनानी प्रभावित दिखाई देने लगा। आखिर उसके साथ आया शख़्स सिर्फ पांच और दस हज़ार की चिप्स ले रहा था जबकि हज़ार और दो हज़ार की लाल और सफेद चिप्स भी उपलब्ध थीं।

कैशियर ने चिप्स से भरी एक प्लास्टिक ट्रे उसे थमाई।

विमल जाकर रूले की एक टेबल पर जम गया।

एक होस्टेस ने उसकी ट्रे में सिर्फ नीली और हरी चिप्स देखीं तो वो मुस्कुराती हुई विमल के पहलू में पहुंची और बड़ी आत्मीयता से यूं उसके कन्धे पर हाथ रखकर खड़ी हो गयी कि उसका उन्नत वक्ष विमल की बगल से सट गया।

विमल ने सिर उठा कर उसकी तरफ देखा।

वो बड़े चित्ताकर्षक भाव से मुस्कुराई।

"विश मी लक।" – विमल बोला।

"आई विश यू आल दि बैस्ट, सर!" – वो बोली – मे यू बैंक्रप्ट दि हाउस टु नाइट।"

"अरे, इतना नहीं। इतना नहीं।"

वो हंसी।

विमल ने ट्रे में से एक नीली चिप उठाई और उसे थमा दी।

उसकी बाछें खिल गयीं, उसने विमल की गोद में ढ़ेर हो जाने में कसर न छोड़ी।

''ट्राई युअर लक विद दिस।'' – विमल बोला – ''जीत गयीं तो बात ही क्या है! हार गयीं तो समझना कम ईज़ी, गो ईज़ी।''

''दिस इज़ माई लकी चिप, सर।'' – वो चहकती-सी बोली – ''फॉर ए व्हाइल आइल कीप इट विद मी।''

''सूट युअरसैल्फ।''

''मे आई गैट यू एक ड्रिंक, सर!''

''यस, प्लीज़। ए लार्ज ग्लैनफिडिक-एटीन विद ए डेश आफ सोडा एण्ड सम आईस।''

''राइट अवे, सर।''

वो खुद उसके लिये ड्रिंक ले कर आयी।

विमल गेम में मसरूफ हो गया।

वो जानता था रूले में नम्बर लग जाने पर एक के छत्तीस मिलते थे। लेकिन उसी अनुपात में नम्बर लगने के चान्सिज़ घट भी जाते थे।

दो घन्टे गुज़र गये।

उस दौरान पांच, छः मेहमान वहां और पहुंच गये।

और आधे घन्टे बाद विमल की चिप्स की ट्रे में पांच-छः टोकन ही बाकी बचे।

''यहां इंचार्ज कौन है?'' – विमल ने अपने सिर पर तब भी सवार होस्टेस से पूछा।

''मैनेजर है न, सर!'' – वो बोली।

''इस वक्त है यहां?''

''हां।''

''बुलाओ।''

वो एक काले सूट वाले को बुला कर लायी।

विमल ने उठ कर उस से बात की।

''युअर टेबल हैज क्लींड मी। मेरे को रोकड़ा मांगता है।''

''सर'' – मैनेजर विनीत भाव से बोला – ''इधर लिमिटिड क्रेडिट फैसिलिटी है तो सही लेकिन . . .''

''क्रैडिट नहीं मांगता, मैन। आई एम लोडिड विद मनी।''

''सर!''

''मेरा रोकड़ा मेरी कार में है। एक ब्रीफकेस है उधर, उसमें। ब्रीफकेस

इधर मंगवाने का इन्तज़ाम कर सकते हो?''

''यस, सर। श्योर, सर। कहां है कार?''

''पूछता है कहां है कार! जहां से मेरे को 'इन्डिका' ने पिक किया था, वहां है न!''

''सर, मेरा मतलब था मैट्रो स्टेशन की पार्किंग में कहां है!''

''ओह, दैट!''

विमल ने उसे 'ऑडी' की चाबी थमाई, उसका नम्बर बताया और बोला कि वो पार्किंग में कहां खड़ी थी।

''सर,'' – मैनेजर बोला – ''ब्रीफकेस मज़बूती से बन्द है न!''

''हां।'' – विमल बोला – ''इतनी मज़बूती से कि मेरे सिवाय कोई नहीं खोल सकता। इलैक्ट्रॉनिक लॉकिंग है उसमें। ये तकनीक इन्डिया में अभी आयी ही नहीं। अभी खाली योरोप में है। जनेवा से खरीदा।''

''ओह!''

''नाओ स्टैप ऑन इट।''

''फिफ्टीन मिनट्स, सर।''

''ओके। पर पहले एक बात बोलो।''

''यस, सर।''

''इधर डालर एक्सचेंज होता है?''

''आपके पास डालर हैं?''

''हां। आने से पहले मनीचेंजर के पास जाने का टाइम न लगा।''

''एक्सचेंज होता है, सर, पर इधर रेट थोड़ा कम मिलेगा।''

''आज सत्तर का रेट था। कितना कम?''

''पैंसठ।''

''मेरे को मंजूर, पर एक शर्त के साथ।''

''बोलिये।''

''गेम के एण्ड मैं लोकल करेंसी बापिस करेगा तो डालर का पैंसठ का रेट ही लगेगा।''

''ऐसा ही होगा, सर।''

''गो अहेड, दैन।''

मैनेजर चला गया।

डालर के ज़िक्र ने होस्टेस को और भी प्रभावित किया। वो विमल पर

और भी बलिहार होकर दिखाने लगी।

विमल फिर जुए में मसरूफ हुआ।

दस मिनट में उसकी बाकी चिप्स चुक गयीं।

उसके लिये ब्रेक लेना जरूरी हो गया।

वो उठ कर बार पर पहुंचा।

बार पर और लोग भी मौजूद थे।

उसने ड्रिंक हासिल किया।

"हल्लो!"

विमल ने सिर उठाया तो पाया उससे वो रौबदार, लम्बा-लड़ंगा सिख मुख़ातिब था जिसे उसने एक दिसम्बर रविवार की रात को ऊपर रेस्टोरेंट में रिज़र्व्ड टेबल पर आकर बैठते देखा था। उसके करीब घने सफेद बालों वाला दूसरा शख़्स भी मौजूद था। दोनों के हाथों में ड्रिंक्स के गिलास थे।

"आई एम वरियाम सिंह।" – सिख मिलनसार लहजे में बोला।

"आई एम नॉट।" – विमल बोला।

"क्या! हा हा हा! जोक मारा। आपको पहले कभी यहां देखा नहीं, जनाब! क्या पहली बार आये?"

"नहीं। पहले मैं बुर्के में आता था। आज वो लांड्री से धुल कर नहीं आया, इसलिये . . ."

"हा हा! फिर जोक मारा! नाम जान सकता हूं आपका?"

"खन्ना। वी.के. खन्ना।"

"ओह! हमारे पंजाबी भ्रा हो। दिल्ली से ही हो?"

"नहीं। चण्डीगढ़ से।"

"यहां हाजिरी भरने को स्पैशल आये?"

"हां।"

"ये भसीन साहब हैं। बड़े ज्वेलर हैं दिल्ली के।"

दोनों में 'हल्लो हल्लो' हुई।

"मेरा ट्रांसपोर्ट का बिजनेस है। वोल्वो बसों की फ्लीट है मेरे पास।"

"ग्रेट!"

"आपका?"

"मेरा बिज़नेस जरा ख़मदार है, पता नहीं आपकी समझ में आयेगा या नहीं!"

"देखते हैं।"

''कबूतर उड़ाता हूं।''

''लो! क्यों नहीं समझ में आयेगा! पंजाब में तो ये धन्धा शहरोशहर है!''

''मेरी समझ में नहीं आया।'' – भसीन बोला।

''भसीन साहब, इललीगल इमीग्रेशन के धन्धे को पंजाब में कबूतरबाज़ी बोलते हैं।''

''ओह!''

''आज की तारीख में बड़ा मुफीद, बड़ा कमाऊ-उपजाऊ धन्धा है। पंजाब में लोग बाग खेत बेच देते हैं, घर बार बेच देते हैं अमेरिका, कैनेडा माइग्रेट करने के लिए। खन्ना साहब ढ़ेरों चान्दी पीट रहे होंगे। क्यों, खन्ना साहब?''

''है तो सही ऊपर वाले की मेहर!''

''क्यों न हो जी, क्यों न हो! चढ़दी कलां च खो जी, खन्ना साहब। वैसे यहां क्या हाल है?''

''यहां तो बुरा हाल है। रूले व्हील क्लींड मी।''

''ओह! तो क्या अभी क्विट कर रहे हैं?''

''नहीं, जी। और पैसा मंगवाया है।''

''चण्डीगढ़ से?''

''नॉनसेंस! कार में से।''

''ओह! कार में से।''

तभी मैनेजर वहां पहुंचा। ये देख कर वो बहुत आश्वस्त हुआ कि नया लगता मेम्बर पुराने मेम्बरान से गप्पें लड़ा रहा था। उसके हाथ में मगरमच्छ के चमड़े का बेशकीमती ब्रीफकेस था जो कार की चाबी के साथ उसने विमल को सौंपा।

विमल ने बार काउन्टर पर रख कर ब्रीफकेस खोला।

वरियाम सिंह और भसीन की निगाह ब्रीफकेस के भीतर पड़ी तो दोनों के नेत्र फैले।

वही हाल मैनेजर और होस्टेस का हुआ जो छिपकली बनी विमल से चिपकी हुई थी।

ब्रीफकेस पचास और सौ डालर के नोटों से भरा हुआ था।

देखने वाले नहीं जानते थे – नहीं जान सकते थे – कि ब्रीफकेस में पचास डालर के नोटों की एक ही गुड्डी जेनुअइन थी, बाकी तमाम

गुड्डियों में टाप का नोट जेनुइन था और बाकी नीचे उसी साइज़ के कटे कोरे कागज़ थे।

उनके नीचे छिपे दस अत्यन्त शक्तिशाली टाइम बम थे।

विमल ने पचास की गड्डी उठाई और उसे मैनेजर को सौंपता बोला – ‘‘ओनली ब्लू एण्ड ग्रीन चिप्स, प्लीज़।’’

मैनेजर ने डालर आगे होस्टेस को सौंप दिये।

‘‘बल्ले, भई!’’ – वरयामसिंह प्रशंसात्मक भाव से बोला – ‘‘कबूतरबाज़ी में तो वाकेई बहुत पैसा है!’’

‘‘रिस्क भी तो कम नहीं, गुरमुखो!’’ – विमल बोला – ‘‘एक बार उलटी पड़ जाये तो लेने के देने पड़ जाते हैं।’’

‘‘अब तक तो नहीं पड़ी न उलटी?’’

‘‘नहीं, अभी तक तो मेहर है ऊपर वाले की।’’

‘‘फिर क्या बात है!’’

होस्टेस सवा तीन लाख रुपये की चिप्स से भरी ट्रे के साथ विमल के करीब पहुंची।

‘‘एक्सक्यूज़ मी।’’ – विमल बोला। उसने ब्रीफकेस उठाया और होस्टेस के साथ फिर रूले की टेबल पर पहुंच गया।

आइन्दा तीन घन्टों में थक गया होने के बहाने से विमल कई बार अपनी जगह से उठा और पांच-छः विभिन्न जगहों पर चुपचाप दस के दस बम प्लांट कर आया।

साढ़े चार बजे उसने गेम बन्द किया और कैशियर के पास जाकर चिप्स कैश कराये तो उसकी पचास डालर की गड्डी भी उसके पास वापिस आ गयी, दो लाख रुपयों के नोट भी वापिस आ गये और कोई पिच्चासी हज़ार रुपये वो जीता।

सिर्फ वो जानता था कि शुरू में जानबूझ कर उसने ऐसे दांव लगाये थे जिन में जीत की गुंजायश नहीं के बराबर थी ताकि उसे ‘ऑडी’ में से ब्रीफकेस मंगवाने का बहाना मिल पाता। कैसीनो के तौर तरीकों से वो वाकिफ नहीं था इसलिये ब्रीफकेस साथ लाने से उसने परहेज़ किया था। जब कि हारते जुआरी का उसकी कार में मौजूद और रोकड़ा मंगवाना स्वाभाविक प्रक्रिया थी।

उसकी चाल कामयाब हुई थी।

फिर कैसीनो बन्द होने की घन्टी बजी।

जुए की टेबलें ख़ाली होने लगीं, मेहमान अपनी चिप्स कैश कराने लगे।

विमल से चिपकी होस्टेस का बस चलता तो वो विमल के साथ ही जाती लेकिन ऐसा मुमकिन नहीं था। सारे मेहमानों के रुख़सत हो जाने के बाद ही होस्टेसों को वहां से बाहर कदम रखने की इजाज़त थी।

सुखनानी और विमल सबसे पहले बाहर आने वालों में से थे। जैसे वो इकट्ठे आये थे, वैसे ही मैट्रो की पार्किंग तक वो इकट्ठे पहुंचे। सुखनानी अपनी मर्सिडीज़ पर वहां से रुख़सत हो गया लेकिन विमल ने रुख़सती का खाली बहाना किया।

उसका साढ़े छः बजे तक 'गोल्डन गेट' के इर्द-गिर्द कहीं रुकना जरूरी था।

ठीक साढ़े छः बजे लगभग एक साथ तमाम बम फटे और कैसीनो समेत 'गोल्डन गेट' मलबे में तब्दील हो गया।

फतह!

अब वो इत्मीनान से वहां से रुख़सत हो सकता था।

18 दिसम्बर : बुधवार

पुलिस पहुंची, क्योंकि ऐसे किसी केस की तफ्तीश करना पुलिस का ही काम होता था।

फायर ब्रिगेड पहुंचा क्योंकि मलबे में लोग दबे हो सकते थे।

तत्काल बाजू की गार्मेंट फैक्ट्री के बारे में सुनिश्चित किया गया कि वो ख़ाली थी क्योंकि कई बार कोई बम फटने से रह जाता था और बाद में – या बहुत बाद में – फटता था।

दूसरी तरफ की इमारत पहले ही एक अरसे से खाली थी।

विस्फोट इतना भीषण हुआ था कि इमारत पूरी तरह से ध्वस्त हो गयी थी लेकिन फिर भी आजू-बाजू की इमारतों को कोई क्षति नहीं पहुंची थी।

फिर मीडिया वाले वहां जमा होने लगे।

साढ़े आठ बजे तक ख़बर टीवी पर आ गयी।

रेस्टोरेंट का मैनेजर सचदेवा, सिक्योरिटी इंचार्ज गजानन चौहान और चिन्तामणि त्रिपाठी वहां पहुंचे।

तब इस बात की पुष्टि हुई कि इमारत में 'गोल्डन गेट' नाम का एक थ्री-इन-वन ठीया चलता था जो कि रेस्टोबार, डिस्को और नाइट क्लब था जो हौज़ ख़ास में तो मशहूर था ही, बाहर से भी दूर-दूर से लोग वहां आते थे। रेस्टोरेंट का क्लोज़िंग टाइम बारह बजे का था और एक घन्टा और सब कुछ बन्द करने में और स्टाफ के रुख़सत होने में लगता था। लिहाज़ा बम विस्फोट के वक्त इमारत बिल्कुल खाली थी, किसी के मलबे में – ज़िन्दा या मुर्दा – फंसे होने की कोई सम्भावना नहीं थी। बगल की गार्मेंट फैक्ट्री में भी दूसरी शिफ्ट बारह बजे तक चलती थी और साढ़े बारह तक वो भी बिल्कुल खाली हो जाती थी।

ये स्थापित हो जाने के बाद फायर ब्रिगेड वहां से रुख़सत हो गया।

मैनेजर सचदेवा ने पुलिस को बताया कि वहां रात को कोई नाइट वॉचमैन नहीं होता था क्योंकि ऐसी कोई जरूरत कभी महसूस नहीं की गयी थी। बगल की गार्मेंट फैक्ट्री में अलबत्ता एक वॉचमैन होता था लेकिन वो अमूमन सोता ही पाया जाता था। उस रोज भी वो भीषण विस्फोट की आवाज सुन कर ही उठा था और उसने पुलिस को फोन किया था।

फिर सवाल उठा कि 'गोल्डन गेट' का मालिक कौन था?

मैनेजर सचदेवा ने उस बाबत अनभिज्ञता प्रकट की तो तफ्तीश के लिये पहुंचा तीन सितारों वाला इन्स्पेक्टर खफा हो गया।

"आप ये कहना चाहते हैं" – वो सख़्ती से बोला – "कि आपको मालूम नहीं कि आप किस की नौकरी करते हैं?"

"मालूम है न!" – मैनेजर बोला – "मैं 'गोल्डन गेट' की नौकरी करता हूं।"

"तनख़ाह आपको इमारत देती है?"

"त्रिपाठी जी देते हैं।"

"वो कौन हुए?"

मैनेजर ने त्रिपाठी की तरफ इशारा किया।

"मैं हूं त्रिपाठी।" – चिन्तामणि आगे बढ़ कर बोला – "चिन्तामणि त्रिपाठी। मेरा छोटा भाई मॉडल टाउन से दिल्ली विधान सभा का विधायक है। नाम जोगमणि त्रिपाठी। सुना होगा!"

"विधायक मालिक थे 'गोल्डन गेट' के?" – इन्स्पेक्टर बोला।

"नहीं।"

"तो उनका ज़िक्र किस लिये?"

"जोग मेरा छोटा भाई है और मैं एक तरह से 'गोल्डन गेट' का केयर टेकर था।"

" 'एक तरह से' से क्या मतलब है आपका?"

"मालिक मुम्बई में है। वहां उसका बड़ा बिज़नेस है। ये कदरन छोटा बिज़नेस है। उस के पास इस को देने के लिये टाइम नहीं इसलिये उसका यहां का कारोबार उसके केयरटेकर के तौर पर, नुमायन्दे के तौर पर, मैं सम्भालता हूं।"

"इमारत मालिक की है या किराये की है?"

"मालिक की है।"

"उसको यहां होना चाहिये।"

"काहे को? जब कोई जान नहीं गयी, जब आसपास की किसी इमारत को कोई डैमेज नहीं पहुंचा तो काहे को?"

"क्या गारन्टी है कि कोई जान नहीं गयी? क्या गारन्टी है कि मलबे के पहाड़ के नीचे कोई दबा नहीं पड़ा? कोई दबे नहीं पड़े?"

"आप को बोला तो गया है कि एक बजे के बाद यहां कोई नहीं होता?"

"फिर भी!"

"क्या फिर भी?"

"आप लोग यहां के स्टाफ की इनवेंट्री लें और कनफर्म करें कि सब चौकस हैं।"

"ठीक है।"

"और मालिक को यहां बुलायें।"

"मालिक को ख़बर कर दी जायेगी। आना, न आना उसकी मर्ज़ी पर मुनहसर है।"

"हमें उससे पूछताछ करनी होगी।"

"जो पूछताछ करनी है, मेरे से कीजिये। यहां के बिजनेस से मैं मालिक से ज्यादा वाकिफ हूं। मेरे से पूछिये जो पूछना है।"

"उसको यहां होना पड़ेगा।"

"तो खुद बुलाइये। पता मुहैया करा दिया जायेगा।"

"ऐसे विस्फोट की ज़िम्मेदारी मालिक की होती है।"

''मालिक की क्या ज़िम्मेदारी होती है? उसने खुद इमारत उड़ाई जाने का इन्तज़ाम किया?''

''मैं कुछ नहीं जानता . . .''

''तो जानिये न! मैं हूं मालिक का लोकल रिप्रेज़ेंटेटिव। जो जानना है, मेरे से जानिये। जो पूछना है, मेरे से पूछिये। वर्ना मैं अपने भाई को यहां बुलाता हूं जो कि एमएलए है।''

''एमएलए क्या करेंगे यहां आके?''

''पुलिस की हाई हैण्डिडनैस को मॉनीटर करेंगे।''

''कोई हाई हैण्डिडनैस नहीं हो रही यहां।''

''नहीं हो रही तो अच्छी बात है। जो पूछना है मेरे से पूछिये।''

''क्यों किसी ने आपके रेस्टोरेंट को बारूद से उड़ा दिया?''

''हमें कोई अन्दाज़ा नहीं!''

''कोई प्रोफेशनल राइवलरी?''

''नो!''

''कोई जाती अदालव?''

''बिल्कुल नहीं।''

''बेवजह तो कुछ नहीं होता! क्यों हुई ये वारदात?''

''हम खुद हैरान हैं।''

''हूं। आप मालिक को मुम्बई ख़बर कीजिये इस हादसे की। हो सकता है मालिक खुद ही आना चाहे।''

''हो सकता है। मैं जरूर करूंगा।''

''और स्टाफ की इनवेंट्री का इन्तज़ाम जल्द-अज-जल्द कीजिये। जो नतीजा सामने आये – कोई मिसिंग है तो भी, कोई मिसिंग नहीं है तो भी – उसकी ख़बर पुलिस के पास फौरन पहुंचनी चाहिये।''

''फौरन ही पहुंचेगी।''

''थैंक्यू।''

दोपहरबाद चिन्तामणि के घर में जस्सा भी मौजूद था जिसे कि अरमान ने ख़ासतौर से फोन कर के वहां बुलाया था।

''बहुत बड़ी चोट हो गयी।'' – चिन्तामणि ग़मग़ीम लहजे से बोला – ''मालिक तक ख़बर पहुंचेगी तो उसका कहर हम पर टूटेगा।''

''अभी पहुंची नहीं?'' – जस्सा बोला। ख़ास

''वो मुम्बई में नहीं है। उसका ख़ास कहता है कि काठमाण्डू में है लेकिन वहां उसको अप्रोच नहीं किया जा सकता। ख़ास को ख़बर कर दी गयी है, वो कहता है कि वो आगे काठमाण्डू ख़बर पहुंचाने की कोई सूरत निकालेगा।''

''हूं।''

''मुझे पड़ोसी बाबू से इतने बड़े वार की उम्मीद नहीं थी।''

''जैसे लोहार की एक पड़ी हो।'' – अरमान बोला।

''आप को लगता है कि ये काम पड़ोसी बाबू का है?''

''लगता है! मुझे गारन्टी है।''

''जो कि ग़ायब है!''

''कहां ग़ायब है? कोर्ट में था या नहीं था?''

जस्सा ख़ामोश रहा।

''इतना अच्छा मौका था साले को उड़ा देने का। जस्से, तू कुछ न कर सका।''

''हां, मैं कुछ न कर सका।'' – जस्सा तिलमिलाया – ''क्योंकि मैंने कोई कोशिश ही न की।''

''मैंने ये कब कहा?''

''मेरी तो दोनों तरफ से फज़ीहत है। न मैं लाला जी के लिये – जिन्होंने मेरे पर इतना भरोसा जताया कि जस्सा उनके बेटे की दुरगत करने वाले को पाताल से भी खोद निकालेगा – कुछ कर सकता और न काके के लिए जो कि अब उस शख़्स का आखिरी शिकार बाकी है। अमित जिस केस में अच्छा भला बरी हो गया था, उसमें फिर गिरफ्तार है और खुद लाला जी गवाह को रिश्वत देने के मामले में जवाबदेह हैं। बाप बेटे के लिये फिक्रमन्द था और अब उससे ज़्यादा अपने लिये फिक्रमन्द है। और ज़िम्मेदार कौन? जस्सा।''

''तू क्यों?''

''मैं क्यों नहीं? मैं वक्त रहते फैंटम का पता निकाल पाता, उसको जहन्नुमरसीद कर पाता तो क्यों ये सब कुछ होता!''

''कोशिश तो'' – अरमान बोला – ''भरपूर की न तूने!''

''किसी काम तो न आयी? अमित के साथ हुई पहली वारदात के लिये

ज़िम्मेदार शख़्स की टोह में अभी भटक ही रहा था कि उसने वैसी ही दो वारदात और कर डालीं, अशोक और अकील को भी अमित जैसा बना डाला। फिर अमित और उसके साथियों के खिलाफ रेप के बन्द हो चुके केस को उसने फिर खुलवा दिया।''

''वो भी उसने किया?''

''और किसने किया? उसने न किया तो क्यों वो केस की फिर सुनवाई के वक्त कोर्ट में मौजूद था?''

अरमान को जवाब न सूझा।

''कैसीनो तो आपका सैट अप था, ठेकेदार साहब!'' – जस्से के स्वर में तनिक व्यंग्य का पुट आया – क्योंकर वो उसमें सेंध लगा पाया?''

''कुछ पूछताछ करवाई है मैंने उस बाबत। एक किसी वी.के. खन्ना का पता लगा है जो पिछली रात कैसीनो में मेहमान था और सारी रात रूले की टेबल पर बड़े-बड़े दांव लगाता रहा था। जस्से, हमारी नब्बे मेम्बरान की पक्की लिस्ट में किसी वी.के. खन्ना का नाम नहीं है। यानी ये नहीं हो सकता कि उसको कल का कोड एसएमएस किया गया होता।''

''जब वो लिस्ट में ही नहीं है . . .''

''वही। वही। पर उसको अटैंड करने वाला स्टीवार्ड कहता है कि उसने अपने मोबाइल पर आया कोड उसे बराबर दिखाया था।''

''कैसे किया?''

''क्या पता कैसे किया?''

''जब लिस्ट में उसका नाम नहीं था'' – अरमान बोला – ''तो लिफ्ट में सवार होने के लिये उसका थम्ब स्कैन भी तो कम्प्यूटर में नहीं हो सकता था!''

''तो वो लिफ्ट में कैसे सवार हुआ?'' – जस्सा बोला।

''हुआ तो बराबर! जब नीचे जुआ खेल रहा था, रूले पर निरन्तर दांव लगा रहा था तो हुआ तो बराबर!''

''इस बारे में मेरे को'' – चिन्तामणि बोला – ''एक दूसरे मेम्बर पर शक है।''

''वो कौन हुआ?'' – जस्सा बोला।

''कीमत राय सुखनानी।'' – चिन्तामणि बोला – ''हमारा पुराना मेम्बर है। मालूम पड़ा है कि मैट्रो स्टेशन की पार्किंग से दोनों एक ही 'इन्डिका' में

सवार हुए थे और आगे रेस्टोरेंट की रिज़र्व्ड टेबल पर भी इकट्ठे पहुंचे थे। मेरे को लगता है सुखनानी ने उस शख़्स की कोई मदद की . . .''

''क्या मदद की? कैसे मदद की?''

''पता नहीं। लेकिन कैसीनो में वो शख़्स उस मदद के सदके ही दाखिल हो पाया, इसमें मुझे शक की कोई गुंजायश नहीं दिखाई देती।''

''मैं ख़बर लूं इस कीमतराय सुखनानी की?''

''तू ले सकता है, बराबर लेकिन मैंने चौहान को बोला है इस काम के लिये। कैसीनो के, 'गोल्डन गेट' के उजड़ जाने के बाद अब उसे कोई काम तो है नहीं! इसी बहाने कुछ काम ही करेगा।''

''कर लेगा?''

''अरे, तेरे जैसा ही कड़क है। देखा नहीं कैसे चुटकियों में पटियाला हाउस गन पहुंचाई थीं!''

''हूं। बहरहाल कैसे भी बनायी, उस शख़्स ने कैसीनो में पहुंच बना ली। बमों के साथ बना ली?''

''स्टीवार्ड कहता है वो ख़ाली हाथ था।''

''पापा'' – अरमार बोला – ''इतनी बड़ी इमारत को आमूल चूल उड़ा देने के लिये बहुत . . . बहुत डायनामाइट चाहिये। वो जेबों में लाया होगा इतना डायनामाइट?''

चिन्तामणि का सिर स्वयंमेव इंकार में हिला।

''जो हुआ, वो उसने कैसे किया'' – जस्सा बोला – ''ये जुदा मसला है, बड़ी बात ये है कि वो शख़्स आपका नौ नम्बर वाला पड़ोसी था, गैलेक्सी का वाइट कालर एम्पलाई कौल था!''

''सोहल था।'' – अरमान ने ज़िद की।

''सोहल था या नहीं था'' – चिन्तामणि वितृष्णापूर्ण भाव से बोला – ''लेकिन वो हमारे पड़ोसी के अलावा दूसरा कोई नहीं हो सकता। काश पाटियाला हाउस कोर्ट परिसर में, जस्से, तेरे आदमी कुलदीप का निशाना न चूका होता। हमारी ये भी ट्रेजेडी है कि उसकी उलटी चाल भी सीधी पड़ती हैं, हमारी सीधी भी उलट जाती हैं।''

''ये सांप निकल जाने के बाद लकीर पीटने की बातें हैं।'' – अरमान बोला – ''हमारे सामने इस वक्त अहम सवाल ये है कि अब करें तो क्या करें?''

किसी के पास उस सवाल का कोई जवाब नहीं था।

सवाल पूछने वाले के पास भी नहीं।

रात तक बिग बॉस भी दिल्ली पहुंच गया।

दिल्ली में अपनी आमद की ख़बर उसने सबसे पहले अपनी विश्वासपात्र जसमिन माने को दी जो कि एयरपोर्ट पर जाकर उसे मिली और उसे सोहल से अपने टकराव की कथा सुनायी लेकिन जैसी भूरि-भूरि प्रशंसा की उसे आशा थी, वो उसे प्राप्त न हुई।

"उसने तेरे पर कैसीनो की जानकारी निकलवाने के लिये दबाव डाला" – फेरा बोला – "तू ने अक्कल से काम लिया कि उसे उस बाबत समगलिंग की फर्ज़ी कहानी परोसी। ये भी बड़ा काम किया कि तूने उसे बतौर सोहल पहचाना। इसके बाद क्या किया?"

"क-क्या किया, बॉस?" – जसमिन उलझनपूर्ण भाव से बोली।

"कुछ भी न किया।"

"क-क्या करना था?"

"तेरे को नहीं मालूम?"

उसके मुंह से बोल न फूटा।

"तेरे पास इतनी बड़ी जानकारी कि वो सोहल था और दिल्ली में था। पणा तेरे को मालूम वो दिल्ली में किधर है?"

"न-नहीं।"

"तो ये जानकारी फेरा के किस काम की?"

उससे जवाब देने न बना।

"जब तूने इतनी चिल्लाकी से उसको समगलिंग के ऐंगल वाला चक्कर दिया तो इस चिल्लाकी को थोड़ा और आगे बढ़ाना था और उसको बेट देने के इस्टाइल से पूछना था कि अगर तेरे पास उसको देने के काबिल आइन्दा कोई और जानकारी हो तो तू उसको कैसे ख़बर करे, कैसे तू वो, उसके काम की जानकारी उसको पहुंचाये! तब वो कान्टैक्ट का कोई ज़रिया तेरे को बताता कि नहीं बताता?"

"वो . . . वो बोलता, वो खुद अक्सर मेरे को फोन लगायेगा।"

"लगाता न! आजकल मोबाइल ट्रैकिंग सिस्टम से भी मालूम पड़ता है कि दूसरा भीडू किधर है। तेरे को अक्कल में आया ये!"

''सॉरी, बॉस!''

''तेरे को फोन पर जानकारी फॉरवर्ड करने की जगह मीटिंग के लिये ज़िद करना मांगता होने का था। वो किधर भी मीटिंग फिक्स करता, हमारे और भीडू तेरे को फॉलो करते तो उस तक पहुंचते कि नहीं पहुंचते?''

''प-पहुंचते।''

''फिर ख़ाली एक भीडू को थामने का। वैरी डिफीकल्ट?''

जसमिन बड़ी मुश्किल से इंकार में सिर हिला पायी।

''नहीं भी थामने का तो उसको साइलेंटली फॉलो करने का तो वो किधर तो पहुंचता आखिर? ऐसा हुआ होता तो अभी फेरा को मालूम होता कि सोहल इधर दिल्ली में किधर पाया जाता था! अभी फेरा को क्या मालूम? बाबाजी का ठुल्लू!''

''पर, बॉस, डर के बोलती हूं, फॉरवर्ड करने के वास्ते कोई जानकारी होना भी तो मांगता था! वो मेरे पास किधर था?''

''बोले तो जब तू स्मगलिंग का एक बोगस इस्टोरी सैट किया और उसको हज़्म कराया तो कोई सिमिलर बोगस इस्टोरी सैकण्ड टाइम सैट करने में पिराब्लम तेरे को? साला, बाल्कनी में इतना माल दिया गॉड तेरे को, ज़रूरत पड़ने पर किसी काम में लाने का था या नहीं लाने का था!''

''आई एम सॉरी, बॉस।''

''अब क्या सॉरी। एक बड़ा चानस तेरा हाथ में था जो तू मिस किया।''

''सॉरी!''

''फिर भी सोहल को पहचान के तूने शाबाशी के काबिल काम किया है। मिलेगी।''

तब पहली बार जसमिन के बुझते जाते चेहरे पर रौनक आयी।

''थैंक्यू, बॉस।'' – वो हर्षित भाव से बोली – ''थैंक्यू वैरी मच।''

उसी रात बिग बॉस की चिन्तामणि त्रिपाठी से मीटिंग हुई।

मीटिंग चिन्तामणि के घर में हुई जहां उसके और अरमान के अलावा गोल्डन गेट का मैनेजर सचदेवा, सिक्योरिटी इंचार्ज गजानन चौहान और जसवीर सिंह जस्सा मौजूद थे।

''तुम्हारा ब्रदर किधर है?'' – फेरा शुष्क स्वर में बोला।

''आजकल वो अपनी पोलिटिकल एक्टीविटीज़ में बहुत बिज़ी है।'' –

चिन्तामणि विनयशील स्वर में बोला – ''मरने की फुरसत नहीं आजकल उसे। नहीं आ सका। मैं उसकी तरफ से सॉरी बोलता हूं।''

''ये कौन हैं?''

चिन्तामणि ने सबका परिचय दिया।

''नहीं मांगता।'' – फेरा बोला – ''युअर सन कैन स्टे। डिसमिस अदर्स। किधर और जा के बैठने का। मांगता होयेगा तो बोलेगा।''

सचदेवा, चौहान और जस्सा वहां से उठकर चले गये।

''चिन्तामणि!'' – फेरा का लहजा सख़्त हुआ – ''मेरे को तुम लोगों से ऐसी नालायकी की, ऐसी बंगलिंग की बिल्कुल उम्मीद नहीं थी।''

''सर!'' – चिन्तामणि बौखलाया।

''पंगा भी लिया तो कहां? सांप को रस्सी समझ लिया! शेर को पूंछ से पकड़ लिया! न दुश्मन को पहचाना, न उसकी ताकत को पहचाना, उस पर ग़लत, नाजायज़ बेहूदा वार कर दिया। सोहल की बीवी को मार डाला। अब उसके कहर को कौन भुगतेगा? फेरा या चिन्तामणि या कोई साला बाहर से आयेगा?''

''सर, अभी ये पक्का नहीं है कि जिसकी बीवी को . . . ख़त्म किया गया था, वो सोहल है।''

''पक्का है। सौ टका पक्का है। वो सोहल है, सोहल है, सोहल है। तुम्हारी नादानी ने, नालायकी ने, नासमझी ने मेरे लिये सोहल से दुश्मनी मोल ली है। जिसने राजबहादुर बखिया की बादशाहत को जड़ से उखाड़ फेंका, जिसने 'कम्पनी' का नामोनिशान मिटा डाला, जिनके आगे बखिया जैसे ही जाबर कम्पनी बॉस इकबाल सिंह, व्यास शंकर गजरे न टिक सके, उसके सामने अब साला स्टीवन फेरा टिकेगा! जिसके सामने सारा अन्डरवर्ल्ड थरथराता है, तुम लोगों की कमअक्ली ने, बेहूदा, ग़ैरज़रूरी जोश ने मेरे को साला उसके मुकाबिल ला खड़ा किया। अक्ल मारी गयी थी कि उसकी बीवी को मार डाला। साला इतना सूरमा था तो उसको मारता!

''हमने सोचा था बीवी उसकी दुखती रग . . .''

''सोचा था! सोचा था! सोचा अक्कल से जाता है। वो किधर है तुम लोगों में! होती तो वो बेहूदा कदम उठाया होता जो उठाया?''

''तब हमें मालूम नहीं था कि हम किस के मुकाबिल थे।''

''तभी तो बोला कि रस्सी समझ के साला सांप पकड़ लिया!''

''हमें तो अभी भी नहीं मालूम कि . . .''

''तो ये फेरा का मिस्टेक?''

''नहीं। लेकिन . . .''

''अभी मैं बोलता है न कि वो सोहल है! तभी इतनी जल्दी, इतना बड़ा वार हुआ। साला इतना पर्फेक्ट करके चलता ठीया चुटकियों में ढेर हो गया। इस ठीये की परर्फेक्शन से भाव खा कर मैं साला इधर वैसीच दूसरा ठीया खड़ा करना मांगता था, साला पहले से भी गया। क्यों? क्योंकि तुम लोगों ने सोहल से पंगा लिया, अपनी ऐंठ में ख़ामख़ाह उसे अपना दुश्मन बनाया।''

''सर, हमें नहीं मालूम था . . .''

''पहले भी बोला। पहले से पहले भी बोला। नहीं मालूम था तो ये साला मेरा मिस्टेक! नहीं मालूम था तो मालूम करने का था।''

चिन्तामणि ने बेचैनी से पहलू बदला।

''सोहल इतना बड़ा गैंगस्टर। साला अक्खे हिन्दोस्तान के अन्डरवर्ल्ड में उसका दबदबा। अपने टेम के कितने अन्डरवर्ल्ड बासिज को खल्लास किया उसने? तमाम नाम काउन्ट करे तो साला वन आवर लगे पण अक्खे अन्डरवर्ल्ड को मालूम कि उसने कभी किसी बेगुनाह पर वार नहीं किया। अभी तुम लोग क्या किया! उसकी बीवी को खल्लाल किया। ये अक्कल का काम किया? अभी ख़बरदार जो 'मालूम नहीं था' बोला।''

चिन्तामणि ने जोर से थूक निगली। उसके मुंह से वही निकलने लगा था।

''ये मालूम नहीं था कि वो सोहल की बीवी थी पण साला ये तो मालूम था कि बेगुनाह थी! एक बेगुनाह को तो मारा न बरोबर! बोलता है वो सोहल की दुखती रग। किसी की दुखती रग छेड़ो तो भीडू तड़पता है। छेड़ा दुखती रग को! भीडू तड़पा बरोबर! तड़पा तो क्या किया? कैसीनो का नामोनिशान मिटा दिया। अभी सेम ट्रीटमेंट वो तुम लोगों को देगा, फेरा को देगा। कौन रोकेगा उसे?''

''सर, जो हुआ, कुछ मेरी ज़ाती मजबूरी के तहत भी हुआ।''

''बोले तो?''

चिन्तामणि ने अरमान और उसके तीन दोस्तों की दुश्वारी की दास्तान बयान की। ये भी बताया कि अपने बाकी दोस्तों के हाहाकारी अंजाम तक पहुंचने वाला अब अकेला अरमान बचा था।

''ये फेरा का प्राब्लम?'' – वो खामोश हुआ तो फेरा भड़का।

“वो तो नहीं, सर, लेकिन . . .”

“तुम्हेरा छोकरा जब गुनाह से नहीं डरता तो सज़ा से क्यों डरता है? जिसकी औरत के साथ इसने और इसके दोस्तों ने बद्‌फेली की, उससे ये क्या उम्मीद करता था? वो रो-रो के जान दे देता? उसने पलट वार किया तो क्या ग़लत किया? ग़लत किया तो तुम लोगों ने किया जो दुश्मन को कमज़ोर समझा। साला शेर का पूंछ पकड़ लिया! अब शेर खाने को आता है तो दम निकलता है। तुम बोलों अपने छोकरे को सोहल को ढूंढ़ के निकाले और उसको खल्लास करे। कर लेगा?”

चिन्तामणि से जवाब देते न बना।

“साला अपना पिराब्लम फेरा के सिर मंढ दिया। दुश्मन तो खल्लास किया न गया, मेरा कैसीनो खल्लास करा दिया। साला करोड़ों का नुकसान। और एक जमा जमाया ठीया हाथ से गया सो अलग।”

फेरा ने असहाय भाव से गर्दन हिलाई।

पिता पुत्र में से कोई कुछ न बोला।

कुछ क्षण माहौल नाकाबिलेबर्दाश्त खामोशी के हवाले रहा।

“मैं साला काठमाण्डू में।” – फिर फेरा ने खामोशी भंग की – “मैं साला उधर एक अर्जेंट कर के, सीक्रेट करके मीटिंग अटेंड करता था। साला टीवी में न्यूज़ देखा। फौरन इतना इम्पॉर्टेंट करके मीटिंग कट किया और साला बुलेट का माफिक इधर रवाना हुआ।”

“आप मौकायवारदात पर चलना चाहेंगे?” – चिन्तामणि झिझकता-सा बोला।

“काहे वास्ते? टीवी सब डिटेल से दिखाया न! देखा न!”

“ओह!”

“फिर भी जाना होयेंगा तो डे टाइम में जायेंगा। ये टाइम साला उधर क्या दिखाई देगा?”

“ठीक।”

“कैसीनो से फैक्ट्री की तरफ गेम्बलर्स की निकासी का वास्ते जो खुफिया रास्ता है, वो मेरे को इमीजियेट करके क्लोज होना मांगता है। तुम्हेरे मगज में तो ये आया नहीं होगा कि वो रास्ता एक्सपोज़ नहीं होने का था!”

“सर, वो रास्ता अपने आप ही क्लोज़ हो गया है।”

“बोले तो?”

''ब्लास्ट इतना फोर्सफुल था कि कैसीनो वाली, 'गोल्डन गेट' वाली इमारत का ढेरों मलबा उस रास्ते में जा कर पड़ा था और वो वैसे ही ब्लॉक हो गया है। अब कोई चैक भी करेगा तो यही लगेगा कि ब्लास्ट ने बीच की दीवार फाड़ दी और मलबा फैक्ट्री की इमारत में जाकर पड़ा।''

''श्योर?''

''वैरी श्योर, सर!''

''कैसीनो का गारमेंट फैक्ट्री से कनैक्शन एक्सपोज़ होना नहीं मांगता मेरे को।''

''नहीं होगा, सर।''

''लोकल अथारिटीज़ मलबा जल्दी हटाया जाने पर ज़ोर देगा तो . . .''

''नहीं देगा, सर। पुलिस को यकीन दिलाया जा चुका था कि विस्फोट के वक्त इमारत बिल्कुल ख़ाली थी, किसी जान कर कोई नुकसान नहीं हुआ। रात बारह बजे तक 'गोल्डन गेट' चलता है और एक बजे तक मुकम्मल स्टाफ भी वहां से रुख़सत हो जाता है। कोई भूला-भटका पीछे रह न गया हो – सो कर या टुन्न होकर – मैनेजर ने उस बाबत भी तसदीक कर ली है। सारे स्टाफ को कान्टैक्ट करके मालूम कर लिया गया है कि भूले से भी कोई पीछे नहीं रह गया था। छः बजे से पहले तक कैसीनो भी हर हाल में खाली हो जाता है। पुलिस को इस बाबत ख़बर कर दी गयी है कि रेस्टोरेंट का सारा स्टाफ चौकस है, मलबे के नीचे किसी के जिन्दा या मुर्दा फंसे होने की कोई गुंजायश नहीं। जोगमणि ने इस बाबत खुद इलाके के डीसीपी से बात की थी और अब पुलिस को पूरी तसल्ली है कि कोई कैज़ुअल्टी नहीं हुई है। लिहाज़ा मलबा ज़बरदस्ती हटवाये जाने का हम पर कोई जोर नहीं।''

''हम्म!''

''हमने सम्बन्धित अधिकारियों को ये भी आश्वास दिया है कि रीकंस्ट्रक्शन जल्द-अज-जल्द शुरू कर दी जायेगी।''

''बोले तो मलबे के नीचे दबे पड़े कैसीनो के साजोसामान की किसी को ख़बर लगने का कोई चानस नहीं?''

''कोई चांस नहीं, सर।''

''ये सीक्रेट सीक्रेट रहने का कि 'गोल्डन गेट' के नीचे गेम्बलिंग कैसीनो चलता था?''

''यस, सर।''

"अगर ऐसा हुआ तो कैसीनो फिर इस्टार्ट करना आसान होगा।"

"लेकिन, सर, उधर रीकंस्ट्रक्शन फौरन भी शुरू की तो एक साल लग जायेगा।"

"मेरे मगज में दूसरी जगह है, वो जगह है जिधर मैं दूसरा ठीया खड़ा करना मांगता था। टेम ख़ाली गेम्बलिंग इक्विपमेंट मूव इन करने में लगेगा। तुम लोग अक्कल से, होशियारी से काम लेगा तो वन मंथ में कैसीनो इधर फिर चालू हो जायेगा। पण गेम्ब्लर्स को स्क्रीन करने का कोई नया, फूलफ्रूफ सिस्टम सोचना होयेगा। इसका डेली चेंजिग कोड और थम्ब इम्प्रैशन स्कैन वाला सिस्टम तो कोई – डेफिनिट कर के सोहल – ईज़ीली ब्रेक किया। मेरे को ऐसा फिर नहीं होता मांगता।"

"नहीं होगा। हम स्क्रीनिंग का कोई ज़्यादा पुख्ता सिस्टम तैयार करेंगे।"

"गुड अभी बोलो, सोहल का क्या सोचा? उसको कैसे ट्रेस करेगा, आया मगज में कुछ?"

चिन्तामणि हिचकिचाया।

"इस बाबत कुछ न किया गया, फौरन कुछ न किया गया तो न हम सेफ हैं, न हमारा कोई ठीया सेफ है। उसका एक्सपोज़ होना जरूरी। तब और नहीं तो फेरा उससे कोई सुलह की बातचीत तो कर सकेगा!"

"सुलह?

"वाई नॉट। जब दुश्मन अपने पर भारी पड़ने वाला हो तो उससे सुलह भी राइट स्ट्रेटेजी। साला दुश्मन की फाइट करने, फेस करने का कोई रूल होता है, कोई सिस्टम होता है, मालूम?"

पहले तो चिन्तामणि को पता ही न लगा कि उससे सवाल हुआ था, फिर उसने जल्दी से इंकार में सिर हिलाया।

"अभी मैं बोलता है। साला कान खोल के सुनने का। क्या!"

"जी हां। जी हां।"

"अगर तुम कम है और दुश्मन ज्यास्ती है तो फौरन कट करने का, फूट लेने का। अगर तुम ज्यास्ती है, दुश्मन कम है तो किसी को जिन्दा नहीं छोड़ने का, साला सबको खल्लास करने का, किसी को भाव नहीं देने का। भाईगिरी में साला लिहाज नहीं चलता, मुलाहजा नहीं चलता। 'ये टेम मिस्टेक हुआ, आगे नहीं होगा' नहीं चलता। कभी किसी भीडू को अपनी सफाई देने का मौका नहीं देने का। सफाई साला वो देता है जिस की ताकत में लोचा। जो

कमज़ोर, जिसके मन में चोर, जो साला सोच के बैठेला है कि वो बातों से जीत सकता है। जो साला जबर, वो जुबान नहीं चलाता, ताकत चमकाता है, वार करता है। क्या!''

पिता पुत्र दोनों ने यूं सहमति में सिर हिलाया जैसे किसी स्वामी के धार्मिक प्रवचन में बैठे हों।

''पण अक्कल से काम हर हाल में लेने का – चाहे हालत हमले की हो या बैकफुट पर आने की हो। बोले तो कोई बात बनती लगे तो बनाने का क्योंकि सब को बिजनेस करने का। भेजा मूंडी से बाहर कौन मांगता है? साला। कोई ढक्कन ही मांगता है। तुम है?''

''क्या?'' – चिन्तामणि हड़बड़ाया फिर तुरन्त बोला – ''नहीं, नहीं।''

''पण साला काम किया ढक्कन वाला बरोबर। साला टार्गेट ही गलत चुना। चुना तो इस्तेमाल गलत किया। भीड़ू को खल्लास करना था, जोरू को खल्लास किया!''

''ग़-ग़लती हुई।''

''भुगतता है न फेरा! इस वास्ते बैकफुट पर है और सुलह की स्ट्रेटेजी सोचता है।''

''सर, सुलह की सूरत में अरमान का क्या होगा?''

''क्या होगा?''

''उसकी जिस धमकी की तलवार इसके सिर पर लटक रही है, वो उसे वापिस ले लेगा?''

फेरा ने उस बात पर विचार किया।

''अभी क्या कहा जा सकता है?'' – फिर बोला – ''जब टेम आयेगा तो . . . देखेगा।''

''अगर वो न माना तो?''

''तो भी देखेगा।''

''सर, गुस्ताखी माफ, सुलह हमें सूट नहीं करती। अव्वल तो इतने फसाद के बाद वो सुलह करेगा नहीं, करेगा तो हो सकता है कि सुलह की कोई शर्त खड़ी कर दे।।''

''कैसी शर्त?''

''हमें बर्बाद करने वाली शर्त। वो अपनी बीवी के हश्र के मद्देनजर

चिन्तामणि का सिर मांग सकता है, वो अरमान के सिर पर से धमकी की तलवार हटाने से इंकार कर सकता है।''

''तो क्या करने का?''

''उसका, आपकी ज़ुबान में, खल्लास होना जरूरी।''

''हूं।''

''आप यकीन कीजिये हमें नहीं मालूम था कि वो कौन था। उसके ढोल में कोई पोल थी, इस बात का अन्दाज़ा तो हमें था लेकिन वो पोल इतनी बड़ी निकलेगी ये हमने सपने में नहीं सोचा था। हमारी सीधी इक्वेशन थी कि बीवी के हलनाक अंजाम से वो पूरी तरह टूट कर बिखर जायेगा और ख़ुद ही मैदान छोड़ के भाग जायेगा। तब हमें हिन्ट भी होता कि वो सोहल था तो हम अपनी स्ट्रेटेजी तब्दील करते और उसकी बीवी की जगह उसको निशाना बनाते। तब ये काम मुश्किल भी नहीं था। वो पड़ोस में रहता था, रोज़ दिखाई देता था, जैसे उसके घर में घुस कर हमने उसकी बीवी को मारा था, वैसे हम उसे भी मार सकते थे। अरमान ने हिन्ट दिया था कि वो एक वाइट कॉलर एम्पलाई होने की जगह, हमारा पड़ोसी कौल होने की जगह, कोई और हो सकता था लेकिन तब इसकी लॉजिक – आई एम सारी टु से – मुझे कनविंस नहीं कर सकी थी। बाकी हालात तब ऐसे थे कि हमें जरूरी नहीं लगा था कि हम मर्द को अपना निशाना बनाते। तब हमने यही सोचा कि अगर वे आम शहरी होने की जगह कोई ताकतवर आदमी भी निकलता था तो भी उसकी दुखती रग पर वार उसे ज्यादा तड़पा सकता था। औरत हर मर्द की कमज़ोरी होती है और कमज़ोर अंग पर वार करना युद्ध की राजनीति होती है। इसलिये मैंने सोचा कि जो शख़्स मेरे बेटे को तड़पाना चाहता था उसकी औरत पर, उसकी कमज़ोरी पर, उसकी दुखती रग पर वार होगा तो वो बेपनाह तड़पेगा . . . तड़पेगा क्या, जीते जी मर जायेगा।''

''मर गया जीते जी?''

''नहीं। क्योंकि . . . क्योंकि . . . अब जाना कि सोहल था।''

''जो तड़पा बरोबर लेकिन वैसा न तड़पा जैसा उसके तड़पने की तुम लोगों को उम्मीद थी। तुम्हारी स्टार स्ट्रेटेजी ने उलटा असर दिखाया, उसने आग में घी का काम किया। जो आग पहले सिर्फ सुलग रही थी, तुम लोगों की नादानी ने उसे ऐसा भड़का दिया कि शोले आसमान छूने

लगे और शोलों के साथ वो ख़ुद शोला बन गया। अब इससे पहले कि वो सब कुछ फूंक कर रख दे, बोलो, क्या करने का? स्ट्रेटजीज़ बहुत सोचता है तुम लोग। उस तक पहुंचने की कोई स्ट्रेटेजी है तुम्हारी ऊपर वाले माले में?''

''वो ग़ायब है। अपने पीछे अपने घर में वो एक बड़ी मुसलिम फैमिली बसा गया है – एक मामू और चौदह भांजे – फैमिली ख़ुद को लैंडलॉर्ड का – अरविन्द कौल का, जो अब आपके जनवाये हम जानते हैं कि सोहल है – किरायेदार बताती है लेकिन मुझे इस सिलसिले में कोई भेद लगता है। मुझे लगता है कि वो लोग किरायेदार नहीं, सोहल के ख़ास हैं जो उसकी किसी स्ट्रेटेजी के तहत वहां बसाये गये हैं। और इसीलिये मुझे यकीन है कि वो सोहल को जानते हैं, सोहल का मौजूदा अता पता जानते हैं।''

''तो?''

''मैं सोच रहा था कि क्या उनमें से किसी को अपनी तरफ फोड़ा जा सकता था!''

''जवाब भी ख़ुद दो।''

''पन्द्रह भांजों में से कुछ अभी कमउम्र हैं – बालिग हैं लेकिन कमउम्र हैं – मैं समझता हूं कि उन में से कोई प्रलोभन में आ सकता है।''

''किस में आ सकता है?''

''लालच में आ सकता है। वन ऑफ दैम मे बी लैड अवे बाई मॉनीटेरी ग्रीड।''

''वो सब आपस में रिश्तेदार हैं तो ऐसा कोई स्टैप सीक्रेट रह पायेगा?''

''देखेंगे। कोशिश कर देखने में क्या हर्ज है!''

''ओके। करो।''

''ये काम जस्सा कर सकता है या चौहान कर सकता है या दोनों मिल के कर सकते हैं। आप कहें तो मैं उन्हें बुलाऊं?''

''नो। जो कहना करना है, ख़ुद करो।'' – वो उठ खड़ा हुआ – ''मेरे को अब जाना मांगता है।''

''सर, डिनर . . .''

''नहीं मांगता।''

''ऑर ए ड्रिंक! वन फॉर दि रोड!''

''नहीं मांगता। अभी वन वीक मैं इधर है। उतने में कुछ कर के दिखाने

का वर्ना मेरे को तुम लोगों से अपनी एसोसियेशन के बारे में फिर सोचना मांगता होयेंगा।''

बिग बॉस विदा हो गया।

तदोपरान्त मैनेजर सचदेवा को भी विदा कर दिया गया।

फिर त्रिपाठी पिता-पुत्रों की जस्से और चौहान के साथ आइन्दा स्ट्रेटेजी के बारे में गम्भीर मन्त्रण हुई जो कि आधी रात के बाद तक चली।

यही फैसला हुआ कि पड़ोस में बसे भांजों में से किसी भांजे को फोड़ने के काम को जस्सा बेहतर अंजाम दे सकता था।

19 दिसम्बर : गुरुवार

अगले रोज ग्यारह बजे के करीब गजानन चौहान सिविल लाइन्स पहुंचा और कीमत राय सुखनानी से मिला।

'गोल्डन गेट' का रेगुलर होने की वजह से सुखनानी उससे वाकिफ था। कोठी के आफिसनुमा कमरे में वो उससे मिला।

''मालूम था मैं इधर रहता हूं?'' – सुखनानी बोला।

''जी हां।'' – चौहान बोला – ''आप रुतबे और रसूख वाले मानस हैं, न मालूम होता तो मालूम हो जाता।''

''कैसे आया?''

'' 'गोल्डन गेट' की ख़बर लगी?''

''हां, लगी।'' – कीमत राय खेदपूर्ण भाव से बोला – ''टीवी पर देखी। दुख तो हुआ ही, हैरानी भी हुई। कहते हैं दो तीन मिनट में ही एक के बाद एक कई बम फटे!''

''हां।''

''मैं रात उधर ही था। हमेशा की तरह सवेरे निकला। बम जल्दी फटे होते तो इमारत के साथ-साथ मेरा भी – बाकियों का भी – काम हो गया होता!''

''नहीं। पुलिस की तफ्तीश कहती है कि टाइम बम थे जिन पर एक ही टाइम सैट था – जिस वक्त कि बम फटे, साढ़े छः का। बम प्लांट करने वाले ने ख़ास ख़याल रखा कि उस हादसे में किसी की जान न जाये। उसे यकीनी तौर पर मालूम था कि सुबह साढ़े छः बजे इमारत मुकम्मल तौर से ख़ाली होती थी।''

‘‘इसलिये बम फटने का टाइम साढ़े छः का?’’

‘‘जी हां।’’

‘‘जिसने ये किया, कैसीनो तबाह करने के लिये किया?’’

‘‘ज़ाहिर है।’’

‘‘किसने?’’

‘‘आप बताइये।’’

‘‘मैं बताऊ?’’

‘‘जी हां।’’

‘‘क्या मतलब है, भई, तेरा?’’

‘‘इस वारदात के सिलसिले में कैसीनो का जो मेहमान फोकस में आया है, वो आपके साथ आया था।’’

‘‘तो?’’

‘‘लिहाज़ा आप उससे वाकिफ थे।’’

‘‘चड़या हुआ है!’’

‘‘मैट्रो स्टेशन की पार्किंग से वो आप के साथ आया था।’’

‘‘तो? इतने से वो मेरा वाकिफकार हो गया? यार हो गया? मैं वारदात में उसका जोड़ीदार हो गया?’’

‘‘जब वो आप के साथ . . .’’

‘‘इसलिये था कि इत्तफाक से वो और मैं मैट्रो स्टेशन की पार्किंग में एक ही टाइम पर पहंचे थे और उस घड़ी वहां शटल सर्विस वाली एक ही ‘इन्डिका’ थी जिस पर इकट्ठे सवार होना हमारी मजबूरी थी। इकट्ठे पहुंचे थे इसलिये ‘गोल्डन गेट’ में इकट्ठे दाखिल हुए थे।’’

‘‘आप उसे नहीं जानते थे?’’

‘‘नहीं जानता था। कभी शक्ल तक नहीं देखी थी।’’

‘‘कैसीनो में दो रेगुलर्स को उसने अपना नाम वी.के. खन्ना बताया था!’’

‘‘बताया होगा। मेरे लिये काला चोर था।’’

‘‘आप कैसीनो के रेगुलर हैं, वो रेगुलर था . . .’’

‘‘मेरे को कैसे पता वो रेगुलर था? तेरे को भी कैसे पता वो रेगुलर था?’’

‘‘हाल में कोई नया मेम्बर नहीं बनाया गया था, ऐसे पता। आइन्दा कुछ नये मेम्बर बनाने का प्रोग्राम था जिन्हें कि बिग बॉस की मौजूदगी में स्क्रीन किया जाना था लेकिन वो नौबत ही न आयी। इस लिहाज से उसे रेगुलर

होना चाहिये था लेकिन लिस्ट में किसी वी.के. खन्ना का नाम नहीं था।''

''कैसे हो सकता है? उसने मेरे सामने स्टीवार्ड को मोबाइल पर का कोड दिखाया था और स्टीवार्ड ने उसे पिछले कमरे में जाने के लिये ओके किया था।''

''वो आपके साथ पीछे गया था।''

''बिल्कुल ग़लत। जाकर अपने स्टीवार्ड से फिर दरयाफ़्त करो। वो मेरे से पहले भीतर गया था और पांच मिनट बाद जब मैं गया था तो पिछले कमरे में वो नहीं था। क्या मतलब हुआ इसका? सिवाय इसके क्या मतलब मुमकिन है कि वो पहले ही नीचे जा चुका था!''

''जब वो मेम्बर ही नहीं था तो उसका थम्ब प्रिंट कम्प्यूटर स्कैन में नहीं हो सकता था। कैसे वो लिफ्ट पर सवार हो पाया?''

''पहले इस बात का जवाब ढूंढ़ साईं, कि कैसे वो कोड हासिल कर पाया! एक बात समझ लेगा तो दूसरी को समझ लेना कोई मुश्किल काम नहीं होगा।''

''कोड उसे आपने मुहैया कराया।''

''झूले लाल! अरे, तो वो स्टीवार्ड अन्धा था जिसको उसके मोबाइल की स्क्रीन पर कोड फारवर्ड करने वाले की जगह मेरा नाम न दिखाई दिया?''

''उससे कोताही हुई। लापरवाही हुई।''

''और ज़िम्मेदार कर्मांमारा कीमत राय! कैसीनो के ओरीजिनल मेम्बर्स में से एक! उन रेयर मेम्बर्स में से एक जिन को वहां क्रेडिट फैसिलिटी हासिल है!''

चौहान से कुछ कहते न बना। मन–ही–मन वो झुंझला रहा था कि उसकी पेश क्यों नहीं चल रही थी।

''अच्छा, मेरी मत्त मारी गयी थी'' – कीमत राय गुस्से से बोला – ''इसलिये एक अंजान साईं को कोड तो मैंने फॉरवर्ड कर दिया, उसका थम्ब इम्प्रिंट कम्प्युटर स्कैन में कैसे पहुंचाया?''

''वो आपके साथ लिफ्ट में सवार हुआ।''

''अरे, साईं, जब वो मेरे भीतर पहुंचने से पहले नीचे पहुंच ही चुका था तो . . .''

''आप ही तो कहते हैं कि ऐसा हुआ था!''

''तो और कैसा हुआ था?''

''वो लिफ्ट की स्कैन पैनल के पास ही नहीं फटका था, वो भीतर कहीं छुपा आप का इन्तज़ार कर रहा था। पांच मिनट बाद आप वहां पहुंचे थे, आपने थम्ब इम्प्रिंट इस्तेमाल कर के लिफ्ट बुलाई थी और वो आप के साथ उसमें सवार हुआ था।''

भीतर से कीमत राय का दिल डूब रहा था कि कितनी आसानी से वो सिक्योरिटी वाला सारा गेम भांप गया था।

''ऐसा कुछ नहीं हुआ था।'' – वो दिलेरी से बोला – ''जब मैं लिफ्ट के पास पहुंचा था तब न उस कमरे में कोई था और न कोई लिफ्ट में मेरे साथ सवार हुआ था। ऐसा हो सकता था तो स्टीवार्ड को उस साईं के साथ आना चाहिये था या उसके साथ कोई एस्कार्ट भेजना चाहिये था।''

''ऐसा ही होना चाहिये था लेकिन . . . उससे कोताही हुई।''

''और उसकी हर कोताही का जिम्मेदार कीमत राय। ठीक?''

''ये रूल कल से ही लागू हुआ था कि पिछले कमरे में एक वक्त में एक मेम्बर ही जाये इसलिये एस्कार्ट की ज़रूरत वाली बात किसी को नहीं सूझी थी। सूझी होती तो भीतर लिफ्ट के करीब भी एक ज़िम्मेदार स्टीवार्ड स्टेशन किया जाता जो कनफर्म करता कि मेम्बर अकेला आया था और अकेला लिफ्ट में सवार हुआ था।''

''तुम्हारे सिक्योरिटी लैप्स के लिये भी कीमत राय ज़िम्मेदार!''

''कैसीनो के सारे मेम्बर बारसूख, बाहैसियत शख़्स हैं इसलिये किसी से ऐसी ख़तरनाक हरकत की उम्मीद नहीं की जाती थी जो कि वाकया हुई।''

''कीमत राय से की जाती थी क्योंकि वही कर्मांमारा न बारसूख है, न बाहैसियत है!''

''आप समझते नहीं हैं।''

''क्या नहीं समझता मैं? क्या नहीं समझता? तू साफ–साफ मेरे पर इलज़ाम लगा रहा है कि बम फोड़ने वाले की कैसीनो में ऐन्ट्री पाने में मदद मैंने की। अभी बोलेगा कि जो बम फूटे, वो भी उसे मैंने पहुंचाये।''

''सेठ जी, मैं वहां का सिक्योरिटी चीफ हूं। इतनी बड़ी वारदात हो गयी, तफ्तीश करना मेरी ड्यूटी है जिसके तहत मेरे को हर मुमकिन बात पर ग़ौर करना होता है और जो मुमकिन बात मुझे दिखाई देती है तो ये है कि किसी लिस्टिड मेम्बर की मदद के बिना कोई – कोई भी – कैसीनो में नहीं पहुंच सकता था।''

"फिर भी पहुंचा।"

"क्योंकि किसी लिस्टिड मेम्बर ने मदद की।"

"और वो लिस्टिड मेम्बर कीमत राय!"

"सिर्फ आप ही उस नामोनिहाद वी.के. खन्ना की सोहबत में देखे गये थे।"

"अरे, साईं, तू सुनता क्यों नहीं कि ये महज एक इत्तफाक था कि वो आदमी मुझे मैट्रो की पार्किंग में मिला, इत्तफाक था कि उस घड़ी वहां दूसरी शटल कार अवेलेबल नहीं थी इसलिये हम दोनों को एक ही 'इन्डिका' ने 'गोल्डन 'गेट' पहुंचाया। अब क्योंकि हम इकट्ठे पहुंचे थे इसलिये इकट्ठे जा कर रिज़र्व्ड टेबल पर बैठे। इसके अलावा या इसके बाद से मेरा उस आदमी से कोई वास्ता नहीं था। उसके मोबाइल में कल का कोड दर्ज था तो मुझे नहीं मालूम क्योंकर दर्ज था। भीतर पहुंचकर वो कहीं छुप गया और फिर किसी और के साथ लिफ्ट में सवार हो कर नीचे पहुंचा तो वो कोई और मैं नहीं था। मेरे बाद भी तो – मैंने ख़ुद नोट किया था – पांच छः मेम्बर कैसीनो में पहुंचे थे? तू मेरे पीछे क्यों पड़ा है? सिर्फ इसलिये कि मैट्रो स्टेशन से 'गोल्डन गेट' तक वो मेरे साथ आया था? वो उनमें से किसी के साथ भी तो लिफ्ट में सवार हुआ हो सकता था?"

"रास्ते में आप दोनों में कोई बातचीत न हुई?"

"पांच मिनट के सफर में क्या बातचीत होती?"

"फिर भी?"

"नहीं, कोई बातचीत नहीं हुई थी। वो छोटा-सा सफर खामोशी से कटा था।"

"स्टीवार्ड कहता है रिज़र्व्ड टेबल पर आप दोनों आपस में बतिया रहे थे?"

"ग़लत कहता है। उसने एकाध बार मेरे से बात करने की कोशिश की थी लेकिन मेरा मूड न पा कर ख़ुद ही खामोश हो गया था। फिर ज़्यादा देर तो वो टेबल पर ठहरा ही नहीं था! स्टीवार्ड ने उसके मोबाइल पर दर्ज कोड पर निगाह डाली थी और उसका भीतर जाना ओके कर दिया था।"

"हूं।"

"इस पर एक बात मेरे को याद आयी। वो तो खाली हाथ था! इतने बम फटे बताये जाते हैं, वो क्या उसने जेबों में भरे हुए थे?"

"ये मुमकिन नहीं था।"

''तो?''

''इस बाबत अभी तफ्तीश जारी है। अभी कल का तो वाकया है! कल ड्यूटी पर तैनात कैसीनो के सारे स्टाफ से अभी मेरी बात नहीं हो सकी है। सेठ जी, मेरी वो तफ्तीश मुकम्मल हो जाये'' – वो उठ खड़ा हुआ – ''उसके बाद में फिर आऊंगा।''

आखिरी फिरा उसने यूं बोला जैसे धमकी जारी कर रहा हो।

''आना।'' – भीतर से आन्दोलित सुखनानी प्रत्यक्षतः शान्त स्वर में बोला – ''टाइम ही ज़ाया करेगा। अपना भी और मेरा भी।''

चौहान रुख़सत हो गया।

''झूले लाल!'' – पीछे अनायास सुखनानी के मुंह से निकला।

21 दिसम्बर : शनिवार

दो दिन कुछ न हुआ।

तीसरे रोज़ जस्से ने चिन्तामणि को ख़बर की कि जो काम उसे सौंपा गया था, उस सिलसिले में आखिर वो कुछ करने में कामयाब हुआ था, वो भांजों में से किसी को तो नहीं फोड़ सका था लेकिन एक ऐसे शख़्स को उसने तलाश किया था जो बड़े मियां का – भांजों के मामू का – करीबी था और अगर भांजों की सोहल से वाकफियत हो सकती थी तो उसकी भी हो सकती थी। उसने चिन्तामणि से दरख़्वास्त की कि उस शख़्स की बिग बॉस से मीटिंग का इन्तज़ाम इस बात के मद्देनजर किया जाये कि वो मॉडल टाउन चिन्तामणि की कोठी में आने को तैयार नहीं था। बोलता था कि अगर बड़े मियां ने उसे उस कोठी में दाखिल होते देख लिया तो गज़ब हो जायेगा।

नतीजन मीटिंग हौज़ ख़ास में उजाड़ पड़ी गार्मेंट फैक्ट्री के आफिस में निर्धारित की गयी।

शाम चार बजे जब जस्सा वहां पहुंचा तो उसने दूसरी मंजिल पर स्थित आफिस में बिग बॉस फेरा को और त्रिपाठी पिता पुत्र को मौजूद पाया।

''मैने कनफर्म किया है'' – जस्सा तुरन्त विषय पर आता बोला – ''कि उस शख़्स का, जो अपने आपको बड़े मियां का करीबी बताता है, बड़े मियां से और उसके कुनबे से काफी मेलजोल है। कौल से वाकिफ होने को दो

टूक हामी तो उसने न भरी लेकिन अपने लालची मिज़ाज़ का इज़हार उसने बराबर किया। मामूली हैसियत का आदमी था इसलिये पैसे पर लार टपकाना उसके लिये स्वाभाविक था। मैंने भी दो टूक उसे कुछ न बोला, काम का उसे हिन्ट ही दिया और कहा कि बहुत बड़े आदमी का काम था इसलिये बहुत बड़ा ही शीराजा काम को अंजाम देने वाले के पल्ले पड़ सकता था। उस बात का उस पर साफ असर दिखाई दिया लेकिन साथ ही ज़िद पकड़ ली कि वो बिचौलिये से नहीं, यानी मेरे से नहीं, उस बड़े आदमी से ही बात करेगा जिसका कि काम था।''

''फिर?'' – फेरा बेसब्रेपन से बोला।

''फिर ये कि अब आप फैसला कीजिये कि आप को उससे बात करना मंजूर है या नहीं!''

''है किधर वो?''

''नीचे मेरी कार में बैठा है।''

''बुला।''

''अभी।''

पांच मिनट में बड़े मियां मुबारक अली का कथित करीबी बिग बॉस के सामने हाज़िर था।

फेरा ने खुर्दबीनी निगाह से सिर से पांव तक उसका मुआयना किया।

करीबी – जो कि जींस-जैकेट-टीशर्ट पहने था, सिर पर गोल्फ कैप लगाये था – निडर भाव से उसके सामने खड़ा रहा।

''हूं।'' – आखिर फेरा बोला – ''बैठ।''

वो एक विज़िटर्स चेयर पर स्थापित हुआ।

''नाम बोले तो?''

''अल्तमश।'' – जवाब मिला।

''कहां रहता है?''

''जे जे कालोनी, वजीरपुर। मकान नम्बर नौ सौ चौवालीस।''

''क्या काम करता है?''

''कोई काम नहीं करता। बेरोजगार है।''

''अरे, कभी तो कुछ करता होगा!''

''भाड़े की टैक्सी चलाता था।''

''अब क्यों नहीं चलाता?''

''मालिक देता नहीं।''

''क्यों?''

''एक्सीडेंट किया। एक खातून को नीचे दे दिया। पुलिस केस बना। बड़ी मुश्किल से जान छूटी।''

''बड़े मियां से कैसे वाकिफ है?''

''उनकी फरज़न्दी में हूं।''

''अरे, वाकिफ कैसे बना? ताल्लुक में कैसे आया?''

''अच्छा वो! जिस पुलिस केस का मैंने ज़िक्र किया, उससे बड़े मियां ने ही तो निजात दिलाई थी मुझे!''

''कैसे दिलाई?''

''दिलाई किसी तरह से।''

''इतने रसूख वाले हैं बड़े मियां?''

''हैं तो सही!''

''वो क्या करते हैं?''

''काली-पीली टैक्सी चलाते हैं।''

''फिर भी रसूख वाले हैं।''

''है न कमाल की बात!''

''हम्म।''

''अल्लाह वाले फर्द हैं। कभी किसी की मदद से, किसी के काम आने से, नहीं हिचकते।''

''ऐसे आला मैयार वाले हैं?''

''जी हां। तभी तो उन की फरज़न्दी में हूं। फख्र के साथ।''

''ये एक्सीडेंट, जो तू किया, कब की बात है?''

''दो साल पहले की।''

''यानी दो साल से बेरोजगार है?''

''नहीं। बीच में कुछ छोटे-मोटे काम किये पर कुछ बना नहीं उस से।''

''अब बड़े मियां से गाढ़ी छनती है!''

''गाढ़ी कैसे छानते हैं, मेरे को नहीं मालूम। पर मुझे बड़े मियां की शार्गिदी का फख्र हासिल है।

''भांजों से भी गाढ़ी छनती होगी! आई मीन मेल मिलाप होगा?''

''है न?''

‘‘जब बेरोजगार है तो घर बार कैसे चलता है?’’

‘‘घर बार है ही नहीं। अकेला हूं इस दुनिया में। सिर पर या अल्लाह का हाथ है या बड़े मियां का?’’

‘‘तेरी गुजर कैसे होती है?’’

‘‘होती है। अल्लाह मियां ने दो जून की रोटी देने का वादा सब से किया है।’’

‘‘तेरे से वादा किस की मार्फत पूरा करता है अल्लाह मियां?’’

‘‘बड़े मियां की मार्फत।’’

‘‘इतना करीबी है?’’

‘‘हां।’’

‘‘राजदां भी?’’

‘‘हां।’’

‘‘जो बड़े मियां को मालूम, वो तेरे को मालूम?’’

‘‘साहेब, ये क्या पुलिस की माफिक इंक्वायरी करते हो? मतलब की बात करो न!’’

‘‘मतलब की बात ऐसी है कि उसपर अमल करेगा, कामयाबी से अमल करेगा, तो तेरा कायापलट हो जायेगा।’’

‘‘ज़रूरत है न मेरे को कायापलट की!’’

‘‘एक काम है। करेगा?’’

‘‘कायापलट वाला काम है तो क्यों नहीं करूंगा? दौड़ के करूंगा।’’

‘‘काम जोखम का हो सकता है?’’

‘‘हो। ज़िन्दगी में जोखम कहां नहीं है!’’

‘‘लेकिन वो काम करने के लिये तेरे को एक ख़ास जानकारी होना ज़रूरी है।’’

‘‘क्या ख़ास जानकारी?’’

‘‘सोहल कहां है?’’

‘‘सोहल! वो कौन है?’’

फेरा ने चिन्तामणि की तरफ देखा।

‘‘कौल का पूछिये।’’ – चिन्तामणि बोला – ‘‘एक ही बात है।’’

फेरा ने सहमति में सिर हिलाया और वापस अल्तमश की तरफ मुखातिब हुआ – ‘‘कौल कहां है, मालूम?’’

"कौल?"

"अरविन्द कौल।" – चिन्तामणि बोला – "उस कोठी का मालिक जिसके आजकल तेरे बड़े मियां और उनके भांजे किरायेदार हैं?"

"अब ये न कहना" – अरमान बोला – "कि हैदराबाद में है।"

"कौल की बात क्या है?" – अल्तमश सावधानी से बोला।

"उसकी बाबत बताया जाता है कि वो हैदराबाद शिफ्ट कर गया है लेकिन हमें मालूम पड़ा है कि दिल्ली में ही है।"

"कहीं भी है, बात क्या है उसकी?"

"वो भीड़ू" – फेरा ने वार्तालाप का सूत्र अपने हाथ में लिया – "जो अपने आपको कौल बताता है, असल में इश्तिहारी मुजरिम है जिसकी गिरफ्तारी पर तीन लाख का सरकारी ईनाम है।"

अल्तमश के नेत्र फैले।

"हमें पुख़्ता जानकारी मिली है कि तेरे बड़े मियां को मालूम है कि कौल दिल्ली में कहां है! और अगर तू बड़े मियां का ख़ास है तो वो जानकारी या तो तेरे को पहले से है या तू हासिल कर सकता है।"

"गिरफ्तारी पर तीन लाख का ईनाम!" – अल्तमश मन्त्रमुग्ध स्वर में बोला।

"सरकारी ईनाम मिलते मिलते मिलते हैं, अगर तेरे को सोहल की जानकारी है तो सरकारी ईनाम से कहीं बड़ा ईनाम तेरे को हाथ के हाथ मिल सकता है।"

"कितना बड़ा?"

"दस लाख।"

"क-क्या करना होगा?"

"कौल को खल्लास करना होगा।"

"क-कत्ल!"

"हां।"

"साहब जी, ये जोखम का नहीं, बहुत बड़े जोखम का काम है। कौल की असलियत जो आप बता रहे हैं, उसके मद्देनजर तो खुद मेरी जान जा सकती है।"

"तेरी फटती है तो आसान काम कर।"

"क्या?"

"हमें बता कौल कहां है, फिर जो करना होगा हम करेंगे।"
"मुझे क्या मिलेगा?"
"एक लाख रुपया।"
"बस!"
"अबे, ढक्कन, एक लाख रुपये को बस बोलता है!"
"सरकारी ईनाम कभी तो मिलेगा! तीन लाख में मैं अपना टैक्सी बना लूंगा – सैकण्डहैण्ड ही सही।"
"दस लाख में तो दो नयी टैक्सी बना लेगा। नयी, हाईएण्ड कार खरीद लेगा।"
"कत्ल की सज़ा फांसी होती है। झूल गया तो गर्दन ये . . . लम्बी होगी और जुबान बाहर लटकी होगी।"
"क्या है तेरे मगज में।"
"जोखम के लिहाज़ से फीस कम है, ये है मेरे मगज में।"
"तू क्या चाहता है?"
"बीस।"
"माथा फिरेला है?"
"सुपारी लगाता है, साहेब। कीमत सुपारी उठाने वाले को माफिक आनी चाहिये या नहीं!"
फेरा ने अपलक उसे देखा।
"ऐसे क्या देखता है, साहेब! शेर मारना है, चूहा तो नहीं मारना।"
"वो बाबू कौल शेर?"
"वो इश्तिहारी मुजरिम सोहल शेर।"
"काफी श्याना है।"
"मैं छोटा आदमी है, साहेब, मेरी औकात छोटी है इसलिये मुंह नहीं खुला वर्ना पचास मांगता।"
"पचास मांगता! देखो तो खजूर को। जानता है तेरी जानकारी तेरे से तेरे हलक में हाथ डाल कर निकलवाई जा सकती है!"
"नहीं, साहेब" – अल्तमश निर्दोष भाव से मुस्कुराया – "नहीं निकलवाई जा सकती।"
"क्या!"
"मुर्दे नहीं बोलते।"
"अरे, क्या बक रहा है?"

अल्तमश ने जवाब देने की जगह अपनी जैकेट का एक बटन उखाड़ कर हाथ में लिया।

''ये बटन देख रहे हो, साहेब?'' – फिर बोला।

''हां!'' – फेरा बोला – ''क्यों दिखाता है?''

''ये भीतर से खोखला है। इसके भीतर खतरनाक जहर है जो चुटकियों में जान ले लेता है। इसे ये . . . मैंने मुंह से डाला। मैं इसमें एक दान्त गड़ाऊंगा तो खोल टूट जायेगा और जहर मेरे मुंह में होगा। फिर देखना पहले हलक में जहर जाता है या जानकारी निकलवाने वाला हाथ?''

फेरा ने अवाक् उसे देखा।

''मरने से नहीं डरता?'' – फिर बोला।

''डरता था। जब से डरना छोड़ा, तब से नहीं डरता।''

''ऐसे कोई जान देता है?''

''आप देखो न मेरे से ज़बरदस्ती कर के! मालूम पड़ जायेगा।''

''बटन बाहर निकाल।''

''अब नहीं। इतनी बड़ी धमकी के बाद नहीं।''

''अरे, कभी तो निकालेगा!''

''धमकी देने वालों की सोहबत से सेफ निकल जाऊंगा तो निकालूंगा!''

''अबे, बेधयानी में बटन में दान्त गड़ गया तो?''

''तो मेरा जो होगा सो होगा, आप का काम नहीं होगा।''

बटन से उसको कोई ख़तरा नहीं था, बटन बटन ही था, उसका ब्लफ बाखूबी चला था।

''हम्म! कर सकता है ये काम?''

''आप को मालूम है कर सकता हूं, वर्ना आप मुझे सामने न बैठाये होते।''

''ठीक है कर।''

''बीस मंजूर?''

''अब क्या लिख के दें?''

''पांच एडवांस।''

''क्या!''

''कोई सुपारी उठाता है साहेब, तो पूरी रकम एडवांस में लेता है। मैं तो आधी भी नहीं, एक चौथाई मांग रहा हूं।''

"तू पांच लाख ले के ग़ायब हो गया तो?"

"आप पन्द्रह लाख ले के ग़ायब हो गये तो?"

फेरा से जवाब देते न बना।

"भरोसे के बिना ऐसे काम नहीं चलते, साहेब। 'आनेस्टी अमंग थीव्स' सुना है कि नहीं सुना।"

"साले!" – चिन्तामणि गुस्से से बोला – "बिग बॉस को थीफ बोलता है?"

फेरा ने हाथ उठाके उसे रोका।

"तो" – फिर बोला – "पढ़ा लिखा है?"

"थोड़ा बहुत।"

"तेरी बात मंजूर हो जाये तो काम कब करेगा?"

"बाई चांस आज ही आठ बजे मेरी कौल साहब के पास हाजिरी है।"

"कहां?"

अल्तमश हंसा।

"एडवांस सरकाइये मेरी तरफ, आज ही गुड न्यूज़ देता हूं।"

"सिर्फ न्यूज़?"

"सबूत के साथ कि काम हुआ।"

"क्या सबूत?"

"देखना।"

"हूं।" – फेरा चिन्तामणि की तरफ घूमा – "पांच लाख दो इसको।"

"मैं!" – चिन्तामणि हड़बड़ाया।

"और कौन! मैं साला इधर इस्ट्रेट काठमाण्डू से आया! फॉरेन ट्रैवल में लार्ज अमाउन्ट आफ करेंसीज़ वो डिक्लेयर करना पड़ता है, मालूम!"

"लेकिन मैं! सारा रेडी कैश तो कैसीनो के ब्लास्ट में गर्क हो गया . . ."

"त्रिपाठी" – फेरा सख़्ती से बोला – "अभी ये काम करने का। फेरा मुम्बई पहुंच के बीस लाख तेरे को पहुंचायेगा।"

"बीस! यानी बाकी पन्द्रह भी मैं . . . मैं . . ."

"हां, बरोबर। और ये टाइम लिमिट का काम है। भूलने का नहीं कि इसका आगे आठ बजे का मीटिंग फिक्स है।"

"म–मैं . . . मैं करता हूं कुछ।"

"सब कुछ। फाइव विदिन एन ऑवर।"

"जी हां। जी हां। अभी।"

रात नौ बजे उसी जगह अल्तमश ने फिर हाजिरी भरी।

इस बार जनाबेहाज़रीन में सिर्फ जस्सा मौजूद नहीं था

फेरा ने सस्पेंस के हवाले अल्तमश की तरफ देखा।

अल्तमश ने सहमति में सिर हिलाया।

तत्काल सबके चेहरों पर रौनक आयी।

"अरे, बैठ।" – फेरा बोला – "बैठ न! खड़ा क्यों है?"

"शुक्रिया, साहेब।"

"सब चौकस हुआ?"

"हां।"

"ऐन फिट! कोई दंगा नहीं! कोई पिराब्लम नहीं।"

"बिल्कुल नहीं।"

"सबूत लाया है?"

"हां।"

"दिखा।"

अल्तमश ने अपना मोबाइल निकाला, 'फोटोज़' पंच किया और फोन फेरा के सामने रखा।

"पांच हैं।" – अल्तमश धीरे से बोला – "अलग-अलग ऐंगल से।"

फेरा ने पहली फोटो पर निगाह डाली।

वो फर्श पर पड़ा था, उसकी आंखें पथराई हुई थीं, टांगे अकड़ कर फिरी हुई थीं और छाती में मूठ तक खंजर धंधा हुआ था।

"कम्प्यूटर पर डालता हूं।" – अरमान बोला।

वहीं कम्प्यूटर मौजूद था।

तीनों ने कम्प्यूटर की लार्ज स्क्रीन पर देर तक वो पांचों फोटो देखीं।

"वही है?" – फेरा बोला।

"लगता तो वही है!" – चिन्तामणि बोला।

अरमान ने सहमति से सिर हिलाया।

"कौन? कौल या सोहल?"

पिता पुत्र की निगाहें मिलीं।

''कौल ज़्यादा।'' – अरमान बोला।

''हम्म।'' – वो अल्तमश की तरफ घूमा – ''कहां की फोटोज़ हैं?''

''क्यों पूछते हो, साहेब?'' – अल्तमश लापरवाही से बोला – ''काम हो गया न? अभी आम खाने का या पेड़ गिनने का? जो बाप बोला, मैं किया न! अभी बाकी का पैसा इधर करो।''

''तसवीरों में आजकल फोटो-शापिंग बहुत चलती है। लाश दिखा।''

''लेकिन . . .''

''अभी कोई तेरे साथ जायेगा। उसको लाश दिखा। तभी तेरे को बाकी का रोकड़ा मिलेगा?''

''साहेब, ये तो ज़ुल्म है! ऐसी बेऐतबारी थी तो पहले बोलना था कि मेरे को साहेब लोगों को उधर मौके पर बुलाने का था। पहले बोलना था कि मेरे को लाश ढोकर इधर लाने का था!''

''बहस न कर। लाश दिखा। जिधर है, उधर ले के चल।''

''ठीक है। चलो।''

फेरा ने चिन्तामणि की ओर देखा।

चिन्तामणि हड़बड़ाया।

''तेरे बस का नहीं।'' – फेरा बोला – ''लड़के को भेज इसके साथ।''

''क-क्या?''

''अरमान को भेज। यही नाम है न!''

''सर, ये अकेला . . .''

''अकेला किसलिये?'' – अल्तमश बोला – ''मैं हूं न साथ!''

''अरे, इसके सिर पर धमकी की तलवार . . .''

''जिसकी धमकी की तलवार थी, वो तो गया!''

''पर अभी हण्डर्ड पर्सेंट कनफर्मेशन . . .''

''ये जाके करेगा न हण्डर्ड पर्सेंट कनफर्मेशन!'' – फेरा बोला।

''पर . . .''

''त्रिपाठी! टेम खोटी न कर।''

''अच्छी बात है।''

''लड़के की ज़्यादा फिक्र है तो तू भी साथ चला जा।''

''मेरे को पता होता इतनी हुज्जत होगी'' – अल्तमश भुनभुनाया – ''तो मैं उसका सिर काट कर साथ ले आता।''

"शट अप!"

अल्तमश ने होंठ भींच लिये।

फेरा ने वापिस चिन्तामणि की ओर देखा।

"मेरा दिल कमज़ोर है।" – चिन्तामणि नर्वस भाव से बोला – "मैं खून खराबा नहीं देख सकता।"

"तो जाने दे इसे।"

चेहरे पर तीव्र अनिच्छा और असंतोष के भाव लिये चिन्तामणि खामोश हुआ।

"गन हैंडल कर लेता है?" – फेरा ने अरमान से पूछा।

"हां।" – अरमान बोला।

"है?"

"नहीं।"

फेरा ने बत्तीस कैलीबर की एक गन निकाल कर उसे सौंपी।

"ओके नाओ?" – फेरा चिन्तामणि से मुख़ातिब हुआ।

चिन्तामणि ने हिचकिचाते हुए सहमति में सिर हिलाया।

"इधर कैसे आया था?" – अरमान ने अल्तमश से पूछा।

"कैब पर।"

अरमान ने पिता की तरफ देखा।

" 'वरना' ले जा।" – चिन्तामणि बोला – "तेरे लौटने तक मैं यहीं हूं।"

"चल, भई। – अरमान अल्तमश से बोला।

"मेरे को टॉयलेट!" – अल्तमश संकोचपूर्ण स्वर में बोला।

"क्या!"

अल्तमश ने अपनी कनकी उंगली उठाई।

"ओह! यहां से हिल। बताता हूं।"

अल्तमश ने बिग बॉस और चिन्तामणि का अभिवादन किया और अरमान के साथ हो लिया।

वे सुन्दर नगर पहुंचे

अल्तमश के निर्देश पर अरमान ने कार को उजाड़, अन्धेरे में डूबी कोठी के सामने रोका।

"आओ।" – अल्तमश कार का अपनी ओर का दरवाज़ा खोलता बोला।

"कहां आओ?" – अरमान सकपकाया।

"इस कोठी में। अन्दर।"

"वो . . . यहां रहता था?"

"हां। छुप के रहने के लिये ये बहुत माकूल जगह है।"

"जिसकी तेरे को ख़बर थी?"

"अरे, जब मुलाकात के लिये बुलाता था तो कैसे ख़बर न होती!"

"हूं। ये तो अबैन्डेंड प्लेस जान पड़ती है!"

"क्या जान पड़ती है?"

"छोड़ी हुई, त्यागी हुई जगह!"

"ऐसी ही है?"

"बिजली का कनैक्शन है या नहीं?"

"है।"

"तो आगे चल, जाके कोई बत्ती-वत्ती जला।"

अल्तमश बाहरी फाटक ठेल कर भीतर दाखिल हुआ। बरामदे में जाकर उसने वहां का बीमार सा बल्ब ऑन किया, दरवाज़ा खोल कर भीतर दाखिल हुआ और भीतर की ट्यूबलाइट जलाई।

अरमान कार से बाहर निकला, उसने गन हाथ में ले ली और सावधानी से आगे बढ़ा। बरामदे में पहुंच कर उसने अपने पीछे निगाह दौड़ाई।

कहीं कोई नहीं था।

उसने रौशन कमरे में कदम रखा जो कि ड्राईंगरूम था। अल्तमश दरवाज़े से परे हट के ख़ामोश खड़ा था। उसने एक तरफ इशारा किया। अरमान दो कदम आगे बढ़ा तो उसे इशारे का मरकज दिखाई दिया।

वो सैन्टर टेबल और सोफे के बीच पीठ के बल फर्श पर ऐन वैसे पड़ा था जैसे वो अल्तमश के मोबाइल की तसवीरों में चित्रित था।

टांगे अकड़ कर फिरी हुईं। दायीं बांह पीठ के नीचे कहीं दबी हुई। छाती में मूठ तक धंसा खंजर। ऊपरी जिस्म खून से सराबोर।

लेकिन आंखें बन्द थीं।

"आंखें बन्द हैं!" – वो सन्दिग्ध भाव से बोला – "तसवीरों में तो खुली थीं।"

"मैंने बन्द की थीं।" – अल्तमश सहज भाव से बोला – "पथराई हुई आंखें बड़ी खौफनाक लग रही थीं। देख के डर लगता था।"

"क्या कहने?"

"अब बोलो, हो गई तसल्ली?"

"पड़ोसी कौल तो ये लगता है बराबर लेकिन . . ."

"तौबा! अभी भी लेकिन?"

"बिग बॉस बोलता था कि कभी किसी मवाली ने सोहल की छाती में बर्फ काटने वाला सूआ भौंका था जिसकी वजह से वो मरते-मरते बचा था। अगर ये सोहल है तो इसकी छाती में सूए से बने जख्म का ख़ास निशान जरूर होगा। मैं वो निशान . . ."

"अरे, खंजर भी तो छाती में ही घुंपा है! अगर खंजर छाती में वहीं घुंपा होगा तो क्या वो निशान दिखाई देगा?"

"कोई जरूरी नहीं कि वहीं घुंपा है! आजू बाजू भी घुंपा हो सकता है। जब मैं यहां हूं तो देख लेने में क्या हर्ज है!"

"लेकिन . . ."

"चुप कर। देखना है मैंने।"

"मैं दिखाता हूं न!" – मुर्दा बोला।

अरमान चिहुंका।

तभी गन उसके हाथ से निकल गयी। मुर्दे के हाथ का झपट्टा इतना अप्रत्याक्षित था कि उसे पता ही न लगा कि कब गन उसके हाथ में थी, कब नहीं थी!

अल्तमश ने झपट कर परे जा गिरी गन उठा ली।

विमल उठ कर खड़ा हुआ। उसकी छाती पर बिना फल के खंजर की मूठ वैल्क्रो से चस्पां थी, जिसे उसने उखाड़ कर परे फेंका।

"हल्लो, मिस्टर रेपिस्ट!" – विमल विषभरे स्वर में बोला।

"तुम . . . तुम . . .!" – अरमान हकलाया – "इसने धोखा दिया!"

"वफादार, जांनिसार दोस्त वफा करते हैं, जान निसार करते हैं, धोखा नहीं करते।"

"इसने हमारे से धोखा किया!"

"च, च, च। बहुत नालायकी है इसकी।"

"मैं यहां न आया होता तो?"

"मुझे पता था कि तसवीरों से तुम्हारी तसल्ली नहीं होने वाली थी। तसदीक के लिये किसी ने तो आना ही था, तेरे आने के चान्सिज़ बराबर थे क्योंकि तू शेर है, दिलेर है। दूसरे, मैं तेरा पड़ोसी था इसलिये तू शिनाख़्त बेहतर कर सकता था।"

"मेरे साथ कोई हो सकता था!"

"तो उसका अंजाम तेरे से भी बुरा होता।"

"मेरा अंजाम?"

"नहीं मालूम! इतनी जल्दी भूल गया! मैंने बोला था तेरे को कि तेरे साथ जो बीतेगी, आखिर में बीतेगी। भूल गया?"

अरमान के मुंह से बोल न फूटा।

तभी कमरे की पिछली ओर की चौखट पर अशरफ प्रकट हुआ।

"सब काबू में है?" – वो बोला।

"सब क्या!" – विमल बोला – "एक ही तो नग है!"

"देर किस बात की है?"

"शरीफ लड़का है। दो चार मामूली सवाल कर लें फिर इसके *नग* की ख़बर लेते हैं।"

अरमान का चेहरा पीला पड़ गया। उसने अपने एकाएक सूख आये होंठों पर जुबान फेरी।

विमल उसके सामने खड़ा हुआ, उसने खा जाने वाली निगाहों से उसे देखा।

अरमान अपने आप में सिकुड़ कर रह गया।

"नीलम को किसने मारा?" – विमल कहरबरपा लहजे में बोला।

"नीलम!" – अरमान होंठों में बुदबुदाया।

"लगता है नाम से वाकिफ नहीं। सोमवार, ग्यारह नवम्बर को तुम चार दोस्तों ने जिसका अगवा किया था, जिसका सामूहिक बलात्कार किया था और फिर मरने के लिये दौड़ती कार से बाहर फेंक दिया था लेकिन जो मरी नहीं थी। शनिवार, सात दिसम्बर को मेरे घर में घुस कर तुम लोगों ने जिसका कत्ल किया था। जो मेरी धर्म पत्नी थी। जो मेरे बच्चे की मां थी। अब समझ में आ गया कौन नीलम!"

"मैंने कुछ नहीं किया था। मेरा या मेरे पापा का उस वारदात में कोई हाथ नहीं था।"

"हाथ नहीं था, कमीने, हामी तो थी! जिन्होंने वो कांड किया, अपनी मर्ज़ी से तो न किया! इतना ही फर्क था न, कि प्लानिंग तुम लोगों की थी, एग्जीक्यूशनर कोई और थे!"

"आप यकीन कीजिये हमारा उस वारदात से कोई लेना देना नहीं था।"

"तो किसका था?"

"रघुनाथ गोयल का जो कि . . . जो कि अमित का पिता है। वो ही अपने इकलौते बेटे के बुरे हाथ से तड़प रहा था और बदले की आग में जल रहा था। आपकी . . . आपकी मैडम के साथ जो हुआ था, रघुनाथ गोयल के इशारे पर हुआ था।"

"उसमें चिन्तामणि त्रिपाठी की कोई हामी नहीं थी?"

"मु-मुझे इस बाबत कोई ख़बर नहीं।"

"तेरी कोई हामी नहीं थी? झूठ बोला तो कुछ और काटने से पहले ज़ुबान काट दूंगा।"

"म-मेरी हामी नहीं थी" – वो हकलाता सा बोला – "लेकिन ऐसा कुछ होता था तो वो मेरे भी हित में था।"

"कैसा कुछ होता था? मारना था तो मुझे मारते, एक बेगुनाह औरत की जान क्यों ली?"

"अमित का पिता आप को तड़पता देखना चाहता था। आप पर वार करता तो उसका ये अरमान कैसे पूरा होता?"

"मुझे और तड़पता देखने के लिये कहीं से भी ढूंढ़ कर अभी मेरे बच्चे को भी मारना था! फिर मेरी बारी आनी थी!"

"अब . . म-मैं . . . क-क्या बोलूं? शिवनाथ गोयल के मन में क्या था, कैसे हमें मालूम होता?"

"जो हुआ उसकी तुम्हें पहले से कोई ख़बर नहीं थी? जो होना था, हो चुका, तभी ख़बर लगी? वो भी एक पड़ोसी के नाते? ठीक?"

विमल का पूछने का अन्दाज़ ऐसा खूंखार था कि चाहते हुए भी अरमान ने मुंह से 'न' न निकला, वो इंकार में गर्दन भी न हिला पाया।

"ओके। जो हुआ रघुनाथ गोयल ने हुक्म पर हुआ। हुक्म को अमली जामा पहनाने वाला कौन थे?"

"वो . . . वो . . . जस्सा . . . जसबीर सिंह . . . गोयल साहब का ख़ास . . ."

"एक नाम न भज। वो चार थे।"

"ब-बाकी तीनों . . . जस्से के ही आदमी थे।"

"नाम बोला।"

"कुलदीप सिंह, गगनदीप सिंह . . ."

"सिख हैं?"

"मोने। क्लीनशेव्ड। जस्से की तरह।"

"चौथा?"

"हरीश नेगी।"

"वो भी इस . . . इस जस्से का आदमी।"

"वो . . . वो अब इस दुनिया में नहीं है।"

"क्यों? क्या हुआ?"

"अभी पिछले हफ्ते खेल गांव के करीब के जंगल में किसी ने उसे दिन दहाड़े शूट कर दिया।"

"वो हरीश नेगी! उसे किसी ने नहीं, कुलदीप सिंह ने शूट किया था।"

"आ-आ-आपको कैसे मालूम?"

"वैसे ही जैसे मालूम कि तू सब कुछ शिवनाथ गोयल पर थोप कर खुद को और अपने बाप को तमाम ज़िम्मेदारियों से बरी करने की कोशिश कर रहा है।"

"जनाब, मैं सच कह रहा हूं।"

"मैं किसी शिवनाथ गोयल को नहीं जानता। इस सिलसिले में मैं सिर्फ तेरे बाप को जानता हूं क्योंकि उसे अपने एमएलए भाई के नाम और रुतबे की नामुराद शह है, क्योंकि वो किसी बड़े माफिया डान की शार्गिदी में 'गोल्डन गेट' की ओट में लास वेगास स्टाइल जुआघर चलाता था। था बोला मैं। वही सारे फसाद की जड़ है और ये बात मुझे तेरे से पूछने की ज़रूरत नहीं।"

"जनाब, आप मेरा यकीन कीजिये . . ."

"किया। जो कुछ मेरे, मेरी बीवी के खिलाफ हाल में हुआ, उसमें तेरा या तेरे पिता का कोई हाथ नहीं। ओके? अब राज़ी?"

बड़ी मुश्किल से वो एक बार ऊपर नीचे सिर हिला पाया।

"अब इस बात से मुकर के दिखा कि पिछले महीने ग्यारह तारीख सोमवार को जिस औरत का सरेराह अगवा हुआ था, चलती कार में सामूहिक बलात्कार हुआ था, उस में तू शामिल नहीं था।"

"हमें नहीं मालूम था कि . . . कि वो . . . आपकी बीवी थी!"

"किसी की तो बीवी थी? किसी की तो बहन बेटी थी!"

"हम से . . . म-मेरे से ग़लती हुई, म-माफ कर दीजिये।"

"ग़लती की माफी नहीं होती, खामियाज़ा होता है, सज़ा होती है . . ."

"सर, प्लीज़ . . . प्लीज़, माफ कर दीजिये।"

". . . जो तुझे मिलेगी। मिल के रहेगी। तेरा सरकारी सांड वाला दर्जा ख़त्म करना ही होगा।"

"जनाब, मैं रहम की भीख मांगता हूं . . ."

"नहीं मिलेगी। तू ज़िन्दा रहेगा। जैसे तुम लोग मुझे तड़पता देखना चाहते थे, वैसे मैं तेरे बाप को तड़पता देखना चाहता हूं इसलिये तू ज़िन्दा रहेगा।"

"म-मैं . . . मैं समझा नहीं।"

"अपने थ्री पीस सैट के बिना ज़िन्दा रहेगा। लेकिन वो ज़िन्दगी मौत से बद्तर होगी। तू एक ऐसे नर्क में सांस लेगा जिससे कभी निजात नहीं पा सकेगा। याद करेगा उन दोशीज़ाओं को जिनका अपनी हवस के हवाले मानमर्दन किया। मौत की कामना करेगा तो वो भी नहीं मिलेगी। तेरा बाप तेरे हाल पर खून के आंसू रोयेगा। कमीने! मोरी के कीड़े! हवस के ग़ुलाम! यही तेरी सज़ा है, यही मेरा इन्तकाम है।"

"रहम! रहम!"

"खड़ा-खड़ा मुंह क्या देखता है!" – विमल गुस्से से अल्तमश से मुख़ातिब हुआ – "किसी ख़ास सिग्नल का इन्तज़ार कर रहा है?"

अल्तमश तत्काल सचेत हुआ। उसने अशरफ को इशारा किया। अशरफ ने जब तक अरमान को मज़बूती से अपनी गिरफ्त में जकड़ न लिया, अल्तमश अरमान पर गन ताने रहा। फिर उसने गन विमल को थमाई और अपने साजोसामान की सुध ली।

"आशिक दिल, जिगर, कलेजा" – अल्तमश अपनी महीन, ज़नाना आवाज में बोला – "पता नहीं क्या-क्या माशूक के हवाले करते हैं लेकिन तेरा दर्जा उस सबसे ऊपर होगा क्यों कि तूने तो अपनी मर्दानगी ही माशूक पर निसार कर दी। माशूक कौन? मैं।"

अरमान के नेत्र फट पड़े।

"तू . . . तू . . . तू . . ."

"क्या मैं मैं, कुर्बानी के बकरे?"

"तू . . . तू . . . वो है?"

"मैं कई कुछ हूं।" – अल्तमश की ज़ुबान मर्दाना हुई – "चुप कर अब। और मुझे अपना काम करने दे।"

अशरफ और अल्तमश की अभिलाषा थी कि अरमान समेत उसकी कार को मॉडल टाइन उसके घर के आगे ले जा कर खड़ा किया जाता लेकिन विमल ने उस बात की इजाज़त न दी। सुन्दर नगर से मॉडल टाउन का बहुत

लम्बा फासला था और रात की उस घड़ी कहीं किसी पुलिस बैरीकेड पर चैकिंग की नौबत आ सकती थी। लिहाज़ा कार को करीब ही भैरों रोड पर छोड़ा गया।

अल्तमश ने हौज़ ख़ास से रवानगी से पहले टॉयलेट में से विमल को फोन कर के आइन्दा हालात से आगाह कर दिया था, इसीलिये आगे अरमान को 'लाश' तैयार मिली थी। उसके वहां अकेले पहुंचने की कोई गारन्टी नहीं थी – पहुंचने की ही गारन्टी नहीं थी – लेकिन तकदीर ने विमल का साथ दिया था कि वो पहुंचा था और अकेला पहुंचा था।

विमल के आदेश पर उसकी गन में से गोलियां निकाल कर गटर में फेंक दी गयीं थीं और गन अरमान की एक जेब के हवाले कर दी गयी थी। ये उसे गन दे कर भेजने वालों का मुंह चिढ़ाने वाली बात थी कि हथियार से लैस उन का जवान अपने अंजाम से बचने के लिये कुछ नहीं कर सका था।

उस रात विमल को नीलम की बहुत याद आयी।

कई बार उसके मुंह से निकला – "नीलम, मैंने तेरी हत्तक का बदला ले लिया।"

"लेकिन ख़ून का बदला अभी बाकी है, सरदार जी।" – नीलम उसे कहती लगी।

चिन्तामणि बेचैन था।

वो बार-बार पहलू बदल रहा था, बार-बार घड़ी देख रहा था। कोई अज्ञात आशंका उसे कचोट रही थी, पशेमान कर रही थी।

"किधर रह गया तेरा छोकरा!" – फेरा भुनभुनाया – "इतनी देर का काम तो नहीं था! अब तो आधी रात होने को आ रही है!"

"मैं खुद हैरान हूं।"

"फोन बजा उसका।"

"कई बार बजाया। बजता है पर जवाब नहीं मिलता।"

"ओह!"

"सर, हमने बहुत जल्दबाज़ी से काम लिया। इस वजह से हम से बहुत चूक हुईं।"

"बोले तो?"

“सोहल की ख़बर ने हमें इतना एक्साइट किया कि हमने अल्तमश को ये तक न पूछा कि वो लड़के को कहां ले जा रहा था। अब हम उन दोनों का पता करें तो कहां से करें!”

“हूं।”

“अल्तमश की बाबत जस्से ने जोश खाया तो हम भी उसी जोश के हवाले हो गये। अल्तमश की सोहल को ख़त्म कर देने की हामी से खुश ही न हुए, गुमराह भी हुए। इसी वजह से हमने कुछ भी तो न पूछा उससे! ये तक न पूछा कि उससे कान्टैक्ट करना होता तो कहां किया जा सकता था, कैसे किया जा सकता था!”

“वो अपना पता बोल के तो गया! जेजे कालोनी, वजीरपुर, हाउस नम्बर नाइन फोर फोर!

“फर्ज़ी निकलेगा। मेरा दिल गवाही दे रहा है . . .”

“हिला हुआ दिल।”

“. . . फर्जी निकलेगा।”

फेरा खामोश हो गया।

“जल्दबाज़ी में कुछ चूक हुई हम से बराबर।” – फिर बोला – “लेकिन ये न भूलो कि हम उसके लिये पन्द्रह पेटी की पेमेंट लेकर यहां बैठे हैं, वो ज़रूर आयेगा।”

“कब आयेगा?”

“देखते हैं। तुम्हारे साथ मैं भी तो फांसी लगा हुआ हूं!”

“अगर वो न आया? अगर मेरे बेटे के साथ कोई ऊंच-नीच हो हुई?”

“तो बड़े मियां से उसका अता पता निकलवायेंगे जिसका कि वो खुद को शागिर्द बताता है।”

“हम पूछेंगे और वो बता देगा?”

“क्या कहना चाहता है, त्रिपाठी?”

“अपनी मर्ज़ी से अगर वो कुछ नहीं बतायेगा – मुझे नहीं लगता कि बतायेगा – तो उसके साथ ज़ोर ज़बरदस्ती आजमाना मुमकिन न होगा।”

“क्यों?”

“क्योंकि उसके साथ चौदह कड़ियल नौजवान भांजे हैं और वो खुद अखाड़े के किसी पहलवान से कम नहीं। सर, ऐसे पन्द्रह लोगों को काबू करने के लिये कितनी ताकत दरकार होगी, ये आप नहीं जानते या मैं नहीं

जानता! ऐसे पन्द्रह लोगों के खिलाफ मोर्चा खड़ा करने के लिये हमारे पास पचास आदमी होने चाहियें। कहां है!''

''त्रिपाठी, तुम प्रेजेंट से आगे, बहुत आगे पहुंच गया है। अभी थोड़ा डिले के अलावा और कुछ नहीं हुआ है। इस वास्ते वेट करने का। आ जायेगा वो।''

आने वाला तो न आया। लेकिन रात दो बजे बाजरिया पुलिस उसकी बाबत मनहूस, हाहाकारी ख़बर आ गयी।

22 दिसम्बर : रविवार

अरमान मॉडल टाउन के एक नर्सिंग होम में भरती था। सारा परिवार उसके सिरहाने मौजूद था।

पुलिस आ के जा चुकी थी। उन का फेरा औपचारिक ही साबित हुआ था क्यों कि उन के आगमन के समय तक अरमान बयान देने के काबिल नहीं था।

शाम तक डाक्टरों ने उसे किसी भी प्रकार के ख़तरे से बाहर घोषित कर दिया।

रात नौ बजे जस्से के साथ रघुनाथ गोयल आया तो चिन्तामणि को छोड़ के बाकी सारा परिवार बाहर चला गया।

तब अरमान होश में था और बातचीत के काबिल था।

''जस्से, तू कुछ न कर सका।'' – जस्से को देखते ही वो रोता हुआ बोला – ''तेरी स्ट्रेटेजी ग़लत निकली।''

''वो मेरी स्ट्रेटेजी नहीं थी, काके'' – जस्सा दबे स्वर से बोला – ''वो तुम लोगों की स्ट्रेटेजी थी। तुम्हीं लोग उसको तड़पता देखना चाहते थे। इसीलिये उसकी जगह उसकी बीवी को निशाना बनाने का हुक्म मुझे हुआ। वो तड़पा बराबर। तड़प रहा है बराबर। तड़प कर पलटवार कर रहा है तो तुम लोगों से वार झेला नहीं जा रहा।''

''वो बात जुदा है लेकिन तू तो इस मोटी बात का ही भेद न पकड़ सका कि जिसने चार बार एक जैसा कहर ढाया, वो कौन था!''

''पड़ोस का बाबू कौल था जिसे अब तुम लोग कहते हो कि सोहल है।''

"असल काम को अंजाम देने वाला वो नहीं था। जो मेरे साथ बीती, उसके बाद अब ये स्थापित है कि असल काम को अंजाम देने वाला वो नहीं था।"

"क्या कहना चाहता है, काके?"

"वो एक हिजड़ा है।"

"क्या!"

"एक हिजड़ा है जिसने ज़नाना बहुरूप धारण कर के चारों बार इस काम को अंजाम दिया।"

"त-तेरे को कैसे मालूम?"

"मेरी दुरगत करने से पहले वो खुद ऐसा बोला।"

"कौन? कौन?"

"अल्तमश। जिस को सोहल को ख़त्म करने के लिये बीस लाख की फीस के लालच में ऐंगेज किया गया, जिसको पांच लाख रुपये एडवांस दिये गये। जिसने दावा किया कि उसने सोहल को ख़त्म कर दिया था, जो लाश दिखाने के लिये मुझे सुन्दर नगर कहीं लेकर गया था। मेरे सामने वो एकाएक महीन, ज़नाना आवाज में बोलने लगा था। मेरे सामने उसने खुद को 'माशूक' कह कर पुकारा था जिस पर मैंने अपनी मर्दानगी निसार कर दी थी।"

जस्से ने अवाक् उसकी तरफ देखा।

"ज़नाना लिबास में वो अपना कायापलट कर लेता है, बला की हसीन, जवान, हुस्न की मलिका बन जाता है। उसी को बाकायदा एक साज़िश के तहत वसन्त कुण्ज 'हाइड पार्क' में अमित के मत्थे मंढ़ा गया था और उसका दीवाना हुआ अमित उसको और उसके साथियों को ईस्ट ऑफ कैलाश की अपनी खाली पड़ी कोठी में ले गया था। उसने खुद कहा था कि उसके साथ जो हुआ था, वो किसी मर्द ने नहीं किया था, उस लड़की ने किया था। फिर वहीं किन्नर लखनऊ से शादी में आयी लखनवी बेगम बन कर 'ब्लैक पर्ल' में अशोक के गले पड़ा था और उसकी तबाही की वजह बना था। अकील के लिये वो फर्ज़ी पुलिस पार्टी में शामिल था जिन्होंने किसी रेस्टोरेंट पर रेड डाल कर ग्राहक पटाती काल गर्ल्स पकड़ी थीं और कहने को पकड़ी गयी लड़कियों की रिंग लीडर ज़नाना लिबास में वही किन्नर था। लेडी पुलिस सब-इन्स्पेक्टर ने अकील को बताया था कि उनका ग्रुप एन्टीप्रॉस्टीच्यूशन ब्यूरो से था जिसके आफिस तक कि उसने

सब–इन्स्पेक्टर को और प्रॉस्टीच्यूशन रिंग की लीडर को लिफ्ट देना कबूल किया था। वहां भी कौल के हुक्म पर जो किया था, उस रिंग लीडर लड़की ने किया था जो कि फिर वहीं किन्नर था। और मैं तो उस किन्नर की करतूत का खुद गवाह हूं।''

वो खामोश हुआ और बुरी तरह हांफने लगा।

कई क्षण खामोशी छायी रही।

''जस्से'' – आखिर अरमान फिर बोला – ''जो होना था, वो तो हो गया। उसे तो न तू रोक सका था या मेरे जैसा कोई रोक सका। लेकिन अभी भी सब कुछ काबू से बाहर नहीं है। वो पड़ोसी बाबू यकीनी तौर पर दिल्ली में है और उस किन्नर को – जो अपना नाम अल्तमश बताता था – पता है वो कहां है। तू उस किन्नर को ढूंढ ले, उसे काबू में कर ले तो बाज़ी फिर पलट सकती है।''

''त्रिपाठी जी ने भी दिन में ऐसा कुछ कहा था मेरे को और मुझे वो पता दिया था जहां वो – अल्तमश – कहता था कि वो रहता था। मैं खुद वजीरपुर और आगे जेजे कालोनी मकान नम्बर नौ सौ चौवालीस की तलाश पर गया था। काके, वो पता बिल्कुल फर्जी है। उस कालोनी में नौ सौ चौवालीस सीरियल तक मकान हैं ही नहीं।''

''फिर भी थोड़ी कोशिश से, थोड़ी मेहनत से उसका पता निकाला जा सकता है। बतौर किन्नर उसकी स्पैशल आईडेन्टिटी है जो छुप नहीं सकती। इतने किन्नर ज़नाना लिबास में चौराहों पर कार वालों से पैसे मांगते दिखाई देते हैं। कोई तो होगा जो हमारे वाले किन्नर को जानता होगा!''

''उसकी ख़बर तूने ही तो निकाली थी!'' – चिन्तामणि बोला – ''तू ही बोला था कि वो डी–9 में आजकल बसे बड़े मियां और उसके भांजों का करीबी था।''

''अगर आप का इशारा इस तरफ है'' – जस्सा चिन्तित भाव से बोला – ''कि मैं उन लोगों से अल्तमश की बाबत कबुलवाऊ तो ये मेरे से नहीं होगा। ये मेरे साधनों से बाहरा का काम है। ऐसा न होता तो मुझे अल्तमश की ज़रूरत ही न होती, तो मैं सीधा उन्हीं लोगों के गले पड़ा होता।''

''तो . . . क्या करें!''

''आप को पुलिस का आसरा लेना होगा। आपका भाई एमएलए है, इसी इलाके का एमएलए है, वो पुलिस पर इस काम के लिये दबाव बना सकता

है। लेकिन उसके हवाले से आपका पुलिस के पास जाना वो असर नहीं दिखा पायेगा। जो एमएलए साहब ख़ुद जायेंगे तो दिखेगा।''

''मैं जोग को साथ ले के जाऊंगा।''

''यही मुनासिब होगा। मेरे को मालूम पड़ा है कि किन्नर छिटपुट नहीं रहते, इकट्ठे रहते हैं। मैं मालूम करूंगा कि उन का ऐसा ठिकाना दिल्ली में कहां हैं। फिर इस सिलसिले में जो मेरे से बन पड़ेगा, मैं करूंगा।'' – उसने अरमान की तरफ देखा – ''काके, अब गोयल साहब का और तेरे पिता का दुख एक है। मैं वादा करता हूं, काके, मैं अपनी तरफ से कोई कोशिश उठा नहीं रखूंगा।''

''मुझे तेरे पर ऐतबार है लेकिन जो करना, एहतियात से करना क्योंकि उसका अगला निशाना तू और तेरे आदमी होने वाले हैं।''

''मैं ख़बरदार हूं, वो भी ख़बरदार हैं, लेकिन और ख़बरदार कर दूंगा।''

''गुड।''

''अब मुझे ये बता, तुझे ले जाया कहां गया था?''

''सुन्दर नगर।''

''सुन्दर नगर कहां?''

''नहीं मालूम। कहां जाना था, ये उसे मालूम था। मैं उसकी हिदायत पर कार चला रहा था।''

''ओह!''

''लेकिन वो एक खाली कोठी थी, अन्धेरे में डूबी खाली कोठी थी। हालात ही बताते थे कि वहां कोई नहीं रहता था।''

''यानी सोहल के छुप के रहने के लिये फिट थी!''

''हां।''

''वो जगह तलाश करनी होगी।''

''कोई मुश्किल काम तो नहीं होगा ये! वो टॉप ग्रेड का, बसा हुआ इलाका है, ढ़ेरों खाली कोठियां तो वहां होंगी नहीं। और क्या पता एक ही हो!''

''ठीक।''

''अकील को भी वहीं ले जाया गया था। हो सकता है अकील को इस बाबत मेरे से बेहतर जानकारी हो!''

''मैं बात करूंगा उससे।''

फिर रघुनाथ गोयल ने चिन्तामणि से एक आखिरी बार औपचारिक हमदर्दी जतायी और जस्से के साथ वहां से विदा हो गया।

वो जीटी करनाल रोड पर एक बहुत बड़ा ढाबा था जो रात के दस बजे भी तकरीबन फुल था। ढाबे के पृष्ठभाग में ग्लास पार्टीशंस वाला बन्द हाल था और फ्रंट में खुले में टेबल लगी हुई थीं, अलबत्ता छप्पर वाली छत वहां भी थी। रात के दस बजे दिसम्बर की ठण्डी हवा चल रही थी इसलिये अधिकतर ग्राहक बन्द हॉल में थे। बाहर तीन चार टेबल्स पर ही ग्राहक थे और उन में से एक कुलदीप सिंह था। वो कोने की एक तनहा टेबल पर बैठा घूंट लगा रहा था और तन्दूरी मुर्गा चबा रहा था।

विस्की वहां चोरी छिपे बिकती थी और जाने-पहचाने ग्राहकों को ही अध्दे या पव्वे की सूरत में मिलती थी – बोतल नहीं, पैग के हिसाब से नहीं। कुलदीप सिंह वहां का जाना पहचाना ग्राहक था – ढ़ाबे का मालिक उसका पुराना वाकिफ था – इसलिये एक अध्दा उसे सहज ही हासिल था।

सर्दियों की ठण्डी हवा के बावजूद खुले में बैठना उसकी मजबूरी थी। वो भीतर बैठता तो अध्दा उसके हवाले न होता और विस्की उसे पैप्सी में पीनी पड़ती।

पिछली रात ठेकेदार के छोकरे अरमान के साथ जो बीती थी, जस्से से उसे उसकी ख़बर लगी थी। जस्से ने उसे और गगनदीप सिंह को ख़ासतौर से आगाह किया था कि आइन्दा कुछ दिन उन्हें बहुत ख़बरदार रहने की जरूरत थी क्योंकि मौजूदा हालात में ऐसी नौबत आ सकती थी कि उनका अंजाम अरमान से भी बुरा होता। गगनदीप ने इस बारे में क्या सावधानी बरती थी, उसे अभी ख़बर नहीं थी लेकिन खुद उसने जो फौरी कदम उठाया था वो ये था कि उसने पहाड़ी धीरज के अपने किराये के मकान से किनारा कर लिया था और आइन्दा कुछ दिन राई में एक दोस्त के साथ रहने का और दिल्ली में फिलहाल कदम भी न रखने का फैसला किया था।

उसके पास रॉयल एनफील्ड मोटरसाइकल थी जिस पर अपनी नयी पनाहगाह तक वो बड़ी हद बीस मिनट में पहुंच सकता था इसलिये उसे उठने की कोई जल्दी नहीं थी। वो अध्दे का रियाज़ी था और अभी अध्दे में से उसने दो पैग ही पिये थे।

उस ढ़ाबे का उसे दूसरा आकर्षण ये था कि तन्दूरी की तरह बटर चिकन भी वहां लाजवाब बनता था। वो डट के खाने पीने वाला आदमी था इसलिये

दिल्ली से भी – ख़ास तौर पर ड्राई डे को – वो वहां अक्सर आता था।
राई से आना तो बिल्कुल ही आसान था।
"सत श्री अकाल।"
उसने सिर उठाया।
सामने एक सिख खड़ा था।
लाल पगड़ी, काली फिफ्टी, फिक्सो से संवारी दाढ़ी मूंछ, टाइट जींस, चैक की कमीज़ और कार्डुराय का लाइट ब्राउन कोट।
"की हाल ए कुलदीप सिंहां?"
कुलदीप के चेहरे पर उलझन के भाव आये।
"नहीं पहचाना?"
उसने हिचकिचाते हुए इंकार में सिर हिलाया।
"ओये, मैं सुरिन्दर सिंह।" – वो – विमल – बेतकल्लुफी से उसके सामने बैठता बोला – "अब याद आया?"
कुलदीप ने फिर इंकार में सिर हिलाया।
"जस्से ने मिलवाया था। तेरे से भी और गगनदीप से भी। अब ये भी बताऊं, कौन जस्सा! कौन गगनदीप!"
"कहां?"
"पहाड़गंज। गोयल साहब के टिम्बर गोदाम के आफिस में।"
"कब?"
"पखवाड़ा होने को आ रहा है।"
"तेरा वहां क्या काम था?"
"जस्से से काम था न! उसी के बुलाये वहां पहुंचा था। उसने मुझे उम्मीद दिलाई थी कि वो मुझे वहां काम दिला सकता था।"
"कैसा काम?"
"तेरे जैसा काम। गगनदीप जैसा काम। जैसे जस्सा गोयल साहब का ख़ास, जैसे तू और गगनदीप जस्से के ख़ास, वैसे मैं जस्से का ख़ास। जस्सा बोलता था आजकल कुछ ऐसा सयापा पड़ा हुआ था जिसकी वजह से भरोसे के और आदमियों की ज़रूरत थी; और, और आदमियों की ज़रूरत थी।"
"वो तो है! तो रख लिया गया तू?"
"मेरा मौल करार हो गया है लेकिन मुझे हुक्म है कि मैं अपने जैसे दो

आदमी और ढूंढ़ कर लाऊं। एक तो ढूंढ़ लिया है, दूसरा भी परसों तक पकड़ाई में आ जायेगा।''

''यार, मेरे को तो कुछ याद नहीं आ रहा तेरी बाबत!''

''घूंट का असर है। क्या पी रहा है?''

''विस्की।''

''कौन-सी?''

''ब्लैंडर्स प्राइड।''

''साथ लाया?''

''यहां मिलती है लेकिन – कुलदीप के स्वर में गर्व का पुट आया – ''सब को नहीं।''

''सब को नहीं?'' – विमल की भवें उठीं।

''नहीं।''

''यानी मुझे नहीं मिलेगी?''

''नहीं मिलेगी।''

''यार, ये तो जुल्म है! तुझे पीता न देखता तो कोई बात नहीं थी लेकिन एक यार पिये और दूसरा उसके सामने बैठा तरसे, ये तो ठीक नहीं!''

कुलदीप शान से हंसा।

''ऐसी एक बाटली'' – विमल ने उसके अध्दे की तरफ इशारा किया – ''तू मंगा के दे न मुझे!''

कुलदीप ने इंकार में सिर हिलाया।

''क्यों? क्या हुआ?''

''अभी आधे घन्टे पहले तो अध्दा मंगाया मैंने! इतनी जल्दी दूसरा मंगाऊंगा तो वेटर झट समझ जायेगा कि तेरे लिये था।''

''ओह! तो इसी में से दे न मुझे! जब ख़त्म हो जाये तो दूसरा मंगाना।''

कुलदीप ने जवाब न दिया।

''दोनों के पैसे मैं भरूंगा।''

''तू भरेगा?''

''रोटी बोटी के भी।''

''तू क्यों भरेगा?''

''अरे, तू यार है! फिर मेरा भी तो काम बनेगा! मेरी भी तो तलब पूरी होगी!''

"तू यहाँ आया कैसे? मेरा मतलब है अक्सर आता है?"

"नहीं, अक्सर तो नहीं आता! मुझे कभी-कभार सोनीपत जाना होता है। लौटने में देर हो जाये तो मैं यहां आ जाता हूं।"

"अभी सोनीपत से आया?"

"हां।"

"तेरे को नहीं मालूम था यहां मिलती थी?"

"यार, नहीं मालूम था। सच में नहीं मालूम था।"

"हूं।"

"अब क्या कहता है? दे रहा है मेरे को कि नहीं?"

कुलदीप हिचकिचाया।

"मैं" – विमल ने एक दो हज़ार का नोट उसके सामने पटका – "एडवांस पेमेंट करता हूं।"

"नोट जेब में रख।"

"लेकिन . . ."

"रख, भई।"

विमल ने नोट उठा लिया।

कुलदीप ने वेटर को इशारा करके करीब बुलाया और उससे एक गिलास और मंगवाया। फिर उसने अपना गिलास खाली किया और दो नये जाम तैयार किये।

उसके इशारे पर विमल ने एक गिलास उठा लिया।

"चियर्स!"

दोनों ने जाम टकराये।

"तू इधर कैसे?" – फिर विमल बोला – "पहाड़ी धीरज से तो ये जगह बहुत दूर है!"

"तेरे को . . . तेरे को ये भी पता है मैं पहाड़ी धीरज रहता हूं?"

"पता है। अब पूछ कैसे पता है?"

"कैसे पता है?"

"खुद तूने बताया। जब मैंने बोला मैं बलजीत नगर रहता था तो तूने बताया।"

"कमाल है! इतनी बातें! और मुझे कुछ याद ही नहीं आ रहा।"

"होता है कभी-कभी। अलबत्ता गगनदीप का मुझे नहीं मालूम कि वो कहा रहता है?" – विमल किसी जवाब की उम्मीद में एक क्षण ठिठका,

फिर बोला – "कहां रहता है?"

कुलदीप ने जवाब न दिया।

अभी बकरा भट्टी चढ़ा था, पक नहीं गया था, इसलिये विमल ने फौरन विषय बदला – "हाथ ठीक नहीं हुआ अभी तेरा।"

वो सकपकाया, उसने संदिग्ध भाव से विमल की तरफ देखा।

"तेरे को क्या ख़बर?" – वो बोला।

"किस बात की क्या ख़बर?"

"कि मेरा हाथ जख्मी है?"

"लो! हाथ पर पट्टी बन्धी है, सर्जीकल ड्रैसिंग है, तो क्या सज़ावट के लिये है?"

"ओह! तूने 'अभी ठीक नहीं हुआ' कहा तो मैं समझा जैसे मेरे जख्मी हाथ की तुझे पहले से ख़बर है।"

"कैसे होती भला? वैसे हुआ क्या था?"

"गोली लगी थी।"

"क्या!"

"ख़ैर हुई कि हड्डी को न लगी। कलाई और अंगूठे के बीच की चमड़ी उधेड़ गयी, बस।"

"वाहेगुरु ने रक्षा की। कब की बात है?"

"पिछले सोमवार की।"

"फिर तो अब तक जख्म ठीक हो गया होगा!"

"हो ही गया है लेकिन अभी दो तीन दिन पट्टी और चलेगी।"

"ओह!"

"वैसे अब कोई तकलीफ नहीं है मुझे। हाथ बराबर काम करता है।"

"बढ़िया। गिलास खाली कर।"

उसने किया।

इस बार विमल ने उससे पहले अध्दा खुद उठा लिया और उसको यूं खाली किया कि उसके गिलास में विस्की ज़्यादा डाली और अपने में कम डाली।

नीमअन्धेरे में कुलदीप को उस बात की ख़बर न लगी।

विमल ने एक छोटा-सा घूंट हलक में उतारा और होंठ चटकाता तृप्तिपूर्ण भाव से बोला – "मज़ा आ गया!"

"हां।" – कुलदीप ने भी झूमते हुए अनुमोदन किया। अब ये मुद्दा उसे

याद नहीं रहा था, या अब महत्त्वपूर्ण नहीं रहा था, कि उसके सामने बैठा गुरमुख जिस मुलाकात का हवाला दे रहा था, वो उसे याद क्यों नहीं आ रही थी।

"अब तो और मंगा ले!" – विमल ने इसरार किया।

"हां। अध्दा के पव्वा?"

"तू बता।"

"नहीं, तू बता।"

किसी का ऐसी वाहियात ज़िदों पर वक्त ज़ामा करना सबूत होता था कि वो नशे के हवाले हो चुका था।

"पव्वा।" – विमल बोला – "और जो लाये उसको बोलना बिल साथ ले के आये।"

"क्या जल्दी है!"

"जल्दी कोई नहीं। आराम से खाना खायेंगे न! जल्दी कोई नहीं। लेकिन बाटली का अभी चुकता कर देंगे और का दिल नहीं करेगा।"

"हां। ये बात ठीक है।"

उसने वेटर को बुलाया और उसे आवश्यक निर्देश देने लगा।

उस दौरान विमल ने अपना गिलास उठा कर टेबल की ओट में किया, बायें हाथ में पहनी अंगूठी के नग को उमेठा तो वो ढ़क्कन की तरह खुल गया। उसने अंगूठी को गिलास से ऊपर उलटा किया तो ढ़क्कन के नीचे की कैविटी में मौजूद सफेद पाउडर सारे का सारा विस्की में जाकर गिरा और तत्काल घुल कर गायब हो गया।

वेटर पव्वा लाया, विमल ने उसका बिल चुकता किया और उसे पचास रुपये टिप दी। वेटर बाग-बाग हो गया, उसने ठोक के सैल्यूट मारा और वहां से रुख़सत हुआ।

"लगता है" – कुलदीप बोला – "जस्से ने लगा भी लिया काम पर!"

"कैसे जाना?" – जानबूझ कर अंजान बनता विमल बोला।

"तेरे ज़िद करके तूम्बे का बिल देने से जाना। वेटर को पचास का नोट टिप में देने से जाना।"

"ओह! वो क्या है कि बहुत मेहरबान है अपना जस्सा! बड़े सेठ गोयल साहब उससे भी ज़्यादा मेहरबान हैं। जस्से की हामी होते ही बेहिचक उन्होंने मुझे दस हज़ार रुपये एडवांस दे दिये।"

''ऐसा एडवांस मिलता तो नहीं है किसी को लेकिन जस्से को आजकल कुछ ख़ास आदमियों की बहुत ज़रूरत है।''

''ऐसा क्यों?''

''क्योंकि मैं और गगदीप–जोकि उसके ख़ास हैं, बल्कि ख़ासुमख़ास हैं – आजकल आउट आफ सर्कुलेशन रहने को मजबूर हैं इसलिये थोड़े किये उसके काम नहीं आ सकते।''

''क्यों मजबूर हैं?''

''एक बहन का दीना हमारी जान के पीछे पड़ा है, मिल गये तो मार डालेगा।''

''अरे!''

''पिछले सोमवार उसी की चलाई गोली मेरे हाथ में लगी थी।''

''वाहे गुरु! कहीं और लग जाती तो?''

''बस, बच ही गया।''

''बात क्या थी?''

''बात तेरी समझ में नहीं आयेगी।''

''कौन–सी बात मेरी समझ में नहीं आयेगी? गोली वाली या वो बात जिसकी वजह से कोई तेरी और गगनदीप की जान के पीछे पड़ा है?''

''दोनों।''

''फिर आजकल तू पहाड़ी धीरज तो नहीं रहता होगा?''

''नहीं, वहां नहीं रहता।''

''कहां रहता है?''

''किया है कहीं टैम्परेरी ठिकाना।''

''और गगनदीप?''

''गगनदीप क्या?''

''वो कहां रहता है?''

''क्यों पूछता है?''

''यार, अच्छा लगता है यार दोस्तों से मिलते जुलते रहना। तू तो इत्तफाक से मिल गया, उससे भी मुलाकात हो जाये तो क्या हर्ज है?''

''क्या हर्ज है?'' – वो झूम कर बोला।

''मैं तेरे से पूछ रहा हूं। खूब गुज़रेगी जो मिल बैठेंगे गुरमुख तीन।''

''हूं।''

''क्या हूं?''

"भई, वो मेरे करीब ही मॉडल बस्ती रहता था, अब किधर चला गया, मेरे को नहीं मालूम।"

"मॉडल बस्ती कहां?"

उसने एक पता बताया जो विमल ने मोबाइल पर नोट कर लिया।

"फोन नम्बर भी बता।" – वो बोला।

"क्या करेगा? फोन पर मिल बैठेगा?"

"ये भी होता है, खाली शक्ल ही तो नहीं दिखाई देती! हा हा हा।"

उसके होंठ फैले लेकिन 'हा हा' की जगह बेमन की मुस्कुराहट की शक्ल की अख्तियार ही कर सके।

"क्या करेगा?" – वो फिर बोला।

"अरे, बात करूंगा न उससे! वो चाहेगा तो मिलूंगा, नहीं चाहेगा तो आइन्दा कभी के लिए टाल करूंगा। तू कहता जो है कि तेरी तरह वो भी आजकल आउट आफ सर्कुलेशन रहने को मजबूर है!"

"ओ, हां। हां। ये बात तो समझदारी की की तूने! नोट कर।"

उसका बोला नम्बर विमल ने मोबाइल पर नोट किया।

तब तक कुलदीप ने अपना गिलास खाली कर दिया था लेकिन उसकी तवज्जो इस बात की तरफ नहीं थी कि विमल का गिलास अभी भी पूरा भरा हुआ था।

विमल ने पव्वा खोला और उसका जाम फिर तैयार कर दिया।

तब भी कुलदीप ने ध्यान न दिया कि विस्की उसे ही सर्व हुई थी।

उसका ध्यान नये जाम की तरफ गया तो विमल ने एक चम्मच मेज से नीचे गिर जाने दिया।

चम्मच के पक्की जमीन से टकराने की आवाज हुई।

"ये कैसी आवाज़ थी?" – विमल बोला।

"कुछ गिरा शायद।" – कुलदीप बोला।

"मेरे को तो नहीं दिखाई दे रहा!"

"मैं देखता हूं।"

उसने झुक कर मेज के नीचे झांका।

तत्काल विमल ने अपना गिलास उसकी जगह रख दिया और उसका गिलास खुद काबू कर लिया।

कुलदीप सीधा हुआ।

"चम्मच था।" – वो चम्मच मेज पर रखता बोला।

"ओह!" – विमल बोला – "शायद मेरा हाथ लगा।"

"हो जाता है। ये मेज़ भी तो बहुत छोटी है!"

"बहुत टाइम हो गया, अब बस करें मेरे ख्याल से।"

"अभी पव्वे में है।"

"खाना मंगाते हैं न! वो उसके साथ ले लेंगे।"

"ठीक।"

"बॉटम्स अप।"

दोनों ने एक सांस में अपने गिलास खाली किये।

"बल्ले!" – कुलदीप बोला – "मज़ा आ गया।"

"अभी कहां आ गया! अभी तो आयेगा!"

"पव्वे में बची की वजह से कह रहा है?"

"इससे पहले ही आयेगा। देखना।"

"कैसे? जादू के ज़ोर से।"

"हां! तेरे लिये तो जादू ही होगा।"

"पता नहीं क्या कह रहा है! मैं डिनर आर्डर करता हूं।"

"थोड़ी देर रुक जा।"

"क्यों?"

"ख़र्चा बच जायेगा?"

"कौन–सा?"

"डिनर का।"

"डिनर का! ओये, बिल तो तूने देना है!"

"तो मेरा ख़र्चा बच जायेगा।"

"मुझे कुछ घबराहट–सी होने लगी है एकाएक।"

"अच्छा! और कुछ नहीं हो रहा?"

"और क्या?"

"छाती में जलन! कलेजे में जकड़न। जैसे कोई मुट्ठी में भींच के निचोड़ रहा हो कलेजा!"

"नहीं, ये सब तो नहीं हो रहा।"

"होगा। अभी ख़ास मजे की शुरूआती स्टेज है, थोड़ी देर में होगा।"

"क्या बक रहा है, यार, तू।"

''परमानन्द की प्राप्ति होगी। बहुत जल्द तू उस बेरहम, निहत्थी औरत के रूबरू होगा जिसको उसके घर में घुस कर तूने और तेरे साथियों ने मारा था और उसके खाविन्द के लिये सन्देशा छोड़ा था कि पिल्ला अभी बाकी है, ढूंढ़ लेंगे, फिर उसकी बारी।''

''तू . . . तू कौन है?''

''उस बद्‌नसीब औरत का बद्‌नसीव खाविन्द हूं।''

''तू . . . तू . . . तू तो सिख है!''

''जिस पर पटियाला हाउस कोर्ट कम्पलैक्स की कैन्टीन में तूने गोली चलाई थी।''

''तू . . . तू . . . वो नहीं हो सकता।''

विमल ने खामोशी से पगड़ी फिफ्टी उतार कर मेज़ पर रख दी, फिर दाढ़ी मूंछ उतार कर उलटी पड़ी पगड़ी में डाल दीं।

''यहां अन्धेरा है लेकिन इतना नहीं कि बिल्कुल न देख सके। क्या दिखाई दिया?''

उसने बड़ी मुश्किल से अपनी निगाह फोकस की और सामने डाली।

तत्काल उसके नेत्र फट पड़े।

''तू . . . तू . . .'' – वो बड़ी मुश्किल से बोल पाया – ''क्या किया तूने? क्या हो रहा है मुझे? मेरा दम क्यों घुट रहा है! म–मेरे से . . . ब–बोला क्यों नहीं जा रहा!''

''विस्की के तेरे आखिरी जाम में ज़हर था। जानलेवा। बस अब चन्द ही सांसे बाकी हैं तेरी।''

''वाहे गुरु! वाहे गुरु! ऐसा क्यों कि तू . . . तूने?''

''क्योंकि जाके बैरी सम्मुख जीवै, ताके जीवन को धिक्कार। सिख है, गुरु महाराज का वाक् जानता ही होगा, पहचानता ही होगा!''

''माईंयवया! कमीनया! तू यहां से बच के नहीं जा सकता!''

''अच्छा! कौन रोकेगा मुझे? तू? जिसकी अगली सांस का भरोसा नहीं!''

''हां, मैं। कंजरदया, मैं पु–पुलिस को फोन . . .''

बाकी बात उसके मुंह में ही रह गयी, उसकी आंखें पलट गयीं और वो मुंह के बल मेज़ पर ढ़ेर हुआ।

विमल ने उसकी नब्ज़ देखकर, शाहरग टटोल कर, दिल पर हाथ रखकर

तसल्ली की कि वो मर चुका था। फिर उसने उसकी जेबों की तलाशी ली और वो चीज़ें निकाल लीं जिनसे उसकी शिनाख्त हो सकती थी।

मोबाइल फोन भी।

ये उसे हैरान करने की बात थी कि उसकी जेब में थोड़े बहुत नहीं, लगभग छत्तीस हज़ार रुपये थे।

आखिर में उसने अपनी जेब से पोलीथीन का एक बैग बरामद किया, उसका मुंह खोलकर अपनी पगड़ी, फिफ्टी, दाढ़ी मूंछ बैग में डाली, बैग को मुंह पर गांठ लगायी और उठ कर बाहर की ओर बढ़ा।

वो आधे रास्ते मे था तो उन की टेबल का वेटर उसके करीब पहुंचा।

''साहब'' – वो बोला – ''वो साहब . . .''

''क्या वो साहब?'' – विमल शुष्क स्वर में बोला।

''टेबल पर औंधे मुह क्यों पड़े हैं?''

''मेरे को क्यों पूछता है? मैं तो उन्हें जानता तक नहीं!''

''पर आप उस टेबल से ही तो इधर आ रहे थे!''

''हां। क्योंकि दूर से मैंने वो टेबल खाली समझी थी। पास पहुंचा तो पता लगा कि कोई औंधे मुंह उस पर पड़ा था।''

''साहब, टेबल्स तो और भी खाली हैं!''

''मुझे वो कोने की टेबल ही पसन्द है। जब आता हूं, वहीं बैठता हूं।''

''वहां एक सरदार जी थे, वो कहां गये?''

''जाना कहां है? वहीं होंगे। जाके मेज के नीचे देख। और अब पीछा छोड़।''

वेटर उसके रास्ते में हट गया।

लम्बे डग भरता विमल ढाबे से बाहर के उस मैदान में पहुंचा जहां ग्राहकों की कारें खड़ी थीं। उन में से एक कार 'असैंट' थी और उसकी ड्राइविंग सीट पर अशरफ मौजूद था।

विमल जाकर उसके पहलू में पैसेंजर सीट पर सवार हो गया।

''निकल ले।'' – वो बोला।

''हो गया?'' – इग्नीशन स्टार्ट करते अशरफ ने पूछा।

''हां।'' – विमल बोला – ''अभी तक नर्क के द्वार पहुंचा ऐन्ट्री के लिये कॉल बैल बजा रहा होगा। चल।''

तत्काल अशरफ ने कार आगे दौड़ा दी।

वाहे गुरु सच्चे पातशाह! तू मेरा राखा सभणि थांहीं।

23 दिसम्बर : सोमवार

मॉडल टाउन थाने के स्टेशन हाउस आफिसर का नाम संजीव तोमर था। सुबह दस बजे वो अपने एएसएचओ अजीत लूथरा के साथ कोठी नम्बर डी–9 पर पहुंचा।

और मुबारक अली के रूबरू हुआ।

मुबारक अली ने उसे भीतर आने का आमन्त्रण दिया लेकिन वो उसके साथ बरामदे से आगे न बढ़ा।

"बैठिये।" – मुबारक अली सादर बोला।

"ऐसे ही ठीक है।" – एसएचओ शुष्क स्वर में बोला – "नाम बोलिये।"

"मुबारक अली।"

"कब से यहां हैं?"

"यही कोई दो हफ्ते से।"

"पहले तो यहां कोई कौल साहब रहते थे!"

"जी हां। मकान मालिक वही हैं। हम उनके किरायेदार हैं।"

"वो कहां गये?"

"हैदराबाद।"

"कब लौटेंगे?"

"नहीं लौटेंगे। वहीं रहेंगे। इसीलिये कोठी किराये पर उठाई।"

"पता बोलिये।"

"नहीं मालूम।"

"क्यों?"

"क्योंकि इस बाबत अभी उन्होंने कोई ख़बर न की।"

"कम्यूनीकेशन की ज़रूरत पड़ जाये तो कैसे करेंगे?"

"मोबाइल है न!"

"नम्बर बोलिये।"

"कहीं नोट कर के रखा था, देखना पड़ेगा।"

"देखिये।"

मुबारक अली भीतर गया और पांच मिनट बाद बोला।

"नहीं मिल रहा।" – वो खेदपूर्ण स्वर में बोला – "एक कागज़ के पुर्ज़े पर लिखा था, पता नहीं कहां उड़ गया पुर्ज़ा!"

"हद है ये तो लापरवाही की! अब आपने लैंडलार्ड से कान्टैक्ट करना हो तो कैसे करेंगे?"

"दूसरी तरफ से फोन आने का इन्तज़ार करेंगे।"

"फोन न आया तो?"

"और इन्तज़ार करेंगे। कभी तो आयेगा! या कभी तो कौल साहब खुद आयेंगे!"

"किरायेनामा है?"

"हां।"

"दिखाइये। और अब ये न कहियेगा कि वो भी उड़ गया कहीं!"

मुबारक अली के जबड़े भिंचे, उसकी आंखें सर्द हुईं। फिर उसने खुद पर काबू पाया, भीतर गया और किरायेनामे के साथ लौटा जो उसने आगे एसएचओ को सौंपा।

एसएचओ ने उसका गम्भीर मुआयना किया।

"इस पर" – फिर बोला – "मकान मालिक और किरायेदार की तसवीर होनी चाहिये। ये रजिस्टर्ड होना चाहिये।"

"जनाब" – मुबारक अली विनयशील स्वर में बोला – "मैं ज्यादा पढ़ा लिखा नहीं हूं, मैं इन बातों को नहीं समझता। मेरा एक भांजा ढेर पढ़ा लिखा है, मैं उसको बुलाता हूं।"

उसके आवाज़ देने पर हाशमी बाहर बरामदे में पहुंचा।

स्वाभाविक तौर पर हाशमी के चेहरे पर विद्वता और बुद्धिमत्ता की ऐसी गहन छाप थी कि एसएचओ उससे वैसे पेश आने से लरज गया जैसे वो मुबारक अली से पेश आ रहा था।

"ये मेरा भांजा हाशमी है।" – मुबारक अली बोला – "भांजे, सरकार कह रहे हैं कि किरायेनामे पर मालिक मकान और किरायेदार की तसवीर चस्पां होनी चाहिये और किरायेनामा, वो क्या कहते हैं अंग्रेजी में, रजी . . . रजिस . . ."

"रजिस्टर्ड।" – हाशमी बोला।

"वही। रजिस्टर में . . . होना चाहिये।"

"दिस इज़ नाट मैन्डेटरी।" – हाशमी एसएचओ से मुख़ातिब हुआ – "रजिस्ट्री मकान मालिक अपनी सिक्योरिटी के लिये कराता है और रजिस्ट्री कराई जाने की सूरत में दोनों पार्टीज़ की फोटो लीज़ डीड पर लगाई जानी

जरूरी होती है। मकान मालिक ने डीड को रजिस्टर कराना जरूरी नहीं समझा तो ये हमारी प्राब्लम नहीं है।''

''मुझे तुम्हारी बात से इत्तफाक नहीं।'' – एसएचओ शुष्क स्वर में बोला – लीज़ डीड रजिस्टर्ड होना ही चाहिये।''

''है तो नहीं ऐसा . . .''

''है।''

''है तो करा लेंगे। आजकल में करा लेंगे।''

''रजिस्ट्री थाने दिखा के जाना।''

''ठीक है।''

''रजिस्ट्री के लिये दोनों पार्टियों को कोर्ट में पेश होना पड़ता है!''

''ये कतई ज़रूरी नहीं। डीड चौकस हो तो पार्टियों की फिजीकल प्रेज़ेंस कतई जरूरी नहीं।''

''जरूरी हो तो क्या करेंगे? तुम्हारे मामू के पास तो मकान मालिक से – मिस्टर कौल से – कन्टैक्ट करने का कोई जरिया ही नहीं है!''

''मामू इन बातों की ज़्यादा नहीं समझते। है ऐसा ज़रिया। कौल साहब गैलेक्सी ट्रेडिंग कारपोरेशन नाम की बड़ी कम्पनी के मुलाज़िम हैं जिसके हैदराबाद आफिस में उनका ट्रांसफर हुआ है। हम गैलेक्सी की मार्फत उन तक पहुंच बना सकते हैं।''

''अगर मैं कहूं मिस्टर कौल हैदराबाद में नहीं हैं, वो हैदराबाद, गये ही नहीं, वो शुरू से दिल्ली में हैं, तो?''

''ये मुमकिन नहीं। वो भले और बारसूख आदमी हैं। इतनी मामूली बात पर ग़लतबयानी नहीं कर सकते।''

''अगर मैं कहूं कि वो शख़्स कौल है ही नहीं, वो कोई और ही है जो अपनी असलियत छुपाने के लिये कौल बना हुआ है, तो?''

''क्या असलियत?''

''वो जरायमपेशा शख़्स है। वो इश्तिकारी मुजरिम है।''

''बट दैट्स प्रीपोस्चरस!''

''और आप लोगों को ख़बर है कि वो दिल्ली में कहां पाया जाता है!''

''सर, नाओ यू आर आन ए फिशिंग एक्सपीडीशन।''

''जवाब दो।''

''क्या जवाब दें? कोई जवाब देने लायक बात हो तो जवाब दें न! कौल साहब बीवी बच्चे वाले, इज़्ज़तदार वाइट कालर एम्पलाई हैं . . .''

''नहीं है। उनकी बीवी का हाल ही में इसी इमारत में कत्ल हुआ था और बच्चा गायब है। और उनकी वाइट कालर एम्पलायमेंट में भी कोई भेद जान पड़ता है।''

''मिसेज कौल का कातिल गिरफ्तार हो गया?''

''अभी नहीं।''

''हो जायेगा?''

''अभी कुछ नहीं कहा जा सकता। तफ्तीश जारी है।''

''वो तो हमेशा ही जारी होती है।''

''एक थाने में एक ही केस नहीं होता।''

''कौल साहब सालों यहां इस कोठी में रहे, आप उन्हें इश्तिहारी मुजरिम बता रहे हैं . . .''

''तीन लाख का ईनामी।''

''. . . ऐसा मुजरिम आपके थाने से एक किलोमीटर से भी कम के फासले पर रहता रहा और आपको कभी उसकी भनक तक न लगी। ठीक?''

लूथरा के चेहरे पर बरबस मुस्कराहट आई जो उन्होंने बड़ी मुश्किल से छुपायी।

''एक इश्तिहारी, इनामी मुजरिम आपके थाने की ज्यूरिस्डिक्शन में प्राइम प्रॉपर्टी का मालिक बन बैठा और आपको ख़बर नहीं।''

''ये बहस के मुद्दे हैं . . .''

''नौ से छः बजे की आनेस्ट रिस्पोंसिबल जॉब करने वाला सिटीजन उन तमाम कामों को कब को अंजाम देता था जिनकी वजह से, आप कहते हैं कि, वो इश्तिहारी था, ईनामी था!''

''मैं यहां बहस करने के लिये नहीं आया। आप लोग दो टूक जवाब दीजिये, आप का मकान मालिक, जिस को आप लोग अरविन्द कौल के नाम से जानते हैं, दिल्ली में है या नहीं है . . .''

''हमें इस बारे में कोई ख़बर नहीं।''

''. . . है तो कहां है?''

''हमें इस बारे में कोई ख़बर नहीं। सच पूछें तो हमारे ऐतबार में ही ये बात नहीं आ रही कि कौल साहब हैदराबाद में नहीं, दिल्ली में हैं।''

''हमें ऐसे संकेत मिले हैं कि वो दिल्ली में हैं।''

''ग़लत मिले हैं।''

''तुम पुलिस को ग़लत ठहरा रहे हो?''

''उनको ग़लत ठहरा रहा हूं जिनसे आप को ऐसे संकेत मिले हैं।''

''किसी को एक इश्तिहारी मुजरिम का जानकारी होना क्रिमिनल ऑफेंस है। ऐसी जानकारी रखने का और मुजरिम को पनाह देने का कानून की निगाह में एक ही दर्जा है और ये नॉनवेलेबल ऑफेंस है। आप लोग गिरफ्तार हो सकते हैं।''

हाशमी ने मामू की तरफ देखा।

''करो।'' – मुबारक अली स्थिर स्वर में बोला।

एसएचओ हड़बड़ाया।

''आप लोग गिरफ्तार होना चाहते हैं?'' – फिर सख़्ती से बोला।

''नहीं। आप ही कह रहे हैं हम गिरफ्तार हो सकते हैं। बड़े हाकिम हैं, ग़लत तो न कह रहे होंगे! हाकिम के सामने हमारा क्या ज़ोर है?''

''सुना है यहां दो दर्जन आदमी रहते हैं!''

''ग़लत सुना है। दो दर्जन मेरे खयाल से चौबीस अदद होते हैं। हम पन्द्रह हैं। एक मैं और चौदह मेरे भांजे।''

''इतने लोग भी क्यों?''

''क्यों नहीं?'' – हाशमी बोला – ऐसी रिहायश पर कोई पाबन्दी नहीं है! होती तो मकान मालिक ने ही उस पर अमल किया होता। लीज़ साइन ही न की होती।''

''मेरे भांजों में से कुछ शादीशुदा हैं।'' – मुबारक अली बोला – ''और शादीशुदा भांजों में से कुछ बाऔलाद है। उनकी बीवियां और बच्चे भी यहां होते तो, वो क्या कहते हैं अंग्रेज़ी में . . . अबे, क्या कहते हैं।''

''स्कोर, मामू।''

''हां। तो स्कोर और बड़ा हो जाता।''

''इतने आदमी इस छोटी-सी, एकमंज़िला कोठी में!''

''दिक्कत होती है। लेकिन मजबूरी है, झेलते हैं।''

''अल्तमश को जानते हैं?''

''वो कौन हुआ?''

''अरे, भई, सवाल मैंने किया है। तुमने जवाब देना है।''

"नहीं, नहीं जानते।"

"हमें पक्की ख़बर लगी है कि आप लोग न सिर्फ उसे जानते हैं, वो आपका का और आपके भांजों का करीबी है।"

"आपकी ख़बर ग़लत है। हम अल्तमश को नहीं जानते।"

"है कौन वो?" – हाशमी ने उत्सुकता जताई।

"हिजड़ा है।"

"अल्लाह!" – मुबारक अली बोला – "अब हमारे इतने बुरे दिन आ गये कि हिजड़े हमारे हमप्याला, हमनिवाला होंगे!"

"वो कोई आम हिजड़ा नहीं है। पलक झपकते हसीनतरीन औरत बन जाता है।"

"हिजड़े अमूमन ज़नाना लिबास में ही रहते हैं" – हाशमी बोला – "अलबत्ता हसीनतरीन नहीं होते – हसीन ही नहीं होते।"

"वो है। ऐसा कि देखने वाला लार टपकाये।"

"बात क्या है उसकी?"

"हमें उसकी तलाश है। उसके आप लोगों से ताल्लुकात होने की वजह से ही वो किसी की जानकारी में आया था।"

"किसकी?"

"है कोई। ढूंढ तो हम उसे लेंगे। लेकिन अगर तब हमें मालूम हुआ कि वो आप लोगों का वाकिफ था पर आपने उसकी बाबत झूठ बोला तो अंजाम बुरा होगा। समझ गये?"

दोनों खामोश रहे।

"अभी चलता हूं। लेकिन" – एसएचओ के लहजे में धमकी का पुट आया – "फिर आऊंगा।"

"आप क्यों आयेंगे?" – मुबारक अली बोला – हमें तलब कीजियेगा। सिर के बल हाज़िर होंगे।"

"और एक आखिरी बात और। इतने आदमी एक मकान में होना इलाके की अमन-शान्ति के लिये ख़तरा हो सकता है। मेरे इलाके में ऐसा कुछ होने का अन्देशा भी हुआ तो सब को अन्दर कर दूंगा और ऐसा केस बनाऊंगा कि महीनों ज़मानत भी न होगी।"

"झूठा केस बनायेंगे?" – हाशमी बोला।

"देखना।"

"इस वजह से क्योंकि माइनारिटी से हैं? मुसलमान हैं?"

"मैं माइनारिटी मेजॉरिटी नहीं जानता। मैं हिन्दु मुसलमान नहीं जानता। कुछ जानता हूं तो ये कि मेरे थाने के इलाके में अमन-शान्ति भंग नहीं होनी चाहिये। ध्यान में रखना मेरा बात वो सब के सब।"

वो और उसका सहायक चले गये।

"अल्तमश को ख़बर कर" – पीछे मुबारक अली चिन्तित भाव से बोला – "कि आइन्दा ताकीद तक इधर न फटके।"

"अभी, मामू।" – हाशमी बोला।

"साहब, कुछ नहीं रखा केस में।" – रास्ते में अजीत लूथरा बोला।

"अच्छा!" – एसएचओ अनमने भाव से बोला।

"हम मिथ्या के पीछे भाग रहे हैं। उन लोगों की ख़ामख़यालियां हैं जो हमें दौड़ा रही हैं।"

"ये ख़ामख़्याली है कि वो बाबू कौल सोहल हो सकता है? ये ख़ामख़्याली है कि वो पटियाला हाउस कोर्ट में देखा गया था? ये ख़ामख़्याली है कि उस आदमी जसबीर सिंह उर्फ जस्सा को उस हिजड़े अल्तमश की ख़बर लगी ही इस वजह से थी क्योंकि वो उस मुस्लिम परिवार के ताल्लुक में था?"

"वो लोग कहते ही तो हैं ऐसा? असलियत क्या है, इसका कोई सबूत तो नहीं पेश करते?"

"लूथरा, जहां धुंआ होता है, वहां आग भी होती है।"

"ठीक! ठीक! वो कहते हैं कि चार लड़कों के साथ जो हुआ, कौल ने किया या करवाया। लेकिन वजह तो नहीं बताते कि वो नौबत आई क्यों कर?"

"कौल की बीवी का कत्ल हुआ था।"

"ठीक। लेकिन ये न भूलिये कि उससे पहले ही उन चार में से दो छोकरे अपने हाहाकारी अंजाम को पहुंच चुके थे।"

एसएचओ खामोश रहा।

"कोई मदद के लिये पुलिस के पास आता है तो ओपन हार्ट के साथ आता है, अपना पक्ष पुलिस के सामने साफ-साफ रखता है। वो लोग तो ऐसा करते नहीं जान पड़ते! उन्होंने तो पुलिस पर दबाव बना कर अपना मतलब हल करने की स्ट्रेटेजी अपनाई! चिन्तामणि त्रिपाठी ने अपने एमएलए भाई

को आगे कर दिया। तोमर साहब, मैं तो यही कहूंगा कि नेता के रौब में आप कुछ ज़्यादा ही आ गये।''

''जोगमणि त्रिपाठी इलाके का विधायक ही नहीं, चीफ मिनिस्टर का ख़ास है और बताया जाता है कि बहुत जल्द मंत्री बनने वाला है। हम उसकी नहीं सुनेंगे, उसकी मर्ज़ी के मुताबिक उसकी नहीं सुनेंगे, तो सब लाइन हाज़िर होंगे।''

''ठीक है, सुनिये। आप थानाध्यक्ष हैं, सुनिये।''

''और तू किस की तरफ है?''

''जी!''

''जवाब दे।''

''मैं पुलिस वाला हूं, पुलिस की तरफ हूं।''

''तो तू मुझे उन लोगों की हिमायत में बोलता क्यों लग रहा है जिन से हम मिल के आ रहे हैं?''

''ऐसी कोई बात नहीं, साहब।''

''न ही हो तो अच्छा है। लूथरा, उस मुस्लिम परिवार में कोई भेद है, उसके एकाएक यहां आके रहने लगने में कोई भेद हैं।''

''क्या भेद हैं?''

''वो चिन्तामणि को कौल की ताकत बताने के लिये यहां इकट्ठे हैं।''

''क्यों ज़रूरी है चिन्तामणि को ताकत बताना? क्या किया है उसने या उसे सुपुत्र ने? कुछ तो किया ही होगा! कोई ऐसे ही तो किसी के खिलाफ नहीं हो जाता! जुल्म तभी सहना पड़ता है जब जुल्म किया हो। वो साफ-साफ क्यों नहीं बताता कि कौल से मुखालफत की नौबत क्यों आयी? जैसे आपको उस मुस्लिम परिवार में कोई भेद दिखाई देता है, वैसे चिन्तामणि की पर्दादारी की एटीच्यूड में कोई भेद नहीं दिखाई देता? आपने तो एक बार भी उससे सवाल नहीं किया कि इस सिलसिले की शुरूआत कैसे हुई? क्या किया था उसने या उसके बेटे ने? या बाकी तीन छोकरों ने जो बेटे जैसे अंजाम को पहुंचे?''

''लूथरा, तू फिर हिमायती ज़ुबान बोल रहा है!''

''मैं ख़ामोश ही हो जाता हूं, साहब।''

तभी जीप थाने पहुंच गयी।

सुन्दर नगर वाली वीरान कोठी तक पहुंचने में जस्से को कोई दिक्कत न हुई।

अकील को बाखूबी याद था कि उसके लिये प्रगति मैदान की तरफ से आते हुए वो पहली सड़क से अन्दर मुड़ा था, फिर पहले एक पार्क आया था और उसके बाद वो एकमंज़िला कोठी थी। लिहाज़ा जस्से को अपना मरकज तलाश करने के लिये सारे सुन्दर नगर में नहीं भटकना पड़ा था, वो ऐन नाक की सीध में वहां पहुंच गया था।

कोठी की शक्ल से ही लगता था कि वो बसी हुई नहीं थी। फिर आउटर गेट पर ताला लटक रहा था।

उसने पड़ोस की कॉल बैल बजाई।

जवाब में एक अधेड़ महिला भीतर से निकल कर गेट पर आयी।

"नमस्ते जी" – जस्सा मधुर स्वर में बोला – "मैं एमसीडी का सर्वेयर हूं। पड़ोस की कोठी के सर्वे के लिये आया था।"

"कैसा सर्वे?" – महिला स्त्रीसुलभ उत्सुकता से बोली।

"पता लगा है कि इधर कोई ग़ैरकानूनी, बिना नक्शा पाल करवाये कंस्ट्रक्शन हुई है . . ."

"कैसे हुई है?" – वो नाक चढ़ा कर बोली – "ये कोठी तो दो साल से बन्द है!"

"अच्छा, जी?"

"और क्या!"

"इधर कंस्ट्रक्शन में कोई हालिया एडीशन नहीं हुई?"

"नहीं हुई।"

"कभी-कभी ग़लत टिप मिल जाती है। वैसे क्यों बन्द है?"

"मालिक मुस्तफा बेग साहब सपरिवार दुबई में हैं।"

"दो साल से?"

"हां।"

"तो इधर कोई आता जाता नहीं?"

"आता है न!"

"अच्छा, आता है। कौन?"

"जब पहली बार आया था और आ के गेट का ताला खोलने लगा था तो मैंने उसे टोका था। तब उसने अपना नाम इकराम हाशमी बताया था और कहा था कि वो बेग साहब के बेटे इब्राहीम बेग का दोस्त था और बड़े बेग साहब ने उनके पीछे कोठी की देखभाल की जिम्मेदारी उसे सौंपी थी। तभी

मुझे मालूम हुआ था कि पड़ोसी दुबई चले गये थे और लम्बे अरसे तक वहां से लौट कर नहीं आने वाले थे।''

''ओह! तो ये इकराम हाशमी अक्सर यहां आता है?''

''आना पड़ता है न!''

''आना पड़ता है?''

''भई, कई तरह के बिल यहां आते हैं जो भरे जाने होते हैं, डाक आती है। बीच-बीच में चक्कर लगा कर वो सब बटोरता है न!''

''बिजली, पानी के बिल के लिये तो मीटर रीडिंग जरूरी होती है! जब कोठी लाक्ड रहती है तो कैसे मीटर रीडर . . .''

''मेरे पास चाबी है न!''

''आपके पास कोठी की चाबी है?''

''नहीं, भई। बाहरले गेट की चाबी है। खुद हाशमी ने दी। बिजली पानी के मीटर कोठी के फ्रंटयार्ड में हैं, मीटर रीडर का कोठी के भीतर क्या काम!''

''ठीक।''

''वो लोग रीडिंग के लिंये हमारी कोठी में आते हैं तो मैं उन्हें बगल में भी ले जाती हूं।''

''मीटर रीडर्स की ऐसी विज़िट तो शिड्यूल्ड होती है!''

''हां।''

''और बिल?''

''रीडिंग के बाद एक हफ्ते में आ जाता है। जब हमारे बिल आ जाते हैं तो मैं हाशमी को फोन कर देती हूं, वो आके बिल ले जाता है।''

''यानी आप के पास हाशमी का फोन नम्बर है?''

''अरे, नम्बर नहीं होगा तो फोन कैसे करूंगी?''

''वो नम्बर आप मुझे दे दें तो मेहरबानी होगी।''

''क्यों? तुम क्या करोगे?''

''उससे कान्टैक्ट करूंगा न! फिर वो आकर, कोठी खोल कर मुझे दिखायेगा कि कोई एडीशनल कन्स्ट्रक्शन नहीं हुई।''

''जब मैं बोली कि नहीं हुई . . .''

''मैडम, मेरी नौकरी है, मेरी ड्यूटी है, कनफर्म फिर भी करना पड़ता है।''

''ओह! नोट करो।''

उसने एक नम्बर बताया जो जस्से ने मोबाइल पर नोट कर लिया।

''वैसे'' – जस्सा बोला – ''उसने आना कहां से होता है?''

''पुरानी दिल्ली में तिराहा बैरम खान से आता है, ऐग्ज़ैक्ट पता मुझे नहीं मालूम।''

''कोई अन्दाज़ा कि अब कब आयेगा?''

''कल आयेगा न! दोनों बिल आये पड़े हैं, दो कूरियर से आये लैटर भी हैं . . .''

''ऐसे लैटर आप रिसीव करती हैं?''

''हां। बेग साहब कूरियर कम्पनी को और डाक वालों को हिदायत देकर गये थे इस बाबत। मेरे पास इसी सिलसिले में उनका एक अथारिटी लैटर भी है।''

''आई सी। आपने बोला हाशमी कल आयेगा!''

''हां। आज फोन किया न मैंने उसको! बोला, कल आऊंगा।''

''ऐसे जब आने को बोलता है, आ जाता है?''

''हां। कभी-कभी एक दिन लेट हो जाता है लेकिन अमूमन आ जाता है।''

''आता है तो किस वक्त आता है?''

''दोपहर से पहले ही आता है लेकिन आज जब फोन पर बात हुई तो बोला शाम को आऊंगा।''

''शाम को किस वक्त?''

''चार बजे।''

''शुक्रिया, बहन जी, आपने मेरी बहुत मदद की।''

उसने मुस्कुरा कर शुक्रिया कुबूल किया।

जस्से ने अल्तमश की तलाश का अपना अभियान शुरू किया।

वो काम खुद करना उसकी मजबूरी थी, वर्ना कुलदीप सिंह और गगनदीप सिंह में से कोई भी – या दोनों मिल कर – उसे बेहतर अंजाम दे सकता था। लेकिन मौजूदा हालात की रू में दोनों उपलब्ध नहीं थे और जो बाकी आदमी थे उनकी ऐसे कामों को अंजाम देने की कूवत पर उसे खुद शक था।

कुलदीप और गगनदीप जैसा ख़तरा उसे भी था लेकिन कहीं जा छुपना न उसकी फितरत में था और न लाला उसे ऐसा करने देने वाला था।

किन्नरों की बाबत जानकारी हासिल करने के जो बेहतरीन ठिकाने उसे सूझे, वो आईटीओ और दिल्ली गेट के चौराहे थे जो कि वहां से दूर भी नहीं

थे। दोनों ही जगह उसने अक्सर झुण्ड के झुण्ड किन्नर लाल बत्ती पर रुकी कारों के शीशे ठकठकाते देखे थे।

दोनों जगह से व्यापक पूछताछ का नतीजा ये निकला कि या तो वो जमनापार जाफराबाद, भजनपुरा, और सीमापुरी जैसे इलाकों के स्लम्स में रहते थे या फिर महरौली, महिपालपुर, रंगपुरी और बेरीवाला बाग में उन की रिहायश बहुताहत में पायी जाती थी।

जमनापार वहां से करीब था इसलिये पहले वो जमना के लोहे के पुल से होता जीटी रोड पर शाहदरा से पहले स्थित जाफराबाद पहुंचा। दिन की उस घड़ी क्योंकि लोगबाग काम काज पर निकले होते थे इसलिये वहां की किन्नर बस्ती से कोई पूछताछ करना दिक्कत का काम था। फिर भी कोई एक घन्टा उसने वहां धक्के खाये।

कोई नतीजा सामने आया तो वो यहीं था कि वहां कोई अल्तमश नहीं रहता था।

उसके पास होटल ब्लैक पर्ल की शादी की सीसीटीवी फुटेज से निकाली अल्तमश की लखनवी बेगम के लिबास वाली तसवीर थी जो उसने वहां कई जगह दिखाई लेकिन हर जगह सिर इंकार में ही हिला।

महरौली में तब उसकी उम्मीद जागी जबकि उसे पता लगा कि अल्तमश वहां रहता था। उस की लम्बी भागदौड का सिला आखिर उसे मिलने वाला था।

लेकिन ऐसा न हुआ।

जो अल्तमश उसके सामने पेश किया गया, वो उम्र में पचास से कम न था, सिर पर मेहंदी लगाता था और उसके दान्त कत्थे से रंगे थे।

आखिर बेरीवाला बाग में जैसे ही उसकी लाटरी निकली। वो किन्नरों की बड़ी कॉलोनी थी फिर भी जिस पहले ही किन्नर से उसने अल्तमश की बाबत सवाल किया, उसने जवाब दिया कि वो वहां रहता था। उसने उसका कद काठ, हुलिया बयान किया तो उसकी भी तसदीक हुई। उसने अल्तमश की लखनवी बेगम वाली तसवीर पेश की तो वृद्ध किन्नर एकाएक सन्दिग्ध हो उठा।

''क्या माजरा है?'' – वो बोला।

''मेरे मालिक का अल्तमश से कुछ काम निकलता है इसलिये मैं उससे मिलना चाहता हूं।''

''क्या काम?''

''है कोई काम।''

''बोलो मेरे को!''

''अरे, तुम नहीं समझोगे।''

''क्यों नहीं समझूंगा? अक्ल से भी किन्नर हूं?''

''लो! तुम तो बुरा मान गये!''

''क्या काम है, बोलो!''

''बोलता हूं लेकिन राज़ की बात है'' – जस्से के लहजे में इरादतन याचना का पुट आया – ''आगे न बोलना किसी को।''

''नहीं बोलेंगे।''

''कुछ सामान दिल्ली यूपी बार्डर से पार पहुंचाना है। आज कल उसके चक्कर में बार्डर पर बहुत पड़ताल हो रही है क्योंकि यूपी पुलिस को उस बाबत कोई गुमनाम टिप पहुंच गयी है। लेकिन किन्नरों की पड़ताल नहीं होती। इसलिये मेरे बॉस को – मालिक को – अल्तमश चाहिये।''

''अल्तमश को क्या मिलेगा तुम्हारे मालिक का काम करने का?''

''जो वो चाहेगा।''

''क्या मतलब? वो जो फीस मांगेगा, मिलेगी?''

''हां।''

''फिर तो माल कीमती होगा!''

''हां।''

''बेशकीमती होगा!''

''वो भी।''

''अल्तमश ही क्यों चाहिये? ऐसे और भी बहुत हैं यहां।''

''उनकी भी जरूरत पड़ेगी लेकिन उनका चुनाव अल्तमश खुद करेगा।''

''हूं।''

''ये ग्रुप में होने वाला काम है। किन्नरों की कोई टोली अपनी ढ़ोलक वगैरह के साथ बार्डर से गुजरती है तो उनकी तरफ कोई तवज्जो नहीं देता।''

''होता तो है ऐसा!''

''तभी तो . . .''

''मुझे क्या मिलेगा?''

जस्सा हड़बड़ाया।

''इतनी बड़ी कॉलोनी है, खुद तो ढूंढ़ नहीं पाओगे अल्तमश को!''

"ऐसा तो नहीं है!"

"घन्टों भटकोगे। वो भी रात के वक्त। कोई बड़ी बात नहीं कि कल फिर आना पड़े।"

जस्से ने एक आह सी भरी, फिर जेब से एक सौ का नोट निकाला।

किन्नर ने उसकी तरफ हाथ न बढ़ाया।

जस्से ने उसके साथ एक नोट और जोड़ा।

किन्नर ने जैसे वैसा होता देखा ही नहीं।

"लालच मत करो।" – जस्सा बोला – "इसलिये मत करो कि अभी तो इस बात की ही कोई गारन्टी नहीं कि अल्तमश को हमारा काम करना कुबूल होगा।"

"कुबूल हुआ तो?"

"तो उससे भी मांगना न! असल कमाई तो वो करेगा। बोलना, अहसान जताकर बोलना कि तुमने मुझे उस तक पहुंचाया था।"

उसके तेवर तब्दील हुए। उसने जस्से को पंजा दिखाया।

जस्से ने उसे पांच सौ का नोट सौंपा।

"यहां से एक गली छोड़ के जो गली है, वो आगे से बन्द है। उस गली का आखिरी मकान, जो कि गली के माथे पर है, अल्तमश का है।"

"इस वक्त वहां होगा कोई?"

"एक दसेक लाल का छोकरा होता है कभी-कभी। जा के देखना, है कि नहीं।"

"शुक्रिया।"

जस्सा आगे बढ़ा और तीसरी गली में दाखिल हुआ।

वो एक लम्बी गली थी जिसके सिरे पर हरा रंग मिले चूने से पुता एक मकान था। उस दो पल्लों वाला, सांकल वाला दरवाजा भी हरा था।

सांकल खुली थी।

उसने सांकल खटखटाई।

छोकरे ने दरवाजा खोला।

"अल्तमश को बुला।" – जस्सा रौब से बोला।

छोकरे पर रौब बराबर गालिब हुआ।

"क्या काम है?" – फिर भी उसने पूछा।

"अरे, बोलूंगा न उसको! तू क्या समझेगा काम को!"

"अभी नहीं आया।"

"कब आता है?"

"कोई टाइम नहीं आने का। कई बार तो आता ही नहीं।"

"क्या!"

"दो-दो, तीन-तीन दिन नहीं आता।"

"क्या बकता है!"

"पर आज का बोल के गया कि आठ-साढ़े आठ तक आ जायेगा।"

"आज क्यों जल्दी आयेगा?"

"मालूम नहीं।"

जस्से ने कलाई घड़ी पर निगाह डाली।

सवा सात बजे थे।

"हूं।" – वो बोला – "ठीक है।"

"मैं क्या बोलूं, कौन आया था?" – छोकरे ने पूछा।

"नहीं ज़रूरत पड़ेगी बोलने की। मैं जा नहीं रहा, यहीं हूं मैं। गली के बाहर इन्तज़ार करता हूं उसका।"

जस्सा वापिस घूमा और लम्बे डग भरता आगे बढ़ा।

आधे रास्ते में वो ठिठका। उसने घूम कर पीछे देखा तो पाया कि गली के माथे का हरा दरवाज़ा पूर्ववत् बन्द हो चुका था।

गली उस घड़ी सुनसान थी।

उसने जेब से मोबाइल निकाला, एक नम्बर पंच किया और अपने चार आदमियों को गोली की तरह वहां पहुंचने का हुक्म जारी किया और सविस्तार समझाया कि उन्हें वहां पहुंचना था।

अब अल्तमश का उनके काबू में होना महज़ वक्त की बात थी।

ऐन उस वक्त विमल गगनदीप सिंह का मोबाइल बजा रहा था।

घन्टी बजने लगी।

वो फोन बन्द करने लगा था तो एकाएक उत्तर मिला।

"हल्लो!"

"हल्लो। गगनया?"

"हां, कौन?"

"मैं जस्से का नया आदमी हूं।"

"नाम बोल, भई।"
"सुरिन्दर सिंह।"
"मैंने नहीं सुना ये नाम।"
"कमला न होवे ते। अरे, मैं नया आदमी बोला कि नहीं बोला!"
"कहां से बोल रहा है?"
"पहाड़गंज से।"
"कैसे फोन किया?"
"लाला बुलाता है।"
"लाला . . . गोयल साहब बुलाते हैं! जस्सा नहीं?"
"जस्सा दोपहर का निकला हुआ है, अभी तक नहीं लौटा। इस वास्ते तेरे से कान्टैक्ट करने को लाला मेरे को बोला।"
"हूं।"
"मैं तेरे घर भी गया था।"
"क्या?"
"मॉडल बस्ती गया था। तू वहां होता तो तुझे साथ ले के आता।"
"मॉडल बस्ती कहां गया था?"
"तेर घर।"
"कहां।"
"मन्दिर मार्ग। चौदह नम्बर।"
"पता कैसे जाना? गोयल साहब को तो मालूम नहीं!"
"कुलदीपे से जाना।"
"किस से?"
"कुलदीप सिंह से।"
"वो कहां मिला तुझे?"
"मिला नहीं। जब उसे बुलावे का फोन किया तो तब पूछा।"
"उसको भी बुलावा है?"
"हां।"
"कोई ख़ास बात है?"
"ख़ास ही होगी। मेरे को क्या पता! मेरे को तो जो हुक्म मिला, वो मैं बजा रहा हूं।"
"ऐसे बुलावे के फोन जस्सा ख़ुद करता है।"

"यहां होता तो वही करना।"

"तेरी आराम से बात हो गयी थी कुलदीप से?"

"हां। लेकिन फोन दो तीन बार बजाने के बाद हुई थी।"

"मेरे को तो फोन मिल नहीं रहा उसका! कई बार खड़काया।"

"कह रहा था सिम लूज था। कई बार कनैक्शन नहीं देता था। फोन खोल कर एडजस्ट करना पड़ता था।"

"ओह! तभी।"

"तू है कहां?"

"उत्तम नगर।"

"दूर है। फौरन निकल ले। क्योंकि गोदाम बन्द होने के टाइम से पहले तेरे को यहां पहुंचना है।"

"अच्छा!"

"आयेगा कैसे?"

"मोटरसाइकल ख़राब है। सुबह ठीक करवाऊंगा। अभी आटो से आऊंगा।"

"ठीक है।"

"आता हूं।"

सम्बन्धविच्छेद हो गया।

विमल ने फोन जेब के हवाले किया।

"आयेगा?" – अशरफ ने पूछा।

"फिफ्टी-फिफ्टी चान्सिज़ हैं। कनफर्मेशन के लिये लाला को फोन तो वो नहीं करेगा लेकिन जस्से को कर सकता है। फिर जस्सा आगे लाला को फोन करेगा तो पोल खुल जायेगी।"

"फिर?"

"फिर क्या! हमारी स्कीम फेल। फिर कुछ और सोचेंगे।"

"ओह!"

"मैंने उसे बहुत शार्ट नोटिस पर बुलाया है। जिधर से उसने आना है, उधर रात की इस घड़ी बहुत ट्रैफिक होता है। अगर ऐसा हुआ तो ये बात हमारे हक में होगी।"

"हूं।"

"फिर हो सकता है वो जस्से को फोन करे ही नहीं, या करे तो फोन

उसे न मिले। यूं ही जस्सा लाला को फोन करे ही नहीं, करे तो फोन उसे न मिले। एक बार हमारा बन्दा यहां पहुंच जाये, फिर कौन किस को फोन करता है या नहीं करता, हमें कोई फर्क नहीं पड़ता।''

''इसीलिये फिफ्टी-फिफ्टी चांस बोला?''

''हां।''

''उसे कुलदीप सिंह के अंजाम की ख़बर हुई तो?''

''नहीं है। होती तो जब मैंने कुलदीप सिंह का हवाला दिया था तो तब उसने मेरा मुंह पकड़ा होता। जब मैंने कहा था कि बुलावे का फोन मैंने कुलदीप सिंह को भी किया था तो वो तभी समझ गया होता कि मेरी काल फेक थी, जो शख़्स इस दुनिया में है ही नहीं, मैंने उसको फोन कैसे किया! फिर वो बोला होता कि आटो पर आ रहा हूं?''

''ओह!''

तभी मोबाइल बजा।

विमल का हाथ तत्काल अपने फोन पर पड़ा। लेकिन वो नहीं बज रहा था। वो फोन बज रहा था जो उसने पिछली रात ढ़ाबे पर कुलदीप की लाश की जेब से निकाला था। उसने स्क्रीन पर निगाह डाली।

गगनदीप।

उसने स्क्रीन अशरफ को दिखाई।

''जवाब दोगे?'' – अशरफ सस्पेंस में बोला।

''देना पड़ेगा। वर्ना वो जस्से को काल लगायेगा।''

उसने काल रिसीव की।

''हल्लो!'' – वो जानबूझ कर अपनी आवाज में भर्राहट, खरखराहट पैदा करता और उसे गला सिकोड़ कर निकालता बोला।

''कुलदीपे! – गगनदीप की आवाज़ उसके कान में पड़ी।

''आहो!''

''फोन क्यों नहीं सुनता?''

''सुन तो रहा हूं!''

''अब सुन रहा है न! मैंने पहले भी तो तीन चार बार फोन किया!''

''सिम कार्ड लूज़ है। कई बार कनैक्शन नहीं देता। निकाल कर दोबारा लगाने पर चल पड़ता है। कल रिपेयर शॉप में लेकर जाऊंगा।''

''ओह! तेरी आवाज को क्या हुआ?''

"रात तूम्बे में बर्फ ज़्यादा डाल ली। गला पकड़ा गया।"
"ओह!"
"फोन कैसे किया?"
"बोलता हूं। अभी किसी सुरिन्दर सिंह का फोन आया था मेरे पास। बोलता था लाला अजेंट बुलाता था।"
"सही बोलता था। मेरे को भी बुलावा है।"
"बोलता था मेरा मोबाइल नम्बर और घर का पता उसने तेरे से लिया था।"
"लिया तो था! नहीं देना था?"
"यार, मोबाइल तक ठीक है, घर का पता न दिया कर किसी को।"
"किसी को नहीं दिया, गगनया, अपने जैसे को दिया।"
"फिर भी?"
"अब सयापा क्या है?"
"कुछ नहीं। तू पहुंच रहा है?"
"मैं तो समझ पहुंच गया! दिल्ली गेट के चौराहे पर हूं। पांच मिनट में पहुंच जाऊंगा। तू अभी बैठा ही हुआ है?"
"नहीं, नहीं। मैं भी ऑन रोड हूं।"
"कहां से ऑन रोड है।"
"उत्तम नगर से।"
"अभी कहां है?"
"राजोरी से निकला हूं।"
"तू टाइम लगायेगा, गगने।"
"क्या करूं? ट्रैफिक बहुत है। मोटरसाइकल ख़राब पड़ी है। ऑटो पर आ रहा हूं।"
"छेती कर।"
"वो तो मैं कर रहा हूं पर माजरा क्या है?"
"आने पर पता लगेगा।"
"जस्से से पूछूं?"
"हां, क्यों नहीं! लाले से भी पूछ ले। कहीं और से दरयाफ्त करना सूझे तो वो भी कर ले।"
"तू तो नाराज़ हो रहा है!"

"कलप रहा हूं तेरी अक्ल पर। वक्त पर मोटरसाइकल खराब कर ली – माईंयवीं शिकार वेले कुतिया हगाई – जब जासूसियां झाड़ रहा है।"

"मैं कुछ नहीं कर रहा।"

"ठीक कर रहा है। क्योंकि पहुंच कर बहुत कुछ करना है। बन्द कर जब।"

सम्बन्धविच्छेद हो गया।

विमल ने मोबाइल जेब के हवाले किया, उसने अशरफ की तरफ देखा।

"कमाल किया आपने!" अशरफ हंसता हुआ बोला – "बर्फ से गला बैठ गया!"

विमल ने हंसी में उसका साथ दिया।

"आप खुद सिख न होते तो कैसे कर लेते पंजाबी मिला वो हिन्दोस्तानी डायलॉग जो आप ने किया?"

"नो मैं रिसीव ही न करता। जो होता देखा जाता।"

"ओह!"

"अब तो गारन्टी हो गयी न, कि उसे कुलदीप सिंह के अंजाम की ख़बर नहीं?"

"हां। बहुत उम्दा तरीके से हुई।"

"मेरे ख़याल से अभी कुलदीप सिंह की बाबत कोई ख़बर किसी को भी नहीं है – जस्से को भी नहीं।"

"ऐसा क्यों?"

"जीटी करनाल रोड के जिस ढाबे पर रात वाली वारदात हुई थी, वो हरियाणा में है। मैं उस को मेज़ पर औंधे मुंह पड़ा छोड़कर आया था, इतने से नहीं कहा जा सकता था कि वो मरा पड़ा था। ये तो बिल्कुल ही नहीं कहा जा सकता था कि वो मरा नहीं था, उसे ज़हर दे कर मारा गया था। तब रात के ग्यारह से भी ऊपर का टाइम था। मेरे चले आने के बाद क्या पता वहां से कब किसी ने पुलिस को फोन किया, कब पुलिस आयी, कब उसे हस्पताल ले जाया गया। फिर पता नहीं कि एग्जामिनेशन से कनफर्म हुआ या नहीं हुआ कि वो प्वायज़निंग का केस था – या यही समझा गया कि फूड प्वायज़निंग से मरा था। सरकारी अमले ने बहुत फुर्ती दिखाई होगी तो भी आज दोपहर में कहीं जा कर उसका पोस्टमार्टम हुआ होगा और तसदीक हुई होगी कि वो स्वाभाविक मौत नहीं मरा था उसे ज़हर देकर मारा गया था या खुदकुशी करने के इरादे से ज़हर उसने खुद खाया था।"

"ओह!"

''यहां भी एक घुंडी है। खुदकुशी हमारे मीडिया के लिये न्यूज़ नहीं है, कत्ल न्यूज़ है। वो भी तब मीडिया तक पहुचेंगी जब इतना कुछ हो चुका होगा। फिर हमारे यहां लाश की फोटो छापने का रिवाज़ नहीं है, अलबत्ता मकतूल की वैसे, उसकी जिन्दगी के दौर की, कोई फोटो उपलब्ध हो तो छापी जा सकती है। फिर उसकी जेब में तो उसकी शिनाख्त का कोई ज़रिया मैंने छोड़ा नहीं थी।''

''उस के पास कोई सवारी हुई तो उसके रजिस्ट्रेशन से उसका पता निकाला जा सकता है।''

''हुई तो। हुई तो स्कूटर-मोटरसाइकल जैसा दोपहिया वाहन ही होगा, कार वाली हैसियत तो उसकी जान नहीं पड़ती थी। उसकी ऐसी सवारी वहां लावारिस खड़ी होगी और पता नहीं कब किसी के नोटिस में आयेगी और कब ख़बर पुलिस तक पहुंचेगी।''

''यानी उसके अंजाम के आम होने की फिलहाल कोई सूरत नहीं?''

''हां। आखिर कोई हिलडुल होगी तो तब होगी जब लाश की तसवीर के साथ 'अपील फॉर आइडेंटिफिकेशन' का पुलिस द्वारा जारी किया इश्तिहार छपेगा।''

''कौन देखता है ऐसे इश्तिहार को! जहां, मौत के हवाले मरने वाले ने ऐसी हौलनाक सूरत अख्तियार की हुई होती है कि पहचान में नहीं आती।''

''बिल्कुल!''

''यानी वक्त लगेगा दूसरे पाले में ख़बर लगने में कि उनकी बिसात का एक मोहरा और पिट गया था!''

''हां।''

''और अभी एक और पिटने की कगार पर था?''

''अगर आ गया हमारा जवान।''

''आ ही जाये, जवाब। खत्म हो ये सिलसिला।''

''आज़िज़ आ गये?''

''अरे, ऐसा तो मैं ख़याल भी नहीं कर सकता। मामू पिछौंड़ा सेक देगा।''

विमल हंसा।

वो प्रतीक्षा करते रहे।

आठ बज गये।

टिम्बर गोदाम बन्द हो गया। गोदाम को ताले लग गये, बाहर की बत्तियां भी बुझ गयीं, क्या मालिक, क्या मुलज़िम, सब लोग रुख़सत हो गये।

सवा आठ बजे एक ऑटो बन्द टिम्बर गोदाम के आगे आ कर रुका।

पैसेंजर उसमें से बाहर निकला।

"वही होगा।" – अशरफ बोला।

"उम्मीद तो है!" – विमल कार का दरवाज़ा खोलता बोला – "देखता हूं।"

जब तक वो पैसेंजर के करीब पहुंचा, पैसेंजर ऑटो का भाड़ा चुकता कर चुका था।

उस बार विमल ने सिख बहुरूप धारण करने की कोशिश नहीं की थी क्योंकि उसे यकीन था कि गगनदीप उसकी सूरत से वाकिफ नहीं था।

स्कूटर आगे बढ़ गया।

"गगनदीप ही है न!" – विमल बोला।

"हां।" – वो बोला – "तू . . ."

"सुरिन्दर सिंह। मैंने तुझे फोन किया था।"

"ओह!"

"देर कर दी न?"

"मैं क्या करता! इतना ट्रैफिक था। फिर आटों ने अपनी रफ्तार से चलना होता है। मोटरसाइकल होती तो वक्त की ज़रूरत समझ कर तेज भगा लेता।"

"ठीक।"

"गोयल साहब चले गये?"

"हां। घर तो नहीं गये लेकिन यहां से चले गये। कुलदीपा तेरे से पहलं पहुंच गया था, और हमारे लिये बोल के गये हैं कि तेरे आ जाने पर हमने कहां पहुंचना है!"

"ईस्ट ऑफ कैलाश।"

"कहां पहुंचना है?"

"गोयल साहब के पुराने घर?"

"हां।"

"वहां क्यों? यही लेट रुक जाते तो क्या था?"

"तेरे लेट आने की वजह से मैंने बोला था ऐसा। बोले, कुछ लोग और भी आने वाले थे जिन्हें वहां आने में सहूलियत थी।"

"बात क्या है?"

"दुश्मन का एक ख़ास आदमी पकड़ में आ गया है। उस को हथियार बना के उस शख़्स को काबू करने का प्लान है जिसने इतना अन्धेर मचाया

हुआ है। कहते हैं उसको भी बड़ी सपोर्ट हासिल है इसलिये चौकस मुकाबले के लिये बहुत आदमी चाहियें। इसलिये जस्से ने खड़े पैर काफी नयी भरती की है।"

"तू उस नयी भरती में से है?"

"बिल्कुल।"

"जायेंगे कैसे?"

"जल्दी पहुंचना है इसलिये मैंने पहले से एक टैक्सी ऐंगेज की हुई है। वो 'असैंट', जो पीछे खड़ी है। लाला भी ऐसा बोल के गया ताकि टाइम ज़ाया न हो।"

"तो अब हम ईस्ट ऑफ कैलाश चल रहे हैं?"

"हां।"

"कुलदीपा गोयल साहब के साथ गया?"

"हां।"

"पूछा नहीं मोबाइल क्यों नहीं लगता उसका!"

"नहीं, यार। मौका ही न लगा। फिर वजह तो उसने बताई ही थी कि सिम लुज़ था।"

"लेकिन . . ."

"यार, बस कर अब। एक तो लेट आया, ऊपर से यहां टाइम खोटी कर रहा है। और जो बातें करनी हैं, कैब में बैठ कर करना। चल।"

दोनों 'असैंट' की बैक सीट पर सवार हुए।

तत्काल अशरफ ने कार आगे बढ़ाई।

थोड़ा सफर कटा।

"ओये!" – एकाएक गगनदीप बोला – "ये तो ईस्ट ऑफ कैलाश का रास्ता नहीं!"

"थोड़ा डाइवर्जन करना है। एक पैसेंजर और बिठाना है, फिर ईस्ट ऑफ कैलाश का रास्ता पकड़ेंगे।"

"और कौन?"

"लाला का कोई ख़ास है।"

"कहां मिलेगा?"

"पार्क स्ट्रीट।"

"वो कहां है?"

"तालकटोरा गार्डन के पास है। मन्दिर मार्ग से चलेंगे। खुल्ला रास्ता है।"

"ओह!"

"बस, पहुंचे कि पहुंचे।"

"ठीक है।"

"एक बात बता। पिछले सोमवार, सोलह दिसम्बर वाले सोमवार, कुलदीपे ने पटियाला हाउस कोर्ट कम्पलैक्स की कैन्टीन में जिस बाउ को शूट करने की कोशिश की थी लेकिन जो बाल-बाल बच गया था, तू उसे पहचानता है?"

"लो! मैं कैसे पहचानूंगा! वो काम तो कुलदीपे के हवाले था। मेरे को तो जस्से ने बैकअप के लिये रिज़र्व में रखा हुआ था।"

"हूं। फिर तो तू उस जनानी के खसम को भी नहीं पहचानता होगा मॉडल टाउन में जिसके घर में घुस कर तुम लोगों ने जनानी को शूट किया था?"

"न!"

"ये तो जानता होगा कि दोनों एक ही शख़्स हैं?"

"हां, ये जानता हूं। लेकिन तू तो अपने आप को नयी भरती बता रहा है, ये सब तेरे को कैसे मालूम है?"

"ओये, यारा, बड़े कारनामों का बड़ा ज़िक्र होता है। एक ही थैली के चट्टे-बट्टों से कहीं छुपा रहता है कुछ?"

"ओह! तो आपसी खुसर-पुसर से पता चला!"

"हां! लेकिन ये पता नहीं चला कि तुम लोगों को उस बड़े कारनामे का कोई ख़ास ईनाम मिला या नहीं! मिला तो क्या मिला! नहीं मिला तो क्या मिलेगा!"

"भई, जस्सा कहता है कि मिलेगा तो ज़रूर लेकिन तभी मिलेगा जब कि जो क्लेश चल रहा है, वो कट जायेगा।"

"जस्से को भी?"

"वो तो लीडर है। उसे तो हम से बड़ा ईनाम मिलेगा।"

"बाकी तुम तीनों को बराबर का या उससे भी बड़ा?"

"तीन तो अब दो रह गये हैं।"

"क्या मतलब?"

"हरीश नेगी . . . गया ऊपर।"

"अरे! क्या हुआ?"

"उसका ज़िक्र न आया आपसी खुसर-पुसर में?"

"नहीं हो आया, यार। क्या हुआ था?"

''डी-9 वाले बाउ के चक्कर में कोर्ट वाले वाकये के बाद ऐसे हालात पैदा हो गये हैं कि नेगी उन लोगों के हाथ पड़ गया था और प्रैशर में आकर वो जनानी के कत्ल के बारे में सब बक सकता था इसलिये मजबूरन . . . मजबूरन कुलदीपे को ही उसे शूट कर देना पड़ा था।''

''ओह!''

कार तब मन्दिर मार्ग पर दौड़ रही थी।

''एक बात और बता।'' – विमल बोला – ''अगर तू अकेला डी-9 वाले इस बाउ को मार गिराये तो क्या होगा?''

''क्या होगा? ओये मेरी बल्ले-बल्ले हो जायेगी।''

''क्या बल्ले-बल्ले?''

''मेरा रुतबा जस्से के बराबर का हो जायेगा। मुझे शुकराना जस्से के बराबर मिल जायेगा। हो सकता है उससे ज़्यादा मिल जाये।''

''काफी खुशफहम आदमी है। लेकिन बहुत जल्दी तेरी समझ में आयेगा कि जो कारोबार तूने पकड़ा है, उसमें न कोई इनाम है, न सज़ा है, सिर्फ नतीजे हैं जो भुगतने पड़ते हैं। जैसे अभी तू भुगतेगा।''

''ओये, क्या कह रहा है तू? बुझारतें क्यों कर रहा है?''

''तो तेरा रुतबा जस्से के बराबर हो जायेगा, उससे बड़ा शुकराना तुझे मिल जायेगा?''

''हां। पर कैसे मिल जायेगा! सौरा पता तो लगे कि कहां है?''

''मुझे पता है।''

''तुझे पता है?''

''हां।''

''कमला माईंयवा! कल की भरती बताता है खुद को और कहता है मुझे पता है।''

''फिर भी न सिर्फ पता है, यकीनी तौर पर पता है।''

''अच्छा!'' – वो हंसा – ''पता है तो बता कहां है?''

''तेरी बगल में बैठा है।''

''मेरा बगल में बैठा है! मेरी बगल में तो तू बैठा है!''

''कितना सयाना है! हर बात को झट भांप लेता है।''

''देख, रात का वक्त है और हम लोग सीरियस मिशन पर हैं इसलिये मजाक न कर।''

विमल यूं हंसा जैसे सच में ही मज़ाक कर रहा था।

"माईंयवा जोकर?" – गगनदीप भी हंसा।

बिड़ला मन्दिर से आगे के सिग्नल को पार कर के कार की रफ्तार घटने लगी और उसका दायां ब्लिंकर चमकने लगा।

"अरे, उधर कहां जा रहा है?" – गगनदीप तीखे स्वर में बोला – "उधर मन्दिर लेन है जो रात को बन्द होती है। फिर न भी बन्द हो तो तेरा उधर क्या काम है? आगे राउन्डअबाउट पर पहुंच कर बायें मुड़ पार्क स्ट्रीट के लिये।"

अशरफ़ ने जैसे सुना ही नहीं। उसने कार को दायें मोडा। मन्दिर लेन के दहाने पर पुलिस के ट्रेडीशनल पीले, पहियों वाले बैरियर लगे हुए थे। 'असैंट' की ठोकर से एक बैरियर गिर गया जो कुछ दूर 'असैंट' के साथ-साथ घिसटा, फिर एक ओर जा पड़ा।

पिछली सवारियां सीट पर से उछल गयीं।

सीट बैल्ट की वजह से अशरफ के साथ वैसा न हुआ।

"अबे, पागल है क्या, साले?" – गगनदीप चिल्लाया – "दूसरे सिरे पर पुलिस होती है, पकड़ लेगी।"

"पिल्ला अभी बाकी है।" – विमल एक-एक शब्द पर जोर देता बोला – "ढूंढ़ लेंगे। फिर तेरी बारी।"

गगनदीप के नेत्र फट पड़े। वो झटके से यूं पीछे को गिरा जैसे बिजली का करेंट लगा हो।

दो फरलांग आगे जा कर कार रुकी।

अशरफ ने भीतर की बत्ती जलाई।

गगनदीप ने फटे नेत्रों से विमल को देखा, फिर बोला – "क-कौन है तू?"

"मैं वो शख़्स हूं जिसके कत्ल से तेरा रुतबा जस्से के बराबर हो जायेगा, तुझे उसमें बड़ा ईनाम मिलेगा।"

"क-क्या?"

"मैं मॉडल टाउन वाली उस बद्नसीब औरत का बद्सीब खाविन्द हूं जिसके कत्ल में तू शामिल था।"

"क-क-कौल!"

"आलसो नोन एज़ सोहल!"

"सो-सोहल!"

"पटियाला हाउस कोर्ट कम्पलैक्स में तेरे जोड़ीदार कुलदीप सिंह ने जिस

को शूट करने की कोशिश की थी।''

''वाहे गुरु! वाहे गुरु!''

''क्यों? प्राण कांप रहे हैं मुझे सामने पा कर? पाप नाच रहे हैं आंखों के सामने?''

''तू . . . तू . . . क–क्या करेगा?''

''ज़्यादा कुछ नहीं।''

''ज़्या . . . ज़्यादा कुछ नहीं!''

''सिर्फ तेरा खून पियूंगा। तेरा कलेजा भून के खाऊंगा। तेरी हड्डी बोटी चबाऊंगा।''

''म–माफ . . . माफ कर दे।''

''क्यों? क्यों माफ कर दूं? क्या दावा है तेरा माफी पर?''

''ओये, मैं तेरा पंजा की भ्रा। तू गुरां दा सिंह। गुरां दा सिंह इतना निर्दयी नहीं हो सकता कि निहत्थे पर वार करे।''

''हो सकता है, हरामज़ादे, हो सकता है। तूने और कुलदीप सिंह ने साबित करके दिखाया है कि हो सकता है। जो सबक अब मुझे दे रहा है, वो तब याद न आया जबकि निर्दोष औरत को मारा था। तब याद न आया तू गुरां दा सिंह था, तुझे एक निहत्थी औरत पर वार नहीं करना था। ये फैंसी बातें अब याद आयीं, वाहे गुरु अब याद आया जबकि मौत सामने खड़ी दिखाई दी!''

उसके मुंह से बोल न फूटा।

''बाहर निकल!''

''तू . . . तू मुझे पुलिस के हवाले कर दे।''

''है न तू पुलिस के हवाले!''

''क–क्या!''

''तेरे लिये मैं ही पुलिस हूं। तेरा जज, ज्यूरी, एग्ज़ीक्यूशनर सब मैं हूं। बाहर निकल अब।''

वो अपनी जगह से हिला भी नहीं।

विमल ने गन निकाल कर उसकी पसलियों से सटाई।

वो फिर भी न हिला। उसका चेहरा चाक की तरह सफेद था और लगता था जैसे बैठा–बैठा ही मर गया था।

विमल के इशारे पर अशरफ कार से बाहर निकला और उसने उसे जबरन घसीट कर कार में बाहर निकाला।

विमल भी बाहर निकला। वो आकर उसके सामने खड़ा हुआ, गन की नाल को उसने उसकी छाती में खुबोया।

गगनदीप लड़खड़ाता-सा दो कदम पीछे हट गया।

"माफ कर दे।" – वो कातर भाव से बोला – "बकश दे।"

"मैं कौन होता हूं बख्शने वाला! बख्शना होगा तो वाहे गुरु बख्शेगा न तेरे को? उसने तेरे को बख्शना होगा तो अभी मेरे पर बिजली गिरेगी और मैं यही खड़ा-खड़ा राख हो जाऊंगा। वेट करते हैं।"

कई क्षण खामोशी रही।

वक्ती तौर पर जैसे सब कुछ फ्रीज़ हो गया।

"नहीं मर्जी वाहे गुरु की तेरे को बख्शने की।" – फिर विमल बोला – "नहीं गिरी मेरे पर बिजली। अब बोल, क्या कहता है?"

"छमा कर दे, वीर मेरे। वो बोलते हैं कि नहीं कि छमा बड़न को चाहिये . . ."

"मैं बड़न नहीं हूं इसलिये क्षमा नहीं कर सकता। मैं बहुत मामूली आदमी हूं। मेरी न कोई हस्ती है, न हैसियत है, न औकात है। मैं वाहे गुरु के हुक्म पर चलने वाला नश्वर प्राणी हूं। जिव तिसु भावे तिवें चलावे, जिव होवै फरमानु। और इस घड़ी वाहे गुरु का फरमान है कि अपने सन्मुख खड़े बैरी का मैं संहार करूं।"

"म-मैंने खून किया त-तो . . . तो तू भी तो अब खून करने जा रहा है!"

"नहीं। मैं खून नहीं, वध करने जा रहा हूं। वाहे गुरु को आखिरी बार याद कर ले गगनदीप सिंह, जहन्नुम में कुलदीप सिंह को मेरा सत श्री अकाल बोलना।"

विमल की गन ने तीन बार आग उगली।

गगनदीप के मुंह से आवाज़ भी न निकली, वो पीछे झाड़ियों में जा कर गिरा।

"देख, गया?" – विमल बोला।

अशरफ आगे बढ़ा, उसने झुक कर उसका मुआयना किया, फिर सीधा हुआ और सहमति में सिर हिलाया।

"जेबें देखूं?" – फिर बोला।

"क्या ज़रूरत है?" – विमल बोला।

"जब पहले ज़रूरत थी तो . . ."

"पहले ज़रूरत इसलिये थी क्यों कि जोड़ीदार के अंजाम की ख़बर इसे

जल्दी हासिल होती तो ये ख़बरदार हो सकता था। नतीजतन ऐसा ग़ायब होता कि ढूंढ़े न मिलता।''

''अभी जस्सा बाकी है।''

''वो बड़ा खलीफा है, वो ऐसे ग़ायब नहीं होने वाला।''

''क्या पता चलता है!''

''क्या कहना चाहता है?''

''मेरे ख़याल से इसके लिये भी वही ट्रीटमेंट मुनासिब होगा तो आपने इसको जोड़ीदार को दिया।''

विमल ने उस बात पर विचार किया।

''ओके!'' – फिर निर्णायक भाव से बोला – ''देख जेबें। शिनाख़्त में मददगार कोई आइटम हो तो काबू में कर।''

अशरफ ने तत्काल आदेश का पालन किया।

रात के ग्यारह बजे थे।

हौज़ ख़ास की गार्मेंट फैक्ट्री के तीसरी मंजिल के खाली हाल में स्टीफेन फेरा मौजूद था और बुरे मूड में था कि इतनी रात गये उसे वहां आना पड़ा था।

उसके अलावा वहां चिन्तामणि त्रिपाठी और रघुनाथ गोयल थे, जस्सा था और जस्से के दो चार आदमी थे जिन्होंने बेरीवाला बाग में अल्तमश को काबू में किया था, फेरा के हुक्म पर उसे वहां लाये थे।

अल्तमश उन सबके सामने एक कुर्सी पर बन्धा पड़ा था, बाकी सब लोग उसके आगे पीछे दायें बायें खड़े थे जबकि कम-से-कम साहब लोगों के बैठने के लिये वहां कुर्सियां उपलब्ध थीं। वो सब निगाहों से उस पर भाले बर्छिया बरसा रहे थे और अल्तमश निडरता से हर निगाह का मुकाबला कर रहा था।

''तू ने हमें धोख दिया!'' – आखिर फेरा ने ख़ामोशी भंग की।

''ग़लत।'' – अल्तमश बोला।

''क्या बोला?''

''मैंने धोखा नहीं दिया, तुम लोगों ने धोखा खाया। कोई धोखा खाने को तैयार बैठा हो तो मैं क्या करे? चांस मिस कर दे?''

''बोम मारता है, साला। साला इधर आ के पता नहीं लगा था कि उधर कोई लोग धोखा खाने को तैयार बैठे थे, तू साला धोखा देने को तैयार होकर आया था क्योंकि तेरी डी-नाइन वालों से मिली भगत है।''

"ये आप की सोच है। आप की सोच पर मेरा क्या बस है?"

"रोकड़ा कहां है?"

"कौन-सा रोकड़ा?"

"देखो तो! साला पूछता है कौन-सा रोकड़ा! पांच लाख रुपया! जो इधर से एडवांस ले के गया था कौल को खल्लास करने का वास्ते। पण तू साला पहले ही उससे मिला हुआ था क्योंकि वो सोहल था। क्योंकि उसको हमारा भीडूं अरमान कोहली मांगता था रिवेंज का वास्ते। जो हुआ तेरी वजह से हुआ। अब तू नहीं बच सकता।"

"कौन बचना चाहता है? ये कोई जिन्दगी है? जितनी जल्दी निजात मिले, उतना ही अच्छा।"

"पांच लाख रुपया कहां है?"

"मेरे पास नहीं हैं। मेरे पीछे जो चार चाण्डाल खड़े हैं, इन्होंने कनफर्म किया, मेरे पास नहीं हैं। सालों ने मेरे सारे घर की यूं तलाशी की जैसे सुई तलाश रहे हों।"

"कहां गया?"

"बस्ती में बांट दिया। बहुत गरीबी है उधर। आप को तो मालूम होगा नहीं गरीबी क्या होती है!"

"कौल कहां है?"

"कौन कौल?"

"अरविन्द कौल। जो कि असल में सोहल है?"

"मुझे नहीं मालूम।"

"क्यों नहीं मालूम? अभी परसों सुन्दर नगर की उजाड़ कोठी में वो तेरे साथ था।"

"वहीं होगा।"

"बकवास न कर।"

"मेरे को नहीं मालूम वो कहां है?"

"क्यों नहीं मालूम?"

"बस, नहीं मालूम।"

"जब वो वहां था तो . . ."

"मुझे नहीं मालूम किधर से आया था, किधर को चला गया था।"

"अरमान के साथ सुन्दर नगर की कोठी में जो हुआ, वो तूने किया।

इस बात से तू नहीं मुकर सकता, क्योंकि अरमान अभी सलामत है। तेरे को उसके रूबरू किया जा सकता है, वो बाखूबी तेरी शिनाख्त कर सकता है।''

''मैं गरीब किन्नर। चार पैसे कमाने का मौका मिला, कमा लिये, कोई मेरे को बोला ऐसा कर, पैसा मिलेगा, मैंने कर दिया। आप भी तो यही जुबान बोला।''

''कितना पैसा?''

''बीस।''

''चार बार तूने ये करतब किया। कहां है अस्सी हज़ार रुपया? अभी बोम नहीं मारने का कि बस्ती में बांट दिया। साला गरीब है तो बस्ती में काहे बांट दिया! पास नहीं रखना था तो कमाने की क्या ज़रूरत थी?''

''सोशल सर्विस किया न!''

फेरा ने आंखें निकाल कर उसे देखा।

अल्तमश ने पूरी निडरता से उसकी निगाह का मुकाबला किया।

फेरा ने जस्से को इशारा किया।

जस्सा करीब आया।

''इसके थोबड़े पर एक बड़े वाला ठोक।'' – फेरा ने आदेश दिया।

सहमति में सिर हिलाता जस्सा अल्तमश के सामने जा खड़ा हुआ। फिर बिजली की फुर्ती से उसका दायां हाथ चला और स्टीम रोलर की ठोकर जैसा एक घूंसा अल्तमश के थोबड़े से टकराया।

अल्तमश कुर्सी समेत पीछे उलट गया। एक धड़ाम की आवाज़ सारे हाल में गूंजी।

''देख, जबड़ा टूटा कि नहीं?'' – फेरा बोला।

जस्से ने झुक कर कुर्सी समेत उसे सीधा किया, उसके जबड़े को हिलाया डुलाया, फिर फेरा की ओर मुंह कर के इंकार में सिर हिलाया।

''साला पिलपिला गया है।'' – फेरा बोला – ''तेरे जैसे किसी भीडू को मुम्बई में यहीच काम बोलता तो साला मुंडी सिर से अलग हो जाता।''

''सॉरी।'' – जस्सा बोला – ''एक और ट्राई मारूं?''

''नहीं। अभी नहीं।''

''तू तो मेरे से भी बड़ा हिजड़ा है!'' – अल्तमश जस्से से मुखातिब हुआ – ''मर्द होता तो मर्द पर वार करता।''

"ठहर जा, साले!"

"जस्से!" – रघुनाथ गोयल का चेतावनीभरा स्वर गूंजा।

जस्सा ठिठक गया। तीव्र अनिच्छा के साथ उसने अपना हवा में तना हाथ नीचे किया और मुट्ठी खोली।

"एक बार खोल दे मेरे को" – अल्तमश हिंसक भाव से बोला – "और फिर मेरे मुकाबिल हो। फिर देखना तेरी हमलावर बांह उखड़कर एक बाज़ू पड़ी होगी और तू दूसरे बाज़ू पड़ा होगा।"

जस्से ने दान्त किटकिटाये।

"जस्से!" – गोयल ने फिर चेतावनी दी – "कन्ट्रोल!"

जस्सा परे हट गया।

"बोले तो" – फेरा बोला – "अगर तूने ज़ुबान न खोली तो तेरा एक अरमान तो पूरा हो जायेगा – तू आज़ाद कर दिया जायेगा – लेकिन जो तू करने को बोला, वो तू नहीं करेगा, वो सब तेरे साथ होगा।"

"देखूंगा।"

"देखना। और इस बार तेरे को कोई ज़हर वाला बटन-वटन भी चबाने का मौका नहीं मिलेगा।

अल्तमश ख़ामोश रहा।

"हमने तेरे को सोहल का सिर्फ पता बताने के लिये एक लाख रुपया ऑफर किया था। अब उसी काम का सुपारी के बरोबर रोकड़ा तेरे को मिल सकता है। तू समझ सुपारी अभी भी कायम, अभी भी तेरे पास। बोले तो जो बुरा किया, ख़राब किया, धोखा किया, सब तेरे को माफ, और जो पन्द्रह पेटी का तेरे से वादा है, वो भी तेरे हवाले। अभी तेरे को खाली सोहल का पता बोलने का। बाकी सब हम को करने का। अगर काम ऐन फिट कर के हो गया तो तू पन्द्रह पेटी का मालिक और आगे से तू हमारा भीडूं। बोल, क्या बोलता है?"

"मैंने क्या बोलना है, साहेब" – गहरी सांस लेता अल्तमश बोला – "सब कुछ तो आपने बोल दिया।"

"फिर भी बोल। हमने जो बोला, उसकी हामी भर।"

"कैसे होगा। मैंने अल्लाह को मुंह दिखाना है।"

"ये . . . ये क्या कह रहा है?"

"इंकार कर रहा है।" – चिन्तामणि धीरे से बोला।

फेरा का चेहरा लाल होने लगा। कितनी ही देर वो खा जाने वाली निगाहों से अल्तमश को घूरता रहा।

अल्तमश पर कोई असर न हुआ।

''सुन'' – इस बार फेरा का लहजा कदरन नर्म पड़ा – ''तेरी कोई अपनी शर्त है वो बोला।''

''कैसी शर्त?'' – अल्तमश बोला।

''कैसी भी। कोई भी। बेख़ौफ बोल तू क्या चाहता है?''

''मैं क्या चाहता हूं!''

''हां। बोल! तेरी हर ख़्वाहिश पूरी की जायेगी।''

''मेरी ख़्वाहिश पूरी करने लायक सलाहियात आप को ऊपर वाले न नहीं बख्शीं।''

''क्या बकता है!''

''आप मेरे को सारी खुदाई भी आफर करेंगे तो मेरा एक ही जवाब होगा।''

''क्या?''

''नहीं मांगता।''

''तू पागल है। दीवाना है। अरे, ऐसा मौका बार-बार हाथ नहीं आता। अबे, ढ़क्कन, सोहल तेरा कोई सगेवाला नहीं है। वो सिख है, तू मुसलमान है। वो मर्द है, तू . . . वो है। क्या मुलाहज़ा है तेरा उससे? ये टेम जैसी बाज़ी उलट हो तो वो तेरी टके की परवाह नहीं करेगा। खुशी-खुशी ऐसे चानस को कैश करेगा जैसा इस वक्त तेरे सामने है। क्या!''

''ये इंसानी जज़्बात से ताल्लुक रखती बातें हैं, साहेब, जिन्हें इंसान ही समझ सकते हैं, आप ये कोशिश न करो।''

''हम क्या हैं?''

''इबलीस का तुख़्म।''

''क्या?''

''आप को'' – चिन्तामणि धीरे से बोला – ''शैतान की औलाद बोल रहा है।''

वक्ती तौर पर नर्म पड़ा फेरा का मिज़ाज़ फिर बदला।

''तो'' – वो दान्त पीसता बोला – ''तू नहीं बतायेगा सोहल कहां है?''

''नहीं।'' – अल्तमश दृढ़ता से बोला – ''नहीं बताऊंगा।''

''ये तेरा आखिरी फैसला है?''

"हां।"
"वैसे जानता है वो कहां है!"
"हां।"
"फिर तो तू बतायेगा।"
"कोशिश कर देखो।"
"वर्ना जान से जायेगा।"
"वो तो सबने जाना है। किसी ने अभी, किसी ने ठहर के, किसी ने और ठहर के।" – एकाएक अल्तमश की आवाज़ बुलन्द हुई – "आज मैं जद में हूं, खुशगुमां न होना, चराग सबके बुझेंगे हवा किसी की नहीं।"
ख़ामोशी छा गयी।
"इसको खोल दो।" – फिर फेरा के साथ हुक्म सुनाया – "और इसके साथ तब तक फुटबाल खेलो जब तक इसके . . . इसका चराग न बुझ जाये।"
"थैंक्यू बोलता हूं।" – अल्तमश मुस्कुराया।
फेरा ने हैरानी ने उसकी तरफ देखा।
"हर मरने वाले की एक आखिरी ख़्वाहिश पूरी की जाती है। मेरी भी एक आखिरी ख़्वाहिश है। पूरी करेगा बड़ा साहेब?"
फेरा कई क्षण खामोश रहा।
"बोल!" – फिर बोला।
"बहुत जल्द आप – आप सब लोग – सोहल के रूबरू होंगे। फर्क सिर्फ ये होगा कि बाज़ी तब आप लोगों के हाथ में नहीं, सोहल के हाथ में होगी। जब वो आप का कलेजा निकाल कर मसल रहा हो तो धड़कन बन्द होने से पहले उसको मेरा पैगाम देना। बोलना कि अल्तमश को अल्लाह ताला ने अगर सौ बार ज़िन्दगी अता फरमाई और इस फानी दुनिया में वापिस भेजा तो सौ बार मेरी जान सोहल पर वैसे ही कुरबान होगी जैसे इस घड़ी कुरबान होने जा रही है।"
सन्नाटा छा गया।
"खेल शुरू करो।" – फिर फेरा गरज कर बोला।
अल्तमश को खोल दिया गया। उसे चारों तरफ से घेर लिया गया।
पहली ठोकर जस्से ने जमाई।
ठोकर उतनी भरपूर थी कि अल्तमश गेंद की तरह उछला।

''ऐ, खुदावन्द करीम!'' – वो बुलन्द आवाज़ में बोला – ''तेरा गुनहगार बन्दा तेरी बारगाह में आता है।''

अल्तमश के मुंह से निकले वो आखिरी अल्फाज थे।

24 दिसम्बर : मंगलवार

मुबारक अली के सारे भांजों में सिर्फ अनीस था, एक्सरसाइज़ जिसका जुनून था। इसी वजह से वो सबसे पहले उठता था और एक घन्टे की वाक कर के जब लौटता था तब भी कोई कोई कज़न ही जागा होता था।

सुबह के पांच बजे थे जब हमेशा की तरह ट्रैक सूट पहने उसने कोठी से बाहर कदम रखा। वो बरामदे के सिरे पर पहुंचा तो ठिठका।

आगे यार्ड में कुछ पड़ा था।

उसने आंखें फाड़-फाड़ कर आगे देखा लेकिन अन्धेरे में ठीक से कुछ दिखाई न दिया। वो घूम कर स्विच बोर्ड पर पहुंचा। उसने बरामदे की बत्ती जलाई और वापिस यार्ड में झांका।

जो उसे दिखाई दिया उसने उसके प्राण कम्पा दिये।

उसने जल्दी से बिजली का स्विच ऑफ किया और कोठी में दाखिल हुआ।

''मामू! मामू!'' – बैडरूम में जाकर वो मुबारक अली को झिंझोड़ता बोला – ''उठो। उठो!''

''अरे, क्या आफ़त आ गयी, कम्बख्त!'' – मुबारक अली सोता-जागता भुनभुनाया।

''आफत ही आ गयी, मामू। सामने यार्ड में लाश पड़ी है।''

''क्या!'' – मुबारक अली यूं उठ कर बैठा जैसे बैड में कांटे निकल आयें हो। – क्या बकता है?''

''बाहर लाश पड़ी है।''

''ठीक से देखा?''

''हां।''

''शक्ल देखी?''

''हां।''

''पहचान में आयी!''

''हां।''

''कौन?''

''अल्तमश।''
''अल्लाह! रहम! उठा सब को।''
चुटकियों में जाग हो गयी।
सब बाहर निकले।
इस बार कोई बत्ती न जलाई गयी। हाशमी ने मोबाइल की टार्च जलाकर लाश का मुआयना किया।
''वही है।'' – फिर दबे स्वर में बोला – ''बुरी तरह से धुना गया है। पसलियां टूटी हुई हैं, बांयी बाह की हड्डी टूटी हुई है। सारे जिस्म पर बेतहाशा मार के लाल-नीले-काले निशान है। कोई एक शख़्स इतना क़हर नहीं ढ़ा सकता। कई पिले होंगे, मामू?''
''वजह?'' – मुबारक अली सस्पेंस में बोला।
''वजह समझना क्या बहुत मुश्किल है?''
''जानकारी . . . जानकारी निकलवाने का था?''
''हां।''
''सरदार की बावत?''
''और क्या!''
''न निकलवा पाये!''
''हां। साफ दिख रहा है कि अल्तमश ने ज़ुबान न खोली इसलिये जान से गया।''
''अल्लाह! इतना जिगरा! इतनी वफादारी!''
''चैलेंज के तौर पर दुश्मन रात को किसी घड़ी लाश यहां फेंक गये!''
''अल्लाह!''
''हम अभी छः नम्बर में डाल के आते हैं।'' – अली गुस्से से बोला।
''हां।'' – वली ने अपने जुड़वें के इरादे की पुरज़ोर तसदीक की।
''नालायक! नामाकूल!'' – मुबारक अली फुंककारा – ''अरे, नामुरादो, कुत्ता काट खाये तो पलट के कुत्ते को काट खाते हैं?''
जुड़वें तत्काल ख़ामोश हुए।
''खता माफ, मामू।'' – फिर अली बोला।
''कुछ तो करना होगा!'' – हाशमी दबे स्वर में बोला।
''अभी उजाला होने में सवा घन्टा बाकी है।'' – अहसान बोला – ''चुपचाप दूर कहीं फेंक आते हैं।''

''नहीं!'' – मुबारक अली ने तीव्र विरोध किया।

''मामू'' – फारूख बोला – ''वर्ना लाश की यहां मौजूदगी की जवाबदारी हम पर आयद होगी।''

''मुसीबत खड़ी हो जायेगी सब के लिये।'' – इमरोज बोला।

''नहीं!'' – मुबारक अली जज़्बाती लहजे से बोला – ''नहीं! नहीं! अरे, कम्बख़्तमारो, ये हमारी तरफ था। इसने हमारी ख़ातिर जान दे दी। शहीद हो गया, ज़ुबान न खोली। अल्लाह जाने कितना कहर इस पर नाज़िल हुआ लेकिन इसने वफा की लाज रखी। जान के दो, ईमान न बेचा। अब तुम इसकी। मिट्टी ख़राब करोगे? इसे इज्जत से सुपर्देख़ाक होने से महरूम रखोगे? करो ऐसा। अल्लाह तुम्हें कभी माफ नहीं करेगा।''

ख़ामोशी छा गयी।

''हम शर्मिन्दा हैं, मामू।'' – अली बोला – ''हालात की नज़ाकत में हमें इतनी दूर की न सूझी। अब तुम्हीं बताओ, क्या करें?''

''हम बेगुनाह हैं।'' – मुबारक अली बोला – ''बेगुनाहों का अल्लाह वाली है। पुलिस को ख़बर करो। जो होगा, देखा जायेगा।''

पुलिस आयी।

सबसे पहले उन्होंने लाश का मुआयना किया, उसकी जेबें टटोलीं, जूते उतार के देखे, बालों में उंगलियां फिराईं और विभिन्न कोणों से उसकी तसवीरें खींची गयीं। फिर लाश को उठवाने और उसे पोस्टमार्टम के लिये भिजवाने सम्बन्धी कार्यवाही की गयी।

''तुम'' – आखिर एसएचओ संजीव तोमर ने मुबारक अली से सवाल किया – ''मृतक को जानते हो? पहचानते हो?''

''भांजों को पूरा यकीन था कि मामू का जवाब इंकार में होगा लेकिन मुबारक अली चाह कर भी ऐसा न कर सका। करता तो लाश लावारिस करार दी जाती।

''हां।'' – वो भर्राये कण्ठ से बोला – ''अल्तमश नाम है। मेरा वाकिफ था।''

''हिजड़ा था।''

''आदमज़ात था।''

''एक हिजड़ा तुम्हारा वाकिफ था!''

''हिजड़ा होना उसकी बद्‌नसीबी थी। वो वैसा था जैसा आसमानी बाप ने

उसे बनाया था। बद्नसीब से हमदर्दी की जाती है, उसकी बद्नसीबी लानत की तरह उसके मुंह पर नहीं मारी जाती।"

"यहां अक्सर आता था?"

"नहीं। कुछ अरसे से वो मेरे ताल्लुक में नहीं था।"

"क्या करता था?"

"वही, जो किन्नर करते हैं।"

""क्या?"

"गाता बजाता था। किसी के औलाद हो, किसी की शादी हो तो उनकी खुशी में शरीक होता था।"

"और ज़नाना लिबास में चौराहों पर कार वालों से उगाही करता था।"

"वो भी।"

"ज़नाना लिबास में और भी बहुत कुछ करता था।"

"और क्या?"

"तुम्हें नहीं मालूम?"

"नहीं, नहीं, मालूम।"

"नौजवानों का अदद उड़ा देता था। जड़ तक खतना कर देता था।"

"मुझे इस बाबत कोई जानकारी नहीं।"

"इसे पीट-पीट का जान से मारा गया है। लिहाज़ा कत्ल का केस है। किसने किया?"

"हमें नहीं मालूम।"

"आप लोगों में से किसी ने नहीं किया?"

"नहीं।"

"लाश मुझे यहां पड़ी मिली थी।" – अनीस बोला – "सुबह पांच बजे। तब कि मैं वॉक पर जाने के लिये निकला था।"

"हूं। सब को थाने चलना होगा।"

"किसलिये?"

"बयान दर्ज कराने के लिये।"

अनीस ने मामू की तरफ देखा।

"हमें कोई ऐतराज़ नहीं।" – मुबारक अली बोला।

"अभी।"

"ठीक है। तैयारी के लिये दस मिनट दीजिये।"

एसएचओ ने सहमति में सिर हिलाया।

सब भीतर चले गये।

"क्या ख़याल है?" – पीछे एसएचओ अपने इमीजियेट सबार्डीनेट एएसएचओ अजीत लूथरा से बोला।

"ये इन लोगों का काम नहीं।" – लूथरा बोला।

"क्यों?"

"लाश अकड़ी हुई है–राइगोर मोर्टिस सैट हो चुकी है – जिससे साबित हुआ है कि मौत घन्टों पहले हुई थी। कत्ल कर के कोई लाश घन्टों घर में नहीं रखे रहता। फिर ये न भूलिये कि इस बाबत पुलिस को ख़बर इन्हीं लोगों ने की।"

"हूं।"

"जनाब, ऐसा अहमक कोई नहीं होता कि ये काम अपने ही घर में करे।"

"इसे पीट-पीट कर मारा गया है और पीटा भी ऐसे गया है जैसे ऊखल में डाल कर मूसल से ठोका गया हो। ऐसी धुनाई कोई एक जना नहीं कर सकता। ये साफ कई जनों का काम जान पड़ता है।"

"ये हैं कई जने!"

"लेकिन अपने ही घर में! ये कई हैं तो इसे कहीं भी ले जा के ठोक सकते थे। घर में ये काम करना क्यों जरूरी था?"

"पहले भी बोला तुमने।"

"फिर ऐसी भीषण धुनाई किसी से कुछ कबुलवाने के लिये की जाती है। इन्होंने क्या कबूलवाना था एक मामूली हिजड़े से?"

"लूथरा, तुम फिर हिमायती जुबान बोल रहे हो।"

"किसके लिये हिमायती?"

"मालूम है तुम्हे।"

"तोमर साहब, आप कुछ कहें, मेरी सुनें या न सुनें, हालात साफ ज़ाहिर कर रहे हैं कि मरने वाले के साथ जो बीती, वो कहीं और बीती, वो मर गया तो लाश को ला कर यहां फेंक दिया गया।"

"किसने किया ऐसा? और क्यों किया?"

"तफ्तीश करेंगे न!"

"तुमने मरने वाले को मामूली हिजड़ा कहा। वो हिजड़ा था लेकिन

मामूली नहीं था। मुझे शक ही नहीं, यकीन है कि कुलीन घरों के चार नौजवानों की ज़िन्दगी तबाह करने के लिये यही ज़िम्मेदार था।''

''सर, गुस्ताखी माफ, ये न शक है, न यकीन है, दून की है।''

''वो क्या होती है?''

''तुक्का है। इट इज़ लाइक अज़्यूमिंग दि फैक्ट्स नॉट इन इवीडेंस।''

तभी मुदागार्डी वहां पहुंच गयी।

''मैं थाने जाता हूं।'' – एसएचओ बोला – यहां सब तुम हैंडल करना। और इन लोगों को बोलना खुद थाने पहुंचें।''

''यस, सर।''

थाने में सब एसएचओ के आफिस में पेश हुए।

उन्हें देख कर हैरानी हुई कि वहां उन का पड़ोसी चिन्तामणि त्रिपाठी भी मौजूद था।

एसएचओ के मुअज़्ज़िज मेहमान की तरह मौजूद था।

एसएचओ ने कुछ सटीक सवाल – जिन में नया कुछ नहीं था – उन से पूछ कर जैसे तैसे खानापूरी की। फिर उनके तहरीरी बयान पर कुनबे के मुखिया के तौर पर मुबारक अली के साइन कराये।

उस दौरान चिन्तामणि गौर से एक-एक को बार-बार देखता रहा।

फिर उसने झुक कर एसएचओ के कान में कुछ कहा।

एसएचओ ने सहमति में सिर हिलाया, फिर सामने मौजूद हजूम से मुख़ातिब हुआ – ''एक कम है।''

''जी!'' – मुबारक अली हड़बड़ाया – ''क्या फरमाया?''

''तुम अपने चौदह भांजे बताते हो – मेरी पहले इस बात की तरफ तवज्जो नहीं गयी थी – ''यहां तेरह हैं। चौदहवां कहां है?''

''वो रात को घर नहीं था।''

''मैंने ये नहीं पूछा वो कहां नहीं था, मैंने पूछा है वो कहां है?''

''वो कल बीवी से मिलने गया था, लौट के नहीं आया।''

''शादीशुदा है?''

''जी हां। एक बच्चा भी है।''

''कहां गया था?''

''तिराहा बैरम खान।''

"नाम?"

"अशरफ अली।"

"कान्टैक्ट मुमकिन है?"

"मुमकिन है।"

"उसे बुलाओ। एक घन्टे में वो यहां मेरे सामने खड़ा होना चाहिये।"

"जनाब, बहुत फासला है। फिर हो सकता है वो वहां न हो।"

चिन्तामणि ने फिर एसएचओ की तरफ झुक कर उसके कान में कुछ खुसर पुसर की।

एसएचओ का सिर फिर सहमति में हिला।

"मुझे लगता है" – वो सख़्ती से मुबारक अली को घूरता बोला – "तुम लोगों ने उसे जानबूझ कर कहीं खिसकाया है।"

"किस वास्ते?" – मुबारक अली बोला।

"तुम बताओ!"

"हम क्यों करेंगे ऐसा?" – हाशमी बोला – "आप इन साहब की" – उसने चिन्तामणि की तरफ इशारा किया – "शह पर ये बेजा इलज़ाम हम पर लगा रहे हैं . . ."

"मैंने बोला तुम्हें बोलने के लिये?" – एसएचओ कड़क कर बोला।

हाशमी हड़बड़ाया।

"स्पीक वैन यू आर स्पोकन टु। अन्डरस्टैंड?"

हाशमी ने बेचैनी से पहलू बदला।

"आई आस्क्ड यू ए क्वेश्चन, डैम यू!"

"यस" – हाशमी थूक निगलता बोला – "सर।"

"दो घन्टे में वो भांजा, जिसका नाम अशरफ अली बताया, यहां हो। न हुआ तो सबको अन्दर कर दूंगा।"

"किस जुर्म में?" – हाशमी हैरानी से बोला।

"तुम्हें नहीं मालूम! सालो, घर में आदमी मार दिया!"

"हमने?"

"तफ्तीश हो रही है न! तफ्तीश में अडंगा लगाओगे तो ये हरकत तुम्हारे खिलाफ जायेगी।"

"हम क्या अडंगा लगा रहे हैं?"

"नहीं लगा रहे हो तो हुक्म की तामील हो।"

''होगी, जनाब।''

''फिलहाल जा सकते हो।''

सब वहां से रुख़सत हो गये।

पीछे एसएचओ और चिन्तामणि रह गये।

''कमाल है!'' – एसएचओ बोला – ''आपके बताने से पहले मेरी तवज्जो में ही नहीं आया था कि एक भांजा कम था, मेरे सामने चौदह की जगह तेरह खड़े थे।''

''मेरा बेटा अभी भी मोबाइल नहीं है।'' – चिन्तामणि चिन्तित भाव से बोला – ''वर्ना वो मेरे साथ होता और यहीं शिनाख़्त हो जाती कि वारदात की रात को सुन्दर नगर की वीरान कोठी में उसने इन भांजों में से एक को वहां देखा था। अरमान यहां आ सकता होता तो अभी फैसला हो जाता कि वो भांजा कौन–सा था।''

''अरे, त्रिपाठी जी, बोलना था ऐसा! अरमान इन तक नहीं आ सकता था तो मैं इनको अरमान के पास पहुंचाता। आपके करीब ही तो रहते हैं ये लोग!''

''अरमान यहां नहीं है। इसीलिये यहां नहीं है क्योंकि ये लोग करीब रहते हैं।''

''कहां है?''

''मेरे भाई के घर। राउज़ एवेन्यू। जहां जोगमणि का बतौर विधायक सरकारी आवास है।''

''ओह! आपने उस पर क्यों शक जाहिर किया जो ग़ैरहाज़िर है?''

''इसी वजह से कि वो ग़ैरहाज़िर है। ये लोग उसे शिनाख़्त से बचाना चाहते हैं इसलिये खिसका दिया। उसका यहां न होना ही मेरे इस शुबह को पुख़्ता करता है कि सुन्दर नगर वाली कोठी में अरमान ने उसी को देखा था।''

''हूं।''

''अगर इन लोगों ने उसे इरादतन खिसकाया है तो मुझे नहीं लगता कि दो घन्टे में वो यहां होगा।''

''नहीं होगा तो याद करेंगे सारे के सारे कि कोई मिला था। सालों को जेल में ऐसा सड़ाऊंगा कि त्राहि–त्राहि कर उठेंगे। ऐसी दफायें लगवाऊंगा कि ज़मानत नहीं होगी। हेरोइन की बरामदी दिखवा दूंगा। पाकिस्तानी एजेन्ट साबित कर दूंगा। देखना आप।''

''वो बड़ी नेम ड्रापिंग करते हैं। इधर के संसद सदस्य शाहआज़म खान को अपना करीबी बताते हैं। माइनारिटी कमीशन के मौजूदा चेयरमैन के

मुसलमान होने का हवाला देते हैं। बड़ा दावा ये करते हैं कि उनकी एक आवाज पर शाही इमाम दौड़ा आ सकता है।''

''आप फिक्र न करो, त्रिपाठी जी, मैं सब को देख लूंगा। ऐसा केस बनाऊंगा कि कोई हिमायती कुछ नहीं कर सकेगा।''

''पक्की बात?''

''हां। बस आप विधायक जी को बोल दीजियेगा कि नाचीज़ पर कृपादृष्टि रखें।''

''बोलूंगा।''

दो घन्टे से पहले अशरफ मॉडल टाउन थाने पहुंचा।

मुबारक अली और सारे कज़न उसके साथ आये लेकिन किसी को थाना परिसर में दाखिल न होने दिया गया। केवल अशरफ भीतर गया, बाकी सब बाहर सड़क पर ही रहे।

अशरफ को एसएचओ के हुजूर में पेश किया गया।

चिन्तामणि तब भी वहां मौजूद था और एसएचओ को पहले ही बोल चुका था कि वो क्या चाहता था।

एसएचओ ने अशरफ से कुछ सटीक सवाल पूछे जिनके जवाब सुनने की भी उसने ज़हमत न की। फिर उसे ख़बर की कि उसने कहीं उसके साथ चलना था। अशरफ ने कई बार पूछा कहां चलना था, हर बार उसको एक ही जवाब मिला कि मालूम पड़ जायेगा।

पिछवाड़े के रास्ते से चिन्तामणि की शोफरड्रिवन होंडा अकॉर्ड पर वो वहां से रुख़सत हुए।

मामू और बाकी भांजे फ्रंट में इन्तज़ार ही करते रह गये।

वे राउज़ एवेन्यू पहुंचे।

अरमान एक बैडरूम में तकियों के सहारे लेटा टीवी देख रहा था। मोटे तौर पर वो ठीक था लेकिन उसका चेहरा पीला पड़ा साफ दिखाई देता था।

अशरफ को उसके रूबरू किया किया।

''यही है।'' – उस पर निगाह पड़ने की अरमान उत्तेजित भाव से बोला – ''यही है। शनिवार रात ये वहां था। इसी हरामखोर ने मेरे को अपनी गिरफ़्त में जकड़ा था ताकि वो हिजड़ा उस्तरे से . . . अपना काम कर पाता।''

''ठीक पहचाना।'' – एसएचओ बोला।

''उतना ठीक पहचाना जितना मैं ख़ुद को पहचानता हूं।''

''तू क्या कहता है?'' – एसएचओ अशरफ से मुखातिब हुआ।

''मैं क्या कहूं!'' अशरफ विनीत भाव से बोला – ''मेरे पल्ले कुछ पड़े तो कुछ कहूं न!''

''यूं बबुआ बनके दिखाने से काम नहीं चलेगा, लड़के। शनिवार रात को सुन्दर नगर की एक उजाड़ इमारत में इसके साथ बड़ा दुराचार हुआ था जिसमें तू शरीक था। इसने अभी तेरे को साफ पहचाना है।''

''इनको मुग़ालता लगा है।''

''बिल्कुल नहीं।'' – अरमान पुरज़ोर लहजे से बोला – ''यही था।''

''जनाब'' – अशरफ बोला – ''जो नहीं हो सकता, वो आप के कहने से कैसे हो जायेगा?''

''शट अप, यू डर्टी डॉग!''

''जानता है ये कौन है?'' – एसएचओ ने पूछा।

''हां। ये इनके'' – अशरफ ने त्रिपाठी की तरफ इशारा किया – ''फरज़न्द हैं। ये लोग मॉडल टाउन में कोठी नम्बर डी–सिक्स में रहते हैं।''

''शनिवार रात दस बजे कहां था?''

''घर पर था।''

''मॉडल टाउन? या तिराहा बैरम खान?''

''मॉडल टाउन।''

''साबित कर सकता है?''

''क्यों नहीं! तब मामू घर पर थे। कई कंजुस भी घर पर थे।''

''वो तेरे सगेवाले हैं। तेरे हक में कुछ भी बोल देंगे। किसी और तरीके से साबित कर सकता है?''

''और तरीके से तो . . . नहीं कर सकता।''

''फिर अरमान ने तेरी सही शिनाख्त की है।''

''जनाब, मैं फिर अर्ज़ करता हूं मेरी बाबत इन्हें मुग़ालता है।''

''तू समझता है एक ही राग अलापना, मुग़ालता–मुग़ालता भजता तू पुलिस को गुमराह कर सकता है?''

''मेरी ऐसी कोई कोशिश नहीं है। मैं वही अर्ज़ कर रहा हूं जो सच है।''

''ये ऐसे नहीं मानेगा।'' – एसएचओ चिन्तामणि की ओर देखता बोला – ''मैं इसे थाने ले के जाता हूं।''

''अजी ज़रा मेरी सुनिये।'' – चिन्तामणि व्यग्र भाव से बोला।

''फरमाइये।''

''बाहर चलिये।''

दोनों ने बाहर ड्राईंगरूम में कदम रखा।

''इसे यहीं छोड़ो।'' – चिन्तामणि बोला – ''और अपनी कीमत बोलो।''

''क्या इरादा है?'' – एसएचओ माथे पर बल डालता बोला।

''कुछ मत पूछो। ख़ामोश रहने की भी कीमत बोलो।''

''हूं।'' – एसएचओ ने लम्बी हुंकार भरी, कुछ क्षण ख़ामोश रहा, फिर निर्णायक भाव से बोला – ''कोई कीमत नहीं। विधायक जी को बोलना किसी तरह मेरी ट्रांसफर पहाड़गंज या रोशनआरा रोड या कमला मार्केट थाने करवा दें, सब वसूली अपने आप हो जायेगी।''

''मैं बोलूंगा जोग से।''

''अभी मेरे सामने बोलते तो . . .''

''वो घर में नहीं है।''

''ओह!''

''इसके सगे वाले थाने पर जमा थे! उनको क्या जवाब दोगे?''

''क्या जवाब देना है?'' – एसएचओ के लहजे में लापरवाही का पुट आया – ''हमने तो पूछताछ करके छोड़ दिया था। क्या पता कहां गया!''

''वो थाने के ऐन सामने जमा थे।''

''वो पिछवाड़े से गया। आप फिक्र न करो। इन बातों की जवाबदेही मेरे पर है। सवाल होगा तो मैं दूंगा जवाब। आप ये बताओ इसे हैंडल कैसे करोगे?''

''और आदमी बुलाने पडेंगे। उन के आने तक रुक जाओ तो मेहरबानी होगी।''

''रुकता हूं।''

''शुक्रिया।''

तीन बज गये।

भांजों के बीच सस्पेंस और बेचैनी का आलम था।

थोड़ी देर पहले हाशमी वहां से चला गया था और दो ढ़ाई घन्टे में लौट

आने वाला था। जाने की जो वजह उसने बताई थी, मामू उससे बेख़बर नहीं था।

"मामू!" – अली बेचैनी से बोला – "क्या हो रहा है?"

सबसे ज्यादा फिक्रमन्द मुबारक अली ने अनभिज्ञता से कन्धे उचकाये।

"मामूली पूछताछ में इतना टाइम लगता है!"

"लगता है तो" – वली बोला – "हमें भी तो ख़बर की जानी चाहिये थी! सब को हमारी यहां मौजूदगी की ख़बर है।"

"मैं पता करता हूं।" – मुबारक अली निर्णायक भाव से बोला – "फारुख, साथ चल मेरे।"

मुबारक अली की निगाह में हाशमी के बाद दानाई में फारुख ही सबसे आगे था।

दोनों थाने की इमारत में दाखिल हुए और आगे ड्यूटी आफिसर के डैस्क पर पहुंचे।

"जनाब" – मुबारक अली के इशारे पर फारुख बोला – "हमारा आदमी कब से अन्दर है, उसकी हमें ख़बर नहीं लग रही!"

"कौन आदमी?" – ड्यूटी आफिसर एसआई रुखाई से बोला।

"अशरफ अली।"

"क्यों आया इधर?"

"एसएचओ साहब का उसको बुलावा था।"

"साहब थाने में नहीं हैं। लौटेंगे तो पता करेंगे।"

"हमारा आदमी?"

"साहब ही बोलेंगे उस की बाबत।"

"कब लौटेंगे?"

"पता नहीं।"

"हम क्या करें?"

"साहब" – मुबारक अली ने फरियाद की – "मदद करो हमारी। अहसान होगा।"

"शाम को आना। या कल सुबह आना। अब हिलो। यहां और भी काम हैं।"

मजबूरन वो वहां से हटे।

तभी गलियारे में उन्हें अजीत लूथरा दिखाई दिया।

अजीत लूथरा ने भी उन्हें देखा, वो लम्बे डग भरता उनके करीब पहुंचा।

''क्या बात है?'' – उसने मुबारक अली से पूछा।

''मेरा भांजा अशरफ'' – मुबारक अली बोला – ''अशरफ अली दोपहर से पहले से यहां हैं। एसएचओ साहब ने तलब किया था, इसलिये यहां है। साढ़े तीन घन्टे से वो यहां है। उसका कुछ पता ही नहीं लग रहा। अगर वो गिरफ्तार है तो हमें यही बताया जाये कि गिरफ्तार है।''

''कोई कुछ बताता ही नहीं।'' – फारुख बोला।

''हूं।'' – लूथरा ने संजीदा हुकार भरी – ''बाहर चलो, मैं पता करता हूं।''

दोनों वापिस बाहर सड़क पर पहुंच गये।

दस मिनट बाद लूथरा उनके करीब पहुंचा।

''वो थाने में नहीं है।'' – और बोला।

''थाने में नहीं है!'' – मुबारक अली हैरानी से बोला – ''कहां गया?''

''कुछ पता नहीं चल रहा लेकिन ये पक्का जानो कि वो थाने में नहीं है।''

''वो बड़े दारोगा साहब की हाजिरी में था। उनको मालूम होगा!''

''एसएचओ साहब थाने में नहीं हैं।''

''जनाब'' – फारुख बोला – ''यहां से रुख़सती का तो यही एक रास्ता है, अशरफ यहां से रुख़्सत कर दिया गया तो हमें जाता दिखाई क्यों न दिया?''

''पिछवाड़े से भी रास्ता है। उधर से गया होगा!''

''काहे को? उसे मालूम था हम यहां हैं तो वो काहे को पिछवाड़े से गया?''

''अब मैं क्या बताऊं?''

''हम क्या करें?'' – मुबारक अली बोला।

''घर जाओ। एसएचओ साहब आयेंगे तो मैं इस बाबत उनसे बात करूंगा। कुछ ख़बर लगेगी तो आगे तुम्हें ख़बर करूंगा। अभी जाओ। यहां रुकने का कोई फायदा नहीं।''

सबने एक दूसरे की सूरत देखी।

''हम यही रुकेंगे।'' – मुबारक अली बोला।

''हां।'' – फारुख बोला – ''शाम तक हमें अरशद की बाबत कोई तसल्लीबख़्श जवाब न मिला तो हम डिस्ट्रिक्ट के डीसीपी साहब के पास जायेंगे।''

''खड़े पैर उनसे मुलाकात मुमकिन नहीं होगी।''

''तो हम शाहआज़म ख़ान साहब से कान्टैक्ट करेंगे जो इधर की सीट

से एमपी है। ख़ान साहब डीसीपी साहब से हमारी मुलाकात कराने में मदद करेंगे।''

''ठीक है। लेकिन शाम होने तक तो सब्र करोगे न!''

''हां।''

''करो। यहां टिकना है तो यहां टिको। उम्मीद है पहले ही कुछ हो जायेगा।''

''आप पता नहीं कर सकते एसएचओ साहब कहां हैं?''

''कोशिश की थी। वायरलैस से कान्टैक्ट नहीं हो रहा और मोबाइल पर वो काल रिसीव नहीं कर रहे।''

''ओह!''

''देखना, शाम से पहले ही कुछ होगा।''

लूथरा चला गया।

शाम से पहले ही कुछ हुआ।

पांच बजे मुबारक अली का मोबाइल बजा।

अशरफ की काल थी।

अल्लाह! शुकर!

उसने जल्दी से काल रिसीव की।

''मामू, मैं अशरफ बोल रहा हूं।'' – आवाज़ आयी।

''अरे, कहां है तू! हम दोपहर से . . .''

''दुश्मनों के कब्ज़े में हूं। हाशमी भी।''

मुबारक अली सन्नाटे में आ गया।

कहां था शुकर!

''इन लोगों ने जबरन मेरे से काल लगवाई है। ये हमें मोहरा बना कर तुम्हारे से सोहल चाहते हैं'' – एकाएक अशरफ का लहजा बदला – ''लेकिन, मामू, तुम इनकी हरगिज़ न सुनना। हमारी बिल्कुल परवाह न करना। हम शहीद होते हैं तो होने देना लेकिन सोहल की बाबत इनकी पेश न चलने देना। हम मरें चाहे जियें, इन की न . . .''

''ठहर जा, हरामी!'' – पीछे कहीं से आवाज आई।

फिर एक चीख!

फिर धड़ाम से किसी भारी चीज़ के गिरने की आवाज़।

फिर फोन से नयी आवाज़ आयी – ''मुबारक अली! जिसे हर कोई बड़े मियां बोलता है?''

''हां।'' – मुबारक अली बोला – ''तू कौन?''

''मेरे को लोग बिग बॉस फेरा बोलते हैं। मैं मुम्बई से हूं। इधर का सब भीडू लोग मेरे अन्डर में काम करता है।''

''तो?''

''तेरे दो भांजे हमारे कब्ज़े में हैं। सोहल को ले के यहां आ जा और इन को ले जा। ईजी!''

''मामू!'' – पीछे कहीं से हाशमी की आवाज़ उठी – ''मत आना! हम कुर्बानी के लिये तैयार हैं . . .''

''अबे, ठोक इसे! फिर बोले तो मुंह में जूता देना।''

कुछ क्षण खामोशी रही।

''क्या?'' – फिर फेरा की आवाज आयी।

'' 'यहां आ जा' बोला।'' – मुबारक अली शान्ति से बोला – ''यहां कहां है?''

''हौज़ ख़ास। गार्मेंट फैक्ट्री। नीना इन्टरनेशनल। सोहल को मालूम। जो कैसीनो उसने उड़ाया, उसके बाजू में।''

''कब आना है?''

''एक घन्टे में।''

''नहीं हो सकता। मैं इधर मॉडल टाउन में है। मॉडल टाउन से हौज़ ख़ास तीस किलोमीटर के करीब का फासला है। एक घन्टे से ऊपर तो रोड पर ही लग जायेगा। फिर सोहल इस वक्त पता नहीं कहां होगा! जहां होगा, वहां उससे वो क्या कहते हैं अंग्रेज़ी में, बात हो पायेगी या नहीं! फिर वो मॉडल टाउन से भी बड़े फासले पर हो सकता है।''

''क्या मांगता है तेरे को?''

''थोड़ा टेम में बोलता है न!''

''ठीक है, दस मिनट बाद मैं फिर कॉल करता है इसी मोबाइल से। पण याद रखना, कोई श्यानपन्ती की कोशिश की तो तुम्हारी कोशिश से जो होगा बाद में होगा, पहले दोनों भांजे खल्लास होंगे।''

''मैं फोन करता हूं। शायद दस मिनट से पहले करूं।''

उसने फोन बन्द किया और भांजों को नये हालात की ख़बर की।

"अब क्या होगा, मामू?" – अली सस्पेंस में बोला।
"हमारे किये कुछ नहीं होगा। अब जो करेगा, सरदार करेगा।"
"भाईजान न कुछ कर पाये तो?" – वली बोला।
"अव्वल तो ऐसा होगा नहीं। होगा तो" – मुबारक अली का गला भर गया – "तुम बारह रह जाओगे, नसीबमारो।"

मुबारक अली ने दस मिनट से पहले अशरफ का फोन बजाया।
जवाब फेरा ने दिया।
"सोहल से बात हो गयी है।" – मुबारक अली बोला – "लेकिन दस बजे से पहले वो मेरे पास नहीं पहुंच सकता।"
"क्यों?" – फेरा भुनभुनाया – "जयपुर में है? आगरा में है? चण्डीगढ़ में है?"
"मेरे को नहीं पता कहां है! नहीं बोला वो कुछ इस बाबत। कुछ बोला तो ये बोला कि दस से पहले मेरे पास नहीं आ सकता।"
"वैसे तैयार है आने को?"
"हां।"
"बोला कि क्यों आना है?"
"बोला।"
"फिर भी आने को हां बोला?"
"अरे, हां, भई।"
"यानी तेरे भांजों को बचाने के लिये खुद खल्लास होने का तैयार है?"
"आन बान शान वाला भीडू ऐसा ही होता है। वो न किसी से डरता है, न किसी को डराता है। वो ओट से वार नहीं करता . . . तेरी तरह।"
"थोबड़ा बन्द!"
मुबारक अली खामोश हो गया।
"मेरे को मालूम वो कैसा भीडू! इसी वास्त ये दांव खेला वर्ना तुम मुसलमान वो सिख . . ."
"वो आदमज़ात, हम आदमज़ात।"
"ठीक! ठीक! अभी कान दे के सुन। तारीख बदलने से पहले तेरे को उसके साथ इधर होना। रात के वो टेम फैक्ट्री से बाहर की सड़क खाली होती है और फैक्ट्री के टॉप फ्लोर से दूर तक दिखाई देती है। तेरे और सोहल

के अलावा सड़क पर अगर मुझे किसी की परछाईं भी दिखाई दी तो तेरे भांजे खल्लास! फिर उन की मैयत उठाने का वास्ते जब मर्ज़ी आना।''

लाइन कट गयी।

दस बजे तक सब हौज़ ख़ास पहुंच गये।

इतना टाइम उन तैयारियों में सर्फ हुआ था जो विमल ने काउन्टरअटैक के लिये ज़रूरी समझी थीं।

अगला एक घन्टा उसने मुबारक अली के साथ प्रेत की तरह इलाके में विचरते फैक्ट्री के आसपास देर रात के हालात का जायज़ा लेने में गुज़ारा। जो ख़ास बात उनकी जानकारी में आयी वो ये थी कि गार्मेंट फैक्ट्री और 'गोल्डन गेट' के पिछवाड़े में भी एक संकरी गली थी।

''मेरे को नहीं लगता'' – विमल बोला – ''कि उस सर्विस लेन की तरफ किसी को तवज्जो जायेगी। सब की निगाह का मरकज़ सामने की सड़क होगा तो वो बोले कि फैक्ट्री के टॉप फ्लोर से दूर तक दिखाई देती है। नहीं?''

''हां।''

''मेरे ख़याल से सब जने वहीं हैं।''

''कैसे मालूम?''

''अरे, मियां, जब बिग बॉस बोला कि टॉप फ्लोर से सड़क दूर तक दिखाई देती थी तो इमारत में वो लोग और वहां होंगे।''

मुबारक अली ने अन्धेरे में सहमति में सिर हिलाया।

''दूसरे, फैक्ट्री की सारी इमारत में इस वक्त जो थोड़ी बहुत रोशनी है, वो टॉप फ्लोर पर ही है। तीसरे, जब मैंने फैक्ट्री का पहली बार फेरा लगाया था तो वॉचमैन ने बोला था कि फैक्ट्री का कारोबार दो फ्लोर्स पर ही था। इस लिहाज़ से टॉप फ्लोर का खाली होना ही बनता है। जमा, जैसा वो ट्रीटमेंट हाशमी और अशरफ को देने पर आमादा हैं, वो किसी खाली जगह में ही ठीक से दिया जा सकता है।''

''आगे बोल।''

''अनीस का जिस्मानी ढांचा, कद काठ सब मेरे से मिलता है। आधी रात के करीब जब तुम उसके साथ सड़क पर कदम डालोगे तो वो यही समझेंगे कि मैं तुम्हारे साथ चला आ रहा था। मेरे को सिर्फ एक मिनट की डाइवर्ज़न चाहिये होगी . . .''

"क्या चाहिये होगी?"

"उनकी तवज्जो मेरी तरफ से हटाने का मौका चाहिये। मुझे उम्मीद है इतने में ही बाज़ी पलट जायेगी।"

"उम्मीद कारगर न हुई तो?"

"तो भुगतेंगे।"

"तू क्या करेगा?"

"करूंगा। कुछ तैयारी की है मैंने . . ."

"आम तैयारी के अलावा कोई ख़ास तैयारी?"

"हां। उसपर मैं अमल करूंगा। तुम्हें खाली इतना करना है कि मेरा सिग्नल मिलने के बाद ही अनीस के साथ फैक्ट्री के सामने की सड़क पर कदम रखना है और धीरे-धीरे चलते हुए, जानबूझ कर धीरे-धीरे चलते हुए, फैक्ट्री की तरफ बढ़ना है।"

"सिग्नल क्या?"

"मोबाइल बजाऊंगा। तुम्हारे काल रिसीव करते ही बन्द कर दूंगा। ठीक?"

"ठीक!"

"भांजों को समझा ही दिया है कि उन्होंने क्या करना है! सामने सड़क पर कोई कदम नहीं रखेगा। जो करना है, सर्विस लेन के रास्ते करना है। सब हथियारबन्द हैं?"

"हां। बहुत ख़र्चा हुआ लेकिन हां।"

"गुड। तो करते हैं बिस्मिल्लाह। मैं यहीं रहूंगा, तुम इस तंग गली से ही निकल लो।"

"जाता हूं। लेकिन सरदार" – मुबारक अभी व्यग्र भाव से बोला – "सब सम्भाल लेगा न?"

"हां।" – विमल दृढ़ता से बोला – "तुम्हारे जांनिसार भांजे मेरे भाई हैं। सब सम्भाल लूंगा। बाबे दी मेहर न होई तो भांजों से पहले जान से जाऊंगा और खुशी-खुशी बोलूंगा . . ."

"क्या?"

"ठाकुर तुम सरणाई आया।"

मुबारक अली ने अपलक विमल की तरफ देखा।

"हारौं तो हरिनाम है" – विमल ओजपूर्ण स्वर में बोला – "जो जीतूं तो दाव। पारब्रह्म सों खेलतां, जो सिर जाव तो जाव।"

सन्नाटा छा गया। वक्त जैसे ठहर गया।

"तू खालसा है।" – फिर मुबारक अली भर्राये कण्ठ से बोला – "तू खालिस है। तुझे कोई नहीं मार सकता।"

विमल ख़ामोश रहा।

"जाता हूं।"

मुबारक अली निशब्द संकरी गली में आगे बढ़ चला।

उसके घूमने से पहले अन्धेरे में भी विमल को दिखाई दिये बिना न रहा कि कठोर हृदय मुबारक अली की, जो कभी मुम्बई में दुर्दान्त हत्यारा होता था, आंखें डबडबाई हुई थीं।

विमल ने गहरी सांस ली, मन में उमड़ते जज़बात को दरकिनार किया और दृढ़संकल्प आगे बढ़ा।

'गोल्डन गेट' का मलबा फैक्ट्री की इमारत की पहली मंजिल तक पहुंचा हुआ था। वो ख़ामोशी से मलबे के उस पहाड़ पर चढ़ गया और वहां से इमारत के पहलू से गुज़रते, छत पर जाते ड्रैन पाइप के ज़रिये निशब्द छत पर पहुंच गया। दबे पांव उसने छत पार की और परली तरफ की मुंडेर पर पहुंचा। मुबारक अली के साथ वहां की ख़ामोश पड़ताल में वो पहले ही नोट कर चुका था कि उधर की एक खिड़की खुली थी और अन्धेरे में रौशनी की आयत जान पड़ रही थी। खिड़की के ऊपर ओट के लिये, बारिश से हिफाजत के लिये एक दो फुट चौड़ा प्रोजेक्शन था। विमल ने मुंडेर पार की, परली तरफ लटका और निशब्द प्रोजेक्शन पर उतर गया। वो प्रोजेक्शन पर पेट के बल लेट गया और उसके किनारे से नीचे सिर डालकर उसने क्षण भर को भीतर झांका।

वो एक विशाल, खाली हाल की खिड़की थी, हाल में कई लोग मौजूद थे जिनमें से चिन्तामणि त्रिपाठी और लाला रघुनाथ गोयल को उसने फौरन पहचाना। वो दो कुर्सियों पर अगल बगल बैठे हुए थे और वहां सिर्फ एक शख़्स और कुर्सीनशीन था जो एक थ्री पीस सूट पहने था और उसकी फूं फां ही बता रही थी कि वही बाहर से आया बिग बॉस स्टीवन फेरा था। उनके सामने दो कुर्सियों पर हाशमी और अशरफ बन्धे पड़े थे। उन के पीछे कई हथियारबन्द शख़्स मौजूद थे जो सूरत और मिज़ाज़ से प्यादे जान पड़ते थे। एक कसरती कदकाठ वाला आदमी सड़क की ओर की एक खुली खिड़की पर खड़ा था।

विमल ने मोबाइल निकल कर मुबारक अली को काल लगाई। उसके काल रिसीव करते ही उसने मोबाइल बन्द करके जेब के हवाले किया। उसने जेब से एक स्मोक बम निकाल कर हाथ में ले लिया।

"दो जनों ने परले सिरे से सड़क पर कदम रखा है।" – हॉल से आवाज़ आयी।

"सड़क बहुत लम्बी है, इतनी दूर से अन्धेरे में कुछ पता नहीं लगेगा।" – एक रोबीली आवाज़ आयी – "करीब आ जायें, सूरतें दिखाई देने लगें, तब मेरे को बोलना।"

"ठीक है।"

विमल ने कुछ क्षण प्रतीक्षा में गुज़ारे, फिर उसने बम के पलीते को सुलगाया, जब वो सुलगता हुआ बम से एक इंच दूर रह गया तो उसने प्रोजेक्शन से नीचे हाथ लटका कर बम को हाल में फेंक दिया। तत्काल एक खोखला धमाका हुआ और हाल घने धुंये से भरने लगा।

भीतर खलबली मच गयी।

'क्या हुआ, क्या हुआ' की आवाज़ें आने लगीं।

विमल प्रोजेक्शन से नीचे लटका, उसने एक बार अपने शरीर को झुलाया, फिर खुली खिड़की को निशाना बना कर छलांग लगाते प्रोजेक्शन को छोड़ दिया।

वो हाल के भीतर जाकर गिरा।

हाल में अब इतना घना धुंआ था कि हाथ को हाथ सुझाई नहीं दे रहा था।

"साला ज़हरीला धुंआ नहीं है। बस धुंआ है खाली। अभी क्लियर हो जायेगा।"

बोलने वाले के मुम्बईया लहजे से विमल ने पहचाना कि बिग बॉस बोल रहा था। आवाज को निशाना बना कर वो दबे पांव उसकी तरफ बढ़ा।

जब धुंये के बादल कुछ हद तक घंटे और औना पौना दिखाई देना शुरू हो गया तो सबने देखा कि बिग बॉस के सिर पर कोई अजनबी खड़ा था जिसके हाथ में थमी गन की नाल बिग बॉस की कनपटी से सटी हुई थी।

"ख़बरदार!" – विमल कहरबरपा लहजे से बोला – "किसी ने कोई होशियारी दिखाने की कोशिश की तो बिग बॉस का मगज खोपड़ी से बाहर होगा!"

सन्नाटा!

''फेरा हो न!'' – विमल ने गन की नाल से उसकी खोपड़ी को टहोका – ''वो फेरा जिसका फेरा मुल्तबी हो गया था? जिसका इतनी-सी बात पर मीनू ईरानी के कत्ल का हुक्म हो गया था कि उसने गलती से फेरा का मैसेज किसी और को थमा दिया था?''

''तू सोहल है?''

''अदब नहीं सीखा। मैं तुमसे इतनी इज़्ज़त से मुखातिब हूं और तुम मेरे से तू-तकार की ज़ुबान बोल रहे हो!''

''सोहल है?''

''है। अपने आदमियों को बोलो हथियार फेंक दें और पीछे हट कर, दीवार से पीठ लगा कर खड़े हों।''

''तेरी मौत तुझे यहां लायी है . . .''

''ये बड़े खलीफा का बड़ा बोल है। लेकिन खोखला बोल है।''

''तू . . . यहां से बच के नहीं जा सकता।''

विमल ने गन को थोड़ा पीछे हटा के गोली चलाई।

फेरा के कान की लौ उड़ गयी। उसके मुंह से चीख निकली, अपने हाथ से उसने कान को ढंका और उठने की कोशिश की।

विमल ने बेरहमी से उसको वापिस कुर्सी पर धकेल दिया।

''अगली बार नाल दो इंच अन्दर। मांगता है?''

''हथियार फेंक देने का।'' – फेरा कराहता सा बोला – ''और जैसा बाप बोला'' – ''पीछू की दीवार से पीठ लगाकर खड़ा होने का।''

तत्काल आदेश का पालन हुआ। कई देसी विदेशी गन फर्श पर टपकीं।

''और तुम!'' – विमल खुली खिड़की पर खड़े व्यक्ति से सम्बोधित हुआ – ''वहां से हटो और अपना हथियार निकल के फेंको।''

''हटता हूं।'' – वो खिड़की पर से हट कर हाल के भीतर की ओर कदम बढ़ाता बोला – ''पर मेरे पास हथियार नहीं है।''

विमल ने फेरा के घायल कान को ढंके हाथ पर वार किया। वो पीड़ा से बिलबिला गया।

''बोलो।'' – विमल बोला – ''हुक्म दो। लगता है ये औरों से ज़्यादा हेंकड़ है। तुम्हारा ही हुक्म मानेगा।''

''तू बच के नहीं जा सकता।'' – फेरा भड़का।

"अरे, कौन कम्बख्त बच के जाना चाहता है! लेकिन अगर मैं मरूंगा तो तुम सब मेरे साथ मरोगे।"

"क्या बोला?"

"इस इमारत में चारों तरफ वैसे ही बम लगे हैं, जैसों ने तुम्हारा कैसीनो उड़ाया था, पलक झपकते उसे मलबे का ढ़ेर बनाया था। कोई फर्क है तो ये कि वो टाइम बम थे, ये रिमोट से एक्टीवेट होने वाले बम हैं। और रिमोट" – विमल ने अपना बायां हाथ ऊंचा किया – "मेरे हाथ में है, उसके लाल बटन पर मेरा अंगूठा है।"

सन्नाटा छा गया।

"तुम लोग यहां से निकल के भी नहीं जा सकते क्योंकि इमारत को चारों तरफ से बड़े मियां के बाकी भांजों ने घेरा हुआ है और सब हथियारबन्द हैं। जो कोई भी बाहर कदम रखेगा, भून के रख दिया जायेगा।"

फेरा का रंग और बदरंग हुआ, उसने कुर्सी पर बेचैनी से पहलू बदला।

"ईडियट!" – फिर एकाएक गुस्से से बोला – "सुनता काहे नहीं! गन निकाल के फर्श पर फेंकने का।"

फांसी लगे अन्दाज़ से खिड़की पर से हटते शख़्स ने गन निकाल कर फर्श पर फेंकी।

"कैदियों को आज़ाद करो।" – विमल ने नया आदेश दिया।

उसने हाशमी और अशरफ को बन्धनमुक्त कर दिया।

दोनों लड़खड़ाते से, कलाईयां मसलते उठ खड़े हुए।

"पीछे!" – विमल फिर खिड़की से हटे आदमी से सम्बोधित हुआ – "बाकी जवानों के साथ। दीवार से पीठ लगा के।"

भारी कदमों से चलता वो पीछे जाके खड़ा हुआ।

"सारे हथियार बटोर लो।" – विमल हाशमी और अशरफ से बोला – "एक जना नीचे जा के मेन डोर खोलो और ज़ोर से सीटी बजाओ। बजाना आता है न!"

"मेरे को आता है।" – अशरफ उत्साह से बोला।

"तो तू नीचे जा।"

पांच मिनट बाद वहां मुबारक अली समेत सारे भांजे जमा थे। सबने उपलब्ध गन और अपनी खुद की गन सब पर तान दीं।

बाजी मुकम्मल तौर से पलट चुकी थी।

तब विमल फेरा के सिर पर से हटा। वो दीवार से लगे खड़े आदमियों के करीब पहुंचा और बोला – ''तुम में से जस्सा कौन है?''

कोई जवाब न मिला।

''जिसका नाम जस्सा है वो एक कदम आगे आये वर्ना सब को शूट कर दिया जायेगा। फिर जस्से की शिनाख़्त की जरूरत ही नहीं रहेगी।''

दीवार के साथ लगे खड़े लोगों ने एक शख़्स को जबरन आगे धकेल दिया।

विमल ने देखा वो वही शख़्स था जो पहले खिड़की के पास खड़ा था, जिसने हाशमी और अशरफ को बन्धनमुक्त किया था और जो सब से आखिर में जा कर दीवार के साथ खड़ा हुआ था।

''तो तू होता है जस्सा!'' – विमल सर्द लहजे से बोला।

उसने कठिन भाव से सिर हिलाया।

''तू प्यादों में क्यों खड़ा है, भई? तेरा मुकाम तो अपने मालिकान के साथ है!''

वो खामोश रहा।

''उधर जा के खड़ा हो।'' – विमल कर्कश स्वर में बोला।

भारी कदमों से चलता जस्सा रघुनाथ गोयल के करीब जा कर खड़ा हुआ।

''तुम लोगों में से जो'' – विमल बाकियों से सम्बोधित हुआ – ''यहां से ज़िन्दा बच के जाना चाहते हैं, वो बराय, मेहरबानी हाथ खड़ा करें।''

गोली की तरह तमाम हाथ छत की तरफ उठे।

''मेरी तुम्हारे से कोई अदावत नहीं। मैं जानता हूं तुम इन लोगों के हुक्मबरदार प्यादे हो और हुक्म मानना तुम्हारी मजबूरी है। मेरे मुजरिम ये लोग हैं इसलिये तुम चाहोगे तो तुम्हारा बाल भी बांका नहीं होगा।

''हम क्यों नहीं चाहेंगे?'' – कई स्वर एक साथ उठे।

''हमें बख्श दीजिये।'' – कोई बोला – ''आप जो कहेंगे, हम करेंगे।''

''किस का हुक्म मानते हो? किस के अन्डर में चलते हो?''

सबने जस्से की तरफ इशारा कियां

''फिर ये ही बोलेगा कि जानबख्शी के लिये तुमने क्या करना है?'' – वो जस्से की तरफ घूमा – ''बोल, भई।''

"सब निकल लो।" – जस्सा यूं व्यग्र भाव से बोला जैसे विमल के मनमाफिक बोलकर दिखाने से उसकी जानबख्शी हो सकती हो – "सीधे अपने-अपने घर जाओ। किसी को कुछ नहीं बोलना। यहां कुछ नहीं हुआ। तुमने यहां कुछ नहीं देखा। तुम यहां आये ही नहीं थे। समझ गये?"

सबने सम्वेत् स्वर में 'हां' बोला। फिर सबने आशापूर्ण भाव से विमल की तरफ देखा।

"ये पुलिस को ख़बर कर सकते हैं।" – हाशमी धीरे से बोला।

विमल ने फिर जस्से की तरफ देखा।

"पुलिस के पास नहीं जाना।" – जस्सा बोला – ख़याल भी नहीं करना। हर कोई सीधा घर जाये। समझ गये?"

फिर कई 'हां' गूंजीं।

"कनफर्म।" – विमल फेरा से बोला।

"पुलिस नहीं मांगता।" – फेरा बोला – "उधर नहीं जाने का। घर जाने का।"

"सुना, बिग बॉस क्या बोलता है?"

"सुना।"

"जो सुना उस पर पूरी तरह से, पूरी ईमानदारी से अमल करोगे?"

"हां।"

"गुड। बाद में, देखना, बिग बॉस शाबाशी देगा। निकल लो।"

'मैं पहले' के अन्दाज़ से एक दूसरे को धकियाते वो वहां से रुख़सत हुए।

हाशमी के – मुबारक अली के भी – चेहरे से साफ दिख रहा था कि उसे विमल के उस उदार कदम से इत्तफाक नहीं था।

"यहां ज़्यादती टिकना ठीक नहीं।" – मुबारक अली विमल के करीब आकर, उसके कान से मुंह लगा कर बोला – "पलटी बाजी फिर पलट जाती है। जो करना है, जल्दी कर के नक्की कर।"

विमल ने सहमति में सिर हिलाया, उसने जस्से को करीब आने का इशारा किया।

जस्सा झिझकता हुआ उसके सामने आ कर खड़ा हुआ।

"पहचानता तो है न मेरे को?" – विमल बोला।

जस्से ने कठिन भाव से सहमति में सिर हिलाया।

"कौन हूं मैं?"

"क-कौल। कौल साहब।"

"जिसके घर में घुस कर तूने जिसकी बीवी को मारा। एक बेगुनाह, निहत्थी औरत को बेरहमी से चाकुओं से गोदा और मेरे को वार्निंग दी कि मैं अपने उसी अंजाम तक पहुंचने का इन्तजार करूं! शेर बच्चे को पिल्ला कहा!"

"म-मैंने . . . मैंने नहीं। मैं तो . . . मैं तो . . ."

"तू नहीं तो और कौन?"

"त-तीन . . . तीन जने।"

"कौन? कुलदीप सिंह! गगनदीप सिंह! हरीश नेगी!"

जस्से के चेहरे पर हैरानी के भाव आये।

"वो तीनों मर चुके हैं . . ."

"त-तीनों!"

"हां।"

"कुलदीप भी? गगनदीप भी?"

"हां। मैंने दोनों का ख़ुद फातिहा पढ़ा। नेगी को कुलदीप सिंह ने शूट किया इसलिये वो मेरे हाथों से हलाक होने से बच गया। बहरहाल वो तीनों मर चुके हैं इसलिये तू कुछ भी कह सकता है, वो तेरा मुंह पकड़ने नहीं आ सकते।"

"मैं सच कह रहा हूं . . ."

"तेरे सच में खोट है। रिंग लीडर तो तू था! हुक्म तो तूने जारी किया! इन पीछे बैठे कमीनों के कहने पर मेरी बीवी के कत्ल को आर्गेनाइज़ तो तूने किया! इन लोगों के नापाक इरादों को अमल में लाने के लिये मेरे पीछे तो तू पड़ा था न! मेरे पर पेश न चली तो मेरी बीवी पर ताकत आजमाई। इंकार कर इस बात से कि सब तूने आर्गेनाइज़ नहीं किया था! सब ख़ुद नहीं किया था तो अपनी देख रेख में कराया था! अगर कत्ल को उन लोगों ने अंजाम दिया था तो उनके साथ उस रात मेरे घर में तू था न! इंकार करके दिखा इस बात से। फिर मैं अपनी मेड से तेरा आमना सामना कराता हूं जो तेरे को गोली की तरह पहचानेगी।"

"वो तो . . . वो तो . . चली गयी।"

"आ जायेगी।"

''आप की मेड है, आप उससे कुछ भी कहलवा सकते हैं।''

''ये कचहरी नहीं है, हरामज़ादे, जहां तू कुछ भी बक लेगा। जहां सज़ा से पहले तेरा गुनाह साबित कर के दिखाना जरूरी होगा। सोहल की कचहरी में तेरे गुनाह को किसी सबूत की ज़रूरत नहीं। लाला लोगों के भड़वे, मैं तेरे को मौत की सज़ा देता हूं।''

विमल की गन ने आग उगली।

जस्सा फर्श पर ढ़ेर हो गया।

विमल ने करीब से दो गोलियां और दागीं तो उसने जस्से की आंखों से जीवन ज्योति बुझती साफ देखी।

विमल ने गन में नयी मैगजीन डाली और गोयल साहब और त्रिपाठी के रूबरू हुआ।

''तुम लोगों की करतूतें जानबख़्शी के काबिल नहीं।'' – वो बोला – ''लेकिन फिर भी मैंने फैसला किया था कि तुम लोगों की औलाद की बर्बादी, खानाखराबी को ही मैं तुम्हारी सज़ा तसलीम कर लूंगा जो कि तुम्हें ताज़िन्दगी तड़पायेगी, जो तुम्हारी मुतवातर सज़ा बन जायेगी। जब-जब नपुंसक औलाद का मुंह देखोगे, खून के आंसू रोवोगे। अपने बैटर जजमेंट के खिलाफ मैंने तुम्हारी जानबख्शी का फैसला किया था लेकिन इस बाहर से आये शख़्स के साथ यहां मेरी मौत के ड्रामे में शरीक हो कर तुम लोगों ने जानबख्शी का अपना हक खो दिया। तुम लोग यहां मेरी मौत का तमाशा देखने के लिये मौजूद थे ताकि तुम्हारे कलेजों को ठण्डक पड़ती। अब यहीं, इसी जगह मैं तुम्हारी मौत का तमाशा देखूंगा – देखूंगा क्या, तमाशा खड़ा ही मैं करूंगा – और मेरे कलेजे को ठण्डक पड़ेगी। मेरी मरहूम बीवी की भटकती रूह को चैन और सकून मिलेगा कि उसके मर्द ने आखिर उसकी हत्तक का बदला ले लिया, उसने अपनी अर्धांगिनी पर जुल्म होने वालों में से किसी को ज़िन्दा न छोड़ा।''

उसने अपना गन वाला हाथ उठाया।

दोनों भय से जड़ हो गये।

विमल ने हाथ झुका लिया और फेरा से सम्बोधित हुआ – ''पेड़ की डाल काटने से पेड़ ख़त्म नहीं होता, डाल फिर उग आती है। इन लोगों के जाने से तुम्हें कोई फर्क नहीं पड़ेगा, तुम ऐसे और ढूंढ़ लोगे। लिहाज़ा पेड़ को ख़त्म करने का एक ही तरीका है कि उसे जड़ से उखाड़ दिया जाये। स्टीवन

फेरा, तू जुर्म का पसरता, फलता फूलता पेड़ है, मैं वो शख़्स हूं जिसे ऊपर वाले ने पेड़ को जड़ से उखाड़ देने का हुक्म फरमाया है।''

विमल ने उसे प्वायन्ट ब्लैंक शूट कर दिया।

फिर चिन्तामणि त्रिपाठी को।

फिर रघुनाथ गोयल को।

विमल के आदेश पर मुबारक अली ने तसदीक की कि सब मर चुके थे।

हाशमी ने नीचे पहुंच कर मेन स्विच ऑफ कर दिया। तत्काल इमारत अन्धेरे के गर्त्त में डूब गयी।

वो सब सड़क के परले सिरे पर पहुंचे तो विमल ने रिमोट का बटन दबा दिया।

25 दिसम्बर : बुधवार

सुबह, मुंहअन्धेरे अनीस अपनी वॉक पर निकल गया तो विमल उठ खड़ा हुआ। वो ख़ामोशी से किचन में पहुंचा और दो जनों के लिये चाय बनाई।

फिर उसने मुबारक अली को जगाया।

दोनों बाहर बरामदे से आगे फ्रंट यार्ड में पहुंचे तो विमल ने चाय का एक गिलास उसे थमा दिया।

''चाय तूने बनायी?'' – मुबारक अली बोला।

''हां।'' – विमल बोला – ''नापसन्द हो तो मत पीना। छोड़ देना।''

''बढ़िया है।''

''शुकर।'' – विमल ने चाय की एक चुसकी ली, फिर बोला – ''मैं अभी चला जाऊंगा।''

''कहां?'' – मुबारक अली सहज भाव से बोला – ''जहां छुप के रह रहा था!''

''ये शहर छोड़ कर।''

मुबारक अली का चाय के गिलास के साथ होंठों की तरफ बढ़ता हाथ बीच में रुक गया।

''पक्का फैसला है?'' – फिर संजीदगी से बोला।

''हां। जिस्म से रूह तो अलग कर दी गयी, अब क्या फर्क पड़ता है

जिस्म कहां भटकता है, कहां–कहां भटकता है!''

''कहीं जायेगा?''

''अभी तो वहीं जहां से आया था, जिस जगह को हमेशा के लिये अलविदा कह कर यहां आया था?''

''मुम्बई?''

''हां।''

''कब जायेगा?''

''आज। यहां से अभी।''

''क्या! भांजों से मिल कर नहीं जायेगा?''

''नहीं। मिलने के लिये रुका तो नहीं जा सकूंगा।''

''वो गिला करेंगे!''

''जरूर करेंगे। लेकिन समझाना। मेरी ख़ता माफ कराना।''

''अच्छा!''

''हां। भाईयों से बिछुड़ रहा हूं। जज़्बात इधर भी पसर रहे हैं लेकिन . . . मजबूरी है।''

मुबारक अली खामोश रहा।

''सोहल की यही ज़िन्दगी है जो उसके बनाने वाले ने वक्त की दीवार पर पत्थर की कलम से उकेरी है। कुत्ते जैसी दुर–दुर करती दर–दर भटकन।''

''हौसला रख, सरदार, सब ठीक हो जायेगा।''

''मेरी भी यही ख़याल था। इसी उम्मीद के आसरे दिल्ली आया था लेकिन कुछ ठीक न हुआ। पा कुछ न सका, खो सब कुछ दिया। फिर भी कुछ पाया तो नीलम से हमेशा का बिछोड़ा पाया। मेरे बच्चे के सिर से मां का साया उठ गया। हमारे यहां कहते हैं 'मावां ठंडियां छांवां'। सूरज ममता की ठण्डी छांव से महरूम हो गया। हमेशा के लिये। बड़ा होके पूछेगा मेरी मां कहां गयी, तो क्या जवाब दूंगा! पूछेगा मेरी मां को क्या हुआ था, तो क्या जवाब दूंगा! कह सकूंगा बेटा तेरी मां ने तेरे बाप के कुकर्मों का फल भुगता! जो सज़ा उसके पापी, जो खतावार बाप को मिलनी थी, वो उसे मिली। कह सकूंगा?''

मुबारक अली ने जवाब न दिया।

''कभी मैंने किसी दूसरे के लिये कहा था कि भाईगिरी के इस धन्धे

में कोई ईनाम नहीं होता, कोई सज़ा नहीं होती, सिर्फ नतीजे होते हैं जो भुगतने पड़ते हैं। आज यही बात अपने लिये कहता हूं। न सज़ा, न ईनाम, सिर्फ नतीजे जो भुगतने पड़ते हैं। कहते हैं ख़ुदा उनको बख्श देता है जिनकी किस्मत ख़राब होती है। मेरे को तो न बख्शा! मेरी सज़ायें तो मुतवातर बढ़ती ही चली गयीं।''

''ख़ुदावन्द करीम का किया कभी ग़लत नहीं होता, सरदार। जो तू कह रहा है, जरूर उसमें भी तेरी कोई भलाई है। तेरे को हैरानी नहीं होती कि इतनी मुतवातर, कहरबरपा दुश्वारियों के बावजूद तेरा वजूद आज तक इस फानी दुनिया में कायम है!''

''सिर्फ मेरा!''

''क्यों सिर्फ तेरा? अपनी निशानी छोड़ कर गयी न नीलम बीवी तेरे पास!''

विमल खामोश रहा।

''आदमज़ात को नाशुक्रा नहीं होना चाहिये, सरदार। जब आसमानी बाप की रहमतें कबूल हैं तो उसकी तजवीज की सज़ायें भी कबूल फरमानी चाहियें। ये इंसानी ज़िन्दगी है, यहां हर तरह का वक्त आता है और गाज़ी वही है जो वक्त के कैसे भी थपेड़े से नहीं हिलता। तू क्यों हिलता है?''

''मैं हिलता नहीं, मियां, हैरान होता हूं – हिलता होता तो कब का चकनाचूर होकर बिखर गया होता – मैं समझता था कि मैं अपने खूंरेज माज़ी को पीछे छोड़कर आया था लेकिन ये मेरी ख़ामख़याली निकली। मेरा माज़ी तो बेताल है जो प्रेत की तरह विक्रम की पीठ पर चढ़ा है। मेरा माजी तो मेरी परछाईं बन चुका है, ऐसी परछाईं जो अन्धेरे में भी पीछा नहीं छोड़ती। बस, दिखाई नहीं देती, पीछा कभी नहीं छोड़ती। अब मैं मवाली की मौत ही मरूंगा . . .''

''सरदार।''

''. . . इस फर्क के साथ कि पीछे विधवा छोड़ के नहीं जाऊंगा, सलामत रही तो एक औलाद छोड़ कर जाऊंगा जो पूछे जाने पर कहेगी कि यतीम थी। यानी उसके मां-बाप की बद्किस्मती उसकी अपनी ज़िन्दगी के साथ पहले ही नत्थी हो जायेगी। तुका ठीक कहता था।''

''क्या? क्या कहता था?''

"कहता था मैं मलेरिया से, टाइफाइड से नहीं मरने वाला, एक्सीडेंट से नहीं मरने वाला; जब मरूंगा किसी मवाली के रामपुरी से पेट फड़वा के मरूंगा, किसी भाई की गोली खा के मरूंगा या पुलिस एनकाउन्टर में जान से जाऊंगा।"

"बोम न मार, सरदार। आज तक सलामत है न!"

"सलामत हूं लेकिन ज़िन्दगी बमियाद कैद है जिसमें न पैरोल है, न रिहाई है।"

"ख़ुदा जैसे रखता है, वैसे रहना सीखना चाहिये। उसके फरमान में नुक्स नहीं निकालना चाहिये। अरे, लोग जिन हादसों में मरते हैं, तुझे तो उन हादसों ने पाला है। जो चराग आंधियों ने जलाये हों, उन्हें हवायें नहीं बुझा सकतीं। याद कर कितनी हवायें तेरी ज़िन्दगी में आकर चली गयीं और चराग रौशन रहा – कभी मद्धम पड़ा, कभी लौ लपलपाई पर रौशन रहा – बखिया, इकबाल सिंह, गजरे, गुरबख्शलाल, दफेदार, फिगुएरा, अभी फेरा और पता नहीं कौन-कौन जिन से तू वाकिफ था, मैं वाकिफ नहीं। सरदार, ज़िन्दगी आसान किसी की नहीं, सब की दुश्वार है, और तेरे से बेहतर कौन जानता है कि ज़िन्दगी को आसान समझना नादानी है। तलवार की धार से शहद चाटने का नाम है ज़िन्दगी।"

"जो कुछ भी तुमने कहा, दुरुस्त कहा, सब मेरे सिर माथे लेकिन फिर भी मैं क्या करूं कि मुझे अपनी ज़िन्दगी के दिन थोड़े दिखाई दे रहे हैं। मुम्बई में पंडित भोजराज शास्त्री नाम के एक विद्वान महानुभाव ने कहा था कि उन्हें मेरे मस्तिष्क पर राजयोग अंकित दिखाई देता था। इस लिहाज़ से तो अभी बहुत ज़िन्दगी है क्योंकि राजयोग के कदम अभी मेरी ज़िन्दगी में पड़े नहीं। लेकिन कभी-कभी महापुरुषों की भविष्यवाणियां भी गलत हो जाती हैं। इसलिये मेरे को अन्दर से आवाज आती है कि वो घड़ी आने से पहले ही मुझे सांसारिक मोहमाया त्याग देनी चाहिये। शिवनारायण पिपलोनिया कहता था कि उसका कोई वारिस नहीं या इसलिये बाजरिया वसीयत वो अपने सारे वर्ल्डली पोजेशंस मेरे नाम लिख गया। जैसे पिपलोनिया मुझे अपना वारिस बना के मरा, वैसे, मुबारक अली, अपने जीते जी मैं तुम्हें अपना वारिस करार देता हूं।"

"मुझे ये विरसा कुबूल नहीं। तू सूरज को भूल रहा है।"

"वो कोंपल है जो पेड़ बनने में अभी कई साल लगायेगी।"

"कुछ करना है तो अभी उसका ख़याल कर, इन्तज़ाम कर।"

"कोई ज़रूरत नहीं। जब खुदा ने सबको दो जून की रोटी देने का वादा किया है तो सूरज के मामले में क्या वो मुकर जायेगा?"

"वो तो ख़ैर, नहीं हो सकता पर . . ."

"जब दान्त न थे, तब दूध दियो, जब दान्त दिये तो अन्न भी दईयो।"

"मैं तेरे से बातों में पार नहीं पा सकता लेकिन दरख़्वास्त है, बल्कि इल्तजा है, अपने फैसले पर फिर ग़ौर कर ले।"

"कर चुका।"

"तो फिर मैं विरसे का मालिक नहीं, कस्टोडियन।"

"क्या बोला!"

"कस्टोडियन। अंग्रेज़ का माफिक बोलता है साला। मैं मुहाफिज़। रखवाला। जब तक सूरज सिंह सोहल सब कुछ खुद सम्भालने लायक बड़ा न हो जाये।"

"लेकिन . . ."

"अब ये बात कुबूल कर वर्ना मुझे तेरा विरसा कुबूल नहीं।"

"ठीक है।"

"क्या ठीक है? दो टूक बोल।"

"मुझे तुम्हारा कस्टेडियन वाला रोल मंजूर है।"

"मैं थैंक्यू बोलता हूं।"

"तुम्हारा भी अब यहां रहना ठीक नहीं। यहां अब तुम्हारी मौजूदगी का कोई मानी भी नहीं है। जितनी जल्दी हो सके, तिराहा बैरम खान वापिस चले जाओ। अपने लोगों के बीच रहोगे तो कदरन सेफ रहोगे।"

"आज ही चले जायेंगे।"

"चलता हूं।"

मुबारक अली ने सहमति में सिर हिलाया।

"खुदा हाफिज़।" – चाय का गिलास परकोटे की दीवार पर रखता वो बोला।

"खुदा हाफिज़।" – मुबारक अली ने भी गिलास वहां रखा।

विमल आउट गेट की ओर बढ़ा।

"सरदार" – एकाएक मुबारक अली बोला – "ज़रा रुक।"

विमल ठिठका, घूमा।

मुबारक अली करीब पहुंचा, नीमअन्धेरे में उसने कुछ क्षण अपलक

विमल को देखा फिर खींच कर उसे अपने गले लगा लिया।

मुबारक अली की आंखों में फिर आंसू थे।

विमल की ख़ुद की आंखें भी भर आयीं।

मुबारक अली ने उसे अपने से अलग किया और भर्राये कण्ठ से बोला – "अब जा। मैं दुआ करूंगा कि तेरे वाहे गुरु की रहमतों का साया तुझ पर हमेशा बना रहे। आज क्रिस्तान की ईद का दिन है, बड़ा दिन बोलते हैं जिसे वो। मैं आज के मुकद्दस दिन उनके ख़ुदा जीसस से भी तेरे लिये दुआ मांगूंगा। जा।"

विमल पंडारा रोड पहुंचा।

जहां गैलेक्सी के मालिक शिवशंकर शुक्ला का आवास था।

बागवानी शोभा शुक्ला की हॉबी थी, वो उसे फ्रंटयार्ड में फूलों की क्यारियों को पानी देती मिलीं।

"गुड मार्निंग, मैम।" – विमल आयरन गेट पर से बोला।

शोभा ने घूमकर गेट की तरफ देखा, तत्काल उसके चेहरे पर हैरानी के भाव आये। उस ने पानी का कनस्तर क्यारियों के पास रख दिया और आ कर आयरन गेट खोला।

"तुम! यहां! इतनी सुबह!"

"मैं सिर्फ दो मिनट लूंगा।" – विमल विनयशील स्वर में बोला।

"आओ, भीतर आओ।"

विमल ने यार्ड में कदम रखा लेकिन आगे न बढ़ा।

"मालूम था हम यहां रहते हैं?" – शोभा ने पूछा।

"काफी अरसा पहले एक बार, सिर्फ एक बार आज ही के दिन यहां क्रिसमस की पार्टी में शरीक होने का सौभाग्य प्राप्त हुआ था।"

"ओह! तभी पता मालूम था। कैसे आये?"

"मैम, मैं आप को ये ख़बर करने आया था कि मैं हमेशा के लिये दिल्ली छोड़ के जा रहा हूं।"

"अरे! क्यों?"

विमल ने जवाब न दिया।

"कहां जाओगे?"

"अभी तो मुम्बई ही वापिस जाने का इरादा है, आइन्दा कहीं और भी जा सकता हूं।"

"हूं।"

"मैं ये अर्ज़ करने के लिये आया था कि आइन्दा मेरी ग़ैरहाजिरी में भी मेरी गैलेक्सी में मुलाजमत को अलाइव रखना ज़रूरी नहीं होगा।"

"अच्छा!"

"जी हां। इस सिलसिले में शुक्ला साहब के, आप के मेरे पर बहुत उपकार हैं। पूछे जाने पर गैलेक्सी से हर किसी को आज तक हमेशा जवाब मिलता आया कि कौल गैलेक्सी में मुलाजिम है, भले ही महीनों उसके आफिस में कदम न पड़े हों। गैलेक्सी की इस कृपा ने मुझे कई बार बड़े संकट से उबारा है . . ."

"वो संकट फिर आ सकता है।"

"मैं कोशिश करूंगा कि न आये।"

"हमें तुम्हारी मुलाजमत को गैलेक्सी में जारी दिखाने में कोई परेशानी नहीं। गैलेक्सी में सब तुम्हारे वैलविशर हैं, सब कोआपरेट करते हैं।"

"मैं मशकूर हूं।"

"वैसे तो तुम्हारी हस्ती इतनी अजीम् है कि तुम्हें हमारे साथ की जरूरत ही नहीं है। शुक्ला साहब कहा करते थे कि जो शख़्स इंसाफ के लिये लड़ता है, वो कभी अकेला नहीं होता। उस का ईश्वर उसके साथ होता है, उसकी वजह से जुल्म का शिकार होने से बचे सैंकड़ों, हज़ारों लोगों की दुआयें उसके साथ होती हैं। फिर तुम कोई आम आदमी थोड़े ही हो! शुक्ला जी ही कहते थे कि ये सृष्टि बनाने वाला प्राणी मात्र के लिये जब किसी सद्कार्य की जरूरतें महसूस करता है या अधम प्राणियों के विनाश की ज़रूरत महसूस करता है तो ज़रूरी नहीं होता कि वो खुद ही अवतरित हो। वो किसी को अपना प्रतिनिधि बना सकता है, किसी को अपनी पावर्स डेलीगेट कर सकता है। वो तुम हो जिसे पालनहार ने खुद ऐसे सम्मान के लिये, ऐसी जिम्मेदारी के लिये चुना है। हमारा तुम्हारे पर कोई अहसान नहीं। हमें तो समझो कि बहती गंगा में हाथ धोने का मौक़ा मिल रहा है। तुम्हारी वजह से। कौल, बाई कोआपरेटिंग विद यू, वुई आर नाट डूईंग युअर वर्क, वुई आर डूईंग गॉड्स वर्क। वुई आर डूईंग अवर ड्यूटी टुवर्ड्स ए नोबल काज़।"

"मैं शुक्रगुज़ार हूं कि आप ऐसा सोचती हैं, ऐसे उच्च विचार रखती हैं।"

"तो गैलेक्सी में तुम्हारी मुलाज़मत . . ."

"जारी रखने की ज़रूरत अब नहीं है। दाना-पानी कभी मुझे फिर दिल्ली

ले आया तो नये सिरे से मुलाज़िम रख लीजियेगा लेकिन अभी ये सिलसिला ग़ैरज़रूरी है इसलिये बन्द करा दीजिये। मैं अपना औपचारिक त्याग पत्र भी साथ लेकर आया हूं।"

विमल ने एक लिफाफा उसे सौंपा।

"ठीक है" – शोभा बोली – "अगर तुम ऐसा चाहते हो तो . . ."

"मैं चाहता हूं। मैम, प्लीज़!"

"ओके।"

"थैंक्यू। इजाजत चाहता हूं।"

"अरे, एक कप चाय तो पी के जाओ।"

"मैं ये फख़्र फिर कभी हासिल करूंगा, अभी इजाज़त दीजिये।"

विमल ने कृतज्ञ भाव से हाथ जोड़ कर अभिवादन किया और बाहर को बढ़ा।

"कौल!"

विमल ठिठका, घूमा।

"टेक केयर!"

"यस, मैम।"

वो रुख़सत हुआ।

जहाज़ का पंछी।

फिर जहाज़ पर मुकाम पाने के लिये।

जहाज़ से उड़ा पंछी कहीं नहीं जा सकता। उसको पनाह वापिस जहाज़ पर ही होती है।

थोड़ी ज़मीं के लिये थोड़ा आसमां ढूंढ़ने निकला सोहल आधा अंग खो कर वापिस मुम्बई जा रहा था।